緬邊風雲三十年

上卷

一段親身經歷、血淚交織的歷史紀實

荀魯 著

雲起雲落

在大時代變革中的小人物，飽經各種磨難，現在思之亦感不寒而慄；種種稀奇古怪的際遇及生死關頭的歷練，證明一個真理：「亂世人命賤如蟻！」筆者不幸捲入這稀奇古怪且富傳奇色彩的歷史片段，而寫出這部自傳體的紀實小說。書中人物大多是真實且現今猶存的上司及同僚，為保存真實的歷史事件，筆者不得不以自己的觀點對他們進行褒貶，這可能得罪某些人而遭致報復。故本書第一部寫完，筆者不得不束之高閣，但良心上不願任這段血與火的歷史淹沒，在事隔十多年後，毅然交出手稿，以期對那段戰火中死去的成千上萬冤魂一個交待，揭露政治的卑劣及殘酷，祈求和平。

由於涉及大陸、臺灣及緬甸種種的糾纏，為保護活著的同志、親屬、當事者，故筆者的真名在書中作了改變，但事件的真實性是可信賴的。當然既然是紀實小說，其中有筆者的虛構與增補，以使人物事件得以連貫流暢，不要太過指責筆者的本意。

大陸把地主、富農、反革命、壞份子、右派份子統稱為黑五類，區別於工人、農民、解放軍、學生、商人的紅五類。筆者因為黑五類子女，故從上學、參加工作直至逃到國外（緬甸），一直是紅五類口中的階級異己份子、叛徒，最後變成果敢民族，才算擺脫這身黑皮子。當然大時代的改變，免不得人頭落地、血流成河，歷史上不正是如此嗎？所以筆者也不必仇恨共黨而指責其非，所寫也算公正，千萬不要把它看成是一部反共小說！

荀魯

煙硝之後

荀魯老先生已屆稀壽之年，他將自已畢生親歷親為的經過，用生動流暢的妙筆以寫實的方式成就近五十萬字的《緬邊風雲三十年（上卷）》，此可謂是蔚為大觀的紀實文學。

這部作品雖然寫的是作者屢經磨難、九死一生的人生歷程，可卻反映了二十世紀後半葉發生在緬甸邊境果敢地區的重大事件，真實地記錄緬甸民地武的起因和爭取民族區域自治的艱難過程。昭示了緬甸欲走上統一發展之路，首先必須解決國內民族和解大事的真諦。否則，長期陷入民族紛爭的內亂之中不得平息，緬甸社會將長期得不到安寧，經濟也無法發展，人民生活更難以獲得改善。

作品體現了大時代大變革浪潮中的一朵浪花，其中還不乏從側面反映了中國的發展變遷對緬甸果敢民族地區、對緬甸社會，乃至對世界的深刻影響。也從某些角度看見了上個世紀六、七十年代中國文化大革命給鄰國帶來的負面影響以及中國紅衛兵在上山下鄉高潮中紛紛投身緬共鬧革命的始末，這些在作品中都有客觀真實的記述。這部作品還真實地呈現了海外華僑（無論是以何種緣由離開祖居國）在海外求得生存與發展的艱辛和無比熱愛生活的真摯感情和愛國愛家的高尚情懷。在品讀這部作品之時，不由得不使我們對海外僑胞油然而生敬意！同樣懷著對荀魯老先生的敬意，認真拜讀完這部大作之後，也不由得不心生頗多感觸，油然而吟，記以頌之：

風雷激蕩半世緣，人生跌宕劃圓空。左妖旗幡害賢良，幾多親朋成沙蟲。
果敢風雲天地慟，九死一生上蒼泣。閱盡世間春秋色，磋攏華人孝善忠。

推薦人 金越

二〇一七年仲春於仰光

（歸國華僑，曾長期專事僑務工作。）

目錄

第一章　別了！我的故國……7
第二章　異域驚魂錄……59
第三章　果敢風雲……107
第四章　刀光倩影……155
第五章　曲高和寡……199
第六章　雛鳥離巢……277
第七章　東山血光……331
第八章　痛苦偟生……401
第九章　逐鹿緬東北……463
第十章　決鬥……521

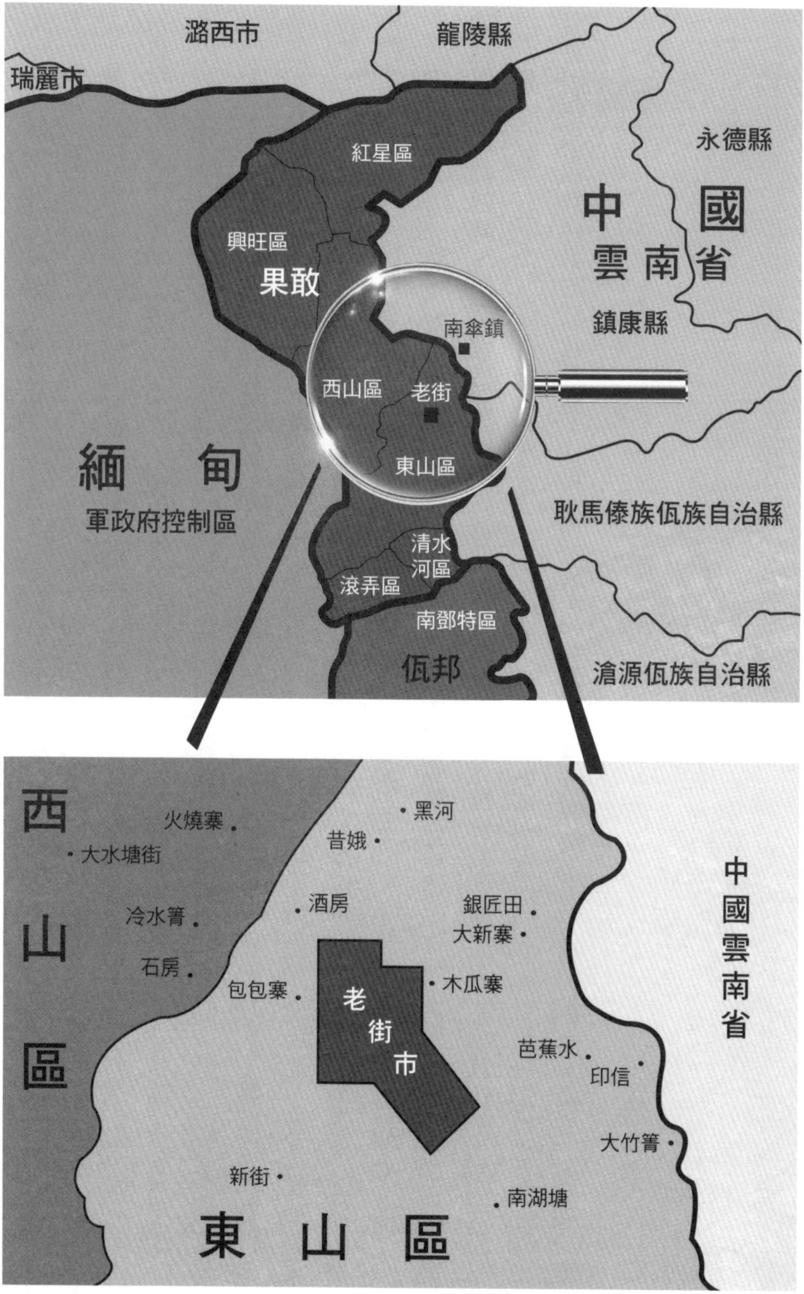
潞西市
龍陵縣
瑞麗市
永德縣
紅星區
中國
雲南省
興旺區
果敢
南傘鎮
鎮康縣
西山區
老街
東山區
緬甸
軍政府控制區
耿馬傣族佤族自治縣
清水
河區
滾弄區
南鄧特區
佤邦
滄源佤族自治縣
西山區
火燒寨
黑河
昔娥
大水塘街
中國雲南省
酒房
銀匠田
冷水箐
大新寨
石房
木瓜寨
包包寨
老街市
芭蕉水
印信
大竹箐
新街
南湖塘
東山區

果敢自治區

地理位置東臨中國雲南省，位於緬北地區。歷經不同政權的更迭，帶有多元民族的歷史色彩，其舊有統治者稱作「土司」。二〇一一年果敢自治區成立之前，屬於緬甸撣邦第一特區，首府老街，人口約為十四萬人，漢人（自稱為「果敢族」）占絕大多數，果敢族是被緬甸官方認定的少數民族。

果敢屬於經濟發展較為緩慢的地區，在英國殖民緬甸後，便以種植罌粟為主，讓此地成為世界著名的大煙產地。這也讓果敢地區於戰後土司統治的時期，經歷了一段繁榮的時光，罌粟遂成為果敢唯一的經濟來源。這樣的經濟發展過程，導致果敢於二〇〇三年停止出產罌粟後，當地的經濟來源頓失，且替代種植作物的成效亦不佳，經濟遭受嚴重的衝擊。

由於長年的局勢動盪，也使得此地的基礎建設被大肆破壞，重建工作的進度亦為遲緩。加上果敢地區的地勢崎嶇，以往多以適應山區道路的馬和騾，作為主要的運輸工具。現代化的道路建設又緩不濟急，當天候不佳時，則不能行車。大眾運輸不發達，更是讓當地的發展受到一定程度的影響。而老街作為果敢首要的交通要衝，當然在果敢發展過程中也就成為了各方勢力角逐之地。

第一章

別了！我的故國

「韓同志，這裡就是中緬邊界。我們要下菁子①去割帽葉②，你在這裡歇著，等大夥割好葉子，再一塊兒回家。」柳水鄉生產隊長關照說。

「啊！這山梁就是國界？」韓曉人大吃一驚！

「怎麼沒有標記？」

「界碑豎在上面山頂。韓同志若有興趣，可由這條路爬上去，不遠處就是界碑。」

「真不簡單呀，王隊長。今天不和你們來，我真想不到國界附近竟是這樣荒無人煙，界碑埋在深山老林。」韓曉人感歎不已。

在他心目中，國境線不是拉著鐵絲網，兩邊碉堡林立，戒備森嚴；不然就是一條寬寬的無人地帶，雙方國防軍小分隊牽著警犬往來巡邏，一副如臨大敵的姿態。想到這裡，韓曉人不禁莞爾，「這些景象不都是從電影、小說中看來的嗎？真實情形經藝術家、作家一加工，完全走樣了。」

看著韓曉人驚詫的模樣，隊員們哈哈大笑起來。

「昨天晚上，隊務會議安排生產隊員活計③，我不讓你知道今天要來的地方就是邊界，就是要給你一個驚喜。」王隊長抬起曬得黑紅的臉龐，滿是皺紋的大眼睛狡猾地眨著，衝著韓曉人笑笑；隨即又用深情的口吻表白道：「韓同志，近半月來你都在我們村蹲點④，跟村民同吃同住同勞動，費盡心思為隊裡安排搞多種經營的門道。我見過許多幹部下鄉，來生產隊指手畫腳，住上一兩天就藉口有事跑回機關，享受一杯茶、一支煙、一張報紙，混一天的清閒歲月。只有少數像你這樣真心實意為農民服務的好幹部，才能不辭勞苦在農村扎根，把黨和政府的溫暖帶到農村，為我們辦實事。你真是我們的貼心人，只是太苦了你了。今天約你同來，是希望你來散散心，你就別跟我們下菁子了，在這裡輕鬆輕鬆吧！」

「那多謝大家的關愛了。反正上級指示過，國家工作人員一律不准越界，否則以叛國論罪。」韓曉人誇張地用手掌向脖子虛砍一下，開玩笑地說：「越界就是叛國，叛國是要被殺頭的。丟了吃飯的傢伙，可不是鬧著玩的。」隊員們被韓曉人的風趣逗得哈哈大笑！

「還呆著做什麼，趕快下菁子去割帽葉，用不著的物品放在這裡，請韓同志代為保管。」王隊長下令。

隊員們一哄而散，消失在草叢深處。王隊長臨行叮囑韓曉人：「你不熟悉山形地勢，不要走遠，一到菁林就會迷失方向的。要真走到緬甸去，我也討不了好。」

「不用擔心，我不走遠，我只爬到山頂，去看看界碑而已。」

自己的辛勞能得到群眾的認同，韓曉人感到欣慰。和勤勞樸實而又心地善良的村民們一起生活勞動，韓曉人心理上的負擔暫時減輕了很多。農民的生活簡單，農活既苦又累，韓曉人成天都有一種饑餓的感覺。但他心中卻很充實，把頭腦中的苦悶煩惱拋到了九霄雲外。人走光了，周圍一下子靜悄悄地，只剩韓曉人。春末夏初，紅日高照、和風煦煦，陽光普照大地，碎銀從濃密的樹葉中透下，在草叢裡一晃晃地，猶如在跟韓曉人捉迷藏。天空晴得像用水洗過一般，湛藍高曠、微風拂面，幾片淡淡的白雲打頭頂緩緩飄過，生怕驚擾了寧靜的山林。高高低低、參差嵯峨的崇山峻嶺，近的墨綠、遠的淡青，幽靜地矗立在蒼穹下。草叢中群芳競放，紅的紅、黃的黃、藍的藍、白的白，點綴在原野上，一眼望不斷，猶如巧手織就的一幅錦毯。面對藍天白雲、茂林曠野，韓曉人沉醉在大自然的美景中。

「人生難得半日閒，拋離囂鬧覓仙苑。」韓曉人獨自吟道。

「唉！人與人之間不勾心鬥角，和平相處那該多好。」韓曉人很快從大自然那美好的恩賜中醒過來，回到殘酷的現實中，心情久久不能平靜下來。

「不知縣城機關單位的文化大革命進展如何？會不會把自己調回縣銀行批鬥審查呢？」韓曉人的思緒被推向遠方，腦海中一幕幕難以忘卻的往事，走馬燈似地轉來晃去。

時間是西元一九六七年四月二十五日，韓曉人離開鎮康縣城所在地鳳尾壩已近半月。如火如荼的無產階級文化大革命風暴席捲全國，已歷時一年多；那突如其來的一切，攪得人心惶惶，不可終日。紅衛兵小將的狂熱舉措⑤，讓人目瞪口呆。「捨得一身剮，敢把皇帝拉下馬！」就憑這句話，國家主席劉少奇成了赫魯雪夫式的修正主義頭子，成了叛徒、工賊、中國頭號走資派，在北京政壇湮滅影消。一大批幾十年來為革命出生入死，功勳卓著的黨政軍老幹部被打成黑幫，而關進牛棚⑥；巨大的政治變故，震撼著萬里河山。隨著紅衛兵串聯來到鎮康，包括縣委書記、縣長在內的當權派，都成了當地資本主義在中國復辟的代理人，統統靠邊稍息。一切工作均由各機關單位那如雨後春筍般冒出來的文革小組負責指揮安排。縣人民銀行也不例外，同樣成立了文革小組。但醫療、金融系統歷來都是知識份子成堆的地方，幹部中文化水準最不濟的也都是高中以上水準的中專生⑦。這類人本就是歷次政治運動挨整⑧的對象⑨。領導一靠邊，大家都傻了眼，不知如何是好？

推來推去，剛參加工作三年的石光明，沾了父親是工人的光，榮任縣支行文革小組組長之職。平時喜歡文學，曾被視為有文學細胞，愛咬文嚼字及白專⑩傾向的韓曉人成為副手。既然是文化革命，總得有人動動筆桿——非常時期嘛，用才不用德！在「抓革命、促生產」的口號下，各機關單位白天照樣上班工作，晚上時間學習。在文革小組領導下，各單位於會議室開批鬥會。會上大家根據當天的廣播、報刊摘要，暢談無產階級文化大革命的大好形勢；檢查本地區、本部門的資本主義現象，揭發單位長官的修正主義行為。眾人侃侃而談，氣氛祥和，都是知識份子嘛，何必弄得劍拔弩張。所以此階段的批鬥會，領導與下級之間說話都是輕言慢語，風度優雅，態度溫和。而每逢星期日就在縣委大禮堂召開由革命小將紅衛兵主持的批判會，縣上的長官一律罰站，個個頭戴高帽，脖子上掛一塊紙牌，垂到胸腹。牌子上寫著：「死不悔改的走資派」、「反革命修正主義份子」、「劉鄧黑幫」等諸如此類的話。挨鬥的各機關領導人人垂頭低眉，一副誠惶誠恐的表情。他們跟著紅衛兵小將高呼打倒自己的口號，使批鬥會氣氛隆重熱烈，聲震雲霄。批鬥會結束，紅衛兵小將及革命造反派在縣委招待所酒足飯飽之後，來到機關籃球場，執行批鬥的小將隊與挨批鬥的老幹隊比賽籃球，增進革命友誼，聯絡階級感情；以便更好地將革命進行到底。

夜幕降臨，萬家燈火，街道上人潮洶湧，縣城僅有的幾家飲食店總是高朋滿座。工農出身的幹部用高八度的大嗓門在高談闊論，爭相誇耀自己緊跟偉大領袖「革命無罪、造反有理」，捍衛無產階級專政，向「帝修反[11]」猛轟的英雄功績。當酒足飯飽，頭脹耳熱之際，又忘卻一切，跟女侍打情罵俏，其樂融融。臭老九[12]們沒資格在大庭廣眾亮相，也邀三五知己，在宿舍以茶代酒，研討這場暴風驟雨般時代巨變的來龍去脈。言談中，那種對工農份子不學無術可又趾高氣揚、高高在上、君臨一切，僅憑出身占據要職的不滿又無奈的心情，互相傳染；頓感前途渺茫，無所措置。縣委及機關領導，表面上已靠邊站；實際仍在幕後操縱著實權，引導運動的方向。在他們心目中，革命的意思是針對黨政軍內外，地富反壞右[13]這類階級敵人的，順便也整合單位內不太聽招呼的愣頭青[14]。藉運動之際給那些出軌的、脫韁的、冒尖的革命同道，正正方向、緊緊龍頭、磨磨稜角；若再不聽話的或看不順眼的，那就叫你吃不了兜著走。總之，要革命的是敵人，要整頓的是別人，這些都與自己無關。當然，每次運動都應由領導帶頭表態、吆喝炫耀。不這樣，群眾跟不上，運動火紅不起來；同時，階級敵人沒有適當的氣候，也不敢跳出來。所以，各級領導雖然對這次來勢迅猛的運動不夠理解，難於駕馭，但上述想法是不會改變的。這就是運動前期出現走過場[15]，貌似熱烈火爆，其實是和風細雨；外看似敵我矛盾，內裡是人民內部矛盾那種思想鬥爭從嚴，組織處理從寬的運動模式。隨著運動的深入，老革命沒咒念了、工農幹部沒戲唱了、臭老九沒盼頭了。一切都是紅衛兵說了算，這就應了中國的一句古話：「英雄出少年」。

「工作一律停止，先務虛後務實。」各路紅衛兵頭目一聲號令，文化革命的形勢以「一萬年太久，只爭朝夕」的速度轉變，令鎮康全縣發生翻天覆地的動亂。批鬥會形成了武打劇場，造反派打造反派、紅衛兵打紅衛兵。把老革命打翻在地，再踏一腳，讓他們永不得翻身。罪名呢？因為他們是永不改悔的走資派、是國民黨特務、是內奸、是工賊。全縣的人都瘋了，打、殺、抄家，直鬧得滿城腥風血雨、人人自危、家家恐懼。批鬥會上批判者扯開了嗓子吼叫，聲音越大越顯得革命；嗓子喊啞了更是光榮。不久，政治氣候又是一變。

新的革命口號出籠：「龍生龍，鳳生鳳，老鼠生的會打洞。」「父是英雄兒好漢，老子反動兒混蛋。」一霎時，紅五類、黑五類的劃分，把革命群眾截然分開。昔日的戰友，出身好的成了上賓，作了運動的主人；生在地富反壞右家庭的子女變為階下囚，成了革命的對象。韓曉人因是舊軍官家庭出身，屬黑五類中的「反」字派，被從縣人民銀行文革小組副組長的職位上打下來，變成混進革命組織內部的階級異己份子。此後，韓曉人白天和幾個「牛鬼蛇神」在支行營業室堅持工作，戴罪立功，晚上在批鬥會場，儘量自我羞辱，罵祖孫三代，低頭認罪；繼而慷慨激昂地表示要努力改造世界觀，緊跟毛主席幹革命。

有一天，韓曉人接到弟弟韓曉民從昆明寄來的一封信。拿在手裡又厚又沉，韓曉人心中打了一個突。「奇怪！怎麼在這風頭上還敢寫信來？一定發生了重要事情。」韓曉人預感不妙。

為了避免政治糾紛，為了表明自己立場的堅定，韓曉人參加工作三年多來，很少和家中通信。偶爾寫信給家人，也大義凜然地來一番說教，要父母親認真接受改造，重新做人；同時聲明自己身為國家幹部，早跟家庭一刀兩斷，劃清界限。父母親當然明白子女的苦衷，在信件中叮囑韓曉人，牢記共產黨及人民政府的培養教育，好好工作，為人民服務。兩老信中也不忘表決心，要徹底改頭換腦，虛心接受群眾監督，力爭早日摘下剝削階級的帽子。韓曉人不經意地把信往抽屜一丟，輕鬆地對營業室值班的同事說：「黃繼先又來信了。他上的北京工業學院，是屬國防科委主管的軍事院校，不受文化大革命的衝擊。」

看到同事們被自己的話引起興趣，韓曉人接著說：「我也有點難以置信，居然會有人不受紅衛兵小將的干涉。但黃繼先上封信中告訴我，聶帥堅決不讓他們走出學校。有的同學提出要停課鬧革命，也被聶帥指著鼻子罵個狗血噴頭！」

「是呀！聶榮臻元帥真是英明。軍隊的確是亂不得。美帝、蘇修隨時隨地都在想鑽空子，妄圖顛覆我們偉大的祖國。人民子弟兵的責任重得很。」

「你這人是怎麼啦，別替美帝、蘇修吹噓好不好？我們原子彈都會造，還怕他們的核訛詐！」

「是呀！敵人膽敢踏入我國國土一步，就要把他們淹沒在人民戰爭的汪洋大海裡。我們最敬愛的林副主席不是在《人民日報》頭版發表過〈人民戰爭勝利萬歲〉一文嗎？我們支行文革小組不是專門討論學習過？」

韓曉人把來信一事掩飾過去後，跟著大夥罵罵美帝、罵罵蘇修。說實話，他很羨慕自己的同學黃繼先。在中學時兩人是同學，最要好。我對著你背英文單詞，你當著我默數學公式。每學期的頭兩名，都被兩人包了。學校的老師也很賞識他們，深為有這樣用功而優秀的學生而自豪。黃繼先一帆風順，考上知名大學。當韓曉人坐在營業室，看著擺在面前辦公桌上的同學來信時，心中百感交集；特別是那信封上印著北京工業學院幾個燙金字，像火烙在心上，酸甜苦辣一齊湧上喉頭，欣慰及自憐的淚水，順著臉頰下流。

「該死的階級成分！」韓曉人狠狠地自己罵自己。

「若家庭出身好，不也像黃繼先一樣考上知名大學了嗎？」打從那以後，一種自卑的心理使得韓曉人儘量不給黃繼先回信。可黃繼先不理韓曉人這一套，堅持每月給他寫兩封信。同事們都知道韓曉人有這麼一個上知名大學的老朋友，知道他們之間常有信件來往。而韓曉人也借這一層關係，把其他信件往來都說成是與黃繼先通信。所以每當接到家信，韓曉人順理成章地說是老同學來信。下班後，韓曉人順著街道向河邊走去。傍晚河裡游泳的人已沒有了，河邊靜悄悄地，只有嘩嘩的流水聲伴著暮歸烏鴉的呱呱聲在耳邊響著。坐在岸邊的大石上，韓曉人掏出信來。弟弟那熟悉筆跡跳了出來。

大哥你好：

很久未給你寫信，不知你身體安康、工作愉快嗎？

我在財經學校讀書，今年就要畢業。想到畢業即能參加工作，減輕媽媽肩上的負擔，我心中很高興。

但是，眼下家中出了點問題，媽媽被紅衛兵押解回祿勸縣賢德公社外祖父家去了。紅衛兵說她是地主婆，在木器廠批鬥後就被抓走。家裡只有妹妹一個人住，她成天哭哭啼啼。因為除母親不在家外，她每天到學校去，都跟班上的黑五類子女一起，被罰跪在凳子讀毛主席語錄。我在學校目前還沒有出什麼事，可終日提心吊膽。我們學校的紅衛兵組織分為兩派，互相爭鬥，顧不上管我。他們威脅我不得參加敵對派系，可也不要我加入他們其中的一派。結果我倒挺清閒。

哥哥，家中的生活狀況你是知道的。現在媽媽一走，妹妹的生活費沒了著落。媽媽下鄉後也沒錢用，因為她在解放前就已經離開外祖父家到外面讀書，當地的生產隊不願收留她，所以她成了無業遊民，沒有落腳處。爸爸在監獄中也很好，我上星期去監牢看望他，告訴他家中的情形。他聽後也沒法可想，只是歎氣。他要我轉告您，不要因家中出現的問題而分心，要堅信黨、堅信政府，積極投身到運動的洪流中改造世界觀，接受黨的考驗、接受群眾的監督。切不可灰心喪氣，辜負黨和人民的恩情。家中出的這些事，本來不想告訴您；但我找過媽媽的好幾個同事，想跟他們借點錢做妹妹的生活費，可這些叔叔阿姨也自顧不暇，沒多餘的錢借給我們。我無法可想，只好寫信給您，請您趕快寄點錢回來。

哥哥，您要好好工作，凡事小心些。一家人中只有您還有點辦法。您再出事，全家就只有餓肚子一途了。別的不多說了，媽媽的情形等有消息我再寫信告訴你。另外，我也很擔心你。哥，你沒事吧？

敬祝

安好

弟曉民上，六七年四月二日

韓曉人看完信，眼淚止不住地往信紙上落。「天啊！」韓曉人心如刀割，我們家究竟是造了什麼孽，會遭這樣罪！韓曉人用雙手捂住臉低聲抽泣起來。家庭的窘況，個人的處境，把韓曉人整個摧垮了。他只覺得眼前一片黑暗，好像世界的末日已到，只有靜候死亡。韓曉人渾身癱軟，他掙扎著站起身來，慢慢走回宿舍。空曠的田野中，麥穗在微風中起伏。金黃的穗頭低垂著，顯得無精打采。晚霞消退，全無絢麗的外衣，僅剩下淡淡的黑影。夜深了，韓曉人在床上翻來覆去睡不著。個人的力量太渺小，社會的壓力太沉重。在強大的社會勢力面前，少數對抗的力量是那麼無能而又無濟。歷史上，每次改朝換代之際，都伴隨著暴力與災難，遭殃的總是無辜的平民百姓。冤假錯案固然累累皆是，家屬也需承擔種種莫須有的罪名。死去的含冤不白，活著的仍在忍受無窮苦難。歷史！這就是歷史。

新興的既得利益集團，對失敗的喪權失勢舊日集團所採取的手段，無一不是極其殘酷血腥的。因為非此不足以震懾並徹底摧毀原有階層的反抗，才能防止新政權免遭顛覆。韓曉人一家正處於這種時代巨變的關頭，其遭遇不足為奇。明朝朱元璋在政權鞏固之後，不也是大肆屠殺功臣？終其一生都在人為地製造矛盾，羅織罪名[16]大肆清洗異己。此時他所對付的，已不再是舊有的失敗集團，而是新興集團中的不同派系。韓曉人想到這些，心中悚然一驚，目前的無產階級文化大革命，與朱元璋的排除異己，屠戮功臣何等相似啊！所謂的黑五類，不過是適逢其會。正如「城門失火，殃及池魚」，是同一道理。韓曉人頗有看破世情的欣喜感覺。但他執著地相信，人與人之間並非沒有關愛，人間並非全是仇恨。人類若只有仇恨，何以能進化到如今高度文明的程度？只是在某些歷史階段被罪惡之手扼住了愛心。但烏雲總會過去，一旦烏雲消散，天空更將是青藍澄潔。韓曉人眼前不覺浮現出兒時父母慈愛的面容，浮現出老師親切和藹的形象。好好學習，天天向上，長大做國家的主人！這激勵人們上進的言猶在耳。全國學雷鋒，人人爭做好事。大家相親相愛，心往一處想，勁往一塊使——那時的家庭、學校、社會，文明而又禮讓，溫馨而又和熙。曾幾何時，一切都來了個大改變。人啊！人啊！美好的時光何其太短暫。

韓曉人的思緒繼續下去。自己參加工作，當了幹部，說的與做的開始分家，上下級之間有了一條鴻溝，等級森嚴；上面的高高在上，下面見到領導，好似老鼠見了貓。行長到營業所檢查工作，好像欽差大臣到全國巡遊，地方官拍馬屁拍得肉麻。主任巴結行長，只差未親為上級洗腳。可這叫什麼來著？叫尊敬首長。韓曉人記得報紙上登過一幅國家主席與清糞工人握手的照片。報導中有一句名言：「我當國家主席，你是清潔工人，我們工作職務不同，但職位是平等的。都是為人民服務嘛！」那時的他曾為此感動得熱淚盈眶。而今想起，猶如一場幻夢。現實是殘酷的，少年時的偉大理想，崇高而純潔。一旦進入國家機構，剩下的只有苦笑，只有無奈，只有爾虞我詐。他記得有一次，幾位昆明一起參加工作的同事跟行長閒談，行長半認真半開玩笑地對他們幾人說：「你們參加工作幾年了，還那麼天真幼稚。應該懂事一些啦！」

「哦！所謂懂事難道就是要人虛偽、就是世故嗎？」談話過後，韓曉人他們幾個昆明人在一塊咀嚼行長話語的含義。

「天真就是說老實話，當然說老實話就會得罪人。」

「那以後大夥兒相處，只能閉上嘴不說話。不然只好如魯迅先生寫的那樣，『今天天氣……，哈！哈！哈！了。』」人與人之間就這麼虛偽無聊。這就是社會的遊戲規則，誰都不得違犯，犯規者遲早會被關進瘋人院。

韓曉人繼續反思自己的以往。從跨進校門開始，韓曉人他們這一代人就一直接受共產黨的教育。國家拿出大量經費投資辦學，為的不就是希望造就一代全新的社會公僕，培育社會主義接班人嘛！自己不也是按這個模式在鍛造自己，樹立起共產主義的遠大理想，決心為建設偉大的祖國而貢獻自身的青春與熱血嗎？可如今一切猶如肥皂泡，輕輕一碰就破滅了。理想、情操哪裡去了？剩下的是惶惑、不解、靈魂早出了竅，好像行屍走肉般地活著而已。

「既然前途無望，擔心也就沒有必要。相反地，一個人若對他人沒有了恩賜，同時也就失去了控制他人的力量。你若不欠他人之情，你就不必存回報之心。你實質上是打碎了人性枷鎖，你自由了！」

韓曉人有一種佛家稱之為頓悟之感。

「過去兢兢業業，規行矩步，說穿了不正是利鎖名韁拴住了手腳，乖乖受人驅行、由人擺布嗎？」韓曉人想通了這個道理，便有一種如釋重負的輕鬆心情。

「個人前途、家庭關係，一切均已不必關注，命只有一條；除死之外，還有何可怕呢？」韓曉人既對未來心理上有了充分準備，便不再患得患失。他想：「大不了當不成幹部，下農村務農而已！」

第二天，韓曉人第一次在眾目睽睽之下，昂首挺胸來到郵政局，把幾年中結存的幾百元人民幣電匯回昆明，把多餘的衣物被褥之類統統打成包裹郵寄回去。革命不能當飯吃，批鬥代替不了工作。結果上面下達了一個紅頭文件：「要謹防階級敵人用抓革命的口號來破壞生產，要以革命來促進生產。」縣銀行派人下鄉，韓曉人首當其衝，到猛捧區營業所協助工作；再從營業所下到柳水鄉信用合作社蹲點；又從信用社下到忙丙生產隊指導副業組搞多種經營。他在忙丙生產隊一住就是半個多月。

「吃晌午飯啦，吃晌午飯啦！」一個年輕的生產隊員身背一大捆編草帽用的葉子，汗流滿面地從菁子爬上來。韓曉人的思路被打斷，急忙迎上去，替那青年把葉子從背上接下來。那青年摘下頭上的草帽，握在手裡搧涼。他累得躺倒在草地上直喘大氣。不一會，隊員們陸續到來，各人打開用樹葉包來的冷飯，狼吞虎嚥地大嚼起來。吃好飯，年紀大的隊員拿出旱煙袋，津津有味地吸著草煙，山南海北地嘮了起來。年輕人解除疲勞的方法更直接了當，他們隨便找地方一躺，馬上便進入了夢鄉。老隊長領著韓曉人順山路爬上去，不遠便是一個小山脊。草深處，一座半身高，用水泥鋼筋澆築而成的界碑呈現在眼前。界碑成長扁方形，向中方的一面用中文刻上「中國」兩個漢字，向緬方那一邊是緬文。王隊長說是緬甸兩個字。

「哪！韓同志你看到了嗎？對面那個小半坡上的村寨就是果敢土司的屬地石洞水。那些遍山開放的就是大煙花。青色的胞子一劃開流出來的白漿就是鴉片。」

「村子隔得不遠嘛！雞叫狗咬都能聽見。人家還不少呀！」韓曉人好奇地插話道。

「近？望山跑累馬。」王隊長笑說：「人走最少要走一個鐘頭，山凹子深著呢。山坡那面是紅岩街。我們去趕集，天亮從忙丙出國，吃晚飯時便能回到家。」

「紅岩、石洞水有沒有中國人住？」

「當然有，那兩寨的居民大多是由中國搬出去的。」王隊長提起來，頗有輕視的口吻。「解放時跑到緬甸去一些，五八年大躍進再跑出去一些，六二年大饑荒時也有跑出境一些，但大多是懶漢二流子，完全是敗類！」也難怪，身為生產隊長，受黨教育的時間不短，政策性是頗強的。

「地界兩邊的村寨相隔不遠，來往是很方便囉？」韓曉人問道。

「本地人政府管得不嚴格，我們去外國多半去買點毛線、尼龍布之類洋貨。但外地人就不容易去了。韓同志你一腔昆明口音，當地人一聽你開口，準知你不是本地人。你能出得了國嗎？」王隊長帶著分析的語氣，說得還挺在理。看看太陽，韓曉人對王隊長要求說：「王隊長，我也跟你們下菁子扯葉子吧。」

「用不著你去。你真該多歇息歇息，看你瘦多了。這半個多月來你天天抵著幹農活，夠你累的。」王隊長動感情了，真誠地勸告。

「哪裡話？我在縣機關天天蹲辦公室，太陽光都難見到，哪裡像現在，與大自然為伍，處處透著新鮮。」韓曉人由衷地感謝王隊長的關愛，「我住在隊長家，跟住在自個兒家一樣快活自如。實話說吧，我還真不想再回縣城去呢！」

「韓同志客氣了。我家沒啥好吃的，粗茶淡飯，我真擔心你住不慣竹籬茅舍呢。只要你高興，下次到我們生產隊指導生產，歡迎你再住到我家。」兩人返回隊員休息的半山腰後，王隊長的大嗓門吼得人雙耳作響，跟剛才的輕言細語判若兩人。「起來，起來，該勞動囉。每人再背一捆上來好回家。」

韓曉人獨自徘徊在界碑附近。偶然的機會把他推向了命運的分水嶺，一個念頭突兀地冒升出來，「到緬甸去！此處不留人，自有留人處。」韓曉人猛吃一驚，不由自主地向四面看看，生怕有人看出他的荒誕思想。

「你瘋了嗎？」韓曉人責備自己：「一個堂堂正正的國家幹部，黨和國家培養教育你十幾年，你卻荒唐到想叛國外逃，做歷史的罪人！」

「韓曉人呀！韓曉人！」另一個聲音在腦中反對。「你自以為是國家幹部，必須遵紀守法，做一個真正的革命派。你錯了，那是你自作多情。在別人的眼中，你是一個混入革命陣營的階級異己份子，遲早要被清洗出幹部隊伍，監牢的大鐵門隨時向你敞開，等你投身進去體會鐵窗風味呢！到那時，你哭鼻子也悔之不及。不如抓住這千載難逢的機會，一抬腿邁過界碑，你就可永遠離開對你來說，已不值得留戀的故國了！」

韓曉人懷著矛盾的心情，不斷掙扎在去留的念頭裡。他夢遊般在小徑上向前踱著，腦子裡亂糟糟的，像開了花；又像兩個敵對的小人在腦中拳打腳踢，作生死搏鬥。他走不動了，坐在路邊草地上任憑思路飄向遙遠的往昔。抗日戰爭勝利，舉國同歡。國民政府轉變機制，整編國軍，開始重建家園的艱難歷程。韓紛平欣然脫下校官軍服，謝絕老將軍挽留他繼續在國軍服務的好意，決定卸甲歸農。八年抗戰，憑著滿腔熱血，在蔣總裁「十萬青年十萬兵」的精神感召下，韓紛平放下大學即將畢業的學業，義無反顧投入戎馬生涯。在「大刀向鬼子們的頭上砍去」的歌聲中，多少熱血青年為了民族興亡，為了國家安危，在槍林彈雨中前仆後繼；在硝煙戰火裡拋頭灑血。如今勝利了，但烈士英魂不散，前人未竟事業留待進行。抗戰建國，抗戰目的已達，建國的重任在肩啊！

韓紛平正為此，毅然攜妻帶子，返回故鄉。他並非不留戀城市的繁華舒適，也未清高到想隱入桃花源中不理世事。他為責任的驅使，為告慰戰友的亡靈，更為時代的召喚，從而選擇到艱苦的農村。他要造福桑梓，為父老鄉親稍盡綿薄之力。從天府之國的四川盆地，回到雲南祿勸家鄉。韓紛平歷任鄉長、軍事科長；妻子高淑貞在縣中任教；膝下一雙幼兒，轉眼已可入學就讀。一家人其樂融融，共享天倫之樂。不幸的是，這期間，國事不堪，國共兩黨打打談談，同室操戈，戰事始終不息。到一九四九年末，國民黨軍隊已全面崩潰，隨之整個大陸落入共產黨手中。一九五〇年，雲南省主席盧漢陣前起義，雲南和平解放。國民黨失去大陸後，退守臺灣。整個大陸紅旗招展，又別是一塊天地！

「解放區的天是明朗的天……」這首由解放軍及南下幹部教唱的歌曲，響遍雲貴高原的城鎮山村。群眾手執小紅旗，敲鑼打鼓來歡迎大軍入滇（雲南）。不論是大街小巷，或是窮鄉僻壤，到處是和平歡欣的幸福景象。

「好啦，好啦，和平就好，不打仗就好。」一般民眾打心眼裡高興。不管你是國民黨還是共產黨，不論是三民主義或是共產主義，大家都是中國人，只要能使國家富強，人民安居樂業，就是好主義。窮人如此想，有錢人緊張一陣子也過去了，共產黨不是想像中的那樣共產共妻，解放軍也跟普通人一樣，並非青面獠牙的妖魔鬼怪。所以市場上買賣照常進行，工人上班做工，農夫下田種地，新舊社會似乎沒有區別。唯一不同的是流傳在人民口頭上的言辭有了改變。「革命」、「反革命」；「國民黨反動派」、「共產黨人民政府」；「共產黨是無產階級政黨」、「人民政府是為人民服務的」，這些新鮮的時代名詞滿天飛。人人都平等了，不論是老大爺、老大娘，或是小男孩、小姑娘，大家地無分南北、人無分老幼，都互相稱對方為「同志」。

「噢！這原來就叫革命，是改朝換代的革命。」一般人的頭腦剛有這種印象，接下來的，卻是翻天覆地的巨變。鎮反運動、土地改革，接踵而至；「鬥地主、分田地」、「鎮壓反革命」、階級劃分。昔日平靜的神州大地，一霎時暴風驟雨平地而起。大會審小會鬥，抓人殺人，整個社會沉浸在腥風血雨中，有人高興有人愁，終於讓人領略到「革命」兩個字的滋味了。韓曉人幼小的心靈中始終不能瞭解，心理失去了平衡。父親以反革命罪鋃鐺入獄，母親高淑貞被監審挨鬥。壞消息傳來，韓曉人外祖父一家死了六人。外祖母、二姨媽、老舅、大表哥，四個人在同一天被公審槍斃；外祖父因年老體弱倒斃牢中；四姨媽被鬥後因受不了屈辱吞金自殺。韓曉人目睹母親恐懼哀傷的神情，心中充滿著驚恐與不安。

祿勸縣城韓曉人的老舅母梅家是當地望族，解放後成了政府指名示眾的頭號土豪劣紳。梅家除罪大惡極已被槍斃了的之外，大人全壓在獄中等候定刑處理。一所大院被農會沒收，孩子中年紀大的，送人的送人，窮親戚收養的收養，只剩下六個沒人要。其中年紀最大的梅樹庸僅十歲，最小的梅樹忠年紀剛滿周歲。六個小孩擠在一間廂房，待人領養。這整座大院顯得空蕩蕩的，所有能搬動的物品已在打土豪、分浮財時搬走。農會主席恐是忙昏了，想不起沒有食物果腹，人是不能生存的，這留下的幾個兔崽子就這樣挨餓著。左鄰右舍成分不是地主就是富農，都被鬥怕了，沒人敢出頭反應，說句公道話。只能在夜深人靜趁守夜民兵不在時，偷偷丟一點冷飯團之類的食物給孩子們充饑。有一天早晨，終於弄出一場慘絕人寰的整體自焚事件。當旭日東昇，鳥飛蟲動之際，梅家大院忽然冒起濃煙，梅家失火了。等農會主席慢騰騰來到，拿出鑰匙打開大鐵鎖，人們才能衝進去救火。除了八歲的梅樹成被救活外，其餘五兄妹已返魂無術，全被燒死。這一事件驚動了軍管會的領導層。唯一活下來的小男孩梅樹成，被送到軍管會去接受訊問。

「小弟弟，不要害怕。告訴叔叔，你家是如何起火的？」軍管會趙政委和顏悅色地問梅樹成。

梅樹成見問起火災原因時，小臉上頓時露出驚恐的神情，身子簌簌地顫抖不停。半晌說不出話來。

「孩子，叔叔問你話呢，你不要怕。讓阿姨抱著你說。」軍管會一名女幹部見小孩怕得厲害，一陣母性的激動，走過去把梅樹成摟在懷裡，用手溫柔地輕撫著孩子的頭髮。經過一番周折，才弄清火災的真相。

父母叔嬸及祖父母被抓走，哥姐又不在家，六個小孩又驚又怕，又冷又餓。大點的還能聽話，一歲的小弟及三歲的小妹成日成夜地哭著找娘。幾天下來，六兄妹中病了四人，哭叫聲透出院子，反被看守的民兵大罵一頓。周圍住戶泥菩薩過江——自身難保，誰敢多言！只能看在眼裡，聽在耳中，心酸難忍而又無可奈何。出事這天早晨，兄妹六人已餓得哭不出聲，十歲的梅樹庸跟妹妹梅樹萍、弟弟梅樹成商量說：「我看實在沒法活下去了，不如我們一起去找爸爸媽媽吧！」

幾個弟妹一聽哥哥說要去找爸媽，無神的眼睛立刻亮了起來。五歲的梅樹安有氣無力地說：「哥哥、姐姐，快帶我去找爸爸、媽媽。我肚子餓，我要媽媽煮飯給我吃。」一歲的小弟樹忠和三歲的小妹樹蓮也從梅樹庸、梅樹萍懷中掙起身子，一副興奮的神情，那滿是疤痕的小臉也由蒼白轉為紅潤。除了梅樹庸、梅樹成、梅樹萍外，三個小的還不知道雙親早在十天前被鎮壓了。梅樹庸看著小弟小妹滿身傷疤，不僅又痛又悔，更加下了同死的決心。原來小弟小妹久久不見母親，加上又饑又寒，不分晝夜地又哭又叫，梅樹庸怎麼哄也哄不息，一生氣便用香火烙他倆的手腳，直烙到臉上。烙後兄妹幾個又傷心地陪著哭。十天下來，烙得最小的弟妹全身疤痕。

下決心自焚後，梅樹庸、梅樹成把損壞的木傢俱搬到屋裡，把門從裡扣住，再把煤油澆在舊傢俱上。幾個小弟妹嚇呆了，放聲大哭。梅樹萍摟著小弟小妹也禁不住央告說：「哥，不要點火，我怕。」

「妹妹呀！不燒死也得餓死，不如早點去見爸爸媽媽吧！」梅樹庸顫抖著身子，流著淚，在弟妹們的哀告哭嚷聲中，一狠心劃亮了火柴……

聽了梅樹成的敘述，趙政委的臉沉了下來，眼皮微微顫動。這位身經百戰的老紅軍，對死亡早已司空見慣，卻被這悲慘的事件震驚了。那早已麻木的心急速地跳動起來。滿屋的幹部都沉默著，好像時光也停滯了，不忍打破這難堪的局面。趙政委揮揮手，示意那女同志先把梅樹成帶走。他站起身來，點上一枝香煙狠狠地吸了幾口，他在屋中踱來踱去，考慮如何善後。他走回桌後，重新坐在椅子上語氣沉重地說：「出了這件意外，責任在我。此次鎮反運動中，有的地區出現了左的傾向，這不利於運動的健康發展，同時也損害了黨的威信。我們要從中汲取經驗教訓。當然，在運動中對民憤極大而又死不悔改的土豪劣紳，及那些罪大惡極的反革命份子必須堅決鎮壓。不殺不足以平民憤，不殺不足以滅階級敵人的威風而長革命群眾的志氣。不過對罪犯家屬必須區別對待，我們是人民的政府，不是封建社會的衙門，不搞一人犯罪誅滅三族的殘忍做法。不過事情過去了也就不要再提，只要以後注意政策不出偏差就是了。」

農會主席料不到自己編導的這幕活劇會是這樣的結局。他低聲辯解說：「趙政委，發生這起命案，是我的錯。我對梅家解放前的罪惡十分憤恨，是我指使民兵把梅家的子女鎖在家中的，我要讓他們的子女也嘗嘗受苦的滋味，看看這夥少爺小姐的狼狽相，也讓他們試試無產階級專政的鐵拳。不意這幾個小鬼頭竟敢不接受人民對他們的挽救，自取滅亡。」

對屬下打手狹隘的農民落後報復意識，趙政委無奈地搖搖頭。今後的工作仍要靠這些人去做，當然他們的工作方法有待改進，政治素養、思想水準也有待提高。趙政委從白皙的臉龐上取下眼鏡，用絨布輕輕地擦拭鏡片。他斟酌用詞的分量，以便在講話中不帶挫傷部下革命積極性的語彙。「今天的會就開到這兒為止。革命不是請客吃飯，不是作文章，不能溫良恭儉讓；革命是一個階級用暴力推翻另一個階級的武力行動，摧毀舊有世界，建立新政權，決不能心慈手軟。我們是以暴制暴，對敵人決不施仁政。惡勢力不剷除，群眾有顧慮，各項工作就展不開。至於這次意外的善後嘛，農會的幾位頭頭再統一一下思想，基本原則是控制局面，減少負面影響。只要基本群眾穩住，就不怕壞人借機鬧事。」

幾條人命就這樣了結！非常時期嘛，一切以大局為重！趙政委的一番說教，使得農會主席緊鎖的眉頭舒展開來，臉上又恢復了嚴厲的神情。世道不論怎樣變幻，有開始就會有結果。革命風暴來勢兇猛，摧枯拉朽銳不可擋。但隨著歲月的推移，任何事物都可成為明日黃花。歷史人物如此，歷史事件也不例外，該去的留不住，要來的攔不住。不然，革命之謂豈不落空。韓紛平由人民法院宣判有罪，根據「坦白從寬、抗拒從嚴」的政策，判處有期徒刑二十年。高淑貞發回原籍管制勞動，免予起訴，理由是在教育界表現良好，將功抵過。韓曉人一家四口（妹妹在父親入獄後才出生），從原住的瓦房搬到城外的一間茅屋居住。為了生活，母親跟幾戶城市無業貧民合組粉絲加工合作社，以此維持生計。韓曉人出生滿周歲，即逢抗戰勝利。鎮反運動結束，剛好夠入學年齡。六七歲的孩子是健忘的，家庭變遷並未帶給韓曉人太多的哀傷，他每天背著書包去上學，書讀得不多，歌倒會唱不少。

「東方紅，太陽升，中國出了個毛澤東。他為人民謀幸福，他是人民的大救星。」

「共產黨，像太陽，照到哪裡哪裡亮。哪裡有了共產黨，哪裡人民得幸福。」

嘹亮的歌聲在校園內外迴蕩，伴隨朗朗的讀書聲，孩子們沐浴在一派祥和溫暖的陽光下過著愉快的生活。韓曉人除同小夥伴爭吵，被人罵兩句，「小地主兒」之類帶侮辱性的話兒外，並未受到多大困擾。相反倒是隨年級增大，他獲准參加兒童團，雖不像電影上出現的形象，兒童團員身穿沒袖的小褂，手持紅纓槍在村口路邊站崗放哨、盤查行人，但也經常夥同團員們每天天一亮就走家串巷，督促大人起床，不得睡懶覺。有時做些錯事，大人們也只能側目而視，敢怒不敢言。比如，有時見到有人不起床，便用冷水潑在床上，結果發現是病人。但小孩們這麼做，可沒絲毫惡作劇的惡意。

韓曉人九歲，他盼望已久的紅領巾終於幸福地繫在脖子上。他不僅加入了少年先鋒隊，五年級還被選為中隊長，六年級當上了大隊委。他同那些生於舊社會，長在紅旗下的青少年一樣，心中對共產黨充滿感情，決心要做毛主席的好學生，練好本事，將來為人民服務。韓曉人流著眼淚，一遍又一遍地觀看電影《白毛女》，心中對欺負喜兒的地主黃世仁恨得咬牙切齒。他在作文中真誠地表示決心，與自己的反動家庭劃清階級界限。若是人可以不穿衣、不吃飯，韓曉人還真不願意回家吃飯，不想穿反動母親縫給的衣服呢！

「好囉，誰讓你們要生下我呢，吃歸吃、穿歸穿，我可是在思想上與你們劃清界限，我可是站在工人階級的立場，站在貧下中農一邊。」韓曉人暗地裡下了決心。

一九五七年，韓曉人以優越的成績高小畢業。這一年是黨號召上山下鄉的一年。韓曉人向學校老師表示決心，聽從黨的安排。考不上初中，就留在農村做一代有文化的新式農民，在農村廣闊的天地裡發揮聰明才智，做邢燕子式的先進人物。話是說了，韓曉人私心還嚮往升學的道路，他對知識文化很著迷，他有著青少年應有的遠大志向。他要做一名華羅庚式的的數學家，不但對國家，還要為全人類做出貢獻。另一方面，韓曉人相信自己的能力，考上初中是不成問題的。參加縣中考試後，韓曉人躊躇滿志，做好上初中的準備。結果卻大出韓曉人意料之外。他自以為可以名列前茅，但卻名落孫山。韓曉人無奈何只好回祖父家務農，他要離開縣城前到監獄去看望父親，因父親從獄中託人捎話說他將轉到昆明省監服刑，要見家人。母親又因妹妹韓曉娟患重病，領著小女兒到昆明去了。韓曉娟先天不足加之營養不良，患上肺結核。母親為替她醫病，只好把韓曉人弟兄倆暫時送到祖父家，自己先到昆明去了。韓曉人一見父親，禁不住熱淚滾滾而下，父親自責說：「都是爸爸不好，是爸爸害了你們母子。不過你不要灰心，靠自學成材的有名人物，歷史上是屢見不鮮的。」

「我不灰心，今年考不取，複習一年，明年再考。」韓曉人怕父親傷心，反過來安慰父親。

「那也好，只是你要留心身體，你比上次來看我時瘦多了，精神也不振作了，是不是生病啦？」父親婉轉地提醒韓曉人說：「我不在家，你是長子，我韓家的希望都寄託在你身上。你不要因考不上中學而怨天尤人、自暴自棄。另外你母親一個婦道人家，難為她挑起全家的生活擔子。你弟兄要聽話，不要惹她生氣。」

望著憔悴而蒼老的父親，韓曉人的心抽搐著。三十多歲正當壯年的高級知識份子，本應在社會上施展自己的才華，為國家貢獻力量。然而父親卻像一朵盛開的鮮花，在狂風暴雨的侵襲下凋零枯萎了。父親瘦削的面龐上，一雙小眼睛已失去往昔的亮麗，連鬢鬍長得怕人，滿頭濃髮灰中加白，身子佝僂著，猶如一具僵屍。「唉！父親不知吃過多少苦，我們全家人也受了多少苦啊！現在一家子四分五裂，今後的日子還不知如何過呢？」韓曉人忍住心酸，安慰父親說：「我們兄妹都聽媽媽的話，不會讓她難受的，爸爸也要多保重，好好改造，爭取政府寬大，早日回來闔家團聚。」

探監結束的時間到了，父子倆默默地分手。目送父親隨著看守步履蹣跚地返回囚室，韓曉人的眼睛濕潤了。他記得周恩來總理曾對剝削階級家庭出身的知識青年講過：「黨的政策是有成分論，但不是唯成分論，重在表現。」上面的政策要落到基層，真是談何容易，階級出身實際上已決定了一個人的前途及命運；自己參加統考的結果第一次在韓曉人心中投下暗影，錄取標準是以考試成績好壞還是以家庭成分為主？

「這只是個別現象，也可說是一次例外吧。」韓曉人自我安慰，「幾年來自己不是一直受到黨和人民的親切關愛嗎？國家不是把自己撫育培養到高小畢業了嗎？今年招生以貧下中農子女為優先錄取條件，基本不錄取成分是地富反壞出身的子女，可能是受錄取名額的影響吧？個別情況，個別人的遭遇不能代表整個國家內黨和政府的政策的！」推論到這種程度，韓曉人心中好受多了。事情並非不可收拾，就當摔了一跤，爬起就是啦。俗話常說：「禍不單行，福無雙降。」韓曉人受到的第二個打擊來自家庭，是家族中的恩怨。母親領著韓曉娟到昆明去，讓韓曉人和韓曉民暫時住在祖父家，韓曉人的祖父家位於祿勸縣第一區賢德鄉馬房村，解放後，上級認為這個名字不雅，帶有侮辱性，就改名叫齊心莊。

齊心莊靠山面水，兩條河在此交匯，沖積成一個小壩子。村前一條大道，是祿勸縣上昆明的官道；距祿勸城七、八里就是武定縣城；武定縣城後的山，形狀像一隻臥獅，當地稱獅子山。相傳明朝建文帝被其四叔父朱棣奪取皇位後，化裝為僧，混出京師。最後輾轉來到獅山，終老於此地。武定、祿勸兩縣城相距僅數里，元朝至元十一年置路，治所在今武定縣城，轄境相當今武定、祿勸、元謀三縣。明洪武中改為武定府，清乾隆間改為直隸州，一九一三年改州置縣。祿勸元時為州，清改為縣，所以元清時就有官道至省城昆明，否則建文帝如何能到獅山？祿勸東北兩面，有金沙江及其支流普渡河流過。城西郊平渡即為紅軍搶渡金沙江的渡口。武定、祿勸上昆明，都經過馬房，村民們在路邊擺上小攤鋪，賣些吃食。從山區背木炭上省城的苦力，往往在路邊攤鋪上買煮熟的紅豆湯，泡自己隨身攜帶的冷飯吃。官府公務人員上省城，從這裡派匹馬，實際上元明清三朝，這裡是驛站。當地人沒文化，管這叫馬房。韓曉人從祖父那裡瞭解這些情形後，方才明白自己的祖上是驛丞，解職後在當地娶妻生子，繁衍下來。韓曉人兄弟倆來到齊心莊，每天早晚去挑柴割馬草，白天到對面鄉政府所在地賢德鄉補習六年級課程。校方的雜務由他負責，賺點錢買筆墨書本給弟弟使用。除做好日常活計外，韓曉人其餘時間全埋頭於書籍中，凡是周圍村寨中能借到的書，他都借來看。那時農村中新書不多，大都是古典文學，有著名的三國演義、水滸傳、西遊記，也有內容宣揚忠君除奸的，如三俠五義、彭公案、施公案等。韓曉人見書就讀，只有看書才能平抑心中的鬱悶。韓曉人的父親是獨子，卻有五個姐妹，大姐、二姐早已出嫁，家中三個妹子，仍未分家。其中韓曉人的四孃韓春菊，解放前一直住在哥哥家，上學回來，替哥嫂照看侄兒韓曉人弟兄倆。韓紛平一被抓，她就回到齊心莊。解放初期農村中婦女識字人不多，韓春菊被土改工作隊隊長看中，當了村婦聯主任。韓春菊後來嫁給祿勸縣撒營盤區區委書記，隨丈夫到區婦聯工作。

這年她回來見兩個侄子住在家中，便問父親韓啟富說：「我大嫂呢？為什麼會讓曉人兩兄弟住在家裡？」

「你大嫂搬到昆明去了。」韓啟富小心翼翼地回答，生怕觸犯女魔王。

「我大嫂為何不帶她兩個兒子跟她一起住？怕是生了外心咯。我大哥判刑二十年，跟無期徒刑差不多，她哪能守得住寂寞！」韓春菊尖刻地說。

「你大嫂一個婦道人家，剛到昆明，找不著正式工作，她只是到木器行為買主搬送木料。苦累自不必說，但錢卻賺不到多少。」韓啟富委婉地解釋。「曉娟患的是肺結核，那是富貴病，醫藥費很貴的。她實在負擔不了曉人、曉民的生活費用，只好送回家來，你不可誤會。」

「哼！我大哥大嫂都是沒良心的人，我到他家名義上是供我讀書，實際上是叫去他家當丫頭，替曉人兩兄弟抬尿倒屎。」韓春菊說到這裡不覺冷冷一笑，「我穿的是哥嫂穿舊的破衣爛裳，吃的是冷菜剩飯，他家根本不把我當人看待。」韓春菊像是在鬥爭大會上訴苦，可惜對象是自己的親哥嫂。

「四姐說的對，大哥簡直不是人，自己的親妹子也虐待，他現在坐牢是罪有應得。我去年考初中，學校因大哥是國民黨軍官，本來不想錄取，幸好沾了四姐夫、四姐的光，才被破格錄取。」韓曉人的老孃韓春梅也幫四姐的腔，指責大哥的不是。

韓春梅因縣中放農假返回家的，她在韓家也是個刁蠻的公主。她看父母親心疼孫子，自己受寵的地位受到波及，早心中不滿。她仗著四姐的寵愛，同時也想趁機討好四姐，多要些零用錢，故滿口胡言亂語：「你們都稱讚曉人聰明，讀書成績好。可惜他考初中的試卷老師看都不屑看，揉成紙團丟到廢紙簍去了。」

「春梅，你嚼什麼舌根！」韓春菊看妹妹越說越離譜，趕快出聲制止她。

「哦！」韓春梅伸出舌頭，扮一個鬼臉。這下逗得全家都笑起來，只有韓曉人像被人當頭一棒，心中難過極了。韓啟富抓住這難得的輕鬆時機，小心翼翼地說：「春菊，不管怎樣，你的兩個侄兒總是韓家的後代，你大哥做的不對，是你們兄妹間的事，可不能把上一代的恩怨延續給下一代呀！」見女兒的臉色沒有改變，他又接著說：「我看暫時讓他兩兄弟住在我們家，等你大嫂有辦法後再叫她領回去。」

「我大嫂有辦法？那太陽會從西方出來了！」韓春菊明白反動派的家屬也屬專政對象，好戲還在後頭。為韓曉人錄取的問題，縣文教局預先詢問過韓春菊的丈夫陳世達區長，陳世達同意破格錄取，不想韓春菊把對大哥的怨恨之心移到侄兒身上。她不好直說是私怨，裝出一副關心丈夫的樣子，提醒丈夫不要在原則問題上放鬆，以免影響職務提升。陳世達事不關己，樂得做好人，大義凜然地表示不能以私廢公。文教局碰了個軟釘子，一筆把韓曉人三個字從錄取板上勾銷了事。當她聽到韓春梅舊事重提，良心受到責備，也有點後悔之意，口氣鬆動了。

「爸爸答應住就讓他們住下來，我是怕爸媽年紀大了操不過心來。只是該做的都叫他們做，不能放任自流，仍像大少爺似得要人服侍。我有他們兄弟倆那麼大的時候，還不是給他們家做使女受氣。」

韓春菊回家，主要是回來生小孩，請了三個月的產假，一方面是婦女特有的報復心理作怪，另一方面為表示自己立場堅定，思想覺悟高，她竟把兩個侄兒當專政對象，動輒打罵。韓曉人弟兄倆每天雞叫就得起床，到後山砍柴回來才去上學；下午放學，先到野外割一籃子馬草；晚上到磨坊磨小麥麵、磨玉米麵，直到深夜才得睡覺。至於吃的方面，早上是蠶豆稀飯，下午是麵湯，麵餅及米飯很少得吃。韓啟富看在眼裡，疼在心上，巴不得韓春菊馬上離家，不要在家指手畫腳。可他是心有餘而力不足，當不了家，也做不了主。韓啟富性情剛強，極富正義感。當時在農村好管閒事，打抱不平，常替鄉親們排解糾紛。無形中成了村中名人，不論哪家有事都請他到場。解放時，韓啟富被戴上一頂乾惡霸的帽子。又惡又霸，那必定是大富大貴，韓啟富卻既不富，更不貴，甚至家徒四壁，是一個名副其實的無產階級份子。究其源，皆因韓啟富為人排憂解難，一切費用均取於家中，以致祖傳的幾畝田地及家產都在手上賣用精光。儘管身無分文，韓啟富急公好義、服務桑梓之心不減。紅軍路經祿勸，出於護鄉保民的意願，韓啟富應召帶鄉中子弟參加民團，奔赴皎平渡，防紅軍由祿勸進犯昆明。誰料紅軍虛晃一槍，從皎平渡過金沙江，把數萬追兵甩在雲南。事後韓啟富因護鄉有功，受到政府嘉獎。土地改革，韓啟富家評為貧農，典賣出的田地又分回來。豈料十幾年前的舊事重提，若非韓啟富得到貧苦大眾的聯名擔保，若非女兒當了幹部，年過花甲的他難免牢獄之災。韓啟富雖免於起訴，但判為留村監管。他感激父老的仗義執言，卻羞於靠女兒關係得平安，年輕時的豪情壯志消失了，平日大門不出二門不邁，乖乖地安度晚年。他像縮頭烏龜般待著，無聊之際，常口中念念有辭說：「好漢不言當年勇。此一時彼一時也！」

兒子韓紛平早年外出求學，靠半工半讀考上大學。後來投筆從戎，居然官拜國軍中校。他這個中校可不是內戰中同胞相殘的「獎賞」，而是抵禦外侮的榮銜。韓啟富以此兒子為傲，改天換地後，共產黨看著不順眼，這官不是共產黨封的，是人民公敵蔣介石給的。二十四史上記載得清清楚楚，勝者為王，敗者為寇嘛！當然這種看法是錯誤的，萬萬不能掛在嘴上，既使是親生女兒也不能稍露口風。俗語說：「病由口入，禍從口出」。共產黨的字典裡沒有「親情」兩個字，只有階級鬥爭。這就難怪四丫頭吃了幾年共產飯，會那麼恨她大哥。韓啟富這麼反動，仇視共產黨，給他扣上惡霸的帽子實不為過。對他這個寶貝女兒，他可是老鼠見貓，怕著呢！韓曉人料不到社會歧視不算，親族也容他不得。儘管心中不忿，他只好硬忍硬受。他平日沉默寡言，此時更顯癡呆，無人便呆坐門外，面對藍天白雲出神。十三歲，正是發育階段，工作勞累，營養不良，韓曉人兄弟倆個瘦得皮包骨頭。奶奶在家沒權沒勢，幫不上忙。她下午煮飯時多添了一碗米，把剩飯留下給孫子，兩兄弟偷偷溜到牛圈用手抓吃。高淑貞得知兩個兒子的遭遇，不禁愕然。「他四孃是自己帶大的，供她讀書到初中畢業，若不是碰上解放，還可繼續上高中。難道曉人兄弟不是你韓家骨肉？」高淑貞實在是不明白，事情怎麼會這樣呢？

韓曉人消瘦已不成人形，母親決意要接他到昆明。韓曉人到區政府要身分證明，好去縣公安局辦遷移證。區上的幹部對他說：「你小學畢業到農村勞動，符合黨的政策。我們不發證明，有文化的青年都往城市跑，誰來建設社會主義新農村？」韓曉人再到鄉政府。鄉文書是齊心莊人，對韓曉人的處境很同情，便開了證明給他。韓曉人拿到證明便往縣城趕。很湊巧，剛到下班時間，辦公室只剩下一個年輕幹部，看樣子參加工作的時間不長，他急著下班，證明都不看，便拿出表格邊問邊填寫，蓋章後交給韓曉人。韓曉人高興極了，他發現人世間並非都是壞人，也有很多好人。

韓曉人回到齊心莊，同祖父母一家告別。四孃板著臉，叫韓曉人到昆明後跟反動父母劃清界限，不要辜負黨和政府的教育。韓曉人恭敬地答應，小心地侍候著，以免功虧一簣。但心裡對不近人情的女妖魔充滿仇恨，真想咬她一口解恨。當晚韓曉人夜不能寐，心中對未來充滿希望。他既睡不著，便翻身起來到廚房做飯。韓春菊破例一次，允許韓曉人煮大米飯。做好飯，韓曉人反不覺肚子餓，包好一包晌午飯，拉開大門摸黑上路，向昆明方向而去。興許是心情太過操切，忘了時間，韓曉人緊走慢跑，一口氣趕了四十多華里才天亮。他沿著明清時代修建的官道邊走邊問路，直到滿天星斗，他才來到離昆明二十華里的大鎮。在客店的草鋪上躺下去，他才覺得腰酸腿疼。第二天一早，按著母親所說的地址，韓曉人轉了半天才找到母親的住處，所謂的家就是樓下一個單間，屋裡黑黑的，靠後牆是一張木板床，床頭擺一張長方桌；門的右邊是一扇小木窗，窗前一字兒擺著陶土制的火爐、水桶、水甕；靠牆角立著一個小木櫃，櫃面放著砧板，櫃的上層放碗筷，下層裝米、麵等食物；煤炭、木柴堆在床下。母親上班去了，所謂上班，就是每天早晨到木料場邊坐著等，顧客買零星木料，講好運價替他們挑或扛了送去，近的幾里、遠的十幾里。若碰不到合適的顧客，那就白白地守候到木料場下班才返家。

家裡妹妹守家，她見了哥哥很高興地說：「大哥好，媽媽上班去了，傍晚才回家。每天都這樣。如果天黑不回來，我先睡覺。大哥，我一人守家很孤獨，特別是夜深媽媽還不回來，我更害怕，爬上床用被子蒙住頭，身子在被子裡直發抖。」

「曉娟，哥哥來後你就不用害怕了，哥哥再不會離開媽媽和你。」韓曉人拉過妹妹，摟在懷裡細細打量。分別一年多妹妹仍像以前那樣瘦。六歲多看上去仍像三四歲的樣子，小臉瘦削蒼白，兩眼呆滯無神。她穿一條用舊被面改縫的藍緞裙子，一件白底紅花洋布襯衣，外面罩著黑燈芯絨短大衣，兩條齊肩小辮用紅毛線紮著，樣子楚楚可憐。

「大哥，二哥不來嗎？我好想他。」曉娟依偎在哥哥懷中，幸福地揚起臉問道。

「你二哥在爺爺家正讀書，媽媽說要等學校放假才接他來昆明，那時一家子就可團圓了。」

韓曉人在妹妹的指導下，劈柴火燒煤爐，用扇子搧風。一股濃烈的煤煙在屋內翻滾，韓曉人被嗆得咳嗽不已，反倒是妹妹習慣了，只是用手不停地揉雙眼，飯煮熟了，菜要等母親買回來。轉眼天黑，還不見母親回家。問鄰居，他們也不知道母親的去向。夜深人靜，兄妹倆守著一盞煤油燈，呆呆地坐在床邊。妹妹餓不住，韓曉人用開水泡飯，放點鹽巴調味先讓妹妹吃，韓曉人擔心母親出事，坐立不安。妹妹睏不住，靠在韓曉人的身上睡著了。韓曉人把妹妹輕輕放到床上，蓋上被子，自己繼續守候。半夜時分，韓曉人聽到敲門聲，一下子從床上跳下來，衝上前去把門打開。母親用扁擔拄著身子，靠在門框上，她見來開門的是兒子，驚奇地問道：「曉人是你？什麼時候來到昆明的？誰送你來？」

韓曉人顧不上回話，趕忙上去把母親扶到床邊坐下，他焦急地問：「媽你怎麼啦？跌傷哪裡？」

「不要緊，路上歪了腳，走不快。」

「路上沒有車嗎？你可以坐車回來的。」

「坐車要一元多錢，你妹子營養不良，要賺錢替她買補品，所以能節省的地方就省掉，何況我還能走。」

「今後我和你去做工。」韓曉人心中難受地說：「媽，你不能太勞累，累病更是難辦。」

韓曉人替母親輕輕按摩，見母親的腳踝腫得厲害。問母親要不要找醫生看看。

「不用了，夜深診所已關門，而且找醫生很費錢，我在街上買了個狗皮膏藥，貼上就行。」

韓曉人從母親背回來的褂包裡拿出漱口缸、湯匙，還有一個油紙包，裡面是醃菜。他知道這就是母親與妹妹的晚飯菜。韓曉人兩眼濕潤，他想：「難啊，城市跟農村一樣難啊！」

儘管會面的場面如此淒慘，母子倆的欣喜仍多於傷感。就著醃菜，白開水做湯，母子倆吃了晚餐，一家子擠在床上，心中暖洋洋的。好歹團聚了，吃好吃壞，那有什麼？韓曉人在困倦中滿足地睡熟了。早晨醒來，已到吃飯時候。母親天亮就去排隊，買回四斤豬大腸。城市居民，糧、油、肉、糖等主副食品是定量憑證供應。每人每月五公兩豬肉，頭蹄腸肚二折一算。母親買回的四斤大腸，已是母女倆一月的供應數。妹妹盯著母親的拿手菜——紅燒豬大腸，直咽口水，蒼白的小臉泛起淡淡紅暈。母親看著一雙兒女吃得口甜，又歡喜又感傷。丈夫坐牢，刑期遙遙無期，曉民住在她婆家，曉人走後，他更孤單。她暗下決心，等曉民小學畢業，也把他接回同住。飯後，母親用剪刀替韓曉人把野人似的長髮剪短，洗好澡換上乾淨衣服。韓曉人得意地對鏡端詳，鏡子裡，瘦削的瓜子臉上一雙小眼睛挺精神。身材太矮，都十三歲了，看去只有十歲左右的小孩那樣高，可神情又像十六七歲的大孩子那般老成。

省會昆明，素有春城美譽，地處雲貴高原中部，是雲南最大的壩子，浩瀚的滇池橫在市區西南，湖岸西山風景幽美佛寺眾多，正應了一句俗語：「天下名山僧占盡。」其中華亭寺、太華寺、三清閣早已馳名中外。在懸崖峭壁用手工開鑿出來的龍門，飛臨湖中，遊客登臨其上，面對碧波萬頃，澄清的湖面上風帆點點，腳下白雲繚繞，清風徐來，使人如置身仙境，俗念盡消。龍門石壁有一石雕魁星，相傳由一民間藝人耗時十多年雕刻而成，形象威武，神態逼真，看去栩栩如生，手中握一支毛筆，據說那名老藝人最後在雕刻毛筆時，眼見大功即將告成，心中一高興，失手刻斷石筆。老人目睹一件完美的藝術珍品功虧一簣，痛心至極，義憤中飛身跳下懸崖，以身殉職。這種執著敬業的精神，使後人崇敬讚歎不已！另外西北郊玉案山有建於宋元之際的筇竹寺，寺內存有清光緒年間泥塑的五百羅漢，形狀各異，把人的喜怒哀樂、愛恨情愁刻畫地淋漓盡致。寺後花紅洞，流水潺潺，鐘乳懸垂，相映成趣。城北黑龍潭，珍珠泉池水清澈，與黑龍潭一橋相連，一清一渾互不干擾。相傳武當真人張三手到潭邊捉魚而食，煮熟後僅食魚背，食後丟入潭內，魚又復活，但脊後無肉。現在潭內之魚，脊樑透明，即為此故。上有黑水祠，祠內植唐梅宋柏，兩株宋柏粗至四人合抱，枝葉蒼勁。祠前一石碑，凹字深陽，望久字則突出，人稱凸字碑。

市內的文廟、翠湖、大觀樓以及圓通山，無一不是風景名勝。金碧路的過橋米線，端仕街的小鍋滷餌，三市街的油炸條，順城街的涮羊肉都是老饕趨之若鶩的美食去處，可以大快朵頤。正義路、南屏街，人群熙來攘往，商店裡面貨積如山，琳琅滿目。韓曉人初來乍到，猶如劉姥姥進入大觀園，土頭土臉地跟隨母親逛了幾條街便分不清東南西北。夜晚上街，光亮如晝，高樓大廈環繞在五光十色的霓虹燈光環中。韓曉人猶如置身於童話世界，頗有不真實的感覺。新鮮很快過去，城市是富人的天堂，窮人的地獄。每天吃過早飯，妹妹留在家中，韓曉人母子倆帶著晌午飯，來到龍翔街中段的木料行。這裡除大宗買賣是用汽車拉運外，也有許多零星買賣，少量的方料木板，車子不夠拉運；或有的買主住處不通車路，便找人工挑運。晨曦初露，夕陽西下，常見一長一短的人影映在原野上；風雨裡、烈日中，一高一矮的身形在路上走動。韓曉人跟隨母親按照買主的住址不同，有時抬得近，有時挑得遠；有時一天搬運好幾趟，有時守候一天也沒工作做，日子就這樣混下來。

一九五八年，大躍進的號角吹響。全民辦工廠大戰鋼鐵，力爭十五年內超英趕美，跑步進入共產主義。黨中央提出：「鼓足幹勁，力爭上游，多、快、好，省地建設社會主義」的總路線，極大地鼓舞了全國人民的革命鬥志，人民公社這一社會主義新生事物像雨後春筍般在廣大農村冒出來。在三面紅旗的光輝照耀下，在建設共產主義宏偉大業的崇高理想感召裡，全國人民意氣風發，鬥志昂揚，披荊斬棘奔向前方。那日子過得紅火！黃河上下長江南北，人人心往一處想，勁往一塊使，不講貧富，不分階級，都為錦繡神州而拼搏。高淑貞由搬運工晉升為正式工人，邁進木器廠門，每月有固定的工資收入，不必擔心挨冷受餓。她把曉民接來昆明，同曉娟上同一所小學。韓曉人從中華職教社辦的補習班轉到昆明市廠辦中學半工半讀，他實現了自己上中學的願望，感到心花怒放。他由衷感謝黨和國家的恩德，下決心一輩子跟黨幹革命，全心全意為人民服務。廠辦中學學制五年，畢業時水準達到高中程度，技術上達到三級工標準。學校分二部制，一批到工廠做工，一批在校上課，兩個星期輪換一次。除書籍紙筆費外，伙食學費都由工廠提供。韓曉人分在機械專業，學鋼模鉗工，跟著七級老鉗工吳師父當徒弟。車間⑰搞繪圖設計的工程師是清華大學畢業的高級知識份子，原在昆明機床廠工作，五七年反右鬥爭中劃為右派，下放到市區級小廠監督勞動改造。

蔣工程師年紀三十掛零，對人和藹有禮，說話文質彬彬，全身充溢著一股高級知識份子特有的氣質。使韓曉人疑惑不解的是同學們不到機械廠工作時，廠長及支書向他們打過招呼，不要太接近廠裡的右派份子，以免中毒。韓曉人對右派份子既反感又惋惜。他心中想國家培養一名工程師要付出多少財力，花費許多時間，怎可忘恩負義呢？一個人怎可吃著農民伯伯種出的糧食，穿著工人叔叔紡織的衣服而不好好為人民服務，真不該呀！

韓曉人十分好學，在工廠勞動也不忘帶著課本。他對數理化特別感興趣，自學中碰到不懂的經常去請教蔣工程師。慢慢的，韓曉人心中有了疑問：「蔣工程師不像壞人啊！他工作認真負責，有時設計圖紙日以繼夜、不休不眠、眼睛熬紅、身體拖瘦，卻不見他有任何怨言。工人對他很尊重，不但青工，連老工人也很喜歡與他來往。」「這樣一個人，怎麼會是反對共產黨，破壞社會主義建設，危害國家人民的反動派呢？」韓曉人私下裡覺得蔣工程師是個好人。「一定是搞錯了！這麼大一個國家，領導幹部政治思想水準參差不齊，不可能沒有錯。自己考初中的事件，不是也沒按黨的政策正確處理，不是也滲入個人恩怨公報私仇嗎？」

一天午休，韓曉人向蔣工程師透露了心中的秘密，工校畢業再投考高校，做華羅庚第二。蔣工程師很有興趣地聽韓曉人暢談理想志向。他喜歡這個勤奮好學，有上進心的年輕人。他不就是自己年輕時候的模樣嗎？他依據自己的坎坷經歷，認為有必要向這個小青年上上社會課，以免重蹈自己的覆轍。他想道：「我們既然有緣相會，不幫他一把，讓他今後碰釘子，可能會毀了他一生。那實在說不過去。」

蔣工程師靠在工作椅背上，用左手扶正眼鏡，他考慮到自己的右派身分，思索怎樣措辭。「韓曉人，首先謝謝你信任我，告訴我你的理想。我認為你的志向很好。水往低處流，人往高處走，按說上大學嘛，那是應該的，也算不了什麼高不可攀的階梯。可是工校的目的是為工廠培養有社會主義覺悟、有文化、有技術的工人技術員。如果你不認清現實所在，一味埋頭書本，恐吃力不討好，背上『白專』的牌子，那你就有麻煩了。」

「蔣師父，我家太窮困。我是大孩子，母親弟妹都指望我上進，好歹能改善一下家庭狀況。」韓曉人根本忘了對方是一個右派，只把他當做親人，一個可以信賴的朋友，盡情向他傾吐道：「對國家來說，普通勞動者固然重要，但要把科技搞上去，光靠人多是不行的啊！一個愛迪生給世界帶來光明；一個斯蒂文森讓鐵路像蜘蛛網繞在地球上；萊特兄弟替人類展開雙翅，飛翔在藍天。還有很多，我不說你也知道。難道我們不需要這些人嗎？我們有這樣的人嗎？我上了大學學得更高深的科學知識，不是對國家更有貢獻嗎？」

「小韓，別激動。我承認你是對的，理論上你是對的。你不把我當外人，我以一個大哥哥的身分給你一個忠告：為人民服務是一句口號，它與知識關係不大。政治上需要的是又紅又專，紅是實、專是虛。國家建設用得著的是實際技能——是專，不是政治口號，不是虛。可上面強調精神可以化為物質，這不是矛盾嗎？那你要聽哪一種？你只能聽上頭的。你上了社會主義這列火車，你只有順著左的方向馳去。你別無選擇，哪怕前面有危險，你不是司機，你也改變不了方向。你唯一可做的就是跳車，你一跳車，不管是死是活，就永遠被釘在恥辱柱上了。你還年輕，我本不該對你講這些，這些話出於工農之口是真理，說於我的口就是毒草，是歪曲黨的政策。我今天說的你不要在人前隨便提起。我是右派，大不了仍回監獄，但對你會有不利影響，我不想拖累你。」

「謝謝你，以後我會注意的。」韓曉人點頭表示明白。

「離題了。我把話扯回來。」蔣工程師再解釋：「譬如你手裡捉到一隻麻雀，空中還飛著許多麻雀，你若丟了手中的去捉空中的，空中的是否捉得到是個未知數，手中的麻雀是丟定了。你只有抓住手中的不放，同時也去捉空中飛的，捉到了固然好，抓不到你不至於兩手空空。你說對吧？」

「我懂你的意思。政治上要搭好社會主義這趟車，不要脫軌。工作學習上做好本職工作，有一個立腳基礎，業餘時間再鑽研個人愛好。不然竹籃打水一場空不算，還會招來無謂的麻煩。」

「對呀！正是這樣，禁區不要觸及。至於攀登科學高峰，不時鑽進象牙之塔。清高解不了饑渴，你家不是很貧窮嗎？怎麼辦？只要能飽肚，挑糞也不嫌臭。夢見天上掉下個金娃娃，醒了也是白歡喜一場。現實社會是殘酷的，得有思想準備才行。」蔣工程師風趣地笑著下結論。

「天上是不會掉下好運道的。一切靠我奮鬥才有希望。」韓曉人也笑了。幸福需有物質做保障，但餓著肚子窮歡樂固然可笑，只講究物質享受，沒有精神陶冶的生活恐白癡才會滿足。圓通山的動物關在籠子裡，吃得好住得好，但這一切只能引起人們的憐憫與鄙視，活著有什麼價值？

「是呀！他們失去自由，行屍走肉，終老動物園。好可憐喲！」韓曉人想到這樣的人生不覺黯然。「人也是一樣，但自由並不僅是指行動受限制，那太膚淺，自由也包括思想、信仰、言論。壓制、禁錮、強暴，都只能使人閉口而不能讓人心服。紙包不住火，壓力越大反抗越強；水能載舟亦能覆舟，古今中外的無數事實證明這是一條亙古不變的真理。」蔣工程師仿佛回到五七年那一場百花齊放，百家爭鳴的答辯論場面，再一次抒發對共和國前途的關切。作為新中國培養成長起來的第一代大學生，蔣繼業深感肩上擔子的沉重。在戰火平息的廢墟上，新興的共和國巨人般屹立在世界的東方。拿破崙心中的睡獅醒過來了，西方列強侮辱瓜分中國的時代已經結束，毛主席在天安門廣場莊嚴宣布：「中國人民從此站起來了！」作為一名熱血青年，父兄用血肉築起了長城，建設國家是責無旁貸的歷史責任。

是的，建國不到十年，官僚主義、貪污腐化、特權思想、急躁冒進、驕傲自滿，以及專制、殘暴、僵化、墮落、獨裁等致命的毒菌，在共產黨身體內部大量繁衍滋生，腐蝕著黨的健康。而艱苦奮鬥、勤儉樸素、謙虛謹慎、大公無私，以及理想、情操、民主、自由等優良傳統在國家機關、政府部門、民眾團體內迅速消失泯滅。黨政軍形成一言堂，工青婦[18]名存實亡，人代會是橡皮圖章，政協是應聲蟲，民主黨派是塊招牌。面對這些令人痛心疾首的變質蛻變，蔣繼業像無數愛國愛民關切政事的仁人志士一樣，勇敢地站起仗義執言；

他們滿懷激情、藏否人物、品評時事、出謀獻策，立志以天下為己任。然而，滿腔熱血換來的是悲慘的下場。他的觀點被歪曲，言論遭肢解，人格受侮辱，形象被醜化。這是時代的悲哀，共和國的不幸。

兩個年齡不同、經驗各異、毫無淵源的人物不期而遇。按說他們的思想難以交匯，但一接觸，兩人大有相見恨晚之感，談話毫無顧忌，可說是異數。談話從國事轉向家庭，從抽象轉為現實。蔣繼業打住話題道：「不提這些煩人的事啦。你談談你的事吧！星期天上哪兒逛啊？」

「我怎會有週日。」韓曉人苦笑說。「在學校讀書，伙食由公家負責，但我弟弟、妹妹都在上小學，我母親每月三十元，只夠家中三人伙食費，哪有餘錢供我弟妹上學，況且我弟弟明年就上初中，開銷更大。我是家中長子，能不為母親分擔嗎？」

「你現在還在求學期間，那你怎麼辦呢？」

「在校上課，每天晚上下自習課，我便到西站去拉煤車，拉到午夜十二點，星期天整天拉。每學期放假半個月期間，乾脆上運輸公司搬運隊做臨時工。早晨吃飯後，用口缸帶上一缸飯，上面裝點醃菜之類的，外面用手帕包好繫在腰上；中午休息，拉大車的師父們去飯店吃飯，我守車子，就著水壺吃冷飯。收入還好，每天有一元錢。這樣子下來，不但我的書本錢有著落，弟妹的學雜費課本筆墨錢也都有了。」

「你年紀小，個子又不高，運輸隊怎麼會收你做臨時工呢？」

「運輸隊拉車的以前也是搬木料的工人。很多人認識我母親，他們看到我家那麼困難，可憐我們，所以我任何時候去找到他們，他們都肯幫忙。他們都是好人啊！」韓曉人說到這裡，眼睛不覺濕潤了。「我太感謝他們了，我發覺窮人之間同情心更多一些，他們更樂意助人。」

蔣繼業沉默了，他脫口念出《孟子》裡的一段話。「天將降大任於斯人也，必先苦其心志，勞其筋骨，餓其體膚，空乏其身，行弗亂其所為。所以動心忍性，增益其所不能。」他摘下眼鏡，用手帕輕拭雙眼，感歎地接著說：「人生，這就是人生。有人生來錦衣玉食，高高在上無所事事；有人胼手胝足，一日三餐不濟，上天無眼，造化弄人呀！」

見到蔣工程師為他難過，韓曉人忙著聲明：「我年紀輕，吃苦不要緊。我不羨慕富有的同學。我星期天雖不能像他們帶著魚竿到郊外釣魚，不能坐車去遊玩，但我的成績單上分數比他們高，這我就滿足了。」

「好！小韓，有志氣。我也是苦讀出來的。在現實社會容許的範圍內盡力自我爭取吧！超過了界限，你要有碰壁的思想準備。你還年輕，有些事你還不懂，也不會理解，發生在你身上的不幸，不是個別事例，而是具有普遍性的社會現象。社會的不平等，有客觀因素，也有主觀原因。客觀因素起源於世界各國發展的不平衡，特別像中國這樣一個一窮二白[19]經濟極端落後的大國，富裕起來不是一朝一夕的事。主觀原因嘛，改變現實的阻力太大，不要說採取行動，提出都不行，一提就觸及特權階級的既得利益，給你扣上這樣那樣的帽子，捆住你的手腳，使你抬不起頭來，行動不得。」

果不其然，大躍進哄了一陣子便後繼無力。工業下馬，大批工廠關停併轉[20]，廠辦工業中學失去經濟來源。停辦嗎？政策上不是號召自力更生，不靠國家負擔嗎？辦下去嘛，幾千學生的伙食，上百教員的薪金以及學校用費如何籌措呢？車到山前必有路。廠辦中學的同學中，有政治背景的安插到市區機關團體工作，有社會關係的分配到廠裡當工人，家庭經濟寬裕的自費改上師範班。上述條件均無的幾百人，勉強找幾個區辦小廠勤工儉學。韓曉人倖免失學，繼續半工半讀。城市如此，農村也不例外。韓曉人的祖父韓啟富一家在公社化的大潮中也被捲了進去，每天聽廣播喇叭聲按時到食堂吃大鍋飯，下田上工，家中除傢俱碗盞外，一切做價歸公。共產風刮來得快，散去得也迅速，大鍋飯由乾而稀、由多而少，最後揭不開鍋蓋，集體食堂只好關門大吉，成了歷史名詞。食堂關門，各戶農家只好開小灶，可惜大河沒魚，小河哪兒來蝦？挖草根剝樹皮，吃觀音土[21]。韓啟富年老體衰，折騰了幾個月便撒手西歸，魂返極樂。

一九六一年，廠辦中學的牌子終於被取下，師範班併進昆一中，廠辦班全部分下工廠當徒工。按例行的分配原則，韓曉人與同學張鈺林、黃惠仁分到街道辦的豬鬃廠。三人拿著介紹信到豬鬃廠報到，只見一條小弄堂裡擺幾口大水缸，缸裡泡著酸臭毛皮，幾個街道婦女正挑揀鬃毛。廠長也是個中年婦女，她正愁發不出工資，見又來幾個要飯的，急得臉色蒼白，人事部門負責分配工作的幹部面對這情景也十分尷尬，他回去後重新把韓曉人等三人分到五華區油墨廠。油墨廠在郊外，環境幽僻，油墨是易燃物，廠址當然不宜選在繁華的鬧市。加上原來的三個名額，共有六個初中畢業生到該廠做學徒。初中生當徒工、文化程度夠格。廠長、黨支部書記很高興，態度熱情，專門替他們六人騰出一間辦公室做宿舍。總算安定下來，韓曉人鬆了口氣。困難時期有飯吃有屋住，每月有五元人民幣零用錢算不錯咯。至於抱負理想，先靠邊吧！

廠黨支部書記田成讓徐廠長帶領韓曉人他們到油墨工廠參觀，自己回到辦公室拆開學校介紹信及人事處的分配通知。他一看履歷表，頓時大吃一驚，傻了眼。他喃喃自語道：「我還以為上級重視我們廠，分配六名中學生到我廠。原來是些破爛貨，別的工廠不要都塞給我們了。」原來分配來廠的六個人，家庭出身都不大光彩。韓曉人階級成分是舊軍官；張鈺林家是舊職員；黃惠仁的父親是一貫道點傳師，一解放馬上遭到槍決；石德忠家是滇西土司，父親現在居住臺灣；沈得光的祖父是國民黨高級將領，隨盧漢光榮起義，退出軍隊行醫，以祖傳秘方濟世，政治身分是民主人士；蔣立武家是滇西地主，姐姐嫁給志願軍回國人員，姐姐接他到省城讀書。試問，憑這些問題，能分到重要的工廠嗎？不然韓曉人學了三年機械專業，已是一名熟練的鋼模鉗工，怎會分到化工系統？

「不管成分如何，既然是上級分配來的，說明通過盤查不會有問題。何況比其他廠多幾個知識份子，工作上幫手多，可以少吃力。」廠長徐樹聲安慰老支書。

「老徐，我們當然要服從上級的安排，我看把他們調到運輸隊算啦。哦！伙食團差個會記帳的，調給他們一個吧，只是不能讓他管錢。」徐廠長聽了老支書的分配方案，哭笑不得。他身為廠長，同時兼任工廠技師。上次老支書把一個共青團員安排到化工車間當車間主任，滿有理地稱為培養新生力量，提拔年輕幹部。那青年政治熱情是高，可配方上簡單的化學方程式也看不懂。「生產上不去，找我老徐。分配來的幹部卻是廢料。

我沒三頭六臂，巧媳婦難做無米之炊呀！」嘮叨歸嘮叨，生產要緊，節骨眼上可不能再遷就。

「老夥計，生產任務完不成，工商局批評好幾次，讓其他廠笑話。眼下來了幾個有文化的徒工，再不善加利用，後進廠的帽子何時能摘掉？我個人沒面子事小，可我的好書記你也不光彩呀！」

「那你安排吧。」老支書考慮半晌，攤開雙手，挺大方地表示：「徐廠長，我擔的風險不小啊。政治上我扛著，至於生產方面，你費心操勞吧。」

「老田，你放心。有了新生力軍，生產面貌肯定會改觀。」

廠長拍板，六個人分成三組：兩個在煉油車間，兩個在化工車間，兩個在油墨車間。

正當國家經濟面臨崩潰，人民吃穿困難，工農業產值下降之際，黨中央及時轉變政策「調整、鞏固、充實、提高」的方針下達了。各企業在保證完成上級下達的生產指標外，廣開門路，先找賺錢業務，解決工廠燃眉之急，力爭站穩腳跟再談發展。

油墨廠派出人員到各州縣調查市場情況，與有關單位聯營，搞來料加工。當時市場上動物油奇缺，香果油是國統購物資，根本弄不到手。徐廠長改良配方，用桐油代替牛油，在煉油車間生產肥皂，專縣商業部門的車子運來油料，拉走肥皂；化工車間生產的藍靛、鉻黃、硫酸鋅等化工產品市場上都是搶手貨；煉油車間生產的軍用綠漆，帆布漆也是當天一出廠，傍晚就拉走，過不了夜。企業搞活，工人們加班加點忙得夠嗆。摸摸衣袋鼓鼓囊囊揣滿紅紅綠綠的鈔票，勞累早飛到九霄雲外，這恐怕就是物質刺激的效果吧！當然徐廠長是用勞保等手法讓工人多得一點勞務費，不然現金分紅這頂資本主義形式的大帽子壓下來，可不是玩的。

韓曉人等人成了生產骨幹，整天忙得暈頭轉向。從化學配方到工藝流程，對幾個初中畢業的高材生來講，輕易就能掌握。來料加工，老工人犯難了。徐廠長把攻堅任務交給韓曉人他們，六個人挑燈夜戰，翻資料、搞計算、驗配方。桐油做肥皂，大鹼、水玻璃、油料比例，時間溫度的掌握都要另行配方，重新試驗。為此他們找廠長、老工人請教，最後，肥皂生產出來，品質完全符合買家要求，幾次要求追加合同，擴大生產。

老支書笑咪咪的，在車間走來轉去，噓寒問暖。領導深入第一生產線，發現問題，解決困難，這是黨的優良傳統。幾個不起眼的徒工，拼命苦熬，徐廠長及老師傅關心地讓他們休息，他們也不聽。「士為知己者死。」領導的信任、工人的關愛更激發他們奮發的熱情。憑著精細的科學方法、初生牛犢不怕虎的勇氣，他們為自己的青春創造了輝煌。生產不忘進修，工作之餘，韓曉人、蔣立武、沈得光到中華職教社辦的補習學校進修高中課程，黃惠仁、張鈺林、石德忠到五華區職工業餘學校選讀中國文學、政治及經濟學等課程。學校生活是幸福的，幽靜的校園、敬愛的老師、親密的同學、浩瀚的知識，這是人生美好的一頁。幸福的人生都一樣令人欣羨；痛苦的人生卻是千奇百怪。當無數青少年生長在鮮花盛開的伊甸園無憂無慮，盡情享受和煦的陽光、溫馨的親情及生命的美好時，也有許多同年人在痛苦中煎熬，在饑餓裡掙扎，在風雨摧殘下枯萎。人生際遇是那樣的奇幻，各人的命運差別是那麼的巨大。失學並不代表求知的結束，哀歎命運的不公，但不可妄自菲薄。攀登峰頂的路線有許多條，不可強求一致。溫室的鮮花固然無災少難，野外的小草也照樣欣欣向榮。

下午五時工廠下班，韓曉人他們顧不上吃飯，把飯菜端到宿舍，換下工作服便往市區趕，補習的地點在武成路，用部隊急行軍的速度奔走，最少也要四十五分鐘的時間才能趕到。教室擠得滿滿的，學子中有的是高考落榜的應屆高中畢業生，準備來年再度拼搏，更多的是失學青年。他們不甘心命運的擺布，不願當時代的逃兵，更鄙視隨波逐流、虛度年華。他們身分各異，共同的求知欲把他們結合在一起。他們安靜地坐在教室裡，聚精會神地聽教師講課。他們雖然失掉在學校就讀的機會，但失不去求知的權利。唯一與在校生不同的，是他們得付出更多。韓曉人把一星期工餘時間安排得滿滿的，代數三角、平面及立體幾何、物理、化學、英文，他全補習。他記起蔣工程師的比喻，捏住手中的麻雀，再抓空中的麻雀。這空中的麻雀能否捉住，他不敢決斷，因古人的教誨說：「謀事在人，成事在天。天意之故不可違，人事亦不可不盡。」

「我付出我應付的努力，結果如何卻不是我所能預期的。」韓曉人心情恬靜，不因失學苦惱。每晚補習時間終了，學員一致起立，用鼓掌來歡送老師離開教室。這掌聲表達對老師勞動的肯定與感謝，凝聚著同學們對求知的執著與嚮往。收起課本紙筆，素不相識的陌生人，大家點頭招呼，微笑作禮，然後從容分別，消失在大街小巷中。夜深了，除幾條繁華大街仍然車水馬龍，人頭攢動，娛樂場燈紅酒綠、笙歌不輟外，僻靜的街道已相當冷清。韓曉人、沈得光、蔣立武三條人影，在冷清的街燈下拖得時長時短，時而清晰，時而幽暗。他們沿平坦的路面快步疾走，外表的平淡掩不住心中充塞的激情。「生活是美滿的，只要每天都能裝進新的東西，接受新知識，光陰就不算虛度，人生也就有價值。」沈得光首先打破沉寂。

「我認為這還不夠。」蔣立武別具衷腸。「人類不正是有了為數極少的先知先覺，才不斷引導同胞向文明社會邁進嗎？他們在芸芸眾生中鶴立雞群，被視為異類。他們不祈求凡人理解，亦不同流合污，他們標新立異，行為駭人聽聞。名譽、權勢、地位，對他們來說，正如虔誠的佛教徒拋棄紅塵那樣，棄如敝屣。」

「人活著，是要有點銳氣。即使做不成聖賢，也要做個君子。我們絕不當憤世嫉俗的旁觀者，對世事呶舌聒噪；也不做遁世清高的陶淵明，顧小節而失大義。我們不要自以為是高高在上的救世主，為時代下定義、畫藍圖。」韓曉人調和兩人的觀點，提出自己的看法。「我們都是凡人，離不開所處的社會，不得志，獨善其身；得志，兼善天下。」

「韓曉人說的對。我們目前正是不得意的時候，不想向命運低頭，只好咬牙獨善其身，以待時機轉好再說。」沈得光性情隨和，遇事看得開。所以他的煩惱也少，成天樂呵呵的，在校時同學們取給他一個綽號叫「彌勒佛」。

「不管是想做聖人、君子、隱士，還是想做魔君、奸雄、小人，總之都比做普通人，做愚民庸夫好。我倒欣賞曹孟德那句話：『不能流芳萬世，亦當遺臭萬年。』男子漢大丈夫，豈能默默無聞，與草木同枯。」蔣立武因地富出身，受盡屈辱，養成他偏激的性格，遇事好走極端，報復心極重。不知是巧合，還是必然，到油墨廠六個人，幾乎包羅反動家庭的各種類型。在社會壓力、世俗成見、政治鬥爭的環境裡成長起來的年輕人，身心受到的摧殘與欺辱，是如何深重呀！他們缺乏關愛、同情、諒解與支持，他們受到的是偏見、仇恨、誤解與歧視。韓曉人替蔣立武說出他心中憋了許久而不敢公開說出的話：「社會對我們這類人的迫害，被編造的謊言所掩蓋。在官方報導上事實被歪曲，他們提出的理由是那樣的冠冕堂皇、正大光明，所以我們在公眾心目中成了十惡不赦的壞蛋，不管受到多麼嚴厲的懲罰，都是應該的。反過來看，我們的所作所為必然對社會不利。這就是階級鬥爭的邏輯，我們必然成為犧牲品。」

「謝謝你。試問在這種社會條件下，我們還有什麼前途可言？除非改革現狀，把顛倒的是非再顛倒過來。這需要力量，我求知的目的就在於此。」蔣立武豁出去，把話挑明後，反倒輕鬆了。

「我看你們倆人今晚太反常，說的盡是瘋話。」沈得光嚇了一跳，趕緊制止這場危險的談話道：「今晚到此為止，今後我也不想聽到這些話。何必呢？出頭椽子先爛嘛。我不會做傻事，我也希望我的朋友不去做傻事。」

「好吧！不講這些嚴肅的話題了。」韓曉人明白沈得光的一番好意，調侃他說：「看不出你這笑彌勒肚量比我倆大多了。肚裡裝的都是好貨呢。」

「彌勒佛的乾坤肚何以裝得下我們的胡言亂語，它裝的是大千世界。」蔣立武也覺得自己太衝動，失去平日的冷靜沉穩，趕緊用笑話來掩飾自己的失態。另一方面他感到心中暖洋洋的，「多好的朋友啊！看來我道不孤，同志比比皆是。」

八月十五中秋節，油墨廠裡靜悄悄的。青工到工人文化宮參加盛大的聯歡晚會；老師傅回家闔家共度佳節；韓曉人他們六人什麼地方也不去，補習班放假，他們就自修。面對一輪皎潔的圓月，全神遨遊於知識之宮，心中不知是苦還是樂。第二天韓曉人的弟弟、張鈺林的妹妹、沈得光的祖父都找到廠裡來。他們以為工廠出了什麼事，使自己的親人不能回家過團圓節，一問才知道是這麼一回事，親人們才放心。政治氣候是社會生活的晴雨錶，每當運動結束，人心安定，社會風氣清明，各行各業便呈現欣欣向榮的景象。人們歡心之餘，也有一絲淡淡的憂愁，因為暴風雨來臨之前，總有短暫的寧靜。

一九六三年開始，政府已有收緊管嚴的先兆。政治嗅覺靈敏、鬥爭經驗豐富的各級老幹部，總能未雨先知，私下收集材料，以備秋後算帳，田成書記就是這樣一位頂尖高明的專家。五十多歲的田書記，毫不顯老，四方臉表情豐富，微笑總掛在嘴角，平時眯縫著雙眼，一副忠厚之相。因肚子發福，微微突起，穿一套藍咪嘰[22]中山服略顯臃腫。他是一個農村黨員幹部，五八年大戰鋼鐵，他帶領一批青壯年郊區農民到市區。熬了幾年，終於出人頭地，榮升油墨廠黨支部書記。他平日就看不慣徐廠長的思想作風以及工作方法。鄧小平總書記「不管白貓黑貓，捉到老鼠就是好貓」的說法，老書記聽後老是不太舒坦。

「老徐領著那幾隻小貓在廠裡躥來躥去，把一切秩序都擾亂了。」田成在區委員開的黨委擴大會議上向上級抱怨說。

「上面沒有打招呼，你不要亂來。緊跟政策嘛！」這是任何幹部都必須具備的紀律。區委書記黨性很強，馬上堵住田成發牢騷。為這，田成把不滿咽進肚中，忍了兩年。眼下是時候了，再不顯顯顏色，他老徐要翻天了。一個黨外人士，你不卡住他的脖子，而讓他出頭，那還叫什麼黨領導一切呢！田書記先內後外，他召開黨支部會議，統一口徑，布置任務後，跟著停下工作，召開全廠職工大會。

「同志們！大家辛苦了！」田書記坐在主席臺上，開始做報告：「在中國共產黨的英明領導下，全國人民緊密團結在黨中央周圍，戰勝了三年自然災害給國民經濟帶來的消極影響，渡過了難關。現在形勢好轉，以前一個階段出現的非無產階級傾向，要堅決批判、徹底肅清，這是全域性的任務。講到我們廠，過去一段時間當然也有偏離社會主義方向的錯誤。我們廠是全民所有的國家企業，必須嚴格遵守黨的政策方針，反對資本主義經營方式。抵制『金錢掛帥、物質刺激』那一套資本家開工廠的老套。揪出資產階級安插在我廠的代理人。」會場的氣氛緊張起來，工人心中明白，這一切全是衝著徐廠長來的。按每次運動的慣例，各單位都要樹立正面典型，同時也要找出批鬥對象，作為運動好壞的標準。工人心中有數，正是徐廠長在困難時帶領大夥闖出一條生路，才避免停產關門的悲慘結局。現在才吃了幾天飽飯，就忘記饑餓的時候，他們不理解，也不敢探究其中的奧秘。鑒於歷次政治運動所帶來的教訓，便抱定宗旨，靜聽下文。

田書記打住話頭，端起擺在桌上的茶杯，幾口熱茶下肚，他精神為之一振。清清喉嚨，田成口氣嚴峻地接著往下講：「最近幾天，負責主管工業的市委副書記張興同志召集各廠黨委書記開會，我作為有嚴重問題的典型被大會點名批判，徐廠長已停職查辦，市委工作組日內就會來我廠檢察工作，整頓組織，大家要有充分思想準備。我歷來反對徐樹聲同志搞的那套方法，我曾多次對他做出同志式的批評，勸他懸崖勒馬。徐樹聲同志不聽黨的忠告，他的問題已轉化為敵我矛盾，不過我黨還是本著懲前毖後、治病救人的方針，儘量挽救革命隊伍中每一個勇於認錯，願意改過的同志。」

「啊！徐廠長已停職檢查。」韓曉人大吃一驚。在他心目中，徐廠長是一個忠於職守的好領導。在工廠瀕臨困境，面臨關停的緊要關頭，是他帶領全廠職工，想方設法支撐過來。去年盛夏，徐廠長操勞過度，在車間吐血暈倒，經醫生搶救甦醒，醒後他拒絕住院療養，仍帶病堅持工作。這樣好的廠長，怎會是資本主義的代理人呢？

韓曉人看會場的工人，滿臉麻木不仁，竟沒有一個人敢站起來為蒙冤受屈的徐樹聲同志說一句公道話。他痛心疾首，一股怒氣上衝，臉脹得紫紅。坐在韓曉人身邊的蔣立武，見他全身微微發抖，生怕在這節骨眼上捅出亂子不好收拾，急忙用手臂拐拐韓曉人的身體，示意不要衝動，安靜下來再說。韓曉人轉頭看見蔣立武滿臉焦急關切的神情，忙點頭衝著他一笑，表示領會他的好意。至於以後田書記又胡說八道些什麼，韓曉人再也聽不入耳。又一心中的偶像幻滅，他感到極度的失望。他想：「好人難做！」市委工作組很快下到工廠裡來，折騰幾天便偃旗息鼓、草草收場。事態倒沒有擴大，牽連也不多。上面清楚，油墨廠每年上繳的利潤，在同類工廠中舉足輕重。政治運動要搞，生產任務也必須完成。追究下去，可是扁擔挑水兩頭塌。何況事情出在下邊，根子在上面，上面沒見揪出什麼大人物，下面也好收場，找幾隻替罪羊應應景，走走過程，工廠又恢復正常生產了。徐樹聲調走了，新來的廠長很年輕，據小道消息稱：是新挑選培養的苗子，來頭大著呢！

蔣立武調到伙食團，採買兼記帳，因地富關係比內部敵人隔了好幾層，一時影響不大。沈得光還在煉油車間，他祖父沈經民最近補選進市政協，滿搶眼的。餘下四人調到運輸隊。運輸隊有幾輛大車，專門負責往返倉庫與工廠之間，運出成品，拉回原材燃料。由於工作時間沒有規律，韓曉人的補習只能是三天打魚兩天曬網，沒個準時兒。有一天晚上，韓曉人補習去後，工廠急需運一批成品到倉庫，運輸隊馬上出發。事後新廠長大發雷霆，狠狠批評韓曉人不遵守工作紀律，勒令他停止補習，並威脅說：「這次運動，黨和政府對你們幾個徐樹聲的小幫兇寬大處理，可算仁至義盡。你們若不認真改造，將功折罪，後果要自己承擔。希望你好好考慮，不要不知好歹！」新廠長不愧年輕有為，火氣很大，口氣也十分嚴厲。

韓曉人忍痛放棄補習，在老師指點下買來有關的自學參考書籍回廠自修。有不懂的問題，利用節、假日去向老師請教。幸好補習班的老師大多是廠辦中學的老師，韓曉人熟悉他們，老師們也很同情韓曉人的遭遇，常鼓勵他不要洩氣。推大車回來，韓曉人自學到深夜，偶爾的響動或讀書聲把飽食終日無所事事的廠長驚醒，他便萬分生氣地責怪田成。「田書記，你這個把關的是怎麼把的，盡弄些渣滓到廠裡來。怪不得老徐把工廠搞得一團糟，他還真有幾個替他搖旗吶喊的小嘍囉。」

「小張！」田成親切地稱呼新廠長，「我早就在想法整治他們，可老徐當他們是寶貝護著。現在他們失去靠山了，只要讓我抓住錯處，我就收拾他們。城市跟農村不同，若是農村，我這當年的農會主席一人說了算數，早把他們料理掉了。」

「虧你還是老薑，這點小事都不能辦？喏！我告訴你……」廠長的聲音低下去，只有兩人靠近才能聽見。

一年一度的徵兵工作開始，廠裡動員青年報名應徵。韓曉人他們明知入伍無望，但也不願落個壞名，所以積極報名。不知從哪裡吹來的風，說反動軍官的子女，現行勞改犯的兒子處心積慮地想混入人民軍隊，這可是一宗重大的反革命事件。工人群眾十分憤怒，要求領導嚴厲追究，從重處理。老支書好說歹說，總算使韓曉人免於起訴，只是開除公職而已。韓曉人感謝老書記為自己據理力爭，使大事化小，小事化了。最後捲起被蓋，被掃地出門，灰溜溜地搬回家去。韓曉民很為哥哥抱不平，大罵田成這個老混蛋卑鄙無恥。韓曉人制止弟弟亂說，讓弟弟在昆明市財經學校用功讀書，不要多管閒事。母親知道真相後安慰兒子說：「曉人，事情出了不能挽回，你生氣只會傷自己身體，看你瘦得人樣都不像了。不用著急，先好好調養身體，慢慢再找事做。你弟弟上財校是公費，不用交伙食費。我每月三十多塊的工資省著點，兩頓乾飯還有的吃。」

韓曉人很灰心，不知衝撞了哪路邪神，到如今，別說空中的麻雀，連手中的麻雀也飛了。這真應了一句俗語：「屋漏偏逢連夜雨，船遲又遭打頭風。」所有倒楣的事都衝著自己來。十八九歲的大小夥子了，難道還要老母親來養活？韓曉人背著被工廠開除的臭名，彎腰低頭做人。幸好反動家庭出身的身分在社會已夠歸入下流，再加個臭名，社會地位也低下不了多少！

韓曉人再度找到原來熟悉的大車師傅，幹起老本行，正式成為搬運臨時工。不論是颳風下雨還是烈日暴曬，韓曉人拉著膠輪馬車，在昆明市的大街小巷奔跑。幹搬運工這一行，是出大力的工作，辛勞不用說，收入倒很可觀的。韓曉人心無雜念，用勞累來磨平心靈上的創傷。他不僅恢復補習，而且自學得更加刻苦。職教社的領導以及普通職員，都關心著韓曉人的成長。他們在政治上幫不了他什麼忙，改變不了他的處境，但在精神上、修養上、知識上，他們盡力為他提供食糧。遠大的志向、崇高的理想，被踐踏在腳下，隨著滾滾流轉的車輪飛逝！命運之神把太多厄運帶到人間，為何非要讓他們受無窮的苦難，何以吝嗇少許歡喜的賜予。「老天如此不公平哪！」韓曉人飽含心酸的熱淚，無聲地仰望著上蒼。天無絕人之路，雲南省人事局招考財經人員，對象是有城市戶口的高中畢業生。韓曉人懷著熱望，多麼想把握這次難得的良機，可惜他沒有高中文憑。負責招生的工作人員告訴韓曉人，沒有正式的畢業證書不要緊，只要有同等學歷的證明也行。韓曉人犯愁了，到哪裡去找高中證明呢？韓曉人想來想去，毅然走進中華職業教育社辦公的地方。時隔多年後，韓曉人仍懷著感激的心情，回憶起中華職教社那些不知名的領導及老師們。在知識無用論、白專受批判的歲月裡，是他們利用一切可能的時機，開辦各類補習學校、函授[23]學校，克服了難以想像的困難與干擾，為中華民族的振興及國家的騰飛，培養造就了大批人才。他們中的不少人直到現在，仍為祖國的四化[24]出力。韓曉人在補校老師指點下，從職教社那位不知名的先生那裡接到一紙證明。他心中的高興，變成了激動的啜泣！

韓曉人到環城東路報名，招考處的工作人員對著那張補習證明犯難了，那不是畢業文憑，只見上面寫著：

韓曉人同學在我校補習高中課程。

特此證明

中華職教社補校

一九六三年六月十五日

「韓曉人？」這位招考負責人是昆明財經學校的老師，他覺得這名字好熟。

「韓同學，你弟弟叫韓曉民，對吧？」

「是的，您認識他？他去年考進昆財校。」

「我是他的老師。你弟弟提起你的事，他說你在什麼廠工作，工廠怎會同意你來考試呢？」

「哦，我……，我離職了。」韓曉人不便說明被工廠開除的事，生怕報不上名。但又一想，是福不是禍，是禍躲不過，做人要光明正大，不搞欺哄矇騙。況且他是曉民的老師，不該瞞他。

「我被工廠開除了，高中課程是靠自學的，所以沒有畢業證書。」

老師看到韓曉人難言的神情，溫和地問他說：「什麼原因？政治問題嗎？」

「是的，政治問題。我報名參軍，工廠說我想混入軍隊搞壞事。」

老師一言不發，低頭填好一張準考證遞出窗口說：「考試地點、時間，都印在上面。祝你好運！」

「謝謝，多謝老師關照！」韓曉人用發抖的雙手小心翼翼接過準考證。那虔誠的神態，猶如接在手上的是一道聖旨。

一九六三年七月二十五日，韓曉人拖著疲乏的身子回到家。勞動了一天，身子是夠累的，但更感疲勞的是心情的極度失望。財校考試過去一個月，音信全無。考初中的過程，又清晰地浮現在面前。六年了，這是多麼艱辛而又漫長的歲月。身心的折磨，一次次的奮鬥，一次次的失敗，真像曾國藩奏章所說的那樣，「累敗累戰」啊！韓曉人憔悴了。他真想躺下去，什麼都別想了，但父親聽到自己考不上初中時的那一聲長歎、蔣工程師眼睛裡那份溫和的眼神、徐廠長匆忙奔走的身影、中華補校老師灌輸知識時的期盼與專注，走馬燈似地紛至遝來。

「不，不能倒下。不到最後一刻，決不輕言放棄。」韓曉人咬緊牙關挺住了。

「大哥，您的信。信封大大的。」曉娟對剛進門的大哥嚷叫著。

「什麼人寫信來？」韓曉人嘀咕道。自從被工廠開除，他頓覺在人前矮了半截，便一直過著半隱居的生活。社會就是這樣，一旦你被認為有了問題，比傳染病人還厲害，誰都不敢接近你。從妹妹手中接過信，韓曉人眼睛頓時一亮，信封上鉛印的大號字體躍入眼底：雲南省人事局用緘。拆開信封，是一張薄薄的公文紙，上面簡單地列印著幾行鉛字。

《錄取通知書》

韓曉人同學：

經考試成績合格，你已被錄取。

現分配到臨滄專區工作。請攜帶戶口冊、購糧證，到環城東路五十三號招生辦公室報到。

特此通知

雲南省人事局一九六三年七月二十日

附注：報到日期最遲不得超過七月二十八日

看了一遍又一遍，韓曉人覺得字跡模糊，看不清楚。曉娟見韓曉人一面看信一面流淚，奇怪地問道：「大哥，你怎麼哭啦？」

「哥哥不是哭，是高興。」韓曉人揉揉眼睛，俯身把妹妹摟得緊緊的，又親又香。滿天烏雲被風吹散，這正應了一句古詩：「山重水盡疑無路，柳暗花明又一村。」韓曉人又按住了時代的脈搏，心中美滋滋地說：「命運終於照看我了。農村混不下去，到了城市，進廠當工人，工人階級的頭銜可是夠光彩的。如今當了國家幹部，更上一層樓。這是許多人夢寐以求的目標啊！我真幸運。首先這要感謝黨的知識份子政策的英明。我決不辜負國家對我的信任，一定要好好工作。」

韓曉人當了國家幹部後，心中迷迷糊糊的，一個出身剝削家庭的青年也有光明的前途。他不得不重新估量自己那坎坷的命運，他反省自己：「看來我的想法沒錯。共產黨對反動派的政策與對反動家庭出身的子女是有區別的。人的出生是不能選擇的，但路是可以選擇的。自己過去受到的不公正待遇，是某些基層領導沒有正確掌握黨的政策方針，把剝削階級本身與他們的子女等同處理，因而出現偏差。全國有幾百萬幹部，哪能個個要求一致，完美無缺呢？所以某些幹部水準有限，方法欠妥，處理失當，那是不足為奇的。」思想通了，心情也舒暢起來。韓曉人不知道臨滄專區的具體位置，便專門找來一本全國分省地圖。看後才知道臨滄是個邊疆專區，其中滄源、耿馬、鎮康三縣與緬甸接壤。韓曉人激動地說：「呵，這是反美抗蘇的前沿陣地呢！能到那裡工作，證明國家人民對我的絕對信任。沒別的說，只有今後用實際行動來報答黨的恩情。」

韓曉人一行到臨滄，經半年培訓後分到鎮康銀行工作。韓曉人從地獄一下子飛升到天堂，他懷著感恩圖報的心情，學習積極，工作努力，一心跟黨革命到底。他很自豪，因為他沒有任何背景可靠，完全是憑真才實學拼搏成功，當了銀行會計的。這種自信保持兩年多以後，一封短信使他的美夢幻滅，前途被蒙上一層陰影。參加工作後，韓曉人政治地位提高，自卑心理消退，經濟上更是有了意想不到的改善。他們是中專待遇，屬國家二十五級行政級別，每月工資四十二元五角人民幣，這比參加工作已多年的基層工農幹部還多出十多元。當時昆明物資緊缺，米、油、肉、糖、肥皂、香煙等日常主副食都是憑票供應，人們拿著錢也買不到物品。鎮康是邊疆一線地區，政策放寬，加上交通不便，農副產品運不到內地，各種物品敞開供應，不要票據。韓曉人買些紅糖、核桃、花生、鹹肉、乾魚之類物品用包裹郵寄回家，信中要弟弟把這些物品也送點給他的老師。弟弟回信給韓曉人，轉達陳老師對他的謝意，並鼓勵韓曉人增強政治修養，全心全意為人民服務。由弟弟來信中，韓曉人才知道自己能夠錄取全是陳老師的鼎力維護之功。韓曉民高小畢業，普通中學沒有錄取，他的老師見自己的得意弟子因出身不好而落榜，十分同情。時值昆明市初級財貿會計學校到市內各院校招收新生，他便推薦韓曉民去讀財校。市財校招收小學生的目的，是為城區培養飲食服務行業的初級記帳收款人員，要求不高。三年肆業，調到小商店、飲食店去擔任會計，以提升小型店鋪的財會水準。這所學校只收有城市戶口的小學生，而家長大多不願子女到飲食服務行業做事，所以招生困難，數量不足。韓曉民出身不合錄取要求，文化程度倒是頂尖兒的，可謂大材小用。

韓曉民生活樸素、學習刻苦、性情隨和、領悟力強，所以深得老師的喜愛。班主任陳偉仁是位中年教師，在省財校教書近十年，此次作為主要骨幹抽調來籌建市財校。作為級任，他從韓曉民口中得知韓曉人的詳情，對韓曉人刻苦求學，努力向上的精神既同情又感動。他參加全省財會人員招考工作，破例給了韓曉人一個參考的機會。他估不到一個靠自學修完高中課程的考生，在上千名考生中竟名列前茅。當招生委員會盤查考生資格及錄取名額時，陳偉仁兩次站出來為韓曉人辯護。錄取名單呈報到人事局，韓曉人被刷了下來。陳偉仁出於愛才之心，也為正義感所驅使，親自去找管人事的領導。他用自己的黨證作保，聲明若韓曉人出了問題，一切唯他是問。領導被陳偉仁的執著感動了，特別是得知他與韓曉人毫無關係時，更是稱許，開玩笑說：「老陳啊！既然你敢用黨籍冒險，我也為你開綠燈放行，但願韓曉人同學永遠不要出意外。」陳老師沒有向韓曉民透露這場招生內幕。他一直提心吊膽，生怕自己的判斷出錯，所薦非人。他私下一直關心著韓曉人的動向，經常從韓曉民口中瞭解他哥哥的情形。一年多過去了，當他得知韓曉人政治上日趨成熟，業務更加精通，工作之餘不但自修英語，還參加中華職教社開辦的語文函授學校的函授學習時，既欣慰又耽憂。因為中國的政治氣候，像候鳥週期性的遷徙那樣，一張一弛，現在又到收緊的時候。從農村的「四清」運動延伸到城市的整風[25]，形勢越來越嚴峻。陳偉仁擔心韓曉人缺乏參加運動的經驗，稍一不慎就容易出大問題。若被上綱上線變成敵我矛盾，那就完啦！出於愛惜之心，陳偉仁向韓曉民講出真相，要韓曉民提醒韓曉人對即將來臨的政治風暴小心應付。韓曉人得知真相後，心中對陳老師感激之餘，對共產黨的政策理解更深。不論官方說得怎樣天花亂墜，一條階級鬥爭的路線，始終貫穿在建國之後的各個歷史階段。無論何時何地，也不論何人何事，只要有必要，就給你拴上這條線。六四年鎮康分為永德、鎮康兩縣，鎮康縣城計畫移到鳳尾壩，城建工作十分緊張，縣支行派專人到工地為基建提供金融服務。韓曉人以會計身分坐鎮鳳尾壩，一天下午結帳，合帳不符三百元，出納員小王是個生手，參加工作的時間還不長，出了問題急得大哭，韓曉人也頭大了。

「三百元可不是個小數目，紕漏出在哪裡呢？」韓曉人不理會小王的哭聲，苦苦思索當天營業過程。城建工程全面展開，縣級機關團體、企事業單位，大大小小幾十家，都到工地營業所進行金融結算，工作是夠忙的。韓曉人的頭腦像是架放映機，一幕幕影像緩緩在面前流過。

「熱水鄉信用合作社會計來過，莫非提款未開提款單據？」他腦中靈光一閃，趕緊問出納員：

「小王，今天熱水鄉信用合作社會計提過款嗎？」

小王止住哭聲，抬起頭沉思半天，搖搖頭說：「記不清楚了，今天各單位發工資，來提款的特別多。我頭都忙暈了，哪會記得信用社的事。」

「小王，不要哭了。等頭腦清醒時就容易記起來，你洗洗臉去吃飯吧。我替你把飯菜燉在鍋裡，趁熱去吃。」韓曉人說完站起身走出營業室。他走回宿舍，對農經員趙國強輕聲說：「國強，有件事想麻煩你。你起來吧。」

「什麼事？」躺在床上看書的趙國強一骨碌從床上爬起來，穿好鞋子，等韓曉人的下文。

「剛才結帳，不符三百元，小王查了半天也查不出來，急得直哭。我想起熱水鄉老王來過，是不是他忘記開付款憑條。那地方我沒到過，路不熟悉。你同我去跑一趟，瞭解一下情形好不好？」

「行！我們帶上守金庫的槍吧。到熱水鄉有二十多里路，來回要耽擱大半天的。」

他們返回營業室，不見出納員，叫她也沒回音。兩人再到廚房，還是不見王慧琴的蹤影。

「不等啦。我們抓緊時間出發吧。」

兩人虛掩上門，背上步槍，帶上手電筒上路了。天上沒有月亮，小路高低不平，兩人摸黑趕路，手電筒光一閃一閃的。趟過鳳尾河，開始上坡，兩人雖年輕力壯，也累得氣喘如牛，全身衣服被汗水浸濕，冷風一吹，涼颼颼地好不難受。走到熱水鄉政府，已是晚上十一時。信用社會計從床上被喚醒，睡眼朦朧地看著他倆問：「是你們倆，深更半夜到鄉上來，有啥急事？」

「是這樣的。你今天到鳳凰壩提過款吧？怎麼不見你的付款憑證。」韓曉人滿懷希望地問道。

「我取款時沒注意，回到鄉上才發現付款單跟錢在一起。大約小王當時忙暈了頭，連單據一起交給我。」老王拉開辦公室的抽屜，拿出一張單據遞給韓曉人說，「我打算明天再把付款單拿給小王入帳。你們來更好啦，省得我明天再跑一趟。」

韓曉人與趙國強謝絕老王挽留他們住宿的好意，喝了杯茶便往回趕。事情有了圓滿的結局，來時心中繃緊的弦鬆下來，兩人便邊走邊談話。

「國強，你與小王的感情進展如何？還需我再打打氣嗎？」

「外甥打燈籠——照舅。」趙國強不好意思地笑笑：「她說才參加工作不久，加上年紀還輕，暫時不考慮感情方面的問題，等幾年再談。」

「那你的意思呢？著急了吧？」

「等就等吧！她不急，我有什麼急的，熬幾年再說，她還年輕，我也不老啊！」

「小王是個好姑娘，你倆很匹配，男才女貌，不過……」韓曉人真誠地說：「她是建築工地的團支部書記，當然得維持本身的威信，注意自己的言行，你要多體諒她的處境。今晚上帳務不符，我看對她打擊很大。她責任心重，自尊很強呢。」

「她確實太好強，事事不甘落後，我看今後有她好受的。姑娘性情太倔強不太好。」

「組織成員嘛，當然比我們普通幹部覺悟高，思想性強咯。」韓曉人委婉地替王慧琴辯解。「她經常做我的思想工作，勸告我放下家庭包袱，爭取加入共青團組織。」

「說真的，講到工作能力，你比我們強多了。」趙國強憤憤不平，「蔣主任對你看不順眼，太過分。」

「他是營業所領導，對下級要求嚴格，是為了我們的進步。」韓曉人歷經磨難，早已不復以前的任性胡來，遇事沉得住氣。

「本來不應該背後說人，犯自由主義，但我總感覺你對我比蔣主任好。那次砍竹子負傷，若不是你馬上為我止血包紮，背那麼遠的路到醫院急救。我恐怕沒命革命到底了！」

「國強，過去的事不必掛在心上。革命同志嘛，哪能見死不救？換了我出事，你能夠無動於衷，眼睜睜地袖手旁觀嗎？」

「哼！我負了傷，蔣主任可沒安好心。他批評我砍竹子大意，是自作自受。」趙國強十分反感地說：「曉人，我提醒你一句：『害人之心不可有，防人之心不可無啊！』蔣主任私下裡要我們注意你的行為，他說你所作所為是假積極，想騙取領導信任，以便能鑽進組織，撈取政治油水。不過你不必怕他，他算老幾，能代表黨組織？這個酒鬼，跟我們下鄉時，成天泡在酒罈裡，喝得醉醺醺的，群眾對他意見大得很。」

「國強，謝謝你提醒我。」韓曉人估不到蔣主任對他成見這樣深。哎！又是工農幹部的政治偏見，他們對知識份子看不順眼，戒心大——用他們的話說是政治嗅覺靈敏、階級觀念強烈呢！「不管蔣主任對我怎樣看，我對黨是忠誠的，我相信黨組織理解我。只是你以後不要說蔣主任的壞話，好嗎？我也犯一次自由主義——提防隔牆有耳！」

「好，不說啦！」趙國強領悟到韓曉人的一番好意，不再提蔣主任，加快腳步走到前面去了。

山路上涼風習習，大地一派靜寂，只有兩人的腳步聲，時時打斷蟋蟀的唧唧聲，星移斗轉，秋末的田地空曠舒展，堆堆稻草星羅棋布，安靜地沉睡在大地的懷抱裡。回到鳳尾壩，只見營業室燈還亮著，韓曉人指著燈對趙國強打趣說：「你看，小王還不睡，還在等候你的大駕呢！」

「看你說的，嗯，她還在等著我們呢！」想到小王獨自坐在營業室，趙國強心中熱乎乎的。

「你看人影幢幢，大概連蔣主任也沒睡，盼著我們的消息呢。」韓曉人心裡感動，脫口說道。

踏進營業室，他倆大吃一驚。縣委劉書記親自在場坐鎮，金庫保險櫃被打開，蔣主任正和出納員王慧琴一捆一捆地把錢拿出來查庫呢。劉書記見韓曉人深夜趕回，十分尷尬。剛才蔣朝臣找他彙報，營業所會計攜守庫槍潛逃。縣委書記劉正好吃驚，「不會吧？韓曉人沒犯什麼錯誤，怎會潛逃呢？他的工作表現很不錯呀。」

因城建工程還未搞好，縣機關大都未搬到鳳尾壩，整個縣城沒多少幹部，下午籃球場上都能互相遇到。韓曉人個子不高，身體也不太強壯，但行動快速靈活，彈跳高投籃準，是球場上的一員健將。劉書記愛下象棋，但棋術不高，寂寞時常找韓曉人動動棋。他很欣賞韓曉人的棋風，棋術高但不盛氣凌人，即使贏棋也像贏得吃力，是那種遇強不弱，愚若不強的謙謙君子。「這樣一個人，沒有外逃的動機呀。」劉書記伸向電話機的右手又縮回來。「事情未明朗，過早的驚動邊境駐軍，會鬧笑話的。」在蔣朝臣的堅持下，劉書記來到營業所。蔣朝臣提出查庫，他說：「只要錢帳不符，庫款短少，那就證明韓曉人確實攜款潛逃。」

蔣朝臣是鎮康本地人，解放時因讀過幾年書，在鄉上幫著寫寫劃劃，工作十多年，還是個鄉級幹部。在銀行區營業所主任一席上蹲了十年，未能受到提拔，看到解放初期參加工作的同事，最不濟也當上了縣支行行長，他心中十分不平，總想有所表現。特別是分縣時從昆明分來的一批年輕幹部，剛參加工作，工資就同自己革命了十多年的老同志一樣持平，他對韓曉人特別不滿，韓曉人調到營業所不久，所有的下級都對他有好感，再不把主任放在眼裡。縣上布置工作，也多半打電話給韓曉人，再由韓曉人傳達給主任。

蔣朝臣錯疑了。韓曉人作為營業所會計，幾乎天天待在營業所，而營業所主任抓全盤工作，下到鄉、村的時間多，上面找他不容易，故由在所的同志轉告他。他平日的疑慮是他喪失理智，總是疑神疑鬼，幻想韓曉人在暗中搞見不得人的勾當。當他一回營業所不見韓曉人，也不見守庫槍時，階級鬥爭的那根弦馬上扯緊，腦中作出判斷，韓曉人攜槍帶款潛逃國外。他心中慶幸自己回所的時機適當，回早了韓曉人不敢逃，回遲了立功無望。他一邊查庫一邊幻想，幻想縣支行的寶座正向他招手。見韓曉人突然出現在面前，還有趙國強跟著，蔣朝臣愣住了，他半晌回不過神來。好一陣子他才用盤問犯人的口吻威嚴地問道：「你們到什麼地方去了？現在才回來？」

「今天結帳時，錢帳不符三百元。我認為是熱水鄉信用社方面有疑問，便約趙國強去做一下瞭解。」韓曉人看這陣勢非同小可，心中又委屈又憤怒。他悲哀地想：「你們把我當成什麼人了？有何理由要懷疑我要外逃？我們累了半夜，難道不是為了工作？」

「你們帶著槍外出，為何不向我請示？」蔣朝臣色厲內荏，語無倫次，他忘了韓曉人兩人離開營業所時，他還未回到鳳尾壩呢！

「我們出去時，主任不在營業所，所以沒趕上向你彙報。」韓曉人強忍眼淚，說話時聲音顫抖。「好吧，夜深了，以後再說。」劉正出來打圓場，他被愚弄了，心中十分惱怒，臨行前狠狠地盯了蔣朝臣幾眼。這麼大的一件事，以後竟無人再提起，不了了之。只是蔣朝臣的臉黑沉沉的，好幾天未見笑容。縣城一建好，韓曉人馬上被調至縣支行。時隔兩年後，文化大革命的洪流衝到鎮康，這偏僻安靜的邊疆小縣，又掀起巨大的風浪。韓曉人低著頭做人，遇事隨大流，既不向前，也不落後。他不復年輕人應有的朝氣，循規蹈矩。同事們稱他「小老頭」。紅衛兵闖進縣城，韓曉人被推到風口上做了縣支行文革小組副組長。他明白自己的斤兩還比不上一根鴻毛重。根據以往的經驗，他知道自己首當其衝，不再抱任何僥倖心理。他已精疲力盡，一直在打一場永無勝算的仗。他自言自語地說：「是該休息了，既然盡了最大的努力，倒下去也不算逃避。」但他終不明白，共產黨的政策到底是好還是壞？韓曉人像一個夢遊者，等他神志清醒過來，發現已越過界碑，向老隊長指引的方向行走著。他心中還帶著惶愧，卻也有著解脫的喜悅。

「別矣，故國，請原諒你這不孝的兒女吧！」韓曉人口中喃喃自語，雙眼流下一行酸楚的熱淚。

註解

①菁子：樹林茂密兩山中間的深溝，溝底經常有溪水流動，也叫山凹子。
②帽葉：像包粽子的箬葉或茅葉，屬草本，不是木本植物葉子。
③活計：過去專指手藝或刺繡等，現在泛指各種體力勞動。
④蹲點：進行調查研究。
⑤舉措：舉動、措施。
⑥牛棚：指各單位自行設立拘禁該單位知識份子的地方。
⑦中專生：類似臺灣高職學歷。
⑧挨整：受整治、吃苦頭。
⑨對象：在特定事件中所針對的特殊個人或群體。
⑩白專：專注學術研究而不關心政治。
⑪帝修反：帝國主義、修正主義和各國反動派的簡稱。
⑫臭老九：對知識份子的貶稱。
⑬地富反壞右：指地主、富農、反革命、壞人、右派。

⑭愣頭青：不動腦子，做事盲目的人。
⑮走過場：做事只在形式上敷衍一下。
⑯羅織罪名：指捏造罪名，陷害無辜的人。
⑰車間：為製造業的基本生產單位。製造業通常都會根據產品的製程區隔生產管理系統，車間就是相同類型的製程組合而成的生產單位。
⑱工青婦：工會、青年聯合會、婦聯會。
⑲一窮二白：一窮是指經濟的窮，二白中的一白是指科學知識不足的白，第二白是指文化水準低劣的白。
⑳關停併轉：關閉、停辦、合併、轉產。
㉑觀音土：一種白色細膩的陶土。
㉒咪嘰：卡其布化纖產品，不是棉毛之類。
㉓函授：不去上課，只向補習班購買課本及講義等書面資料。
㉔四化：四個現代化，即工業、農業、科學技術、國防。
㉕整風：整頓思想作風和工作作風。

第二章
異域驚魂錄

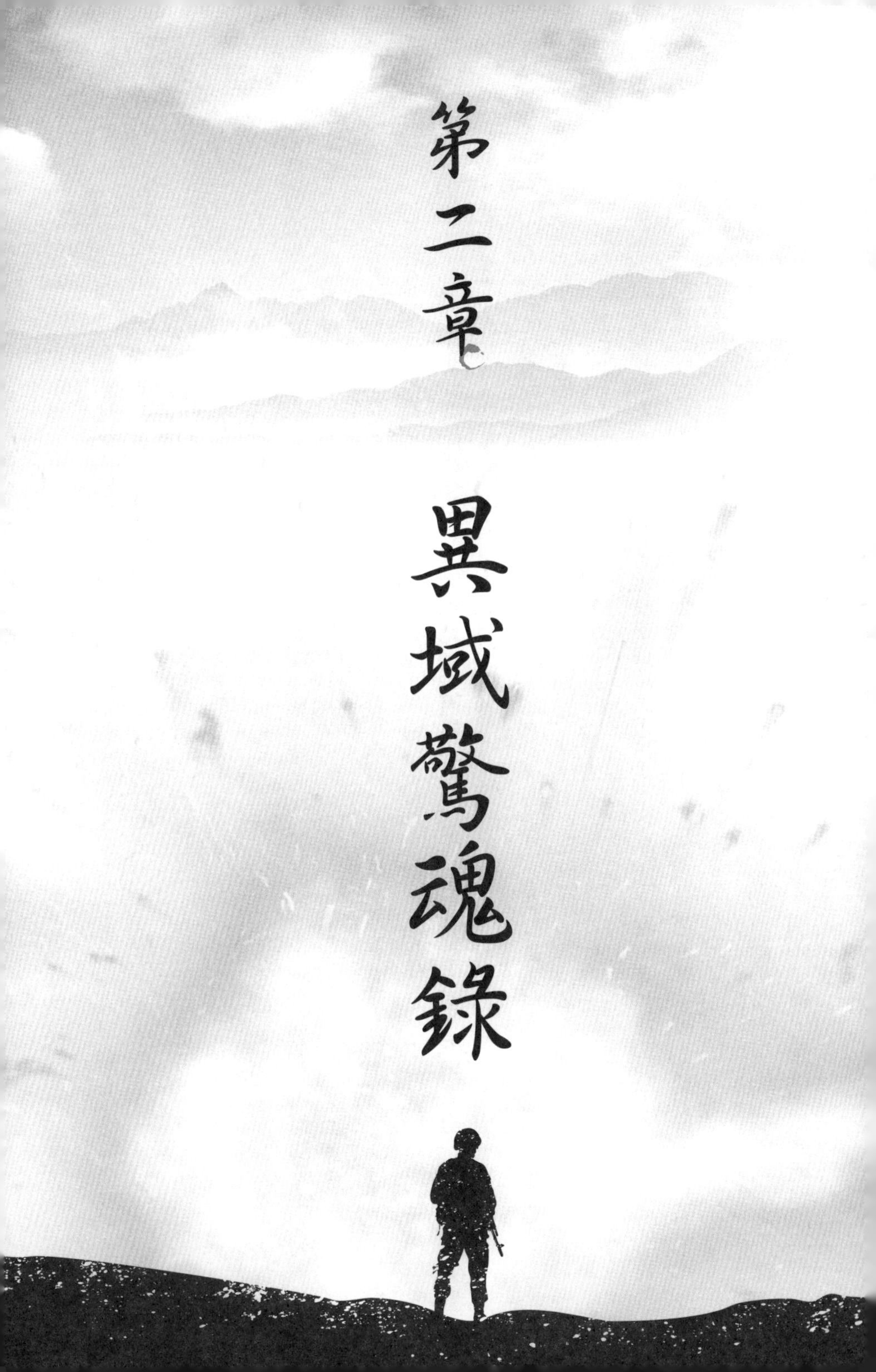

「三位大哥，你們是剛從中國逃出來的嗎？」問話的大嫂約三十歲，身穿一套白底藍花的姊妹裝，頭髮包在粉紅的頭巾裡。背上的竹籃子裡裝著鹽巴、茶葉、草煙等日用品。一看就知是趕岔溝街返回的果敢婦女。

「是的，大嫂，我們從中國出來沒幾天。」答話的青年名叫趙叔平，長得細細高高，一身藍咔嘰布，四吊包中山裝。那神情、那裝扮，明眼人一看就知道是地道的中國人。

「我今天在岔溝街公安派出所門外賣雞蛋，無意間聽到趙培良大哥在同大軍講你們的事。」大嫂帶著慌張的神情前後顧盼一眼後，急忙說道：「我也是從中國出來的，嫁在南榨寨子。看你們無事似的，不知大難臨頭，怪可憐的。趕快走呀！這裡住著不安全，很危險的。」這位善良的大嫂說完話，便急忙追同伴去了。

「謝謝你！」韓曉人突然想起什麼似的，一面往衣袋掏錢，一面趕上前去。「大嫂，你等一會兒。」

大嫂停住不走，她疑惑地睜大那雙好看的鳳眼，「這位大哥，你們還是趕快走吧！」她以為他們不相信她說的話。「我說的都是實話，趙培良跟大軍做事，邊界的人都知道。你們才出國，不知真相，我兄弟出來找我，也是被他哄住才被民兵抓回中國的，已經幾年了，現在還關在監牢裡。」

「你救了我們，我沒有什麼可用來謝你的東西，這點錢請你收下，是我們的買命錢啊！」

「你別謝我，大家都是落難人，同病相憐。錢你留著自己用，在緬甸，無錢寸步難行。」

「不，你一定要收下。這是我的一點心意。」

「這位大哥，聽你說話一口昆明腔，你就是從國家銀行跑出來的國家幹部嘍，他們的主要目標是你，我聽見他們說你的事，不是大嫂責備你，你也太大意了，出來了還在邊界待著幹麼？哦，我明白了，又上了趙培良那個壞蛋的惡當。他說他可負責你的安全，又會說中國大軍不敢越界抓人，是嗎？」

韓曉人驚住了，這位大嫂不是普通人，肯定有些來歷。只是她怎會知道趙培良對自己說話的內容呢？連口吻都像極了。見韓曉人的表情不解，那大嫂笑了。解釋說：「我姓張，叫張小梅，趙培良拍著胸脯跟我兄弟說的，就是那幾句話。我們相信他的保證，結果壞事的就是他。」

「張大姐。」韓曉人改口說：「我永遠不會忘記你的大恩大德。這點錢你不收下，我心下難安。」韓曉人把錢硬塞在張小梅手裡，轉身跑走了。張小梅無奈地收下錢，對著跑走的韓曉人大聲說道：「你們不要耽擱時間，等趙培良從岔溝回來，你們就麻煩了。」

韓曉人回到邊界，趙叔平與蔣正海正為去留之事爭論不休。「我說的話不錯吧，中緬邊界不是刀山火海，解放軍不敢越界？真是天方夜譚！」趙叔平與韓曉人意見相同，不願在石洞水寨子住下去了。

「不是我說大軍不能越界啊！是趙大叔講中國是社會主義國家，歷來遵守和平共處五項原則。趙大叔不是說了嗎，解放軍和國家幹部從未踏過國界一步。不管你在中國犯過什麼錯誤，哪怕是殺人放火的大罪，一過國界就絕對安全。」蔣正海弄糊塗了，胖胖的圓臉滿是猜疑的神色。兩天前韓曉人越過邊界，順山菁來到石洞水寨子。他本想繼續走，但被寨子夥頭（村長）趙培良熱情留住。趙培良簡單問明韓曉人的來歷後，很義氣地拍著胸膛說：「韓老師，你放心在我家暫時住幾天。果敢情形很複雜，你人生地不熟，一個人亂行亂闖很危險，被人猜疑是從中國派出來的特務，臺灣方面的游擊隊就會來抓你。」他指指坐在旁邊的兩個青年，「他倆也是從中國出來的，住在這裡有半月了。你看，他們不是沒事嗎？等幾天我下新街，帶你們一起去。我大哥在羅欣漢嘎穀耶當分隊長，到他那裡你們想怎麼做都行。」

盛情難卻，趙培良所述與韓曉人在國內聽到的基本一致。一看還有兩個伴，韓曉人便安心地住下。他心中挺感激，覺得趙培良是個不可多得的好人。閒了一天，三人便到趙培良家煙地收鴉片。誰知這其中只是一場騙局。「真是人心難測呀！」韓曉人深感環境的險惡，暗暗提醒自己道：「再往後可是步步陷阱，千萬不能再相信陌生人。」

韓曉人見兩人爭論不休，果斷地決定說：「走，馬上走。你們不走我走。剛才張小梅大姐告訴我，趙培良把我們哄騙在他家，本人跑岔溝找解放軍報信去了。」

趙叔平看蔣正海還在猶豫，勸告他道：「我知你是想等張慈君，要等也可去新街等，她出來肯定問得到你的消息。她不是沒見過世面的鄉巴佬，連北京都串聯回來的紅衛兵，還需你為她操心？」

三人把煙刀與收的鴉片放在地邊，離開煙地，順著去慕太街的大路急奔而去。

「真是披著人皮的野獸。」趙叔平邊走邊罵：「從今天起我跟你一刀兩斷。什麼親戚，狗屁不是。」

「是啊，天下烏鴉一般黑。才脫虎口，又落狼窩，好險啊！」蔣正海慢騰騰地吊起書袋。

「雖然受一場虛驚，總算平安闖過險關。」韓曉人如釋重負。「我們在異域相遇，真像佛家所稱，是有緣法。希望我們以後能共患難，在新環境裡共創一番事業。」

「韓同志說的有道理。乾脆我們三人來個劉關張桃園三結義，不求同年同月同日生，但願同年同月同日死。」趙叔平性情爽直，但沒有主見，做事憑感情，常有頭無尾，平常唯蔣正海馬首是瞻。

「先逃命要緊。」蔣正海見趙叔平忘乎所以，忙打斷他的話頭說：「我同意韓兄所言，我們山南海北來此萍水相逢，緣分是有了，可大難在後，前程未可樂觀。」韓曉人笑出聲來。他見趙叔平膚色長得白皙，身材高瘦文靜，是斯文一類，但性情天真豪爽，莽撞粗魯，對人處事毫無心機；蔣正海矮小黑胖，看去貌不驚人，卻為人沉靜文雅，頭腦清醒又頗富機變，真是「人不可貌相，海水不可斗量」。

馬路隨著山形彎來繞去，兩旁草茂林密，飛鳥群群，夕陽西下，像一個大紅火球在山頂跳來跳去；中午烤人的烈焰早已消失，照在身上已抵不住陣陣涼風帶來的寒意。晚景如畫置身其中能讓人心曠神怡。可惜對逃難中的三個人來說，根本沒有閒情逸致來領略這良辰美景。他們忙忙如喪家之犬，急急似漏網之魚，巴不得能像孫大聖那樣一個筋斗翻出如來的掌心。

趙叔平最不甘寂寞，若讓他安安靜靜待著不開口，那是要他的命。他爬山坡爬得精疲力盡，僅是咬牙堅持而已，但嘴裡一直嘰哩咕嚕，不是埋怨道路狹窄，就是指責坡度太陡。最後總算說了句有用的話，他問道：「你們考慮過沒有，今晚先到慕太還是先到棉花林？」

「想不到你這粗漢也有精細處。當然先到慕太找大頭人報到，不然會招來麻煩。」蔣正海怕韓曉人不懂，又加上一句，「麻栗壩由蔣姓土司管轄，各村寨設有頭人。根據地形，幾個自然村合成一個戶，有大頭人負責，像中國的鄉長。外地陌生人每到一地必須先到頭人那裡報到，聽候頭人安排。他同意你住，你才能住；他不叫你住，你只有趕快離開。」

韓曉人點點頭說：「入鄉隨俗呀，想不到果敢還有點保甲的味道，管理嚴格。不過也好，沒有規矩不成方圓。有組織的地方，安全保障的係數也高，怕就怕亂糟糟的，使外來人拜佛摸不著廟門。」

「果敢基層組織沿襲土司時代的規模，比較健全。但果敢上層組織現在是一國三公，統一不了。聽說東山下壩被緬軍控制，山區政府軍只能象徵性駐幾個點。果敢全境有羅欣漢的自衛隊，由政府資助，還有蔣振業、彭嘉升兩部反緬武裝。蔣振業控制西山大水塘一線，整個上六戶是彭部的勢力範圍，所以情形很複雜，應付不好是要被砍頭的。這就是我同叔平逗留在石洞水的原因。」蔣正海是有心人，在石洞水住了十多天，摸到的情況不少。

聽蔣正海敘述果敢形勢，韓曉人的心情沉甸甸的，他歎息說：「在中國待不住，逃到緬甸來，原本以為可以有個安寧的落腳點，『不求聞達於諸侯，但願苟活於亂世』，但看來前途變幻難測。中國倒是安全地離開了，後果如何，且聽下回分解吧！」心情雖說沉重，韓曉人可不後悔。海外有那麼多中國人，終不成會沒有一條生路？何況趙叔平、蔣正海海外都有親戚關係，能遇到他倆真是大好事。韓曉人回顧兩天來與蔣趙二人交往的經過，且三人年相若、志相投，很快便熟悉起來。「同是天涯淪落人，相逢何必曾相識。」共同的命運把三個人緊緊的連在一起。蔣正海雖不願意多提往事，但趙叔平可憋不住，巴不得把肚裡的存貨全倒出來。既然碰到像韓曉人這樣忠實識趣的聽眾，不消半天時間，趙叔平便把他們的故事全部硬塞進韓曉人的腦袋裡。蔣正海和趙叔平是老表弟兄，他倆一同在永德縣念高中，可惜去年高考名落孫山，只好委屈兩位大知識份子回鄉握鋤頭把，那份窩囊勁就別提啦！

「媽的，十幾年寒窗苦讀，到頭來面朝黃土、背朝天。這種地方真不是人待得下去的。」趙叔平自返回家後，大門不出二門不邁，成天窩在屋裡罵街。實在話，蹲那麼多年高板凳，屁股磨出老繭，城市青年倒也罷了，農村青年讀到高中畢業的能有多少？父母兄弟姐妹要為此付出多少代價呀！讀了書不要說當官，像樣的工作也撈不到。這在中國這個具有幾千年封建思想影響的國土上，不僅當事人想不通，做父母的不理解，地方父老也會不以為然，認為是不昌盛，有辱祖宗。蔣正海原有個女同學，初中畢業便回家務農。因為在邊疆農村，男尊女卑的思想非常嚴重，大多數家長宗法思想濃厚，覺得女生向外，多不願在培養女兒上下工夫。張慈君的父母還算開通，家庭經濟也不算太困難，才能勉強讀到初中。文化大革命中，張慈君成了當地農村的紅衛兵頭子，居然串聯到北京，在天安門廣場接受偉大領袖毛澤東的檢閱。可惜好景不長，折騰了一陣子還是得返回老家，村裡沒有大走資派，原地鬧革命只能鬥鬥生產隊幹部而已，革命對象少，鬥不上多久便沒轍，只好散夥。蔣正海回到猛捧，苦悶之餘，兩人舊情復燃，男才女貌倒還匹配。農村自由戀愛的風氣興盛，鎮康地處邊界，封建禮教的束縛更薄弱，兩人開始偷嘗禁果。事情暴露，若按以前慣例，只需要兩人到鄉政府登記結婚就可了結。問題是當前屬無產階級文化大革命時期，破四舊立四新，正苦於找不到門路，這一來兩人成了牛鬼蛇神，大會鬥小會批，蔣正海還挺著脖頸硬頂，張慈君一個女孩子，面子上下不去，成天哭哭啼啼，尋死覓活的。兩人私下一碰頭就横下一條心，三十六計，走為上計，蔣正海與張慈君準備私奔出國。猛捧街子天，蔣正海與趙叔平碰面了。

「老表，挨鬥挨得夠嗆吧，你小子可是聞名遐邇喲。」直性子的趙叔平，一開口就打炮，而且是重重的一炮，也不管別人受得住還是受不住。

「去你媽的！」蔣正海也來了真的。「別人也還罷了，他媽你也來說風涼話？真是狗嘴裡吐不出象牙。」

「對不起啦，我給你賠禮。」趙叔平煞有介事地兩手抱拳在左肩前晃了兩晃，以示抱歉。「平時無論開什麼玩笑，我這老表都無所謂。今天怎麼啦？該不會是吃了火藥，火氣這樣大。」趙叔平滿頭霧水，心裡嘀咕道。

「表弟，看你蠻高興的，考不上大學就忍啦？打算在農村啃一輩子土塊啊？」

「鬼才會在這山寨裡待一輩子。」說到點子上，趙叔平頓時火冒三丈，「老子一天也待不下去了。」

「那你有何高招？」蔣正海趁熱打鐵，鉚上了。

「我正要找你傳授兩招絕活呢，你這個小諸葛的綽號可是有名的，快出點子吧！我實在憋不住了，再這樣下去，非把我憋死不可。」

「招數倒是有一招，你去城裡投靠親戚就成了！」

「你得了健忘症還是怎麼啦？我哪兒有親戚在城裡呀？即使有，你不記得那兩句俗語：『貧居鬧市無人問，富在深山有遠親。』」「遠親……遠親……。哦，有啦！」趙叔平說到這裡，腦子突然開竅：「我看我們不如到緬甸去，我有個堂叔在石洞水，慕太戶；棉花林寨我也有個侄兒，我大哥大嫂被土匪殺死，侄兒趙四海倒還活著，聽說日子過得很紅火。」

水到渠成，蔣正海會心地笑了，他還要把箍兒箍緊。「聽說你也對上象啦。那王小玉可是你們水桑橋村的團支部書記。他若知道你的秘密，你就吃不了兜著走咯！」

「放心吧。」趙叔平一拍胸脯，「小玉對我感情深著呢！愛情至上。如果我一個人偷跑出國，她準定哭鼻子。」

看趙叔平大咧咧的樣子，蔣正海不覺皺起了眉頭：「這個冒失鬼，不提醒他注意，會把事情弄砸的。」「表弟你不要大意喏，出國不是開玩笑的事，你可得認真考慮後果。小玉能約就約，不保險的話就千萬別讓她知道。」

趙叔平見蔣正海說得慎重，神情不覺嚴肅起來，「你放心，我會注意的。她不去我不會怪她，至於我的決心是不會有絲毫動搖的。」

「我相信你，有件事我先給你通通氣。」蔣正海看到趙叔平真有決心，才說出自己的計畫，「我們到你叔叔家，到你侄兒家，那只是歇腳而已。我們到海外是要做一番事業，我大爹蔣開智解放時跟趙文煥出國，聽說他是國民黨三軍的師長。只要找到我大爹，我們的安全就有保障，當然我們不是要到三軍去當兵，我們離開大陸是迫於形勢，但我們不能為虎作倀，對不起生我養我的父老鄉親。我們請我大爹幫忙，介紹我們去泰國大城市做事，我看肯定行。」

趙叔平聽蔣正海這一說，感慨萬千。「這該死的海外關係，弄得我們上不成大學，現在更要使我們離鄉背井，到那陌生的地方生活。」

「你不必擔心，此處不留人，自有留人處；東方不亮西方亮，活人還能讓尿憋死？」蔣正海為堅定趙叔平出逃的決心，用手握成話筒，貼近他耳朵說：「我再告訴你一件秘密，我大爹知我考不上大學，怕我想不開，請人傳話給我，叫我出去找他，他負責為我找事做。」

「老表，有路子走更好，下個猛捧街我一定回你話。」「你也不必太心急，暴露了更不好。」蔣正海知道趙叔平聽風就是雨的急躁脾氣，再三叮囑他。

趙叔平興沖沖回到水桑橋寨子，把出國的事跟戀人一提，馬上遭到對方反對。王小玉是貧農的女孩，模樣長得挺標緻；高挑身材，一頭烏黑的秀髮，梳成兩條齊腰的大辮，桃紅紅的粉臉上，一雙水汪汪的大眼睛惹人喜愛。她文化不高，只有高小水準，但政治覺悟高，思想先進，是該村的共青團委書記。提起出國兩字，她便聯想到公社郭書記經常談到的叛國。她不要當叛國賊，趙叔平與王小玉為此事爭來吵去，鬧翻又和好，和好又鬧翻，愛情的力量是無窮的，終歸戰勝了政治，王小玉哭著答應跟愛人一塊「叛國」。可惜事情不是一帆風順，王小玉的心被撕成兩半，一半是愛人的遠大理想及婚後幸福生活的憧憬鼓舞著她；另一半是老書記關於階級敵人的可憎、團支書身分的優越感及轉正為正式黨員的誘惑。巨大的心理壓力使姑娘失去了平時常有的歡笑，幾天工夫，水靈靈的一朵鮮花枯萎了，王小玉憔悴得很，黑眼圈包著的大眼睛常無神地呆視著，一轉也不轉。公社黨委書記郭正聯看在眼裡，把王小玉找去談話，軟硬兼施，天平傾覆了，政治籌碼最終戰勝了愛情的力量。難怪有人說：「在資本主義社會裡，愛情的價值與金錢掛勾；在社會主義社會裡，愛情的份量被政治所左右。」

郭書記不動聲色，只輕描淡寫地批評說：「小玉，你真糊塗。這幾年我是怎樣培養重用你的，政治生命也不要啦？」郭書記緩緩地抽著旱煙袋字斟句酌，「趙叔平人不錯，文化程度高。你愛他要幫他進步，將來做一對革命伴侶，怎麼到被他把你拉到邪路上去？你要幫他走上正路。」

聽了郭書記一番教導，王小玉的眼睛亮起來，「我水準太低，怎沒想到這一層？」她怪自己說：「郭書記，我知錯了。我辜負了黨的培養與信任，也對不住你幾年來的教育，我今後一定照你的話去做，把趙叔平拉上正路，重新做人。」郭書記不想事情搞大，眼下風聲正緊，連他這樣的老幹部也吃不準上頭的政策。他思謀在這起嚴重的政治事件中如何處理得當，在自己管轄的地盤出事，那表明自己的嚴重失職。亡羊補牢，今後得多費點心思在落後青年身上。王小玉不敢馬上找趙叔平，她知道這窩馬蜂窩不好捅，她也知道趙叔平最聽蔣正海的話，只要蔣正海出面，事情或許有轉機。她興沖沖來到猛捧找張慈君，她想張慈君是紅衛兵頭頭，一定有幾把刷子，梳理人的手法低不到哪裡去。水桑橋與猛捧只有一河之隔，一抬腿就到，王小玉找到張慈君，拐彎抹角講了半天，仍言不及義，把張慈君弄得滿頭霧水。

「我不是能說會道的料。」王小玉自己也感到好笑。她只好改換方式，直來直去，「張姐，我們出國的事，郭書記已經知道了，不過你不用怕，郭書記保證不追究這件事，他會親自找你們談話，說要用教育的方式解決我們的錯誤作法。」

張慈君怔住了。「這樣重要而秘密的事，小玉卻去告訴郭書記，這姑娘真糊塗。」張慈君心下著急，面上沒敢表現出來。她順著小玉的口氣說：「我也勸過正海他倆，外面既亂又危險，出去說不準會把命送掉。這下好，我們兩人一起做他們的工作，勸告他們放棄出國的糊塗思想，我倆可不敢跟著他們去冒險。」

「太好啦，張姐，我就知你不是個糊塗人。我倆想法一致，就不怕那兩個小猴兒調皮搗蛋。」王小玉放下心來，只覺滿天的烏雲散去；愛情、名譽、前途，一齊向她招手，王小玉高興極了。

「小玉，你也別高興得太早啦！郭書記那一邊怕是不好過呢？」張慈君穩住王小玉，她要從王小玉身上瞭解上面處理此事的意圖。

「張姐你放心，郭書記說這只是一件小事，他要我先不要向你們說什麼，他會慢慢想法化解這件事的。」

張慈君為王小玉感到悲哀。「這麼重大的政治問題，即使郭書記有心掩飾，也掩飾不了。何況郭書記是個老同志，黨性、原則性都很強。共產黨的幹部可不是普通角色，不然如何管理七億人口的大國。組織上培養重用王小玉這樣的角色，難怪總不能把上面的政治傳達到基層，再好的政策，一到下面就走樣，搞得天怒人怨。」王小玉了卻一樁心事，美美地哼著歌回去了。張慈君目睹王小玉轉彎不見，便返身朝蔣正海家跑去。她邊跑邊自語說：「但願時間還來得及，逃外國這麼嚴重的罪行，還叫小事一樁，王小玉固然糊塗得可以，郭書記也太陰沉，可惜讓他的得意學生露了餡，未能制敵機先，給了我時間。」

張慈君跑到蔣正海家，恰好趙叔平也在這裡。趙叔平是來向蔣正海報告好消息的，他經過幾次白刃交鋒，終於把強硬的對手擒服，使得王小玉乖乖地聽話。他很得意，一股大男子主義的氣概明顯地寫在臉上。他見張慈君跑得面紅耳赤，便打趣說：「真是一日不見如隔三秋。老表，我真羨慕你的福氣好，開門家中坐，美女送上懷呀！」張慈君瞪了趙叔平一眼，「還笑？哭鼻子的事就在眼前。」

蔣正海站起身迎接張慈君，同時詫異地問道：「出什麼事啦？看把你急得。」張慈君雖深戀著蔣正海，可出事後便羞於往來，從未敢光天化日之下去找蔣正海，所以蔣正海意識到出了大問題。

「王小玉上了郭書記的當，把什麼東西都倒出去。你們快走，遲了就來不及啦！」

「慈君，你冷靜點，把事情說清楚。」蔣正海邊安慰張慈君，邊回過頭狠狠地瞪了趙叔平一眼說：「你還來表功，你把我的話當耳邊風，現在沒說的了吧？到底是誰擒服誰？」

趙叔平更是氣得暴跳如雷。「王小玉這個傻大姐，她親口許諾保密的，她答應萬一她去不成，也不會把這件事講出去的。」張慈君打斷他們的抱怨，三言兩語就把王小玉與她的對話講清楚，說完催他們馬上離開。她分析說：「你們倆人先走。我走不快，而且我和你們一起走，旁人見了會引起他們懷疑。等事情冷下來，我再動員小玉去找你們，經過這次教訓，我想小玉會醒悟的。」

「那怎麼行，你留下很危險，必須大夥兒都走。」正在爭執的當兒，張慈君的弟弟找來了，他說：「大姐，郭書記在家等你，剛好碰見我的同學，他跟我說見姐姐跑向正海哥家，我便找來了。」

「就照我說的辦。我先去絆住郭書記。」張慈君淚汪汪地催他們馬上動身。

「不行，你不能自投虎口，我們快走，你不走我也不走，死就死在一塊好了！」蔣正海不捨得丟下心上人獨自逃命，他堅持大家一起逃。

「郭書記找不著我，他又會去找小玉的。小玉會把跟我談的話告訴郭書記的。郭書記一懷疑，大家都完了。正海，你一個大男人，要均衡利害得失，拿得起放得下，留得青山下，不怕沒柴燒。我是紅衛兵，政治立場比你們強，我不會有事的。」不等兩人再說話，張慈君牽著弟弟轉身出了大門。她出門後回過頭來深情地望了蔣正海一眼後，毅然加快腳步走遠了。蔣正海拼命要掙脫趙叔平抱住的身子，他的心碎了，他不願讓張慈君以一個弱女子承擔那沉重擔子。趙叔平緊緊攔著蔣正海，勸告說：「張慈君不愧是一個有勇有謀的奇女子。她說得對，只要我們脫險了，將來還會有見面的機會，不然的話，便永無出頭之日。」

蔣正海從激動中逐漸平靜下來，他從張慈君臨別回眸的一瞬間，讀出了愛人的關切、鼓勵及催促。他看到為愛情勇於獻身的偉大女性，他不能辜負這深切的愛意，他必須衝破藩籬，置身自由天地，才對得住紅粉知己的犧牲精神。他心中狂喊道：「我一定在異域等著你，你一定要來呀！」

張慈君領著弟弟在猛捧中心商店閒逛，之後再到小食店吃碗米線，直到她認為蔣正海、趙叔平兩人已鑽入山菁，才慢條斯理地轉回家去。一進門，母親便大聲責罵張慈君說：「死丫頭，你去哪裡找死？郭書記找你有事，等你大半天了。」

「郭書記好！」張慈君像在學校對老師那樣，恭敬地給郭書記敬一個禮。郭書記一肚子火氣發不出來，溫和地說：「小張，我有點事要單獨跟你談談。」

「郭書記你們談吧，我再到廚房去燒壺茶，茶都涼了。慈君年輕不懂事，請你多指教。」母親會意，拉起小弟走出客堂，臨了還輕輕替他們帶上房門，躡手躡腳地到廚房燒茶去。

「小張啊，你是毛主席的紅衛兵，對黨可要說老實話。」郭書記先來硬的。「你雖然在男女關係上犯錯誤，但責任不在你身上。你是上當受騙，群眾批判你，是為你好。組織上不處分你，對你抱著很大希望，希望你回頭是岸，放下包袱，輕裝上陣，你的前途光明，可不能自暴自棄。」清清嗓子，郭書記言歸正傳道：「小玉把一切都告訴我了，你們四人約著跑外國，那可是犯法的，抓住是要判刑勞改的。幸好你們還未來得及做傻事，可以及時挽救，你要把事情老實告訴組織，不許隱瞞真情。」張慈君知道隱瞞也沒有用，重要的是拖延時間，讓兩人逃脫的機會增大。她怕郭書記馬上派人去抓蔣正海與趙叔平，一旦民兵抓不到人，一個電話打到邊防哨所，前堵後追，明天發動群眾一搜山，那要跑的人插翅難飛。張慈君深知人民戰爭的威力，多少外逃犯在軍隊、民兵、群眾的天羅地網裡乖乖就擒，很少有倖免的。雲南境外蔣軍殘部多次竄入邊界也逃脫不了受殲的命運，現在唯一能做的就是在撒網以前逃離危險區域。

「郭書記，蔣正海是約過我出國，但我不同意，他逼我明天街子天回話。明天我再不答應，他就一個人獨自走。」說的話半真半假，與王小玉的口吻一致，郭書記倒也不疑有假。

「趙叔平不同你們一塊走嗎？」

「不清楚，趙叔平也要等王小玉的回話。」

「好吧，你還算老實。不過你現在就同我到公社去，把你們的事情經過詳細寫出來。」

郭書記怕張慈君感情用事，走漏風聲，決定在抓住蔣正海與趙叔平之前把她軟禁在公社。他不想在大白天抓人，以免造成震動，影響視聽。他要在晚上神不知鬼不覺地動手，把企圖叛逃的人繩之以法。晚上出動民兵，分別到猛捧及水桑橋抓蔣正海與趙叔平，結果撲了一空。郭書記大發雷霆，連夜給岔溝邊防哨所打電話，請大軍設卡，第二天又發動群眾搜山，也無結果。事情發生後，郭書記受到縣委的批評，郭書記也自責未能及早出手，讓逃犯在眼皮底下溜走。張慈君坦白從寬，經教育後就放回家去，王小玉揭發有功受到表揚。張慈君思想上有準備，倒沉得住氣；王小玉感到受騙，逼得心上人外逃，心中不忍，暗中埋怨郭書記失信，她後悔自己太無知，整天淚流不止。岔溝派出所通過關係一調查，知道蔣正海、趙叔平逃到趙培良家。趙培良早就是中國方面的線人，他的主要任務就是調查蔣軍游擊隊的情形。上回協助抓回外逃的鄉財糧張金平，暴露了風聲，張小梅找趙培良要人，趙培良指天畫地賭咒說他是清白的，不承認為中方做事。彭嘉升撣邦革命軍第五旅十六營副營長彭嘉福曾派人來抓趙培良，要治他裡通外國的罪。趙培良躲進中國，後來經有關人員出面講情，趙培良才敢返回果敢，此次他侄兒找到他，倒使他有了洗脫嫌疑的機會。由於蔣趙二人並無大錯，又是老百姓身分，抓不抓回去都無所謂，中方經過研究，決定採用放長線釣大魚的策略，先不驚動兩人。趙培良借此時機領著兩人到紅岩街、慕太街周遊閒逛，吹噓兩人是中國的幹部，因文化大革命政策太緊，所以越境來求他庇護，自己又如何看兩人可憐，因而收容兩人。蔣正海和趙叔平蒙在鼓裡，不知道這是欲擒故縱的策略，還悠哉悠哉地過神仙生活，等待心上人前來團聚。

韓曉人則不同，貨真價實的國家幹部，若不及時捕回，國內外影響不好。當得知趙培良已先把逃犯羈絆住，中方更是高興。岔溝街天，趙培良故意用為蔣正海、趙叔平捎信回家為由，偷偷溜到岔溝公安派出所，他見鎮康公安局長、邊防營長等首長已在那等他了，心中得意非常。此次若立功受獎，又可過一段花天酒地、風流快活的逍遙日子。至於國內比較重視的獎狀獎章之類，他不欣賞，他覺得那些物品只有虛名沒有實意，鈔票揣在衣兜裡才是真實的，獎狀能有啥用，不過是一張廢紙，擦屁股還嫌紙硬。

「謝謝你，老趙。」公安局長握著趙培良的手，熱情地說：「韓曉人潛逃，是一樁極其嚴重的政治事件。在我們偉大導師、偉大領袖、偉大統帥、偉大舵手毛主席親自發動的無產階級文化大革命的熊熊烈火面前，任何隱藏在革命內部的階級異己份子都將原形畢露。韓曉人是混入無產階級陣營的現行反革命份子，他六五年在鳳尾壩工作時曾企圖攜鉅款越境外逃，只是在廣大革命群眾的高度警惕及嚴密監視下，陰謀才未得逞。這次借到生產隊搞多種經營的幌子，騙過生產隊群眾的眼睛潛逃叛國，幸虧你把他留住。老趙啊，你可是為人民立一大功喲！」

「一切背叛祖國、自絕於人民的階級敵人只能落得可恥的下場，韓曉人也不例外，他絕逃不出無產階級專政為他設下的法網。只是目前果敢的形勢複雜，我們要研究策略，不能讓我們偉大的祖國在國際上的崇高形象受損。今天我們要研究的主要是用什麼方法？採取何種手段？把外逃犯弄回來，接受人民的審判。」孫營長點出主旨。

「晚上悄悄地把他們三人捉進中國，不是什麼人都不知道嗎？」趙培良故作聰明地獻計說。

「不好。」趙局長搖頭說：「彭嘉升、羅欣漢都有內線在紅岩、慕太，你大張旗鼓地領蔣正海、趙叔平去各處亮過相，韓曉人也跟你到過紅岩，他們在你家突然失蹤，對你不利。你為我們工作了好幾年，我們不想丟掉釘在邊界上的這顆暗釘，你要做重要的事，不可因小失大，明白嗎？另外我們不能讓邊民恐懼我們。羅欣漢、彭嘉升倆人，更不能使他倆有戒心，要讓他們信任他們的祖國。你們都是漢民族，生在緬甸心在中國，這是可以理解的。至於其他民族，也要使他們相信中國不會干涉別國內政，尊重各國政權及領土完整。」

趙培良語塞了，這其中有那麼大的學問、那麼多的忌諱，不簡單。他結結巴巴問：「那怎麼辦？」

「你不要急嘛！方法早就想好咯，坐下慢慢談。」趙培良未料到他的行蹤被人看到，這個人恨他入骨。看來冥冥中自有天意，等趙培良酒足飯飽，打著飽嗝回到家時，客人早已人去屋空。韓曉人等三人一口氣趕出三十來里，天早已黑了。「正海，我看這次是我連累你們了。中國的本意在我，他們若是要抓你們，為何不早動手，倒害得你們陪我大黑天地摸夜路。」韓曉人收回思緒，真誠地表示歉意說：「我希望天下有情人終成眷屬，我預祝你能跟張慈君破鏡重圓，共結連理。」

「那麼小弟我呢？韓大哥好偏心！」趙叔平只要有人開口，都會湊上一腳，還未桃園結義呢，他就哥啊弟啊的，口氣親切而真摯，真讓人服了他。

「賢弟不用急嘛，你表嫂都來了，還會不帶我們如花似玉的弟妹嗎？」韓曉人打趣道。

「謝謝你們的好心。不過女流之輩，逃離牢獄不容易啊！當然也顧不得那麼多了，韓兄說得對，我們安全了，才能有重逢的機會。不然青山沒了，那可乖乖不得了。」蔣正海的幽默把大家逗笑了，只要活著就有希望，這是真理。三人趕到慕太街，已是深夜，街道沒人，只有街旁的小鋪子還亮著一閃一閃的小煤油燈。三人走到一間小鋪子前，問正低頭算帳的老闆道：「請問大哥，我們剛到貴地，可否收留我們過一夜？」

「你們來慕太做啥活路？」老板正愁收鴉片煙找不到幫工，所以抬頭打量三人。但一看三人裝束，便知是中國人，忙又問三人道：「你們不像果敢人呀！是從老共那邊來的吧？」

「我們三人是從中國來的，要來這裡投親。」

「那你們先得去蔣大夥頭家。我們不敢隨便收留外人。」

「謝謝你，不過我們不知道蔣大夥頭家在哪兒？」

「你們順著大街上去，寨子最上面那棟四合院就是。你去大夥頭家，說話要小心，不可頂撞，他能不能收留你們，那得看你們的造化了。」老闆好心地叮囑三人。

順著指引的方向，走了很久才走到一所四面圍著高牆的大宅院前，只見紅漆大門關得緊緊的，一旁的小門半開，從裡面透出燈光。三人站到小門前，仍由蔣正海開口，小聲問道：「請問裡面的大哥，這裡是蔣大夥頭家嗎？」

「外面是哪個？找大夥頭做什麼？」隨著腳步聲走近一個長工模樣的中年漢子，他把小門拉開，探出頭來問道。

「我們才從紅岩街來，我們是中國人，想求見蔣大夥頭，讓我們在街子[1]住一夜。」

「你們是中國人？站在外邊等著，我替你們去問大夥頭一聲。」中年漢子說完，隨手把門關上，讓三人站在暗夜中，很久還沒動靜。三人又累又餓，眼皮也睜不開，但不敢再叫門。三人背對背坐在泥地上，手托住下巴打盹，又等了半天，才聽到腳步聲由小而大，仍是那中年人開門出來，他手裡提著個小袋子，不知裡面裝著什麼東西，他對三人笑笑說：「對不住幾位大哥，讓你們久等。我進去通報三位大哥的事情，正趕上大夥頭在吃飯，我只好等大夥頭吃完飯才請示大夥頭。」

「麻煩大叔，真不好意思啦！」蔣正海陪著小心。

「大夥頭說天太晚了，你們不必進去。我領你們到對面劉大爹家住一夜，明天再決定你們的去留。」四個人岔進一條小路，走了不久，看到一扇竹籬圍著的小門。他們來到門前，迎接的是汪汪的狗吠，屋裡一個蒼老的聲音問道：「是哪一位客人光臨舍下？」

「劉大爹，是我呀！開門，有客人來找你。」

「噢，是大貴，又領來貴客啦！」蒼老的聲音轉向另一個方向喊道：「老二，去替你大貴哥開門。」

「唉！」一個年輕的聲音答應著，房門打開，一團燈火亮出院子，接著是吆狗的聲音：「大黃，別咬啦，去，睡去。」拔下院門門栓，一個十六七歲的小夥子伸出頭來。燈光下，胖胖的圓臉上滿是驚奇的表情，他一手抬著一盞小煤油燈，一手在亂草似的後腦勺搔來搔去。他一聲不吭，把客人領進門後隨手栓上院門。進了院門是一塊小菜地，中間用石頭鋪成一條窄窄的小路，直通到屋門。進屋一看，左旁生著火塘，鐵三角架上的鋁合金水壺裡水燒開了，嘩嘩地響個不停。對面佛桌上點了一盞煤油燈，桌上並排擺了三個陶土製的香爐，香爐裡插著香，煙柱冉冉上升；桌子上面的土牆面上掛著紅紙黑字的天地牌位。左右是兩張木板床，緊靠兩間山牆②，兩床尾各有一道門通到左右兩間內屋，所謂門，只是上面掛一塊門簾而已。

蔣大貴把米袋交給劉大爹說：「這三位大哥是才從中國出來的，大夥頭天黑不願見陌生人，他叫我領他們來你家住一夜。他們遠路而來，肚子早餓了，我知你家也快斷炊，悄悄到灶房打幾碗米，你們煮給他們吃，口袋我明天來拿。」人情冷暖不是一句空話，一個長工只能在力所能及的範圍內發揮他的同情心，他的同情心不是甜言蜜語，而是適時的關懷，很實惠。若無這幾碗米，三人恐要空腹而臥了。蔣大貴謝絕主人邀請他喝茶的好意。「我還有事，不打擾了。你們三位大哥安心在劉大爹家住一宿，明天早飯後再來大夥頭家吧！」說完逕自走了。韓曉人他們圍坐在火塘邊與劉大爹閒聊，劉大爹六十多歲，瘦削乾枯的臉上滿是皺紋，下頜上一撮花白鬍鬚在火光中一抖一抖的。他吸著一支長煙袋，漠然地面對所剩無幾的歲月。一會工夫，廚房把飯煮熟了，在火塘邊擺上一張短方案[③]，除剛才拿來的紅米飯外，另外一盆乾醃菜湯，沒有油，湯裡放上點辣子[④]麵調味。三人早餓壞了，管他有菜沒菜，狼吞虎嚥般把飯菜吃得精光，雖說沒有好菜，只覺這是平生所吃最美味的一餐了。看得出來劉大爹一家非常貧窮。三人分別睡在火邊的兩張木床上，下面墊的是草席，上面蓋一個薄薄的棉線毯，太疲乏了，早上醒來，已是紅日高照，他們在院邊水溝用雙手捧水洗洗臉，就擺飯吃。早飯是玉米磨成小顆粒蒸熟的麵飯，菜除乾醃菜湯外，加了一碗酸醃菜。吃飯時只有劉大爹陪著他們，其他成員天未亮就出去幫別人收鴉片去了。告別劉大爹，他們又回到大夥頭家，此時大門已開，人出人進，一派繁忙景象。一個管家模樣的瘦子把三人迎進一間小客房，叫他們坐等一會兒，因為大夥頭還未起床。中午十二點已過，才聽見咳嗽聲，倒水洗臉聲，拉桌擺碗筷聲，加上飄來的肉香，引得三人饑腸咕嚕，所以當瘦管家來領他們到大飯廳時，他們又驚又喜。

「到底是大戶人家，待客之道很不錯呀！」趙叔平悶了一上午，一聽大夥頭傳召，又活躍起來。

「我在鎮康也聽說過，麻栗壩人很好客，看來是真的。大夥頭還未見過我們的面，就請我們吃飯，頗有孟嘗之道。」韓曉人邊走邊小聲說。

「說歸說。一會吃飯時要斯文點，別讓人小看我們，頭一次見面，一定要給人好印象。」蔣正海關心的都是交際手腕。瘦管家領著三人穿過大院，從正中的石階登上正房。大廳空蕩蕩的，正中擺著一張八仙桌，桌邊坐著一個四十多歲的胖子，頭上戴著一頂黑緞帽，身上穿一襲長皮袍，黑沉著方臉，兩撇八字鬍略向上翹，一雙細長的灰眼左右睥睨，一副傲慢而懶散的模樣。蔣大夥頭一人獨居上位，左手捧著支水煙壺，咕嘟咕嘟吸個不停。三人恭敬地垂手侍立在蔣大夥頭面前，一動不動。這真應了一句俗語：「人在矮簷下，誰敢不低頭。」大廳裡靜得連掉一根針在地上都可聽見。不但三個應召而來求見的客人，旁邊抬著飯盒準備添飯的下人及瘦管家也是畢恭畢敬地站立不動，像廟裡木雕泥塑的神像，面無表情，兩眼則呆視地面，不言不語。

「我們麻栗壩是塊老肥肉，哪個也想來咬一口。」空洞的聲音發出又停下，倒把人嚇一跳。

「你老者別誤會，我們是逃難人，求您老者高抬貴手，讓我們在您手下討口飯吃。我們不是壞人，棉花林趙四海是我表侄，我們來投靠他，找條生路。」

「喔，是這樣嘛！那還差不多。」蔣大夥頭轉眼打量三人，口氣平和多了，顯然蔣正海卑躬屈節的姿勢，低聲下氣的說話，委婉得體的應酬使他的自尊心得到滿足。他威嚴地清清喉嚨裡的口痰，判決說：「既然你們是四海的親戚，就不必找保，你們先到他家住下來，再慢慢找事做。現在情形複雜，局勢混亂，你們可要小心些，不要到處亂跑，出了問題連我也會受到牽連的。」

「是，聽你老者的吩咐，我們哪裡也不去。」蔣正海唱作俱佳，那副誠惶誠恐的樣子，使人看得可笑而又可憐，但一切都是真實的，絕不是做戲。在這山高皇帝遠的三不管地帶，是無任何法律保障的，殺死一個人跟殺死一隻雞那樣容易而常見。蔣大夥頭用手示意三人坐下，三人如逢大赦般端坐在靠牆的椅子上，有人抬上茶來，他們謝了。

「大老表。」蔣大夥頭告訴瘦管家：「你安排大貴跑一趟棉花林把四海找來見見他的親戚。」說完話他也不叫客人吃飯，自己據桌大嚼起來。趙叔平對正襟危坐的蔣正海、韓曉人扮鬼臉，意思是說：「我們表錯情了，想吃這老混蛋的東西，下輩子吧！」

守財奴的吝嗇嘴臉，以及夜郎自大這句成語，韓曉人在現實社會裡深刻領會到了。吃完飯，大夥頭踱到上八位一張太師椅上坐下，伸手接過下人端來的漱口水，面對痰盂漱了口，再拿一根銀牙籤刨一口黑透黃的板牙。繁瑣的飯後手續完畢，手下人趕緊端上一杯熱茶，喝了茶，有一個手下趕緊遞上白亮光潔的水煙壺及用草紙捲成的火條，大夥頭開始吞雲吐霧。這時趙四海進來了，他是個瘦小的青年，大約十八九歲，穿一套黑藍色對襟衣服，臉色青中帶綠，才進屋就哈欠連天，一副未過足大煙癮的神情。他跟大夥頭很熟，一點不拘束地說道：「大夥頭找我有什麼事？」

「四海，那邊坐著的客人說是你親戚。」

趙四海這才發現靠右牆椅子上坐的三個人，三個都是陌生人，趙四海不知如何稱呼，也不知是哪裡冒出來打秋風的無賴，沾著點袦角親就攀得你非破費不可。細細打量，其中一人倒挺面熟的。蔣正海捅捅統趙叔平，示意他先開口認親：「你是四海嗎？我是你老叔趙叔平。」

「哦，是老叔來了，我就說看著很面熟，老叔的樣子跟我爹年輕時候的照片一個模樣。」趙四海驀然見到遠方的親人，心中激動，人也活躍起來。

「這是你表叔，他母親是你姑奶。」趙叔平指著蔣正海介紹。之後指著韓曉人，「這位叔叔姓韓，是我與你表叔同行的朋友。」

「四海，你把你老叔他們領回家去。」蔣大夥頭認為三人身分已無懷疑之處，便放他們一馬。他吩咐趙四海領人後，對趙叔平等人說：「你們安心住下，有事找我。到麻栗壩後，不管你們在中國做過什麼事，那些我都不管，他們也不能到緬甸來要人。」大夥頭威嚴地站起來，表示審查合格。他辦完正事，已是哈欠連天，那是煙癮發作了。一行人告別，瘦管家送出門來，他笑問趙四海說：「你昨夜，賭到天亮吧？看你兩眼愛睜不睜的，手氣如何？又是大殺三方，一家獨贏吧？」

「別提啦，三吃一，就我一人輸。我通宵翻本，結果把今天去紅岩街收鴉片的現款都賠掉，弄得我紅岩街也去不成了。剛想在家美美地補覺，老貴跟催命鬼似的，硬把我從床上拉起來。」

「輸幾塊大煙錢，算個屁事，你小子大田大地，再多輸點也只當牛身上掉根毫毛。」敢情趙四海家大業大，儘管遊手好閒，吃喝嫖賭，卻吃用不完。趙叔平等三人從此住到棉花林。

今天的紅岩街天，由於是煙會，收大煙的生意人很多。果敢大部分地區是寒冷的山區，適合種植鴉片。每年七八月份撒種，隔年正二月收割，收割季節當地人稱煙會天。當地的主要經濟作物就是種植鴉片，一年的生活費用大多靠鴉片，所以煙會天是生意人的黃金季節，買賣量大，生意興隆。不到上午十時，紅岩街已是熙熙攘攘，熱鬧非凡，那嘈雜的聲波，幾里外就能聽見。這時從街頭走來三個年輕姑娘，看去約十七八歲，生得如花似玉，其中一個更是長得像電影明星，光彩照人，加上一身中國姑娘的裝扮，很快引得街人矚目。三位姑娘挺大方，對人們的評頭論足毫不在意。她們逢人就打聽蔣正海三人的消息，直認是來找男人的，聲稱相約到麻栗壩結婚落業。這一來，整條街子轟動了，三女尋夫的奇聞在人們口中傳來傳去，大家知道了三個姑娘因家長不同意她們的婚事，便相約偷跑出國，還知道她們的大人很生氣，申言要追他們的女兒回去，不願她們在外國丟人現眼。好事人搶著告訴她們：「你們要找的人住在石洞水趙培良家。」她們謝絕陪她們去找人的好意，只問明道路方向便離開街子，施施然尋夫去了。時間過去不到一個小時，紅岩街又傳播著另一條大新聞，八九個中國人趕到紅岩街，也是逢人就打聽消息。不同的是，他們打聽的是三個少女的去向。據他們說，他們是三位姑娘的家人，聲明自家的姑娘被人拐騙出國，羞辱家長，一定要追回去打斷她們的腿。那三個拐騙良家婦女的無行浪子也絕不饒恕，要抓回去交給政府，問個水落石出。好戲連臺，十分刺激。紅岩街沸沸騰騰，街頭巷尾所談，莫非是品評誰是誰非。有的說：「自由戀愛，做家長的何必大動干戈。」有的說：「拐騙婦女是犯法的，那三個小夥子抓回去一定會坐牢的。」

總的來說，中國人對男女問題十分保守，三從四德的觀念非常濃厚，拐騙婦女的行為更令人反感。加上三位姑娘的家長說話通情達理，行事循規蹈矩，給人親切謙虛的印象。輿論的天平已不利於三位少女，更不利於三位男士。讓我們把鏡頭轉到三位少女的家長那裡，就可證明上述論斷正確。

「街長，我是王小玉的哥哥，小玉被趙叔平拐騙出國，我們全家人都很擔心，我們並不是反對妹子的婚事，只是中國正搞運動，國事為重嘛！國家，國家，先有國才有家，所以家父母勸阻妹妹待運動結束後再給她辦喜事，不意妹妹誤會大人的意思，私自出到貴地。我們知道國有國法、家有家規。我們來到貴國，當然要尊重貴國的法律，入鄉隨俗嘛！我們便先來見街長及各位相鄰，為妹子的事向諸位致歉，並想請你們原諒，我們要來接妹子及妹婿回去。」

「不必客氣，你妹子她們也是才到不久，小孩子年輕不懂事，要大人操心。哪家的情形都一樣，算不了大事。承蒙你們看得起我，有事找來，一切好說，你們就把三位小妹子喚回去吧。那三個小夥子不在紅岩，聽說住在石洞水，你們找到趙培良說明情況，一起領回去吧。」

「那就多謝街長及眾鄉親了，我們這就到石洞水去接妹子及妹婿他們。此次打擾很是抱歉，街長及眾鄉親異日有空，請到猛捧街舍下走走，屆時讓小弟及家父母做個東道，再暢敘交談。」

「好說好說，他日有空定當造訪貴府，共謀一醉。」這就是在街長家的一席談話。這樣看來，韓曉人三人被抓回中國，是不會引人非議了。街長客氣地把客人送到街尾，還殷殷致意，表示若有困難之處，儘管再來，定當鼎力相助。真是一波未平一波又起，三位姑娘的家人走後不久，紅岩街再傳出第三個新聞，拐騙三個姑娘出國的負心郎已於昨晚逃到慕太，找到蔣永茂大夥頭，請求政治避難。其中有一個外地口音的，聽說是幹部，出國才三天。

「我看那三個姑娘太癡情。古人有千里尋夫之說，她們是異國找親，也是一段佳話。」

「那三個小子豔福不淺，可惜沒福消受美人恩。到口的天鵝肉飛掉，真是好笑。」

「這種拐騙婦女傷天害理的勾當，也虧他們做得出。這三個壞透頂的傢伙，不繩之以法，那還有天理國法嗎？」

「是呀！為人不做虧心事，半夜不怕鬼敲門。若是正人君子，何必為幾個女子離鄉背井，置父母親朋於不顧。這種狼心狗肺的敗類，絕不能讓他們逍遙法外。」

「人為情死，鳥為食亡。唐明皇不是只愛美人不要江山嗎？你們懂什麼？幾根大木頭，沒情意。」

「皇帝不急，急死太監。吹皺一池春水，關卿啥事？我看你們真是多事。來來來喝酒，喝酒。」

不說紅岩街的酒店飯館裡喝酒吃飯的山民地戶、販夫走卒在各抒己見，圍繞三條新聞議論風生。反正事不關己，爭論一番也就罷了。這裡話說一行人離開紅岩街後，出面與紅岩街長交涉的偵查參謀吳衛軍開心地笑著說：「上級的計畫真妙，營長與趙局長早把一切步驟安排好。這下得看我們的招兒靈不靈了？可別大意，讓三個叛國賊逃脫。」

「吳參謀放心，只要同街長通好氣，那三個壞蛋便插翅難飛。」王隊長急於戴罪立功，趁機討好。

「噓！又忘啦！我現在的身分是王小玉的哥哥，可別露餡喲。」吳參謀提醒同伴注意。

此次化裝追捕越境叛逃犯的計畫確實很妙，行動不可謂不周密，人員選擇也適當，但人算不及天算，前後兩隊人馬在紅岩、石洞水中間的道路相遇，吳參謀一聽韓曉人他們已於昨晚離開紅岩時，心上撲通撲通直跳。他埋怨說：「糟糕，你昨晚為啥不連夜通知我們呢？」

「昨晚我喝醉酒未回家，在半路田伙房冷了一夜，今早回家才知道他們跑了。」趙培良自責地說道。

「不知什麼人走漏了消息？」

「他三人我家也未回過，天黑了我愛人到煙地裡找人，發現收煙刀和收得的鴉片放在地邊。」

「孫營長、趙局長還在岔溝等我們的消息呢，縣委劉書記也正從鳳尾壩趕來岔溝坐鎮，親自指揮追捕罪犯，現在如何是好？」吳參謀狠狠地握緊雙拳，喃喃自語。所有來的人中，吳參謀是領隊，全權負責此次追捕任務。其餘均是農村農民，四肢發達，頭腦簡單。要他們跑腿動手，他們堪稱健將，要他們動腦，可難為他們了。生產隊王隊長也加入追捕的行列，他滿心不情願而又無可奈何。他作為陳蘭芬的舅舅，要他指證韓曉人住在他家期間，勾引拐騙外甥女的罪行。他存著患得患失的心理，既想抓回韓曉人，以洗刷縱敵外逃的嫌疑，又有誣陷好人的內疚，盼望能撲空的僥倖心理。到了功敗垂成，他心中雖若有所失，但更多的是如釋重負的輕鬆感覺。他目睹吳參謀一籌莫展的窘態，一種滿足的報復心理油然而生。

「看你還凶不凶，你把我訓得夠慘！人不是雞豬，你管得他的人，管不住他的心，我不是神仙，怎會掐算得出韓曉人要出國？」這種思想只能埋在心底。自己在一行人中算是二把手，表面上得表現出積極性，提議提議。「吳參謀，你看是否追到慕太去？」

「對，老王說得有理。」吳參謀橫在心上的難題迎刃而解。「如果做不合上級意圖，受批評時也可拉個墊背的。群眾路線嘛，是上級一直大力提倡的工作方法呢！」

吳參謀下決心後，一面派人回岔溝彙報，一面安排下步行動。王隊長則十分懊惱，他本意是讓吳參謀難堪，折折他的盛氣，別再狗眼看人低。誰知弄假成真，自己成了主謀。搞好了功勞是他人的，出問題兜著的是自己，啞巴吃黃連，有苦說不出，他真想給自己兩個耳刮子。按吳參謀導演的話劇，第二場又拉開帷幕。下午，紅岩街清靜不少，遠處來趕集的已返家，只有生意人還等著最後的交易。王小玉、張慈君、陳蘭芬又出現在紅岩街上。「我們找到石洞水趙大叔家，誰知道那三個負心的冤家昨晚就下慕太去了，讓我們撲個空。」陳蘭芬伶牙俐齒，繪聲繪色地說出經過。她黃鶯般清脆的聲音，使聽的人悠然神往。「既然跟出來，尋夫的惡名是背定了，只好豁出去找到他們，我看他們還能跑到天邊去？若是想甩掉我們，當初何必死皮賴臉地來煩人？」

「你們走後不到一頓飯功夫，你哥他們就追到我家，他們碰不到你們嗎？」街長奇怪而擔心地問。

「我們到趙大叔家，才知他們走的消息。我們三姐妹一時沒了主意，後來決定要追個水落石出，就這樣回去還有臉見人？羞死人了！」陳蘭芬嘴上說羞，看去根本沒羞的模樣。倒是張慈君與王小玉幾次三番在陌生人前賣乖露醜，真是羞愧難當。兩人一直低著頭，用手玩弄胸前的辮梢。她倆聽陳蘭芬滿口胡說八道，又好笑又好氣，恨不能找個洞鑽到地底下去，躲起來不再見人。

「你舅父他們到哪兒去了？」有人狐疑地問道。

「我們告訴趙大叔，要返回中國。他留我們吃飯，我們推說出來的時間太久，怕家人擔心，他只好送我們出來。」陳蘭芬煞有其事地娓娓道來，毫無破綻。「其實我們轉個彎，繞小路返回這裡。」

「哦！」聽的人都鬆了口氣，催她們說：「看你們怪可憐的，要走就趕快走，從紅岩到慕太遠著呢！而且你們的家人再轉回來，你們就走不了啦！」

「回中國？他們不會追我們了，我們躲在山上看著他們回中國去的。」

「我舅他們找不到你們，怎會放心回家，他們不找啦？」又有人迷惑不解。

「我們不是哄騙趙大叔說我們要回國嗎？他們到趙大叔家一問話，當然以為我們回家了，趕著回去教訓我們，誰想我們來個回馬槍，把他們全給甩掉。不然冤魂似地跟著我們，可難辦啦！」

「妙，太妙啦！」老於世故的街長不得不信服。真是長江後浪推前浪，後生可畏。「看不出你一個小姑娘這麼厲害，共產黨調教出來的都不賴呀。」

「大叔！」陳蘭芬嘟起小嘴不依了。「這都是逼出來的嘛，您老不要笑我。」

「不是笑話你，我說的是實話，一大幫老少爺們都被你耍得團團轉，我不服行嗎？你們在大叔家歇下，趕明兒慕太街天，我們一起去找你們的男人，行不？」老街長找個臺階下，生怕再惹起誤會。

「多謝大叔。我們肚子餓了，在大叔家討頓便飯。我們先去南榨親戚家住一夜，明天去慕太路近，少累人些。」

「這樣也好，南榨去慕太不遠，早上爬坡不累人。只是紅岩街是個窮山溝，比不上猛捧大市口，粗茶淡飯招待不周，望你們原諒。」

三個姑娘在街長家休息吃飯，看熱鬧的漸漸散去，這一來各家晚飯桌上又有話題可說了。王小玉與張慈君像兩個木偶，任由陳蘭芬擺布。兩人想不通陳蘭芬會心甘情願去扮演別人未婚妻，用美人計來到外國抓人。那麼在此次行動中，三個姑娘究竟要扮演什麼角色，她們的想法又是如何呢？讀者肯定悶在心中很久，先要弄清事情的來龍去脈。推本溯源，罪魁禍首仍是韓曉人。趙培良到岔溝商量的就是抓捕韓曉人的事，蔣正海、趙叔平恰逢其會，也被殃及。公安局趙局長在郭書記陪同下，以張慈君父母為要挾，說服張慈君與王小玉同生產隊共青團支部書記陳蘭芬一起到石洞水抓人。趙局長答應找回蔣正海後，不批、不鬥、不關、不殺，同意讓他們登記結婚，但要求一切聽陳蘭芬的命令行事，不得違抗，否則抓到蔣正海、趙叔平，要交法院審判定罪。王小玉一聽要放她們出去找人，很是興奮，少女的心中又升起幸福的憧憬；張慈君比較成熟，知道事情並不簡單，但她也弄不清政府的真實意圖，心中無底。她知道蔣正海出國並不只為愛情著想，要他回村勞動，即使嫁他為妻，朝夕相處，他也不會滿意的。她怕父母受氣，只得答應。陳蘭芬是忙丙村的一朵花，模樣長得俏。她具有中學文化水準，成分好，思想進步，故被選中為公社婦聯主任的接班人。此次獨挑大樑，對她來說是一次嚴峻的考驗，也是她施展才華的大好時機。韓曉人住在王隊長家，跟陳蘭芬照過面，算是認識，但沒單獨說過話。她的主要任務是一口咬定韓曉人慫恿她到外國結婚，並給她二百元人民幣當聘禮。她答應他的理由是不想在農村勞動吃苦，要追隨他到外國享福。果敢上六戶有四個天街子，順序是紅岩、慕太、崇崗、刺通坪，空的一天恰巧是中國的岔溝街。今天慕太街上也流傳昨天在紅岩街上傳布的新聞，偏僻地區向來消息閉塞，所有的大事小事，都會引起鄉民的極大興趣，對每件傳聞講了又講，以滿足他們的好奇心，打發寂寞與空虛的生活。陳蘭芬、王小玉、張慈君三個姑娘出現在慕太街，馬上有人指指點點。

「看，就是這三個姑娘，從中國追男人來的。」

「喲！十八姑娘無醜女，個個長得如花似玉。」

「今日有好戲看啦，夫妻重圓倒是好事一樁。」

還是昨天的老套，陳蘭芬當先領隊，滿街打聽韓曉人的消息。當證實他們確在棉花林趙四海家未走時，陳蘭芬方才鬆了口氣。她們未直接找去趙四海家，而是進街上一間鋪子去。鋪子主人劉國欣，家住棉花林，與趙四海家僅隔一塊園子。他在慕太街的這間雜貨鋪，平日鎖著門，街子天才開門賣貨。他見三個姑娘走進鋪子，客氣地迎上前來，悄悄叮囑幾句話，聲音低得門外的趕集人都聽不見。休息一會兒，劉國欣領著三個姑娘走出鋪子，把買賣交給夥計去做。

「四海老表，在家嗎？又給你領客人來啦。前不久我在街子碰到三位小姐，是中國來的。她們說你老叔叫她們來的。」劉國欣進門就嚷開了。

「我老叔叫她們來？是誰呀？」趙四海起來招呼。

「怎麼是你們？小玉，你怎麼會找到這裡來？」

「喲！看你說的。腳長在我們身上，路帶在我們嘴邊，這有什麼難的？」陳蘭芬一進屋，便搶著回答趙叔平的問話，同時用眼角瞟了韓曉人一眼。

「進來坐吧，不要客氣。」趙四海的媳婦劉玉珍見來了女客，親熱地招呼著，又是端凳子，又是斟茶。張慈君意外地見到蔣正海，滿腹心事堵在嘴裡，想說話又礙著陌生人在場，只好低著頭不吭聲。王小玉也一樣，像個啞巴，坐著不動。韓曉人見蔣正海、趙叔平的女友找了來，心中嚇一跳，不知她們來是何意圖。

「你們跑得比飛機還快呀！昨天我們到石洞水找你們，有人說你們前一天就離開那裡。累得我們多跑半天路，才找到你們。」陳蘭芬挑明來意。

「找我們？」韓曉人摸不著頭腦，奇怪地問：「你找我？」

「你們倆不是相約在果敢會面嗎？怎麼啦？當著陌生人害羞囉。」劉國欣看陳蘭芬雖說潑辣，但要親口承認與一個毫無瓜葛的男人有關係，終究不好開口，便出聲替她解圍。

「我在忙丙見過她，只是我連她的名字都不知道，我怎麼能約她出國？」韓曉人滿腹疑問，不知道這漂亮的姑娘葫蘆裡賣的是啥藥。他意識到事情的複雜，頭也大了。他擔心這是一個陷阱，不覺警惕起來。

「原來韓兄早就與佳人有約。可你不該瞞著我們，守口如瓶呀？」趙叔平頗為不平。

「我也從未聽你講過約人出奔的事呀！」蔣正海十分意外，弄不清其中奧妙。不信嘛！一個少女當眾直認愛一個男人，且不顧羞恥追到國外；信嘛！韓曉人的表情透著驚慌不安，一點沒有重逢的喜悅。這筆爛帳扯不清，事態確是嚴重。

「韓大哥，我知道你的難處，你現在身在異域，無親無故，當然心中無底，我今天找來了絕無反悔之意。你放心，我有一雙手，只要不怕苦累，兩人的日子不會困難。南榨張小梅是我表姐，我們可去投靠她。」陳蘭芬怕真相揭穿，壞了大事，顧不得害羞，硬是咬定與韓曉人有婚姻之約。

「你……你……，」韓曉人想不到天底下竟有甘認為他人之妻的女人。他氣急敗壞地責問說：「我與你有何怨仇，你這樣糾纏不休，到底有何用意？」

「你這沒良心的，虧你還是國家幹部。」陳蘭芬掏出手帕捂住臉孔，抽抽噎噎地哭著說：「我一個青年女人，背井離鄉追到外國，什麼不好騙，要騙你為男人？你既然不敢認我，我也沒臉見人，我就死給你吧！」一面哭著，一面尋死覓活的，弄得大家手忙腳亂，不知所措。正亂得不可開交，蔣大貴來解圍說，蔣大夥頭叫所有人上他家去，有話要問。一行人走到蔣大夥頭家，發現張慈君的弟弟、王小玉的父親、王隊長、吳參謀、趙培良以及紅岩街街長，都在客廳坐著。八仙桌上擺著牛奶鳳梨罐頭，上海來的綢緞被面，八磅鐵殼熱水瓶等禮品，大都是緊俏⑤物品，市面上不易買到。看來關係禮數到了，交易已成交。大夥頭見該來的人都到了。便打住笑容，擼成一副黑臉。他先讓三個姑娘坐到她們各自的親人身邊，然後對著韓曉人三人，聲色俱厲地說：「你們三人來騙我，說你們是逃難的。我可憐你們，讓你們在我的地區留下來。現在好了，你們原來是詐騙犯，把中國姑娘拐帶出來。如今人贓俱獲，事實全在，不容你們狡辯。你們親眼看到了吧，他們的大人親自找來，向我要人。此事你們錯在前，莫怪我不顧情面，只好秉公處置。」蔣大夥頭說完，吩咐瘦管家說：「大老表，叫人拿繩子來，把三個小賊拴起來。」不論蔣正海等人如何分辨，怎樣哀告求饒，大夥頭充耳不聞，趙四海為三人求情也於事無補，三人被五花大綁，捆在院中的拴馬柱上。蔣大夥頭決定派人把罪犯押到紅岩，再由紅岩街長換人押到國界，把人交還中國。趙培良、街長認為蔣大夥頭辦事公正，吳參謀代表家長表示感謝，他說：「我們作為女方家長，並不想怪女婿，姑娘既然喜歡，回去就為他們辦喜事，只要一過國界就恢復他們自由。」

張慈君因父母被要挾，不得已硬著頭皮任人擺布。現在見事情弄糟，再也顧不得父母，她衝到蔣永茂面前，跪在地上哭著求情：「蔣大叔，正海他們抓回中國是要坐牢的，求你放了他們吧。」

「張慈君，你瘋啦，你父母在家等著你呢，你不為父母著想，你的良心跑哪裡去了？」吳參謀把她拉起來，用話威嚇她，提醒她不要多事。

「我再也受不了了，我不活了。」張慈君掙脫吳參謀的手，跑下石階，對拴著蔣正海的木樁一頭撞去。一片驚叫聲中，張慈君頭破血流，倒在血泊中。這突如其來的變故，使人手忙腳亂。蔣永茂忙指使人把張慈君抬到後面，派人到街子找醫生。恐防夜長夢多，蔣永茂先派人把蔣正海、趙叔平、韓曉人送走。張慈君經過包紮敷藥，騎在馬上跟吳參謀他們一路，順大路返回紅岩。韓曉人被困住雙手，押送回中國。他心中沮喪極了，不想逃離虎口，又落狼窩。

「都怪我。」韓曉人滿懷歉意地對蔣趙二人說：「若不是我連累你們，你們不會有這次磨難的。」

「韓兄，你不必自責，以前我對中國還抱著幻想，覺得逃出國界就自由了。現在才知道錯了，有一支無形的巨手，扼在我們脖子上。只要你不聽話，它就會讓你喘不過氣來。」蔣正海歎息道。

「我跟正海是微不足道的小人物，送回中國後最多受受批評，管制勞動。韓兄是幹部，叛國的罪名不小，坐牢還是輕的，搞不好會殺頭的。」趙叔平粗中有細，他為韓曉人擔著不小的心。

「聽天由命吧！人死如燈滅，我雖今年才二十三歲，卻活累了。死對我來說，已不可怕，可怕的是活著受罪。我想好了，張慈君已給我做出榜樣，必要時我會自處的。」韓曉人想通道理，早把生死置之度外。他不得不佩服吳參謀等人的手腕高明，做出的事天衣無縫、滴水不漏。他也不怨趙培良，那是個木偶，被線牽著鼻子走。他對蔣永茂並不憤恨，在果敢這樣落後愚昧的地方，只能成就這樣的人物，你如何指望他有正義感，如何能希望他發揮人道主義精神，主持公道呢？

「站住！什麼人？」韓曉人一行人離開慕太不到半小時，剛轉過一個彎道，突然路邊跳出兩個持槍武裝士兵，大聲吆喝眾人停下。

「我們是慕太大夥頭的人，押送三名犯人去紅岩。」蔣大貴止住眾人，上前回答。

「犯人？什麼犯人？誰讓你押走的？」來人中一個個子高大，長相俊武的士兵奇怪地詢問。他叫趙紹雄，是十六營副營長彭嘉福的警衛員。

「是三個中國跑出來的年輕人，其中有一個是幹部。他們拐帶三個中國姑娘到紅岩，大夥頭讓我們把他們送還給中國。」

「前面出了什麼事啦？為何不走啦？」一個騎匹黑騾子的軍官從隊伍中間查問。

「報告副營長，蔣大夥頭派人押送幾個中國人到紅岩。」趙紹雄向騎馬走上前來的彭嘉福報告。

「哦！怎麼要送出來的中國人回國，他們犯了果敢法律嗎？」彭嘉福奇怪了，上次出現過到果敢抓人送還中國的事件，主謀還未受到懲處，怎麼又出現類似行為。彭嘉福因在途中不便耽擱，思考一下後下令道：「先把他們送到大夥頭家，等我問明情況再做處理。」返回途中遇到陳蘭芬一行，其中不見了吳參謀及趙培良兩人。彭嘉福未尋清實情，把大夥全都帶回慕太。真相弄清後，王隊長左右為難，回國嗎？這洩漏實情的罪名實在承擔不了；留在果敢？不用說家中生活有困難，而且有隨時被抓回國的危險。他權衡得失利害，最終下決心加入彭嘉福的隊伍，以策萬全。他誠懇地表白說道：「彭副營長，我對出來誘捕韓同志的事非常抱歉。我是被脅迫而來的，事情到了這份境地，我也不願回去受活罪，我跟著你還有安全可言。你就收下我吧！」

「那好吧，你跟蔣正海都留下，等情形好轉再讓你們回家。」彭嘉福經過考慮，決定收下兩人。

「彭副營長，我也跟你走吧！我已無別的出路。中國方面不會死心，他們還會派其他人來抓我的。」

「韓老弟，你的情形不同。眼下我們跟三、五軍是盟友關係，你才從中國出來，又是老共的國家幹部，被游擊隊知道你的身分，安你個共匪特務的罪名，我也無力保護你的安全。你有文化，崇崗缺乏老師，有機會我替你安排去那裡教書，等情形好轉再說。」彭嘉福撿了個燙手的山芋，他不得不擔起這些人的安全責任。

「謝謝彭副營長的好意。」韓曉人深深感激這位救命恩人，把他從絕望中拯救出來，但他對個人前途十分擔心。他想：「看來外國也不是想像中的天堂，左中右三種勢力在果敢爭鬥得十分激烈。自己被夾在中間，處境太危險了。」

「韓兄，你不要急躁，我隨彭副營長下去，一旦找到我大爹，再帶信給你。你身分與我不同，這次中國費那麼大心力，主要目的就是抓你回去，你要多加小心。」蔣正海安慰韓曉人。

「趙培良是中國的走狗，專門幹沒良心的缺德事兒。游擊隊幾次派人去抓他，卻被他逃脫。我看在他是果敢人的面子上，不為難他，想不到他越來越猖獗了，真不識好歹，有機會我要好好教訓他。」

「彭副營長，趙培良與吳參謀還未走遠，是不是去追回來？」趙紹雄請示道。

「不必了，中國是我們的近鄰，大家都是炎黃子孫，只要不太過分，能忍的就忍了。我們果敢得罪不起中國，即使我們把吳參謀追回來，我們又不能如何處置他，難道把他交給游擊隊嗎？正如我不會把韓曉人交給中國那樣，我們也不能把吳參謀追回來交給臺灣方面的人。」

蔣永茂想不到因貪小便宜而弄出大問題，他不安地表示說：「彭副營長，是我沒把事情搞清楚，我只聽一面之詞，以為是一件拐賣人口的案子，這對我真是一個大教訓啊！」

「大夥頭，果敢雖小，也是一個主權地區。中國人來到果敢，只要不犯果敢法律，我們要讓他們有一條活路。若是在中國殺人放火的刑事犯，我們有權驅逐他們離境，卻不能替中方抓人。至於政治犯，我們應負他們的安全，這屬於人道主義精神，在國際上是有先例的。那幾個姑娘隨她們的便，要留要回都可以。」

「就這麼辦，我會處理好的。」

「趙叔平來棉花林投親，不用說了，韓曉人的安全你得負責，再出意外，果敢的名譽就敗壞在你手裡了。」

彭嘉福軟中有硬，預先警告蔣永茂，蔣正海與王隊長跟著彭嘉福走了。趙叔平是趙四海的親叔叔，趙四海說什麼也不讓他跟部隊走，硬把他留下。陳蘭芬要去南榨投親，蔣永茂派專人陪她去。韓曉人住在趙四海家，等候崇崗學校的消息。滿天烏雲散去，一切恢復原狀。閑著無事，劉國欣經常找韓曉人說閒話。

「韓同志，上六戶這個窮地方不是你住得慣的。你去崇崗教書，哪有啥前途啊？你既然已逃離大陸，應該到下緬甸去求發展才對啊！」

「我這種身分，連當果敢兵他們都不敢要，下去壩子不是更危險嗎？」

「你可先去新街，那裡是老緬的天下，有許多中國人，你到新街，他們會幫助你的，比你在邊界提心吊膽安全多了。」

「四海說要去新街，要過中國國界，碰到解放軍就完蛋了！」韓曉人不敢再冒險。

「國界那邊都是深山老林，前無村後無寨，不要說大軍不來，連鬼也見不著一個。」

劉國欣對韓曉人很是關心，幫他分析形勢，好心地慫恿他離開棉花林，到更安全的新街。韓曉人遇到這樣熱心的好人，也很高興。他對這次幾乎被押送回國的事情深具戒心，也想早日離開這危險的地方。他心中想：「保不定中國又用其他手段來對付我的，有機會還是早走為好。」

「蔣大夥頭是見利忘義的小人，沒有主見。」劉國欣見韓曉人動了走的念頭，很高興地接著說：「這次你駁了他的面子，令他難堪，我看他心中挺不高興。俗話說：『明槍易躲，暗箭難防。』你可要小心。」

「不可能吧？彭副營長不是要他負我的安全之責，他怎可失信於人呢？」韓曉人怵然而懼。

「他不動手，還有別人啊，中國安在境外的暗樁多得很，防得了初一，防不過十五。大夥頭不能天天派人守著你，等你再次吃虧，恐怕不會再遇上彭嘉福這樣愛管閒事的人來救你。那時你叫天天不應，喊地地不靈，後悔也來不及了。」

「下新街要三天，我不認識路，再說趙叔平暫時不會離開四海家，我沒伴下去啊！」

「我們經常到新街辦貨來賣，到時你同我一路好了。」劉國欣大方地表示。「不過你可不要讓任何人知道這個秘密，若讓中國知道是我帶你到新街的，我就趕不成岔溝街，彭嘉福也是要怪我的。」

「劉大哥，你對我這麼好，我以後會報答你的。」

「你我同病相憐，都是從中國逃難出來的，我不能眼睜睜地看著你落入魔爪。我家老人是信佛的，他常跟我們兄妹說什麼救人一命勝造七級浮屠。我不能昧著良心，見危不管呀！」

五天後的慕太街天，崇崗馮把總聽彭嘉福介紹有這麼個老師，便叫他兄弟馮六來請韓曉人去學校任教。韓曉人卻不下彭嘉福的人情，只好把去新街的念頭先丟歇著。告辭趙四海家後，便同馮六到崇高去，當上了小學老師。學校在崇崗街頭的小山包上，學生只有六十多個，原來是姓蔣的兩父子當老師，因安排韓曉人教書，辭去蔣老師的兒子。為了安全，韓曉人吃住都在校長馮三家，不輕易出門。馮三是崇崗戶的大頭人，崇崗戶稱大頭人叫把總，馮把總家放著羊火塘，在寒冷的小凹口放牧著幾百隻綿羊，同時操縱著崇崗地區的鴉片市場。他以大頭人的身分兼任小學校長，同時也兼任崇崗街長，是一個既有權又有勢、炙手可熱的大人物。他比蔣永茂有見識，把崇崗治理得井井有條；他頭腦靈活，農牧商學一起上，幾年下來，已是遠近聞名，所以彭嘉福放心地把韓曉人託付給他。他也不負所望，不顧家長反對，硬是把教書數年的小蔣老師裁去，為此蔣老師很是不平。韓曉人教小學可謂是大材小用，一經牛刀小試，學生便整天圍在他周圍打轉。回到家裡，仍韓老師長、韓老師短的，幾乎所有家長都知道來了一位使所有學生都敬佩信服的好老師。崇崗街上住的大多是生意人，每家餵著幾匹牲口，由紅岩街、慕太街、崇崗街、杏塘街，每五天轉一個圈，外面有什麼新聞，也由他們首先帶回崇崗。馮六在紅岩街遇到趙培良，趙培良講韓曉人如何拐騙一個中國姑娘出來，中國如何要找他算這筆帳；馮六在慕太街，劉國欣講韓曉人是中國派出來的特務，游擊隊要派人來抓他丟江餵大魚。流言越傳越神，韓曉人成了無惡不作的大壞蛋，成了專門勾引良家婦女的淫棍。為此，學校家長不安了，特別是女學生的家長更是惶惶不安，他們相約到馮三家，要校長辭退韓曉人，以免教壞子女。馮校長通過十多天的短暫相處，覺得韓曉人是個正直博學的好青年，他勸家長不要輕信謠言。

「如今有學問的好老師是不容易找到的，特別是我們這樣的窮山僻壤，品學兼優的人才你去哪裡找？」

「校長，我們不求子女有多大的學問，只要他能寫寫算算，不做睜眼瞎[6]就謝天謝地，但我們是小本經營的生意人，不願捲入政治。」

「無風不起浪，校長！你不要被韓老師的花言巧語所惑。他來不久，就把學生哄得團團轉，連老蔣老師的話都無人聽。蔣老師的人品你最清楚，他是不會教壞學生的。」

「蔣老師是個好老師，但他只會教老學。時代不同，新學將來對學生處世更重要，不可放棄。」馮校長苦口婆心地開導大家。這一來，蔣老師更生氣了，他正因兒子的事不滿校長，如今見校長袒護外人，瞧不起自己，乘機要求說：「我教了十多年的書，雖沒有教出人才，可也未教他們拐騙婦女。如今我老了，該讓賢了。請校長准我辭職，另聘高明吧！」

韓曉人在院子裡聽到家長跟馮校長爭論不休，生恐事情鬧僵，對不住校長的好意，便進屋對校長和家長說道：「我是一個外鄉人，逃難出來，只想找份工作混口飯吃，不能為我一個人傷了諸位相鄰的感情。我可以辭去教職，回棉花林。我很抱歉因我的原因使大家不和。」韓曉人說完，不顧馮三的勸阻，又返回趙四海家。趙叔平得知真相，很為韓曉人抱不平。

「他媽的，真是欺人太甚！也不知是什麼人去嚼舌頭，顛倒是非。」

「叔平，我的經歷太富傳奇色彩，難怪他人要疑心。哎！人在屋簷下，豈能不低頭，我是有什麼資格去與別人爭一日長短呢？」

「韓同志，不要在意。這些愚夫愚婦，樹葉掉下來也怕打著頭，犯不著為他們的話煩惱。」劉國欣倒沒有變，對韓曉人仍一如既往，熱情如故。背著韓曉人的面，劉國欣語氣大不相同，他對趙叔平私下說：「哎！這次是你與蔣正海替人背黑鍋，你們在石洞水住得好好的，十多天平靜得很，為什麼韓同志一來就出事？特別是蔣正海，青梅竹馬的情人也撞得頭破血流，如今是死是活也不知道，真是何苦呀！」

「張慈君的事，怪不到韓曉人頭上呀！」

「你真糊塗，你是當事者濁，我是旁觀者清。」劉國欣像老師向頑童講課，耐心地解釋道：「你還看不出嗎？中國真正對付的是誰？你我都是小老百姓，算得上老幾呢？中國多你我不多，少你我不少，國家幹部可不得了，跑出一個來，對國家的面子影響大得很，你說是不？」

「有道理。我倒了八輩子楣，碰上渣兒，白白地被栓一繩子，真不值得！」

「你想中國那麼大一個國家，會對付不了一個人？我擔心韓同志跟你在一塊，別人找了來，偷牛的抓不著，你這拔樁的有得好瞧。」

「話是這麼說，可我們也是萍水相逢、患難之交，不能不管他的生活呀！」

「那好辦。你家隔壁有兩母女，種著幾十畝田，養了幾頭牛，可以讓韓同志替她家放牛。只要勤快些，被兩母女看中，招在家中做個倒插門女婿，那就是造化。你也不失關顧之情，豈不一舉兩得。」劉國欣口似蓮花，說得天花亂墜。

「我總不能開口趕他呀？」趙叔平心地善良，狠不起心丟開朋友，只顧個人的安危。

「這不算對不起朋友，而是為他著想，他感謝你都來不及呢！」

「那好吧！等四海回來，我同他商量一下再說。」

趙四海幼年已喪失雙親，雖說父母留下許多產業，但缺少真正關心他的親戚，所有的親戚都想乘機來分點好處。如今來了親叔叔，他很高興，認為有了得力臂助，不怕外人算計自家的田產地業。他自小遊蕩慣了，也不屑料理家計。趙叔平一來，便替侄兒擔起理家的職責。趙四海對韓曉人本無好感，看在老叔面上，對韓曉人總算客氣，對韓曉人的去留，他根本無所謂，反正多一個人多一雙碗筷，對他這樣的家庭是無所謂，所以趙叔平一提要讓韓曉人去放牛的事，他便同意了。韓曉人本不好意思長久地住在趙四海家，一聽有工作做，自食其力，很高興地答應下來，從此他每天到山坡上放牛，早出晚歸。

韓曉人幫工的主人家姓侯，父親在一次與土匪的衝突中被打死，母親受驚嚇弄得神經失常，遺腹女兒出生下地就癡癡呆呆，醫生說是胎兒在母腹發育不全所致。郭小果年輕守寡，全仗丈夫留下的一份田產為生，女兒侯小花出落得一表人才，可惜說話口齒不清，十七八歲的大姑娘，口水不斷流，見人就傻笑。郭小果經過數年請醫生調理，精神已經正常，管理家務不太困難，唯一留下的後遺症是健忘，初一、十五脾氣顯得暴躁，不相信任何人。侯家在慕太是大族，鴉片煙地土質肥美，每房堂兄堂弟都靠種大煙為生，日子過得頗為愜意。小花的父親有個親弟弟在彭嘉升部下當分隊長，所以侯家在當地很有實力，是地方上的一霸，連大夥頭蔣永茂辦事也要讓著三分。有了上述關係，小花母女倆才能守著田產過活，外人不敢生覬覦之心。郭小果年輕守寡，耐不住寂寞，病好後更感覺日子空虛，逐漸與蔣大夥頭的瘦管家趙啟明眉來眼去。趙啟明有家有室，不好明娶郭小果做小老婆，但又想霸占侯家的田產，人財兩得。只是怕觸怒侯家，他遲遲未敢下手，郭小果多次催促趙啟明前來入贅，都被他婉言推託，倆人就這樣不明不白地敷衍下來。趙啟明正當壯年，慣好沾花惹草，他見小花已長大成人，欺負她頭腦不聰明，殘暴地占有她。郭小果得知實情，跟趙啟明大吵大鬧，聲言兩人一刀兩斷，趙啟明一箭雙雕，頗為沾沾自喜。經郭小果一吵，怕事情傳出去丟人，趙啟明施展渾身解數，指天誓日，表明今後絕不染指小花。郭小果婦人家水性楊花，經不起趙啟明一番花言巧語，只得將錯就錯，與情夫再續前緣，只是江山易改，本性難移，餓貓見鹹魚，哪有放過之理。三人這麼吵吵鬧鬧地過起亂倫的齷齪生活。可惜好景不長，樂極生悲，郭小果肚子不大，小花卻懷孕了。郭小果急得像熱鍋上的螞蟻，成天找趙啟明找墮胎藥，結果胎兒未打下，小花被折騰得死去活來，以致一見藥罐就大喊大叫，吵得鄰居日夜不寧。郭小果自食惡果，愁得舊病復發，成天胡言亂語。

韓曉人到她家放牛，見母女倆一瘋一癡，非常可憐，便精心服侍，配合醫生治療，換湯餵藥，母女倆心神安定，病勢奇跡般好轉了。郭小果痛定思痛，明白趙啟明並無娶己之心，病好後便不再對他假以顏色。趙啟明借探病為由，頻頻到棉花林找郭小果，軟語溫存，無奈郭小果不為所動，每每避而不見，見則惡言相向，絲毫不假顏色。趙啟明見郭小果對韓曉人態度和好，親如家人，一股怒氣直衝腦門，他心想：「好小子，原來是你從中搗蛋。一個吃住無門的浪子，想來占大家業，人財兩收。哼！餓老鷹想吃天鵝肉，美的你，不先把你小子逼走，這份家產就撈不到手，幾年的心血就白費啦！量小非君子，無毒不丈夫，你小子走著瞧吧。」

韓曉人從一個堂堂正正的國家幹部，流落到替人放牛為生，心中的苦悶不必說，對安全的擔心更使他晝夜焦慮在思謀對策。他寄望蔣正海來信叫他，但分別近三個月仍杳無音訊。侯家母女對他的態度也使他不安，郭小果視他如兒女，不叫他放牛，而經常讓他經手錢文，安排田地農活。小花常面對他微笑，他又不忍不理睬這不幸的姑娘。

「曉人，我母女無依無靠，大份家業沒個當家的來照營，我看你能幹心好，又單身在外，好好幫我母女掌管家業，省得你四處奔波，飄流浪蕩，你說可好？」郭小果在吃飯時，用話語試探。

「大嬸，謝謝你的好意，讓我一個陌生人有吃有住，不再遭人白眼相看。只是我是個逃難的人，隨時會被抓回中國。實話對你說，邊界一線對我來說很有危險，我想幫工掙點路費，下新街去。」

「只要你住在我家，是不會有危險的。我老兄弟當彭家的帶兵官，無人敢來動你。侯家在慕太是大族，蔣大夥頭也不敢輕易得罪，若不是我家推辭，慕太大夥頭也輪不上蔣永茂當。我們為土司官家辦事，到頭來落得家破人亡，所以族中不願再讓子孫辦公事，土司官家只好另委他人為大夥頭，但囑咐慕太有大物小事，要問侯家的意見，這樣一來，你還有什麼好怕的？儘管安心住下。」

「那就多謝大嬸了！我永遠不會忘記大嬸的恩情。只是我一個青年人，不願終老此地，我要到下緬甸闖，做一番事業，不然十幾年的高凳子白坐了！」

「你這個傻孩子，大嬸也不是不讓你下去呀！等你人事熟了，便由你到新街打貨上來賣，生意都交給你去負責。大嬸我一個女流，早想把擔子交給妥當人，圖享幾年晚福。小花也是女的，而且腦筋不靈，我靠誰呢？」說到傷心處，她流淚了。

「大嬸，你別哭！小花妹雖帶點病，但不是一竅不通的人。慢慢醫治她的病，只要她神志清醒過來，一定是個聰明伶俐的好姑娘。」

「你不必寬大嬸的心，小花模樣是長得不錯，就是有點癡呆。幸好她無兄無弟，這大份家業都是她的，只要你不嫌棄，這份家業就是你的了！」

「大嬸，我一個外鄉人，才來到就來占這份家業，族中老幼不依，旁人也要說閒話的。」

「孩子，我只想問問你的意思，我不逼你，有不少人求過婚，願做過門女婿，承繼侯家的香煙，但我不答應。我知道他們看中的是這份家財，一旦家財到手，便會視我母女為眼中釘，所以我寧願找個合意的嫁了，生個一男半子，以免老來吃水無味，無人養老送終。可惜我的心意白費了，不但不能如願以償，反而惹得一身煩惱。如今我已三十六歲，看破世情，不再找人嫁。我只希望給小花找個老實厚道的女婿，完成做父母的責任，至於其他的，也顧不得了。哎！是福是禍，看她的命哦！」

「大嬸，你不要擔心，我相信好人終會有好下場的。你的一番苦心，世人有幾人能體諒，你相信小侄，告訴這些隱私，我不能給你什麼保證，請你給我些時間，讓我考慮考慮，再回復你話吧！」

「這我就放心了，不管你與小花關係如何，希望你記住，這裡一直為你敞開著大門，有什麼都可以找大嬸。」人是現實而勢利的，趙叔平得知郭小果有意招韓曉人入贅侯家，很替他高興。劉國欣卻心急如焚，一旦成為事實，韓曉人便身價百倍，置身豪富之列，自己的一番做作便付諸東流。他百思不得其解，為何趙啟明輕易放棄到口的肥肉，把好事讓給他人？其實趙啟明早已帶信給侯加昌，說他大嫂養了個中國人，侯加昌接到信，十分憤怒，他向營長趙文華請假，從興旺區小定壩趕回棉花林。侯加昌回到慕太，先去找蔣永茂，傳達撣邦革命軍第五旅副旅長彭嘉升的命令，命令慕太戶速把月捐湊齊，交侯加昌排長帶回旅部。正事辦完，侯加昌便找趙啟明詢問他大嫂家的通姦事情，趙啟明自己不出面，把侯加昌領到劉國欣的鋪子。

「侯分隊長，韓曉人那混蛋做出人神共憤的淫亂之事。都怪我，是我看他單身在外，可憐他無依無靠，才介紹他去你大嫂家放牛，誰料他狼子野心，竟殘暴小花，以致有孕，都怪我瞎了眼。」

「侯老叔，你我情同叔侄，我幼時全靠侯加盛大叔照顧，所以你不在家，我經常到大嬸家走走，看能幫點什麼忙，略盡孝心。我聽國欣介紹一個中國人到大嬸家看牛，我還為大嬸高興，認為有個男人在家，她母女倆少害怕點，我最近因替公家收月捐，少去照看，誰知竟弄出這事來。」侯加昌越聽越上火，沉著臉一言不發，喚勤務兵趙子光備馬，返回棉花林去。侯加昌平時已聽到大嫂與趙啟明有染，看在死去的哥哥份上，他不計較。大嫂十八歲懷著侄女小花就開始守寡，他也希望大嫂再安個家，好把大哥名下的家產接收到自己名下，可一直沒有機會。現大嫂把仇人接到家中，還想把侄女嫁給他，我要問她對得起死去的大哥嗎？另外也可借此機會要脅她把侄女嫁出去，自己好分一份家產。侯加昌騎在馬上邊走邊想，他把中國人都視為仇人，那是與他大哥侯加盛有關。

一九四九年中國大陸臨近解放之際，各地土共隨之而起。鎮康出現以何超群、蔣文豪為首的土共部隊，出沒於上六戶的果敢邊界。當時全果敢已擁有聯防隊員一千多人，分駐各地。上六戶區由慕太大頭人侯加盛兼任聯防大隊長。九月初土匪襲擊大隊部，打死侯加盛。事後瞭解到，這批土匪仍由來路向鎮康蚌孔方向退去。侯加昌時年五歲，目睹兄長死狀，幼小的心靈種下了仇恨中國人的種子。為怕土匪斬盡殺絕，族中把侯加昌自小就送到臘戍念書。他先於彭嘉福回果敢，年紀輕輕便擔任排長。他在大水塘駐紮時，便以窺探軍機罪為名，把大水塘小學一名由中國出來的老師擅自槍斃，為此，他受到彭嘉福的嚴厲批評。此次侯加昌回家定拿送上門的韓曉人開刀，活祭長兄亡魂。他殺氣騰騰飛馬回到大嫂家，馬上命令勤務兵趙子光、羅老旺把韓曉人捆綁起來，跪在客廳侯加盛的靈牌下，要開膛取心。

郭小果驚呆了，她氣急敗壞地問道：「老兄弟你瘋了嗎？怎麼要殺韓曉人？他是昆明人，你大哥死時他不過四、五歲，怎會是你老哥的仇人呢？」

「大嫂你忘了大哥死時的慘狀了嗎？他咽氣前親口說的那句話你不記得啦？他臨終前說：「『殺我們的是中國人……。』你自己不檢點，還讓小花也給這畜生姦污了，你還對得起死去的大哥嗎？」

「大兄弟，我這做嫂嫂的千錯萬錯，也跟韓曉人無關呀！中國人那麼多，你能殺得光嗎？我知道你一直想分你大哥的這份家業，你明知我想把小花招贅在家，故你一直反對。連我這做大嫂的，你也想嫁出去，好獨霸家產。你的心好毒辣呀！」

「老叔，你不要殺韓大哥！我喜歡他，我要嫁給他。」侯小花難得清醒，她目睹要剖腹的慘劇，驚嚇之下，神志反倒清醒，話也說得有條有理。

「我大嫂病又復發了，你們把她送回屋去，不要讓她再胡言亂語。笑話！我堂堂六尺大漢，會來算計孤兒寡母的財產？眾位鄉鄰在此為證，侯加昌家門不幸，遭人欺凌；韓曉人羞辱我侄女，我要他用命來洗刷我侯家的門庭。」

侯加昌這一鬧，隔壁鄰居全驚動了，院子裡黑壓壓站滿了男女老幼，觀看這場叔嫂的家產之爭。

「加昌，你可不能莽撞，由著性子胡來，有事好好商量。呦！怎麼來了這麼多人？你們是來看戲呀！都回去，都回去。沒事，沒事的。走，都給我走。」蔣永茂氣喘吁吁地走進院子，邊說邊把院子裡的閒雜人等都趕出院子，四散走了。

「大夥頭，你來了就好了！我兄弟不知受了誰的唆使，回來給我過不去我倒要請你老來評評理。」郭小果像落水者抓到一根木頭，搶先喊叫著說。

「你大嫂，不要著急，有話慢說，一家人嘛。玉珍，你先把你大表嬸扶回房去，讓我跟你表叔聊聊。」蔣永茂囑咐趙四海媳婦勸住郭小果，附耳對侯加昌講起話來……

「趙子光，你過來！」侯加昌聽完蔣永茂的話，臉色變了又變，他把趙子光叫到面前，悄悄囑咐幾句話，便大聲說：「便宜這小子啦！把他拖出去。」

羅老旺與趙子光一邊一個，架住韓曉人的雙臂，連拖帶拉，出了屋子。韓曉人嚇懵了，一直昏昏沉沉。冷風一吹，他才清醒過來，高聲呼救：「冤枉呀！我沒罪。蔣大夥頭，你行行好，救我一命！」求饒聲越傳越遠，只聽「啪」的一聲槍響後四周又恢復了寧靜。

「韓兄，你醒醒！」趙叔平一邊替韓曉人解捆住雙臂的繩子，一邊焦急地低喚。

「我這是在陰間嗎？」韓曉人逐漸回過神，猛地搖搖頭。

「是我，剛才他們是嚇唬你的，警告你不要再跟侯大嬸家來往。你闖下大禍，可把我嚇壞啦！」

「這到底是怎麼回事？叔平，為什麼莫名其妙把我拴起，我做錯什麼了？我跟小花清清白白的，為何要冤枉我？」韓曉人就這麼糊糊塗塗到鬼門關去轉了一轉，弄得他暈頭暈腦，始終不明原因。兩人從山邊回到趙四海家，玉珍早準備好飯菜等著替韓曉人壓驚，陪客只有劉國欣一人。四個人圍桌而坐，話題仍是韓曉人的不幸遭遇。

「韓同志，都怪我多嘴，讓你活受罪。」劉國欣三杯下肚，為自己誇功賣乖。「要不是趙管家與我報告大夥頭，催著他趕到侯家，韓同志便要慘遭割腹挖心。侯加昌這渾小子真夠狠的，他大哥被土匪所殺，沒本事找真凶報仇，卻拿韓同志頂缸，真夠糊塗的。」

「韓大叔你是吉人天相，幾次遇險都有高人搭救。大難不死，必有後福，你將來必定會大富大貴。」趙四海的父母就是跟侯加盛一起死於土匪之手，他母親是侯加盛的大姐，父母死時，他還在襁褓裡熟睡，也虧他不醒，才僥倖躲過災難，所以他對韓曉人幸免一死，感觸頗深。

「四海，你說高人搭救，上次是彭副營長救了我一命，不知此次是沾了哪位高人之光？我要牢記在心，以圖後報。」韓曉人急於知道救命恩人是誰。

「這次仍是彭嘉福救了你。」

「彭副營長回來了？蔣正海有信嗎？」

「看你急的，我並沒有說彭副營長回來了呀！」

「這，這是怎麼回事？看你把我弄糊塗啦。四海，別賣關子，快把實情告訴我吧！」

「是你不讓我把話說完，我一開口就被你把話頭打斷。我不怪你，你還怪我呀！」趙四海的話把大夥逗笑了。「是我不對，我不打斷你的話，你快說吧！」韓曉人回想剛才的對話，確是自己搶著說話，忙打圓場，掩飾急於尋求答案的慌張情緒。

「上次大夥頭輕信趙培良的話，被彭副營長教訓了一頓，臨行囑咐大夥頭保證你的安全，所以他聽蔣大貴說侯加昌要公報私仇，怕今後在彭副營長面前交不了差，才趕著來救你一命的。」

「我在鋪子有事，便差大貴去通知大夥頭。這大貴走路慢騰騰的，險些誤事，被我狠狠地罵了幾句。如今好人越來越少了，難怪壞人當道，橫行無忌。」劉國欣被趙四海揭了老底，毫無窘態，口氣一轉，把救人之功照樣掛在他帳上。經此一鬧，侯加昌才知趙啟明的陰謀，他慶幸未鑄成大錯。大水塘殺老師一事，他受到留職查看的處分，若不是正當打仗用人之際，他早被革職，這次再犯，前途就葬送了。他借機吵著要蔣永茂支持公道，蔣永茂的管家違法，他不好袒護；郭小果是婦道人家，不得不忍氣吞聲；趙啟明偷雞不成反蝕把米，也不敢逞強。三人各有把柄被人攥著，結果只得任憑蔣永茂發落。蔣永茂逼著趙啟明娶小花做小老婆，同時把郭小果的家產分三份，郭小果一份，侯加昌一份，剩下的一份充作公款，拿來修橋鋪路。真相大白，韓曉人自認晦氣，言行更加謹慎，劉國欣所謀不遂，被蔣大貴撞破好事，功立不成，獎金也泡了湯，還被狠狠地批評他辦事不力，之後領受新任務，他又來找趙叔平下手。

「叔平，韓同志的傷好了嗎？」韓曉人遭侯加昌的手下捆綁時，被打得遍體鱗傷。幸好趙子光看在是讀書人的份上，下手不重，所以都是外傷，沒傷到筋骨，不然韓曉人醫好也是個殘廢。

「傷口大都痊癒。果敢人太野蠻，一聲捆人，不問青紅皂白，下手一陣毒打。等冤伸直，已是白挨一頓痛打。」趙叔平的俠義之心又被引發。

「韓同志為一個姑娘挨打，你為小玉不是也被繩子栓過一回，滋味如何？」

「去你的！專門戳人痛處。你這樣哪是問候傷患？簡直是來尋開心。」趙叔平以攻對攻，倒打一耙，以回敬劉國欣侮辱了他和王小玉的愛情。

「該打嘴巴！唐突美人了！」劉國欣左右開弓，啪啪打自己兩個耳光，以示懲罰。「說真的，小玉長得像畫上的仙女。她對你一往情深，不顧一切找到你，可惜好事難偕，我都為你難過呢！」

「多謝你的好意，如今不知小玉她們情況如何？都兩個多月了，張慈君的傷不知好了沒有？」

「你是明白人，你受的是池魚之災。上次我不是對你說過，問題的焦點不在你身上。等韓同志一走，誰還注意你，再說你大叔趙培良與中國方面相處是莫逆之交，每次去岔溝街，又是酒又是肉的，別人哪有那福氣！只要他肯吭氣，嘖嘖，你心頭的人兒就會跑過來喲！」說到後來，劉國欣唱起中國電影插曲。

「真有你的，想不到你肚子裡裝的墨水倒不少。居然以歌代話，天衣無縫。」趙叔平被逗笑了，心中樂滋滋的，「不過我與韓兄相識恨晚，他在這裡少親無戚，只有我一個朋友，他能去哪兒呢？上次替他找個工作，幾乎要了他的老命，我後悔莫及，你讓我如何是好？」

「誰叫你們一見如故！我就好人做到底，送佛送到西，等他傷好，我負責把他送下新街。」

「那好吧！你知道他若被抓回中國，不殺頭也要坐牢。」趙叔平終歸不是狼心狗肺之輩，要使他昧著良心害人，他是做不來的。

「我知道你是個好人，我為朋友也可兩肋插刀。人在江湖，義字為先。在家靠父母，出外靠朋友，我幫他也是幫我。韓同志終非池中物，往後我說不定要靠他拉一把，與人方便自己方便嘛！」劉國欣說時大義凜然，哪像局促窮山僻壤的小人物。

「劉兄，你出言不凡，學問淵博，我這個高中畢業的高材生都自歎不如，你的來頭不簡單吧？」

「老弟過獎，我只上過幾年私塾，比起你與韓同志差得太遠。我說老弟，你可不能開口勸他離開，請將不如激將，你不要吭氣，只要四海唱唱隔壁戲，韓同志這樣心高氣傲的聰明人，自尊心強是不用多說的，他準來找我。好人你做，黑臉我來唱，你看可好？」劉國欣闖過趙叔平這一關，目標便移到趙四海身上。

慕太街的一家鴉片煙鋪裡，劉國欣與趙四海像一對大蝦似地躬腰縮腿，面對面躺在床上。趙四海一手抬煙槍，一手拿煙杆，慢慢捅煙泡。之後便把煙嘴湊到煙燈前，滋滋有聲吸得蠻過癮。一陣吞雲吐霧，趙四海頓覺精神抖擻，飄飄欲仙。

「四海，近來流傳的閒言碎語都與你有關，你可要小心，不能大意吻。」劉國欣接過煙槍，為趙四海燒煙泡。他歪斜著身子，把從煙缸中挑出的鴉片用煙杆邊燒邊裹成圓錐形，同時慢條斯理地閒聊道：「風言風語怎會吹我身上？我可是循規蹈矩的好人，雞毛掉下怕打到頭，我沒招惹誰啊！」

「話不是這麼說，外邊都講你家住著個那邊派來的能人。這話傳到來上六戸收鴉片的游擊隊耳中可就糟啦！」劉國欣遞上裝好煙泡的煙槍，繼續說道：「趙文煥三軍的人，最恨那邊過來的人，他們哪管你是真間諜假特務的。他們是殺人如麻，割人頭眼都不眨的一夥野蠻人哪！」

趙四海怔住了，握住煙槍忘了往嘴上湊。父母遭殃的事，他一直記在心中，游擊隊對付敵人，講究斬草除根，自己犯不著替他背黑鍋。他想到這兒，一骨碌翻身坐起，驚慌地問道：「你是指我老叔他們？他們是逃難的，大家可以作證。」

「你老叔是鎮康人，家世清白，來投靠親侄兒，誰敢亂嚼舌頭？三軍弟兄大多是鎮康人，找證人也容易。誰也不是石頭裡蹦出的孫猴子，哪能沒個三親六戚的，看你急得啥呀？」

「那，那……。」趙四海噎住話頭遲疑著。

「你醒悟了吧。按說嘛，韓同志是你老叔的朋友，但他們不是老相識，只是半路碰上的夥伴。俗話不是說『知人知面不知心。』那個人頭上也沒刻著字，你敢擔保他是好人還是壞人？」

「那我回家就請他上路。」過足煙癮，趙四海摟袖抹拳，躍躍欲試。

「虧你還是經猛⑦的外甥，你明目張膽追人走，豈不讓人笑你小家子氣。」劉國欣像老師在教學生。「韓同志是個讀書人，讀書人最講骨氣，你只稍把缺鹽少米的話在他面前提幾句，你留他也留不住。他自個兒走人，誰還有二話？」

「我這麼做，我老叔面子上怕說不過去。」

「你老叔是洞明世事的聰明人，他不會只顧朋友而害了親侄一家。他泥菩薩過河，自身難保，難道還會脖子上沒癭袋找尿泡掛？他沒那麼傻呀！」劉國欣燒好煙泡裝在煙嘴上，遞給趙四海，「不說那些掃興的話也罷。嚀，再來一口。」

韓曉人一夜之間，發現氣氛不太對頭，趙叔平有意避開他。玉珍擺上飯菜，站在桌旁大念苦經：鹽米漲價啦，收成欠佳啦！韓曉人明白是到請他滾蛋的時候了！韓曉人找到劉國欣，老話重提。「你要走？我不是說等煙會完再帶你下新街嗎？」

「你不要吃驚，我在這裡悶得慌，打算早點離開四海家。」

「韓同志，我知道你有難言之隱。這小地方的人沒見過大世面，不明白『在家不會迎賓客，出外方知少主人』的道理。像四海這種小頭銳面的土豪劣紳，怎能擔得起貴人光臨，蓬蓽生輝的榮耀！」

「我是逃難出外謀生的，怎當得起這樣的稱頌。四海一家待我蠻好的，我感激還來不及，怎會埋怨。」韓曉人找話敷衍，維護主人家的名譽。

「龍游淺水遭蝦戲，虎落平陽被犬欺。我多年僻處在此，心中也很苦悶，只是老父在堂，遠出不能盡孝，故流落到棉花林就動不了了。韓同志怎可長期蹇滯在此高山絕嶺，不求他圖。只要不嫌怠慢，韓同志先到寒舍小住幾日，等我去趕紅岩街收點欠款，我們一路下新街。你說可好？」

韓曉人提出要下新街的事，趙四海也不堅留。趙叔平則表示讓他先行一步，等煙會結束，再到新街等候蔣正海的消息，那時再定行止。劉國欣安頓好韓曉人，趕著牲口到紅岩去。返家後，他便高興地對韓曉人說：

「我這回到紅岩後把帳都結好，明天趕過慕太街，後天便下新街吧。」好像韓曉人一同意離開，他的貨便賣完，好下新街進貨了。韓曉人把從中國穿出來的中山裝換成一套黑土布對襟衣褲，打扮成果敢土著。慕太街天還毫無病象的劉國欣，夜裡忽然得急病，在床上呼天喊地，折騰到天亮，早上夥伴到他家來約他上路，他已病重得起不了身。劉國欣強忍疼痛，拖著病體把韓曉人慎重地託付給下新街的幾位夥伴，「你們把我這位朋友帶到新街，一切用費記在我帳上，回來結帳。」

「劉老闆，這位大哥到新街，把他交給誰呀？」

「這……這樣好了，你們去找趙培良的大哥，就說是我朋友，託他找個安身處。等我病好了到新街再商量做什麼生意。」

「劉兄，你好好養病，我走了大恩不言謝。只要我有一口氣喘著，我決忘不了你的高義。」韓曉人慶幸在茫茫人海中得一知己，雙眼濕潤了。

「韓同志路上保重。這幾位是我生意上的至交，你放心同他們一路，不用擔心。你我相見恨晚，再客氣，那是見外了，我可不依。」劉國欣似乎忘了重病在身，說話聲音洪亮，一副慷慨激昂的神情，也似乎了卻一樁心事大功告成的模樣，顯得輕鬆自如，他對著遠去的人馬頻頻揮手。迎著驕陽，吆著牲口，一小隊人馬在盤山路上轉來轉去。路經村寨時，從茅屋竹舍頂上冒出嫋嫋炊煙，狗吠雞鳴、牛歡馬叫，加上村民的談笑，處處顯示出山村的歡樂安寧，與世無爭。穿過寨子，順山道而行，道旁一股清溪，從林間奔瀉而下，濺起潔白的水花，落花殘葉在溪石間盤來旋去，飄向遠方。爬坡下坎，只聽蹄聲得得，與茂林中悠長的蟬鳴交相競響，使沉靜的山道熱鬧非常。穿山過水，藍天上見隻蒼鷹張開翅膀，像滑翔機般平穩地盤旋在高山峻嶺之間，低空的小鳥則箭一般穿插在矮樹茂草中。山清水秀，林深草茂，鳥飛蟲鳴，加上天高氣爽，雲飄路轉，好一副絕妙山水，一行人馬置身畫中而毫無感覺。午開哨、晚露營，一天的行程便告結束。第二天從刺通坪街後山起身不用多少時間便要到國界路，周圍絕少人家，偶然從疏林間露出一角傈傈族獨家居住的竹屋茅舍，說明這段路的冷清幽深，荒僻無人。韓曉人隨著馬幫，默默地在崎嶇山道上艱難地行進。忽然從彎道冒出一隊軍人，前面的尖兵端著上了刺刀的小卡柄槍，迅速通過馬幫，大隊伍中間一位軍官騎在馬上，雄赳赳地左顧右盼、居高臨下，他突然發現韓曉人也在馬幫中，他奇怪地高聲招呼道：「小韓，換了裝，我幾乎認不出來。你要到哪裡去？不在崇崗教書啦？」

「啊！是彭副營長，對不起，我沒留神，我還以為是什麼部隊呢？」韓曉人又驚又喜。

「你看我們服裝不整齊，長髮披肩，以為碰上游擊隊啦，是吧？」彭嘉福在韓曉人身旁下馬，趙紹雄接過韁繩，把馬栓到路旁樹上。

「我已不教書了，正要同這幾個大哥下新街。」

「下新街？你可知道前面有多少解放軍，你去得了嗎？」蔣正海從隊伍裡走出來，阻止他說：「昨晚我們住在老仁寨，夥頭來報告彭副營長，當地農民在國界邊見中國地有很多大軍。」

「我還琢磨這怪事呢。平常國界連鬼影都沒一個，怎麼突然冒出大軍來，游擊隊還在江西，未進果敢，那邊界不該吃緊，原來如此。」彭嘉福恍然大悟，明白是何原因了。他憐憫地看了韓曉人一眼，接著問道：

「你要下新街，告訴過人嗎？」

「沒有呀！連這幾位大哥也是臨走前才認識的。」

「是呀！我們原來說好和劉國欣一塊下新街。昨天早晨到他家，他突然病了，讓我們帶這位大哥下新街。」趕馬的一位大哥幫著解釋。

「那麼是劉國欣約你下新街的，結果他病了，讓你一人來。」彭嘉福思索著原因，突然心中一亮，「原來是這樣。這小子到底赤膊上陣，露出馬腳。」

他轉身向站在一邊的趕馬人說：「你們先走吧！韓曉人不同你們一路了。我要託他幫我去新街辦事，過三、五天再讓他同其他馬幫一路去。」

韓曉人不知彭嘉福要叫自己去幫他辦什麼事，便隨同大隊返回刺通坪街，稍事休息，部隊又向崇崗進發。晚上，馮把總家燈火通明，人聲喧嘩。彭嘉福語重心長地告誡家長們說：「我們果敢缺的就是文化，才會弄得四分五裂，戰火不息。做家長的再不為子女打算，果敢不知要落後到哪朝哪代。我們中有那麼些人，好事不沾邊，壞事跑斷腿，所作之事無一不是使親者痛，仇者快，真令人扼腕。我們自己人中缺乏幹才，外來的又站不住腳，太讓人痛心。我介紹給你們的老師，德才兼備。我詳細瞭解過他的身世，若不是中國發生動亂，你們打著燈籠也難找到這樣的好老師。」韓曉人離開學校，家長才後悔，他們見子女都吵著要校長找回韓老師，便明白是受人愚弄。他們認為馮校長的話不錯。「要子女有出息，好老師是少不得的。」彭嘉福的一番話，深深地打動了他們的心，你一言我一語，檢討自身的過錯。

「趙培良說韓老師拐騙中國姑娘，他為何要收留韓老師在家呢？」

「劉國欣說韓老師是特務，怎麼自個兒把特務往家裡讓？還要幫韓老師下新街，這不明擺著把人往虎口裡送？蔣振業的骨幹，都是三、五軍挑選的反共鬥士，容得下大陸出來的對頭？」

「說得對，我看他們是黃鼠狼給雞拜年，沒安好心。不怪別的，只管我們聽信謠言，冤枉好人。」

「請彭副營長再費心替我們留下韓老師吧！」

彭嘉福苦笑道：「本來我也有這層意思，現在不行了。我人未到崇崗，已先派人去棉花林抓劉國欣，不知什麼人通風報信，那傢伙已逃跑。我倒不是因他造謠就抓他，是他裡通外國，要騙韓曉人到新街，通知大軍在國界路接人。韓曉人三番幾次遇險，我只好把他帶到身邊，以免再遭人毒手。」

韓曉人再一次領略到人情的險惡及世道的可怕。一張看不見的巨網，隨時張掛在你的頭頂，要把你網住。離開中國兩個月，猶如過了兩個世紀，韓曉人覺得自己是幾世為人，驚嚇之餘，他暗中祈禱上蒼有眼。惡人雖多，善人也不少，彭嘉福派趙紹雄秘密去抓劉國欣，誰知劉國欣已早已去了中國。送走韓曉人，他便啟程趕過邊界，在首長面前添油加醋地誇功攬勞，可惜上百人在野外餐風露宿，一連幾天勞累，結果乘興而去，敗興而返，韓曉人仍逍遙法外！

當得知韓曉人已被彭嘉福收容，加入所謂的撣邦革命軍第五旅，趙局長與孫營長才無可奈何地把實情如實上報。這次追捕行動，歷時兩月，最後功敗垂成。除繼續追蹤韓曉人的今後行蹤外，已不便再採取過激手段。劉國欣與趙培良因身分暴露，不便馬上返回果敢，留在岔溝受訓靜待果敢局勢變化！張慈君返回猛捧治療；王小玉住在紅岩親戚家，她受了刺激，不想回國。最奇怪的要算陳蘭芬，她住在南榨表姐張小梅處，一逗留就是兩個月。她自稱是韓曉人的情人，害人害己，到頭來滿腦子都是韓曉人的身影，這是她始料未及之事。

註解

①街子：市場、市集。
②山牆：支承人字形屋頂兩頭的牆。
③短方案：比較短矮厚實的木方桌。
④辣子：辣椒。
⑤緊俏：緊缺而好銷的。
⑥睜眼瞎：比喻文盲。
⑦經猛：大夥頭的俗稱。

第三章

果敢風雲

發源於中國青海、西藏邊境唐古喇山麓的怒江，斜貫西藏東部，因橫斷山脈阻擋，進入雲南後改道向南，經怒江州、保山專區、德宏州流入緬甸果敢。入緬後改稱薩爾溫江。薩爾溫江貫穿於撣邦高原的深山峽谷，而後由孟邦首府毛淡棉注入印度洋。薩爾溫江把撣邦一劈為二，江東部分與中國、老撾、泰國交界。這些邊界地區山高林密、谷深水急。因地形複雜、交通困難、民族眾多、經濟落後，加上緬、泰、老三國因地處偏僻鞭長莫及，而任其自生自滅。唯該地區土質肥厚、氣候適宜，長期以來逐漸形成毒品種植、加工、販運的主要地區，各種政治勢力、民族武裝、毒梟走私集團均以此區域為對抗政府、武裝走私的大本營。在中國大陸未開放前，更是毒梟向西方國家販運海洛因的主要孔道，這地區就是為世界各國注目、臭名昭彰的金三角地區。怒江從果敢北端紅岩戶入境，成 S 形在滾弄與南定河匯合後南下緬東。怒江在果敢境內全長約二百公里，它是果敢北端與中國龍陵的天然國界，西面與捧線、南壯、長箐山等地隔河相望。抗日戰爭時期此江曾阻日軍向東進犯，但因兩岸高山對峙，水流湍急，江心多礁石，形成無數大大小小的瀑布（果敢當地人叫響），不僅上下航運不利，連溝通東西兩岸的交通也只能在河床稍寬、水流緩慢處用竹筏或小木船橫渡。每到雨季江水暴漲，兩岸往來幾乎中斷；必要時在兩岸用粗藤繫在江邊大樹上，藤上掛一個吊籃，供人乘坐。吊籃溜到江心，再用手拉著藤子溜到對岸。人在江心，只見滾滾洪流鋪天蓋地而來，波濤洶湧，震耳欲聾的咆哮聲驚心動魄。

一九六五年，中國大陸援建的滾弄吊橋造成通車後，果敢下臘戍車輛不再用輪渡，交通方便多了。果敢又名麻栗壩，位於中國西南邊陲雲南省西南部與緬甸東北部的交界處。東北與鎮康、東南與耿馬兩縣接壤，西北隔江與龍陵相望。自谷家渡以下，西南屬緬甸的捧線、猛永、邦角、東壩、南東河、南壯、長箐山等地，也和果敢的君弄山、楊德山隔江對峙，互爭高下。滾弄西南是剛猛地區歸山頭（景頗族的別稱）管轄。果敢南面是源於臨滄縣的南定河；南定河在果敢的一段叫戶板小江；戶板江對面就是佤邦，本地稱卡佤山。果敢全境面積約五千一百平方公里，形狀略似南北長東西窄的 S 形。由東北角的紅岩戶石洞水寨到西南角的滾弄街長約一百五十公里，東西寬一般為三十公里。果敢是撣邦高原的一部分，平均海拔在一千公尺以上，境內崇山峻嶺遍布，絕少平原。雖中南部老街、長街一帶可算小壩子，但也地形起伏，又少河流，只能算丘陵。果敢氣候屬溫帶型，只要有水源，大多能居住，很多村寨多位於高山頂或山腰凹部，只有最南的清水河南湖、滾弄沿河谷一帶，位於北回歸線附近，氣候炎熱，物產豐富。果敢是個多民族聚居的邊區，人口約十萬，大小村寨三百六十多個，大村寨如南郭、杏塘，每寨有四五百戶；小村寨如鑾崗山、南木筍等僅有幾家。境內除漢族占百分之九十以上外，還有傣、苗、佤、崩龍、傈僳、景頗等六種少數民族。

行政上大體分為五個大區：上六戶區，轄紅岩、慕太、鑾募（民安戶）、崇崗、杏塘、邦永六戶，每戶管理的寨子多少不等，每戶頭人稱千總、把總、經猛、土目不一。上六戶區的山較高大陡峻，山形似手掌微曲，掌心向下，各指之間全為山凹，亦是河流。雨季山溪暴漲，影響交通，旱季則乾涸無水。究其原因，由靛幹河以上直到岔路寨，興旺戶的放馬場一帶方圓數百里地區內盡是只長青草不長樹的禿山。每年二月八日一過，草場都要放火，火借風勢燒得漫山遍野草木精光。夏季草發，「天蒼蒼、野茫茫，風吹草低見牛羊。」的塞外風光便在果敢境內出現。慕太涼山高聳入雲，金杯大箐則盡是高大的原始森林，天氣寒冷，每當天乾草枯季節，放牧的騾馬牛羊便由草場向涼山轉移，逐水草而牧，所以上六戶的畜牧業與山地的鴉片種植是當地的兩大經濟支柱。君弄山區，以西帕河為界，西北直至薩爾溫江即屬轄區，其中金念、金畔、金碑三戶，是百餘年前稱雄一時的佤族聚居地，統治過整個西帕河以上的地區。除放馬場一帶的畜牧業外，君弄山區與西山區同為果敢的經濟作物區。西帕河兩岸靠山頂的大片山坡上，片片茶園與近河的梯田交相輝映，果敢茶以香濃清亮馳名中緬邊區。西山區又叫中六戶，轄興旺、南郭、大水塘、紅石頭河、楂子樹等戶，本區地勢較平緩、氣候溫和，為果敢人口稠密區，除茶、梨、桃、李、板栗、核桃等經濟林木外，玉米、旱穀也是普遍種植。沿江高山則是重要的鴉片煙產地，每年夏秋之際下種，冬季中耕，來年初春開花結果。收割時用刀片割破表皮，煙包便流出白色漿汁，次日凝固成半固態，顏色轉為茶褐色，刮下併成包便是上市的大煙。收割完畢，煙會應時而興，煙農以大煙換回鹽米布料以及其他日用品供全年生計。東山下壩區，指老街壩至滾弄公路以西地區，轄木古河、紅豆林、楊德山、大旺地、冷哨、長流水等戶，全是高山，是果敢優質鴉片的生產地。東山區，由老街壩至滾弄公路以東，一直到中國地界的各寨。處於壩子的有供撒、忙卡、昔峨、田壩寨等傣族寨子，和光堡寨、黑河等崩龍寨，壩子內村寨最密，但都為一寨一戶。邊界一線印信、麻栗林、大洞、扣塘等寨，均係山頂為寨，歷來是土匪強人出沒之地，草莽英雄黃大龍即是麻栗林人。

果敢民族的先祖，據傳是距今三百多年前因不願投降滿清而隨南明桂王（永曆帝）輾轉到達滇緬邊界的官兵及逃難的百姓。一百多年前的果敢叫麻栗壩，歸木邦土司管轄，當時麻栗壩的大夥頭姓陳，只需每年按時把應繳納的門賦、煙果送木邦土司衙門交清，內部事務全由頭人自主。後因陳姓大夥頭疏懶成性不願長途跋涉，解款委治下蔣姓小夥頭代表前往。日久成習，木邦土司誤認蔣姓夥頭是大夥頭，便委他直接辦事。傳到清末蔣國正，正式成為小土司。抗日戰爭結束後，蔣文炳傳位第二子蔣振材承襲果敢土司之位，為免再被木邦土司制約，乃向英總督申請，自一九四六年起改歸貴概文官處直轄。一九四八年緬甸正式獨立，果敢坐把蔣振材被委任為首屆上議員兼撣邦事務部財政部長，三弟蔣振聲擔任果敢地區下議員。

一九五九年緬政府通知撣邦大小三十三個土司於年內交權，果敢亦在交權之列。蔣振材表示不要賠償，要把權交果敢人民。改土歸流後，果敢成立議事會，蔣啟智任主席，彭積廣為副主席，另設各區聯防隊，由蔣振材的胞妹蔣金秀任總督導，全權指揮，以確保果敢全境治安。果敢至此名義上結束土司制度，暫由議事會代行果敢地方自治權，實際上是由蔣金秀掌握實權。

一九六二年奈溫將軍政府上臺，實施各項政治、經濟、文化方面的改革。他遵循一條較溫和，帶有緬甸特色的社會主義改革路線。他加強以軍隊為支柱的中央集權，大力裁抑各邊區山官、土司及少數民族分裂黨的勢力。他沒收外僑及大型民族私有企業，實行國有化，想達到削弱最終剷除資本主義勢力對緬甸經濟的影響。為此成立各種供銷合作社，以保障人民的基本生活水準，他大力提倡民族思想，抵制西方文化意識的侵蝕，取締教會所辦的外文學校，只准教授緬文。這些措舉，受到西方國家的指責非難，他們對緬甸施加政治壓力、採取孤立封鎖態度。奈溫將軍的大緬族主義，大大激化國內原有的民族矛盾，失去特權的少數民族山官、土司，組成無數反政府武裝，打著民族獨立、地區自治的旗號，進行叛亂活動。反政府武裝基本分為左右兩派。左派以緬甸共產黨為首，在共產國際的支持援助下，走武裝奪權的道路。右派組織以金三角地區為根據地，反對緬政府的社會主義綱領，鼓吹自由民主，甚至提出分裂緬甸的口號。

一九六三年，緬政府準備收回果敢權力，廢除土司專制殘餘勢力。於八月份把蔣金秀、蔣振材、羅欣漢等首腦人物一併拘押。蔣振聲恰好在果敢，倖免於難，便正式成立果敢自治軍總指揮部，武力反抗政府。政府鑒於果敢民族、語言、生活習慣均不同於內地，硬性派兵占領，難服眾心，高層決定和平為主，循序漸進、逐步深入。但目睹蔣振聲勾結叛黨，與克欽獨立軍及境外販毒集團結成聯盟，大量走私毒品到泰國購買槍支裝備，不再是單純的政治問題，便毅然採取武力進占果敢的軍事手段。一場內戰，導致果敢長期脫離政府管轄，境內民眾生靈塗炭，實非當事人初衷。可惜一著不慎，動亂已成，不是人力所能挽回。此是後話，按下不表。筆者花費篇幅，簡略介紹韓曉人即將捲入內戰、販毒等重大歷史事件發生的地區，讓讀者腦中預先有個清晰的概念，同時對動亂來源初步認識。現在先讓我們倒轉時日，回到一九六五年，看看本書主角彭嘉升、彭嘉福兄弟怎樣在時代巨變中被形勢所迫登上歷史舞臺，演出一幕幕時代活劇。

且說在花石板後山總部開完軍事會議，光明大隊正副大隊長彭積廣、彭嘉升叔侄，騎馬趕回紅石頭河寨子。紅石頭河寨子位於南天門山腹地，南天門山是中緬兩國的天然國界，從中國鎮康的小紅岩東西延伸處一直到薩爾溫江江邊。山的南麓是老街壩，站在壩子望上去，懸崖峭壁如一扇直立的門板擋在前面，故當地人稱為南天門。彭嘉升坐在彭積廣家的客廳裡，叔侄倆正談論在總部由蔣振聲主持召開的軍事會議。

「政府軍已封鎖了各渡口，切斷我們與江西各友軍的聯繫，總指揮還同意他們來司令部開會，那不是引狼入室嗎？石房警戒一撤，南天門山已無作用，我們的地利已失，靠什麼抵抗政府軍的進攻呢？」彭嘉升滿腹牢騷，卻又無可奈何。

「嘉升，你年輕氣盛，有遠大抱負，事事為地方著想，別人可就不如此想法了。」彭積廣只長彭嘉升六歲，但閱歷豐富，由於長期躋身土司政壇耳濡目染，遇事想得更深。「去年六月，大六官（蔣振聲的六弟）蔣振動護送下去的那批大煙，要值多少錢呀！當時聲稱是買武器的款，但今年二月份蔣振宇大隊長帶回多少槍？還不夠他警衛大隊用。現在已是火燒眉毛的緊張關頭，還派蔣振宇大隊去上六戶收煙，那是為地方著想？」

「不管怎麼說，大水塘一線撤守，把緬軍放上南天門一線，要我們防守風吹山頂啥用？」彭嘉升沒被點醒，仍為軍事布置不當而生氣，「我看蘇大隊人心不穩，他們的防線撤守，很多人不滿意。」

「我們是二線，蘇文龍的防線撤開，槍一響就輪到我們頭上。憑我們那幾支破槍，又缺彈藥，能抵擋住政府軍的進攻？恐怕剩下的一點老本也要輸光。」彭積廣是果敢有名的富戶，田產地業搬不走，他不能不為自己留下一條後路。他見侄子腦筋轉不過彎，點不醒，只得挑明道：「他們一心打主意撈一把就走，把我們調過來替他們當擋箭牌，你不要死心眼，以為他們真要死守果敢。」

「其實嘛，我看總指揮這一套部署，不像長期抗敵的架勢。」彭嘉升稍稍開竅，「部隊新組建，無實戰經驗，武器裝備差，彈藥缺乏，不拉到上六戶山林地帶打游擊，卻要在大水塘一線擺出一副決戰的架勢。今天開會又決定要主力撤到君弄山區的硔掌一帶，讓我們大隊守風吹山一線。風吹山與南天門山之間地勢起伏不大，無險可守，硔掌一線夾在西帕河與薩爾溫江之間，退無可退，一旦守不住只有跳江一途。」

「你總算醒悟過來了！這是精心策劃的絕招，沒有出路，大家只好隨總指揮下泰國。到泰國後無依無靠，只能任他人擺布，結果留在果敢的老婆兒女只有餓死的份兒。」

「是呀！男人走光了，誰來供吃供穿，我是絕不跟下泰國當炮灰賣命的。」彭嘉升父母早喪，除三弟彭嘉福、四弟彭嘉桂已長大成人，老五彭嘉榮、老六彭嘉華、老七彭嘉振都要靠他撫養。他聽叔父細加分析，才恍然大悟，一時感慨良深。

「總指揮派我們駐守風吹山一線，還有緩衝餘地。到時想走的儘管追隨總指揮下泰國，不願走的放下槍桿做老百姓。」彭積廣此刻才說出本身打算，「當然我們不搶先背罵名，隨大流行事好了。」

「向政府交槍？那太窩囊。既背投降的罵名，還受老緬的氣。」彭嘉升雖已明白叔父的用意，但仍覺得滿腹委屈。他斜靠在太師椅上，眼睛呆望著手裡握著的茶杯，看茶水的熱氣冉冉上升，逐漸消失。

「飯熟沒有？我們飯後要趕回駐地的。」彭積廣說服侄兒後心頭一塊大石頭落了地。他問外面的傳令兵，要他們擺飯。他忽然記起什麼，問彭嘉升道：「你家裡安排好啦？要小心散兵游泳乘亂打劫。」

「我家沒啥貴重物品，不怕。我跟小紅岩工作隊打過招呼，必要時讓家人到中國躲幾天。」

「那也好，形勢變化誰都沒個準，安全要緊。不過政府的主要目標不是我們，不用太擔心。」

「局勢發展到兵戎相見，完全是我們自己造成的。蔣二小姐這幾年都幹了啥呀？又不是缺錢用，她不但包攬果敢集市的大煙館、酒公司、賭公司；甚至連香煙、草煙、洋油等日用商品也重價讓人承包，從中漁利。明搶不算，暗地裡指使黃大龍偷牛盜馬，她本人坐地分贓，最後借刀殺人，假裝清白。政府這回動真的，她是罪魁禍首。」

「一九五九年我跟印襲官（指蔣振材）到眉苗，奈溫將軍面允果敢成立議會，指定蔣處長（即蔣啟智，他於土司時代任總務處長）為主席，我與蔣文瑞為副主席。奈溫將軍把行政、員警、司法、教育等自治權利暫交果敢議事會，也怪我們沒能按奈溫將軍的指示認真執行自治，而把所有權利都交給了你表孃（蔣金秀的三孃嫁給了彭積廣的父親，所以彭嘉升叫蔣金秀表孃）。她一個婦女如何能辦得好全境的事。不過話說回來，果敢人民沒當家做主的觀念，一直把官家①當父母對待，吃虧委屈都忍下，要他們覺悟，瞭解自由、民主、平等的真正含義，需要一個較長的時間。這也是你表孃能夠胡作非為，沒有受到制止的主要原因。」

「正因老百姓缺乏自主思想，奴性十足，我親家（指羅欣漢）去年十月在臘戌組織果敢前進委員會，反對土司官家，老百姓罵他是老緬的狗腿子，果敢人民的敗類，弄得我都臉上無光。你說讓果敢人民服從政府領導，跟羅欣漢合作，恐怕辦不到。」羅欣漢的兒子拜彭嘉升做乾爹，彭羅是親家。到此時立場互異，一為緬政府做事，反對土司專制；一為土司效力，對抗政府。彭嘉升對此耿耿於懷，提到羅欣漢便十分反感。

「羅欣漢被政府拘捕，把他帶到猛東，煙公司的兩萬多噸鴉片沒收，使他父親一生積蓄化為烏有，所以當政府以他出面反對土司為先決條件，釋放並歸還所沒收的鴉片時，他只好同意咯。」彭積廣設身處地為羅欣漢著想，仍是那套人不為己天誅地滅的理論。

「何況，他帶下去的二百多武裝一起被繳械拘押，他不出頭，這批部下怎會釋放。於私於公，我們不能對他苛求。」

「我是不會為私利出賣果敢的。一個人為錢財不擇手段，連名譽都置之度外，活著還有什麼意義呢？」彭嘉升出身望族，十八歲不滿就在土司公署自衛隊擔任隊長，是地方幹部的中堅。可惜父母早逝，他年紀輕輕便挑起整個家庭的生活重擔，親自耕田種地。他父親是紈綺子弟，吃喝賭吹，把祖業揮霍得乾乾淨淨，臨死欠下一屁股債。到彭嘉升接手當家，他目睹家道中落，咬著牙支撐家業，發憤要重振家聲，他上有祖母，下有幼弟，單人獨手，只有事事親躬，裡外操勞。也因此，他不曾沾染不良惡習，依然保持著平民百姓的勤勞正直，善良忠厚的優良品性。他自尊心強，民族觀念濃厚，對羅欣漢的作為頗不以為然。

「果敢是緬甸領土，我們雖是漢族，但也是緬甸國民。難道你也像克欽獨立軍搞山頭國那樣，建個果敢國？」彭積廣對侄兒的觀點不能苟同。他常與政府官員接觸，幾個弟弟在仰光上大學，久而久之，他的思想觀念有了改變，並不認為各民族之間有什麼大的差異。他的紳士身分、開明思想，使政府官員對他另眼相看，這也是他被奈溫將軍親自指定為果敢議事會副主席的原因。一切如彭積廣與彭嘉升叔侄預料的那樣，蘇文龍在政府軍第六營三百多人進攻大水塘的第二天，便率隊親赴新街投降。消息傳到花石板總部，整個部隊陣腳大亂，蔣振聲惶惶把總部撤到硔掌。政府至此，態度轉為強硬，勒令蔣振聲交出武器，解散部隊，才同意繼續談判。總部一撤，彭大隊首當其衝，處於直接與政府軍對峙的第一線。彭嘉升調整部署，忙著督促部下臨時加固工事。正當他視察中隊長蔣忠錫所布陣地，研究作戰方案時，彭積廣派警衛命他趕往大隊部，說有要事相商。他匆忙趕回大隊部，只見彭積廣手上拿著兩封信在沉思，看他回來，便對他說：「蘇大隊與羅欣漢都寫信來，勸我們脫離總指揮，不要再與政府對抗。」說完把兩封信遞給他。

彭大隊長鈞鑒：

弟已先走一步，未能及時告知，甚歉！

你我份屬同僚，按理均應恪盡職守，保土安民，遵從上峰命令，絕不稍有違誤。然弟默察局勢，此次隨總指揮對抗政府，前後所為已大相徑庭。凡我部屬，無不誓死效命，以慰鄉親父老，豈知事與願違，如今已變為替土司賣命，供其驅使，以維護官家私利的工具，此非弟無中生有，危言聳聽之言。事實俱在，容舉數例為證。

一九五九年改土歸流，政府已允果敢由民眾自治，並收回土司治權，歸政中央。五年多來，蔣振材、蔣振聲隱於幕後，蔣金秀舞於臺前，攤括捐派，不擇手段，巧立名目，橫徵暴斂。人民深受其害，怨聲載道，然懾於土司淫威，敢怒而不敢言，彭兄備位議事會副主席之職形同傀儡，當記憶猶新，毋庸弟饒舌。

土司用人，只問緩急，不分優劣，一切視為對土司制度有利與否。因時崛起，橫行東山區達十年之久的土匪黃大龍，老土司蔣文炳為一己之私，派他潛入鎮康蚌孔捉拿同族蔣文豪，以報土司爭位之仇。國民黨殘部退出大陸，大批游擊隊入果敢。官家利用黃大龍出面，與游擊隊頭目盟結金蘭，藉以搜集情報而起牽制之作用，並由蔣金秀暗中供給其經費武器。黃大龍有了靠山，從養兵開始就明搶暗偷，部屬四處作案。他指使手下去上六戶偷盜牲口，趕到卡佤山售賣，再將卡佤山搶劫的牛馬牽到果敢低價處理，鬧得地方烏煙瘴氣、雞犬不寧。群眾騾馬丟失，明知是黃大龍所為，也只是自認晦氣、忍氣吞聲而已！

黃大龍不僅派部下深入大陸邊境搶劫偷盜，還勾結游擊隊以自重。他在麻栗林家中架設電臺，在學校升中華民國的青天白日滿地紅國旗，儼然一副反共志士的嘴臉。但他不買游擊隊的帳，一旦觸及他的私利便翻臉不認人。他將游擊隊團長葉家賢殺害，拋屍河中。

緬甸當局派邊區營理處長蘇敏上校親臨果敢，要官家施加壓力，解散黃大龍的私人部隊。官家坐地分贓，對黃大龍的胡作非為視若無睹，反而利用他作為籌碼，跟政府討價還價。直到蔣金秀掌握議事會大權，黃大龍已無實質價值，且尾大不掉，直接威脅官家利益，才報請政府派兵追剿。黃大龍罪大惡極，死有餘辜！但何嘗不是受官家利用而使人民遭殃，利用價值一旦失去，官家便下毒手，把他置於死地。眼下土司重施故技，利用我輩充當他們保位反政府的炮灰。前車之鑒，不可忘卻，你我何必再為他人做嫁衣？

再者，此次組織團體，除你我之外，其餘大多是官家心腹好友。佃租煙稅所得，均被私吞，購回武器裝備，也不容外人染指。徵調新兵，精幹年輕的挑到其心腹手下；老弱病殘的撥給你我。他們讓你我憑幾支破槍舊械為他們打頭陣，勝則坐享其成；敗則削弱異己。如此私心自用，豈不令人齒寒！有識如彭兄者，當早有所覺，不怪弟之直言不諱也。

人死有重於泰山，亦有輕於鴻毛。若我輩為果敢人民捐軀，那是死得其所，無所憾矣；若是為土司爭權奪利賣命，死去還會落個罵名，何苦呢？

其餘種種，恕不贅言，彭兄盡可理會得。故不揣愚昧，奉書以達。望兄早為決策，脫出藩籬，免蹈不測，遺恨無及！弟翹首以候佳音！

耑此

敬致軍安

弟蘇文龍手啟一九六五年三月二十四日

彭嘉升看完蘇文龍的信，雖不盡同意其所說，然亦找不出反駁之處。他又拿起羅欣漢的來函。

大叔、親家：

我自身陷囹圄於今，未謀面已一載有半矣，限於形勢，期間未通音訊，未知叔父及親家近況。遙想諸事均安，特此致頌！

我今所為者，諸人均不以為然，背叛果敢民眾，係為一己之私。冤哉！實則我所為者是為謀果敢人民之幸福，所背叛者蔣姓土司也；我所為者是宣導大眾之民主自由，反對者實係封建獨裁及個人專制。

蔣家土司統治果敢百餘年，不但為爭權位自相殘殺，對民眾也實施一條反動暴虐的高壓愚民方針，致使果敢長期處於封閉落後、愚昧無知的悲慘境地。內憂外患，連綿不斷，思之令人痛心。有識之士振臂而起，聯絡同志，依靠民眾來推翻壓在頭上的封建土司制度，掙脫身上的桎梏，建立自由民主、繁榮昌盛的新果敢。此乃百世流芳的功業，有志者何樂而不為呢？

上述稍嫌空泛抽象，尚不足為仁人志士採信，那就回溯果敢人民的血淚遭遇，檢討歷代土司的反動舉措，以為驗證吧！

專制時代，為爭奪皇位而骨肉相殘，敗壞倫常之舉，史載不鮮。究其根本，不外名利二字，古往今來、千古一轍。土司實為土皇帝，蔣姓土司家族為掙官位、抓印把子，不惜結黨營私，豢養爪牙，一旦時機成熟，便公開武力拼鬥，勝者為順、敗者為逆。

首任土司蔣有根，生子國華、國正，按傳位以嫡的傳統，有根臨死，傳位國華，國華中年方育一子春榮。國華去世，因子年幼，遺命國正照料，國正有十子，幫辦政務，不服其父歸政春榮，常相掣肘。

春榮病逝於佳地林公署，有長子文炳承襲。但從叔蔣春錦，從兄蔣文煥等，為土司繼承一事，已告到木邦衙門，並由木邦土司衙門判決由蔣文煥承襲果敢土司之位。蔣文炳當然不願到嘴的肥肉飛掉，四處活動，申訴到英政府駐貴概文官處，由文官處轉呈仰光總督，轉判文炳勝訴。文炳大權在握，首先撤銷各從兄的分封領地，停其俸祿，削職為民。對有怨言者，藉英人勢力驅逐出果敢，全不念骨肉之情，家族之義。國正子春沛曾協助其父多年為官，聲威顯赫。文炳誣稱其不服管轄，趁英人巡視果敢時上告從叔不服英總督判決，陰謀奪權，由英巡視大員枷鎖示眾後下令驅逐出境。春沛只好移居中國鎮康蚌孔，後因春沛子文豪長成，頗為精幹。是時文炳已傳位其子振材，他怕文豪不利於兒子，暗使黃大龍潛至中國抓拿文豪處死才稱心！其殘忍之處，令人心悸！

一九四三年，東山下壩木古河蔣文泰發動兵變，當場槍決文炳四子中隊長蔣振祥，然後圍攻苦菜林寨土司衛隊，土司蔣文炳逃進中國。蔣文泰引當時駐鎮康的國軍第九師一個營參與此事，士兵於攻破苦菜林寨後大肆搶掠，人民深受其害。蔣文泰奪權後稱新官，到處沒收文炳官家的財產。

蔣文炳胞弟文燦到鎮康縣衙門所在地德黨面見國軍第九師師長張全亭少將，為其兄訴冤。張師長派副師長陳克非率兩個營隨文燦抵紅石頭河，將蔣文泰捕獲，文燦親手把族兄文泰槍決。此一事件，時間僅二十九天，但生命財產損失嚴重。官家財產兩次被外人掠去，只好橫徵暴斂，以為第九師出兵平叛的勞軍之資。

蔣文燦平息蔣文泰後，即以司令官名義掌軍政大權，從堂兄弟蔣文惠心中不服，去保山受訓回來，也掛起畹（町）新（威）游擊司令牌子，公然與文燦對抗。蔣文炳夫人由昆明回果敢，蔣文惠搶先往迎，蔣文燦隨後亦到，兩人各懷鬼胎，互加戒備。蔣文燦假意請兄嫂去新城主持政務，蔣氏夫人知其用意不良，不允前去。蔣文惠見蔣文燦叔嫂不睦，經常去從嫂進讒挑撥，日復一日，從嫂信以為真，遂有謀小叔之心。蔣文燦知事急，便先發制人，緊急召集全體官兵宣布道：「奉長官之命，蔣文惠陰謀反叛，應立即逮捕，各單位應努力向前，不得將主犯放走，致遺後患。」

當天清晨，蔣文惠同大隊長由竹佤寨蔣氏夫人處返回大水塘，有人暗示蔣文燦已派隊出發，要對付蔣文惠。蔣文惠急忙繞道回南郭范家，布置反擊。因蔣文燦掌實權，兵多勢眾，一場混戰，蔣文惠終被擊斃，此次事件，仍是延續幾十年的土司之爭。蔣文惠死後，蔣文燦兄嫂極為憤恨，雙方劍拔弩張，大有兵戎相見之勢，鬩牆之爭迫在眉睫。蔣文炳三子蔣振聲，聞蔣文惠事變後，由昆明返回果敢，居中調停，才免於叔嫂決裂。抗日戰爭勝利，蔣文炳由印度飛緬，回到果敢，在英人干涉下收回權利；蔣文燦解散司令部，退居楂子樹老家，不再過問政事，才倖得苟存。

縱觀歷次紛爭，並非為果敢人民的利益，只是官家內部走馬換將，骨肉相殘。人民徒增苦難，慘遭橫禍，白流鮮血而已。土司為維護其封建統治，對民眾長期實施愚民政策，人民不得讀書，除務農外，連學點手藝都遭暗中禁止。延至今日，四十歲以上的果敢人，百分之九十以上是文盲，以致土司下達命令，僅由紅包頭信使到各村寨口頭傳達，不下書面文件。緬甸獨立後，情況才有轉機，教育有所改善，也因此果敢人民呼吸到新時代的民主空氣。人民的覺悟，敲響了官家的喪鐘，時代青年站在民眾前列，成為土司制度的掘墓人。試問，我輩不利用自己的才識改變果敢現狀，向民主政治轉軌，難道甘心陪葬腐朽的土司制度，妄圖阻擋時代前進的巨輪嗎？

果敢大小頭人，全由土司官委派，一律世襲。頭人是義務性質，土司不給任何待遇，說得多好聽！其實身為一戶之長，大權在握，村民敢不效力？官家攤派門賦、煙課及其他苛捐雜稅，頭人以少派多，收多報少，轄下般實戶，可以加買「壓煙」、「壓米」。甚至有些頭人看中某家騾馬，可任意牽來自用。有的為顧全面子，怕遭人議論，便補給極少款項，而騾馬主人還得笑臉奉承，如稍表不滿，禍可立至。土司為鞏固統治地位，對不法頭人多方袒護，輕易不會更換。村民縱然上告，也往往訴敗，百姓訴敗回來，最好趕快搬家，免遭頭人報復，因此村民對頭人只能逆來順受。再試問，我輩有志之士，豈能容此專制黑暗社會，苟延殘喘，繼續荼毒民眾？

此即我改變初衷，擁護政府取消土司之故。值此新舊交替，百廢待興之際，為免除政府於果敢人民之隔閡，相互間的誤會，順利實現果敢人民的民主自治，我輩絕不應該袖手旁觀，而應積極投身參與這場正義公理與邪惡黑暗的決鬥，為果敢振興新開先河。即使暫時有人誤解，遭人非議指責，歷史終將為我輩洗刷冤情。叔父多年致力改革，獨自創建學校，免費招生入學，頗得社會好評，望能一本初衷，再接再厲，繼續參與改舊換新的大業，繼續造福鄉梓。若違背公意，追隨官家，那疏財仗義，扶危濟貧，鄰裡歌頌為「小孟嘗」的美譽，必將蒙羞辱諾。叔父半生盛名，且將毀於一旦，侄實為叔父憂。小侄才疏智淺，擔此重任，深感力不從心。特致函叔父，恭請叔父前來共襄盛舉，以期侄兒能日日隨侍，收耳提面命之效。親家兄英姿煥發，是年輕輩中之佼佼者，居家處世循循儒雅，予人以親厚之感，然性格剛毅，不畏強梁、公義當前、寧折勿彎。想你我血氣方剛，志同道合，企盼前來加盟，做一番造福家鄉父老的正義事業。

紙短言長，未書者尚容面稟。

謹此

敬祝福安

小侄一九六五年四月二十四日

彭嘉升閱完兩信，心中思緒萬端，無從理起。沉默良久，他才問彭積廣道：「蘇大隊長背叛組織，臨陣變節；羅欣漢為虎作倀，所論雖是，大節已虧，不知叔父以為如何？」

「蘇大隊長夾在敵人中間，退路已斷，且被緬軍優勢兵力監視，他不做無所謂的犧牲，毅然陣前選擇與羅欣漢合流，尚不失保全兵力之善舉，羅欣漢年輕氣盛、處世不深，易為人蠱惑，我想政府只是暫時利用，他們對果敢的真實意圖，現在實難以預料。老緬的大民族主義，不到山窮水盡，是不會改變的。只是總指揮考慮問題患得患失，沒有決斷，對政府畏首畏尾，一撤再撤，錯失時機地利。值此生死存亡之際，仍冀圖保全實力，盼政府和平解決果敢問題，真是愚不可及。總之我們還是靜觀事態發展吧！」

「叔父分析精闢，一語中的，官家雖不仁，我們可不能不義。憑良心講，土司管轄果敢有失也有得。有人狗攆下坡兔，牆倒眾人推，得勢時爭相奉承，失意時落井下石，我彭嘉升不是那種小人。」

「蘇文龍、羅欣漢說的也是事實，不能因為親戚關係，便為賢者諱吧。」彭積廣為蘇、羅辯護。

「雲南杜文秀反清失敗，滇西回民竄入果敢，土司堅守楂子樹營盤，護境保民，迫使回民轉往卡佤山，可謂土司一功吧！」

「你說的是紅、白旗之事，那是故老相傳，不足為憑。」

「抗日戰爭時期，土司領導果敢人民抗敵有功。在滾弄、大旺地、石房、大水塘等地阻擊日軍，使果敢大部地區免遭異族蹂躪，這可不假吧？」

「這次土司確是出盡風頭，蔣文炳堅決抗日，奉蔣委員長電召，攜三少爺揚振聲赴渝晉謁。蔣委員長除親賜中國禮服一套及手槍一枝外，並留蔣振聲入中央大學深造。回到昆明，龍主席發給蔣文炳步槍一百五十支及其他用品，囑返果敢，抗擊日軍、守土保民。但因而引起英國疑忌，把蔣文炳接去印度大吉嶺休養，其實是冷凍起來，防果敢回歸中國。」彭積廣對這件事知之甚稔，說起來如數家珍，滔滔不絕。「日本投降，英政府派專機由加爾各答送蔣文炳一家到仰光返回果敢。英皇頒贈ＯＢＥ勳章一枚、獎狀一紙，作為蔣文炳替英國守土有功的獎賞。」

「叔父說的不錯，還有緬甸獨立、土司代表果敢民族在彬弄獨立宣言上簽字，果敢民族從此在緬甸兄弟大家庭中占有一席合法地位；政府只好同意讓果敢實行民主自治，這應是土司對果敢人民的貢獻吧！」

彭積廣點頭表示贊同，他忘了替羅欣漢、蘇文龍辯護的立場，反而誇起土司的功績，他接住彭嘉升的話題往下說道：「國民黨殘部退出雲南，想占據果敢，作為反共復國的前進基地。事關國際問題，緬政府無力阻止，蔣振材回果敢組織民兵，配合政府軍驅逐游擊隊過江，果敢才得安寧。」

「所以嘛，土司並非一無是處，兩害相較取其輕，只要總指揮決心為果敢自治權而戰，我們理應全力支持，聽從指揮，若懷私意拉部隊下泰國，我們又另做打算，這樣可好？不要因兩封勸降信亂了原來的步驟，牽一髮而動全身。」

「就這麼決定。」彭積廣十分贊同。「總指揮要打，我們把隊伍拉到上六戶同政府軍在深山老林中周旋；他要走，我們下新街做老百姓，留在果敢。」

到三月二十七日，風吹山一帶只剩彭大隊，其餘部隊均撤至江邊。蔣振聲派人送來命令，指示光明大隊即刻撤向硔掌，掩護非戰鬥人員及隨軍家屬渡江，轉移到江西安全地區。

「渡江到安全地區？完全是他媽的託辭！為何不向上六戶轉移？」彭嘉升接到命令，氣憤極了！「總部走，我們馬上行動，轉移到小笨塘方向，避開政府軍正面，看他們如何善後？他堅守，我們就去上六戶，他渡江我們就下壩！」彭積廣決定。

光明大隊由南而北，順山峰轉向炮樓埡口。總指揮蔣振聲發現彭積廣轉向國境一帶，知事情敗露，再不走人會逃散，急忙由克欽獨立軍早塞列控制的猛洪渡過江，匯同山頭兵在螺絲塘集中，官兵眷屬約六百多人啟程下泰國去了。蔣家土司統治果敢百餘年的歷史便到此完結。

一九六五年七月初，果敢正值雨季，農事忙碌，累了一天的農人，摸黑吃好晚飯，圍坐在火塘邊，抽旱煙喝濃茶。房裡的談話聲、屋外的風雨聲，互相應和、時高時低，由於氣壓關係，火煙透不出去，整間茅屋煙霧彌漫，嗆得人不時咳嗽。忽明忽暗、忽高忽低的火苗映在臉上，使人的表情是顯得怪異，變幻莫測。屋外世界整個被黑暗吞噬，瓢潑似的大雨從天下傾盆而下，不時閃過道道的刺眼亮光，劃破長空，跟著便滾過陣陣震耳欲聾的雷鳴，在深谷原野裡迴蕩。紅石頭河寨子西北有一條羊腸小徑，蜿蜒繞過半坡的苗子墳寨子，直通谷底，爬上對面陡坡就是小笨塘村。小路兩側陡壁，怪石嶙峋，十分險峻，亂石後的一個岩洞內，彭嘉升一行三十多人全身濕透，圍攏大火塘烤火。

「咳咳……」潮濕的濃煙嗆得大夥咳嗽不已，混合了興奮與緊張的面孔，在火光中發紅。人們儘量壓低咳嗽聲，聚精會神地聆聽首領發表演說。「我們重新上山，與土司反緬目的不同，我們打的旗號是保境安民，不背占山為王的臭名。只有名正言順，鄉親們才會擁護，跟我們走。打家劫舍、劫富濟貧的土匪行徑，是我彭嘉升不屑為的，也是不會有好下場的。」

「都說到大家的心坎裡了，再三恭請大隊長領我們造反實是官逼民反。誰願拋妻離子冒殺頭罪？是老緬把大家逼上梁山。今晚聚義，定當以大隊長馬首是瞻，一切唯命是從，絕不敢稍有違誤。」首先表決心的青年名叫中興漢，他父親是三家村老學究，中國解放，領獨生子逃到果敢，躲在君弄山區僻靜村寨筆耕為業。教了十多年私塾，別的門生程度如何，姑且不說，他這棵獨苗可是一枝獨秀，品學俱佳，這夥落草的江湖猛漢，除了彭嘉升，他是最有學問的土秀才。

彭嘉升三十掛零，俊秀的長方臉，濃眉入鬢，明晰的大眼炯炯有神，英武中不失嫵媚，中上身材略顯清瘦，他披著件上等質地的草綠色英式軍用夾克，微黃的亂髮粗亮油滑，胡亂梳向腦後。他性情外和內剛、平易近人、善察民意、體諒部屬，對婦孺老幼均能平心靜氣、好言撫慰，從不盛氣凌人。軍旅之中他與部下同甘共苦，威嚴而又可親。他深知手下都是些什麼貨色，若不先套上轡頭，這批野馬包不定會闖出天大禍事，故上任開始，程咬金的三板斧非砍不可。他明確要求部下道：「我們揭竿起事，首先要收拾目下那幾股殺人越貨，打家劫舍的土匪，以平民憤。對被生活所迫而上山的無業良民，應和平收編，增強反緬實力，但要命令他們遵紀守法，不得擾民。」

彭嘉升第一斧砍下，提出嚴打[2]與綏靖[3]並舉，以整頓地方治安為先著的方針。他看大家沒有異言，再砍第二斧，文衛武攻。「古有名訓，我們的目標是地方自治，不做分裂國家的蠢事。打擊對象限於緬軍，要把他們逐出果敢，我們爭的是民族權利，決不讓黑皮子[4]騎在大家頭上作威作福，所以我們要開展宣傳工作，組織民眾、孤立敵人，不然四面樹敵，影響大局。就是說除老緬外，不論是大陸、臺灣、山頭佤族，都不多管，友好相處！」

眼下這些人，並非都是挺而走險的無業貧民，其中不乏小康之家，有著強烈的民族自尊心，不甘做異族治下的順民，一聽講出心中所想，他們不禁神情激昂，豪氣頓生：「哼！老子堂堂男子漢，可不做受黑皮子欺負的孬種！」

「第三點，果敢內部要團結。包括羅欣漢在內，只要身在曹營心在漢，我們就放他一馬，井水不犯河水；但對死心塌地甘當異族鷹犬的民族敗類，絕不心慈手軟，定要嚴懲不貸，這三條下去後要反復宣講。至於吃用，由各村頭人憑條供給，不許胡亂攤派，增加民眾負擔。」彭嘉升說得有理有據有節，他效法漢高祖入關後向秦民的約法三章，提出整頓治安，團結對外，民族自治三條綱領，既可解除民眾疑惑心理，也起到凝聚軍心，鼓舞士氣的作用，使三十多人群情振奮、信心百倍，點燃起反抗政府的熊熊烈焰。彭嘉升再次上山，並非一時感情用事，而是經歷過激烈的思想掙扎，三思而動的。蔣振聲走後，留在果敢的散兵游勇陸續向政府投降，到四月底，果敢全境已無任何正規反緬武裝存在。政府靠軍事實力進駐果敢後，以南天門山為界，大水塘以上歸緬軍第六營管轄；以下至滾弄由緬軍三十九營管領。五月，政府召集果敢頭人及紳士到滾弄開會，會上正式宣布：「果敢由政府派員治理，土司時代的機制一律撤銷，另組鄉村委員會，掌管地方事務。」政府以為大會一開，事情即可順利解決，羅欣漢的前進委員會已完成歷史使命，遭到遣散，所有武器收繳運回臘戌封存。可是事與願違，百足之蟲、死而不僵。政府的慶功宴酒席未散，反抗的槍聲又已響起……

政府名義上接收果敢，並在新街、大水塘、硔掌、班永、崇崗等要地駐兵，但果敢境內多高山峽谷，村寨分散，交通不便，政府軍鞭長莫及。加上新組織剛粉墨登場，未能有效地控制局面，舊機制已遭取締，不起作用。新舊交替之間，形同真空，剎那間盜賊蜂擁而起，治安大壞。偷牛盜馬、綁票勒索、殺人越貨，弄得人人自危、家家受驚。事態越演越烈，大股的盜匪，挖出埋在地下的槍支彈藥，公然拉上武裝，嘯聚山林。大大小小的土匪頭目，劃地分治以各種名目向村民派糧要款，任意勒索。和平寧靜的麻栗壩，被攪得烏煙瘴氣，人心惶惶。往昔的世外桃源，一變而為人間地獄。政府軍兵力分散，因民族關係，語言不通，雖加強搜剿，但疲於奔命，效果並不理想。盜賊東遊西竄，民匪不分。官兵出發巡邏，不是被撂倒幾人，就是背後飛來槍彈。進入村寨，人人均是良民；出到野外，個個都是強盜。政府軍眼中，民匪難分，有力使不上，遇到損失嚴重，又苦於找不到報復對象，士兵便拿村民出氣，在村中抓雞捉鴨，肆意打罵民眾。群眾對緬軍畏如虎狼、又恨又怕，無奈只得陽奉陰違、虛於委蛇。政府軍成了睜眼瞎子，除擄掠周圍外，簡直寸步難行，所以緬軍只能控制交通幹線，其餘地區淪為匪區，這種局面完全是政府始料未及的。

彭積廣自歸順政府，便居家賦閒、優遊林下。他頗想利用自身財勢為地方父老效勞，眼見局勢日非、亂象已萌，他只得收心斂手，加上地方靡爛、流言四起，於是他把心一橫，舉家移到臘戌，他在臘戌另起爐灶，開辦織布工廠，收容果敢難民到工廠當工人，力圖另創天下。彭嘉升未隨叔夫去新街交槍，稱病在家。三十九營副營長巴退少校是接收大員，認為彭嘉升看不起他，大為生氣，勒令彭嘉升親去向他報導。彭嘉升為形勢所逼，只得忍辱前往新街；巴退少校活像扯足風帆的船，對彭嘉升頤指氣使，極盡冷嘲熱諷之能事。若非羅欣漢居中斡旋，彭嘉升當場就要發作。

彭積廣深知彭嘉升非池中之物，留在果敢會出麻煩，邀約他同下臘戌，免得政府再找茬⑤兒。彭嘉升一肚子悶氣，對政府官員極度反感，怎會去過寄人籬下、遭人白眼的奴才生活。同時，他覺得如果像土司那樣丟下與自己休戚相關的地方父老，一走了之，良心上過不去，再看到平日以救世主面目施惠鄉裡的紳士豪雄，如今是為虎做倀，仗恃政府之力魚肉同胞，於是獨善其身、閉門不問政事。自己人微言輕，常歎無能施展為國為民的抱負。近幾個月來，常有各種身分的客人來拜訪彭嘉升，訪客中有在山邊水尾當山大王的綠林好漢、有蟄伏不動靜觀風候的英雄人物。他們感認果敢局勢動盪不安，急需有號召力的權威人物登高一呼，出來收拾時局。彭嘉升的家世聲望、他的正派幹練、嫉惡如仇及強烈的民族意識，成為眾人心目中主持大局的理想人選，故這些社會中堅份子，不惜跋山涉水，親冒危險來遊說彭嘉升出山。俗話說得好，相好的三千，仇家會有八百，絡繹不絕的各色人物出入彭嘉升家，早有人到政府衙門報信。這種探子口似彈簧，說話的伸縮性全視官家需要而定。彭嘉升的言談舉止，無不被添油加醋地搬弄到巴退耳中，巴退因果敢遍地匪患，越剿越多，常被上司申斥，耳聽彭嘉升暗中與土匪、不法之徒相勾結，正中下懷。他暗愁剿匪無功，這下可以用通匪罪，把桀驁不馴的彭嘉升鋃鐺入獄，以敬效尤。彭嘉升舉棋不定。起事嘛，恐留下反復小人之名，歸順政府又反悔。巴退重金用人窺視他的隱私，彭嘉升氣炸了肺！為免再遭毒手，彭嘉升決心革命了，他扯起革命軍的大旗，取出埋藏的槍械，趕在巴退來抓他前夕，拉起了一支三十多人的隊伍。這便是夜雨山洞誓師一幕的來由。彭嘉升上山的消息，像春風吹遍了果敢大地，巴退少校猶如被當頭一棒，憤怒得暴跳如雷，他深悔未能及早出手，以致放虎歸山，壞了大事。亡羊補牢，猶未為晚，他親帶一連緬軍，從紅石頭河追至上六戶紅岩。這趟武裝遊行，事與願違，不但未能動彭嘉升一根毫毛，反而替他做了義務宣傳，使彭嘉升三字家喻戶曉。大大小小的綠林人馬，爭相投向彭嘉升麾下，彭嘉升來者不拒，全部予以收容，並按實力大小給予不同番號，指派他們分區活動。這時有幾個慣匪乘機混水摸魚，打著果敢革命軍的招牌四下活動，燒殺搶掠無所不為，彭嘉升指派親信，捕殺這類害群之馬，才把邪氣鎮住。老百姓對彭嘉升心悅誠服，有錢出錢、有物出物，沒有絲毫怨言。土司勞民傷財精心拼湊的上千隊伍，不值緬軍一擊；彭嘉升草創的百餘人馬，卻使政府疲於奔命。可見人心的向背，不是靠物質權勢所能左右得了的。

鎮康縣麥地河後山，是西帕河與麥地河的分水嶺，經由炮樓埡口延伸到風吹山。君弄山、風吹山與南天門山，狀如三根平行的手指，沿東北方收攏成為中緬的天然國界；西南伸展至薩爾溫江岸，陡然降落水面，形成峭壁。炮樓埡口東面是蘇家寨，西面是前麻林村。風吹山與麥地河山中間有一狹長缺口，缺口右邊高地上，有個人工挖成的山洞，內藏許多大磚，每塊磚比現代紅磚大，約兩倍，呈深灰色。相傳蜀漢時，諸葛亮南征到此紮過營，命人燒磚準備在怒江上搭橋，便於蜀軍渡江作戰。又傳說紅白旗亂時，土司準備立堡抵抗回民進攻，在此燒磚。後因回民渡戶板小江到卡佤山開礦，放棄在果敢建立基地的打算，燒磚之事停止。傳來傳去變成神話，山洞成了古蹟。路過行人可爬到洞口張望，但動不得磚石，誰敢帶走一塊，出洞不遠便要肚痛發痧，不能行動；如趕快把磚塊放回原處，病便豁然而癒。百年來成為神秘之地，究竟洞內是何情景，誰也不敢冒險探個明白。據說每到果敢境內有大小動亂，周圍數十裡的鄉民都會聽到洞內發出斷續炮聲，此地果敢人習慣稱為炮樓埡口。土司時代，每年五月，照例由邦永頭人用豬頭三牲香紙前往洞口祭獻，祈求保境平安。平日往來行人，到埡口前後，多低頭快速通過，不能高聲說話，更不能抬頭張望，否則天色陡變，大雨傾注而下。炮樓埡口是大水塘到上六戶，到君弄山區的交通孔道，緬軍追走土司，在硔掌紮下營盤，硔掌街位於金念大山頂端一個狹長平臺上，與南面的三棵椿寨子對面相望。金念山東麓是西帕河西段伸向怒江邊，政府軍為便利換防，準備在原有基礎上開挖大水塘到硔掌的公路。這條公路一通，對彭嘉升部隊的活動有很大限制，彭嘉升先派人把承包修路的羅星科擊斃在前麻林寨內。另外，彭嘉升為全力阻止修路，決定在炮樓埡口一線設伏，給緬軍施以顏色，給予警告。前麻林山腰一棵大樹下，彭嘉升正在召開軍事會議，布置任務，此次伏擊即為阻止政府修路。「施分隊長，你用一個班占領炮樓埡口右側高地，實施掩護，另兩個班沿大路伸向蘇家寨方向進入伏擊陣地。伏擊完成後，順麥地河凹子撤向小笨塘寨子。」

「是。」分隊長施雲卿立正敬禮，帶著傳令兵向炮樓埡口走去。

「段分隊長，你們分隊有重機槍，要控制炮樓右側這個山頭，這裡是制高點，戰鬥打響，緬軍必然要來搶占高點。你們隱蔽好，等敵人挨近再打，記住施雲卿分隊撤完你們才能放棄高地，不然他們的後路被截，將遭緬軍腹背夾擊，撤不出去。」

「為什麼要撤向小笨塘？」「施分隊長可率隊順山勢撤向忙羅黑地埡口轉移到老任寨，豈不更好？那裡遠離敵人呀！」段子良不解地問：「小笨塘靠近大水塘，容易被敵人包圍。」

「你考慮得有理，只是政府軍絕對料不到我們會撤到他們鼻子底下，戰鬥打響，邦永的緬軍會到忙羅黑地埡口來阻截我們，而大水塘的敵人會到風吹山包抄我們撤向楂子樹的線路，我們不論向北或向南，都將陷入敵人的圈套裡。」

「大隊長比我們看得更深一層，老緬肯定會按大隊長說的那樣，往南北兩地阻擊我軍。我們安安逸逸在小笨塘休整，等老緬醒悟過來，撤掉埋伏找我決戰，我們再通過忙羅黑地埡口撤向上六戶去了。」段子良很聰明，他立即悟出彭嘉升的兩著棋。

彭嘉升高興地點頭表示贊許，他見申興漢對談話聽得出神，便啟發他道，「寫文書，你文化高，有學問；但臨戰就不及段分隊長。打仗不能照搬你的孫子兵法，我們有腦子，敵人也不笨，那就要看，誰的點子靈活。」

申興漢連連點頭道「是，是，是該好好學。我……我對軍事差欠太多啦。」一急，他說話結結巴巴，一張胖臉漲得通紅。

「蔣參謀，你去小笨塘準備飯食，蔣文堂老輩跟你去做助手，你們一到小笨塘，就封鎖消息，老百姓容進不准出。同時派暗哨監視大水塘方向。」彭嘉升布置好軍事，又吩咐管後勤的蔣忠錫。蔣忠錫聽完彭嘉升交下的任務，慢條斯理地，拋下一句問話：「大隊長要不要吃豬肝生肉。」

「有什麼吃什麼？不是娶媳婦操辦宴席，哪能太講究！」彭嘉升不耐煩地指示。

「這是慶功宴嘛！當然要準備得隆重些，哪能馬虎？」仍是慢慢吞吞的語調，哪怕是在戰場上。

「哈！這裡仗還不知打得勝打不勝的，蔣參謀都在忙乎著慶功宴席了。你說玄不玄哪！」申興漢搖晃著肥胖的大頭，說話間連連伸伸舌頭。

蔣忠錫不理睬申興漢的打趣，嘴裡嘟嘟囔囔誰也聽不清，他咕嘟的是哪門子話。跟隨他十幾年的鬍子兵，倒是一本正經地扛起英國制大十子槍在前面開路，一副如臨大敵的模樣，看到蔣忠錫騎在他那匹黑亮高大的騾子上，慢騰騰地下山去後，彭嘉升不覺脫口說道：「打仗還騎著騾子，又不是遊山玩水，這個後勤老兄真不會看勢頭。」

蔣忠錫家住在東山老街壩靠近中國地界的銀匠田。他辦事認真，善做後勤工作。起事後，彭嘉升把全軍經濟大權託付給他，讓他籌措經費。維護部隊開銷，誰知，造就出一位理財高手，蔣忠錫空手套白狼，居然能從容應付，用費從無匱乏之虞，這一點彭嘉升也自歎不如。

「你們看蔣參謀好氣派，大隊長是徒步行軍身先士卒，他老兄高頭大馬，頭上還要戴頂大草帽，說他是怕熱，他那件美國軍大衣又緊緊裹在身上，生恐被人搶去。」申興漢忍俊不止大笑起來，眾人也跟著大笑，戰前的緊張氣氛得到緩和後，才發覺太陽早已跳出山頭升上頭頂，八月的秋老虎大發雌威。山頂上清風徐來，樹枝輕搖慢擺，還不覺得炎熱，伏在半山凹草叢中的戰士卻被籠罩在山間的悶熱，蒸得頭昏腦脹，渾身汗濕，口乾舌燥加上蚊叮蟲咬，那份罪真夠受的！

中午已過仍未見緬軍的蹤影，施雲卿把部隊交給副分隊長蔣森林掌握，順炮樓埡口過來找彭嘉升請示。「報告大隊長。」施雲卿滿頭熱氣，渾身透濕，氣喘吁吁向正焦急站在大樹下東張西望的彭嘉升報告說：「晌午已過，老緬還未來，恐怕情報有誤，是不是繼續伏擊下去？弟兄們早耐不住了。」

彭嘉升不吭氣，他前天就收到確實情報，知道緬軍換防已畢，今天上午通過炮樓埡口返回大水塘。他率領主力連夜趕到前麻林寨隱蔽休息，天未亮便把部隊拉出村來打伏擊。「按理緬軍從西帕河邊的小街拂曉出發，早飯時分應到達我軍伏擊位置。」彭嘉升自言自語，思索其中原因。「這是怎麼回事呢？難道緬軍繞道三棵樁，從荷花塘寨下西帕河，爬上忙羅村過風吹山回大水塘？這條路太繞，路小坡大，緬軍不會走呀，說不定是消息暴露，那就危險了。」正當彭嘉升考慮是否放棄伏擊撤出部隊時，只聽啪一聲脆響，接下去是炒豆般劈啪作響的機槍聲在山間迴蕩。

「終於來了！」彭嘉升鬆了口氣，拔出腰間的國軍十三拉手槍，剛要吩咐施雲卿快去指揮部隊，施雲卿早已似離弦的箭，飛向伏擊方向去了。槍聲一陣緊一陣，擔任左翼火力掩護的段子良分隊，發現緬軍一隊利用樹林、草叢作掩蔽，悄悄迂迴上來，段子良忙拉過全大隊唯一一挺三〇三機槍，從山頭一梭子掃下去，陣地上的戰士也扣響步槍的扳機。偷襲的緬軍一個班，估不到碰上如此強烈的火力射擊，被迫退回山腰，重新部署兵力。彭嘉升聽伏擊方向的槍聲由疏到密，又由密轉稀，正想派警衛分隊趕去增援，突見一名戰士渾身泥水，前來報告說：「報告大隊長，施分隊長陣亡，敵人兵力太強，蔣分隊長已撤回伏擊戰士，轉移到右側高地，請大隊長指示！」

「什麼？施分隊長離開這裡不過十多分鐘，就陣亡了？」彭嘉升懷疑耳朵聽錯話，心中一陣難受。施雲卿在土司時代就跟著彭嘉升，為人機靈，作戰勇敢，彭嘉升倚為干臣，委以重任。誰知出師未捷身先死，大好年華便拋屍荒野。他抑制住感情，冷靜地命令來請示的戰士：「羅老旺，你趕快回去告訴蔣副分隊長，按原計劃迅速撤到小笨塘。」

彭嘉升來不及傷感，左側段子良陣地上再次響起激烈的槍聲，其中夾著炮彈的爆炸，他帶著警衛，迅速奔向制高點，他深知高級指揮員親臨戰場，對戰士的士氣有何影響。現在回頭看看緬軍的情形——駐硔掌緬軍一個連移防後按計劃應於昨日起程，但民伕[6]難找，直到下午才徵集齊備。半夜時分啟程，藉著下弦月的餘光趕路，十分清涼。天亮到達西帕河東岸的南裡小街稍事休息，便又起程，計畫到達蘇家寨吃午飯。午後太陽雖炎烈，但因陡坡已爬完，民夫挑擔不太吃力，順山道行軍涼快。誰知太陽一出天氣變炎熱難當，行軍速度極慢，不到蘇家寨已無力再走。連長下令在路邊大青樹村做飯休息，等中午過後再走。午後天氣雖熱，但有陣陣涼風，行軍速度加快了，走在前面的三個尖兵[7]眼看距山頂不遠，加快步伐，要趕往山頂涼快涼快，路邊草叢中，蔣森林抬高槍口，瞄準前面的尖兵。近了，近了，正當緬軍慶幸爬完山路，進入山頂時，一聲槍響，一名緬兵猶如喝醉酒，身子一晃，英國大十字槍跌倒在地，他雙手捂住胸口歪倒在路中，另外兩個尖兵見勢不妙，剛要臥倒，也被排槍掃倒。

「這群土匪吃了豹子膽啦！怎敢在硔掌、邦永、大水塘三角形中間下手？看來是零星散匪半路打冷槍，不能讓這幾個毛賊跑掉。」緬軍連長不愧是久經沙場的幹將，老謀深算。他吃驚之餘馬上冷靜下來，下令道：「敏推上士，帶你的一個班向左邊迂迴，截斷土匪退路；敃誰上士，你帶一個班從正面大路衝鋒，前後夾擊，其餘部隊原地待命。」迂迴的一班緬軍沿山坡衝向炮樓埡口左側山頭，在強大的火力面前，幾名新兵嚇破了膽，慌慌張張離開掩護，往後就跑……

彭嘉升新組建的大隊，裝備是土司留下的，比起緬軍正規部隊的也不遑多讓，只是缺少實戰經驗。幾個老兵是土司時代的和平兵，平日奉派，抓抓犯人、捕捕盜賊，只要用槍一比劃，盜賊便跪地求饒，任憑捆綁，真可謂手到擒來，馬到功成，何等輕鬆瀟灑！現在到了戰場，面對不怕死活，吶喊著撲上來的一群兇神惡煞，早已嚇得心驚膽顫，三十六計跑為上計。小新兵更是腳癱手軟，拉一褲襠尿屎，想跑都沒氣。眼看陣地就要陷落，失敗已成定局……

「不要跑，趕快退回去守住陣地！」施雲卿在彭嘉升指揮處聽到槍聲，一路猛跑，奔向自己防地，還未到山頂，部下已作鳥獸散，他急得邊跑邊喊，一鼓作氣奔到陣地。他踏上山頭，前面幾個緬兵眼看便要跳進工事。施雲卿來不及臥下，端著自動小卡一梭子狠狠射向敵人。陣地上的守軍才清醒過來，跑走的回身射擊，趴在工事的猛向外扔手榴彈，陣地轉危為安。緬軍遭到反擊，紛紛撤退。

遠處，緬軍的一挺西德式禿尾重機槍突突突吼叫起來，子彈在陣地上飛舞，枝葉紛落、泥土四濺。施雲卿一個彈夾打完，正準備換新彈夾，突然胸腹一陣劇痛，喉頭一甜，鮮血從口中猛噴而出，他眼前一黑，便倒在柔軟的草地上。分隊長的壯烈犧牲激發了戰士們的同仇敵慨之心，蔣森林完成伏擊任務，率領兩個班的兵力轉移上來增援，緬軍幾次衝擊，除留幾具屍體之外仍被居高臨下的火力擊退，戰鬥呈現膠著狀態。

「敵人火力強大，人數眾多，看來是彭嘉升的主力。好呀！幾次追剿摸空，今天送上門來，管叫你插翅難飛。」緬軍連長十分興奮，認為這是全殲叛軍的大好時機。他招來排長，指著鋪在地上的軍用地圖，重新部署作戰行動。「一排趕往蘇家寨後山忙羅黑地埡口，與邦永駐軍取得聯絡，共同卡住彭隊退回老任寨的後路。二排派一個班，配屬炮排及重機槍班火速搶占前麻林後山制高點，防止彭嘉升順風吹山方向逃跑，擔任主攻的兩個梯隊接近並拖住敵人，暫不進攻，待右翼搶占制高點後，從後迂迴，形成鉗形攻勢，全殲叛軍！」

雙方暫停射擊，戰場沉寂下來，只有彌漫在陸地上的硝煙和刺鼻的火藥味顯示出這裡剛進行過一場殘酷的生死決鬥。蔣森林乘緬軍暫停進攻的空隙，派人向彭嘉升報告戰況，同時抬上施雲卿及兩名戰士的遺體，藉茂林密草掩護，悄悄撤走。斷後的戰鬥小組待主力安全撤離，虛放幾槍也跟著離開陣地，只剩幾頂誘敵的破軍帽，和舊軍衣在草堆中隨風隱現，緬軍不到近處是不會發現那已是空陣地的。緬軍連長從前麻林後山傳來的激烈槍聲中意識到自己再次失算，「彭嘉升在炮樓埡口兩側山地都有重兵，跟政府軍打起堂堂正正的陣地攻防戰啦！全線出擊！」隨著命令，沉寂的陣地上，槍炮聲猛烈地吼叫起來。

進攻施雲卿分隊陣地的一排緬軍，先用六〇炮、四〇炮重機槍實施火力襲擊。陣地上煙霧騰騰、火光閃閃，五分鐘的狂轟猛打一停，緬軍從掩蔽處一躍而起，邊行動邊射擊，接近前沿，投一排手榴彈，衝鋒的緬軍紛紛進入戰壕，除了遍地彈殼，陣地上空無一人，只有幾件隨風飄動的破軍衣。強攻段子良分隊的緬軍，採用同樣戰術，把敵軍前沿陣地炸成一片焦土，段子良放棄前沿陣地，把隊伍撤到二線主陣地，避免無謂的犧牲。緬軍占領了前沿陣地後繼續推進，彭嘉升上到主陣地，形勢已萬分危急。駐守前沿的一個班，一撤就變成逃跑，主陣地的守軍，不問青紅皂白，一窩蜂跟著後退，還虧段子良親自掌握機槍，暫時阻止並遲滯了敵軍進攻的速度。儘管如此，左右翼已成真空，緬軍成包抄態勢向中央合攏。彭嘉升見大事不妙，忙大叫一聲，「快撤。」便加入潰逃的行列，段子良抱起機槍向後飛跑，敵軍的子彈在他身旁狂飛亂舞。躥下山脊，敗兵爭先恐後竄入林中。緬軍失去目標，便對著樹林一陣狂掃。在子彈追逐下，彭嘉升的果敢革命軍跌跌滾滾，在密林中東碰西撞，到了安全處才定下心來。早先雄壯威武的隊伍，已不復存在了，代之的是衣破褲通手腳跌傷頭臉劃爛的一夥殘兵敗將。部隊陸續撤到小笨塘。天色已黑，村民早被槍炮聲嚇破了膽，躲在家中瑟瑟發抖，家家緊閉房門不敢出聲。彭嘉升在部隊吃好飯，留下蔣文堂中隊長處理後事，馬上帶著主力轉移。

到忙羅黑地埡口時，緬軍設伏部隊已撤，直插向小笨塘方向。兩軍互換位置，失之交臂。緬軍包圍小笨塘，撲了個空，彭嘉升已跳出包圍到了老任寨。彭嘉升在炮樓埡口逃跑的狼狽相，與緬軍一起行動的民伕當然無福欣賞，他們有緣看到的是緬軍的七具屍首及十多名傷兵，他們親自抬送傷患、掩埋死者。消息從他們口中傳出，料不會假。就這樣，彭嘉升率部隊大捷的情形被添油加醋、繪聲繪色地傳出去。據說當人們面對當事者宣講時，彭嘉升如聽神話，使講的人莫名其妙，不知還講漏了什麼精彩片段。

臘戍是緬北重鎮，中緬公路終點。抗日戰爭前期，大陸沿海各港口被日本封鎮，國內急需物資均由此路運輸。一九四二年日軍進占緬甸，中緬公路被封，修建中的中緬鐵路因而夭折。羅欣漢六月份從果敢下到臘戍被投閒置散，心情十分鬱抑，便成天與蔣國智、蘇文龍等人打麻將消遣。彭嘉升上山的消息傳來，蔣國智興沖沖地來到羅欣漢家。「羅老弟，恭喜了！」蔣國智語出驚人。

「蔣主任，我剛要去請你呢！三缺一，今天非讓你這個經濟主任掉毛不可。昨天你贏去五百多塊錢，是財神爺照看。你一來就為我開好大口風，我準贏！」羅欣漢迎出門外，邊開玩笑邊把蔣國智讓進屋內，客廳裡坐著的蘇文龍、魯宗聖忙著讓座。

「我說的是實話。你親家一上山，政府只好借重老弟大才了。」蔣國智在幾人中年紀最長，十七歲便由土司保送至大理滇西戰士幹部訓練團受訓，回果敢後擔任地方自衛隊下級幹部，取得管家信任。以後扶搖直上，歷任中隊長、稅務局長、警務科長、經濟主任等職。他資格最老，所以對幾個後輩均以長兄的身分稱他們為弟。

「大有可能，此次若不是羅主席出來與官家爭衡，政府哪能輕易收回果敢，不知要死多少人才能追得走土司官。」蘇文龍年紀比羅欣漢略大數歲，但唯羅欣漢馬首是瞻，羅欣漢派人策反，他就毫不猶豫帶隊脫離總指揮蔣振聲，導致官家全部徹底崩潰。故羅欣漢把蘇文龍視為腹心，凡事不避忌。

「大隊長首倡議舉，彭大叔繼而反正，是這次官家失敗的主因，我不敢略人之美。可惜政府出爾反爾，利用我們打頭陣，事成過河拆橋，我們上回當學回乖，以後做事需多提防。」羅欣漢的精明之處就在於能推崇他人而不著痕跡。另外他交際廣泛、才識超人，故年僅三十就被政府選中。

「羅主席說得對，這次推翻土司，我們出了大力，使果敢歸政中央，政府事成丟拐杖，用人時把你捧在天上，不用時把你踏在地下，就差不讓我們坐牢咧！」魯宗聖脾氣暴躁，目中無人。他因在猛東煙公司時被抓坐牢一事，對政府始終耿耿於懷，提起就牢騷滿腹。

「『飛鳥盡，良弓藏，狡兔死，走狗烹。』歷來功臣的下場均是如此！這倒怪不得政府。」蔣國智引經據典，找話平息三人的怒氣。「你們說的對，不經一事不長一智，這次挫折對我們有好處，以後辦事不能光聽別人之言，自己要留幾手。」

「蔣主任說的很有道理，如果政府再要求我們辦事，一定得多長幾個心眼。」羅欣漢心領神會，但他不願多糾纏此事，便轉變話題道：「今天不提這些使人心煩的話題啦，抓緊時間玩四圈麻將吧！」

「我說的不是閒話，羅老弟思想上需早做準備。估計當局要來叫你去瞭解你親家的情況，跟你商討果敢目前局勢，屆時，你得說出一套理論，想出應對辦法。你年輕有為，果敢問題非你介入不能解決，你理應趁勢而起，不應因小失大，稍不如意就消磨掉雄心壯志，徒惹土司官家恥笑。」蔣國志是有備而來，他這人在果敢政壇混久了，無事便悶得發慌。他不是主宰大局的強人，常滿足於做二把手，從蔣文炳算起，歷經蔣文燦、蔣振材、蔣振聲、蔣金秀，果敢政權五易其人，他均參與其列，且皆膺重任，成為政壇不倒翁。若非善於應付，機智過人，豈能臻此？他默察眾人，最為器重兩人，認為他們必能在果敢事務中出人頭地，做一番偉績。這兩人就是結為親家的彭嘉升與羅欣漢，彭積廣脫離果敢，蔣國志十分為他可惜，如果彭積廣依附他能幹的侄子，必能成就大事。如今到臘戌做寓公⑧，已失地利人和，加之官員中存有民族之見，豈容漢族在緬稱雄。而自己離開果敢，轉營商業，方知果敢人在政府區域的處境相當困難，動輒得罪各級官員，遭遇非難。無奈何只好低聲下氣，從老緬手中討一口殘湯剩飯。蔣國志心中的憤悶，自非語言所能形容，他估計政府會重新啟用羅欣漢，深恐羅欣漢因被投閑之事鬧情緒，小不忍則亂大事，故特來為羅欣漢開道打氣。今目睹羅欣漢頗能顧全大局，雄心不減，方才放下心來。當下歸坐擺開陣勢，四人圍坐打麻將，只是各懷心事，不像往日的談笑風生，桌子上只有麻將的聲音。一圈麻將未完，就聽門外，傳來陣陣喇叭聲，四個人不由自主地住手，傾耳靜聽。「羅欣漢先生在家嗎？」一名軍官用緬語在問：「翁培上校請他馬上到司令部去一趟，有要事相商。」

傭人拉開大鐵門讓軍用吉普車開進院場，四人走到院中相迎。車門打開，跳下一個年輕的軍官，他是駐臘戌緬軍最高首長翁培上校的侍衛參謀，他同迎上前來的羅欣漢親切握手，之後又舉手向蔣國志等人三人招呼，羅欣漢請他到客廳喝茶，他婉拒說：「上校立等回話，羅先生若無其他要事就請上車。」

「馬上走，首長傳呼就算有天大的事兒也得撂下，不能讓首長久等。」羅欣漢此人就有這麼厲害，高帽子一頂接一頂，使戴的人舋舒服。羅欣漢走後，其他三人也不回家，坐等消息。

「蔣參謀，不愧小諸葛之稱，算準羅欣漢主席有喜事臨門，進屋就賀喜。」魯宗聖高傲自負，卻佩服蔣國志有先見之明。「今後有羅主席掌舵，蔣主任導航，我們只需用力划槳就行，別的不用操心。」

「想不到同室操戈，反目為仇，往昔同窗共讀的學友今日要在戰場上兵刃相見，這次上果敢將不是對付土司，而是老戰友，太出乎意料了。」蘇文龍不無感慨地說道。

「運用之妙存乎一心。雙方有共識，不管站在何種立場都能為國家民族謀利益。說穿了，果敢平靜我們就無用武之地啦！」蔣國志一語點破迷津，指出往後的行事準則，可見政治交易是何等的虛偽骯髒。歷史上的政治明星，今日拼得你死我活，明日又把酒言歡，可憐戰死的鬼魂顯得毫無代價。

彭嘉升再度反叛，緬政府才意識到果敢事態的嚴重。以前對付土司，忽略了民族問題，蔣家土司一走，以為大局已定，馬上解散了以羅欣漢為首的果敢青年前進委員會，實行軍管。事實證明對待少數民族需用特殊政策，不能照搬教條，便再利用羅欣漢出面組織自衛隊，協助政府軍，對付彭嘉升，可說羅欣漢的崛起得力於彭嘉升的出山。「三國時代蜀漢諸葛亮七擒孟獲，最終還是以夷制夷，蜀漢才得以全力北伐。要治理果敢，也要用果敢人來實行國家政策，方易收效。」羅欣漢明白其中奧妙，「既要擁護政府，維護國家主權，也要善解民意，符合果敢民族的自治心理。」

羅欣漢領受任務後，組織人數有一百五十名的自衛隊開赴新街，他們的主要職責是配合政府軍深入各村寨召開會議，宣傳政府政策，所以除幹部外，兵士均為徒手⑨，這證明當局仍不放心給果敢民眾發槍自衛，直到自衛隊遭叛軍偷襲，情形才有改觀。彭嘉升得知羅欣漢重新組織自衛隊的消息，便派蔣忠衛帶東山區聯隊進行干擾，使羅欣漢知難而退。蔣忠衛與蔣忠錫是親堂兄弟，因上輩恩怨糾纏，兩人面和心不和。土司垮臺，東山區盜匪如毛，他們去大村小寨強推硬派，村民苦不堪言。蔣忠衛是大新寨頭人，迎來送往，外不如盜匪之意，內又受村民埋怨，活像一隻風箱裡的老鼠——兩頭受氣。五月份的一天，一群土匪闖入寨子拿出一張字條，上面寫著：

字大新寨夥頭蔣：

奉上峯令，著你寨每家出款五十元，米一笒，交傅隊長查收。

果敢大官羅三即日

字條上居然用肥皂刻一方章，用女人擦臉用的胭脂塗抹後蓋在簽名處，蔣忠衛看了不覺噗哧一聲笑起來。傅炳中大怒道：「一個小小的寨子頭人，居然敢侮辱果敢大官，那怎麼得了！給我捆綁起來！」不等跟來的五個土匪動手，蔣忠衛的老母親急忙從房中跑出來，跪在傅炳中腳下求情。傅柄中獸性大發，抬腿一腳踢在老太太胸口，老人被踢得口吐鮮血，倒翻在地。蔣忠衛驚呼著搶上前去，扶著老母，傅柄中大聲吆喝手下把蔣忠衛捆起來，蔣忠衛忍無可忍，站起身奪過傅炳中插在腰間的手槍，抬手一槍把傅柄中撂翻在地，五個土匪被眼前的變故嚇呆了。寨中青年對傅柄中的狐假虎威，早已忍無可忍，大家一擁而上解除了土匪的武裝。附近村寨的鄉民得知平日裡忠厚老實的蔣忠衛也拉起隊伍，紛紛攜槍來歸附。彭嘉升起事後，委蔣忠衛為東山區的聯隊長，官封大隊參謀，蔣忠衛從普通農民一躍而為軍隊要員，深知自己缺乏軍事知識，他靈機一動，親登門庭把羅大才請來當分隊長，羅大才是土司官家抗日戰爭時期的老兵，由他來訓練新兵。東山區素來民風強悍，勇於私鬥，果敢人稱：「東山的打手，西山的講口。」一經行家訓練，蔣忠衛的烏合之眾變成了一支不可小視的精銳之師。蔣忠衛接到命令，立即派探子去摸清羅欣漢自衛隊的底細，同時把平日裡分散活動的部下，秘密集中待命。

八月十五中秋節，新街十分熱鬧，鋪子裡的月餅早已被搶購一空，整個集市籠罩在節日的氣氛中。夕陽才戀戀不捨地告別大地，圓月又躍出山頂。當皓月高懸，銀光普照之際，各家院落都擺設好香案⑩，桌子上擺滿糕餅、梨、核桃、黃瓜、板栗、香瓜等來祭獻月亮，上香祈求團圓平安。儀式完畢，家家戶戶圍坐賞月，邊吃邊談，一派祥和景象。老年人好靜，稍坐片刻便回房休息，年輕人聚集到新街小學操場上打歌，盡興娛樂。羅欣漢自衛隊，多是年輕力壯的小夥子，他們喜氣洋洋地在月光下又彈又唱，同姑娘們擠眉弄眼、打情罵俏，直到熄燈的軍號催促，方才依依不捨地返回營房，點名完畢，有些膽大的士兵又偷偷溜出與情人幽會。夜深了，四周慢慢沉寂下來。此時月光，更加皎潔，柔和的灑在原野上，大地一片銀白，樹叢中，一對對戀人相依相偎，說不完的知心話。月過中天，原野中又迴蕩起優美動聽的果敢民謠：「細化日頭下細雨，口中不說心想你。心想口中不好說，一門心思掛著你。要做夫妻商量瞧，郎砍竹子妹割草。郎鋪房頭妹打纖，小妹辦家郎挑水。」男唱女答、情歌綿綿，盡情傾訴著雙方的愛慕之情，情人們忘了時光的流逝，陶醉在愛的天地裡。這時自衛隊駐地藥房包包，四周有人影借高低起伏的地形和樹影的掩護，悄悄移進營房，蔣忠衛帶著五十多人，從大新寨啟程奔襲來了。

他把部下一分為二：一隊由羅大才率領去阻擊緬軍援救羅欣漢；二隊親自領著直撲藥房包包。所謂藥房包包，是指離新街集市不遠的一塊起伏地。一九五三年，緬政府實施邊區繁榮計畫，果敢撥給五萬公款，分別在大水塘、新街各蓋一所醫院。果敢人迷信中醫，加上語言不通，新街醫院形同虛設，病室空置，有時作為招待客人的住所。羅欣漢的自衛隊新成立，便用這所廢棄的醫院作臨時營地。

自衛隊哨兵看到幾個人影順大路走進營房，以為是私自溜出營房的弟兄玩倦歸隊，便不注意。他只是不斷地看手腕上戴著的手錶，抱怨指針走得太慢，巴不得趕快下哨，好去與約好的姑娘幽會。忽看清來人裝束不同，手臂纏著白毛巾，手裡端著長槍，方知不是自己人。哨兵端起大十字步槍，放開嗓子喝問：「什麼人？口令！」

蔣忠衛身先士率，走在前面。聽到哨兵問口令，便下令開槍，距離近，月光明，一排槍響過，哨兵身上滿是窟窿。槍響後，營房像開了鍋蓋的螞蚱，亂蹦亂跳，魯宗聖、蘇文龍領著幾個槍兵死守戰壕，雙方都沒有重武器，只聽單調的步槍稀稀拉拉的響著。緬軍營盤在街子西端，與藥房包包東西相對，他們知自衛隊缺乏火力，急忙派一個排趕去援救，離開駐防高地不遠，便遭到叛軍伏擊。羅大才掌握機槍，槍口噴出火舌，把緬軍釘在平地上抬不起頭來。槍炮聲撕破了寧靜的秋夜，新街村民從睡夢中醒來，只見寨子上面槍彈橫飛、火星閃閃，嚇得關門閉戶，趴在地上發抖，等緬軍拉出大隊反擊時，叛軍早已退得無影無蹤。

第二天，羅欣漢責怪緬軍不發給武器，讓他們被動挨打，威脅要解散自衛隊，不願再與政府合作。三十九營副營長巴退少校發電報給臘戌，聲稱彭嘉升大隊人馬襲擊自衛隊，打死兩人，打傷多人。不幾天，從臘戌運來一百多條土司交下的槍支，把自衛隊武裝起來。經過幾場較量，蔣忠衛被緬軍與自衛隊擠出壩區，北上與彭嘉升大部隊會合。滾弄以上，成了羅欣漢的天下，局面打開後，羅欣漢開始策劃未來，他把自衛隊分成兩部分，原自衛隊成員由蘇文龍率領，留在果敢配合政府軍行動，組織鄉村政權，維持地方治安；新發展的精銳由魯宗聖帶領往返泰國，武裝走私鴉片；自己與蔣國志坐鎮臘戌，居中調動。走私毒品是一本萬利的冒險生意。羅欣漢有槍有勢，大小商人均來要求保護路上安全，他們自備牲口組成馬幫，由山路往返，羅欣漢派武裝護送，收取保護費。羅欣漢是經商世家，生意常識豐富，人事寬廣，加上有政府這把保護傘，生意更是紅火。他糾結舊日夥伴，在上緬甸各經濟重鎮，成立辦事處。這些商場健將，除負責聯絡生意馳騁商場，招來各項違法交易外，監管與當地政府軍政官員的交際應酬，有錢能使鬼推磨，在銀彈的攻勢下，各級官員對羅欣漢的生意往來大開綠燈。

羅欣漢到佤城、東枝、景東、大其力等辦事處視察業務，往來都乘飛機。海關檢查人員迎接，親為羅欣漢提皮箱，上下飛機，根本不去檢查他所攜帶的行李。下飛機後，移民局的官員已為他備好專車，遇到執勤的交通警察都向羅欣漢的坐車舉手敬禮，為他擋住其他過往車輛，讓他的車優先通過，這種排場，使隨行的生意老闆大吃一驚。他們平日旅行，常遭海關白眼，受到移民局官員的刁難，還有員警老爺的無理勒索。對政府官員低聲下氣，自認為二等國民，現在跟羅欣漢出遊，過足了當老爺的癮，事事順心來去自如，心中對羅欣漢佩服得五體投地，有大小生意一律找他合作。羅欣漢財源滾滾而來，出手更是闊綽，政府官員視羅欣漢為財神爺，爭相奉承。這一來，羅欣漢三個字成了金字招牌，在政壇與商場上均噹噹作響，不但國內商人唯他馬首是瞻，連國外的大老闆也找他拉關係，聯繫生意。這其中不乏國際走私集團首腦人物、大毒梟、各少數民族叛黨叛軍首領，這對羅欣漢的名譽影響既深且遠，成了國際通緝的毒品將軍，最後身繫囹圄，這種結局實非羅欣漢所能料及！此是後話，表過不提。

一九六五年冬，蔣振聲南下部隊歷經千辛萬苦，終於安全抵達泰國西北邊境唐窩暫住。唐窩是泰緬邊境的一個山地，地形險要，山腳有一個壩子是泰國安置國民黨殘部家屬的地區。一九五〇年雲南省主席盧漢通電反蔣起義，扣留國軍將領張群、趙彌、余程萬等人。當時趙彌任國民黨第六編練司令兼第八軍軍長，余程萬任副司令兼二十六軍軍長。由於長官被扣，第八軍、二十六軍，聯手圍攻昆明。盧漢除向中共高級請求火速增援外，被迫放回趙彌、余程萬等被扣大員。由於劉伯承、鄧小平第二野戰軍四兵團陳賡部由廣西順邊境包抄，趙彌、余程萬，停攻昆明，轉移到蒙自，後殘部退入緬甸，組織過幾次反攻。應緬政府要求，解放軍入緬進剿中緬邊境的國軍，趙彌寡不敵眾，率領殘部進入泰國，以難民身分住在泰緬邊界。

國軍撤臺，少數不願同去的國軍及由大陸流入泰國的難民繼續留在原地，他們自稱反共游擊隊，進行反共復國的大業。留下的殘餘人員，以地域關係分成兩個派系。以趙文煥為軍長的第三軍，多是鎮康、耿馬人；以段希文任軍長的第五軍，則多為騰衝、龍陵等怒江西岸的騰龍人。第三軍以唐窩為基地，家眷開闢山下壩子聚眾而居，自稱難民駐地為新村。五軍軍部，設在南部密梭羅。段希文、趙文煥抱住反共招牌是有用意的，提及反共，當然得到西方自由國家的同情支持，政治難民的身分，泰國當局按國際慣例，只好收留，讓其避難。以政治難民身分自可在金三角地區悠哉悠哉，過世外桃源的流亡生活，瞅機會到大陸邊境侵擾一下，或可搜集反共情報，博得臺灣當局的獎賞，贏取上峰的歡心，這何樂而不為呢？其實反共只是個名義，趙文煥聰明，段希文也不傻。反共復國，遙遙無期，幾百萬國軍都保不住大陸，幾十萬剩下來的守住臺灣，就不錯了，所以反攻大陸變成政治口號，是不切實際的紙上談兵。

反共游擊隊為了生存下去，走私毒品、販賣珠寶玉石成為理所當然的生存手段，憑著手中的武裝，三、五軍幾乎壟斷了泰緬邊界的毒品交易，成為著名的國際販毒集團。走私販運鴉片雖然可以一本萬利，所冒風險也很大，武裝走私要避開交通要道，途經撣邦東西岸的少數民族區域，行程中大多要爬山越嶺，涉渡大江激流。有時在原始森林中抬頭不見天日，飽受林中毒蛇猛獸侵擾；有的被江河洪水沖走，落得屍骨無存；有的被毒瘴侵入體內，中毒而死；有的害傳染病，醫治無效，暴亡他鄉。除了這些天災人禍外，更為困擾的是落後民族的攔截偷襲，有的被開槍擊倒，有時睡到天亮，同伴的頭顱已失，真讓人隨時處於心驚膽顫、精神極度緊張之中。若在渡口或公路邊遇上緬軍，不但人員大批傷亡，貨物牲口往往被迫遺棄丟失，所以，上下一次都要歷時數月。儘管如此冒險犯難，商販仍多如過江之鯽，往來不絕於途。究其根源，實因走私販毒獲利太豐，冒險一次勝過十載小本經營。有人下一次泰國已夠終生享用，所以都希圖僥倖，發財致富。

果敢出產的優質鴉片嗎啡含量高，在癮君子中享有盛譽。此次蔣振聲落難來投靠，趙軍長深表歡迎。俗語說——強龍不壓地頭蛇，游擊隊被逐出果敢後，再無機會去收買價廉貨優的果敢煙。如今搭上蔣振聲這條線，加上幾百悍勇善戰的果敢青年子弟，今後即可名言正順壟斷果敢的大煙市場，既遂了人情，又落得實惠。果敢與鎮康依山帶水，昔年趙軍長背井離鄉，得土司援手，在果敢暫時棲身，後因政府迫使游擊隊西撤，但以前情誼仍在。今日忝為主人，依理應有迎賓之責，所以趙軍長盛情待客，把幾百果敢子弟兵安置在三軍轄區。他本人則把蔣振聲一家及其他高級僚屬接到唐窩，好酒好肉地招呼接待。蔣振聲不是來做客的，失地之恨與拋家之痛，像杯苦酒吞入腹中，同來的數百名忠貞部下、眷屬如何安置，今後的出路怎樣謀劃，也如毒蛇般咬啃噬他的心。為此他召開緊急幹部聯席會議，也要聽聽軍政僚屬的意見，作為決策的參考。會議在唐窩果敢自治軍駐泰辦事處舉行。

「各位僚屬，我軍經歷了千辛萬苦，終於到達安全之處。在座諸公均係果敢民族的精華，肩負著驅逐異族，光復故土的重任。『楚雖三戶，亡秦必楚。』同樣道理，我們人數雖少，卻是果敢民族的代表，有廣大的父老鄉親做我們的堅強後盾，希望寄託在座諸公身上。緬政府企圖同化果敢民族，奴役果敢人民的罪惡目的及殘暴行徑，必將激起我同胞的強烈反抗，我們要求自治的鬥爭並不孤立，撣邦、克欽邦、孟邦等地，都有反抗奈溫軍人政府的各少數民族武裝，他們是我們的可靠盟友，大家的目標是一致的，都是為了爭取民族獨立、實現區域自治，所以我們信心要足、決心要堅定不移。」蔣振聲首先發言，他慷慨激昂的演說驅散了部下沮喪的心情，重新燃起大家的鬥爭意識，他清清喉嚨聲音，更加洪亮：「只是當前形勢是敵強我弱，我們切忌輕舉妄動。我們要保存實力，把好鋼用在刀刃上，『留得青山在，不怕沒柴燒。』當務之急是整訓部隊、聯絡友軍，密切注視緬甸政局的變化；同時開闢生意路線，發展經濟，增強組織觀念，待時機成熟收復果敢。我講的只是個人意見，希望大家各抒己見，貢獻良策。」

「總指揮的訓示完全正確，屬下堅決維護。」大隊長趙文華搶先表態。他身材乾瘦矮小，嗓音洪亮，機靈的小眼睛炯炯生輝，給人的印象是短小精幹、鬥志旺盛。他順著蔣振聲的意思說得更具體：「六、七百兄弟，長途跋涉疲勞已極，急需一段休整的時間，要從身心兩方面來著手，提高軍事技能及團隊觀念。兵貴精不在多，此次大踏步轉移，就是因為政治意識不強，軍事素質低下，所以幾千人一下子就散光。這個教訓是很深刻的，我們要認真總結，同心同德去爭取最後勝利。」

「政府利用民族敗類羅欣漢來分化策反團體，蘇文龍、彭積廣意志不堅，背叛組織。由此可見，挑選、培養核心幹部要慎重從事，今後再不能草率，讓野心家、離心份子混入高層，掌握實權。一顆老鼠屎攪壞一鍋湯，一個意志薄弱的投機份子，在要緊關頭就會毀了整個大局，招致失敗。兄弟我竭誠服從總指揮的安排，絕不盲目行動。」趙正武跟羅欣漢護送大煙下泰緬邊界，在猛東公司被政府拘禁，後從臘戌越獄，逃回果敢歸隊，此舉深得蔣振聲讚賞，視為忠貞之士，短短一年多已破格提升至副大隊長，為感栽培之恩，他對蔣家土司的恭順達到愚忠地步。

蔣振業發現發言眾人都是順著總指揮的杆子爬，只為討好上司，毫無良策。他覺得敗就認輸，罷了，何必翻陳年的芝麻穀子，並把過錯推在他人身上呢！找藉口推卸責任也於事無補，輸了再來賭過才是正經。又不是吃飽撐著，在這裡放黃槍，真是豈有此理。心中不滿，就想出言反駁，等到站起身來，他又硬忍下來，口氣委婉地說道：「老總和諸位長官說得很透徹，檢討過去是為了將來，我認為重要的議題是研究如何打回果敢去？彭嘉升幾十個人敢在果敢打游擊，同政府軍明槍暗箭拼鬥，他有什麼好槍好炮？我們應該盡快去增援整輔他才是正理。」蔣振業說著說著，情緒激動犯了忌諱，揭了他人老底：「休整、待機，通通是托詞，山頭兵戍年累月在深山密林裡鑽來鑽去，他們不累？三、五軍打著仗上緬北，打著仗回泰國，可有時間來整訓？早塞列三百多跟我們來到泰國，如今又返回上緬甸，恐怕已到長箐山一帶。果敢人們等著我們、盼著我們，等我們休整好，老百姓們心都涼了。」蔣振業猛地發覺說話得罪人，穩定情緒後放低了語調接下去說：「老總希望大家各抒己見，我提議立即派精幹的部隊，北上會合彭嘉升，為戰鬥中的果敢弟子打氣，讓父老鄉親知道老總還惦記著故鄉。其餘的問題以後再從容商量解決，不應輕重倒置。」會場轟動了，大員們交頭接耳竊竊私語。「一個小小的馬鍋頭，居然在高層會議上大發謬論，當面指示官長，真是不可思議。」

「老子在果敢拼死拼活，他老兄在泰國享福逍遙，一點不自慚，還敢空喊打回老家，真是牛不知角尖，馬不羞面長。」

「這瘦猴也不稱稱斤兩，憑他那三分不像人，五分倒像鬼的德行，也在會上，癩蛤蟆吹大氣。」

「好吧！今天的會就開到這裡，各位提的建議很有見地，可以慢慢研究等議決後執行。下去各位要穩住軍心，提防別有用心的團體挖牆腳。」蔣振聲宣布散會，與會中人員離開會場轉到餐廳去，參加蔣振聲為與會成員舉行的私人宴會。

蔣振聲是新派人物，思想開明、思路靈活。他崇尚民主，很想為果敢人民做貢獻，可惜家族套在他身上的枷鎖，把他壓得喘不過氣來，可私下認為蔣振業的話很有見地。

「彭嘉升憑什麼能在果敢打開局面，自己以前為何認不清這樣的人才，過去在用人方面是犯了任人唯親的大錯，只信任親人、族人，幾次爭權奪利，均無外人，全是弟兄叔侄。但把權柄輕授外姓，又有尾大不掉之虞。」蔣振聲思前想後，難以決策，最後他毅然決定儘快派人，去增援彭嘉升，穩住反緬的陣腳，為以後收復果敢打下基礎。不然待別人打下江山再去爭勝利果實，為時已晚，即使別人讓賢，自己也受之有愧。那麼派誰去打頭陣呢？在酒席上猜拳划令的喧鬧之中，一個洪亮的聲音傳入他耳中，他心中一亮思想豁然開朗。

「對，就派趙文華與趙正武兩人帶隊，派一百名新兵上去。趙文華是上戶人，在上六戶，有號召力；趙正武是南郭人，可在西山區穩住腳。這倆人頭腦比較簡單，忠實可靠，至於軍事骨幹，可向趙軍長調借幾個在三軍中服役的果敢人充任。」

蔣振業在宴席會議上的發言出於一番好意，好心不得好報，好多人對他冷嘲熱諷，氣得他吃不好飯、睡不著覺。他憤憤地自言自語道：「媽的！老子親自打前鋒，用實際行動來塞住這些傢夥的臭嘴！」主意打定，蔣振業酒宴結束便直接上蔣振聲的住處，談了自己的打算。「你打前鋒？打仗的事可不像趕馬，吆喝就成。」

蔣振聲聽完來意後笑了，他感到對蔣振業說的語氣重了點，便好言開導說：「你搞經濟有一套辦法，我很欣賞。拿黃坯來說吧，馱一馱大煙下泰國，上好的騾子也只能馱四十砣，你把大煙加工成黃坯，四砣變為一砣，既省運費，行路也方便。目標減小後，速度加快，通過老緬的封鎖線費時不多，危險性不大。打仗的事你不用操心，但幾百人的用費，你可要加緊操辦才是正經事。」蔣振業碰了個軟釘子，心有不甘，但也認為老總講的有道理，自己不懂軍事，如何帶兵打仗。

「有了，我找懂軍事的當參謀，招募老兵作骨幹，以老帶新，問題不就解決啦！」蔣振業靈機一動，想出救急的妙法來。蔣振業再去找蔣振聲，提出招募新兵的辦法，蔣振聲已有自己的主張，當然不會放蔣振業北上，「雇傭軍是為錢當兵的，他們絕不會替果敢人拼命，他們有危險就讓，弄不好你的命都要斷送在他們的手中。」蔣振聲勸蔣振業不要冒險。

「這不行那不是，等頭髮白了再說嗎？老總不用為我擔心，我不花團體一分錢，我拼著花光家產也要爭這口氣，不把老緬逐出果敢，我絕不甘休！」蔣振業橫下心，決定另起爐灶。

蔣振聲以為蔣振業意在賭氣吹大泡，沒在意。蔣振業連碰兩個軟釘子，倒悟出兩條妙法：不懂軍事找行家當參謀做助手；招募兵員只挑果敢人，他們為父老而戰，不懷二心。本著這兩條原則，蔣振業開始物色人選，購置武器裝備，積極進行北上前的準備工作。

蔣振業是紅石頭河戶屬官長子蔣文興的幼子，父親早逝，由母親撫養。叔父蔣文玉接任屬官，對大嫂及侄兒竭力排斥虐待，生恐侄兒長大後奪位。他母親為避免迫害，搬遷到鎮康南傘。不料母親病故，弟兄四人無所依靠，便由蔣春榮夫人領回新街西面，西山腳佳地林公署，陪四子蔣振祥、五子蔣振徽遊玩。

一九四二年日軍侵入緬甸，蔣振祥奉派隨蔣文泰等人去大理幹訓團受訓，蔣振業三兄蔣振新陪蔣振祥同去。蔣振業年幼，仍隨蔣振徽讀書，他以後負責官家騾馬隊，幾次下泰國經商，結婚後定居東山下壩區岩臘寨，一直在商場打滾，成了大生意老闆。一九六四年率武裝數十人壓送黃坯到泰國銷售，留在泰國接應上下馬隊，負責團體經濟重任。蔣振業早年喪父，家境貧困，因營養不良發育不全，故他身材矮小瘦弱，加上長期趕騾子長途奔波，櫛風沐雨，飲食不定時，得了嚴重的胃病，發作時疼得遍地打滾。他出身高貴，命運坎坷，小小年紀便淪為孤兒，受盡欺負與凌辱。他學歷不高，陪官家五太子上過幾年私塾，但他社會閱歷豐富，深知人間冷暖，而富有同情心。他從小服侍人，學會順風使舵，善於討人喜歡，不然也不會仗恃官家，努力掙下浩大家業。他為人處世重感情輕錢財，自身節衣縮食，生活簡樸，對朋友則慷慨大方。由於自小靠人眼色過活，使他缺乏自主性，自卑感使他易於衝動。他複雜的性格用在商場上頗收效用，但用於政治舞臺，註定要失敗。商場上受挫折躺下還能翻身；政治上失敗，付出的是生命。「慈不掌兵，義不掌財。」他心慈重義，如何能成大事？好啦！筆者對蔣振業的回答也就這麼多，讀者意如未盡，且看他今後的際遇！

蔣振業決定獨資組隊北上後，成立了募兵大營，由他三哥蔣振新坐鎮，應募的限於果敢籍流落泰緬邊界的青壯年。一經接收，馬上發一年安家費，安置家屬生計，免除後顧之憂。他並親自拜會趙文煥軍長，談了本人的志向，請趙軍長代購一批美國槍械裝備，價格從優。

美式裝備如何能輕易購到？其實，越戰方面，美國大兵除女人外，對海洛因的享受同樣爭先恐後。那物品一上癮，別說軍用品減價求售，連內衣褲也想賣成錢。同時，越南政府的貪官汙吏，拿著美援走私，也是舉世皆知。老撾政府軍更是以打敗仗為發財致富的捷徑，碰到寮共便退，半路上埋下美式裝備，全身僅穿一條短褲歸隊報到，馬上又領嶄新彈械裝備，出了營房取出藏貨減價轉中間人出售。就這樣，大批美式槍械流入黑市。美國佬出錢出人，錢物換成毒品流入國內，大兵出國時健壯如牛，回國時不是染上性病，就是毒品上癮。金三角毒品氾濫，販毒集團財源滾滾，全拜美國之賜。如今國際禁毒機構對金三角談虎變色，始作俑者是誰？不是很清楚嗎？

趙文煥躺在煙鋪上抽鴉片，對蔣振業的話姑妄聽之。一開始他毫無興趣，聽到後來一翻身坐起，連聲讚歎說：「老弟，真看不出你外表像銅臭市儈，卻有一副為鄉為民的菩薩心腸，為果敢人民捨得拿出全部家當來孤注一擲。」趙文煥確實為蔣振業捨小家為大家的壯舉而感動，「憑你老弟的一片誠心，所為定能成功，我的部屬，看中的儘管提出，我命他們投效老弟，共襄盛舉，他日功成回到唐窩，我再置酒相慶。」

「謝謝軍長美意，鎮康、果敢本是一家，有您老人家撐腰，我更有信心，定要大幹一場。」

「槍支彈械，我為你裝備清一色的美式大小卡。至於重武器，等你打開局面，我派精幹分隊送到緬北交給你。」事情一經拍板，速度便快起來，有錢能使鬼推磨，不到十天功夫，一支百多人的先遣分隊便裝備起美式槍械、制服，與美軍毫無區別，所不同的是黃頭髮藍眼珠變成黑頭髮黑眼珠而已！

蔣振業自封為部隊長，蔣振新任大隊長負責全盤軍事，部隊長管理後勤及經濟，這樣分工挺合適。蔣振新是抗日戰爭時中國雲南省大理幹訓團畢業的軍校生，以後在土司官家、在游擊隊三軍部隊長年帶兵，是一個合格的軍事長官，蔣振業幹老本行，更是輕車熟路毫無困難。趙文煥大力支持蔣振業的壯舉，有兩層原因，趙文煥早期販賣毒品，主要是養活三軍部隊，後經泰國提出以土地換毒品，意即若想以難民資格在泰國生存，必須放棄毒品走私，趙文煥經過慎重考慮後同意了。

為解決軍中袍澤解甲後的生活問題，他在國際禁毒機構提出收購所有現存鴉片時，鼓勵下屬交出毒品，憑重量計價折算美元。三軍眷屬為此大忙特忙，以致黃豆價漲十倍，他們用黃豆麵加入鴉片，有的乾脆用牛屎包起充做鴉片，反正禁毒機構收購鴉片後，當場焚毀，不計較品質好壞，為此幾乎所有官兵均大大撈了一把。如果老兵哥安分守己，用遣散費另營他業，相信不難解決生計，可惜大多數老兵油子吃滑了嘴，跑慣了腿，要他們勤勞致富等於要了他們的命，所以部隊遣散不久，有的部屬已有斷炊之虞。趙文煥救不勝救，幫不勝幫，這是他最苦惱的問題，重操舊業嗎？毒品害人害己，而且國際禁毒人員及泰國當局已密切注視自己的一舉一動，一旦事情暴露，整個難民區將遭關閉，數萬流落他鄉的難民境況堪憂。如今部下加入果敢部隊，減少了自己的負擔，替果敢部隊購置武器，做軍火生意，雖說違法，總不如毒品遭人嫉視。裝備一百多人，一百多條金條就輕易地鎖進保險櫃，不是一本萬利也是一本百利。作毒的名義讓果敢人去背，減輕國際對自己的壓力，洗清自己是毒販的臭名，這是一層原因。

政治上，中共與緬當局同穿一條褲子，反緬等於反共，對臺灣對西方輿論都好交代，一旦臺灣有條件反攻大陸，果敢應是一個極好的前進基地。蔣振業背著果敢革命軍名義，國際上不會指責他。事實上，這支部隊是三軍的別動隊，從軍事指揮官蔣振新到下級士官都為三軍舊部，如果再把彭嘉升拿到手上，那實力就更可觀。為此，在蔣振業率部隊出發前，趙文煥鄭重其事地把自己隨身攜帶多年的手槍交給蔣振業，託他親手交給彭嘉升，作為神交的禮物。趙文煥，在緬邊苦撐十多年，想把反共大業的擔子移交給接班人，自己退至幕後，過幾年輕鬆日子，問題是這副沉重的擔子要交給誰，他將拭目以待，這是二層原因。

趙文煥就這樣患得患失把賭注下在蔣振業身上，當然對蔣振聲，他也一視同仁並未疏遠。蔣振業兼程北上，一九六五年底到達果敢與彭嘉升匯合，共同組成聯合反緬自衛部隊。蔣振業鵲巢鳩占，坐了第一把交椅，稱部隊長，彭嘉升為副。人民群眾聽到喜訊，極為興奮，前往投效的青年數以百計。兩部合併，建制未變，從薪餉到武器仍是各發各的。蔣振業部的活動範圍是滾弄——新街——大水塘——硔掌公路以西，公路以東屬彭部區域，上六戶地區則由尾隨蔣振業北上的正統官派趙文華、趙正武大隊駐紮。三支反緬隊伍表面統一、暗地不睦，初期形成三角鼎立之勢，大家井水不犯河水倒也相安無事。但一山不容二虎，彈丸之地豢養三隻猛虎，形勢不容樂觀。何況三支隊伍背景、成分、目標都不盡相同，無論如何也要起摩擦，分出高下優劣。彭嘉升見來了兩撥兄弟部隊心中十分高興，誰知事與願違，人多了反而事事掣肘，過完春節彭嘉升在刺通坪召集心腹研討時局對策。

「蔣部隊長帶來的隊伍，裝備精良，戰鬥力很強，是反緬的生力軍，我們要教育部下，搞好團結，凡是不利團結的話不要說，不利於團結的事不做。目前兵員很多，我們挑精幹的收，多了我們負擔不起。地方上的門戶錢糧，只能在劃定的活動區域內收取，按原來規定的數額不得多收，老百姓負擔太重，要愛惜民力。」

「大隊長要我們團結，人家可不領情。」中興漢站起來訴苦，「他們的武器清一色大小卡賓的，都是英式草綠色尼龍軍裝。排長以上，配備一大一小，一人一件美制軍大衣，晚上當被子用。我們穿老百姓的衣服，武器從日本三八式到英國大十字，什麼朝代的舊槍都有，有的戰士還抬著打野獸的火藥槍。我們的幹部不用提排長，像我當連長的，也只有一支漢陽造，你們想他們會瞧得起我們嗎？人家正眼也不看我們，私下裡稱我們為草寇呢！」中興漢於炮樓埡口戰鬥後調升興旺區中隊長，他說時委屈得直想哭，完全是一副小知識份子愛虛榮，講面子的表情。

「蔣振業這個乾猴子跳我的毬，有幾個臭錢了不得啦，老子打日本時他褲襠還拖灰呢，神氣個屁。」羅大才升任東山區蔣中衛中隊的副中隊長。他臉上盡是疤痕，據他自吹是被日本鬼子抓住受刑的光榮記號。「大隊長也真夠謙讓的，自己放著正印不抓，權柄授人，中國有句古話『先來的為君，後到的為臣』，我們扣塘的私塾老師給我們講水滸林沖火拼王倫後把位置讓給了晁蓋。我就不服氣，大隊長文武雙全比那個狗日的強一百倍，你謙下，人家可不客氣的坐頭把交椅啦。這不，連收點款打牙祭的多餘錢也沒啦，酒癮上來只好往老百姓家裡跑，犯紀律也怨不得啦！」頭一個當連長的是委屈，這一個則是滿腹牢騷，矛頭指向大隊長，為自己的首長抱屈。

「你們倆都錯啦！」蔣森林當了西山區段子良中隊的副手，別看他矮壯如水滸中的矮腳虎王英，性子可衝著呢！專門找人頂嘴，管你有理無理他都要爭贏才稱心：「我們大隊長是完璧歸趙中的藺相如，他黑皮子老緬都敢反，還怕一個馬鍋頭，這是以果敢大業為重，圖個將相和。」他見彭嘉升對他說的話暗暗點頭，精神更來了：「英雄不問出身低，楚漢相爭，韓信一個胯下之夫，後來如何！漢高祖劉邦登臺拜將韓信一介布衣當了元帥，垓下一仗迫使楚霸王烏江自刎；明太祖朱元璋年輕時出家當和尚後來成了正果——當上皇帝。你倆不要狗眼看人低，我可不是長他人威風，滅自己志氣，人家武器比我們強，不要光眼紅嫉妒，蔣參謀是幹啥的，你們急什麼？到時候只怕你這個黑胖子宋江揹不動八一炮哭鼻子呢？」

一番話惹得滿屋笑聲，中興漢恨蔣森林把他比作黑胖子，氣得說話結結巴巴脖子筋脹得老粗：「狗嘴裡吐不出象牙來，別人頭上爬著個蝨子你看得見，自己頭上蹲著條老象卻不自覺，你以為你美如宋玉、潘安啦！其實你醜得像棵黑樹樁，愣頭愣腦。」

「彼此彼此，我們倆半斤八兩長得都像武松的哥哥——三寸丁武大郎，俊得很。」蔣森林見把申興漢氣得臉紅脖子粗，得意極了！他接著申興漢的話頭，又放了一炮。

「申副連長你又上楊副連長的大當了，他就是要出你的洋相逗你生氣。」段子良提醒申興漢道。

「我再也不上當了，他想惹我生氣發脾氣，休想！」申興漢醒悟過來，一本正經地宣布。

申興漢急於表現不屑計較的神情，再次引起哄堂大笑，這可見彭嘉升駕馭部下的民主作風。

「你們是怎麼啦，現在是開會還是表演相聲，大隊長說不到三句話倒讓你們包了全場。」蔣忠衛不苟言笑，做事一板一拍，話不多分量不小，蔣森林伸了下舌頭閉嘴不響了。

彭嘉升忍住笑，等大家平靜下來開始指派：「趙文華，帶上來的一百多人，全是隨總指揮下去的果敢青年，除中隊長趙應發是三軍配給的幹部外，基本成分很純潔。他帶上一部電臺，總指揮發來電文稱：果敢自治區已同撣族達成協議，撣邦各民族反緬武裝統一聯合組成『緬甸撣邦革命軍』，我軍整編為第五旅，大六官蔣振勛任旅長，彭嘉升任副旅長兼十六營營長，趙正武為副營長，趙文華任十七營營長，蔣振宇十八營正在泰國整訓，近日內即將北上。滾弄江西早塞而列的山頭部隊是第四旅，他們在江西配合我們江東部隊共同反緬。」這個消息突然又意外，幾個炮筒子見消息重要，閉著嘴不敢吭氣。

「總指揮對蔣振業有何指示？」蔣忠錫開口了，他心中隱隱預感到泰國方面有了重大變局。

「部隊長上果敢，帶來一支手槍。」彭嘉升拔出腰間那支鋥亮的銀白色加拿大手槍擺在桌上，「這是反共游擊隊三軍趙軍長，囑咐他親手交給我的禮品，還有一封親筆簽名的私人信函，信上說了一大套恭維我們反緬抗共業績的肉麻言辭，主旨要我們與部隊長通力合作，他是做我們的堅強後盾。但總指揮卻來電稱：不承認蔣振業的擅自行動，讓彭、趙密切監視其舉動，總指揮怕我們力量不夠，被部隊長兼併，特調趙文華及今後來的蔣振宇都聽我調度。」

會議再度沉默，初期的融洽氣氛變得十分壓抑。春節剛過，大地仍是一派蕭索，這幾天寒流南下，氣溫驟然下降，天空中濃雲密布，東北風帶著刺骨的寒氣呼嘯著橫掃而過；樹枝瑟瑟地搖動，沙沙作響。雖是白晝，日光沒絲毫熱量，阻止不了嚴寒的侵襲，村民們躲在屋中烤火禦寒。戶外寒流滾滾，冷風凜冽，屋內眾人卻不覺得寒冷，相反內心燥熱難忍，猶如困在一個密不透氣的大罐中，蔣森林憋不住了，他把外衣脫掉，解開衣扣，讓紫桐色胸膛裸露在乾冷的空氣中，以散發心中的煩躁鬱悶。

「承蒙大隊長信任我們，把這個天大的秘密當眾宣示，今天的話一傳出去勢必馬上起衝突，果敢人民日望夜盼，希望三支兄弟部隊精誠合作，共謀驅逐緬軍，實現自己的宏圖大業，可不願見兄弟鬩牆，拼個你死我活。自己人打自己人，我蔣忠衛第一個反對。」說話人心情激昂，語氣悲壯到後來聲音哽咽，無比沉重。

「哪個敢洩露出，這將引起互相殘殺的電文內容，我要他的老命！果敢人受的苦還嫌少嗎？蔣老總為何要做出這狗屁決定，真可恨。」蔣森林聲色俱厲，滿臉殺氣嚇人，他一反平昔的嬉皮笑臉，像變了個人，他藉說話，把憋在胸口的悶氣呼出來，這樣他才稍感舒適。「到會的都是連級以上幹部，我相信大家。這兩天我的情緒不定，一直在考慮兩全之策，今天把各位找來，就是希望用集體智慧來消除眼下的隱患。」彭嘉升長出了一口悶氣。

「再不能互相殘殺了，殺來殺去，不必老緬動手，我們內部便會自行滅亡。」申興漢跟著表示，但如何避免內戰，他的腦子還是一片空白。

「我看目前我們面對三股大勢力的壓迫牽制，這三大勢力都有很強大的後臺，輕易得罪將招致滅頂之災，處理不好，我們反緬自治的革命大業要遭遇嚴重挫折。」蔣忠錫單眉細眼，性情孤僻固執。他煙酒不沾，常常會冒出古怪的點子，往往出人意外。他一開口，果然先聲奪人，引起會場轟動。

「有三股勢力，我怎麼感覺不出來。求求你啦，我的好參謀，你說話爽快點吧，別慢條斯理的，像蝸牛爬牆，使人心癢難熬。」羅大才個子大粗壯得像座黑鐵塔，是東山典型的急性子大漢，他恨不能掰開蔣忠錫的嘴巴，掏出他心中藏著的話來。

「羅副連長你別打岔嘛，讓蔣參謀把話說完。你一打岔他的話就會忘記的。」段子良耐住性子，出聲責怪羅大才多嘴。

「羅欣漢抱著政府的大腿我們啃不動，蔣振業有趙文煥第三軍做後盾，說不準臺灣大陸工作處也暗中支援，大陸我們得罪不起，臺灣當然不能輕視，不然夾在中間日子不好過。趙文華是官派，總指揮走的是聯合陣線這條路，說不定他被搞下臺的前政府總理吳努也牽涉在裡面。這三股勢力誰都比我們強，他們找上門來，可是好惹的？」蔣忠錫一口說完，免得別人再催。

「怪不得大隊長特別倚重你老兄，果然有兩下子，照你這麼活靈活現得一說破，我似乎現在就有三條繩子套住脖子，氣都難喘呀！」蔣森林的調皮話又把大夥逗笑了，但細細思量他說的一點不誇張，便都止住笑聲表情嚴肅起來。

「蔣參謀說的一點不錯，但我們並非無路可走，坐以待斃。羅欣漢上當吃虧後，對老緬不再盲從，他目前以生意為主，通過各種管道打通關係，走私毒品。他對我們是適可而止，只要能應付政府敷衍過去就行了。他深知我們失敗，他便無戲可唱，政府肯定會逼他下臺，或許我們稍微受挫，政府就要提前對他下手，讓他滾蛋，所以他要未雨綢繆，做好狡兔三窟的準備，對付羅欣漢，我們的策略是人不犯我我不犯人，有時也做做戲給老緬看，省得他有通敵之嫌。」彭嘉升很瞭解他親家。

「蔣振業靠三軍，那是與虎謀皮。他依仗蔣振新，蔣振新老朽無能，只會擺老資格。況且他是趙文煥手下的一顆棋子，故主情深，他定會朝趙文煥搖尾，不肯為他兄弟下嘴咬人。值得警惕的是蔣振業，有幾個少壯派打手，這些血氣方剛的青年人若有名師指點，便能很快成才，擔當大任，土司幾次爭權奪利，兇殘陰險，根本無忠孝節義可言。蔣振業以錢為餌，搞銀彈攻勢，這點要引起大家高度警惕。當然，你用錢收買人心，別人也可以用錢來對付。趙文煥為脫掉毒販帽子，不能明目張膽介入蔣振業的販毒行列，更不會用心支持蔣振業獨樹一幟的。倒是大陸與果敢山水相連，這尊神靈要敬而遠之，不可得罪，必要時能躲進國界那邊避風頭也是好事。」彭嘉升講完羅欣漢。又分析蔣振業：「總指揮聯合撣邦各民族共同反緬，這條路是走對了，至少目前可以少得罪人。得罪一個人是自堵一道牆，交一個朋友是多開一扇門。當然，各民族武裝目的不同，有搞分裂緬甸爭取獨立的、有割據稱王稱霸的、有搶奪生意路子販毒發財的。我看奈溫將軍下臺上臺無關緊要，大家對下泰國這條鴉片通道勢在必爭，火拼的日子還在後頭呢！」

彭嘉升比蔣忠錫看得遠、想得深、分析得更透徹。他針對上述情形，提出對付的策略：「剛才蔣參謀提到我們受到三大勢力的壓迫牽制，同樣的我們也是制衡三大勢力的決定因素。蔣副連長認為三股繩子套在我們脖子，我們也可把繩子攥在我們手裡。蔣忠衛、羅大才兩部在東山區活動，主要是深入村寨、發動群眾、掌握各頭人，要他們身在曹營心在漢，做雙面人，對各方面都要應付。對羅欣漢所部儘量避免正面對抗，他進我退，他走我住。只要他不主動碰我，我也禮尚往來；他若動硬的，我也不含糊。

段子良、蔣森林，你二人在西山區活動，要注意團結。部隊長只要站在革命立場一天，我們就聽命令一天，你們要掌握好部隊，以防銀彈收買。申興漢在興旺區，情況不複雜，但要提防緬軍派來的探子，對認賊做父的敗類，必須堅決鎮壓。總之，蔣振業、趙文華都是同一戰壕的戰友，我們要居間調節，若雙方真有衝突，我們絕不介入，我們是盡人事而待天命，至於效果則不敢肯定。武器固然重要，但人心向背才是決定勝負的重要因素。我們哪怕是喝稀飯也不能擾民，兵無糧草必亂，單靠攤派，再加重老百姓負擔也解決不了部隊的經濟問題，我正與蔣忠錫研究生意路子，趁今年煙會在即，想辦法籌集資金，搞一批黃坯下泰國，以解決部隊下半年的費用及落後裝備的問題。」彭嘉升的舉措，在情在理，滿天陰霾一掃而空，與會幹部人人心情舒暢，渾身上下充滿力量，對克服困難，扭轉局勢戰勝敵人信心十足。離別時，彭嘉升把趙文煥送給他的加拿大手槍遞給申興漢：「申中隊長，興旺區的炦掌緬軍駐有重軍，同時還是我們與江西友軍聯絡的咽喉通道，地位相當重要，你帶短槍行動更為方便。」

「大隊長防身重要，我不能接受。」申興漢深悔說錯了話，弄得不知所措，急忙推辭。

「我還有防身手槍，這只是多餘的，在你手裡作用更大，收下吧！」

「謝謝大隊長！」申興漢接過沉甸甸的手槍激動得熱淚直流，這不是一支手槍的問題，而是首長對部下的關懷與愛護。其他幹部目睹這幕動人的場景，心裡暖洋洋的。不論把手槍發給哪一位都無所謂，它對所有部屬都有鼓舞和鞭策的作用，他們對敬愛的首長充滿敬佩與仰慕。羅大才這硬心腸的鐵漢也撐不住了，他兩眼濕潤，搶先衝出大門。

註解

①官家：指官府或朝廷。
②嚴打：嚴厲打擊犯罪行為。
③綏靖：以安撫的手段促使局勢安定。
④黑皮子：果敢人對緬族的鄙稱。
⑤找茬：找碴。
⑥民伕：指被征募服勞役的人民。
⑦尖兵：行軍時在部隊前方擔任警戒的小分隊。
⑧寓公：原指客居在別國、外鄉的官僚、貴族，現指官僚、地主、資本家等流亡國外。
⑨徒手：不拿器械。
⑩香案：放置香爐燭臺的條桌。

第四章

刀光倩影

前文提過彭嘉升出生在紅石頭河，有六個弟兄，少時家境富裕，他同三弟彭嘉福到鎮康縣城德黨上中學。父親是個敗家子，遊手好閒，成天大門不出二門不邁，蜷在煙鋪噴雲吐霧，大好家業就這樣吹光吃盡。到彭嘉升結婚當家時，上有兩個祖母，下有六個弟妹，他母親憂思過度，跟隨丈夫撒手人寰。彭嘉升除操持家計外，最頭疼的便是三弟彭嘉福。彭嘉福從小十分頑皮，愛鑽牛角尖，認定的事始終不易改變。一九五二年鎮康形勢大變，有錢人爭相逃往果敢。此時彭嘉福已有十六歲，在鎮康中學讀書，他與一位本地女生感情親密，兩人暗中相戀，已到非君不嫁非卿莫娶的程度。這天，他接到一封家信，是猛捧水桑橋外婆家託趕集人捎來的。信中說，母親病重，他大哥已派專人來接他速返果敢，遲了恐怕難見最後一面。校園幽靜的林中小徑上，一對情人依偎著漫步在夕陽下。高大的榕樹枝上，幾十隻歸鴉呱呱叫著，似乎於棲歇前交換一天中發生的種種資訊。疏林間的小草在暖洋洋的陽光下垂頭睡了一下午，被晚風吹拂的響聲弄甦醒，搖頭擺尾與夕陽告別。百花叢中，一對蝴蝶翩翩起舞，似乎捨不得退下舞臺，要對盛開的花朵演出最後一幕。川流不息的小溪水清見底，忙碌的小魚兒游來游去，永不感覺疲倦，面對這溫馨的良辰美景，誰都難免會拋開塵世間的煩惱，沉浸於大自然的恩賜中盡情享樂；然而，此刻面對離別，彭嘉福與陳秀月，卻是滿腹愁緒心情沉重。

「秀月你不必太難受，等母親病情稍好些，我會趕回學校的。」彭嘉福強忍悲傷，溫言安慰著情人。照他的強脾氣，天塌下來也無所謂，要離開陳秀月，他死也不肯。熱戀中的少男少女，心中盛滿激情，兩人的小天地就是整個世界，可是親情濃於血水，母親病危，這晴天霹靂震撼著他的心，也撕裂了他的感覺，他不得不改變初衷，束裝就道①。

「嘉福你放心去吧！伯母病重，身為人子，孝字當先，我怎會阻止你。我的心中只有你一個人，無論你到天涯海角，我都等著你回來，永不變心。」

「看妳說到哪裡去了？我還不明白妳對我的真情，我父親剛去世，母親又病重，家中全靠大哥一人撐持，我不能不趕著回去，但果敢離德黨沒幾天路程，最多十天半月我便可回來見妳了！」

「嘉福，我有預感，我們這一次恐不會再相見。」陳秀月心中隱隱作痛，這兩年家庭變故太大，父親拘押在獄中等候定刑，母親逃到臘戍，今後不知如何生活下去。如果沒有彭嘉福的愛，沒有愛人與她分擔生活中的不幸，沒有對愛情的甜蜜憧憬，她早已支持不下去，精神崩潰了。現在彭嘉福也要離開她，讓她一個人孤獨地喝這杯愛的苦酒，感情的支柱一旦失去了，她活不下去了。彭嘉福的外婆是當地首富，清匪反霸的鬥爭浪潮衝擊到邊疆，能走的都走了，他們也不會留在國內挨鬥。這一來，彭嘉福回來讀書的希望便很渺茫，想到這一層，陳秀月的淚珠不盡滾滾而落。

「秀月妳別哭！」彭嘉福慌了手腳，不知如何是好？他一把摟過她的身子，輕擁著，拿不定主意了，「不然我不回去了，我寫封信回去吧。妳快別哭，妳這一哭我心都碎了。」

「傻瓜，母親生病都不回去，你是這樣沒良心的人嗎？如果你真是這種人我還會愛你嗎？」陳秀月小鳥依人般溫順地把頭靠在彭嘉福胸前說。

「那妳不要傷心嘛，我彭嘉福對天發誓，今生今世我非陳秀月不娶；皇天后土作證，海枯石爛此心不變，若有違誓不得好死。」彭嘉福雖被責備，卻心中甜絲絲的，他指天畫地，為表明心意。陳秀月急忙捂住彭嘉福的口，故作嗔怪②：「誰要你發毒誓啦！男子漢大丈夫死呀活的，不害臊呀！」

月亮悄悄爬上樹梢，生怕驚動了依依作別的愛侶。說不完的情，道不盡的愛，分別的時刻終於來臨，陳秀月硬起心腸催彭嘉福啟程，她掙扎著離開彭嘉福的擁抱，理理揉亂的頭髮，斬釘截鐵地拋下一句話：「不管形勢如何演變，我生是你彭家的人，死是你彭家的鬼！你前程似錦，千萬珍重，切記不要自暴自棄，好了，你走吧！」陳秀月說完毅然轉身返回校舍，再也不回頭。個人的力量是多麼的渺小，在強大的社會壓力面前，除了屈從，別無選擇的餘地。更何況生不逢太平盛世，能在改朝換代的亂世苟全性命，已是萬幸。數以千萬計的生命成了祭品，來催生新朝代的出現，這慘痛的代價，新貴深夜捫心，可有內疚不安？彭嘉福回到紅石頭河，見母親笑臉相迎，一種受騙的感覺油然而生，他不敢責怪母親，把滿腔怒火發洩在大哥身上，他大哭大鬧吵著要返回德黨。可接下來的動亂使他安靜下來，鎮康縣成了瘋人世界，殺的殺、關的關，逃難的人越過邊界，拖兒抱女，神情憔悴悽惶。彭嘉福不得不承認現實，知道自己逃過一劫，但他不買大哥的帳，總埋怨大哥活活拆散他與陳秀月這對苦命鴛鴦，他對彭嘉升說：「死在一起，也比活著被分離強。」

情形越來越不妙，咫尺天涯，國界被封鎖，雀鳥難越。當傳來陳秀月已嫁給中學校長時，彭嘉福氣瘋了！他不是罵陳秀月水性楊花；就是罵校長仗勢欺人，無恥下流。從此以後，他變了，年紀輕輕便花天酒地，吃喝嫖賭，形同廢人。彭嘉升為了挽救他，設法把他送到臘戌，幾年過去，彭嘉福安靜下來，他絕口不提往事，隨著年歲的增長，親朋好友曾多次為他提親，他一概拒絕，轉眼三十在即，他仍是光棍一條，在歲月中蹉跎。彭嘉升上山，彭嘉福在滾弄被抓，罪名是私通叛軍。羅欣漢得知消息，設法把他活動出獄，保釋住在臘戌。他到臘戌，羅欣漢設宴為他壓驚。

「嘉福，你是否來幫助大哥，你要帶兵也行，不願帶兵做生意也行，總不能終日遊手好閒呀！」

「大哥的好意小弟心領了，可老緬的飯我不吃，老緬的官更不做。」

「你不要誤會，大哥對政府是虛以委蛇。在政府區域，總得有個人出頭為老百姓申申理，讓群眾少受點苦吧！果敢人語言不通，常常吃虧。」

「抗日戰爭時期汪精衛組織漢奸政府，他也是這麼說，他在日本占領區赤手空拳，保護人民免遭日軍蹂躪。大哥在老緬區域為老百姓撐腰說話，只不知，以後歷史上將如何記載你的豐功偉績！」

「你年輕氣盛，鄙視大哥，認為大哥認賊做父，是十足的漢奸奴才，甘作果敢的民族罪人。你仇恨政府的心理很好，但是事情並非如你想像的那樣簡單。你不應小瞧汪精衛，大哥我這幾年同政府打交道，方知道汪精衛的用心良苦，說他圖名嗎？他官拜行政院長，除了蔣中正，他可是一人之下萬人之上，官位不可謂不大；要說他貪生怕死嗎？他年輕時行刺滿清攝政王，已把生死置之度外，他圖什麼呀？我看他是為天下蒼生著想，自己心甘情願去跳火坑！」

「哈！大哥的這番妙論，是抄襲香港漢奸報刊上的謬論吧？汪精衛地下有知，定當把你視為知音，認為吾道不孤，後繼有人。可惜我只想直線反緬，不同大哥搞曲線抗緬。」

「大哥不勉強你，人各有志，你返回果敢，代我問候你大哥好，提醒他防備蔣振業，蔣振業與臺灣方面有關係，政府對他更注意。另外對土司官家不應太依賴，那家人是小人形，什麼手段都使得出來。還有我親家要做生意，可著人來找我，我看他夾在縫隙裡，沒有實力，遲早要被別人利用或吃掉。」

「上面的情形我不清楚，大哥說的我負責轉告，剛才對大哥談話多有唐突，請原諒小弟。不過同政府做事，無異與虎謀皮，大哥千萬小心，不要再回監獄受苦。」

「我理會得，有些事說也沒用，你等著看吧！」羅欣漢陪彭嘉福吃好飯，讓他到客房休息。

羅欣漢獨自一人在餐廳自己回味剛才的談話，發現他與政府合作，果敢與中國根本不可相提並論呀！中國是個主權國家，果敢只是緬甸的一塊領土，果敢民族是緬甸民族大家庭中的一員，不存在異族之說呀！如今果敢人大多把自己看成中國人，用中國人的標準來看待自己，要求他人，這不是很可笑嗎？現山頭、傣族、孟族等少數民族，民族中的異端份子都在鬧獨立。那樣一來，整個緬甸就會四分五裂，像中國的春秋戰國，人民將受多大的痛苦喲！彭嘉升搞果敢自治，那也應有個限度，內部自治，國防外交豈能自治？難道要在新街設立使館區？土司時代也承認果敢是緬甸國土，服從中央管轄，現反對政府，其用意到底何在呢？自己站在政府立場，不正是愛國行動嗎？怎麼會是漢奸呢？中國歷史上文天祥、史可法殺身成仁，捨身取義，是值得後人效法敬仰的。但反過來說，那兩次改朝換代算是中華民族的大融合，從現在的觀點來看，如果沒有蒙古和滿族的融合，如今內蒙古和東北，恐不屬中國的版圖。同樣如此，西藏、新疆、雲南等邊疆省區，也可能是化外之地。他的思想似脫韁之馬，在廣闊的思維空間馳騁，他心中好笑，人真是一種奇怪的動物，吃同穿同，想法不同，一件事情站的角度不同，看法各異，可真理只有一條，那就讓後人去評說吧！彭嘉福回到果敢，直接找到彭嘉升，彭嘉升看他與以往判若兩人，不再頹廢玩世，十分高興，便暫時安排他代替段子良的位置，重新開展西山區的工作，重組區中隊。

在小笨塘中隊部，彭嘉福與蔣森林研究如何開展工作，他問蔣森林：「段子良這個人很不錯，為何要去投靠蔣振業？」

「今年正月，我們配合蔣振業在草壩寨伏擊緬軍一個巡邏隊，敵人從新街及大水塘坐車來援救被伏擊的巡邏隊，打援的部隊被優勢援軍嚇跑，我們被緬軍包圍，段中隊長為掩護蔣振宗撤退，不幸負傷，我拼死拼命帶馬國良、余忠兩個班抵住敵人，才把段中隊長搶救出來。蔣振宗夠義氣，他衝出緬軍包圍圈後，又把緬軍吸引到他的陣地，減少我們的壓力，不然我們也撤不出來。段子良負傷後，受到大隊長批評，說我們不該擅自行動。」

「你們去打伏擊，大隊長不知道嗎？」

「這都是蔣振宗惹的禍，他經常來找段子良，兩人好得像雙胞胎，天天在一起吃喝玩樂。段子良交上蔣振宗這個新朋友，我看他變質了，他身上穿著蔣振宗送給他的美國夾克，衣袋都是裝的三五牌、紅吉獅這類的外國香煙。他嫌中隊的菜不好，大把掏錢支派警衛員買雞買酒來吃。」

「他哪來那麼多錢？部隊經費不是很困難嗎？」

「當然是蔣振宗給他用的，我曾勸他不要上當；吃人口軟，拿人手短。他反怪我說他好朋友壞話，那天蔣振宗約他去打伏擊，他倒沒忘記要派人去請示大隊長，蔣振宗說不用了，幾個老緬散兵，手到擒來，答應繳獲得武器全歸我們，他一枝不要。」

「那你也心動啦？是不？」彭嘉福不覺得笑了起來！

「我一聽說有手槍，便把紀律給忘了，一心思謀繳兩枝手槍，在大隊長面前露露臉。同時把申中隊長那支加拿大手槍換回給大隊長，省得別人把咱們看扁啦。」蔣森林不好意思，忙著申明理由。「結果事與願違，弟兄們陣亡兩個，槍丟了三枝，段子良還負了傷，真是偷雞不著反蝕把米。」

「莫非大隊長批評了他幾句，他就懷恨在心了嗎？」

「倒不見得這麼嚴重，主要是段子良在核桃林養傷那段時間被蔣振業勾引上鉤的。」

「蔣振業用什麼手段拉攏段子良的？」彭嘉福像法官翻案一樣，一句緊一句。

「蔣振業天天帶著人從芭蕉箐去看望段子良，鳳梨罐頭、三五煙、雞鴨魚肉、應有盡有。那鮮魚是派人專門去西帕河捉來的，真難為蔣振業想得那麼周到。」

「一點小恩小惠就迷住本性啦？段子良這人也不足稱道，早走早好！」彭嘉福鄙視地說道。

「段子良不是你心目中的那種小人，我同他相處久了，內心很佩服他，他不光作戰勇敢，對同僚對下屬都很謙讓愛護，他對大隊長很尊敬呢！」

「哦！那倒看不出，莫非大隊長處置不當？」

「不是那回事，蔣振業這人挺會做作，他不但為段子良找最好的醫生，買最貴的藥，段子良傷口發炎，痛得直淌眼淚，他用口去吸段子良傷口的膿腫。」蔣森林說到這裡不響了。

「啊！有這回事？難得難得，這種事我也做不到，看來除金錢外，蔣振業還另有一套收買人心的絕招呀！」彭嘉福著實吃驚，不由對他另眼相看。

「我們丟了一支步槍，蔣振業換給我們三枝全自動小卡，其他禮物我們一概拒收，我知道這是大隊長讓我們提防的銀彈攻勢，但這枝小卡槍我收下了，打老緬要緊喲！」蔣森林為自己辯護。

「段子良負傷後，大隊長沒有看過他嗎？」

「大隊長初期去看過，後來因硔掌街小街長投靠老緬，帶路去酸格林奔襲申興漢家，把申興漢的家放火燒了。大隊長帶著部隊去興旺區處理這宗案件，伺機想除去小街長那混蛋，誰想那小子十分乖覺，躲進老緬營盤。大隊長苦守半個月，又接到山頭兵四旅旅長早塞列來信，邀他去會面。大隊長在江西遇到政府軍圍剿山頭兵，等他返回果敢，段子良已被蔣振業誘走。」

「大隊長不來，你也不去看段子良嗎？」

「我三天兩頭由紅石頭河去核桃林醫生家看望段中隊長的傷勢，他一見到我便把蔣振業送他的食物拿出來招待我，囑咐我好好帶部隊，還要我帶東西給戰士吃用。我怕腐蝕部隊，便不多去看他，也幸好我有警惕，不然整個中隊都被拉走。」

「我們的上級趕不上去看望他，是他以為上面只會批評他，不關心他。打敗仗負傷丟了槍，他自己也不好意思，生怕大家輕視他。蔣振業器重他，對他有吸膿之恩，於是他存有知恩圖報的心思。金錢物質的誘惑腐蝕，使他不願再吃苦受累，講究起享受。他與蔣振業結為兄弟，以感情代替理智，混淆了公義與私誼。怨恨、自責、腐蝕、報恩、私情、五毒俱全，段子良豈能經受得住。」彭嘉福分析活靈活現，別人當他親眼所見。

「三哥說得有理，我這個大老粗心中想著，就是嘴裡總結不出條理。蔣振業也太過分，自己人還要挖牆角。」蔣森林氣憤的表示。

「段子良到底是如何走的呢？」彭嘉福再次問道。

「大隊長回果敢時，段子良給他捎去一封信，說核桃林住久了有危險，要跟蔣振業下泰國繼續養傷，反正是一家人，他在蔣振業那裡也一樣反緬。就這樣把跟他住在核桃林的一個分隊拉走不算，最可惜的是把我們那挺三〇三機槍也拖走。」

「段子良未策反你跟著他投蔣振業嗎？」

「蔣振宗中隊的分隊長蔣德厚來紅石頭河找過我，他吞吞吐吐地說蔣振業如何如何好，被我當面罵了一頓，便再也不敢囉嗦。若是我知道他與段子良同謀，便把他扣住了。」蔣森林言下很可惜。

彭嘉福忍俊不禁：這個蔣森林呀，跟水滸裡面的李逵一樣可愛，疾惡如仇，忠心不二；就是粗枝大葉，直來直去，從不會轉彎。他繼續問道：「蔣振業是如何給大隊長講段子良一事呢？」

「蔣振業要大隊長好好看待部下，他說人都跑他那去，他可供養不起。」

「大隊長是啞巴吃黃連，心中有苦說不出，還得打腫臉充胖子，說都是自己人，到那兒也是幹革命，是嗎？」彭嘉福深知大哥的脾氣，忍辱負重的修養可是到家啦！

「咦！你是怎麼知道的？大隊長就是這個意思，我們氣得暴跳，大隊長倒像沒事般，同蔣振業談得融洽，真不知葫蘆裡賣的是啥藥？」談到這裡，事務長進屋來請他們吃晚飯。

「他叫侯加昌，才從蔣振宗那裡跑來歸隊，暫時留在中隊長部搞事務工作。」蔣森林介紹來人。

「我來幾天了，怎沒遇過他呢？」彭嘉福問。

「他去東山去找蔣參謀領軍餉，昨天傍晚才返回。」

吃晚飯時，彭嘉福向侯加昌問起趙正武被蔣振宗誘殺的經過。趙文華、趙正武回到果敢，駐紮上六戶，由於彭嘉升居中調停，與蔣振業沒有發生衝突，但雙方勢同水火，互相不見面。煙會結束，蔣振業親率新徵調的兩百多名新兵揹著加工好的黃坯下泰國。臨走前，他把指揮權交給彭嘉升，告誡部下聽副部隊長的命令，同時禁止部隊與趙文華大隊發生衝突。蔣振業聽了段子良講彭嘉升在刺通坪開會的事，很受感動，他為彭部官兵顧全大局、精誠團結共同對敵的精神與做法大為佩服，他有心下去購置新式武器來重新裝備彭嘉升的大隊。他不滿趙文華、趙正武是來監督自己，他恨他倆坐山觀虎鬥不說，還隨時想在背後給他一刀。他對蔣振聲更想不通：「我傾家蕩產，難道不是為了整個蔣姓家族著想？你他媽的真是狗咬呂洞賓，不識好人心呀！」

所以他要下泰國問個水落石出，要找蔣振聲評理，問他們為何這樣歧視記恨我蔣振業。蔣振業前腳走，蔣振新便壓不住陣腳，少壯派以蔣振宗為首，以為老子天下第一，根本不願聽彭嘉升的命令。蔣振宗帶著一百多人，到上六戶武裝示威，轉了一個圈。趙文華把部隊避入金杯大箐，避免發生衝突，趙正武多次要帶人伏擊，都被趙文華阻止。他對趙正武說道：「蔣振業既然把指揮權交給彭副部隊長，我們就要給他面子，不要使他為難。蔣振業下泰國，讓總指揮去對付他好啦。我們外人犯不著夾在他們家族弟兄中間，兩面不討好。另外我們力量不足，先讓蔣振宗一步，我看彭副部隊長心中已有成算，我們不要做出頭椽子[3]，保存實力要緊。」

趙正武要動手打伏擊的話傳到蔣振宗的耳裡，蔣振宗十分生氣，便動了殺心，要除掉趙正武。他偵得趙正武返回南郭探家的消息，便以段子良的口氣編造一封假信，信中大意就是約趙正武到核桃林一見。信中說倆人是同村，想請趙正武為自己在彭嘉升面前代為解釋，投蔣振業純屬誤會，要請彭嘉升原諒，允他歸隊。還說自己傷勢未復，行動不便，故請趙正武到核桃林去，有許多機密面談。另外還請趙正武保密，不要把信中內容洩露出去，囑咐少帶隨從，以免洩露行蹤。趙正武是個橫人，他以為段子良與自己是同村關係才信任他，能把段子良拉回來，不但立了一功，且可出一口惡氣，殺殺蔣振宗的兇焰。趙正武接到密信，馬上帶著警衛班趕去見段子良。這樣拙劣的欺騙伎倆，好像小學生不想上學，就推病騙大人，我們堂堂副大隊長竟信以為真，實在令人難以思議。趙正武來到核桃林趙老祥家，果見段子良躺在床上養神，一切都很平靜。段子良見趙正武來核桃林大為驚奇，不明白他何以會到蔣振宗的防地來。當趙正武問段子良的傷勢，段子良更是莫名其妙。

「我的傷勢已痊癒，不勞您記掛。」

「你的傷已好為何不去南郭？倒約我來此地。」

「我根本不知你回南郭，怎會去約你？」

趙正武才知中計，他回過神要召集部下加強警衛，發覺只剩獨自一人。段子良也覺情況有異，忙暗示趙正武由廚房後門逃走，趙正武迅速推開後門，才一邁步，便飲彈斃命。

「段子良難道事先一點都不知誘殺趙正武之事嗎？」

「報告中隊長，我一直跟著段子良中隊長，可以證明。事後段子良與蔣振宗吵得天翻地覆，雙方幾乎反臉成仇。」侯加昌如實回答。

「侯事務長一直跟在段子良身邊，蔣振宗見他有文化，便把他要去。他離開段子良，便跑回歸隊，還把我們那挺寶貝三〇三機槍也挑回來。」蔣森林簡要地說明侯加昌回來的經過。

「小侯好好幹！」彭嘉福伸手拍拍侯加昌的肩膀，打起重用的主意。

話說蔣振宗誘殺趙正武後洋洋得意，他派人向彭嘉升彙報，誣稱趙正武陰謀策反段子良一同投敵，經人揭發檢舉，已經正法。彭嘉升十分痛心，寫了一封信給蔣振新，要他勸止蔣振宗，懸崖勒馬，凡舉事三思，切勿使親者痛仇者快，大敵當前豈能自毀幹城。蔣振宗卻認為彭嘉升是有意譏諷折辱，他對趕來料理善後的蔣振新憤憤不平地說道：「彭嘉升是土司的走狗，沒有資格來教訓我，我提議趁熱打鐵，把剩餘的殘兵敗將徹底解決。」

「大兄弟，你四哥下泰國，部隊全靠我與你掌管，你不要任性而為。一旦逼急了，彭副部隊長靠向趙文華，兩股力量加起來比我們強，這對我們不利，我們要防備的是趙文華，你把趙正武這個忠實走狗收拾掉，我是支持的，但要對付彭副部隊長，時機並未成熟。彭嘉升最先起事，在群眾中威信很高，我們打著他的牌子收買人心，所以我們要適可而止。」難為蔣振新講得出這番大道理來，他並沒有袒護彭嘉升的心思，他是秉承趙文煥的旨意辦事，怕與彭鬧翻，以後交不了差。

「三哥與四哥做事，前怕狼後怕虎的，沒個決斷。先下手為強，後下手遭殃，如今的世道誰強誰就是老大。不與我們一條心的，留著是禍患，統統消滅乾淨。」蔣振宗少年得志，口氣狂傲。

「你這樣氣盛是很危險的，害人之心不可有，防人之心不可無，你今後切記要小心。趙正武一死，我們與趙文華就撕破了臉面，提防他來報復。」

「得了！我聽你的就是。」

「要不我們換防，你到東山區一帶活動，我來西山活動。」蔣振新提出建議。

「不用換，還按部隊長交待的區域駐防。」蔣振宗正熱戀著核桃林趙老祥的二姑娘，當然不想離開。

「那也行，以後做事要互相通氣④，不可魯莽。」

蔣振宗與蔣振新、蔣振業是堂兄弟。蔣振業的父親是大哥，蔣振宗的父親是老四。老二蔣文玉繼承紅石頭河屬官後，虐待大哥的子女，後見蔣振業得勢，便搬到臘戌，生怕蔣振業找他報復。老三蔣文堂，跟著彭嘉升起事，蔣振業顧念親情，把蔣文堂的兒子蔣振明叫去與蔣振宗同編在一個中隊，十八、九歲便提升為分隊長。蔣振宗的父母死得早，蔣振業對這個堂弟十分寵愛，事事偏袒，破格提升為警衛中隊長。臨下泰國，更任命蔣振宗為副大隊長，以致養成他驕傲專橫的脾氣。蔣振宗住在核桃林，成天與趙老祥的二姑娘鬼混，趙老祥是個忠厚老實、膽小如鼠的本分煙農，他媳婦也是個無知農婦，誰知生了個如花似玉的俏女，引得附近的男子蜂湧而至，都欲一親芳澤。大姑娘趙映果，生成桃腮杏眼，粉紅的瓜子臉一笑起來，臉頰兩邊便呈現出一對酒窩，惹人疼愛。趙映果人生得雖美，但性情沉靜端正，不苟言笑，被小夥子們稱為冷面芙蓉。蔣振宗生得高大英俊，皮膚微黑，未當兵前，常思拜倒在趙映果石榴裙下。無奈落花有意流水無情。蔣振宗自負體強貌美，怎總是碰釘子，心中十分惱怒，他發誓不再理她，然而心裡又放不下，念念不忘那對迷人的酒窩。他當上中隊長後，神氣地領著幾名警衛來見趙映果，他心裡說：「憑我現在的才貌身分，總可配得上你了吧！」誰知趙映果一如既往，對他冷若冰霜，迫於他的權勢，不得不略微應酬，也是招呼過後便轉身回房，弄得蔣振宗心癢難熬，不知是何緣故。原來趙映果已有愛人，是石洞水村施文卿，兩人青梅竹馬，情投意合，早已私定終身，施文卿是個多情種子，一表人才，風流瀟灑，是少女的青春偶像。男才女貌，兩人都充滿對未來的憧憬，常常花前月下，流連忘返。趙映果對愛情執著專一，除對情郎展示自身風采外，對其他男人則不屑一顧。

二姑娘趙映花，人如其名，像一朵盛開的鮮花，熱情似火，粉白的鵝蛋臉，高鼻小嘴，下巴靠右嘴角有一粒美人痣，一雙水汪汪的大眼睛勾人魂魄；豐腴的身材，高聳的雙峰，給人火辣辣的感覺。她作風開朗放浪，惹得狂蜂浪蝶圍繞在她身邊，成了遠近聞名的風流人物。趙映花對男人的策略是普遍撒網，重點拿魚。她傾心蔣振宗，特別是當蔣振宗全副武裝時的威風英俊，更使她愛慕虛榮的心如癡如狂。為引起蔣振宗的注意，她精心打扮，嬌滴滴地一聲一個中隊長，叫得人骨酥肉麻。她對蔣振宗追求大姐的事很是嫉妒，為使蔣振宗把目標轉移到自己身上，她加油添醋地公開大姐與施文卿的戀愛關係，把兩人說成早已發生過不正當的關係。她的用意是想讓蔣振宗知難而退，放棄追求趙映果，轉而接受自己的示愛。誰知蔣振宗因妒生恨，一直想把施文卿去之而後快。蔣振宗放出話來，稱誰敢對趙映果生心，定讓他屍骨無存。施家大人與趙家大人聞訊後十分驚慌，軟硬兼施，逼兩人停止交往，以免飛來橫禍，全家遭殃。一對璧人突遭意外之災，男的怨天尤人、女的以淚洗面，在惡勢力的強大壓力下，善良的人們毫無抵抗的能力，只能逆來順受。施文卿與趙映果瞞著家人幽會，一見面便抱頭痛哭，他們想到私奔，但擔心家人受連累，只好作罷。兩人結合無望，生路已絕，遂萌死志，約好了時間地點，施文卿把哥哥施文所請假探家背回的步槍帶上，來到約會的岩洞，他們決定一死了之，也不願被活活分開。兩人緊緊擁抱著，他們帶著絕望的神情呆呆地凝視著對方，要在死神降臨前把愛人的一切深深刻在腦海中，好在黃泉路上結伴同行。

「哥哥，我愛你，能死在你的懷抱，是我最大的幸福，妹子生不能與你成夫婦，死也要與你葬在一穴。」趙映果面對死亡，十分平靜，他目睹施文卿顫抖著身體，久久不忍開槍，便溫柔地表白她不怕死，以減輕愛人的負疚心理。

「苦命的妹子，老天不長眼，為什麼不讓我們活下去？」施文卿心情激蕩，他憶及往昔的情，近日的愛，更是心如刀割，淚如雨下。趙映果踮起腳尖，仰臉吻去施文卿留下的淚水，強笑著安慰愛人：「今生已了，來生再做夫妻，我們要向世人證明，天下沒有任何力量可以拆散我們，我們為愛獻身，讓蔣振宗那個壞蛋看看，不是所有的東西都能憑他的權勢得到！」

「文卿呀文卿，你在哪裡？」施文卿的哥哥不見了步槍，一股不祥的預感湧上心頭，他急忙離家追出村子，滿山遍野喊叫尋找。

「不好了，我哥哥來了！」施文卿害怕哥哥來了阻止他們倆殉情，一狠心扣響了扳機。施文所聽到槍聲，順著槍聲找到他們的岩洞，看到弟弟與趙映果躺在血泊中，胸前還不斷地往外淌血。

「文卿呀，你怎麼如此糊塗！」施文所奔上前扶起弟弟，只見他雙目圓睜，一副不甘心的樣子，但已返魂無術，再看看趙映果，姣好的面龐包含笑意，猶如熟睡中做著好夢……

蔣振宗得知趙映果殉情而死，一絲殘酷的笑意浮上面龐：「哼！老子得不到的，誰也別想得到！」當聽說兩家人可憐兒女為情而亡，要把兩人同穴安埋，不由得大怒。他派人把施文卿的父親栓在天井的柱子上，任憑風吹雨打，詭稱施文所攜槍械回家不報告，硬逼著他家人去叫施文所來換他父親。石洞水的頭人帶著村中的幾位老人來向蔣振宗求情，蔣振宗要施家交出五砣鴉片作為贖金，才放人回家。施文卿的老父親年邁體衰，經此折磨，氣恨交加，一病數月撒手西歸。趙映花見大姐一死，不但不傷心，反而私心竊喜，自認情敵已除，自己投懷送抱定能贏得蔣振宗的歡心，事情正是如此，蔣振宗惱恨趙映果，本想整治趙老祥，但因趙映花軟語溫求，方打消此念。蔣振宗痛失所愛，正感心靈空虛，趙映花移船就岸，樂得移花接木。一場私欲，兩個狗男女，已經勾搭上手，便公然出雙入對，猶如一對夫妻。人際善惡，其間相差無異天壤之別。

這天，蔣振宗與趙映花白日宣洩，在房中翻雲覆雨恣意淫樂時，蔣振新派中隊長蘇文相送來一封信，信是自衛隊副總指揮蘇文龍寫給蔣振新、蔣振宗二人共收的。蔣振宗被打斷好事，十分不快，蘇文相見蔣振宗滿臉怒容，不覺滿頭霧水。他立正敬禮，高聲說道：「報告副大隊長，奉大隊長之命送來一封密函，親自交給你。」

「管他密函不密函，你把內容說給我聽就行了。」蔣振宗最恨之乎者也那一套繁文縟節。

「這是我大哥寫來的。信中說，部隊長與羅指揮官目標一致都是反對土司，爭取果敢自治的。並說，大六官蔣振動已兼程北上，帶有八一炮、A六式機槍，主要是為對付我們，替趙正武報仇，要我們多加小心，以防不測。同時在信中表示願意與我們合作，共同對付彭嘉升與趙文華兩部。」

「哦！是這樣嗎？我早已說過彭嘉升做縮頭烏龜是實力不足以對抗我們，部隊長偏要把彭嘉升拉過來。

現在好啦，欺到我們頭上來了。」蔣振宗不問青紅皂白，又搬出他過去的一番話來證實自己有先見之明，他又問蘇文相道：「大隊長叫你過來，不會只限於送封信吧，他還有何吩咐？」

「大隊長估計對方動手主要目標是你，他讓我帶一個中隊來增強西山區的實力，聽你指揮。」蘇文相生得壯實精幹，鷹鉤鼻尖下巴，打起仗來膽大心細，衝鋒陷陣像一頭雄獅猛虎。他跟隨蔣振業北上一路打先鋒，逢山開路、遇水搭橋，深得蔣振業青睞，委以重任。他與蔣振宗是蔣振業的哼哈二將，蔣振業這次下泰國，留下二人輔佐蔣振新，方才放心而去。

「憑彭嘉福那公子哥，以及蔣森林的三十幾個殘兵敗將，敢來太歲頭上動土，真他媽是活急了來找死。笑話！」蔣振宗大咧咧地說道：「我馬上動手，把他們逐出西山區。你返回楂子樹，守住岩腳渡口，同時注意與大隊長保持聯絡，以免他被緬軍堵在壩子撤不上來。」

蔣振宗打發走蘇文相，便派人去打聽彭嘉福，是否還住在小笨塘，前麻林一線，準備對他們實行武力驅逐。結果一打探，知道彭嘉福、蔣森林早已不知去向。這樣一來，整個西山區，已是蔣振宗的天下，他除派兩個班在壩尾、松山兩個靠近大水塘緬軍營地的村寨周圍活動，提防緬軍突襲外，便萬事大吉，成天跟趙映花泡在一起。上行下效，西山區，各村寨的姑娘，被蔣振宗手下兵士追得雞飛狗跳，輕易不敢單獨出村。當然對熱戀中的男女又另作別論，他們偷出村去談情說愛，忘了大敵當前，呈現的是一派昇平景象。時間一久，蔣振宗對趙映花的過分熱情，厭煩了。又是一年春來到，蔣振宗同南郭的趙開鳳好上了，不大到核桃林來住。趙映花偵得實情，氣得發狂，她把以往狂野的性情收斂不少，一改以往潑辣好強的火爆性格，變得嫻靜溫婉，對蔣振宗百依百順噓寒問暖，這一來，倒使蔣振宗自感愧疚，漸與趙開鳳疏遠。趙映花，邁對了步子暗中慶幸，為了一勞永逸，斬斷蔣振宗與趙開鳳的情絲，她找來幾個忠實厚道的衛士，如此這般吩咐一番，要他們按計畫行事。蔣振宗的衛士得了趙映花的好處，都願意替她效力。蔣振宗少年得志對待手下警衛非打即罵，多虧趙映花，處處維護，每當蔣振宗發脾氣，打罵部下，她都能溫言勸解，士兵感激她的恩惠，便唯她之命是從。

幾個警衛，借去南郭玩姑娘之便，指使相好的姑娘把趙開鳳騙出村來，野蠻地輪姦了。趙開鳳遭強暴羞憤難言，正在尋死覓活之際，趙映花指使東山區的一個蠢漢，把她搶去做媳婦，並且揚言如不順從，將對她家不利。趙開鳳知道趙映花面和心毒，連自己的親姐姐，也不放過，更不用說對付情敵，只得忍氣吞聲委委屈屈地嫁到壩子，她後悔自己利令智昏，想飛上高枝變鳳凰，結果自取恥辱，嫁了個愚人。蔣振宗知道此事，雖覺是一朵鮮花插在牛屎上，但事過境遷也就算了。後來聽到傳聞趙開鳳的老父去找彭嘉升告狀，說蔣振宗對女兒先姦後棄，指使手下士兵輪姦後，賣給一個鰥夫當後妻，消息傳出，蔣振宗深感顏面無光，大罵那老傢伙不時好歹，敗壞自己的名譽。

「一個大男人為下流姑娘的事，遭眾人恥笑，空自暴跳如雷，與事何補？其實這件事情極容易解決，既可保住面子又可報仇出氣，只看你敢不敢。」趙映花嘲笑蔣振宗只知生氣不會設法報復。

「你有何辦法快告訴我，這個老傢伙亂嚼舌頭，是自找死路。只恐怕別人誤會我是因為他姑娘的事對付他，名義不好聽，不然我怕他做什麼？」蔣振宗一聽趙映花有辦法，纏著她快說出來。

「出事你才想起我，平常見一條母狗也要動情。趙開鳳那爛貨替我提鞋都不配，你還把她當金作寶，你對她一番好意，她反咬你一口值得嗎？今後你可要穩重些，一個副大隊長，為這種醜事被人指指點點，你不在意，我是面上無光哪！」趙映花得理不讓人，趁機教訓他幾句，末了還不忘奉承一下。既維持住蔣振宗大男子漢的尊嚴，又連帶拉扯上自己跟他的親熱關係，可謂一箭雙雕。

「妳的好意我心中明白，都怪我一時糊塗才落人口實，以後再也不亂來了。」果然不出所料，蔣振宗乖乖陪著小心，毫無傲氣。

「平常什麼事都難不倒你，這點小事倒沒有辦法啦。那是你當事者濁，給氣昏頭了，老百姓最恨老緬，治他一個通敵的罪名，他死後還要挨人罵一輩子。」最毒婦人心，此話一點不誇張，趙映花輕輕一句話便斷送一條無辜性命，真太可怕了。

「沒有證據恐不能服眾。」蔣振宗還在遲疑。

「通敵之事，要多秘密就多秘密，平常人哪敢去多事，不怕牽涉到自身吃不了兜著走嗎？」

「好主意，這老鬼找到彭嘉升自以為有靠山，我讓他到閻王老子那裡申冤去吧！」

「我為你出主意，讓你出口惡氣，你要怎樣謝我？」正事談完，趙映花便打情罵俏起來。

「當然要重重謝你，手鐲金鏈你已多得戴不下了，我今天給妳的東西，包妳滿意。」

「什麼東西？你不說出來，怎知我一定會滿意呢？」趙映花當了真，追問道。蔣振宗湊過臉，邪笑著在她耳邊小聲說了一句話，趙映花臉上一紅呸了一聲，「大白天，虧你想得起，不要臉。」說完，瞪了他一眼，噗哧一下笑出聲。

「有什麼害羞的啊！人前一本正經，到了床上妳就急不可耐，不等熄燈就要……」趙映花生怕蔣振宗再說出不入耳的話，站起身就往臥室裡跑去，只聽後面傳來蔣振宗哈哈哈的邪笑聲，同時跟進了臥室。

一九六七年春節剛過，核桃林後山的鴉片煙地姹紫嫣紅。去年冬天不但下了幾場大雨，高山還落過一陣大雪，這在果敢歷史是很少有的情形，瑞雪兆豐年，今年的鴉片長勢喜人，眼看又是一季好收成。去年冬月蔣振勳率部隊三百餘名由泰北上，臘月初到達興旺區猛乃壩，此行除宣慰果敢人民外，以生意為主，故鴉片價格猛漲，老百姓更是高興。苗子墳村外，彭嘉升起事的山洞裡，彭嘉福正部署襲擊蔣振宗的軍事行動。

「施班長，你把蔣振宗的情形詳細介紹給大家參考。」彭嘉福讓搞偵查工作的施文所先講情況。

「是，彭副大隊長。蔣振宗的中隊部設在核桃林姘頭趙映花家，平常住著一個警衛班。他本人住在右廂房的樓上，跟他住在樓上的有分隊長蔣振明。」施文所說時抬起頭看了一眼蔣文堂。

「你們不要為我擔心，不要說是我兒子，我老子在那裡也顧不了啦。那不昌盛的，我去信叫他回來他都罵我是官家的走狗。他吃了迷魂藥，連爹娘都不認了，活著是個壞事的禍根，還不如死掉乾淨，省得老子操心。」蔣文堂大義凜然，眾人對他油然升起欽佩之意。

「話雖這麼說，到時能提醒他反正過來更好。」彭嘉福理解父親對兒子恨鐵不成鋼的心情，所以囑咐參戰人員，注意爭取蔣振明陣前反戈。

「除中北部蔣振宗一個分隊駐在石鍋林、芭蕉箐兩站，封鎖壩子及大水塘的來路，一個分隊住在紅石頭河、小爐場，以防我們偷襲，另有一個分隊駐松山，三個分隊成前三角形拱衛核桃林。中隊部的另一個警衛班住在鄰近中國的石洞水，不知是何用意。」施文所詳細彙報他偵查得來的敵情分布狀況。

「大家都清楚啦！蔣振宗這條瘋狗完全失去了人性，他父親跟蔣文玉爭當紅石頭屬官失敗，氣惱而死。她母親丟下他改嫁他人，致使他從小失去母愛，養成他憤世嫉俗，仇恨一切的孤僻性格。這種人一旦得志，睚眥必報，且以猜忌發威來遮掩自卑感。他已不可理喻，我們只能以暴制暴堅決剷除他。大家知道副旅長對蔣振宗已做到仁至義盡，曾力圖教育挽救他，希望他改心換腸，因為他也是革命陣營的一個重要幹部，不願草率處置。可是蔣振宗無視組織紀律，殘暴專橫，盡做傷天害理危害革命的罪惡勾當，不殺不足以平民憤。至於他犯的具體罪行，讓申連長來說明，以使大家知道我們為何要採取敵對手段來除去他。」彭嘉福深知同室操戈的痛苦與不幸，如果沒有充分理由，將會給革命隊伍造成不可彌補的損失，給革命同志造成心理上的巨大創痛。

「彭副大隊長已講明我們為何要採取斷然手段處置蔣振宗的道理，一個團體出了害群之馬，不進行處置將使整個團體蒙受恥辱甚而瓦解鬥志，失去群眾的支持，導致革命失敗。我臨行前，彭副旅長找我談話，現在我傳達彭副旅長所宣布的蔣振宗的罪行。」申興漢帶一個中隊由猛乃壩趕來執行這次奔襲任務。彭嘉升再三交代要向參戰部隊講明蔣振宗的必死之由，所以彭嘉福才會召集班以上幹部秘密集中，直接布置作戰任務。

「第一點，蔣振宗冤殺趙正武副大隊長，開了內部仇殺的先例，影響極壞。趙文華大隊長多次籌畫，暗殺蔣振宗，以牙還牙、討還血債，但都被彭副旅長勸阻。彭副旅長幾次寫信給蔣振宗，叫他懸崖勒馬，不再做親痛仇快的事，要槍口對外，不應內訌。誰知蔣振宗賊心不死，不但毫無悔改之心，竟惱羞成怒，多次派人去暗殺彭副旅長，幸虧彭副旅長機敏，才免殺身之禍。」

「第二點，蔣振宗殘害民眾，公報私仇，施班長的親弟被蔣振宗害死不算，他七十多歲的老父親也被折磨致死。施班長親到猛乃壩找彭副旅長訴冤，講到傷心處，聲淚俱下，圍觀的鄉親都為之下淚。彭副旅長安撫施班長，自己也忍不住下淚呢！蔣振宗玩弄女性，他的姘頭唆使士兵輪姦趙開鳳，再把她賣到東山扣塘嫁給一個四十多歲的蠢漢，據羅大才報告，這家人只有兩父子，父親夯愚，兒子二十多歲，成天在外抓拿撞騙，吃喝嫖賭。他見趙開鳳年輕貌美，淫心大動，夜晚乘父親外出，闖入後娘房中把趙開鳳逼姦了。他父親回家撞見他從後娘房間出來，罵他亂倫。他反而說買人的錢是他的，買回的人他也有份。趙開鳳遇上這種人家，羞愧之下上吊自殺了。如今兒子被羅大才丟了落洞，只剩父親孤苦伶仃地一人過活，雖然這倆父子是自作自受，但始作俑者仍是蔣振宗。趙開鳳死了不算，蔣振宗責怪趙開鳳的父親趙成俊到彭副旅長面前誣告他，派人把趙成俊槍殺在南郭村口，罪名為趙成俊是緬軍間諜，趁段子良回南郭探家，到大水塘報告緬軍，以致段子良在路上遇伏，再次負傷。根據彭副旅長調查的結果，才知這是蔣振宗一石二鳥之計。他因段子良不滿誘殺趙正武之事跟他翻臉，便用人假扮緬軍伏擊段子良，幸虧段子良熟悉地形，乘黑夜避開大路，才只負輕傷，跟去的兩人卻死在自己人手裡，無從申雪。事後蔣振新怕段子良再遭毒手，把段子良接到岩臘山，遠離蔣振宗。段子良方知蔣振宗的狼子野心，深悔受騙上當。趙成俊的小兒子趙子光目睹父親與大姐的慘死，同時也怕蔣振宗趕盡殺絕，跑到彭副旅長處當兵。這次行動他爭著要來報仇，彭副旅長因他年僅十六歲，又是新兵，硬把他留在旅部，不讓他來。」

「最大的一條罪狀是私通敵人。現在由羅欣漢牽線，蔣振宗與緬軍加緊勾結，圖謀我軍。因蔣振業還在泰國訓練新兵，未返果敢，所以舉棋不定，一旦蔣振宗與緬軍聯手，我們的處境會更困難。所以彭副旅長指示我們來聽彭副大隊長調遣，用兩個中隊的兵力，一舉殲滅蔣振宗中隊，震懾投降派的氣焰。」

「剛才中中隊長講的一切都有確實的人證、物證，所以我們要堅決執行副旅長的命令，打好這一仗。根據諜報，自我一中隊主動撤離西山區後，起到了麻痹敵人的作用，蔣振宗以為我們有意後撤是逃跑，所以他把蘇文相中隊派到楂子樹，現在又把段子良逼走成了孤家寡人。他的部下分散、紀律鬆懈，分隊長以下幹戰，每晚輪流出去玩姑娘。駐地只有少數人，警惕性也不高，各中隊按任務做好準備明天拂曉行動。」彭嘉福綜合大家的意見，下達了作戰命令。與會幹部領受任務後，藉夜色掩護各自奔赴戰場而去，彭嘉福則親自帶隊到核桃林。

「什麼人？口令？」蔣振明睡眼朦朧隱約看見幾個黑影向自己走來，便大聲喝問。

「振明，我是你爹蔣文堂，你快放下武器出來，不要再為蔣振宗賣命。」蔣文堂父子連心大聲呼叫。

「我兒子我才是你爹，要槍的拿命來換吧！」蔣振明昨晚喝多了啤酒起來小便，他聽到槍聲，忙返回屋中，提起一隻小卡柄槍，衝到門邊射擊。激烈的槍戰夾雜著大聲的吆喝咒罵，不明真相的人，還以為是演習講評，這就是果敢人打仗的慣例，人多以呼喊叫來壯聲勢，膽小的以叫聲來減輕害怕的心理。

「給我狠狠地打這畜生！」蔣文堂想不到兒子這麼混蛋，居然對親生父親稱老子，生氣地下了命令，一排槍響過，對方的槍聲啞了。

「上！」蔣森林一揮手帶著幾名戰士跨過門邊的屍體，衝進大門，他直撲右廂房。噔噔噔幾步衝上樓梯，只見房門打開床邊的窗戶正一晃一晃的，蔣森林向窗外望去，見一個黑影正要翻過籬笆，他瞄準黑影就是一梭子彈掃去。天亮了，蔣振宗身中數彈，倒在牆邊，趙映花爬在他身上，呼天搶地地大哭，蔣森林舉起槍來，被彭嘉福阻止了。

「隨她去吧，不要多傷人命。」

「這是個禍害，留著要害人的。」

「給她一個改過自新的機會，以後她作惡再殺。」趙映花不知已到鬼門關轉了一圈，她看到彭嘉福，披頭散髮地衝過來抱住他，又撕又抓。

「我不要活了，你們連我也打死算了。嗚嗚……」蔣森林把趙映花從手足無措的彭嘉福身上拉開，一把推倒在地。對著趴在地上，又哭又嚷的趙映花，蔣森林彷彿看到趙開鳳冤死的慘象，他雙眼冒火，又要舉槍，彭嘉福再次制止他，並拉起她向門口走。她眼前閃過陳秀月幽怨的神情，心軟了。

「她已失去理智，變瘋狂了，饒她一命吧！」大門邊，蔣文堂呆望著死去的兒子，一言不發，父子相殘的慘象使人不忍目睹。彭嘉福大聲吩咐道：「還不快去找頭人來，把蔣振明火化後安埋好。」說完頭也不回地走出門去。

大水塘小學有二百多學生，學生人數與年紀高低呈金字塔形，六年級只有九人，五個男生及四個女生。在果敢，上學的年紀都比較大，六年級學生中，最小的趙國文十四歲，最大的趙國安有二十一歲。四個女生，最大的十八歲，她名叫蕭彩菊，是富商蕭金鑫的獨生女，她大哥已成婚在臘戌開一家百貨店，二哥蕭楚智在仰光南洋中學讀高中。蕭彩菊是全校的校花，也是大水塘公認的第一美女，她是位現代女性，性情活潑好動，在籃球場上敢同男生一較高低。她對人熱情大方，敢愛敢恨，不知傾倒了多少青年男子。俗話說，十八歲的姑娘一朵花，更何況除本身條件之外，家庭富裕，要風得風、要雨得雨。男想女隔座山，女想男隔層紗。在眾多拜倒石榴裙下的競爭者中，她挑中了二十五歲的彭嘉桂，可惜令人奇怪的，彭嘉桂從未認真向她提婚過，對她總是嬉皮笑臉的，兩人若即若離。單獨相處時，彭嘉桂總是提起三哥彭嘉福、講彭嘉福與陳秀月的不幸戀情，講彭嘉福的癡情、講彭嘉福善良正直，多才多藝。漸漸地，彭嘉桂與彭嘉福合二為一，讓她分不清誰是真正的白馬王子，她為此感到十分苦惱，發誓要報復彭嘉桂，為此她放浪形骸、招蜂引蝶，成為大水塘著名的交際花。她父親下泰國經商長年在外無暇管束女兒，母親是個守舊婦女，沒法教育子女，只好暗自垂淚。可惜彭嘉桂對此置若罔聞，蕭彩菊刺激不著戀人十分氣惱，陷入單戀的痛苦中。她一反常態對任何青年的追求不假辭色、冷若冰霜；對不知自愛的賴皮，更是極盡冷嘲熱諷之能事，讓人當眾難堪。

當她得知彭嘉桂在紅石頭河還有一個紅粉知己時，更是妒恨交加。她是外向型的少女，愛恨趨於極端。

蔣瑞芝來趕大水塘街，蕭彩菊會當街質問蔣瑞芝為何要橫刀奪愛，責罵蔣瑞芝是妖精，表示會親到紅石頭河興師問罪，弄得蔣瑞芝羞愧難當，從此不敢到大水塘趕街。蕭彩菊仍不罷休，每五天，寫一封信給趕集的人捎去紅石頭交給蔣瑞芝，罵她無恥下流，想嫁彭嘉桂是癩蛤蟆想吃天鵝肉癡心妄想。信上說自己與彭嘉桂情投意合，勸蔣瑞芝不要當第三者，拆散別人的美滿愛情。信中還說，二哥蕭楚智如何英俊多才，不久便當學成歸來，到時她負責當紅娘，撮合兩人結成美滿眷屬。如此嬉笑怒罵、軟求硬泡，使蔣瑞芝束手無策，啼笑皆非。事情傳了出去，蔣瑞芝的父親大發雷霆，責罵女兒丟大人的臉，並立刻為女兒做媒要把女兒趕嫁出去。彭嘉桂得知詳情，心中既感蕭彩菊的一片癡情，又為蔣瑞芝抱屈，並歸咎於蔣瑞芝的父兄，放出空氣說：「若不得我的同意，誰敢娶蔣瑞芝我就要殺誰。」

這究竟是怎麼回事呢？彭嘉桂是否有變態心理，才會提出這樣無理的要脅。問題其實出在彭嘉福身上，原來彭嘉福受到刺激，絕口不提婚事。彭嘉桂兄弟情深，看在眼裡，疼在心裡，他因大哥操持家事及經常為全家生計在外經商，無暇顧及三哥婚事，便暗中立下主意要為三哥物色一個絕色美女，以沖淡陳秀月在三哥心中的痛苦，取代陳秀月的位置，做他的三嫂。為此彭嘉桂經常留意周圍村寨，有沒有出色的姑娘，結果真讓他訪到兩個。他尋思即找到一人恐不合三哥的意，尋訪到兩個，讓三哥有挑選的餘地，所以他雖是兩顆蘿蔔之間的一頭羊，卻只是圍著打轉而已。時間轉瞬已是兩年，彭嘉福返回果敢，並著手重組西山區中隊，開闢工作一直沒空，直到除去蔣振宗，把蔣振業部隊壓迫到東山區才算有空閒。彭嘉桂先把蔣瑞芝領來與他三哥見面。一來，彭嘉福念念不忘陳秀月。二來，蔣瑞芝雖是小家碧玉，但一介村姑，言行舉止總難與城中姑娘相比。彭嘉福在臘戌讀書，假期經常來往於佤城、東枝、仰光大城市之間，接觸的均為大家閨秀，知書達理，學校同學中也不乏相好的異性朋友。可惜曾經滄海難為水，彭嘉福情有獨鍾，所交泛泛，年紀三十仍無異性知己。蔣瑞芝雖有清新之感，卻絲毫引不起他的情思。

蕭彩菊像一盆火，溫熱了彭嘉福這顆寂寞已久的心。在蕭彩菊眼中彭嘉桂像春花，光耀奪目，充滿青春活力，但熱力不能永存，幻想終究代替不了現實，與彭嘉桂在一起，蕭彩菊心中總感不踏實，好像處身空中樓閣，飄渺無定。彭嘉福如秋實飽滿成熟，給人沉穩厚重的安全感。和彭嘉福相處，蕭彩菊如面對嚴師，自己顯得幼稚無知，像劉姥姥進入大觀園，既新奇又茫然。彭嘉福見到蕭彩菊，果然被她的風采所惑，使他對異性產生了微妙的心靈感應。花前月下，倆人躑躅徘徊，談人生事業、道德情操以及古往今來的英雄豪雄。一個講得傳神，一個聽得入迷。彭嘉福快要迷失自己了，以往的傷感與失意，讓蕭彩菊的溫馨、體貼所撫平，彭嘉福猶如迎來第二春，但午夜夢迴心靈上的舊創仍然隱隱作痛，他明白與陳秀月刻骨銘心的愛戀永遠難以再現，那是生死與共、海枯石爛的感情交融啊！蕭彩菊能令他忘卻暫時的思念，卻填補不了永恆的遺憾，他對這一切無可奈何，只能歸究於緣分兩個字而已。他想古今中外多少才子佳人的愛情故事，纏綿徘側不知賺盡世人的多少淚水？其中美滿結合、白頭偕老的百無一十。歷來感人肺腑的愛情故事只有悲劇收場，而無大團圓結局的。自己能置身其中，飽嘗愛情的苦果，賺取到多情種子的美名那也不枉活在世間一場！彭嘉福一會兒自怨自艾、指天罵地；一會兒又自我陶醉，看來蕭彩菊把他害慘了。

正月十六過完元宵節，新學年便開始了，今年學校新增加兩位老師，一位叫趙中強，一位叫蘇建。趙中強是小爐場人，從小學在紅石頭河念書便一直名列前茅，因家庭窮困，無力到臘戌升初中。董事長兼校長彭積廣愛才如命，便資助趙中強到臘戌升學，三年屆滿，再把趙中強送到仰光南寧中學讀高中。中國自一九六六年五月十六日，正式開始文化大革命運動，緬甸的左派團體聞風而動。仰光南洋中學名義上已被政府查封，教師學生仍分散學習。作為左派大本營由此向整個仰光發號施令，散發傳單分派毛主席語錄，佩戴毛主席像章。緬甸似乎變成中國的一個海外行省，不但左派華人掀起革命熱潮，他們並在許多緬人中間宣傳毛澤東思想鼓吹世界革命的理論，這種左傾盲動從外部輸入革命的極端主義，不但引起緬人的反感，也導致緬政府出面干涉。趙中強等活動份子因暴露身分，不能再待在仰光，老師蘇展建議他不要去中國，返回果敢組織革命活動，蘇展的弟弟蘇健也同他一起到果敢。他們回到果敢，便設法取得大水塘小學的教師職位，作為身分掩護。一來兩人確是學有專長，不比流落果敢的三家村老學究頑冥不化；二來趙中強是本地人，無任何政治嫌疑，所以一經說合，倆人便順理成章，成了大水塘的正職老師。果敢歷來風氣封閉，民眾愚昧無知，比起內陸道學宗法的根深蒂固，果敢無論在男女關係，男人的三綱五常，女人的三從四德等觀念都十分淡薄。唯獨對共產社會視若洪水猛獸談虎色變，這大概是因為解放後從中國逃出的地主富農、土豪劣紳，把大陸的各種運動大肆渲染所致。

趙中強結婚早，在果敢妻室子女俱全，在女生中影響不大；但蘇健年輕未婚長得風度翩翩，一表人才，這就傾倒了不少女生。女人善變，這話一點不錯，蕭彩菊心目中的白馬王子終於出現了，蘇建有彭嘉桂的春花，也有彭嘉福的秋實，很快便迎得了美人的芳心。剛開始，蘇建對果敢土貨毫無興趣，認為他們都是胭脂俗粉，豈料正應了一句俗話：五步之內，必有芳草。蕭彩菊的美豔，與女明星相比，只有過之，更可貴的是她聰穎明慧、知情達理，很快地，蘇健便愛上了這個六年級女生。師生戀是一個頗為俗套的老故事，一點沒有新鮮之處，當老師的始而以言辭挑逗，藉口功課作業把女生留在辦公室個別指導，繼而旁敲側擊、眉目傳情；當學生的，經常在教室裡、操場上賣弄些小聰明，耍點小手段，藉以贏起老師的注意，繼而假裝勤快為老師端茶、倒水、洗衣、掃地，最後是衝破師生的樊籬，不顧世俗的阻擋毅然戀愛上。

彭嘉福，對此結局，雖不無惆悵，但他是個過來人，深知強扭的瓜不甜這個道理，感情是不可強求的，他並未深陷進三角戀愛的漩渦。但彭嘉桂就不同了，他為了親情犧牲上愛情，心中的痛苦被壓抑著，如今見心上人移情別戀，一股怨氣發洩到蘇老師身上，兩個情敵終於正面交鋒了。星期六，學校放學後，整個校園冷冷清清的，趙中強回小爐場過週末。其餘老師都是周圍村寨的人，也不在學校住宿。校工做完工作，找熟人閒聊去了，蘇健獨自在辦公室看書，焦急地看手腕上的手錶，蕭彩菊答應晚飯後來與他共度週末。

「蘇老師好！」彭嘉桂強裝斯文，一走進辦公室便先打招呼。

「你是誰？恕我眼生。」蘇健夢見一個英俊的陌生青年到來，吃了一驚，忙站起來應酬。

「我從前經常到學校來找蕭彩菊玩，只是近來沒有來，難怪老師不認識我。我自我介紹一下，敝姓彭，賤名嘉桂。」

「哦！彩菊經常提起貴昆仲的大名，久仰久仰！」蘇健面對情敵不覺仔細打量來人，他見彭嘉桂高挑身材略顯瘦削，濃眉大眼，高鼻薄唇，英武俊秀中帶股煞氣，上唇長著濃黑的鬍髭與入鬢的劍眉相映成趣。

「哪裡哪裡，山野小民，粗野魯莽，怎比得上蘇老師長在城市，見多識廣。今日目睹老師人中龍鳳，實為萬幸，請恕冒昧來訪的不敬。」

「不用客氣，快請坐下！」蘇健見來者言談不俗，輕慢之心頓減，忙讓座後接著問道：「不知何故來訪，敬請指教！」

「指教不敢，承蒙老師直言相詢，名人不說暗話，今日專程拜訪，是為我家三兄與蕭彩菊之事。老師新來恐不知家三兄與蕭彩菊已有婚姻之約，因蕭金鑫伯父下泰國未歸，顧還未行文定之禮。請蘇老師成人之美，別插足其間，恐蹈不測。」

「婚姻大事，要男女雙方均同意才算數。如今已是文明社會，豈能單憑父母之命媒妁之言而忽視兒女意願的。貴昆仲都是果敢先進青年，當不致再對逼婚之陳規陋習感興趣，只要彩菊心中意願，我絕無異言。若彩菊願與我共偕連理我絕不會受人威脅而退縮，言盡於此，我尚有瑣事，恕不虛留彭四少爺了。」

「說得有理，既如此，告辭了。尚望老師三思，勿謂言之不予。」

「我自有理會，不送了！」蘇健坐著不動。

彭嘉桂，氣炸了肺，但怕失去風度，平生第一次低聲下氣求人不遂，也不發作，始終彬彬有禮。可惜蘇健不明其中之理，反以為對方被自己駁斥後知難而退。

「哼！憑兩句恐嚇之言，就想逼我退縮，拱手讓出愛人！都什麼時代了，還想耍土司那一套。」

「咦！你一個人自言自語，莫非瘋了不成。」隨著問話，蕭彩菊走進辦公室來。春末夏初，正是緬甸乾季。

大水塘山高水秀夏涼冬寒。此季壩區已是炎熱難耐，山頭仍然清涼舒適。西沉的紅日把天空染成五彩繽紛的織錦，蕭彩菊穿一套翠藍姊妹裝，長辮及腰，瀏海覆眉，辮梢打著紅段蝴蝶結，頭上插一朵珠花，薄施脂粉，略塗唇膏，水靈的大眼，配著彎月般的細眉，瓜子臉蛋上，兩個酒窩，一開口便顯現出來。她提著個兜兒，裝滿大水塘有名的的鳳梨。

「彩菊，你真美！古人說，人面桃花，你把盛開的桃花也比下去了。」蘇健由衷地稱讚她的美貌。

「不來啦！貧嘴，你剛才到底說些啥呀！」

「真可笑，你的舊情人彭嘉桂來威脅我，要我放棄你，誑稱妳父親已把你許給彭嘉福了。」

「唉！不可太大意，快把你們談話情形告訴我。」蕭彩菊急了，他深知果敢人的野蠻殘暴，特別是有權有勢的人物，主宰著老百姓的生死。蘇健由大陸出來後一直住在仰光，大陸的黨制、緬甸的專制，形式上都有法律可以援引，但在果敢是人治、槍治、權治，不要說外人，內部殘殺都視若平常。蘇健怎知目下彭氏一門已儼然成為果敢人民心目中的救世主，無人敢捋鬍鬚，他竟公然與彭嘉桂分庭抗禮，不是自取滅亡嗎？

當下蘇健把與彭嘉桂談判的情景，輕描淡寫地轉告蕭彩菊。蕭彩菊越聽下去臉色越陰沉，她真不知彭嘉桂何以忍得下這口氣。這是暴風雨前的暫時寧靜，看來因自己而引發的一場慘劇已無可避免。跟蘇健講果敢的內情，他是不會明白，也不會相信的，很可能蘇健的行動已被監視，怎麼是好呢？蕭彩菊早已聽不清蘇健後來說的那些什麼了，趙映果與施文卿，趙開鳳及她父親趙成俊，趙正武、蔣振宗都輕而易舉地死去了，有誰敢提出申訴？有誰敢指責？這是無法無天的兇殺，蕭彩菊心中如翻開了一本帳，她每翻一頁便打個寒顫，第一次她感到死的威脅。她慶幸蔣振宗未死前住在臘戍，但蔣振宗雖死，她卻重蹈趙映花的覆轍。她以往常為容貌自負，感激父母給她一副嬌人的容顏，可以傾倒眾生，而今她卻巴不得自己生得像個醜人，不引人矚目。自古紅顏多薄命，當真應驗如神啊！

「彩菊，你一個人呆呆出神，莫不是中了邪了。」蘇健不知何故忙搖醒蕭彩菊。

「哦，我剛才想了好多事呢。健哥，我看你趕快離開果敢回仰光吧，這地方不是你的立足之地，你說大城市住久了想換個環境散散心，現在教書三個月了，也該住膩了吧！」

「這怎麼成？我尋尋覓覓二十多年才遇到你，我怎捨得丟下你，一個人回城呢？彭嘉桂的威脅你不要放在心上，牛不喝水不能強按頭，他不敢來搶親吧？」蘇健聽說勸他回城，本能地拒絕了。

「你太不瞭解果敢，這不是有法治的地方，什麼事做不出來，你為我把命送在這裡值得嗎？」

「無論怎麼說，我絕不離開你。」

「真的很危險呀！既然你不離開我，那我與你一同走好了。」蕭彩菊下定決心私奔。

「這，這不行的。」蘇健只是找藉口而已，他不能離開果敢。不想，蕭彩菊真打算跟他走，只得斷然拒絕。他怕她疑心忙加以解釋，「你父親與兩個哥哥都不在家，家中只有你與伯母兩個人，你這麼抬腳一走，伯母不更孤單嗎？何況私奔對你，對你的家庭名譽都有損啊！」

「名譽重要還是生命重要？我不是那種無廉恥心的女人，隨便與人私奔，你小看我了。」

「不是那意思，哎！叫我如何說呢！」

「你我心心相印，沒啥要瞞對方的，你有什麼難處？說出來我與你分憂好嗎？」

「彩菊，你二哥與你關係如何？他對你好嗎？」

「我二哥對我可好啦，那年我初進學校，班上有幾個男同學經常欺負我，我二哥知道後把那幾個頑童打了一頓，老師處罰二哥用戒尺打他的手心都打腫了。我心疼得直哭，二哥安慰我說不痛。只是這兩年他去了仰光，我們兄妹疏遠多了。」

「你認為你二哥是好人嗎？」

「他當然是好人，你問他做什麼？」

「實話告訴妳吧，你二哥蕭楚智在仰光讀書，跟我與趙老師是同學，他身分沒暴露，繼續留在仰光。我們被政府通緝，我哥安排我們來果敢躲避，所以暫時不能回仰光，你明白了嗎？」

「不能回仰光可以去臘戌呀！先到我大哥家暫住，再慢慢找事做。」

「不是工作問題，講到做事，我何必到小山村小學教書呢，我看你思想進步，早想與你談談，今天是個機會就告訴你實話吧。你二哥要我們回果敢有事找你幫忙，他稱讚他小妹心地善良，肯同情窮人並且很有正義感。我經過這幾個月的觀察，覺得他說的完全對，你完全可以成為我們中的一員，一起為世界勞苦大眾的解放而奮鬥。」

「這麼說你與我二哥相熟，但你為何一直瞞著我呢！」蕭彩菊心底發冷，一切都是預先計畫好的把戲，自己被欺騙了，這就是愛情嗎？沒想到自己付出的真情換來的是場騙局，所有的花言巧語都是假的，自己成了政治交易的犧牲品。

「豈止相熟，我們是同志，是為世界革命，解救全人類實現共產主義世界大同的革命者。」蘇健口若懸河，現在的他不再是軟語溫存的情侶，而是一個為理想而奮鬥的戰士。

「這麼說，你接近我是有目的的啦，你以前說的都是假的，只是利用我來掩護你們的身分嘍。」

「你別誤會，是革命伴侶嘛。當然，在階級社會裡，絕沒有無緣無故的愛，我不把你當做志同道合的同志，絕不會產生這段愛情的，你聽過一首詩嗎？『生命誠可貴，愛情價更高，若為自由故，兩者皆可拋。』為了革命我死也不能離開大水塘。」

「那好吧，我們的關係到此為止，不過你放心我不會洩露你們的事，彭嘉桂那裡我負責解釋，但我勸告你最好馬上離開果敢，你們別以為行動隱秘，其實早有人在懷疑你們了。」蕭彩菊痛心了，但她不忍愛的人受害，所以堅持勸他離開果敢。

「別這樣，彩菊！我是愛你的！」蘇健慌了，他本以為蕭彩菊已被他說服，誰知事情急轉直下，使他大感為難，不知如何是好。

「別說了！天快黑了，我要回家去了。你放心！剛才說的我會守口如瓶的，不看僧面看佛面，我二哥也上了你們的船，我不願看他的同志出事，我告訴你，不少人都懷疑你們年輕有學問不會到這窮鄉僻壤來做個孩子王，不但緬軍注意你們，蔣振新也在調查你們的底細，只是蔣振宗一死，大水塘成了彭嘉升的勢力範圍，彭嘉福不左不右，只要不針對果敢人，他都不理睬。本來，我今晚就是來動員你趕快回仰光的，我根本不相信你是那種人，還以為你是因為我才留下不走的，現在看來，是我錯了，你好自為之吧！」

「彩菊，不管你怎樣看我，總之我們有過一段情，你救人救到底，告訴我是誰告訴你那些話的。」

「是跟彭嘉桂來的侯分隊長，他在臘戌與我二哥在中華中學是同學，他聽我與你相好，便來警告我，我聽了他的話還罵他攀上新枝，便忘了我二哥的友情，跑來做彭嘉福的說客。誰知他並沒有騙我，咱倆好說好散，你快設法逃走吧！」

「謝謝妳告訴我真話，我是誤會彭嘉福了，以為他得不到妳，派他兄弟來做說客。這樣說來彭嘉福這個人不會對我採取行動的。」

「你真笨透了！大水塘又沒有銅牆鐵壁，彭嘉福不管你，還有蔣振新，他是三軍趙文煥的人，恨共產黨的人，他會放過你？另外你們在仰光宣傳毛澤東思想，把緬甸看成赤化東南亞的第一站，老緬也不容許你們在他的國土上亂來呀！你學問好，見識高，你仔細考慮吧！」

趙映花自蔣振宗死後，著實寂寞了一陣子，當她聽說是彭嘉福留他一命時，心中著實感激。她回想，自己平日所為，後悔莫及。她與蔣瑞芝結拜為異姓姐妹，兩人性情不一樣，漸漸疏遠。自趙映花因蔣振宗之死嚇病後，看在昔日結拜的份上，蔣瑞芝常去看望她，一來二往兩人逐漸恢復了往日情誼，蔣瑞芝在言談中，提到自己與彭嘉桂的感情，趙映花對蘇健橫刀奪愛之事非常反感。她推己及人，力圖彌補以往過失，同時也為了報答彭嘉福的饒命之恩，很想撮合蕭彩菊與彭嘉福的婚事。這樣一來，蔣瑞芝與彭嘉桂之間再無隔閡，可一雙兩好。

「姊妹，我想不到彭嘉桂兄弟情深，事事為他三哥著想，如果蕭彩菊能嫁給彭嘉福，那妳也就有個好歸宿。我自己作孽過多如今自作自受，是罪有應得。妳溫柔多情、生性善良，理應嫁個好情郎。不瞞姐妹妳，蔣振宗死後是我替他收屍的，蔣振新為此派人來謝我，定要接我去岩臘蔣振業家。我與蔣振宗那段孽緣，曾害死不少人，我深夜捫心自責，再也不願提那段罪惡之事，但我可替妳傳話給蔣振新，要他派人把蘇老師趕走，也好斷絕蕭彩菊的念頭，安心嫁給彭嘉福。」

「姊妹，妳千萬別這樣，蘇老師是無辜之人不要害他，不然別人又要怪罪你了。妳犯不著為我再捲入是非，那樣，我對不住妳，於心難安啊！」

「我再也不會像以前那樣算計人了，但蘇老師的事其中還有內幕，我到壩子去散心，蔣振新把我接到岩臘住了半個月，他們有事也不瞞我，所以我知道他們要對付蘇老師與小爐場趙中強，說他們是老共派來的特務。只因蕭金鑫是蔣振業的經濟總管，看在蕭彩菊的面上，暫時饒他一命，等蕭金鑫上來再做決定。他們已找人把蘇老師的真實身分告訴蕭彩菊的親戚，設法通知她，讓她明白蘇老師只是拿她當擋箭牌，只是不知道蕭彩菊相不相信。一個女孩子愛上男人，往往迷失本性，分不清是非利害。如果蕭彩菊不再執迷不悟，讓蔣振新派人把蘇老師追走，說不定反倒是救了他一命呢，不然蕭金鑫回來，肯定不會放過玩弄女兒感情的男人，那蘇老師便死定了。」

「哎呀！蘇老師這麼壞，拿著愛情當兒戲，不過他罪不至死，姐妹，妳快叫人把他放走得了，千萬不要害人性命了。」

「妳放心吧，我改過向上，怎會再做傷天害理的事，增加我的罪孽。」

蔣瑞芝回到紅石頭河心裡總不踏實，生怕蕭彩菊上當受騙，又恐蘇老師被害。她顧不上計較蕭彩菊以前對自己的羞辱，親到蕭家，找到蕭彩菊一五一十轉告了趙映花告訴她的話。蕭彩菊哭了，她總算明白什麼才是東方女性的美德，真正的愛是犧牲與付出，而不是單純的占有與收回。當然愛情是自私的，妒嫉、仇恨、兇殘無所不包，所以愛情這個永恆的主題才會被古今中外的作者寫了又寫，讀者對描寫愛情的故事永不會厭倦。中國歷史上關於愛情方面的題材，從神話傳說中的《牛郎織女》、《白蛇傳》，到長詩《孔雀東南飛》、元戲曲《西廂記》，至古典名著《紅樓夢》，一直是家喻戶曉的動人篇章。蕭彩菊從蔣瑞芝身上真實地感受到愛的偉大與奉獻。

「瑞芝，謝謝妳來告訴我這一切，雖然別人也提醒過我同樣的問題，但都與他本身無切身利害衝突。妳卻不同，若我嫁給蘇健，彭嘉桂就是妳的。這樣做的結果，妳多了一個情敵，妳卻替我著想，妳真是我的好姊妹。」

「彩菊，妳別誇我，我沒學識，做人處事全憑良心而已。其實我明白妳與彭嘉桂才是天造地設的一對，我根本配不上她。」

「瑞芝姐姐，以前是我錯了。其實妳也誤解我，我心中愛著的是彭嘉福。等我父親從泰國回來我們就要結婚。彭嘉桂是屬於妳的，他能得到妳才是他最大的幸福，好姊妹將來我們是妯娌呢！」

昔日的情敵成了至交，蔣瑞芝好心得到了好報。既消除了情敵的仇視，也得到了美滿的婚姻。可惜事與願違，最後竟遭橫死。彭嘉桂遇見蘇建後知他不可理喻，自己費時兩年多，眼看好不容易才替三哥物色到一個合適的對象，豈容他人染指！他深知揚湯止沸，不如灶下去薪的道理，利用侯加昌與蕭楚智的同學關係，把蕭彩菊誘出村外，扶上馬背搶到紅石頭河。搶親是果敢的風俗，只要男女雙方情投意合，約定時間地點，男方親朋好友把女方搶到男方拜堂成親，同時通知本寨頭人備案。第二天由男方請幾個會說話的父老到女家，去通知他們的姑娘已被偷走，這道手續叫遞錯禮。屆時女方家長要當著村中頭人父老，對來人大發雷霆，而男方請來認錯的人則低聲下氣，賠禮道歉。當然，村中頭人與父老鄉親會從中調解，最後商定彩禮價錢及作客回門日期，後再由女方家殺雞置酒，款待雙方客人。認錯禮的手續便稱結束。這種結親方式對貧窮人家是莫大的善行，不然三姑六婆、文定、迎娶一套繁瑣程式，既費時又要耗費大量錢財，不是一般升斗小民所能負擔得了的。風俗所至，不僅勞苦大眾，採用男搶女逃的方式結婚，連紳士豪門之家依此辦事，娶親嫁女。不過無論待客酒宴及禮金都是極盡擺闊揮霍之能事，以表示自家的財勢。彭嘉福得知彭嘉桂貿然行事，把蕭彩菊娶到紅石頭河，真是哭笑不得，他不願落個搶親的惡名，另外他知道弟弟也愛著蕭彩菊，自己如何能要親弟弟的愛人？但他也知道弟弟的脾氣，若自己沒有找到愛人，弟弟也絕不會在前成婚，彭嘉福決心成全弟弟的婚事，便信口胡說喜歡的是蔣瑞芝。彭嘉桂信以為真，馬上便要替哥哥去迎娶。

「嘉桂不要再做糊塗事了，我知你對我的一片好心，但如今正是果敢多事之際，蔣振業聲言為是蔣振宗報仇，馬不停蹄地由泰國北上，快要到果敢了。眼見得同室操戈的事已在所難免，我怎能在此危難時刻操辦私事。大哥與我為公事不能顧家，整個家庭要你一手操持，上有年邁的祖母下有三個幼弟，大嫂一個婦道人家，怎能承擔全家之重任，全要你多費心照看家庭，以免大哥與我分心。現在娶回弟媳正好做大嫂的幫手，我與蔣瑞芝的事你不要再插手，我以後自己解決好了。」彭嘉福說的在情在理，不由彭嘉桂不服。

「你與大哥放心，我會全力幫助大嫂管好家的，既然你喜歡蔣瑞芝，我會替你留心的。希望局勢平穩下來，你好辦喜事。三哥你已二十八歲了，父母早逝，我們都盼你早日成家，以慰父母在天之靈。」

「我的事我會處理好的，你千萬不要再操心，不然別人看不起我，說娶個媳婦也要靠弟弟幫忙，這句話你也不想聽吧？蔣瑞芝那裡我會親自去交待，難道我真的無能去贏取佳人芳心嗎？」

「好吧，你的事我不管行了吧，但蘇健這小子得讓他知道厲害，不然他自以為了不得小看果敢人。」

「四哥說得是，我們不能讓人拉屎在頭上也不動。只要副大隊長下令，我這就帶人去把他捆出學校、丟落洞裡。」侯加昌自告奮勇，要為彭嘉桂出氣。

「說起蘇健的事，你與蔣中隊長，帶一班人去接他與趙中強到紅石頭河來。外人到果敢避難，我們有責任保護他們的生命安全。只要不違犯果敢法律，不介入果敢內爭，我們對他們要寬容大量，決不允許把政界仇殺借果敢來了斷。據蔣瑞芝告訴嘉桂，趙映花已下壩子找蔣振新去，蔣振新是反對共產黨的，蘇健與趙中強是左派，恐怕有生命危險，具體行動時間你們自己決定，越快越好。」

彭嘉福不願別人借蕭彩菊的事大做文章，把一件政治謀殺歸罪到自己名下，所以決定救護蘇健與趙中強到安全地方後，再安排他們離開果敢。彭嘉桂已得嬌妻，不願再追究蘇健對自己的無禮，故不再表態，只有侯加昌心裡不忿，但也不敢公然違抗命令，便去找蔣森林傳達彭嘉福的指示，安排行動。

話說蘇健捅了馬蜂窩心裡很慌張，他等趙中強返回學校偷偷告知與蕭彩菊的談話內容，趙中強批評他犯了組織紀律，把愛情與革命混淆起來。但趙中強認為別人雖有懷疑，但抓不著真憑實據，指示蘇健要穩住蕭彩菊，同時把目前的處境報告蘇展，請求上級指示。彭嘉桂偷娶蕭彩菊，趙中強反而放下一樁心事，事端的導火線已消失，與彭家弟兄沒有直接的利害衝突，蔣振新的勢力已被逐出西山區，他們自顧不暇，不會為一點望風撲影的小事興師動眾，目前住在大水塘還算安全。蔣振業回果敢，蕭金鑫也一道回來，相信蕭楚智已要求他父親，照看自己的同學。那時有蕭金鑫這把保護傘，安全更不成問題，所以倆人像沒事般地照常任教。

農曆五月份，果敢進入雨季氣候易變、時陰時晴。早晨醒來，雖是晴天，太陽一出就令人熱得難受，可一陣兆過去便是滿天濃雲滾滾，大雨像在樹梢歇著，說下便下，一時間把路上行人淋得像落湯雞、渾身濕透。果敢大多數地區靠雨水種植莊稼，雨季來臨，農民便開始積水種田。大水塘與壩尾之間是一片平地，大路兩邊通統開成水田，夜晚通過途中，兩邊是白茫茫的一片水澤，蛙聲陣陣。蔣森林與侯加昌帶著一個班，在黑夜裡高一腳低一腳地行進在泥濘中，他們在雨中包圍了大水塘小學，誰知撲了個空，學校裡除校工外已是空無一人。校工從床上被拉起來，發著抖說，剛才有幾個便衣用槍把住校的趙老師和蘇老師帶走了。蔣森林奇怪地問校工說：「你知道是什麼人嗎？他們為何要把老師帶走，帶去哪裡？」

「只聽他們說大隊長請兩位老師有事，他們是從街子上面去的，才走了不到抽支煙的時間。」

「果然不出彭副營長所料，蔣振新先動手呢，幸好他們走還不遠還追得上。」蔣森林對侯加昌說。「中隊長，我看算了，蔣振新抓他們去，肯定沒好事，槍斃了更省事。」侯加昌不想在雨夜追人。

「不行！完不成任務沒法交代，快追！」

順著去楂子樹的大路追不上多遠，便見前面有幾個黑影在雨中艱難地行走。一班人如餓虎撲羊，衝向前去，蔣振新派來的幾個衛士，以為是緬軍追來，便四散跑開，只有一個小兵嚇呆了站著不敢動，與趙中強、蘇健一同被俘，不費一槍一彈，不但俘虜了一個兵，還撿得兩支步槍，蔣森林很高興。回到決壩，已是半夜時分，蔣森林吩咐在村中住半宿明早再走。在火塘旁，烤乾濕衣，蔣森林與侯加昌圍著一張小方桌吃飯，侯加昌一邊啃雞腿一邊發牢騷。「趙中強是果敢人，救他倒說得過去；蘇健是中國人，跑來果敢搗亂，我父親就是被中國土匪害死的，我恨中國人，現在還要保護他，真不值得。剛才抓到的俘虜說是趙映花要蔣振新來請蘇健去，恐怕那個騷母狗耐不住寂寞，想找個小白臉，不然她何以單來請姓蘇的。」

「趙映花這個害人精，不是彭副營長攔我，我早一槍把她斃了。現在又來興風作浪，哼！我偏不讓她得逞。」蔣森林一聽與趙映花有關便火了。

「中隊長，這好辦！」侯加昌要殺人報父仇，一聽蔣森林鬆口，便拂過身去，對著蔣森林的耳朵嘀咕起來，蔣森林是個二愣子，三兩句便被說服了。

趙中強被請到屋中，蔣森林把彭嘉福派他們來保護他的話轉告他，趙中強很感謝彭嘉福的好意，三個人在屋中喝酒禦寒談古論今。在廂房內蘇健反綁雙臂靠著柱子，他聽守衛在門外，竊竊私語，其中提到自己的名字，便留神細聽。

「我們抓著的這個中國人是個特務，從仰光派來果敢搞破壞活動的，等請示的人回來就要槍斃，看他年紀輕輕的就要死怪可憐的。」

「你聽誰說的？他是個老師來教書的。」

「蔣連長正跟趙中強在屋裡喝酒，趙中強把一切招認了。趙中強是彭大老闆送去讀書的，看在彭積廣的面上放他回家。裡面這小子不但做特務，還想騙蕭彩菊做媳婦，真是可惡。」

羅老旺與趙子光一唱一和，把蘇健嚇個半死，他知道時機緊迫，再不設法逃走便無生路，情急生智他裝作肚子痛難當，向守衛報告放他出外解便。

「兩位大哥，我內急，請帶我上廁所去。」

「老旺，你去送他解大便吧！」趙子光安排道。

「什麼解大便，大便是什麼？」羅老旺愣住了。

「你呀，真土氣，解大便就是屙屎呀！」

「讀書人喝墨水喝多了，屙屎就屙屎，還有什麼大便不大便的真是無聊。」

羅老旺走進屋，押著蘇健上茅房去。蘇健鑽進茅房，撕開草片便跑。趙中強陪著蔣森林喝酒，正尋思替蘇健求情，忽然聽到外面響起吆喝聲，接著是幾聲槍響，不久侯加昌進來說蘇健藉口大便潛逃已被擊斃。

「怎麼搞的？打死人如何向彭副營長交差，你們不會抓活的為何非開槍不可？」

「報告中隊長外面天黑還又下雨，追人不容易，我對著黑影打幾槍想嚇他不敢再跑，誰知打個正著。」

「好啦，我們去看看，是不是還有救。」趙中強隨著走出村外，只見蘇健，倒臥在路邊，他們用手電筒照著檢查，蘇健身中數槍早已氣絕。

「真是的，我們要殺他何必去救他呢？不知他何以想不通要逃跑？跑得再快也快不過槍子呀！」侯加昌不無遺憾地說道。蔣振業於一九六六年六月下泰國，到達唐窩後，他先去找趙文煥軍長訴說蔣振聲的不義。趙文煥從中調解，答應為蔣振業訓練新兵。蔣振聲反而指責蔣振業指使蔣振宗暗害趙正武，請趙文煥主持公道。蔣振業是啞巴吃黃連，有苦說不出，只好自認倒楣。從此蔣振聲與蔣振業心中有了隔閡，面和心不合，各自發展自己的勢力，井水不犯河水。

趙文煥為蔣振聲訓練好一支三百多人的部隊，由大六官蔣振勳率領返回果敢。趙文煥再繼續為蔣振業訓練他帶下去的二百多新兵。由於趙文煥洗手不再經營毒品，蔣振業只好另找雇主。趙文煥見蔣振業帶去的黃坯數量多，便介紹他與張奇夫部搞經濟的蔣振徽接洽。蔣振徽是蔣文惠的二公子，蔣文惠在與蔣文煥爭奪果敢實權的內爭中斃命後，因妻子與蔣文煥妻子為親姐妹，所以子女並未受害。蔣振徽從眉苗政府軍事大學畢業後，因民族歧視，未按慣例以少尉軍銜授職，他一氣之下離開緬軍，但又不願與殺父之仇的土司官家合作，便轉到賴莫山張奇夫部任職。他年輕有為，工作中表現極為出色，便與參謀長張書全，成為張奇夫的左右臂助。蔣振徽得知蔣振業反對官家，便引為同志，替他處理黃坯及代購槍械。趙文煥知道做毒品的下場，勸告蔣振業慢慢轉營其他生意，但蔣振業怎會捨得放棄一本萬利的毒品生意，倒是他的老搭檔蕭金鑫，腦子靈活，轉而經營珠寶玉石，成為寶玉界的泰斗。

蔣振業得知蔣振宗被害，十分生氣，他找蔣振聲大吵大鬧，蔣振聲推說情況不明，等調查清楚，一定嚴懲兇手。蔣振業不得要領，便提早結束軍訓，兼程趕回果敢。他一改以往的招兵條件，一路招兵買馬，不論民族、不分祖籍，一概收留。他公開聲言，要回果敢報仇，來到黨陽，遇到一人毛遂自薦，願輔佐他成大事。蔣振業一見此人心中大喜，猶如劉玄德遇到了諸葛孔明。他與語一席即當場聘為教官，待如上賓。此君是誰？原來是聞名緬北的陶大剛。陶大剛是江蘇南京人，生得高大肥胖，面白無鬚。他樣子威武、聲音洪亮，畢業於國民黨中央軍校第十期。抗日戰爭時，隨中國遠征軍赴緬作戰解救英軍，退守印度後任職駐印新一軍某部營長，參加了反攻緬甸的戰役。抗戰勝利，調往東北晉升團長。國共內戰新一軍被共軍瓦解，陶大剛隻身逃抵南京，被派往臺灣受訓。

一九五一年，趙彌將軍在緬東大猛薩開辦軍校，陶大剛由臺灣奉派到該校任爆破，戰術教官。陶大剛秉性驕傲自大，目空一切，故與同僚相處極不融洽。國軍游擊隊撤臺前，陶大剛不願返回臺灣，突投緬軍，對緬政府官員口發狂言：「如緬政府能授予他一個團的兵力，由他親自訓練，將百戰百勝，無敵於天下！」緬官員懷疑他是精神病患者，將他關進佤城皇城監獄，一九五八年才釋放。他曾受賴莫張奇夫部及反共游擊隊三、五軍禮聘任職，但都有始無終，以致居無定所，流浪四方。此次加盟蔣振業部受到重視，為報知遇之恩，陶大剛使盡渾身解數為其出謀劃策。一九六三年十月，緬政府以武力解決果敢土司，蔣振材雖早已交權，仍被拘押，囚達近年。以後果敢政局江河日下，內爭迭起，蔣振材痛心疾首，出獄後閒居臘戌不問政事。他得知蔣振業到達黨陽，聲言要與蔣振動做鬩牆之鬥，便自毀諾言，秘密趕去黨陽，面晤蔣振業。

「振業，你能繼承蔣家祖業，作出驚天動地的豪舉，令政府束手無策，無奈你何！我十分高興。」蔣振材為說服堂弟不意氣用事，與蔣振動化干戈為玉帛，共同抗擊緬軍，便苦口婆心地開導：「老六振動年少無知，易為外人挑唆，以致鑄成大錯。但振宗人死不能復生，你們要吸取教訓，再不要互相殘殺，自取滅亡。老祖太對你的恩義，你常念念不忘，我勸你看在老祖太份上，丟開仇怨，與老六精誠合作，家族的興衰，全在你一念之間。」

「我毀家從戎，即為不甘家族百餘年的基業毀於一旦，三哥不體諒我的誠意，對我多方提防掣肘，生怕我奪了他的官位。我一個趕馬人憑什麼資格去管果敢？老祖太把我弟兄撫養成人，找給事業，我的良心被狗吃掉，要做那種千夫所指無疾而終的勾當嗎？外人欺負我還情有可原，老六是自家兄弟，一筆寫不出兩個蔣字，可他卻幫別人來對付我，殺死蔣振宗，你讓我如何能咽下這口氣呢？」蔣振業痛心疾首語氣十分沉痛。

「你三哥糊塗，他見長輩中的蔣文泰、蔣文惠幾次內爭，弄得風聲鶴唳，連你也不放心？老實說，果敢如今已歸順政府，不再是一家一姓的私地，若只抱著隔年的舊黃曆不放，不知改弦易轍，哪會取得民眾的信賴與支持呢？你能脫穎而出是祖宗保佑，讓你來收拾河山，重建家園，即使你取而代之，只要能讓果敢人幸福，亦可對得起列祖列宗。我要說服你三哥與你開誠佈公攜手抗敵，豈可放著強敵不管，自己人內訌呢！」

「二哥說的雖有道理，我卻不存非分之想，只要三哥改換心腸從此捨棄舊怨真心合作，我一定聽他指揮，早日收復家園。」

「難得你深明大義，上果敢後兄弟之間當面把話說明白，消除誤會，特別要提防小人挑唆，壞了大事。你三哥那裡我負責疏通，你放心吧！」

蔣振材與蔣振業推心置腹開門見山的一番暢談，使蔣振業改變了初衷，但聽在陶大剛耳中，卻滿不是滋味。一旦各方聯合起來，他這個軍師便失去用武之地，必將投閒置散了。自己半生蹉跎，如今機會來臨，正欲一展長才，實現做一番偉績的抱負，豈可默默無聞、虛度後半生。所以蔣振材前腳剛走，他後腳就開始拆牆：「部隊長，印襲官一番說辭，是否已令你改變主意，不打算報仇啦！」陶大剛儘管壓低了嗓門，但仍聲振屋瓦，陶大剛口中的印襲官指的是蔣振材。土司家的稱呼不同，蔣國正、蔣春榮稱縣正堂，蔣文炳稱茅棨官，蔣文燦稱司令官，蔣振材稱印襲官，蔣振聲稱指揮官。

「印襲官說的有道理，不知陶先生以為如何？」蔣家族中弟兄叔侄之間說話按輩分大小稱呼，與外人談論則稱職位，所以蔣振業對陶大剛也是用印襲官三個字來稱呼蔣振材。

「印襲官說的句句在理，但不知他是否能做得主？指揮官與大六官會聽他的話嗎？」十句好話不如一句壞話，陶大剛輕描淡寫一提，便使蔣振業疑慮滿腹。「我們現在只有二百多人，加上果敢剩下的全部兵力，不足四百，大六官有七百多，而且士氣正值高漲。部隊長一番好意，恐怕別人不領情，反認為部隊長怕了他們，向他們求饒乞命呢？」

「瞎說！我會向大六官求饒乞命，尿屎娃娃，他懂個屁，還不是仗父兄勢力成事的。」蔣振業當初光杆一條，敢大言打回果敢逐出緬軍，可見他性情何等高傲自負，如今聽陶大剛言下有輕視之意不覺大怒。「你不知他已到猛乃壩，地方父老一概不接見，所帶警衛是早塞列的一個山頭連。彭嘉升要見他，必須徵得山頭兵同意，由山頭兵代為請示，其他人更不用說根本見不到他的面。他派蔣振宇、趙文華兩個大隊去打佤窯、甘灣塘，三、四百人馬圍攻蘇文相、段子良的幾十個人，反被追回興旺區。這種膿包帶隊我們一上去不把他嚇跑我就不姓蔣。他不仁我不義，戰場上見真章吧！」

「兵法上云『知己知彼，百戰不殆。』部隊長除大六官的情形外，不知是否清楚其部下戰鬥力如何？」陶大剛激將成功，乘機商談軍情。

「趙文華是奴才走狗，蔣振宇是官親官戚，跟我一樣對軍事一竅不通。彭嘉升有勇有謀，但不能領兵衝鋒陷陣，倒是彭嘉福這個楞頭青看不出有兩把刷子，用人帶兵都了得，打起仗來身先士卒，一副拼命三郎的架勢。他與蔣森林配合起來，是根硬骨頭，難啃得很。我們只有蘇文相與段子良，可以與之相比。」蔣振業頗有知人之明，把對手情況摸得個八九不離十。

「部隊長分析得很透徹，蔣振聲任人唯親，已犯兵家大忌，陣前易帥，讓彭嘉升緊驟膺大任，趙文華、蔣振宇必定心中不服，不會買他的帳，認真聽從彭嘉升的命令，肯定是陽奉陰違。將帥不和，人再多也無用。我們避強擊弱，用部分兵力牽制彭嘉福，集中精兵猛將專打趙文華和蔣振宇。大六官是紈絝弟子、膽小如鼠，看見心腹失敗，必將夾著尾巴過江，不放心跟著彭嘉升行動。屆時彭嘉升勢單力薄，就有天大的本事也使不出來。」

「大六官已購得七千多矼鴉片，交在蔣振宇手上，先打蔣振宇，就斷了大六官的經濟來源。兵無糧草自亂，彭嘉升部下艱苦日子過慣了，吃樹皮草根也可以堅持幾天，趙文華那批少爺兵，只有投向我們一途可走。」蔣振業不愧搞經濟的行家，兵法上斷敵糧草的理論他未學習過，但想的法子卻暗合兵書所說。這一點鬼聰明，陶大剛也不得不為之嘆服。

「部隊長神機妙算連我這老兵痞子也甘拜下風，我軍大舉進攻，恐防緬方漁翁得利，這個問題部隊長可有高見？」

「大六官上果敢，羅欣漢早就暗中通知我們，可惜蔣振宗驕傲自大、目中無人，根本不放在心上，加之彭嘉升實力增強，卻故意示人以弱，佯為撤退，更使蔣振宗產生麻痺輕敵的思想，終於為敵所乘，他死不足惜，卻壞了大局。」蔣振業身在泰國，用長途報話機遙控指揮，所以對果敢事態瞭若指掌。他為取信陶大剛，事無巨細均坦實相告。「羅欣漢視我為同志，拉我們共同對付大六官，我當然不像他那樣以出賣民族投靠老緬為榮，但在對付大六官期間，不妨虛與委蛇，假意同他應酬，以免後顧之憂。」

「這個主意高明，我們同樣可以向政府要求做自衛隊，以反對土司為名，請政府軍配合行動，這樣既可保存實力，以為對付羅欣漢之用；同時讓緬軍打頭陣，勝利來得更容易。」陶大剛想得更深，看得更遠，不但計劃好滅土司勢力的方案，也連帶布下與羅欣漢爭衡的棋局。

蔣振業讓蕭金鑫率領經濟部的辦事人員，坐鎮黨陽，照趙文煥的建議，再開闢一條財路，自己帶著大隊經過萊島山、甘猛、渡過石龍河，順長箐山山麓到南壯，然後渡過滾弄江的岩腳渡到達楂子樹。一到楂子樹，蔣振業便和緬軍洽降，自願帶頭率部進攻土司餘孽。緬方正苦匪患氾濫，欣然同意蔣振業率部下來降，派滾弄三十九營副營長巴退少校帶兵一連，配合蔣振業前往興旺區猛乃壩圍剿蔣振動。一切都讓蔣振業與陶大剛料個正著，蔣振動官兵七百多人，全是美製快槍大、小卡柄，有重機槍五十多挺，他把老營紮在猛乃壩，占據地利。猛乃壩在君弄山區中部，形如一口鐵鍋。猛乃壩村就在鍋底，南北兩面是天然峭壁，容易防守；另兩面是谷口，向西通到忙臘渡口，向東通向放馬場。西邊山口有個寨子叫下定壩，東面山口也有個村子叫上定壩，蔣振動把嫡系蔣振宇大隊部署在上定壩，叫彭嘉福守在下定壩。趙文華大隊安排在酸格林拱衛猛乃壩並防護硔掌緬軍，他本人只帶早塞列一連山頭兵住在猛乃壩寨。

六月份是果敢多雨的季節，蔣振動的部隊在陣地上成天累夜泡在泥濘中與敵人對壘，相持已有半月。韓曉人在十六營警衛排當事務員，周圍村寨的糧食已收購一空，再也買不到糧食。蔣振動上果敢，趙文華哭訴趙正武被殺經過，他歸咎於彭嘉升見死不救。彭嘉升把跟隨段子良，後跑回歸隊的侯加昌叫來作證，侯加昌口齒伶俐，證明誘殺趙正武與彭嘉升無關，蔣振動得知侯加昌是侯家盛親弟很有才幹，而趙文華是個粗漢，手下中隊長趙應發是趙文煥的人，一到果敢，便公報私仇，有損官家令名，曾想把他撤職查辦，可一時又找不到替代之人，便屬意侯加昌。但驟然提升，軍心不服，他便把侯加昌從彭嘉升那裡調出來，到趙文華大隊當中隊長趙應發的分隊長，慢慢再取代趙應發。蔣振動並非因趙應發不守軍紀，而是怕他在危急時拖人下去投靠蔣振業。這天侯加昌帶著他的兩個警衛趙子光與羅老旺來找彭嘉福，一見韓曉人他不覺有份羞愧之心，韓曉人卻不記前仇。因趙文華駐在酸格林，糧草容易收買，韓曉人便與侯加昌商量想到他們防區買糧米，侯加昌滿口答應，商定三日後送來。趙文華得知彭嘉升的十六營缺糧，非常高興地叫侯加昌寫好回信，聲稱百姓缺糧無法收購，請十六營就地籌集軍糧。韓曉人等待三日，竟收到這樣一封信，心中非常焦急，彭嘉福安慰韓曉人說：「我早料到趙文華不滿大隊長升任副旅長，如今敵人重兵雲集，我們卻在這裡死守，這主要是守忙臘渡口，好讓收到的七千多砣大煙運過江西，可惜江水太大運不過去。半個月過去了，我看敵軍布置妥當，就要進攻了，糧食買多了也是白費事，到時帶不走，你告訴各部隊不用存糧，吃光時也該轉移了。」

果然，當晚陣地就被緬軍一個連包圍，彭嘉升的十六營，雖分得不少彈械，但與緬軍正規軍隊打陣地仗，是雞蛋碰石頭。僅勉強支撐住不讓緬軍攻破。彭嘉福派人去向大六官求援，方知大六官已逃跑，在一連山頭兵的護衛下撤到江西去了，十六營孤軍奮戰，堅持到天黑終因彈盡援絕，只好撤兵放棄陣地，連夜順江邊上撤，轉移到刺通坪。此次軍事行動完全按陶大剛的作戰意圖，由蔣忠誠掛帥，繞過趙文華十七營，偷襲駐守上定壩的十八營。當蘇文相、段子良、字光華三員將兵分三路，直撲敵陣時，蔣振宇的守兵大多離開陣地，躲在村中老百姓家裡喝酒賭錢。一聞槍聲頓時亂成一團，所有馬廄、鴉片、牲口全歸蔣振業所有。蔣振宇驚慌失措，帶著親信逃離戰場，幸虧中隊長郭老安收聚散兵，跟著撤退，才免於全軍覆沒。趙文華聞知兵敗，怕被包圍，一槍不放地悄悄撤離酸格林，向崇崗退去。

蔣振業大獲全勝，除七千多砣鴉片，上百匹騾馬外，俘虜了敵方官兵三百多人，繳獲大批輕重武器。這批武器蔣振聲原本用來裝備彭嘉升的，一直被大六官扣在手上未發下去，結果讓蔣振業撿了個大便宜。蔣振動自幼嬌生慣養、頤指氣使，此刻雖為統帥，無奈是紙上談兵，一經接觸便全線潰敗。結果丟掉部隊，狼狽不堪地逃至江西，成了名副其實的光杆司令。蔣振業戰勝敵人，休整數日，開慶功大會頒發獎金、獎章，旋即接管君弄山區及西山區，委派區長、鄉長、頭人，捐派自如，盛極一時。在緬軍撮合下，蔣振業與羅欣漢正式合流，共同組成地方自衛隊。名義上蔣振業與羅欣漢一正一副，但蔣振業剛獲全勝，趾高氣揚，意圖統一果敢，唯我獨尊，他們對羅欣漢的英式大十字槍不屑一顧。兩方軍力懸殊，情勢對蔣振業十分有利。彭嘉升退到刺通坪，派彭嘉福到慕太聯絡蔣振宇及趙文華，要他們率部隊來會，趁蔣振業新勝驕傲，進行反擊。幾經商議，三方達成一致，集中到崇崗，準備反攻，但兵貴神速，就在三方反復磋商，拖延時日的中間，蔣振業已消化好戰果，再度配合緬軍追殺到崇崗。此時彭嘉升正在崇崗街整補隊伍，籌集糧食，忙得不可開交。時間正值年節，開前鋒的十八營，出發已一個多小時；中衛十七營剛到達崇崗後山小拗口，便遭搶先占領高地的蘇文相中隊迎頭痛擊。字光華中隊順崇崗大路奔襲過來直插崇崗街，跟十六營的哨兵接了火。一剎時，槍聲大作，彈頭亂飛，崇崗街雞飛狗跳，居民拖兒帶女離家避入山箐。

一追一逃。蔣振業不理會蔣振宇與趙文華，專門跟在彭嘉升後面窮追猛打，在慕太、紅岩、金杯大箐繞了一個大圈，最後在爛巴寨把彭嘉升圍住。整個十六營只能依託中國邊界苦苦撐持，部隊早已彈盡援絕，戰士們又饑又寒，活像一群坐以待斃的囚徒。一百多人，缺衣少食，淋在雨中，幸好軍心不亂，仍能保持建制。這些都是彭嘉升的老底子，追隨彭嘉升起事上山，至今沒有受到金錢物質的誘惑，本著一股革命精神才能堅持不潰。他們從起事之後，一直處於劣勢，被政府軍追打已成家常便飯，所以，雖然被包圍，只要中方不追逼，他們根本不怕。蔣忠誠帶領三個中隊張網以待，後來看見中國大軍出現在邊界，嚇得急忙退兵，等派當地傈傈再到爛巴司瞭解情況，不要說解放軍，連彭嘉升的一百多人也像空氣似地消失不見了。從此便無彭嘉升的音訊，老百姓傳說彭部已被大軍繳械，所有的人都被送去內地勞改。

彭嘉桂娶了蕭彩菊，趙映花為蔣瑞芝打抱不平。「姊妹別傷心，當心身體，蕭彩菊不要臉，彭嘉桂更不是人，不值得為他而難過。好男人多的是，我為你介紹一個比彭嘉桂強得多的男人。男人口是心非，我見多了，聽說你父親為你提過親，因彭嘉桂揚言不准你嫁給別人而作罷。現在他娶你嫁，看他還有何說。」

「為這事彭嘉福找我談過，他說不要聽彭嘉桂的威脅，那是他一時氣話，哪有占著茅廁不拉屎的道理，人的感情不是能勉強的，愛情是雙方的事不可強求。他勸我找個合適的愛人，不要苦了自己。」蔣瑞芝把彭嘉福要他另嫁的話說出來。

「對呀，不要說彭嘉桂已結婚，即使他不結婚，妳有合意的對象也可以嫁。以前他仗著他大哥的威勢橫行鄉里，而今他家失勢，自顧不暇，可見書上說的好，『福不可享盡，勢不可使盡。』做人行事要留條後路，爬得高摔得重。這不，彭嘉升一家老少如今像縮頭烏龜一樣躲在中國小紅岩不敢回家，以前蕭彩菊紅得發紫，做了官家太太，現在不也是出不了頭嗎？姊妹，我姊妹爹替妳選的唐廷華，可是出了名的。他人品出眾，一直在臘戍讀書，與妳可是男才女貌很般配的。他放假回來，妳們就擇日成親吧！結婚後去臘戍，省得妳在紅石頭河，戳蕭彩菊的眼。」

「姊妹，謝謝妳替我著想，如今我已是遭人拋棄的女人，唐家大名大姓的，誰還看得上我呢！」

「哼！大名大姓的又怎的，一朝天子一朝臣。現在果敢，誰有勢力誰就是老大？信彭家說話算數，就不信蔣家說話算數啦？實話告訴你吧，部隊長為我撐腰，我做妳的後臺老闆，妳就放心地等著做妳的新娘子吧！」趙映花說話算數，等蔣瑞芝離開核桃林，馬上騎上蔣振業送給她的騾子向大水塘去了。

蔣振業把彭嘉升逼進中國，總算出了一口惡氣。他回過頭要收拾趙文華與蔣振宇，卻被陶大剛制止了。陶大剛給他講中國歷史養寇自重的道理，土司官家的殘餘勢力剷除，政府便不會讓鷹犬存在。蔣振業何等精明，一點即醒。像兩人推磨轉來轉去，永遠碰不到一起，蔣振業與趙文華、蔣振宇在上六戶轉圈，緬軍跟著爬了幾次大山不想動了，便把圍剿的任務交給蔣振業，不再過問蔣振業的事。蔣振業把司令部設在大水塘，儼然成了果敢的新土司，他把趙映花視為蔣振宗的未亡人，優禮相待。他寫信給他三叔蔣文堂，叫他脫離彭嘉升回來當西山區的區長，但蔣文堂不理侄子的禮聘，繼續領著十多人在西山區邊界活動，趙映花找到蔣振業，幾聲大哥一叫，唐家便趕著迎娶蔣瑞芝做了兒媳。唐廷華無端得了個嬌妻欣喜若狂，上次怕彭嘉桂報復，婚事中斷，而今如願以償男歡女愛做了比翼鴛鴦，真可謂否極泰來。婚後夫唱婦隨十分恩愛，唐廷華是獨子，兩老愛若寶貝，而今抱孫在望，老懷大暢。蔣瑞芝過門後甚蒙公婆寵愛，心中也十分得意，她感激趙映花，作伐之恩，兩人常相往來，情好日濃。

彭嘉升退入中國，彭嘉桂便把家眷送到中國的小紅岩，自己跟隨蔣文堂在邊境一帶活動，當他得知蔣瑞芝已嫁唐廷華，覺得有負三哥之托。他同時氣恨唐家竟敢不顧他先前的警告，而娶三哥的未婚妻，另外他也不值蔣瑞芝喜新厭舊，辜負了三哥的情意。他越想越氣憤，心中動了殺機，他把自己的想法告訴蔣文堂，蔣文堂不知彭嘉福與蔣瑞芝的談話內容，也以為蔣瑞芝水性楊花，藉著趙映花的關係靠向蔣振業。他要殺唐廷華並非出於私意，而是要懲一儆百，警告投向蔣振業的人，同時也要向鄉親父老表明：「彭嘉升並未失勢，仍能掌控時局！」蔣文堂想法不錯，可惜他選錯對象，錯把馮京作馬涼，鑄成大錯！

蔣正海參加部隊後，與蔣文堂認了本家。蔣文堂失去兒子，心靈正空虛，認蔣正海做侄兒後，便把他要到身邊，視作親子。蔣正海不願為私情殺人，無奈蔣文堂講了一大篇冠冕堂皇的理由，把情變與政治掛了鉤，逼得他參與了此次殺人的行動。唐廷華與蔣瑞芝渡完蜜月，準備搬下臘戍，臨行前他們去看望趙映花，感謝她的成全，並作行前告別。在由芭蕉箐去核桃林的路上，死神已等在途中。可憐新婚夫妻結婚僅一月，這對同命鴛鴦便死於非命，拋屍荒野，冤枉之至！

在後人的評說中，有的人認為彭嘉桂草菅人命，讓父兄蒙羞；有的人卻說唐家巴結新貴，罪有應得。真是亂世人命賤如蟲。

註解

①束裝就道：整好行裝走上旅途。
②嗔怪：責怪。
③椽子：屋頂斜木中的一種。
④通氣：互通消息；交換意見。

第五章

曲高和寡

臨滄到鎮康的公路上，一輛軍用吉普車開足馬力飛馳，車子爬上山頂，下到深谷，繞著山道打轉。七月的天氣像轉幻無窮的萬花筒，明明是萬里晴空，驕陽似火，大地變成一個烤箱，似乎要把一切生物烤熟；轉眼間濃雲密布，狂風暴雨撲面而來，剎那間路邊的溝渠便漲滿。混濁的溪流漫過公路，汽車駛過，路面濺起的泥漿使擋風玻璃一片模糊。山路崎嶇，凹凸不平。趙忠舉在座位上俯前仰後，東倒西歪。儘管如此，他還是不斷地催促「老張，開快一點。」司機老張手握方向盤，兩眼緊盯路面猛踩油門，車子像脫韁的野馬，發瘋般扭來拐去，刺耳的喇叭聲令路人側目。「開得這麼快，太危險啦！」行人一面躲避濺起的泥水，一面嘀咕。

趙忠舉的警衛小王，面對一個個急彎、一道道陡坡，雙手緊握鐵把手，眼睛睜了又閉，閉了又睜，真擔心司機一個失手，車子便會衝下深谷，落得個屍骨無存。趙忠舉挺沉得住氣，他雙目微閉，任著身子左右搖擺不定，腦筋緊張地思考著此行重任。昆明軍區的一封特急絕密電報，擺在臨滄分區司令部作戰室寬大的會議桌上。分區司令員與政委坐在椅子上，面對拉開布簾掛在牆上的五萬分之一比例的軍用地圖，注視著作戰科長長杆指向的一個小點。

「就是這裡，鎮康縣彭木山區蚌孔鄉爛巴塘村。這個村子位於國境線，是傈僳寨，只有十多戶人家，搬出搬進，在國界兩邊無固定住所。」

「彭嘉升所部大約有多少人？」司令員問。

「有一百六十二人，他們從刺竹壩向爛巴塘轉移時，我孟定團七十營一連連長申健曾仔細數過。」

「沒有驚動他們吧？」政委擔心地問道。

「沒有，我軍雖密切注視彭部動向，但沒有被他們發覺。」

「報告，臨滄軍分區參謀長奉命來到！」剛從雲縣趕到的趙忠舉，滿面倦容地向首長報到。

「來得好快！」政委站起來與他握手，並連聲安慰道。趙忠舉與分區司令員、作戰科長簡單打過招呼，便一言不發地坐到桌前，聽候分配任務。

「老趙，把你從地方支左第一線抽調回來，有一項重大的政治任務要你去執行！」分區司令員直接了當地說明用意。「你馬上帶梅樹成同志乘車去鎮康，設法把彭嘉升的果敢革命軍接進國內，具體情況由梅樹成同志向你介紹。」

「老趙，昆明軍區首長指名派你去執行這項秘密使命，任務艱鉅而光榮。你以前跟彭嘉升打過交道，你要充分利用熟人關係把他們接到猛堆。昆明軍區首長正動身前來，詳細任務到時再給你指示。」政委特別強調，要趙忠舉設法把彭嘉升接進中國，至於是何原因，他也不甚了了。

「是，保證完成任務。」趙忠舉向首長表示決心。

「祝你一路順風！」分區司令與政委把他們送出作戰室。分區大院一輛軍用吉普車已然發動，待命出發。趙參謀長和作戰科長梅樹成，司機老張及警衛小王坐上車子，冒著瓢潑大雨出發了。

趙忠舉是山西人，一九三八年抗日時期參加革命，已有近三十年軍齡。他長得身材瘦小，在抗日戰爭、解放戰爭中多次負傷，身體一直不好，四十六歲年紀，已頭髮灰白容顏蒼老。他到臨滄專區雲縣支左，任縣革委會主任，領導該縣的文化大革命。他以為就此脫離軍隊轉業到地方，再過一次當父母官的癮。軍隊裡緊張的生活節奏，對他來說已不太適應。升遷的希望縹緲，乾脆到地方工作，可以鬆弛鬆弛過度繃緊的神經，說不定可以多活幾年，享享晚福呢！

第一次到地方工作是五〇年，在祿勸任縣臨時工作隊政委。他隨二野四兵團入滇，以營長身分參加祿勸縣臨時組政工作。建政結束，教導員留在祿勸工作，他把新認領的乾兒子交教導員代養，便又隨軍進駐邊疆。他先後擔任尖山營營長、孟定邊防團團長，六四年調到臨滄軍分區任副參謀長，直至升任參謀長職。這樣說，並不表示趙忠舉是個思想意識衰退的人。他黨性很強，二十多年的戰爭考驗及歷次政治運動，把他鑄成了堅強的馬克思主義者。他工作能力強，性情和順，在孟定任團長期間，正值三年困難時期，他協助地方開展國外小額貿易，認識了彭嘉升。他請彭嘉升在緬甸購買國內急需的緊俏物資，彭嘉升固然大大賺了一筆橫財，蔣振業與蕭金鑫也獲利不小。一九六四年四清運動，趙忠舉因上述問題受到衝擊，調回分區任副參謀長，那可是看在他二十六年革命資格的份上，從輕處理，沒有撤職查辦。趙忠舉把職務調動看作是革命需要，從無怨言。按黨的幹部政策，有政治問題的人，是不會升遷的，他犯過資本主義經濟方面的錯誤，已是逐漸靠邊站了。同期參加革命的同志，大多犧牲在殘酷的戰火中，倖存的戰友在軍中的職位都比他高。他不嫉妒，也不眼紅，能保住老命，比起戰死的同志，活著的還挑剔什麼？戰友們為中國人民的解放事業獻出了寶貴的生命，活著的同志難道不應該為新中國的建設事業奉獻自己的一切嗎？自己貢獻不大，能力有限，可黨和人民給自己的榮譽已很高，哪能再多求？

趙忠舉與彭嘉升私交莫逆，彭嘉升對趙忠舉十分尊重，覺得他與其他只講教條不管事實的黨官不同，為人和氣、人情味很濃，原則性強，但處事又合乎情理。彭嘉升為增進兩人的親密關係，提出要把長子寄名做趙忠舉的乾兒子。趙忠舉笑著婉拒了，「老彭，你這是把我往火坑裡推呀！」彭嘉升啞然失笑，兩種制度，兩個天地涇渭分明呀！趙忠舉想到這裡，心裡暖洋洋的。老朋友見面理應高興才是，但帶著任務會晤，頗有引君入甕的嫌疑，趙忠舉心中微感歉然。彭嘉升對自己絕對信任，接他進中國避難，以免全軍覆沒是必要的。以後上級作何安排，自己也不清楚。是福是禍，就看彭嘉升的造化啦！趙忠舉收回思路，向乾兒[1]梅樹成詢問彭嘉升的處境，梅樹成講了彭嘉升抗擊緬政府的經過，趙忠舉得知彭嘉升彈盡援絕，心下很著急。他深知彭嘉升寧折不彎的性格，施捨對彭嘉升來說只能是一種侮辱，要讓他自願把隊伍帶進中國，理由一定要充分，不可勉強。看來上面的對外政策有了重大更改，中緬關係將有新的轉變。浮想到此，趙忠舉彷佛已看到硝煙在果敢這塊和平的土地上升起，一場生死搏鬥展現在他面前。

「乾爸，你在想什麼？」梅科長打斷了趙忠舉的遐想。梅樹成全家在解放初期死得只剩他一人，趙忠舉可憐他的不幸遭遇，同時也為了彌補自己工作中的過失，收容了他為義子。梅樹成被送到昆明上幹部子弟小學。他聰慧過人，讀書過目不忘，被老師譽為神童，十七歲已念完高中，以高分考入南京軍事學院，二十一歲畢業以中尉軍銜入伍任職，當了三年連長後調到臨滄軍分區任作戰科長，二十五歲已是正營級軍官。他感謝趙忠舉救了他，感謝共產黨和人民政府培養造就他成了人民軍隊的一名優秀幹部，他決心為共產主義的遠大理想貢獻一切。他能參與這次重大政治事件，知道是因為乾爹的面子，他能有今天，也是因革命軍人出身這塊金字招牌起作用。所以他視趙忠舉為親父，把真正的親生父母置之度外，從不在他人面前提及，他越長大懂事，越知階級鬥爭的殘酷無情。他要進步，就要同親生家庭一刀兩斷，不容有絲毫猶豫。

「樹成，乾爸以為這輩子革命到此已完結，正擔心你的前途。你要時刻牢記，八歲以前的記憶已因驚嚇而忘卻，千萬別再提及。是黨和人民哺育了你！本來黨的政策是英明的，以辯證法來看一個幹部，但目前的政治氣候不要說你，像我這樣的老革命也摸不著頭腦。但我相信一條，共產黨是一個偉大的黨，共產主義事業一定能在全世界實現。各個革命時期的中心任務與具體政策是有分別的，所以當前的文化大革命也有不同的革命對象和不同的處理政策。我們不能完全理解毛主席的戰略意圖，說明我們學習不夠，水準有限，但要相信黨、相信人民，那就不會犯大的錯誤了。」趙忠舉對無產階級文化大革命打倒一大批高級幹部確實不理解，這批老革命歷經土地革命、抗日戰爭、解放戰爭，從井岡山走進了北京城，如今不是叛徒特務，就是黑幫走資派。這個彎難轉但必須轉，這就是一個共產黨員的黨性。他怕梅樹成理解不了栽跟頭，便趁在鎮康縣武裝部休息時，語重心長地向乾兒子講出心裡話。在鎮康吃過晚飯，又騎上早已餵飽馬料的軍馬連夜出發了。天亮在猛堆換馬，下午趙忠舉便與彭嘉升見了面。

「趙團長，好多年不見，你清瘦了不少呀。」彭嘉升從臨時搭建的小茅草屋走出來迎接老朋友，他不知趙忠舉現在的身分，還用以前的稱呼。「張副教導員稱首長要來，想不到是您。」

「老朋友回家來，我當然要來迎接，老彭，你還好吧？」趙忠舉緊握彭嘉升的雙手，兩眼濕潤了。

「你看我這狼狽相，見了老朋友多不好意思。總之是好不了多少，也壞不到哪兒，老樣子。」

「哪裡話，這些年我不在孟定，但經常聽到老朋友的消息。知道你棄商從政，為果敢人民爭地方自治，搞得卓有成效。你們目前碰到的困難是暫時的，蔣振業勾結緬甸反動軍人政府，對果敢人民犯下了不可饒恕的罪行，他們倒行逆施，必將自食其果，這些問題我倆晚上再聊。你對祖國有什麼請求？儘管提出來，我們協商解決。」

「這次到祖國避難，受到大軍的盛情款待，接濟我們急需的大米、油鹽菜蔬，體現了祖國人民對海外兒女的關心愛護。我代表緬甸撣邦革命軍第五旅全體官兵，對此表示深深地感謝。」由於環境地位，時間主客的變換，彭嘉升再不能像以前那樣推心置腹，只好客氣地應酬道。

「老彭，你見外了，以前我們是私交，且站在不同的立場。如今我們已是戰友，在不同的崗位上為世界革命攜手奮鬥。你們進行的是正義的戰爭，對兄弟的緬甸解放事業，中國人民一如既往，堅決支持。」

茅屋外，一個哨兵來回巡邏，很忠於職守，然而他每一個來回都使彭嘉升極為難堪。他見趙忠舉幾次想開口而又忍住時，更是感到面紅耳赤。

「老朋友，你把我那條軍褲拿給趙子光。他的褲子被樹枝刮破，換下來補一補。」

原來，站游動哨的是警衛排戰士趙子光。趙文華在崇崗街遭伏擊，部隊被打散，侯加昌領著羅老旺與趙子光找到了彭嘉升。趙子光褲子穿爛，他用一張報紙貼在爛褲子上，一本正經的在許多客人面前晃來晃去，風一吹，用米飯粘著的報紙一飄一飄的。他煞有其事地用一雙手去捂住，使得彭嘉升啼笑皆非，說不便說，罵不好罵，只得先把客人應付過去再說。趙忠舉禮貌性地拜會彭嘉升後便返回解放軍邊防連隊的臨時營房，走時約定彭嘉升到他住處暢談。趙忠舉與彭嘉升的警衛員一一握手告別，他特別風趣地對趙子光開玩笑道：「小同志，你可真有辦法，用我們發給你們看的解放軍報補褲子，這可真是個了不起的發明創造呦！」趙忠舉的話把所有的隨行人員都逗笑了。梅科長、張副教導員為了禮貌，剛才忍住不笑，現在乘機開懷大笑起來。彭嘉升恨不能找個地洞鑽下去，也只得尷尬地陪著乾笑。倒是彭部官兵這一笑，把平日對解放軍談虎色變的觀感改變過來，覺得共產黨的大官並非如形容中的青面獠牙，而且個個都是和藹可親，極有禮貌的。客人一走，彭嘉升便把趙子光罵得狗血噴頭。「你這個爛狗，褲子破了用報紙貼，誰教你的？居然不害羞，還當著大軍的面逛來逛去，丟我的臉！下次再丟人現眼出洋相，看我不關你禁閉。」

趙子光返回住處，得意洋洋地把自己的錦囊妙計一公開，大夥笑得捧著肚子叫痛。「管他罵不罵，換來一條褲子，省得蚊子叮屁股。你們都是傻瓜，怎不跟我學呢？」部隊吃飽肚皮，情緒好了許多。你一言我一語，各自抒發對時局前景的揣測、評論。

「我看大軍對我們的態度挺好，如果彭副旅長請求中國支援我們槍彈，再跟蔣振業我兒子好好打幾仗，讓那夥兔崽子嘗嘗逃跑的滋味好不好受！」趙紹雄是千總的大少爺，這次被追真夠他受的。

「哼！說得輕巧吃根燈草。老共這次不把我們扣在中國，那就阿彌陀佛，善哉！善哉！照我的意思，混吃幾頓飽飯後趁機開溜。要槍要炮下泰國去買，蔣參謀去拉攏生意人，買槍的錢準夠。」侯加昌仇視中國的心理依舊不變。

「那是反共游擊隊的宣傳，當不得真。我在臘戌中山學校讀書，聽老師介紹，共產黨毛主席是中國的大救星，領導人民推翻三座大山。老百姓當家作了主人，家家戶戶有吃有穿。只有大陸才是海外炎黃子孫的可靠後盾和堅強支柱，我們不靠中國便打不敗老緬，果敢人民哪能翻身做主人？」趙紹雄搬出老師的話作依據反駁侯加昌。

「你是民安戶四千總的大公子，果敢一解放，首先要鬥爭你家，共你家的田產地業，沒收你家的騾馬牛羊，你還敢替共產黨說好話，你是中了左派學校老師的毒。中國解放後，打土豪分田地，鬥死了幾百萬人。逃到果敢的難民，誰家沒被鬥死過人？臺灣才是自由中國的復興基地，三民主義是救中國的良方妙藥。蔣總統領導海內外同胞反共抗俄，我們要擁護國民黨打回大陸去。」侯加昌在臘戌中華學校讀書，聽到的是另一套理論。

「你們倆一左一右，什麼三座大山，什麼三民主義，我一概不懂，再爭也沒用，所謂百聞不如一見，中國好不好，放著現成的評判員，聽他裁決不就得啦！」趙子光出來打圓場。大夥一聽這話，果然住口把目光對準韓曉人。韓曉人滿臉絡腮鬍子，一頭亂髮，小眼睛小鼻子小嘴小臉，瘦高的個子穿著身破爛的土布衣褲，那是劉國欣的父親換給他的。蒼白的瓜子臉上，只有那對因饑寒疲乏而深陷在眼窩裡的一雙晶亮黑眼珠，透出機靈與精明。他默默傾聽夥伴爭論，心裡暗笑。爭論的雙方對中國可說毫無認識，對現狀更一竅不通，兩人都是道聽塗說，卻反應出對大陸兩種截然不同的態度。他見大夥把目標轉到身上，不知如何是好？只得胡亂應付幾句，因為韓曉人也確實不明白中國到底是好還是壞。「你們問我，我也說不出個所以然。說中國不好，它可是當今世界強國，跺跺腳地球都會震動。我是國家幹部，是為人民服務的公僕，說它好嗎？我卻逃出國來，偷出國界就是叛國賊。我現在是個賊，但不知我犯什麼法？」

這樣模稜兩可的回答，雙方都不滿意，但大夥也不再爭論。靠的靠、躺的躺。「當兵的聽長官吩咐，天掉下來有高個頂著，操什麼心呢？」大家說。

趙子光拿出一包春城牌香煙，忘了剛才被臭罵一頓，獨個兒自言自語，「那個趙參謀長人不錯，同我這個老憨兵握手不算，還遞給我一包煙。」

一聽說煙，整個草棚轟動開來。煙蟲好像在喉管裡爬來爬去，口水也流出來了。煙鬼們餓飯固然難受，沒煙抽更像要了他們的命！大家一窩蜂似地圍住趙子光，你爭我奪。一眨眼功夫，趙子光手裡只剩下空煙盒，他嘴裡含著的一根煙也不翼而飛。急得他大叫大嚷道：「我一支煙都不剩下了，你們這群強盜土匪，真該統統抓去蹲監牢。」嘻嘻哈哈的笑聲中，小茅棚煙霧騰騰，大夥兒活脫脫是群七月半到陽間領受湯水飯的餓鬼，破衣爛裳、披頭散髮，東倒西歪在過煙癮。進入中國，不要說弟兄們在議論紛紛，長官中也意見不一，分歧極大。在彭嘉升住的大草房中同樣煙霧繚繞，幹部正展開爭論，唇槍舌劍互不相讓。

「昨晚趙參謀長與我談了一夜，我們幹革命已不單純是為果敢人民，而是關係到整個緬甸的大事。奈溫反動軍人政府搞的是假社會主義，揭穿來看是地道的法西斯主義。我們不只要把緬軍逐出果敢，而是要推翻反動的軍人政府。我們要實現解放緬甸各族人民的革命大業，不能單憑手中的槍桿子，而是要重新建設一支人民軍隊，這支軍隊是用人民戰爭思想武裝起來的新型武裝。中國政府和人民歷來支持世界各國被壓迫民族的解放鬥爭，中國共產黨是用馬列主義、毛澤東思想武裝起來的無產階級政黨，為把勞苦大眾救出來而英勇奮鬥。它把解救全世界民眾，最終實現人類最美好的共產主義社會作為自己的理想。中國共產黨把援助各國無產階級的革命鬥爭當作自己應盡的義務，所以中國黨和政府一定會支持緬甸人民的解放戰爭。我們現有一百多幹戰，是一百多粒革命種子，要到人民群眾中生根、發芽、開花、結果，但照目前情形看，我們這支隊伍幹戰的思想覺悟低，政治水準差，適應不了今後的鬥爭形勢，所以必須加以學習整頓。趙參謀長建議我們到猛堆去集中受訓，以提高部隊的政治修養和軍事素質。我們現有的舊武器要全部淘汰，等受訓完畢，再重新裝備解放軍的現代化武器，今天召集所有幹部來此，就是要先統一幹部思想，中國有句流傳很廣的話『村望村，戶望戶，群眾看幹部』，只要在座的想法一致，下面的工作就好作了。」彭嘉升真是奇才，僅一夜功夫，就滿口理論，與中國的幹部相比，口才方面毫不遜色。他的話把到會的幹部全都怔住了，消息來得太突然，中國居然答應幫助集訓果敢部隊，並慷慨應承給予最新裝備，天下竟有如此便宜的好事！

「彭副旅長，中國的話相信不得。他們要把我們繳械後騙進中國，一到內地就把我們關到大牢裡受罪，一輩子也別想再回緬甸。」蔣森林多日來與解放軍官兵經常接觸，聽他們大談革命經：什麼小米加步槍打敗八百萬國民黨武裝到牙齒的反動軍隊；什麼毛澤東思想是指導世界人民的革命真理；什麼蔣家土司是封建落後的反動殘餘勢力，不必為他一家賣命；還說林副主席的三猛戰術，一點兩面，四快一慢，是軍事史上的偉大創舉，說人民解放軍如何遵守三大紀律、八項注意，不像果敢兵派糧捐款。如此這般聽得他耳朵都灌滿了。蔣森林真想把「共產黨好，領導人民吃稻草；毛主席強，殺了人民幾百萬。」這首民謠說給大軍聽，但他知道有求於人，不敢胡來，硬是忍住不說，所以一聽彭嘉升搬出大軍那一套經典，便迫不及待地開了頭炮，反對進中國內地整訓。

「蔣連長的話太過分了，這幾日我從與大軍的交談中認識到中國是誠心要幫助我們的，我們雖是緬甸國民，但我們是漢族。華人在海外受氣，只有祖國才會真心關懷照顧自己的親人。蔣振業、羅欣漢投靠異族，是漢奸賣國賊，對不起果敢人民，也背叛了祖國，大軍當然要支持我們消滅這兩個壞蛋。」發言的名叫蔣再映，是電臺臺長。他追隨蔣振動由泰國回果敢，猛乃壩一戰，蔣振動丟下他們獨自逃走，蔣再映心中相當不滿，便投奔彭嘉升來，並照常與泰國方面聯絡。他今年二十三歲，有文化，易於接受新思想。他進到中國把解放軍與泰國反共的三、五軍相比，發覺雙方有天壤之別。解放軍吃苦耐勞、紀律嚴明、對人和氣，官兵相處極為融洽；反共游擊隊純屬一群土匪，抓拿騙吃、無所不為，當官的高高在上，對部下非打即罵，當兵的忍氣吞聲，一到出差不是裝病就是逃亡。

彭嘉升部一進到境內，解放軍便忙著替他們蓋草屋，可大軍晚上仍在雨中露宿，蔣再映平生未見過這種軍隊，感動得幾乎流下淚來，所以他對中國充滿好感，什麼都覺得新鮮。他認為身為漢人，有這樣強大的祖國值得驕傲自豪，共產黨英明，毛主席偉大，解放軍強大無敵，這樣的靠山到哪裡去找呀，這得歸功蔣振業呢！他這一追，自己才有機會踏進中國，親眼目睹解放軍的一舉一動，都是為了人民。反觀三、五軍燒殺搶掠無所不為，抬著槍支走私毒品發財，何曾為人民打算過，所以他迫不及待起來反對蔣森林的說法。

「去學習我不反對，但不接受任何附加的先決條件。我們部隊的獨立自主要有保障，武器裝備可先借用，以後作價賠償，我們不能讓別人說我們是老共的走狗。另外除了反抗緬軍，打擊蔣振業、羅欣漢外，不與任何黨派為敵，其中包括三、五軍在內。不然做老共的過河卒子，為他們去柵籬笆守邊界，白當炮灰是不合算的。」彭嘉福不務虛，他來實在的，闡明應堅守的原則。

「彭營長講得正確，我舉雙手贊成。我們是為果敢人民而戰，與果敢無關的事用不著操那份閒心。中國對我們是真心還是存有其他企圖，目前還不敢斷言，但有一條必須引起高度注意，那就是團結問題，謹防再被分化瓦解。段子良事件殷鑒不遠，我們不得不防，幹部戰士對中國的看法態度不一，但不管怎樣想如何看，個人要服從團體，不得各行其事，以免造成內部混亂，引致再度分離。」申興漢思想敏銳，幾天來目睹幹戰各執一理互不相讓，他不僅擔心起來。「另外在中國期間，我們說話行動都要慎重，該講的大膽講，不該說的忍著點。在人家家裡不應妄論人家的短長，有問題等出了中國再提，不然影響不良有害大局。」

「我同意申連長的想法，但應更靈活些；見人說人話，遇鬼學鬼嚎。我們是見風使舵，順水划船，學習就學習，難道老共真能洗腦？管他共產黨、國民黨，有奶便是娘，舉左手喊毛主席萬歲，抬右手祝蔣總統萬壽無疆，兩面討好，一邊也不得罪，爭來爭去有啥屁用？吃樹皮啃草根時只想活命，現在有肉有飯，叫老子也沒關係。」羅大才更實際，他是樂天派，相信車到山前必有路，何必考慮那麼多，他的話把大夥逗笑了。

「我認為不可不防，但也不必前怕狼後怕虎，把部隊送去整訓一部分，老弱傷病的趁機去休養，精壯的留在果敢以防萬一。好槍帶走，壞槍交下，這樣一來，中國方面應付過去，泰國那邊也有交待，不是兩全其美嗎？」蔣忠衛的意見得到一致贊同，會議至此大家都無他說了。

彭嘉升原意也想留下少數部隊，偵察蔣振業與緬軍動向，同時聯絡十七、十八營動員他們同去學習，以壯大力量，共同對敵。西山區、興旺區、上六戶等地飽經戰亂，只有東山區未受波及，蔣振業的勢力目前還伸不到，所以彭嘉升決定派蔣忠衛帶三十多精幹官兵南下東山堅持鬥爭，其餘全部進中國整訓。史無前例的無產階級文化大革命風起雲湧，遍及中國的每個角落，影響到世界各國。緬甸一貫是中國的友好鄰邦，一開始對境內華僑，緬籍華裔宣傳毛澤東思想，採取放任自流的態度，誰知事態一發而不可收拾。

一九六七年六月，仰光因為學生佩戴毛澤東像章引發糾紛，先是互相廝罵，逐漸演變成鬥毆，乃至發展到大規模的反華、排華活動，並由首都仰光發源，很快波及到全國各大中城市，所有在緬的中國人都受到程度不同的迫害，生命財產受到威脅與損失。特別是中國援緬專家劉毅被暴民鬥毆致死，中共感到極大憤慨，中共駐緬大使館幾次向緬甸外交部提交抗議照會，排華事件表面上才告平息，但中緬兩國之間的胞波之情已受到嚴重傷害。緬政府對中共要求懲罰反華事件的策動者一事置若罔聞，因為事件的起因是在親中共的左派人士一邊，他們力圖在緬甸掀起共產主義風潮，把緬甸畫在中共的勢力範圍之內。這種左傾盲動的急躁行為，理所當然要受到緬人的抵制抗議，故民眾自發地組織起來，反對赤化的行為。當時的中國，正是林彪當朝得令的極左年代；又值文化大革命極度混亂期間，武鬥猖獗，派系林立各不相容。大家都打著毛主席的旗號，以正宗左派自許，以致夫妻反目、父子成仇。國內如此，中共這個世界級的左派龐然大物，豈容得一貫恭順的緬甸來捋虎鬚，加之緬甸中中下級政府官員對發生在國內的左傾共產主義狂潮，看在眼裡、恨在心上，無形中推波助瀾，擴大了反華範圍。中共當局自然大為震怒，立意要施以顏色進行報復。然而緬甸雖小，卻是個主權國家，直接派兵入侵，不僅對一個自稱遵守和平共處五項原則的社會主義大國在情理上講不通，而且會引發美帝（美國帝國主義）、蘇修（蘇聯修正主義）的干預。弄不好畫虎不成反類犬，收不了場。

想來想去，只好採取槽底放水的做法，把滯留在四川、貴州兩省十多年的緬共留中國學習的幹部及山頭族諾相所部，重新裝備受訓，準備派返緬甸作為先鋒。這一則符合馬列主義由本國人民自行決定本國命運的理論，二則可掩飾世界輿論。所以對於彭嘉升部的避入，中國喜出望外，馬上決定加以利用。小國無公理，在強權政治的意識下，大國對於鄰近小國一直視為禁臠，小國必須仰承大國鼻息，否則動輒得罪，遺禍無窮。奈溫將軍上臺，對中共百依百順，卻因一次小小的排華事件遭致報復，幾乎危及整個政權，若非林彪失勢，中共對緬政策轉變，則緬甸局勢更不堪收拾；此是後話，表過不提。這其中曲折，彭嘉升及其屬下當然不清楚，他急於報復蔣振業勾結緬軍，逼得自己進入中國避難的這口惡氣，餓急不擇食，當然雙方一拍即合。彭嘉升這一賭氣，果敢便狼煙四起居無寧日。蔣振業把彭嘉升追進中國，躊躇滿志，既報了蔣振宗的一箭之仇，又去了一個強仇大敵。按照國際公法，中國在收繳彭部武器後，可以給予政治避難權利，但有一個前提，那就是避難者不能利用該國進行政治活動。五十年代初，緬東北部有一股山頭族武裝，以諾相為首，一度占領木邦、貴慨地區，後被緬政府大軍圍剿，不得已退入中國雲南。中共原來打算重新整訓並武裝這支力量，但由於中國與緬甸的關係出現友好合作的趨勢，諾相便作為政治難民被冷凍起來，十多年不聞音訊。彭嘉升這一進去，前途是可想而知了。其實不然，時勢造英雄，彭嘉升因緣時會，趕上這百年難遇的良機，豈能不發跡。蔣忠衛領著幾十個精兵到處流動；蔣振宇隨彭嘉升進入中國後，又找了個藉口溜回果敢，他是堅決反共的，靠向蔣振業他又不願，最後支持不住了，帶著一百多部下到新街投了羅欣漢。蔣振宇部下是土司特意裝備的精銳之師，可惜主將無能，拖累三軍。這批精兵到來，羅欣漢頓時有了本錢，可與蔣振業抗衡了。

緬政府得知中共收留彭嘉升，並非政治難民身分，而是給予強化訓練，明知是為了報復仰光排華事件，卻無可奈何。政府只好退而求其次，把羅欣漢、蔣振業強行歸併，組成果敢地方自衛隊，以期抗擊彭嘉升。自衛隊委羅欣漢為總指揮，蔣振業為副總指揮，下設兩個總隊——第一總隊屬羅派，魯宗聖任總隊長，第二總隊屬蔣派，蔣忠誠任總隊長，蔣振新明升暗降，榮任總部參謀長。這樣安排，並非政府官員按中國歷來傳統，先來為王，後到為臣，而是羅欣漢的思想親緬，易於控馭。蔣振業迫於緬政府壓力，屈居人下，滿肚子牢騷，陶大剛勸他重新與蔣振聲和好，藉以在泰國建立基地。但蔣振業另有打算，他瞞著陶大剛，派蘇文相換便衣去南傘秘密接觸中共。南傘是鎮康縣彭木山區的一個鄉，與老街壩接壤，是中國的重要邊防站。蔣振業是聽蔣振宇部下所說，知道趙忠舉親到爛巴塘來接彭嘉升後，便打起投靠中共以自重的主意。蔣振業在孟定做生意時跟趙忠舉很熟悉，他寫了一封親筆信給蘇文相，要他投到南傘偵察站轉交趙忠舉。

中方對蔣振業毫無興趣，偵察站吳衛軍卻破例，盛情接待蘇文相，把他安置在招待所吃住。

「蘇先生，你年輕有為，擁有正義感和民族性。你要認清形勢，站到人民方面，不要成為壞人的工具。蔣振業偽裝進步，混入革命陣營，在緊要關頭卻背叛革命，是他的本質決定，他作為蔣家土司的中堅人物，是與人民為敵，他們內部火拼，是狗咬狗的鬧劇，不論誰勝誰負，他們企圖重新騎在人民頭上，繼續維持封建土司制度的階級本質是不會改變的。現在你們果敢優秀青年成了他人爭權奪利的本錢，毫無正義可言。」

「我們現在脫離土司，跟羅欣漢合併成立果敢地方自衛隊，已跟官家毫無瓜葛。」蘇文相辯護道。

「羅欣漢投靠緬政府，在緬軍卵翼下生存，他是果敢民族的公敵，他投靠異族，十足是個漢奸賣國賊，必將遺臭萬年！你們如果不覺醒，繼續為他倆賣命，到頭來自己也變成民族罪人，那多不值得。」吳參謀危言聳聽，倒使蘇文相不知所措。

「蔣副指揮官派我來尋求祖國的支持，好擺脫緬軍的控制，真正站到果敢人民方面，為果敢人民爭取自主呀！」蘇文相竭力表明立場。

「你太天真，蔣振業的軍隊是雇傭兵，教官陶大剛是國民黨的老牌特務，你的同事大多是蔣殘匪三、五軍的正規反共軍官，現在改頭換貌，冒充果敢子弟兵，那是掩人耳目，他們的真正目的是反共、反人民。你以為他們會為果敢出力嗎？掩耳盜鈴不過是自欺欺人的把戲，你卻當了真。」吳參謀辭鋒尖銳，句句直刺蘇文相步步設防的堡壘。蘇文相沒轍了，他滿以為自己拚死衝殺，是為果敢人民的利益而戰，豈料做了他人的工具，他心情十分沮喪。「吳參謀說的句句在理，我蘇文相白活了二十多年，滿腔熱血無處可灑，太可悲了！」

「小蘇！」吳參謀由先生、你、到小蘇，稱呼視談話效果改了又改，「你是蔣、羅部隊中上級幹部中少有的正派之人，你有崇高的理想，遠大的抱負，及愛國愛民的正直情懷。最重要的一點，你是一張沒有污點的白紙。在泰緬那樣複雜的大染缸中，你能出污泥而不染，證明你有很強的防疫能力，你對祖國人民有深厚的感情，對共產黨、毛主席有樸素的階級意識，不存偏見。但你缺乏政治頭腦，不能分清是非，故而需要認真學習，把樸素的階級感情提升到自覺改造世界觀的高度。」

「我的意思就是要像彭嘉升那樣到祖國受訓呀！」蘇文相提到學習，十分堅決地表了態。

「彭嘉升部隊的成分，大多是果敢的貧苦農民，從他們誕生那一天起，就不帶任何政治色彩。他們堅決反對緬甸反動軍人政府，與封建土司界限分明，同蔣殘匪更掛不上號，他們是一支單純的農民武裝。可惜部隊沒有進步的政治思想工作貫注其間，在階級鬥爭的複雜險惡環境中自生自滅。不論是奈溫反動軍人政府，還是封建土司、蔣殘匪，都對這支以基本群眾為主流的人民武裝恨之入骨，千方百計地進行策反、分化、拉攏及打擊，最終目的要消滅它。原因何在呢？因為這支武裝的目標與上述三種勢力截然相反。說明白點，是革命與反革命、進步與倒退，被壓迫人民與剝削階級之間的大決鬥。我們是無產階級專政的社會主義國家，站在國際主義立場，堅決支持他們反帝、反封建，爭取民族解放的正義鬥爭。對羅欣漢、蔣振業之流，我們是不會接受他們到中國受訓的。」

「這樣說來，祖國是不會接受我們的受訓請求啦？」蘇文相失望地問道。

「我說的不接受，僅限於少數壞頭目，下面的廣大官兵只是受了矇騙，本質上是好的，不能一概而論。你若自願到中國受訓，我們是歡迎的，但若打著蔣振業的招牌，我們就不接受。」

「我明白吳參謀的意思。我返回新街後，定當聯絡一批志向相同的弟兄到中國受訓。」蘇文相終於弄清吳衛軍轉彎抹角了半天的真正用意。

「小蘇，你很聰明，也很有勇氣。我們歡迎像你這樣的優秀青年站到革命陣營來受訓，但你處在反動份子的監視與防備之中，行事必須三思，條件不成熟，千萬不可暴露你的真正意圖。特別是老奸巨猾的陶大剛，你要防他對你下毒手。」

蘇文相在南傘偵察站住了三天，足不出戶，成天關在屋中如饑似渴地學習毛主席語錄，聽吳參謀講解革命理論，這樣一來更堅定了他到中國受訓的決心。他不但個人有信心能學好革命理論，還要鼓動同志脫離蔣振業，一起到中國受訓。他返回新街，按吳參謀預先擬定的說詞，報告蔣振業說趙忠舉陪彭嘉升上北京參觀遊覽，何時返回還未接到確切通知，偵察站要他先回新街。

「我要求率部進祖國受訓的事，中方如何答覆？」蔣振業秘密接見蘇文相時詢問道。

「偵察站不能決定，一切必須等候趙參謀長返回再答覆。」蘇文相照中方吩咐行事。

蔣振業問不出所以然，只得囑咐蘇文相守密，等候機會再進中國要求答覆。俗話說沒有不透風的牆，蘇文相以請假回家探親而去中國的事終究逃不出陶大剛的眼線。陶大剛約集蔣振新、蔣忠誠來到蔣振業住處。新街藥房包包經過重新改修，變成一座軍營，周圍是鐵絲網，鐵絲網與交通壕之間是光禿禿的開闊地，沒有任何遮掩物。交通壕除軍人掩體沒有覆蓋物外，機槍掩體是地堡式防炮壕。羅欣漢初上果敢，被蔣忠衛襲擾後，深知靠緬軍保護是不行的，所以大興土木，先把安全放在首位。如今這座軍營戒備森嚴，尋常百姓休想進入軍營半步，軍營正中是原來的藥房，只住著機關工作人員。羅欣漢與蔣振業住處是兩幢獨立的小洋房，看去一點不顯眼。羅欣漢住在左後方，蔣振業住在右前方，距離很遠，可見兩人各懷鬼胎，相互防範嚴密。平常有事均到大廳商議，兩人私下之間從無往來。

「部隊長，蘇大隊長私自到南傘，這是非常有害的行為。」陶大剛與蔣振新、蔣忠誠圍坐在蔣振業的小會客室，這是他們平日商議軍機的處所，在這裡，他們按原來的官銜稱呼蔣振業。「共黨竊據大陸，投靠蘇俄，把四億同胞關進鐵幕，過著暗無天日的悲慘生活。十多年間上千萬無辜民眾在所謂的『鎮反』、『三五反』、『土改』、『反右』、『大躍進』、『四清』，直至目前的『文化大革命』中人頭落地。幾千萬人關在勞改營受盡折磨，喪失了做人的自由與尊嚴，我們流落海外，僥倖逃過這場魔劫，凡是稍具正義感的炎黃子孫，都對共匪的種種倒行逆施和無恥行徑恨之入骨。每一個中華民族的熱血子女，都應把反共抗俄光復神州，解救水深火熱中的同胞，當作畢生的神聖職責。而身為大隊長的蘇文相卻無視國體紀律，私自通共，請部隊長把他撤職查辦，以儆效尤。」

「目前我們處境困難，中共與緬政府鬧翻，我們最好保持中立。蘇大隊長到南傘去，回來告訴了我，我已批評過他。不過話說回來，能搭上中方這條線，我們的活動能量就大大提高，至於中共在大陸的作為，跟我們無直接關聯，那是臺灣當局的事。他們龜縮在臺灣空喊反攻復國，教官何必把這重任一肩挑上？你的心情我瞭解，可惜黨國並不把你放在眼中。我不喜歡共黨，對臺灣也抱著敬鬼神而遠之的態度。目前我們的責任是接管果敢，反共這篇大文章我們作不了，請教官今後多把心思放在羅欣漢妄圖吞併我軍這一重要問題上，自己內部的事好商量，切不可自亂陣腳。」蔣振業還幻想中方會明確表態，淡化了談話，對陶大剛過激的反共言論不搭腔，反而顧左右而言它。

陶大剛不揭穿蔣振業指派之事，以避免正面衝突，但從正面給蔣振業喻以利害。蔣振業一表態，其他兩人不便再說，便告辭出來，私下裡三人商議暗中監視蘇文相的行動。蔣振新與蔣忠誠都是果敢人，他們只聽趙文煥的，不買陶大剛的帳。他倆也不像陶大剛那樣，對中共充滿仇恨，他倆關心的是此次繳獲的七千多砣鴉片，折合市斤有兩萬三千多斤，蔣振業允諾提出兩成來犒勞官兵。當然當兵的只是虛名，當官的才撈得到實惠，但不知何人能得多少？另外，下泰國途中是否順利，出售時的利潤如何？中共與臺灣的恩怨糾紛，輪不到自己來操心，兩人之所以和陶大剛扭成一股繩，那是陶大剛向蔣振新與蔣忠誠明白表示，自己的一份犒勞所得，全歸兩人分享之故。陶大剛無家無室，光棍一條，他對身外之物一直看得開，只要有吃有穿就滿足。他常對人說：「生不帶來，死帶不去，占房千間不過七尺而眠。人死如燈滅，只須一個土饅頭。」他不滿國軍的撤臺行動，認為政府軟弱，屈從於國際壓力。他毅然脫離部隊，投向緬軍，他試圖說服緬當局反對中共，豈料等著他的是五年監禁。他的愚忠得到同僚張書權、梁仲英的同情，托人活動放他出獄。陶大剛出獄後，目睹三、五軍已非昔日堅決反共的游擊隊，而變成毒品販運大隊，趙文煥便是毒品大王。三、五軍對臺灣陽奉陰違，臺灣也不再借重趙文煥，所以他此進彼出，終不安分。昔日志同道合的戰友，不是對反共大業失卻信心，便是各找主顧另起爐灶，為此陶大剛多次與張書權、梁仲英爭論，但誰也說服不了對方。張書權、梁仲英邀約陶大剛在張奇夫那裡共事，借緬甸少數民族武裝的幌子，先站穩腳跟再思謀後事。陶大剛建議張書權掛起反共招牌，號召同志意圖東山再起，與中共決一死戰。張書權笑他不識世務，是自取滅亡，並諷刺他是急功近利不切實際。雙方已志不同、道不合，但舊日香火情仍在，所以沒有發生太大衝突，各按自己的意圖行事。陶大剛思前想後，慶幸目前已有一支按自己意圖行事的武裝，可以大展鴻圖，重新打響反攻復國的槍聲。誰料蔣振業虎頭蛇尾，採取騎牆方式，意圖左右逢源、火中取栗。為此陶大剛不得不未雨綢繆，預作防範。

「羅指揮官，關於部隊的訓練問題，不知還有何指示？」陶大剛借請示工作之便，來見羅欣漢。

「陶教官，我的想法是要混合編組，訓練才有效果。不然打起仗來各隊之間沒有默契，有戰事難以相互配合。蔣振宇大隊的一百多人，軍事素質高於其他大隊，把他們分編到其他大隊去做軍事骨幹，對整個部隊的作戰力將會有顯著提高。這個問題由教官提出才有說服力，不然別人以為我存私心，那會影響組織的團結。」羅欣漢因蔣振宇來投，實力大增，但他還未能切實掌握所部，故他要借陶大剛之力來剝奪蔣振宇的兵權。

「羅指揮官提到的問題，我考慮過，一支部隊沒有統一的政令，各占山頭形成派系，是缺乏戰鬥力的烏合之眾。我建議提升蔣大隊長為副參謀長，派他配屬蔣處長護送大煙下泰國。他熟悉道路，在泰國有人事，買賣易於成交。」陶大剛設身處地為羅欣漢謀算，倒讓羅欣漢受寵若驚。

「陶教官的提法很合理。我們組織擴大，軍訓迫在眉睫，人員眾多，經費是個難題。另外下泰國的途中，有許多民族地域，不熟悉民族風情，阻力很大。蔣大隊長是合適的護送人選及經濟人才，調到經濟部門更能發揮他的專長，但不知對於這種調動，蔣副指揮官意下如何？」

「羅指揮官放心，蔣副指揮官那裡有我，相信不難說話。目前中緬關係惡化，形勢將有大的轉變。我們必須抓住機遇，在軍事與經濟兩個環節上狠下功夫，不然難有大的作為。緬政府推行反共政策，是我們發展的大好時機。賴莫部隊參謀長張書權是我的老朋友，我們跟他可以聯手開闢一條新的生意路子。至於軍訓，我會全力以赴，請羅指揮官放心吧！」

「教官對局勢的看法我深有同感，我們現在要依託緬政府才有前途。這一思想要在官兵中大力宣傳，我們要遵循政府意圖行事。中國有句老話『皮之不存，毛將焉附。』離開政府這座大靠山，我們就是無源之水、無本之木，勢難生存。對教官的大才，羅某將來還要大力借重，兩個總隊思想差異大，請教官多加協調。」

「謝謝指揮官推重。我雖非指揮官禮聘而來，但是人貴相知，我也有句話對指揮官稟告：據我暗中偵察，二總隊的個別幹部似有通共之嫌疑，蔣副指揮官明知而不加理睬。我提醒過他，但他並不重視，第一總隊是否有類似情形，請指揮官留心。」

「這種動向很可怕，決不能姑息養奸，我打算親自找副指揮官研究懲治法辦。明春我打算同政府申請在臘戌開辦兩所學校，一文一武。文的是果敢語文學校，武的是反共軍事學校，屆時一切拜託了。」一來而不往非禮也，羅欣漢投桃報李，向陶大剛許諾將賦予他更大權力。兩人都是聰明的，彼此心照不宣，一宗交易就這樣輕而易舉地拍板。按共產黨的行話講，那就叫做各盡所能、各取所需，只要有利，重新組合又有何妨！

蘇文相利用蔣振業為他開的綠燈，私下活動。他結合了一批志同道合的熱血男兒，他們對即將開始的新使命充滿神秘而興奮的感覺。若要人不知、除非己莫為，蘇文相的一舉一動都落到陶大剛的眼中，羅欣漢要立即逮捕蘇文相及其同夥中的首要份子，蔣振業只得出面說明蘇文相中國之行是由自己主使的。

「我們名義上是緬政府的地方自衛隊，但我們決不當老緬的走狗、也不做官家的保鏢護院。我們要在夾縫中生存下去，必須有多方面的縱橫關係網。我與中共臨滄軍分區參謀長趙忠舉有多年交情，若拉上中國做後臺老闆，我們在緬甸各少數民族武裝中便能爭得一席顯赫的地位，不然局促在果敢一隅之地，是自縛手腳施展不開。」

「蔣副指揮官為國體著想，可謂苦心孤詣、精神堪佩。國體要生存發展，除軍事經濟實力外，對外關係也很重要，中方固然不能得罪，但也不能寄以太大希望。我們是果敢團體，立足本地當然要同中國友好相處，但向外發展也不應受到漠視。我同意與中國保持接觸，只是如此重大決策應由兩位長官統籌兼理，否則導致誤會，除打中國牌，還須加強緬甸國內各派勢力之間的聯絡交往。蘇文相大隊長繼續保持與中方的往來，蔣振宇副參謀長率字光華大隊護送蔣振英供應處長、肖金鑫經濟處長下泰國。蔣副參謀長是此行主官，一切多有仰仗。」陶大剛不願看到羅蔣翻臉，便出來打圓場，向兩方投出魚餌。

「陶教官的籌畫面面俱到。國內外形勢風起雲湧，變幻莫測，確實須要多種應急措施。軍事交由陶教官統籌安排最為適合；開闢商業通道，是否我與副指揮官偏勞去跑一趟？」羅欣漢見好就收，借陶大剛給他的臺階下臺，避免與蔣振業正面衝突。他的腦子轉得快，蔣振宇已解決，同時期盼把蔣振業也支走，好讓陶大剛出面制服蘇文相。蔣振業這個靠山一離開，蘇文相失去保護傘，那時欲加之罪，何患無詞。找個莫須有的罪名，至少可以剝奪蘇文相的兵權，要投共也是孤家寡人一個，對團體有益無害。蘇文相一逼走，蔣振業失去一大臂助，力量平衡的天平更會朝自己方向傾斜。

「蔣處長、肖處長有蔣副參謀長隨行，安全不成問題。我打算到西山區、興旺區及上六戶走一轉，把各區行政重新整頓，明年煙會的事也要預先安排。總部請指揮官多費心坐鎮。」蔣振業非吳下阿蒙，上次他親下泰國，果敢大局幾乎不可收拾。他已知槍桿子的重要，與陶大剛朝夕相處，耳濡目染，他懂得唯錢與權不可假手他人。錢他抓得緊，從不鬆手，而今對權勢他也不放心讓給他人。蔣振新、蔣忠誠都無權調動手下的三個大隊，蘇文相、段子良、字光華心目中只認他們的部隊長，這是羅欣漢也撼不動蔣振業的根本原因。蔣振宗一死，段子良取代他的地位，從不到新街來，整個大隊嚴密地控制著西山區以上區域，根本不容羅欣漢染指。下泰國的人選中有蔣振英、字光華一文一武，他也不擔心。這樣一來，蔣振業內外有人，便不怕會重蹈覆轍。蔣振業這人讀書不多，可有點民族意識，對緬族歧視反感。他覺得褲子也不會穿，只穿沙龍的落後民族，根本不配來管理漢族，但對於左右派的觀念不強，大陸也好、臺灣也好，在他心目中分別不大。趙文煥他去求助，趙忠舉他也想討好，他預備必要時再把嫡系拉去與彭嘉升合流，以免受緬政府的控制。可惜他這種漢曹不分的思想豈是中共所能容忍的，在共產黨眼中，不革命就是反革命，中間道路是未有的，兩面派的行徑更是罪不容赦，蔣振業的騎牆行為理所當然要遭到反對。在這次交鋒中，羅欣漢與蔣振業以折中妥協而各有所獲，仍維持著均衡之勢。但蘇文相得知投共之意已被識破時，毫不遲疑拉走了七十多心腹部下。蔣振業如夢初醒，驚怒交加，急派字光華帶兵去追。字光華不忍自相殘殺，加之蘇文相是員勇將，交火未見得會占便宜。他便虛張聲勢，一直把蘇文相護送到中緬交界處才返回覆命。蔣振業平白無故損失一員大將，心情萬分沮喪，他不但不反省問題出在蘇文相身上，根子卻在自己，反責怪陶大剛吃裡扒外，夥同羅欣漢逼走蘇文相。蔣振業不思亡羊補牢，反而從此疏遠陶大剛，自斷臂助。

紅石頭河與中國邊界之間是一條小河。說它是河，卻只有夏季山洪暴發，由山箐匯集的一條山溪而已。小河由南向北與麥地河匯攏，河邊有個小村寨叫小爐場，村民有十多戶。彭嘉升住到趙中強家，派人把蔣忠衛、彭嘉桂、韓曉人喚來談話。

「部隊已轉到猛堆對面鐵石坡訓練基地，你們在外面作用不大，今天找你們來是要你們也跟進去，受訓結束重新裝備好再出來。我們出來後要大幹一場，不再是偷偷摸摸零敲碎打。由於緬政府掀起反華浪潮，中方曾多次向緬甸當局提出抗議，敦促緬甸政府以中緬友好的大局為重，停止反華活動。但緬甸軍人政府不聽忠告，反而變本加厲，開始大規模的排華行動。大批華僑被迫離境返回中國，他們的財產被沒收，隨身攜帶的手錶、金項鍊、寶玉首飾在仰光碼頭遭洗劫一空，被官員私下瓜分。這一切破壞兩國關係的倒行逆施，引起中國人民的極大憤慨，中國政府嚴正指出：『一切後果要由緬甸政府負完全責任。』」彭嘉升把趙忠舉的談話內容照搬出來，從國際形勢講到果敢目前的情形，他說：「我們反對政府的正義行動，得到中國的同情與支持。他們站在人道主義的立場，將無償為我們訓練並提供一切所需的現代化裝備，唯一的條件是我們必須廢除土司的名義，脫離蔣振聲的領導。中國人民深受帝國主義、封建主義、殖民主義三座大山的壓迫與殘害，決不支持反動落後的封建土司制度。大六官蔣振勳退到江西，成了孤家寡人，他走投無路，在滾弄向緬軍投降，所謂的官派已徹底完蛋。蔣振業與羅欣漢合併後同床異夢，私底下勾心鬥角，他腳踏兩隻船，派蘇文相到南傘邊防偵察站送一封給趙參謀長的親筆信，要到中國受訓，但遭中方拒絕，趙參謀長也避不跟他見面。」

「蔣振業不是官家的人，他是靠反土司發達起來的。他手下有四、五百精幹青年，中國為啥不接受他呢？」蔣忠衛不明其中奧妙，奇怪地問道。

「中國多的是人，他不在乎人數多少，他要的是名義。他們推我大哥出頭露面，緬政府無可奈何，國際輿論也干涉不到。這是本國的內部事務，應由本國人民自行解決。我大哥一出中國，兵源多著呢！鎮康、耿馬的中國人在生活習慣、言語風俗方面同果敢人沒有任何區別，招多少兵都不是問題。」彭嘉桂一針見血指出中共意圖。

「老四說的不是主要問題，關鍵在於蔣振業部下大多為蔣軍殘部中的國民黨特務，這些人混進我們中間來是很危險的，會讓我們的部隊變質。」彭嘉升接著解釋。

「彭副旅長，我是中國逃出來的國家幹部，不能跟進去受訓，我留在外面等你們出來再歸隊吧。」韓曉人得知留在果敢活動的也要進中國受訓，便提出請求留在果敢。

「我特意叫你也來，就是要說這件事。你的情況，趙參謀長向我介紹過。他說你身為國家幹部，私自出國是犯罪的行為。你在國內表現不錯，工作也勤奮，但你對無產階級文化大革命不能正確對待，自卑心理作怪，所以走了錯路。你到緬甸後，沒有與蔣殘匪勾結出賣靈魂，僅以教書為業。現又毅然反省錯誤，加入反對緬甸軍人政府的正義行列，為緬甸人民的解放事業出力，這是好的表現。過去的一切，中國對你已決定不加追究。你的身分是果敢部隊的一員，不再算中國人，所以你不要怕，儘管放心地進去受訓。」

「我離開中國，亦無面目再返故國。儘管上級不再追究，但我自感愧疚，無顏對江東父老。請副旅長原諒我的苦衷，我保證在外面絕不做危害團體的事。」

「你有文化，熟悉中國國情，果敢團體很需要你這樣的骨幹。趙中強我也動員他進中國受訓，你們兩個可在整訓中起模範帶頭作用。你不要有任何顧慮，中國那麼大的國家，不會為你一個人而影響大計。你既然加入我們，我有權維護你的安全。你要相信我，我是誠心誠意的挽留你。並非要把你再送入虎口。」

「老共的話不可相信。緬政府讓中國大失顏面，中國要出怨氣，把我們當過河卒子。一旦緬政府就範，向中國服軟認輸，那時我們的作用消失，下場就慘了。一條是討得中國歡心，像諾相被冷凍那樣，把我們安置到偏僻山區，讓你自食其力；若衝撞著當權派，把我們當禮品交還緬甸去飽嘗鐵窗滋味。」彭嘉桂昨晚上就同他大哥爭論了半夜，鬧得不歡而散。現在看他哥動員韓曉人、趙中強進中國，便提出反駁。

「老四你不懂就少說幾句，以後的事就是諸葛亮再生也算不準，你知道中國想利用我們反緬，我們難道不是有求於人嗎？蔣振業把我們追得滿山轉，這口惡氣你能咽得下去？受訓好回果敢，我們何必再聽任別人用繩子套在脖子上牽著走？應付好眼前這道難關才是最重要的事。飽漢子怎知餓漢子饑，你與你三哥不但不為我分憂，反而處處扯後腿。都像你前怕狼後怕虎的，如何成得大事。」彭嘉升被迫翻出底牌。他的如意算盤是先撈一把，再找機會擺脫中國的約束自行其事。

「大哥，你太天真。你把中國當成阿斗，自己是諸葛亮哪。恐怕受訓後人心就變了，都成了老共的人。你識相的話，讓你當個傀儡；你不聽招呼，可以扔了你。那時你就是名副其實的光杆司令啦！正如你所承認的，中國需要的是你的名，不是你的人。屆時哭也沒淚呦！」

「四哥太偏激啦，我在仰光南洋中學讀書，懂得共產黨的目標是在全世界實現共產主義。他們是國際主義者，沒有私心雜念。我看他們支持果敢的道理也相同，不會提出任何要求的。大哥是果敢人民的領袖，代表進步的革命力量，中共才會支持他，而不支持大六官、蔣振業等封建餘孽。以後得了天下，人民當家作主，中國絕不要緬甸的寸土尺地。抗日戰爭後期，蘇聯紅軍出兵東北，收復東三省，最後撤兵時並未要脅，全部完整地交還中國，還簽訂了中蘇友好互不侵犯的條約。」趙中強在左派學校讀書，學的就是馬列主義、毛澤東思想，口吻與彭嘉升完全相似，滿口新鮮名詞。韓曉人聽慣了不以為奇，蔣忠衛聽得目瞪口呆，根本插不上嘴。趙中強是彭積廣資助去仰光求學的，自認是彭積廣的乾兒子，他見彭嘉桂讓彭嘉升下不了臺，便站出來解圍。

「我服從命令，叫去就去，讓留下就留下。老四你不去，機炮連誰當連長？副旅長讓我協助你，做你的副手，再調一批有文化的弟兄去掌握使用重機槍及各種口徑的平射炮、曲射炮。我文化低，只有你才能挑這根大樑。」蔣忠衛也不願見彭家兄弟之間不和，才開口相勸。

「無論你們怎樣說得天花亂墜，我堅決不進中國受訓，我不替老共當劊子手，殘害自己同胞，以免成了炮灰還要背罵名。」彭嘉桂鐵了心，決不屈服。

「你不去地球就不轉啦？拉你要你想走，背你要你願意摟。你留在果敢，不被蔣振業捉住，也要挨老緬搜著。不信你就試試看吧！」彭嘉升氣得語無倫次。「機炮連我讓蔣忠衛負責好了。」

「以前是你說了算，到中國後怕你說的話不算數了！」

「誰說的？我現在就任命蔣忠衛當機炮連連長，看誰敢反對。」彭嘉升受這一激，蔣忠衛才不致落到蔣森林、羅大才被逐出中國的下場。韓曉人本來決心不進中國，但已無退路。彭嘉升私下給他看過一封信，那就是蔣振業親自寫給趙忠舉的。看信後，韓曉人心冷了，他打算待彭嘉升進中國後到新街去找事做，不再當兵，走投無路時投到羅欣漢那裡尋求庇護，但若中方通知蔣振業，蔣振業把自己當禮物送交中國，那就完啦，再次抗命的罪名背定了，再三思考，韓曉人除再返回中國外已別無他路。

蔣正海怎麼勸告都不跟回中國，彭嘉升十分生氣，以抗命罪把他禁閉起來。蔣文堂為蔣正海求情，說明已認他為侄，彭嘉升這才回心轉意，沒有處死蔣正海。韓曉人沒有後援，若抗命就會掉腦袋。彭嘉升口頭雖罵彭嘉桂不識抬舉，畢竟兄弟情深，便讓蔣文堂領蔣正海等人與彭嘉桂為伴，以防萬一。

趙中強回果敢不但一事無成，連同伴蘇健也弄丟了。他的心情沮喪，一直待在小爐場。彭嘉升動員他進中國受訓，他矛盾重重，打不定主意。去嘛，他忌恨蔣森林與侯加昌，羞與為伍；不去嘛，困居家中，哪裡也動不了。因為他再去仰光，一則路途碰上的都是蔣振業與羅欣漢的人，有生命危險；二來僥倖逃離生天，蘇展那裡如何措辭交待。彭嘉升目睹韓曉人與趙中強兩人一直猶豫不決，顧慮重重，怕兩人受彭嘉桂影響，失去兩個人才，對部隊發展不利，說話軟中帶硬：「韓曉人、趙中強你們要考慮清楚，不要勉強。中國地大物博，人多勢眾，痲栗壩彈丸之地，人家看得上算計嗎？今天是緬政府帶給我們這大好的機會，有人還在拿轎不上。轎子請客你不坐，難道要用簸箕撮？一旦人家用你不著，你磕頭求情也枉然啦！」

「我們一定跟去。豈敢三心二意，請副旅長放心吧！」彭嘉升前腳走，後面彭嘉桂就槍殺了唐廷華與蔣瑞芝，彭嘉升後悔未把彭嘉桂強帶進中國。當他得知是蔣正海參與槍殺事件後，通過偵察站吳參謀帶信給蔣文堂，叫他把蔣正海正法以平民憤。吳參謀陰險地笑了：「逃跑叛國的下場就是死，別以為到了外國就進入保險櫃，就是鑽進地下，也要把你挖出來示眾。」

蔣文堂從吳參謀手中接過彭嘉升的手令犯難了，他埋怨彭嘉升中了中國借刀殺人之計。吳參謀追捕蔣正海等人不得逞，心中當然不忿。他們並非真心為彭嘉桂洗脫罪名，而是另有用意，借機剷除叛徒。送走吳參謀，蔣文堂單獨找彭嘉桂會商對策。

「我大哥真糊塗，才進入中國便讓人牽著鼻子走。大丈夫一人做事一人當，他要槍斃就來槍斃我好了，幹嘛找無辜的人做替死鬼。」彭嘉桂接過吳衛軍交來的手令，十分氣憤。覺得他大哥像完全變了一個人，變得冷酷殘忍，視殺人如兒戲，那裡還有仁慈之心？

「嘉桂，這件事不簡單。你大哥給我們權力，可便宜行事。我們剷除投靠蔣振業的莠民②，殺一儆百，既滅了反動派的兇焰，又長了革命群眾的志氣，按理是件好事呀！礙著中國什麼啦？」蔣文堂暗示槍斃蔣正海的命令與中國有關，不得不妥善應付，想個萬全之策。

「吳參謀怎麼說的？」彭嘉桂奇怪中方過問起果敢內政，不知是何用意？難道蔣正海不進去受訓，中方就要置他於死地？他不禁為韓曉人擔憂，生怕已遇害了。

「吳參謀說蔣正海在家鄉亂搞男女關係，之後又拐帶婦女出國。中國對他寬大為懷，沒想到他出到緬甸仍不改舊惡，用團體的槍濫殺無辜民眾，給中國政府臉上抹黑。」

「放屁！趙文煥、段希文的三、五軍在境外殺了不知多少人，他吳參謀去咬他們的屌毛！我聽蔣正海提起過，吳衛軍帶人到紅岩來抓韓曉人等三人，被我三哥撞破他的醜事，他便懷恨在心，千方百計來陷害蔣正海，公報私仇。中共的幹部自己內部也採用殘酷鬥爭、無情打擊的手段，難怪吳衛軍對蔣正海要置之死地而後快了。」

「吳參謀還說我們除奸之舉是誤傷良民，有人到鐵石坡去告給你大哥，兇手是蔣正海，請你大哥替果敢民眾作主。你大哥逼得無法，便答應處決蔣正海，挽回撣邦革命軍第五旅的聲譽。」蔣文堂轉述吳衛軍的另一層意思。

「原來如此，主謀是我倆，為何不告我們？這一著厲害，有個名稱叫丟車保帥，實質上是設個圈套讓我大哥鑽。以後人們會說他自己兄弟犯錯，李代桃僵用他人抵罪，他不是假公濟私、是非不分的軍閥惡棍了嗎？我們不能上當，殺掉蔣正海，我倆豈不落個殺人滅口的惡名嗎？這次除去蔣瑞芝，錯在我身上，有什麼報應降到我頭上好了。老輩子你想個法子開脫蔣正海，以後我大哥怪罪下來，一切有我扛著，牽連不著你的。」

「老四，看你說到哪去啦？你大哥是逼到頭上，不得不表態。我看這一切都是吳參謀一手策劃導演的，我們不要理睬他。蔣正海是留不得了，他大爹蔣開智在泰國，不如讓他去投蔣振宇，跟蔣振宇下泰國。」

「這樣好，遠走高飛。吳衛軍有本事去泰國找蔣正海吧！蔣正海只是個普通人，中共都放不過他。韓曉人是國家幹部，跟著我大哥進去可是凶多吉少，我擔心他已被謀害了。我曾勸他留在果敢，誰知我大哥強逼著他進去，真想不通世上會有這樣輕信之人。」

「中國以前是恨韓曉人叛國，聽說他在國內沒大錯，只不過出身不好而已。現在正好利用韓曉人來影響你大哥的部隊，終歸是共產黨教育出來的人，他思想肯定是左的占上風，再加上個趙中強，那更是個危險人物。唉！革命幾年打開的局面，誰也控制不住，任其自然吧！」

彭嘉桂的擔憂是過慮了，韓曉人隨同蔣忠衛的原班人馬平安地去到訓練基地。時當深秋，冷月寒風中，大地一派肅殺。彭嘉升騎著高頭大馬，神氣地領隊前行。每個村寨都有民兵守夜，他們荷槍實彈、站崗放哨。雖說夜深天寒，看去個個雄赳赳氣昂昂的，高聲喝問口令，一副如臨大敵的神態，這就是毛主席號召的全民皆兵吧！前後是護送的解放軍，中間是彭嘉升的果敢雜牌部下，他們的衣著形形色色，從草綠色的英國軍大衣到果敢本地對襟黑衣褲都齊全。老兵中長髮披肩，後面看去像婦女，前面又見滿面鬍鬚，活像一群惡鬼。

從核桃林對面的老夯岩村經過整夜行軍，拂曉時到達猛堆大軍營房。吃過早飯後，繼續出發，中午抵達鐵石坡。下午理髮洗澡，新到的人每位發兩套藍卡嘰中山裝。官兵一到就有區別，排連長每天發一包春城牌香煙，戰士抽的是金沙江，彭嘉升弟兄倆抽的是紅山茶。戰士學習毛主席語錄，排以上幹部發給裝合訂本的毛澤東選集，跟解放軍一樣，幹部服有四吊包，戰士穿的只有前胸兩個衣袋。軍訓緊張而有秩序，早晨六時起床，梳洗後出操；七時吃早點；八時上政治課；中午十二時吃午餐，餐後睡午覺；下午二時組織討論，四時上軍事課；六時晚餐，飯後玩球、遊樂；晚八時自修，十時熄燈。

經過針對性的政治學習，幹戰思想都有不同程度的轉變，階級覺悟提高了。短短幾個月下來，一支新型的人民軍隊已稍具雛形。毛澤東思想已開始武裝頭腦，開口「為人民服務」，閉嘴「解放全緬甸」。政治水準、軍事素質與幾月前相比判若兩人，只差在部隊中正式建立黨組織，不然已是一支解放軍的基本連隊了。彭部在痛苦的催生過程中歷經磨難，甚至犧牲了幾員幹將，猛張飛蔣森林因言論反動行為不規遭驅逐出境，為這個引發彭嘉升與彭嘉福之間的爭吵。蔣森林是條莽漢，他對彭嘉升無限忠誠，但要他改換頭腦，重新接受一套與他從小就形成的世界觀截然不同的思想體系時，他公開提出反對。討論會上他直接頂撞教員說：「地主剝削農民，使農民貧窮，完全是胡說八道。麻栗壩的窮人大多是好吃懶做的二流子③。有錢人家是靠勤苦發家致富的，他們天不亮就上山下地，月亮出還捨不得回家。果敢有句老話『窮人是條龍，睡到太陽紅，富人是條狗，天亮就要走。』大富在天，小富在勤。除非偷搶騙詐發橫財，或是天災人禍，不然哪有不勞而獲的？」

「教員說中國社會主義建設成就巨大，人民豐衣足食。鎮康的老百姓去麻栗壩趕街，穿得像一群叫花子，窮得吃開水泡飯。幹部吃得好穿得闊氣，整天遊手好閒，他們才是剝削階級，是騎在人民頭上的官老爺、吸血鬼，應該打倒。」羅大才也不滿教員吹噓中國如何富裕強盛，忍不住順口反駁。

「臺灣人民在美帝、蔣匪的壓迫下民窮財盡，衣不蔽體，食不果腹，這完全是道聽塗說，你們去過嗎？我從泰國坐飛機去過臺灣，那邊盡是高樓大廈，汽車在路上排成長龍。男女老少衣冠楚楚，不見人穿補丁衣裳，也沒人以雜糧當主食，大白米飯煮出來大顆大顆像珍珠一樣。」蔣森林說話毫無顧忌，公然用臺灣做例子來美化自由世界的富庶，詆毀教員的講話。

「共產黨好，老百姓朝外國跑，邊界民眾像逃避瘟疫，拖兒帶女離開家鄉。他們難道害了神經病，好吃好住的地方不愛，跑到外國受苦嗎？」羅大才與蔣森林一唱一和，這種反動透頂的話在中國誰敢說出口。這對活寶卻專門雞蛋裡挑刺，和教員唱反調，這令教員驚詫莫名，常被反駁得目瞪口呆，不信世上竟有如此膽大妄為之徒。在另一組討論會上蔣忠衛與申興漢碰到的又是另一種挑戰，關於中國的強大與臺灣的屈從於美帝，他們並無疑義。申興漢在父親的教誨薰陶下，儒家的大一統思想非常濃厚。而蔣忠衛住在東山區，對黃大龍與反共游擊隊在東山的打家劫舍十分反感，他的小農意識使他只相信眼前的事實，並依次類推，把三、五軍的作為與臺灣等同看待，當然對臺灣不滿。可說是典型的一葉障目，不見泰山之謂了，但講到果敢毒品及民眾的封建落後問題，兩人反覆同教員辯論，同樣讓教員不知所措。

「郭教員，中國解放後禁毒取得成功我同意，但若在果敢禁種鴉片，老百姓的生活就成問題。中國對邊疆每年要撥出鉅款救濟山村貧困戶，果敢就沒有這麼好的條件了。再說麻栗壩百分之九十是山區，天氣寒冷，土地貧瘠，只能種植洋芋、紅薯、苦蕎之類，根本解決不了糧食問題。而種植鴉片，經濟效益比種植糧食作物高出數倍。果敢部隊的武器裝備沒有外援，全靠走私毒品獲利所得來購買，不但果敢如此，所有反緬的少數民族武裝莫不如此。毒品固然損害人的健康，從反緬角度來看，實是有很大幫助，從國際上看，鴉片對帝國主義的侵略戰爭更是功不可沒。一九六一年美帝國主義破壞日內瓦協議，扶植西貢傀儡政權，在越南南方發動特種戰爭。一九六五年起，侵越戰爭升級為以美軍為主的局部戰爭，美國大兵因吸食海洛因而散失戰鬥力的，比在戰場上作戰散失作戰力的多上幾倍，這是不容爭辯的事實，可見帝國主義以傳入鴉片種植來毒害亞洲人民，到頭來自食其果。從緬甸走私下泰國的毒品，通過各種管道流入西方世界，真是天理循環報應不爽呀！」申興漢強詞奪理，駁得郭教員張口結舌，吭不了聲。申興漢把教員教授的知識用來胡亂發揮，居然提出鴉片種植有利反美，真是奇談怪論。

「郭教員，你說中國解放後發生了天翻地覆的變化，我贊同。但你問我們果敢是否墊上海床單那太過分了，果敢人民貧窮是事實，可沒到食不果腹衣不蔽體的特貧地步。教員提到三面紅旗，總路線的多、快、好、省，是否有又要馬兒跑，又要馬兒不吃草的味道？大躍進把鐵門鐵窗都拆去煉鋼鐵，是否得不償失？人民公社吃大鍋飯，最後稀飯都喝不上。三年自然災害餓死多少人？多少家賣兒賣女，流離失所？現在文化大革命破四舊立四新，傳統的民族精華也被丟掉了。麻栗壩在家盡孝、對朋友講義氣、對團體推崇忠誠、對同胞講關愛，這些怎會是糟粕[4]四舊呢？現在把毛主席像掛在『天地國親師位』的牌位上，不也是在供神敬佛嗎？天一亮就祝毛主席萬壽無疆，跟和尚念阿彌陀佛又有何區別呢？我是個大老粗，說得不對的請教員批評指正。」

蔣忠衛打著紅旗反紅旗，說他思想反動嗎？他可是老實巴交的基本群眾。什麼三面紅旗呀、文化大革命呀，全是學習期間教員教給的新名詞。可惜他並沒有按教員引導的思路去正面理解，反而結合自己所見所聞去獨立思考，所以脫了軌。看來反對教條僵化盲從，有利有弊，不可一概而論。這些問題反應到趙忠舉那裡，他只好從後臺出場了。

「老彭，部隊要訓練好，幹部是關鍵。蔣森林與羅大才所放的毒，反動透頂，在學員中影響極壞。蔣忠衛誣衊三面紅旗，把新中國說成一團糟，與地富反壞右的言論如出一轍。軍分區已來指示，看在他們是初犯，又是外國人，不判刑，只把他們驅逐出境。我看由你出面動員他們四人回果敢吧！不然你我都不好交差。」

「這幾個爛狗頭，我提醒過多少次，要他們閉嘴，不得亂嚼舌頭，趙參謀長，他們都是初起事的老骨幹，對果敢團體功勞很大，可不可以原諒他們這一次？特別是蔣森林，到現在身上還留著彈片呢！」

「老彭啊！軍紀是部隊的生命，慈悲在軍中極為有害。他們拒絕改造，誣衊共產黨，攻擊社會主義中國，為帝修反及蔣幫張目，情節極端惡劣。你若姑息遷就，不果斷處置，部隊就練不出成績。由中國提出驅逐令，於你的臉面也不好看吧！」趙忠舉軟硬兼施，逼著彭嘉升表態。

「東山區的兩個幹部必須留下一人，否則軍心容易渙散。蔣忠衛已內定任機炮連連長，我允諾的話不好改口。興旺區沒別的幹部，我看這兩人可以教育好。西山區蔣森林的位置按你的意思給蔣再映替換，蔣森林與羅大才我負責動員他倆先回果敢，你看行吧？」

「就這樣吧，其實申興漢非幹才，趙中強完全能勝任其職務。」趙忠舉又提出以趙中強替換申興漢。

「我知道趙中強有才幹，但跟團體從沒淵源，一下子提上高位，恐戰士心中不服。不然韓曉人也是合適的人選呢！他比趙中強多聞過火藥味，有實戰經驗。」

「韓曉人的問題要慎重考慮。蔣正海不是投到羅欣漢的反動陣營去了嗎？重用之前，應在基層多加考驗。這種輕於去就的人，一般來說堅定性差，危急關頭會誤事的。」趙忠舉怕彭嘉升偏愛韓曉人，中國的逃犯在海外膺任重職，國內的影響不太好，後面的人效法外逃就不妙了。

彭嘉升答應動員蔣森林與羅大才先回果敢，彭嘉福為此大為惱怒，嚷著不幹了，要陪兩人回去，他說道：「我從前就同你打過招呼，只受軍訓，不接受洗腦。我們又不是人民解放軍，為何要用毛澤東思想武裝頭腦？」

「你冷靜些，人家替我們訓練，不改造思想，武器再好也沒用。說不定哪一天會打到自己人身上。」彭嘉升是主事決策者，儘管他有想不通的地方，對其他人他可不敢同流合污，犯自由主義。他必須迎合中方的意圖。

「何必將來，現在已開始清除自己人啦！蔣森林、羅大才與你同生共死、千依百順，從沒做過危害團體的事。你要他們死，他們連眉頭都不皺一下。他們是在維護你的威信，怕部隊變質不再聽你的。人家把你的得力助手逐個剪除，很快便要輪到你我囉！」彭嘉福跟不上形勢的轉變，他痛心保護不了部下，被人卡住脖子喘不過氣來。

「你放心，我是先讓他們出去配合你四弟開展工作，我們一出中國，再讓兩人歸隊。」彭嘉升道出心裡話。

「你頭腦放清醒些，教員培養的重點對象，是那幾個能說會道的投機份子。趙中強左得離譜、蔣再映積極得露骨，成天泡在教員堆中。中興漢被說成美帝尾巴，蔣忠衛冠以四舊餘孽。教員人暗地在幹部中劃線，你左他右的，團體分成兩派，肯定要發生衝突，還有啥團結可言。」彭嘉福旁觀者清，已意識到問題的嚴重。

「你的擔憂不為過，但大丈夫能伸能屈。積極份子出去後排他們打頭陣，膽小怕事的可藉機清洗，中國無法為其辯護。倒是你得多提醒中興漢與蔣忠衛，學會裝豬吃象，再不要同教員抬杠爭理，切記不再鬧事。」蔣森林同羅大才聽說派他倆先回果敢，高興得夢中發笑。能離開寺院不再念經，對他倆而言，真比如來佛替孫悟空解除緊箍咒還開心！

趙忠舉解決了第一個問題，又面臨第二個更重要的課題。什麼課題呢？那就是把彭部移交給緬甸共產黨領導的事，這才是此行受訓的目的。緬甸共產主義思想及其組織，大約起於三十年代末期，英國自一八八六年正式統治緬甸後，曾將緬甸劃為隸屬印度的一個省，因緬人反對，一九三六年改為直轄於英國的殖民地，派總督到仰光治理。到二十世紀三十年代，許多有識之士鼓吹獨立，創建了為獨立而奮鬥的我緬人黨，即德欽黨。參加者多是仰光大學的進步青年及少數教授職員，加上社會上的有志之士。獨立運動遭英國當局取締，只能暗中活動。德欽黨成員在思想和行動方面分成兩派：一派主張去延安，向中國共產黨學習爭取獨立的鬥爭藝術，說穿了就是走武裝奪取政權的道路，這一派以昂山為首，贊同者有博賽甲、覺溫等人；另一派提出到蘇聯去尋求援助，以德欽巴亨、德欽梭為主。

時至中日戰爭爆發，昂山神秘去陝北途中，在廈門遭日本憲兵盤詰。幾經周折，昂山認為親日較親中更現實，便率三十志士到日本受訓。一九四二年日軍侵緬，昂山協助日軍逐趕英兵，可是不久，目睹日軍的野蠻行徑，昂山才明白日軍意圖吞併緬甸的狼子野心。富有民族意識及愛國精神的昂山等緬甸志士，改弦易轍，反與英軍聯絡，在中英聯軍反攻緬甸時倒戈抗日。二次大戰結束，英軍重返緬甸，仍把緬甸當作英國的海外殖民地。昂山積極從事爭取緬甸獨立的鬥爭，歷經三年時間，終於在一九四八年脫離英國的殖民統治，實現了獨立。在獨立後的建國方略上，時任緬甸共產黨總書記的昂山，與德欽丹東、德欽梭等黨內高級幹部發生分歧。他在吳努、吳巴瑞等人支持下，決定走親英、美的溫和路線，這條路線遭到德欽丹東、德欽梭等親共人士的堅決反對，雙方分裂後爆發內戰。戰後西方國家與蘇聯展開冷戰，美蘇衝突的焦點集中在歐洲地區。中共正與國民黨進行決戰，自顧不暇，中蘇都忽視了緬甸的變革，昂山在西方自由世界的全力支持下終於完全取得勝利。親共派中，德欽巴亨秘密赴蘇聯學習，返緬後在中部緬族聚居區域組織武裝，舉紅旗為號召，稱為紅旗黨。德欽丹東緊持原來主張，認為只有走中國共產黨以農村包圍城市，槍桿子裡面出政權的道路才能救緬甸。他與昂山分裂後便開闢了勃固山區根據地，堅持武裝鬥爭。中國解放後，才醒悟以前的失策，平白丟棄了在緬甸實現社會主義的良機。五十年代白旗黨日益強大，給中央政府造成極大的威脅。可惜隨著五四年周恩來總理在萬隆會議上同印度總理尼赫魯共同確立了和平共處五項原則，同東南亞國家發展友好關係，中緬兩國進入蜜月階段，緬共的奪權計畫夭折。但中共強調國家關係與政黨關係是兩碼事，所以緬甸共產黨在中國駐有常設代表團，由副主席德欽巴登頂任代表團團長，協調兩黨關係。

緬甸共產黨堅持馬列主義、毛澤東思想，同蘇聯修正主義作堅決的鬥爭，所以把彭嘉升所部改編成緬共直接領導下的人民軍，是中國方面的最終目標。當然欲速則不達，一切均需逐步改造，不能草率行事。第一個步驟是先讓雙方直接見面互相瞭解，同時為增強彭部官兵的信心，中共高層決定接見以彭嘉升為首的部分領導。趙忠舉通知去北京的有四個人，他們分別為彭嘉升、彭嘉福、趙中強及蔣再映。在趙忠舉、郭教員的陪同下，他們騎馬到鳳尾壩，當天就乘車到永德縣城德黨鎮。汽車翻過忙丙後山，眼前出現一條小山凹，彭嘉福的心頓時狂跳起來。三十掛零了，獨身的他，腦中仍有一個鮮活清晰的影子在晃動。

「秀月，十五年來妳生活得可好？妳是否知道有一個人在為妳一直祈禱。他恨妳入骨，又愛妳如命。妳傷了他的心，他報復妳的方法是獨身不娶。妳內不內疚？可能妳早把他置於腦後，忘得一乾二淨。但他十五年如一日，在深深地思念著妳。他要實踐諾言：非陳秀月不娶。」彭嘉福在車上坐著，浮想聯翩。臉上的表情變幻莫測，時而痛苦時而微笑。他自嘲多情，又感到對愛情專一的驕傲，他證明愛情力量的偉大。「問世間情是何物？直叫人生死不渝；問上蒼愛是什麼？直攪得天地變色。」

往事不堪回首，彭嘉福慨然長歎。他無奈地甩甩頭，似乎要把滿腹愁緒甩掉，可憐感情的巨網早把他捆綁得嚴嚴實實。十五年了，甩得掉的話，他豈會心如槁木，情如止水。不，他一輩子作繭自縛，視感情如蠟燭。蠟燭淚乾時，生命之光也熄滅，春蠶破繭而出時已化為他物，無復舊時光景了。

「秀月，你在哪裡？我要見妳一面，傾訴十五年來的思念之苦。」彭嘉福像落入陷阱的困獸，心裡咆哮著。但若見到了又能如何呢？卿已嫁作他人婦，命中註定無緣，有何話說？不，無論如何得見妳一面，沒有別的意思，大家隨便聊聊。對，是隨便談談，談談妳的家庭，妳的工作，妳的……

彭嘉福的浮想被打斷，轎車直接開進永德縣武裝部大院。兩輛轎車裡走下幾個身穿藍咔嘰中山服的客人，並沒引起任何人的注意。連縣委書記、縣長也不知來客的身分。兩人只忙著與趙參謀長打招呼，把客人冷落在當場。晚飯後，郭教導員單獨邀請彭嘉福到他家做客，彭嘉福也想舊地重遊，看看德黨的變化，便欣然同意了。郭教導員是南下幹部，現在永德武裝部工作。他愛人是德黨姑娘，與陳秀月在原鎮康中學是同班同學。陳秀月與彭嘉福的戀愛經過，張碧蓮知道的最清楚。此次抽調接待彭部受訓工作人員，郭志新是唯一的地方幹部。他以永德縣武裝部長之尊，去做教員，實在莫名其妙。趙忠舉直接給他談話交待任務，他才恍然大悟。中共的情報工作是世界級的，特別對東南亞鄰國，中共掌握的情報準確而詳備。此次到中國受訓的人員中，有分量的人物，都已在檔案室掛過號。彭嘉福是舉足輕重的第二號關鍵人物，一切資料都經過研究，名利酒色對彭嘉福派不上太大用場，一個情字或許拴得住他。至少可拖住他的腳，不致跑得太離軌道。

郭教員的愛人在永德縣糧食局工作，那是郭志新臨時抽調搞國際支左後才調的工作。張碧蓮很高興，老同學在一塊工作是多難得的機會呀！陳秀月卻大吃一驚。堂堂縣人武部夫人，從縣人事局的大衙門調到糧食局這間小廟來。陳秀月關心地問：「是不是老郭又犯錯誤啦？」

「老郭是最早解放出來工作的走資派，已有革命幹部的定論，恐怕是我自己的問題吧。」張碧蓮也狐疑不定。「不管它！我倆能在一塊工作，真是太好了。」

「妳來糧食局工作，我當然高興，平時有個說知心話的夥伴。只是太委屈我們的部長太太啦！」陳秀月平時沉默寡言，難得見到笑臉。興許是老同學的關係吧，她一反常態，竟有興趣開起玩笑。

「呦！妳也跟著勢利起來啦？妳這是調侃我呀！」

「誰調侃妳啦！若不是妳調到糧食局，平時能見得到妳嗎？開大會，妳坐臺上，我們這些小人物能接近妳嗎？我的大科長，難道我說得不是事實嗎？」

「別說得那麼難聽好不好？人生如戲，上了戲臺，不是得按所扮的角色來演；下了戲臺大夥都是凡人，沒有高低貴賤之分。我倒羨慕妳，遠離權利衝突的圈子，夜裡也可睡個安穩覺。」張碧蓮深有感觸地說道。

「好啦，妳這是發哪門子的感歎來著？我可是沒福氣享受妳說的那份清閒，半夜裡還焦著第二天早晨的下鍋米。哪比得上妳睡到太陽曬屁股，還得讓老公抬給妳洗臉水。」陳秀月從小就知道張碧蓮性情要強愛出風頭，喜歡別人圍著她的意志打轉，所以機巧地奉承她幾句。

「要說老郭對我，倒真是挺好的。我平時依賴慣了，他這一去執行公務都三個月沒回家，我一個人孿寂寞的。問他到哪兒去？他也說不出個所以然來。真讓人擔憂的。」

「男主外、女主內，妳管郭部長幹嗎？妳一個人不想操持家務，到我家來開伙好啦。每月交三十元伙食費，包妳青菜、豆腐吃個夠。怎麼樣？洗臉水算我替你倒。」

「每月三十元伙食費？那我不成了開小灶的首長啦！我不敢領情，這小灶一吃，我也胖成大腹便便的女首長，老郭回來還敢要我這胖冬瓜？妳這是有意害我呢！」

「呦，看把妳美的。滿口老郭、老郭，妳不怕他耳朵發燒嗎？我看乾脆買條鐵鍊把他拴在家裡，省得妳成天為他操心。我說妳呀，都十多年的老夫老妻囉，還像少年夫婦，好得蜜裡調油，我可要嫉妒呦。」

「秀月，說真的，我跟老郭是先結婚後戀愛，不像妳與彭嘉福是光戀愛不結婚。哎！對不起，看我說到哪裡去啦？打嘴。」張碧蓮自知說漏了嘴，真的自掌了兩個嘴巴。

「碧蓮，妳說得不錯，我是對不住彭嘉福。」陳秀月捂住的傷疤被揭開，止不住的心痛。她勉強笑了笑，掩飾她的傷感，同時怨恨張碧蓮只顧自己開心，忘了他人的痛苦。

「秀月，不是我說妳，妳也太癡情了，都十多年啦，還想著他。看妳年紀輕輕，頭上已出現白髮囉。」

「看妳說的，都三十歲的老太婆了，還年輕什麼？」

「妳瞞不過老同學的。妳與彭嘉福的事，只有我最清楚，妳忘記是誰為妳遞情書打掩護的啦？」張碧蓮望著陳秀月那美得叫人失魂落魄而又令人心疼的粉臉，卻總是憂鬱不樂。「妳不但自我折磨，也對不起老張呀！他對妳忍氣吞聲任勞任怨，從不疾言厲色，生怕惹妳傷感。小張澄都十歲啦，妳應替她著想，可不能讓她生活在哀怨的陰影中，影響她的快樂童年呀！」張碧蓮知道問題的癥結所在，力圖用親情來消除陳秀月的內疚與愧悔。

「我對不住彭嘉福，當時我死，就一了百了。都怪妳和老張發神經，何必多事把我救活呢？讓我在感情的煎熬中痛苦了十多年。」陳秀月繞不過這段傷心的往事，她不能自我控制，就抱怨老同學多管閒事。

「妳若當時死去，反而趁了那壞蛋的心願。妳就是要勇敢地活下來，爭一口氣，讓那壞蛋氣死！」張碧蓮不以為忤，反駁說「惡有惡報，善有善報，不是不報，時辰未到。你看嘛，這個人間魔王終究以叛徒罪鋃鐺入獄，像他的祖師爺大叛徒劉少奇那樣受到清算。你不活下來，能見到這大快人心的收場嗎？」

「算妳有理，我的救命恩人。姐姐這廂有禮了！」陳秀月怎是張碧蓮的對手，交鋒沒幾回合便投降。

「我這人妳知道的，心直口快，說話不拐彎。我就是要看妳高興，不願妳整天愁眉苦臉的，知道嗎？」

這一天張碧蓮滿面春風地來到陳秀月住處，她是來報喜的，下班了，張英洲去接女兒，宿舍裡只有陳秀月在忙著料理家務，準備燒飯了。「秀月，告訴妳一件大喜事。妳聽了一定高興。」

「呦！妳有喜事？怪不得今早起床就聽院裡的柏樹枝上有喜鵲在叫。好妹妹，莫不是有喜啦？妳與老郭感情好，多生幾個胖小子吧！」陳秀月打趣她。

「去你的，狗嘴裡吐不出象牙。我不是老母豬，要下多少小豬仔呀！是妳的喜事，別往我身上扯。」

看熱情活潑的老同學生氣，圓圓的蘋果臉上充滿嬌嗔，小嘴唇噘得老高，陳秀月樂了。她真羡慕老同學無憂無慮的生活，成天嘻嘻哈哈的。快三十歲的婦人，還像小姑娘那樣天真可愛。張碧蓮生就一副菩薩心腸，別人傷心她陪著流淚，別人高興她跟著歡笑。朋友們送她個綽號：開心果，恨她的人背地裡咒她是傻大姐。不論喜歡或是忌恨她的人都知她毫無心計，不會背地陷害人，故而大家都喜歡接近她，有她在場，總是笑聲不絕。在動盪不安、人鬼難分，誰都不相信誰、誰都提防誰的猜疑場合中，爽朗的歡笑聲是多麼難得的呀！

「得啦，嘴唇噘得可掛一瓶油了。是我的喜事不是妳的，那妳快說呀！說出來讓我也高興高興，等會兒多吃兩碗飯，晚上好拉肚子，行了吧！想不到妳這顆開心果也有生氣的時候，可惜生氣起來一點不嚇人。」

噗哧一聲，張碧蓮被逗笑了，「死秀月，看妳貧嘴。妳猜昨天晚上老郭領誰來我們家做客啦？」

「妳不是歡喜糊塗了吧？愛人回來還要向我宣布，郭部長的客人嘛，哪能是平民百姓哩？不是縣長就是團長，這叫做物以類聚，人以群分。怎麼樣？老郭又要升啦？部長上去是什麼官來著？反正比部長大是吧？」

「妳怎麼沒句正經話呀？」張碧蓮收起笑容正經地說：「老郭領彭嘉福上咱家來做客，他要我問候妳。」

「啊！妳不是說夢話吧？彭嘉福怎會到德黨來，出了什麼事啦？」陳秀月的心一沉，半信半疑地問道。莫非命中註定還能見他一面？運動這麼吃緊，外國人隨便不得入境，難道彭嘉福犯法被中國抓起來嗎？

看到陳秀月吃驚的表情，張碧蓮滿足地微笑了。又見陳秀月癡呆而驚恐的神色，張碧蓮慌了，忙安慰她道：「看妳急的，沒事兒。妳聽我說……」張碧蓮回憶起昨晚意外地碰上彭嘉福的情形。

「嘉福，這是我愛人。」郭志新把彭嘉福領進永德縣糧食局一幢大樓，爬上三樓一間二室一廳的雙人宿舍，把張碧蓮介紹給客人。

「呦，真是幸會，什麼風把你吹來的，快請坐。」意外相逢，張碧蓮熱情地忙著招呼，盡地主之誼。

「妳……妳是張碧蓮？」彭嘉福驚奇得幾乎大叫起來。

「怎麼？不認識我啦？你是蒼老多了，可大致沒變，我一眼就認出你。」張碧蓮遞煙倒茶，熱情招待。

「老了，真難為妳還認出我。」彭嘉福坐在沙發上，接過紅山茶牌香煙，吸了一口說：「十五年啦！妳長胖了，又燙了髮，跟以前梳兩條小辮子時判若兩人，我都不敢認了。德黨變化太大，都蓋成高樓大廈，像座小城市哩。」

「原來是老友重逢，這得好好慶祝。碧蓮，妳陪嘉福聊聊，我去買點吃的。」郭志新完成任務抽身了。

「郭教員不用費心啦！才吃過晚飯肚子不餓。」

「老郭，你去買支燒雞。我記得他在德黨上學時最喜歡吃燒雞，我們假日去野外郊遊，他燒叫化雞給大家吃，那味道鮮極了。我現在想起就要流口水哩！」

「叫化雞？哈哈，虧妳還記得這麼清楚。做叫化雞最要緊的是雞必須又肥又嫩，否則燒出來不鮮，沒有味道。」彭嘉福提起往事，精神為之一振。

「老郭，你快去吧，嘉福由我替你招待好啦。十多年不見，我有很多話要告訴他，特別是秀月的事。」

「哎！陳秀月也怪可憐的。」郭志新對陳秀月的遭遇很同情，但他不便多說，只好說：「嘉福，你就跟碧蓮談談秀月的事吧，我去去就來。」

「好吧，我坐一會。」彭嘉福正想瞭解陳秀月的情形，他等的就是這一天，所以他不再客氣，答應留下。

「彭嘉福，秀月姐姐的遭遇真慘呀！你一請假回果敢就音訊全無。她被當時的副縣長逼得自殺，幸虧她現在的丈夫張英洲救了她，不然她已是屍骨早寒棺木枯朽了。」

「張碧蓮，請妳把詳情告知，我還以為她喜新厭舊，飛上高枝而忘記故人呢，這麼說來我是錯怪她了。」

「她喜新厭舊？虧你說得出這種沒良心的話！」張碧蓮性格爽直，雖是才見面，她也忍不住制止彭嘉福的混帳話。她詞鋒銳利，不給彭嘉福留半分面子。「你們男人都一樣，嘴上說得動聽，行動上不對號。你走後可寫過一封問候的信？她盼你來，望眼欲穿，可你出國後遠走高飛，把她丟下不管，讓她孤零零地留在這個冷酷的人世間。」

「我把話說錯了。我回果敢後就沒機會再回中國，我問逃難的德黨熟人，說她嫁給一個當官的，我聽了如五雷轟頂，痛不欲生。」彭嘉福面對老同學，臉上戴著的假面具終於取下。他真情流露，真想當著老同學的面痛哭一場，把隱藏了十五年的酸甜苦辣統統倒出來。

「是哪個壞種亂嚼舌頭。」張碧蓮氣憤地罵起來。

「你去後不久，趙副縣長就看上秀月，向組織申請與山西的老婆離婚，要娶秀月。秀月不理睬他，他十分生氣，威脅要重判她父親的刑。秀月為了老父的生命安全，只得虛以委蛇。誰知那禽獸不如的壞蛋，糟蹋了秀月，而秀月的父親仍被槍斃。秀月羞憤不已，晚上吃了半瓶安眠藥，想一死了之。」張碧蓮語調沉重，神情很是悲憤。

「共產黨的幹部，竟幹出這等人神共憤的卑鄙勾當。秀月呀！秀月，我錯怪妳了！」彭嘉福自責不已。

那晚上我去看電影，忘記帶大衣，返回宿舍見她早早地便睡了。我喊她不見她清醒，像個死人似的，全身軟軟的，又見桌上開著一瓶安眠藥，只剩個空瓶。我急忙去老師宿舍找人，其他老師都到廣場上去看露天電影去了，只有教務主任屋中亮著燈，他一聽我講的情況，二話沒說，背著秀月去醫院急救。經過整夜的搶救，才把秀月從鬼門關救回陽世。」時隔多年，聽來仍然驚心動魄。

彭嘉福緊張的神經到此時才鬆弛下來。他吐出一口長氣，感激地對張碧蓮說：「好危險呀！若非妳忘了大衣，秀月便沒命了，妳真是秀月的救命恩人。」

「當時她死了，便沒事。她被救活後，發現已有身孕。醫生宣布這消息，對秀月真是晴天霹靂，使她痛不欲生。不少知情的人罵副縣長是惡魔仗勢欺人，不知情的鄙視秀月，指斥她敗壞校風。主管文教衛生系統的趙副縣長，惱羞成怒指使校長開除陳秀月。張主任在校務會議上仗義執言，為陳秀月辯護。趙副縣長為此大發雷霆，但張英洲是清華畢業的高材生，自願到邊疆工作，上面很器重他，已內定他出任校長，讓他先任教務主任熟悉環境。趙副縣長動不了張英洲，便指使校中親信散布謠言，誣衊張英洲與陳秀月有曖昧關係。張英洲不畏人言，經常開導陳秀月，鼓勵她勇敢地活下去，不向邪惡勢力屈服。可憐秀月痛失老父，日夕啼泣。她為自己無端連累張主任心下不安；更恨惡魔毀了自己名節，羞恨難當。幾下交煎引致小產血崩。多虧張英洲自己掏錢替她治病，白天上課，夜晚親到醫院看守，搶救了好幾天，陳秀月才脫離危險期，接著休養了幾個月才康復。這期間張英洲不顧旁人誹謗之言，一直精心照顧陳秀月，這才使她有勇氣活下來。陳秀月為報知遇之恩，後來便嫁給張英洲為妻。」張碧蓮一口氣把陳秀月的悲慘遭遇講給他聽。

「哦，原來如此！張主任是位難得的好人，兩次搶救了秀月之命。秀月嫁給他是應該的，委身報恩嘛。」彭嘉福言不由衷，他感到張英洲為人正直，有恩於秀月，但施恩望報，不免有失體面，遭人非議。

「你以為張英洲垂涎美色，扮演英雄救美的角色，那就錯了。」張碧蓮發覺彭嘉福不以為然的神情，猜出他的心思。「張英洲知趙副縣長賊心不死，會想方設法對付陳秀月，同時當心社會上的輿論鄙視陳秀月，怕她承受不了心理上的壓力，又萌短見。所以他勇於犧牲終生的前途，不嫌秀月曾失身於人。他娶秀月，無疑是承當惡名，甘與顯貴作對。那要冒多大的風險啊！」

「我並沒看不起張主任的意思，我對他的作為很敬佩。」這下彭嘉福由衷地感動了。「在那動亂時代，新貴們掌著生殺大權，動輒扣人帽子，順我者昌、逆我者亡，威風極了！一般人泥菩薩過河，自身難保，誰敢出頭伸張正義而得罪權貴？張主任當時承受著巨大壓力，擔當了很大風險。幸好平安無事，未受波及。」

「平安無事，未受波及？你倒想得挺美！」張碧蓮為張英洲抱屈。「張主任就因為娶了陳秀月，不但校長的位置泡湯，連主任的職務也被撤掉。得罪了一個副縣長，就是得罪了整個縣委。官場上官官相護，一榮俱榮，一損俱損。俗話說縣官不如現管，所以張英洲雖是省政府分配來的，按理說縣政府不看僧面看佛面，應該對他網開一面。可誰叫他不識時務，不與新貴們同穿一條褲子呢？他既然不要這張交情關係網，反而去拆這張網，別人當然要把他抛出網外，不保護他呀！此後他這個窮教書匠，每逢有運動，都被迫自我檢查。什麼階級立場不穩啦、思想改造不堅定啦，總之亂七八糟地抓來戴上，好蒙混過關。秀月因家庭出身不好，連累張英洲，心下不安，幾次提出離婚，但張英洲不但堅決反對，而且好言安撫秀月，不讓她背思想包袱。兩口子同甘共苦，在風風雨雨中維持到今天。」

彭嘉福默然了。在社會的壓力之下，一切為人的尊嚴、正當的要求、良好的願望，都被無情地摧殘殆盡。但只要活下去，哪怕是屈辱的活下去，終歸是件好事。因為活著就有希望，無聲的控訴，終有一天會匯聚成巨浪，衝破惡勢力的堤防，開創美好的明天。

「現在談談你吧。聽老郭說，你到如今仍是孤家寡人一個，為什麼不安個家？」張碧蓮關心地問道。

「我又老又醜，那個姑娘敢嫁給我。」彭嘉福苦笑說：「我在緬甸像個孤魂野鬼，神不管佛也不收，不想再連累別人。一張口供一個身子，吃飽了全家不餓，到哪裡不好安身？結婚後多個累贅，多煩人！」彭嘉福對陳秀月有個好的歸宿而欣慰。可心中也多了份惆悵，十多年癡心等待，到頭來終成鏡花水月。命運既然如此，曾經滄海難為水，這一生只好單身混過去啦！

「你不要太苦了自己。」張碧蓮嘴上不讓人，可心地善良，是那種令人討嫌又使人喜歡的潑辣人。她被彭嘉福對愛情的執著所感動，不願他就此消沉下去潦倒一生。她懇切地勸告他說：「過去地已不可挽回，你要為以後的幸福著想。你這樣折磨自己，秀月心中也不會好受的。」

聽張碧蓮說到這裡，陳秀月已是泣不成聲，「冤孽呀！我這是哪輩子造下的孽，都報應在今生！」她恨自己、恨張英洲、更恨那惡魔。恨蒼天恨大地，恨一切的一切……她快精神崩潰了，自古多情空遺恨——陳秀月正應了這句話。

「快別哭了！妳應該高興才是。知道彭嘉福平安的消息，也免了妳牽掛擔心呀！」張碧蓮確是個傻大姐，陪著陳秀月流了半天眼淚，才想起安慰陳秀月，叫她別哭！

「都是我不好，不然嘉福何致於此？是我害了他呀！嗚嗚……」陳秀月用雙手捂著臉，渾身抽搐。

「不哭了，好不好？好姐姐，妹妹求妳啦。不哭了好不好！」張碧蓮把陳秀月攬在懷裡，像哄小孩般哄著。平時的尖嘴利牙不見了，變得口舌笨拙，想不出更好的詞語來勸說，勸來勸去就是那句話。

「碧蓮，妳叫我怎麼辦？我還是不如死了算啦。死了他們的債也還了。」一個是刻骨銘心的初戀情人，一個是情深意重的救命恩人，陳秀月無助地抬起淚眼望著張碧蓮。

「快別傻了，盡說渾話。他們都要妳活、不要妳死，希望妳快快樂樂地活下去。」至於如何幫助好朋友處理感情糾紛，張碧蓮這個樂天派可不在行了。她的老郭把她當成長不大的孩子般寵著護著，對她百依百順，就差替她摘下天上的星星月亮。她還怪老郭太女性化，沒有男子氣概，讓她爭吵也沒了對手，太不過癮！真是生在福中不知福！經過這一哭，她除對好友的坎坷命運叫冤外，方才領會到愛人對自己的那份關愛感情實是難得。她決定從今以後要好好對待愛人，替他分憂解愁，為他噓寒送暖，不再給他添麻煩。都四十老幾的人啦，確實應讓他享受到家庭的溫馨。半生戎馬生涯，從槍林彈雨中活下來看到勝利，是多麼不容易呀！轉到地方工作也不輕鬆，上山下鄉成年在農村奔波，苦累得兩鬢斑白滿臉皺紋。有時勸他別太操心，那麼多縣官，那個不是蹲在辦公室發號施令，悠哉悠哉！且都發福了，胖得肥頭大耳，滿面紅光。可老郭就是不聽，說從山西到雲南的同鄉，如今只剩下臨滄軍分區參謀長趙忠舉跟他兩人還活著。其他戰友不是死在日寇的刺刀下，便是死在蔣軍的彈頭上，為了新中國的誕生，流盡了最後一滴血！說想到這些死去的烈士，活著的更應該多為革命建設流汗吃苦。就憑這，老郭才最先解放出來工作。那個趙副縣長嘛，比我老郭差遠囉。共產黨總算上有毛劉周朱，下有趙忠舉、郭志新這類人支撐著，否則前途不堪設想。張碧蓮忽然意識到自己的思緒轉了岔道，不覺心下歉然，趕緊定下神來安慰陳秀月道：「彭嘉福已知道妳的悲慘遭遇，他不會責難妳負心的。大家今後還作好朋友嘛，現在形勢轉變，妳們可以隨時見面了。妳母親在緬甸，可托彭嘉福為妳打聽消息，那時母女會面不是很好嗎？」

陳秀月搖頭，淒然一笑：「談什麼見面，我有何面目見他呀！倒是我母親近況，得求他幫忙打聽。」

「又來了，妳這死心眼怎麼不開竅？過去誰都沒錯，是老天有錯。妳別再走極端自找苦吃。」張碧蓮臨分手時打包票說：「彭嘉福有急事，今天一早就坐車走了，等他返回，我叫老郭請他到妳家做客，那時有什麼要求，當面告訴他。如果他不辦，我第一個不饒他！」張碧蓮回去後，陳秀月一直在自怨自艾，直到丈夫和女兒放學回家，她才發現忘了去食堂打飯，家中也忘了生火燒菜。她不覺著忙，暗罵自己糊塗，只顧遐想去了。

「媽媽！」女兒張澄飛進屋便依偎到母親懷裡撒嬌道：「澄澄餓了，澄澄要吃飯。媽媽，飯沒熟嗎？」

「乖女兒，媽媽下班晚了，還未作澄澄愛吃的菜。叫爸爸先去街上買米線回來給澄澄吃，好不好？」陳秀月心疼地哄女兒。妻子的失態，張英洲好生奇怪，每天他回到家，熱騰騰的飯菜已擺在桌上，一杯濃茶噴著香氣，小屋裡充溢著溫馨。一天授課的辛勞，在這一刻得到了補償，使他心靈空明，暫時忘卻滾滾紅塵中的喧囂及煩惱。

「爸爸這就去買。爸爸也想吃頓米線，乾脆媽媽同小澄澄也一塊兒去。不但吃米線，還吃餃子，好吧？」張英洲看到愛人雙眼紅腫得像一對桃子，神情特異，便替她解圍，不用再做飯，但當著女兒，他也不好問她。

「太好啦！爸爸、媽媽與澄澄一起去飯館吃餃子，澄澄要吃好多好多的餃子。」女兒一聽全家上飯館，興奮得忘了肚餓，一邊拍手一邊歡跳。嚷著立時即去。

陳秀月感謝地瞟了愛人一眼，張英洲回報她一個微笑，便牽了女兒的手先走出門去，等陳秀月鎖門。這晚餐吃得好辛苦呦！小張澄胃口奇佳，夫妻倆僅淺嘗即止。陳秀月是倒了胃口，不用說餃子，哪怕面前擺的是山珍海味，她也難以下嚥；張英洲雖然餓腸咕嚕卻不願吃，他要陪著她挨餓，這是老習慣了。夜深人靜，小張澄早已入夢鄉。張英洲雙手輕捧起妻子的粉臉，心疼地問：「誰惹妳傷心流淚的？我不是告訴過妳，不要理會別人的流言蜚語。我們就是要活得快快樂樂，讓多嘴的烏鴉去哇哇亂叫吧。它叫累了妳逗它，它也不叫了。」張英洲以為像往常那樣，陳秀月又聽了什麼難聽話想不開，所以耐心地開導她，勸她不要生氣。

「不是的，沒人欺負我。」張英洲越是謙卑，陳秀月越是內疚。恨不能把心撕成兩半，償還所欠的債。

「是身體不舒服，要不到醫院檢查？」張英洲心痛妻子的無助，小心翼翼，欲弄清原委對症下藥。

「不要問這、問那的，我沒事兒，何必嘮嘮叨叨，大男人變得婆婆媽媽的，真心煩！」陳秀月發脾氣了。她說過又後悔，發覺口氣過於生硬，忙歉然地拋去一個媚眼，軟語溫存道：「快睡吧，夜深啦！明早還要去學校值班的。」

「是不早了，妳也睡吧。」張英洲順從地接過話，開始脫去外衣，熄燈休息。他心想等心情沉靜下來，再慢慢掏出其隱衷，婉言勸解，不然悶在心裡，久了會生病的。「哎！她總是多愁善感，自己折磨自己。」

陳秀月躺在床上久久不能入睡，她覺得對不住張英洲，一個有夫之婦躺在丈夫懷裡，心裡卻思念著另一個男人。她恨自己何以會有不貞的念頭，她要忘掉彭嘉福，全心全意地做個好妻子，做個好母親。事實上她一直是個好主婦，為丈夫消愁解悶，共同承受險惡的政治風浪，全力支援丈夫搞好教育工作。俗話說：「十年樹木，百年樹人。」丈夫在政治上失意，在事業上卻取得輝煌的成就。一封封來自各條戰線的信，寫滿學生對老師的推崇，感謝老師教育他們成材，而在各個科技領域取得了巨大的突破，有的甚至填補了我國社會主義建設上的空白。作為賢內助，這裡面也有她的一份功勞。但是理智控制不住感情，彭嘉福為他終生不娶，還背上浪子的醜名。她認為是自己負了他，也害了他，而今她卻無法報答他。兩個男人在她心靈的天平上同樣沉重，壓得她承受不了。張英洲躺著不動，心痛地看著妻子翻來覆去，長噓短歎。他意識到事情非同小可，便披衣坐起，點燃了一支煙。他為不能進入妻子的內心世界而苦惱。陳秀月也翻身坐起，用手拿去丈夫口中的香煙，按熄了煙火。她扶丈夫躺倒，替丈夫蓋上被子，把頭溫柔地靠在他寬闊的胸膛上，依偎著丈夫溫暖的身軀。她不忍再折磨丈夫，決定把一切說出來，大家都舒坦。

「英洲，我告訴你一件事，嘉福昨天到德黨來，他們住在縣武裝部。今天張碧蓮特意來告訴我的。」

「是嗎？他要在德黨住多久？我們請他來做客吧！」張英洲聽到這消息，很覺意外。他至此才明白妻子何以會失態。一股酸意湧上心頭：唉！都十多年啦，還不能整個占據愛人身心，他強忍心酸而平靜地建議。

「他們今早走了，據碧蓮說要去內地參觀學習。我深感對不住你，我不該聽到他的消息便控制不住自己。你責罵我吧！都是我不好。」陳秀月可憐巴巴的語調使張英洲心痛，他一把摟住妻子，抱得緊緊，對著她的耳朵悄聲說：「別說傻話，我怎會責怪妳？彭嘉福是你少女時代的朋友。時代變幻迫使你們分離，誰也怨不得誰。秀月，說老實話，我愛妳，我用全身心來愛妳。我沒望施恩圖報，那是妳的錯誤想法。什麼救命之恩哪？粉身難報啦，通通都說錯了，愛情是不能用恩德來獲取的。我娶妳是愛妳，沒別的用意，我想用我的愛來撫平妳的創痛，包括忘卻彭嘉福，因為愛情是自私的，不容他人分享。但我失敗了，我無法挽回妳的感情。」

陳秀月用手捂住愛人的嘴，不讓他說下去。「英洲，你錯了，我嫁你是真誠的，我要做你的好妻子。我只恨我下流無恥，有夫之婦竟有不貞的感情。」

「秀月，這種初戀的感情我理解，我沒看不起妳。妳既然挑明瞭，總比埋在心底強，捉迷藏的遊戲不好玩。我敬重妳，欽佩妳，正是妳有一顆執著的愛心。我張英洲是堂堂的男子漢，對水性楊花的女人是看不上眼。妳懂嗎？妳聰慧善良、端莊沉靜，是賢妻良母型。我認為初戀是彌足珍貴的，我也希望天下有情人終成眷屬。但我認為彭嘉福與我們已分屬兩個不同的社會，就像太空中兩個不同軌道的參星和商星，永遠不會相交見面。我希望用我誠摯的愛，來填補妳空虛的心靈。然而奇跡出現了，兩顆相撞後的星星居然又相遇了，這感情妳要逃避也逃避不了，因為感情不按物理定律來運行，它不受時空的限制。我尊重妳的選擇，尊重妳的感情。若妳要重回彭嘉福的懷抱，我是不會阻擋妳的。我真心祝福妳們幸福。當然，我將帶著一顆破碎的心，帶著我們愛情的結晶——小張澄，躲得遠遠的。我希望妳把小張澄留給我，我要與女兒相依為命……」

再一次捂住嘴。這一次陳秀月不用手，而是用嘴堵住張英洲的嘴唇，張英洲除了滑潤的舌頭外，也嘗到鹹味的淚水。陳秀月吻遍了張英洲的嘴臉後哭著說：「我不許你再胡說。這麼多年了，你難道忘了我是你妻子，你還不明白我的感情。我愛你！彭嘉福已是過去，我對他只有內疚，是我害得他獨身未娶。但我永遠不能再與他結合，我只是考慮如何補償他的感情，幫助他走出情感的誤區。你要幫助我，共同為他撮合一對美滿的姻緣。若你再胡思亂想，我……我就死給你看。」

「我不胡說了，妳別再哭。把我的心都哭碎啦！」張英洲投桃報李，用舌頭舔乾愛人的滿面梨花雨珠。話說明瞭，氣也消散，兩人有種如釋重負的輕鬆之感。多年壓在心底的巨石一旦搬走，頓時心情好轉，兩人緊緊相擁，享受著感情的交融快慰。兩雙淚眼久久地凝視，像要把對方銘刻在永恆中，漸漸地，兩人都覺渾身發燙，面紅耳赤，獸性的衝動淹沒一切，張英洲失去了平日的文雅，粗暴地翻身把陳秀月壓在下面，盡情發洩著充沛的激情，陳秀月滿足地承受著狂風暴雨般的摧殘。她知道這一刻等了十多年，激情過去，張英洲含著笑意，沉沉睡去，陳秀月卻一直清醒著，她這才真正體會到張英洲是如何地需要她、依賴她。她為自己能最終擺脫感情的負荷而慶幸，她小鳥依人般偎著愛人進入夢鄉，她仿佛夢見彭嘉福帶著笑意從她面前隱去。

彭嘉升一行在北京遊長城、逛頤和園。作為中華人民共和國的首都北京，使這群土包子可大開了眼界，處處透著新奇。但若問他們的觀感，那只有一句話：「北京比整個果敢都要大，北京人多得像螞蟻數不清。」北京在華北平原北端，西山、燕山聳峙西北，東南部為永定河和潮北河沖積平原。古代稱薊，春秋戰國時為燕國都；遼時建為陪都，稱燕京；金時正式建都，稱中都；元為大都；明、清稱京師，通稱北京；民國初年亦建都於此，一九二八年改稱北平特別市，一九三〇年改北平市；一九四九年中華人民共和國定為首都，改設北京市。自金以來，建都歷史共達七百多年，城市建築雄偉壯觀，舊有內外兩城，都是明代所築。市區內外名勝古跡眾多，濃縮了中華民族的文明精華。幾天工夫下來，彭嘉升等人該看的，走馬觀花般看了個大概，該吃的，北京烤鴨之類也大飽口福，是返回的時候啦！臨行前兩輛高級轎車從賓館載著他們穿街過巷，拐進一條幽靜的小胡同，進入戒備森嚴的大鐵門，便有一派肅殺之氣。接見彭嘉升一行的是中共兩位高官，一文一武。文官是劉甯一，武將是趙天佑，時任解放軍副總參謀長的趙天佑上將先問他們吃得好不好？住得暖和吧？玩得痛不痛快？然後轉入正題。

「中國政府和人民歷來支持世界被壓迫民族爭取獨立的正義鬥爭，援助各國人民的解放事業，這是中國黨和政府應盡的國際主義義務。對緬甸人民為推翻奈溫軍人政府，爭取解放的武裝鬥爭，我國人民同樣給予大力支持。你們通過學習，已初步掌握毛澤東思想，回去後要再接再厲，提高政治水準和軍事素質，準備迎接即將來臨的嚴峻時刻，建設一支真正的人民軍隊，為解放全緬甸而奮鬥。」

「同志們，要革命就要一個革命黨，緬甸共產黨是領導緬甸人民推翻緬甸反動軍人政府的核心力量。緬甸共產黨是馬克思列寧主義，毛澤東思想武裝起來的無產階級政黨，有著長期武裝鬥爭的歷史和豐富的經驗。他們正在走農村包圍城市，武裝奪取政權的正確革命道路。緬甸各民族武裝，必須接受緬共領導，團結一致，才能完成緬甸的解放大業。」劉寧一是負責黨務工作的，他上的是政治課。「當然緬共領導，初期對你們這支武裝來說，只限路線綱領方面。具體的鬥爭方法和組織形式，可根據形勢任務，保留自己的特殊性，不能生搬硬套。你們要活學活用毛澤東思想，要帶著問題學，立竿見影。你們要結合緬甸的實際情況，靈活掌握。只要下功夫，你們就能掌握放之四海皆準的這一真理。一旦真正領會了偉大領袖毛主席的無產階級革命理論，你們就能完成解放緬甸的光榮使命。」

「革命是你們自己的事業，只能依靠本國人民的力量。革命不能輸出，所以中國人民解放軍只能本著國際主義精神給予你們大力援助，但不能包辦代替。你們不能期望解放軍出國幫你們打仗，我們的支持只能是道義上、物質上的，要消滅緬軍，靠的是你們本身的力量。所以發動群眾，擴大人民軍隊。在條件不成熟的時候，只能打游擊戰、避強擊弱，積小勝為大勝。抗日戰爭時期彭德懷在敵後根據地搞百團大戰，過早地暴露了我軍實力，引致日本鬼子和漢奸偽軍的瘋狂報復，使敵後根據地軍民遭受巨大損失，你們要汲取這個教訓。星星之火可以燎原，但必須眾人拾柴，火焰才會高，否則拼光了老本就不值得了。」趙天佑講的很實際。他知道，對才加入革命陣營的新兵講長篇抽象的大道理是對牛彈琴，淺顯的事例才能啟發他們的心智，所以講得具體生動，具軍人本色。

「你們回去後，跟緬甸共產黨的代表見見面，一回生二回熟。我預祝你們的解放大業早日成功！」劉寧一念念不忘本行，極力為緬共吹噓，好讓他們對其存有好感。次日彭嘉升一行乘民航班機返回昆明，在昆明軍區招待所，彭嘉升他們首次會晤緬甸共產黨代表。

「我叫蔣光。今天很高興在這裡見到緬甸國內的革命同志。據中國同志介紹，你們在反對我們共同的敵人——奈溫反動軍人政府的鬥爭中堅強不屈，取得很大勝利。你們目前遇到的挫折只是暫時的，不久我們便將站在同一條戰線共同作戰。現在我向你們介紹幾位同志，他們跟我一道，受緬共中央委派到你們那裡去工作學習的。」說話的緬共代表講一口純正的普通話。四十多歲，全身漆黑，嘴巴很大，一看就知不是漢族。他臉上一直堆著笑，可惜笑聲冷冰冰的，令人毛骨悚然。蔣光政委一一介紹了同來的五個人，一個叫蔣正祥，是未來的營教導員，依次是馬永春、周昆喜、郭志民、趙生，將分別擔任一至四連的指導員。

這幾位緬共同志身穿嶄新的中國人民解放軍綠軍裝，正如革命現代京劇所唱的那樣：「一顆紅星頭上戴，革命的紅旗掛兩邊。」一個個精神抖擻，充滿朝氣，但鬍子刮掉鬍根在，六個人中年齡最小的也有三十多歲了，歲月已在他們的臉上刻上了皺紋。在中國享福養尊了十多年，早已樂不思蜀，何況嬌妻愛子都不明丈夫父親是緬甸人。這一下回國鬧革命，那可是刺刀見紅的硬功夫，不再是紙上談兵那麼從容輕鬆，不知這些緬共同志心中有何感想。說不定正私下埋怨奈溫反華不但反出大禍，而且連累了冷藏在保險箱裡的一批存貨。趙中強懂緬語，相互交談用緬語，一下子把雙方距離拉近了，顯得十分親熱，頗有點他鄉遇故知之感。彭嘉福也懂緬語，可他絕口不提，神情冷漠，一副拒人千里之外的模樣。蔣再映幾天來精神一直處於極度興奮之中，三合一的毛主席語錄成天不離手，言談舉止顯得神經質，他握住蔣光政委的手不放，那份熱情勁令蔣光也覺得受不了。中國古聖有句名言：「朝聞道，夕死可矣！」蔣再映一經接觸毛澤東思想，跟以前判若兩人，一副指點江山，激揚文字，以天下為己任的派頭。彭嘉升則不卑不亢，安詳中帶著微笑，給人以親切而高貴的印象，使你不得不對他產生敬意。

寒暄之後，主客圍坐成兩桌。煙是好煙，酒是好酒，一頓飯吃了半個時辰，方才在杯盤狼藉中結束。大夥酒足飯飽，靠在沙發上品嘗清茗⑤。蔣光打著飽嗝，大念革命經。他先按照慣例鼓吹毛澤東思想威力無窮，再推崇毛主席，不僅是中國人民的偉大領袖，也是緬甸人民的偉大導師。第三，稱讚中國黨和人民的無產階級國際主義如何高尚。老大哥吹捧好後，他才講到緬共的現狀及今後計畫。

「我黨中央根據地在勃固山區，由黨主席德欽丹東親自領導。上下緬甸都有我黨領導的武裝游擊區，占全緬甸三分之一國土。東北邊區的主力是原諾相兵團舊部，他們也正在整訓，所以你們的鬥爭並不孤立。我們要聯合作戰，相互配合，首先開闢薩爾溫江東西兩岸的革命根據地，然後聯絡各民族反政府武裝，結成廣泛的統一戰線；以農村為基地包圍並奪取城市，最終推翻反動的奈溫軍人政府，取得政權。我們將建立以工人階級為領導、工農聯盟為基礎的人民民主聯邦國家。」

談到果敢未來的地位，蔣光說：「我們黨的民族政策是國內各民族一律平等。我們黨既反對大緬族主義，也反對狹隘民族主義。果敢人民作為緬甸民族大家庭中的一員，同樣享有政治上的平等地位。全國解放後，果敢作為革命老區，將受到新政府的尊重與照顧，中央要為邊區少數民族制定區域自治的各項政策，關心並幫助實行區域民族自治的落後邊區發展生產，提高人民生活。」

蔣光的談話很有戲劇效果，頗像一則笑話所說的內容：古時候有一對貧窮的夫婦，丈夫很懶惰，妻子卻是個妒婦。有一天，丈夫外出揀到一枚雞蛋，他興高采烈地嚷著回家道：「發財了，我發財了！」妻子奇怪地問丈夫發什麼財？丈夫把揀到的那枚雞蛋放到破桌上說：「用這枚雞蛋去孵出小雞。小雞長大下蛋，蛋又孵雞。等把雞賣了，買小羊，小羊長大下小羊。等羊成群換成牛，牛成群後賣了買田蓋房。那時再娶房小妾來服侍你。好不好？」妻子聽到這裡大怒，便把那枚雞蛋摔碎在地上。丈夫吃驚地責怪妻子為何把雞蛋打破，妻子理直氣壯地說：「我就是不讓你討小老婆！看你能把我怎的？」

緬共的基業，八字還沒一撇呢！如今揀到一枚雞蛋，便幻想到變成家大業大的財主，豈不是癡人說夢話嗎？但話又說回來，世界上所有的發明創造，初期在世俗人眼中不也是異想天開的空中樓閣嗎？從馬克思寫資本論到現在不足一百年，便出現了以蘇聯為首的亞歐社會主義陣營。一九二一年中國共產黨成立時只有幾十人，如今已是幾千萬黨員的世界第一大黨了。魯迅先生說得好：「世上本沒有路，人走的多了便成為路，但總有第一個開始走的人吧？」

彭嘉升對蔣光的說教不予置評。他只是禮貌性地應酬道：「趙參謀長已告訴我，緬共將派代表到我部工作。我代表緬甸禪邦革命軍第五旅表示歡迎。」

蔣光一行告辭離開後，彭嘉福又跟彭嘉升爭論起來。「老四不願隨你進中國，是有先見之明，共產黨的統戰工作是出了名的。他們需要你，把你捧上天，一旦你失去利用價值，便把你打下十八層地獄。你看，這不是弄出個緬甸共產黨來啦！看你如何應對？」

「你考慮問題只會一鼓作氣想消極因素，思想不會拐彎。不論是中共支援也好，緬共領導也好，對我們來說，不都一樣嗎？憑我們目前的家底，可是窮得叮噹響，拿什麼跟蔣、羅抗爭？你以為靠土司官家就能在果敢立住腳？猛乃壩一戰你親身體驗過。大六官利用我們這支雜牌軍，同蔣振業拼個你死我活，最後兩敗俱傷，他們坐收漁人之利。可惜天不遂人意，十七、十八營妄圖保存實力，結果落得慘敗。蔣振宇索性投向羅欣漢，可是被羅欣漢明升暗降，兵權被奪，成了光杆一條。他們打的算盤是寧可送給敵人，不願分給朋友，可惜一大批美式裝備拱手送給羅欣漢，我們連稻草也撈不到一根。你說，我們用什麼跟羅、蔣相比！」

「再說蔣振業靠臺灣系統的三、五軍，反共游擊隊自顧不暇，他如何能成氣候。蘇文相一拖，蔣振業實力被損，今後只能死心塌地的和羅欣漢合流，若聽話便罷；如存異心想東山再起，恐怕就是斃命之時。」

「這樣一來，我們既不能依賴蔣振聲，也不能仗恃趙文煥，更不能投靠老緬。不靠中國援助，守中立能行嗎？」彭嘉升耐心開導彭嘉福，他知道部隊幹戰中與彭嘉福相同觀點的人不少，不做通這部分人的思想工作，今後的事更棘手難辦。

「我並不反對靠共，我擔心下面不理解。我們反對老緬，現在又接受老緬領導。緬共與奈溫是一丘之貉，實行的是大緬族主義，我們何必當炮灰為不相干的人拼命？」

「當今世界不姓社就姓資，我們不背靠大陸就成不了氣候，其實緬共與我們並無區別，都是中共的一張牌。我們歸併緬共，那是中國的策略，掩蓋世人的眼睛罷了，到頭來都要聽中國的。」彭嘉升道破天機。

「可別以為自己是諸葛亮，別人是阿斗。西方國家不用提，緬政府也知道緬共是傀儡，一切都由中國在後面牽線。」彭嘉福不以為然，覺得中國純粹是自欺欺人。

「政治就是這麼回事，表面上冠冕堂皇，暗中拳打腳踢。各國的報紙、電臺講的都是好話，沒一句不動聽，那只是為了矇騙世人的耳目。政客本人心知肚明，互相在做戲，大家都不戳穿而已。美國打著聯合國的旗號出兵朝鮮，中國派出正規軍，對外稱志願軍。出兵的口號也正大光明，美國聲稱是維護聯合國憲章；中國說抗美援朝保家衛國。你看這不是很可笑嗎？」

「你既然明白政治的骯髒，何以甘心做中國的工具，不要自尊？」彭嘉福不知他大哥何以變得如此麻木不仁，便痛痛地頂撞他一句，想換回他的良知。

「自尊？自尊值多少錢！那年你被逼迫離開德黨，夾著尾巴逃走，有什麼自尊？」彭嘉升被激怒了，不小心戳到彭嘉福的痛處。他心下歉然，忙改變語氣說：「老三，不是我有意提起你的傷心事，我是打個比方。在這個瘋狂的強權政治社會上，你講正義、公理，別人視你為傻瓜白癡。你心地良善，極富同情心，社會卻容不下你。對這些方面，我一直在替你擔心，以後不論在教員面前也好，面對部下也好，可別再亂發怪論。老四不聽我的，你也不理解我，我單巴掌能拍響嗎？」

「你賭氣要強，不甘拜下風，不向蔣振業低頭示弱，我不反對。但不能走極端，讓人牽著鼻子走啊？」

「哼！老緬黑皮子是餵不飽的狼，中國以後也會後悔支援緬共的。緬共的代表你親眼見到啦，哪裡是吃穀子的雀！派他們到部隊抓權，那是做夢。中國人與我們是同族，聽同胞的差遣有什麼羞愧可言！你只要抓住十六營老部下不放，就是幫我的大忙了。」彭嘉升一方面被趙忠舉講的道理所惑，對中共深信不疑，一方面也不甘心，視人眼色行事，事事聽命他人。中方他得陪小心應付，對部下他要恩威並舉，以維繫軍心。別看他身為最高領導，可內心的甘苦向誰申訴呢？所以他儘管用大道理來蓋彭嘉福，但他本人也說服不了自己，頗有騎虎難下的尷尬感觸。「好吧，我聽你的，但你的大道理說服不了我，我想你總有一天會醒悟的。只怕那時你已無能為力、身不由己了。」

「會見緬共的事，不要下傳，讓教員去傷腦筋好啦！車到山前自有路，你何必盡往壞處想呢！」

「那我就看你說的路在哪裡吧！」彭嘉福也看出他大哥有份難言的苦衷，便不再逼他。其實路早就有了，等待你去走。彭嘉升一行進到臨滄，便在軍分區招待所住下，鐵石坡受訓的部下正乘車來臨滄領取裝備。鎮康縣城選在鳳尾壩是基於政治上的理由，本來分縣時有人提出把縣址選到猛捧壩，那裡地勢平坦，氣候溫和，土地肥沃。猛捧河從壩子中間流過，兩岸稻田成片，從春到秋，壩子的顏色從綠變成金黃，沉甸甸的穀穗，風也難吹動。可惜猛捧距國境線太近了，易受境外蔣軍殘部偷襲，只好放棄這個方案。

鳳尾壩是個狹長的山谷，兩面高山對峙，陸子園河與馬鞍山河在壩頭匯合，然後順山谷流到彭木山腳，與猛堆河交匯後流入南定河，河兩岸有少許臺地，縣城便選在河的左岸。限於地形，各機關單位的辦公樓及幹部宿舍，都只能沿河谷兩岸修建。山高谷深，每到盛夏酷暑，整個壩子像個悶熱的大蒸籠。幸好河水可以消暑，下班之後，河裡泡滿人群，男女老少都下到水中一洗炎熱。冬天很冷，白茫茫的濃霧籠罩著縣城，太陽磨磨蹭蹭，不到中午不從霧中露臉。建縣初期，只有幹部及家屬，人員不多，每當月夜河面上波光閃爍，三五成群的機關工作人員在河中撒網捉魚；兩岸水稻飄香，蛙聲陣陣，頗有田園風味！

韓曉人隨大隊從鐵石坡步行到鳳尾壩，舊地重返，不僅百感交集，別後半年多，鳳尾壩風光依舊，然而人事全非。自己身分特殊，以一個外國人身分踏上故土，有何面目再見江東父老。同行的戰友個個興高采烈，在僅有的一條長街上東遊西逛，看看在果敢聞名已久的鎮康縣城到底是何模樣，同時把它與麻栗壩兩相比較。

「除有幾幢樓房，路面是柏油鋪的比較平滑外，比新街冷清多了。」趙紹雄與同行的趙子光交換看法。

「韓副排長在這待了三年，真難為他。若是我，早悶死啦！」趙子光住在新街，熱鬧慣了，最怕沉寂。

「在中國當幹部，要服從分配，不讓你挑地方。不然都爭著到大城市去，誰來建設保衛邊疆。我在臘戍中山學校讀書時，聽老師講，內蒙古大草原的牧民們放牧牛羊馬騾，喝的是馬奶，吃的是牛羊肉。奶腥味與羊羶氣使初到的外省幹部都倒了胃口，面對山珍卻食不下嚥，不要多久便餓得皮包骨。」趙紹雄賣弄學問，那口氣，倒好像他親自到過大西北，在一望無際的大草原待過似的。他見趙子光聽得入神，便又轉個話題說道：「老師教我們唱過一首歌，歌名叫草原之夜。歌曲是這樣唱的——美麗的夜色多沉靜，草原上只留下我的琴聲。想給遠方的姑娘寫封信，可惜沒有郵遞員來傳情……」趙紹雄興致勃勃地在大街上輕輕地哼出聲來。

「我最愛吃肉，真要生長在草原上，必可大飽口福。別人都說羊肉腥羶，我卻最愛那味，你說怪不怪？另外，騎在馬上放牧，男女並轡奔馳，神氣極了。在夜色朦朧中男女對唱情歌，像你方才唱的一樣，浪漫極了。」趙子光聽趙紹雄搬出書本所學，不甘示弱，把電影中的鏡頭放出來了：「大雄，那真逍遙自在呀！」

「逍遙自在？」趙紹雄不屑地一撇嘴，「大草原上白天炎熱難耐，早晚風沙吹得人都站不穩，夜晚乾燥寒冷。不論男女成日裡裹在大皮袍中，幾十天不洗一次澡，全身酸臭。你以為電影放出來的美麗畫面是真的？告訴你，那叫藝術，把生活中的真人真事通過加工提煉出來的。」

「照你所說，教員上課講的也是假的，信不得囉？」趙子光爭不贏，使出殺手鐧，以子之矛攻子之盾。

「書上寫的有真有假，教員講的當然不完全正確。」趙紹雄沒轍了，只得舉手投降。「比如說教員要我們訴苦，揭發蔣家土司的罪惡。傅小國哭得飯都吃不下，說他父親被土司殺害。把蔣連長氣得半死。傅小國的父親傅炳忠是蔣忠衛為報母仇而殺死的，這筆帳如何算到蔣家土司頭上？教員未明真相，誇獎傅小國是訴苦的典型例子，這不是擺烏龍，鬧笑話嗎？」趙紹雄放棄原來立場了。

趙子光聽到這裡也止不住想笑，但一想到自己家的悲慘遭遇，姐姐被迫自殺，父親橫遭冤死，不覺傷心起來。「照你所說，我訴苦也訴錯啦？」

「你的苦值得訴，亂世人命賤如狗嘛！但把帳記到蔣家土司身上，也有牽強附會之嫌。蔣振宗說你父親通敵，實際上是指你父親見過彭副旅長的面，他通的是彭嘉升，這與土司有何關聯呢？難道你在訴彭副旅長給你的苦嗎？」

「我是在控訴蔣振宗的罪惡。」趙子光忙著聲明。

「蔣振宗那時還是果敢革命軍的高級幹部，那你是控訴革命軍的罪惡囉！我那時也是革命軍的一員，我與你有何過節呢？」趙紹雄硬把趙子光逼上了絕路。

「我的意思並不針對你們，你何必自己上綱上線呢？」

「所以說嘛，」趙紹雄拉長嗓音：「事情不能一概而論，好的絕對好，壞的絕對壞。世上沒有完人，聖賢也是人，有人的七情六欲，只不過成就與挫折是七個指頭與三個指頭的區分罷了。教員不是教我們看問題要一分為二嗎？為什麼對土司就不能一分為二呢？非要把蔣家土司說得一無是處。我們在鐵石坡學習時，教員教導我們：哪裡有壓迫，哪裡就有反抗。蔣家土司存在一百多年了，誰去反抗他？若不是緬政府收權，土司不仍是管理著果敢，何至於造成目前的動亂？」

「大雄！」趙紹雄長得牛高馬大，英俊魁梧，戰友們都稱他大雄。「你說的話，有的我同意，有的我不贊成。果敢人民不反對土司，是他們覺悟低，加上沒共產黨的領導。還有土司力量大，群象鬥不過官家。」

「笑話，政府收土司的權，有沒有共產黨領導？緬政府比土司強大，彭副旅長領三十多人敢跟緬軍作對，難道雙方力量不懸殊？說穿了還是那句話，看問題要用辯證法，矛盾可以互相轉化，世上沒有絕對的好壞。」

「我爭不過你。你是中學生，我才上過小學，等回招待所搬救兵來再與你以決勝負。」趙子光自找臺階下。

「要去找韓副排長評理嗎？你錯了，真理非靠文化水準高低來駁得倒的。我站在理上，就不怕辯駁。」

「看你美的。馬上回招待所吧！鳳尾壩就這條大街，沒啥好逛的。韓副排長守在住處，孤孤單單的，我們回去陪陪他。他回到老地方，教員不讓他出外，怕影響不好。這樣看來中國對他仍存戒心，真可怕！」兩人往回走。「韓副排長。」趙子光一找到韓曉人便開口嚷嚷道：「鳳尾壩名氣大，其實與新街差不多。臨滄比鳳尾壩大吧？」

「臨滄也是一個壩子，但大得多。雲南省的市縣所在地多半如此，壩子大的市縣也比較富庶，昆明所在地是雲南最大的壩子。臨滄在一個小山包上，四周是壩子。壩子中間有條河，河水比夙尾河大，雨季經常漫上河岸，淹沒田地。」韓曉人在臨滄受訓三個月，所以很清楚。

「韓副排長，上街時，我與趙子光談起訴苦運動，誰也說服不了誰，你來評評誰有理。」趙紹雄道。

「大雄是中學生，我說不過他。可我總覺得他說得太抽象，好像與教員教的完全相反，但我駁不倒他。」

「呵！兩個小鬼頭有進步，出去散步也在爭論。先把你倆的觀點亮出來，讓我見識。」韓曉人提議。

「我們爭論的是，訴苦是否有條件。要說苦難，我家的遭遇不比趙子光家好多少，我卻有苦說不出。有人說我父親是地主，所受的一切是罪有應得。地主家遭殃是罪有應得，普通農民受苦是剝削階級對他們的壓迫；前者活該，後者要報仇。同一災難降臨到不同階級的人身上，有的值得同情，有的卻是理所當然。這不是雙重標準，人為的區分嗎？難道符合客觀規律，不是人的主觀意識嗎？」趙紹雄以自家遭遇作例子。

「我也同情你的悲慘遭遇，我沒說你家的不幸是罪有應得呀！」趙子光忙提出申辯說：「我曾勸你在訴苦大會上訴出來，讓大家知道你的苦難。你不願說，能怪我嗎？」

「這不怪你，我是針對你的觀點說的，你認為有苦就要訴出來。但教員所要求的是訴貧下中農的苦，而不是訴地主階級的苦，這對提高階級覺悟才有好處。你訴地主的苦，讓人同情剝削階級，那如何讓人恨他們而去推翻地主階級的反動政權呢？對革命有利，訴苦時誇大也好，虛構也好，都是典型事例。對革命不利，真實的苦難也只能稱為個別的、特殊的、不能代表一般。嚴重一點說，是為階級敵人張目，是為反動社會塗脂抹粉。特別像我出身地主家庭，我到大會上訴苦，豈不成了反攻倒算的現行反革命份子！你看我敢說嗎？」

「那倒也是。如果你說了，怕也像蔣森林、羅大才那樣被追回果敢去了。」趙子光這才明白趙紹雄不訴苦的原由。要說半年來受訓的收穫，是很明顯的：思想轉變、理論水準提高、表達能力增強、學會用唯物辯證法來試著分析問題。趙紹雄勤學好問，上進心強，單聽他與趙子光的一番辯駁，就可證明教員的辛勞沒有白費。可惜他太聰明，太愛尋根究底，把教員忌講的負面影響也沾惹上身。他不但從正面看問題，也思考到陰暗面。這與教員只講光明，只看成績的預想背道而馳，頗有打著紅旗反紅旗之嫌。趙子光只學會照搬教員教給的正面理論，如何是趙紹雄的對手，只交鋒幾個照面，便敗下陣來。

「訴苦運動是解放軍新式整軍運動的一個重要環節。通過訴苦，極大地提高了廣大幹戰的階級覺悟，對蔣介石政府充滿仇恨，所以僅用三年半的時間，解放戰爭就取得決定性勝利，建立了中華人民共和國。這種方式當然值得效法。」韓曉人避重就輕，從正面說明訴苦的重要。

「韓副排長，我聽侯排長講，解放戰爭勝利是蘇聯的力量。日本關東軍一百多萬的武器裝備全落到蘇軍手裡，用在東北的林羅大軍，致使國軍在東北的幾十萬精銳部隊全軍敗亡。接著林羅大軍入關，華北一發不可收拾。侯排長聽他們老師說，國軍是敗在蘇俄手中。」趙子光就是這種品性，別人說的話，他偏要反駁。

「侯排長在臘戍讀中華學校，是臺灣辦的右派學校，他說的話是反共的。」趙紹雄想起求學期間，中華與中山兩所中文學校形同水火，互不相容。學生在校外相遇也是視若仇敵，常打群架。緬政府十分頭痛，最後關閉所有外文學校。學生失學後，各回住地，成為當地左右派鬥爭的中堅力量，在海外爭鬥不休。

「不管侯排長的話是否反動，此事究竟是真是假，不妨問韓副排長。」趙子光要求證實侯加昌的說法。

「何必問韓副排長，教員講中國革命史不是說得明明白白：解放軍用小米加步槍打敗了有飛機大炮的國民黨八百萬蔣軍。」趙紹雄好像在面對侯加昌，在維護中山學校的名譽，這是在算哪門子的老帳？兩人言論忽左忽右，辯論立場換來換去，真不知他們心目中的真理何在！

「你們兩人不用爭來爭去，其實你們說得都對。」韓曉人從中調解說：「蘇聯幫助中國抗日是真，關東軍的裝備交給中國共產黨也是真。抗日戰爭勝利後，山東的八路軍由海路出關，山西、河北等地的八路軍由陸路出關，十多萬大軍幾乎是徒手，武器裝備留在原地。但武器是戰爭的重要因素，不是主要因素。主要的因素是人，國民黨同樣有美國援助的新式武器，不是丟了大陸退到臺灣去了嗎？可惜美蘇支持國共都是出於私意，並非為中國人民著想。打來打去，死的都是中國人，何苦呢？抗日戰爭就不同了，國共合作，共同抵抗日本侵略，死去的烈士是為國獻身，才是真正的民族英雄。」

「說得太正確啦！狼牙山五壯士身臨絕境，彈盡糧絕，面對日寇大義凜然，飛身躍下懸崖。他們誓死不做俘虜，壯哉！」趙紹雄說得神采飛揚。「東北抗日聯軍的八女投江，視死如歸，可比美古之花木蘭替父從軍，粱紅玉聲鼓抗金兵。真是巾幗不讓鬚眉，貞烈長留人間。」

「侯排長說，抗日戰爭正面戰場，國軍抗擊了百分之八十以上的日軍。徐州會戰，臺兒莊大捷，打得日軍亡魂喪膽。特別是常德保衛戰，八千男兒血灑在中原大地上，連盟國報紙都譽為是軍人魂。」趙子光與趙紹雄硬是幹上了。韓曉人看到兩人針鋒相對，不禁莞爾。

「我贊成你們的看法。這是什麼東西呢？這就是中華民族的愛國主義精神。國之將亡，匹夫有責！槍口對外，一致抗日，這其中不分地主富農與貧下中農，這才是民族魂。中華民族屹立在世界的東方，在五千年文明歷史的長河中自強不息，憑的就是這種愛國精神與不屈的民族魂，忠奸之分要讓後代人去置評，當事人常戴著有色眼鏡，以勝敗論英雄。秦檜生前豈能料到死後遺臭萬年，結果頑鐵鑄像，長跪岳飛墓前。杭州岳武穆牆前的對聯寫得好：『青山有幸埋忠骨，頑鐵無辜鑄佞臣。』歷史就是這樣無情而公正的。」韓曉人也情不自禁地為抗日英烈感動了。

「民心向背，是興亡成敗的關鍵。看來共產黨能解放大陸，自有比國民黨高明的地方。美國支持國民黨，新中國成立，當然容不得美帝勢力在大陸存在。現在一提就是美蔣特務，難怪美帝不甘心在大陸的失敗，要在朝鮮發動侵略戰爭，妄想把戰火引到中國，讓國民黨重返大陸。」趙紹雄聯想到中山學校老師灌輸給同學的知識，認為美國支持蔣介石那是黃鼠狼給雞拜年，不安好心。

「提到韓戰，中國人白死了幾百萬，到頭來仍是南北韓分裂。這次是蘇聯出錢，中國出人。教員說中國人民出於無產階級國際主義精神，在抗美援朝戰爭中，承擔了巨大的民族犧牲，蘇修卻要中國賠還朝鮮戰爭中的軍火款，蘇修對中國確沒安好心。」趙子光總把蘇美看成一夥。

「你們倆今天怎麼啦？鐵壺碰銅罐，碰得叮噹響。我認為你們說的都不全面。朝鮮戰爭是中國遇到的新問題，它既不同於抗日戰爭，可用民族主義、愛國主義作號召，來團結全國人民一致對外；也不同於解放戰爭，用階級鬥爭、主義信仰來凝聚同道共同奮鬥。朝鮮戰爭是在異國作戰，抗美援朝、保家衛國的提法都相當勉強。抗美援朝為何蘇聯老大哥不直接出面，卻要硝煙剛熄，戰爭創傷未復的中國出頭？保家衛國更是滑稽，誰侵占家園啦？這一來民心向背這一條已無用，愛國主義的號召也無濟於事。於是只有憑力量硬拼，以血肉之軀去抗美國的鋼鐵。打了三年，不了了之，南北朝鮮依然對立。中國稱已幫助朝鮮打敗世界頭號強敵美帝國主義，美國說簽訂停戰協定，體面地結束戰爭，實現了和平。好像一仗打下來，死傷幾百萬人，才發現是場錯誤。政治這隻餓虎，是多麼可怕可憎！你倆的觀點如何？」韓曉人由局外人，也入局參加辯論。

「我也有同感。以前我有報復思想，一旦有了權勢，定要把趙應發碎屍萬段。經過半年來的學習，我終於領悟到，個人恩怨不足掛齒，輾轉報復終非了局。如今我們是革命軍人，要站在無產階級立場，為解放全人類而奮鬥。趙應發於我有仇，但他是緬甸撣邦革命軍第五旅的一員，何必定要鬥個你死我活。所以訴苦運動，是人為的，在革命隊伍中製造階級仇恨。革命軍人應一視同仁，不能按家庭出身來排隊。出身勞苦大眾的、有樸素的階級感情，出身剝削階級就有天生的反動思想，真是奇談怪論！抗日戰爭、解放戰爭、抗美援朝戰爭，這三個題目太大，我和趙子光只會人云亦云。我贊同韓副排長，希望戰爭結束，實現和平這句話。我們不想打仗，可我們這一代人卻必須打仗，為主義而戰。緬政府軍也不想打仗吧？他們仍要打仗，他們也有理由，不然政府軍的幹戰如何會聽命令？這是時代的悲哀，也是人類的悲哀。任何政黨、任何組織、任何個人都無力改變這種局面，不是嗎？」趙紹雄開始昇華，不再局限於小我，想法更全面了。

「我明白你的意思了，開訴苦會確實有為政治而政治的味道。我們有點文化知識的人，多少會思考其中的奧妙。沒知識，頭腦簡單的人，那不認定地主、土司、山官、現在的緬政府，都是十惡不赦的敵人嗎？不消滅土司，山官、不推翻現行的緬甸當局，人民就無法擺脫剝削壓迫，永遠受苦嗎？人類就這樣人為地分成勢不兩立的敵對勢力，這多可怕呀！」趙子光總算明白趙紹雄的本意，也知韓曉人採取的中間立場是公正的。

「我們到臨滄去領取槍械後，看來也該回果敢了。」趙紹雄思想通了，不願冤冤相報，但他急於回家看看老父，神經失常是否醫好？他自被逼當兵一年多，一直未有家信。特別是趙應發小人得勢，住在崇崗一帶，不知他是否賊心不死，又去找麻煩？

「中國培訓部隊，是為了回去收復果敢。不然請我們來白吃大米飯，把我們餵胖殺吃嗎？」韓曉人用開玩笑來放鬆趙紹雄的精神壓力，安慰他少擔心家庭的安危。

「剛才大雄上我一堂政治課。到頭來我思想通了，他倒鑽了牛角尖，連趙應發的仇也不報了，只想天下太平，不用幹革命。真窩囊！」趙子光心直口快，說出了趙紹雄心中不願提及的隱痛。

「仇可以不報，理卻要伸直。趙應發這種忘恩負義、狗仗人勢的小人，世界上多的是。不教訓他們，倒讓壞蛋得勢、好人遭殃了。你不要因家庭出身地主就消極悲觀，訴苦之事本不足奇，何必因本身有苦不得申訴而喪氣。」韓曉人肚裡也有一本難念的經，卻逼得空言安慰他人。

「就是嘛！我訴苦卻擺了烏龍，把仇恨發洩到不相干的人身上。現在想想都覺可恥，還是你不說的好。」趙子光剛才被趙紹雄一提醒，方覺難為情。

「告訴你們一件新聞，但不得到處亂說。王成老班長不僅憶苦而且思甜，其實他是胡說八道。這是他親口告訴我說：完全是趙參謀長導演的好戲。忙丙生產隊長王成奉命令追捕韓曉人。陰謀不得逞，他也留在彭嘉福營部，進中國受訓他被提拔為機炮連班長。他本與韓曉人相熟，但為避嫌，兩人很少單獨相處，同病相憐。王成感情上與韓曉人甚合得來，才把心中的秘密告知韓曉人。」

王成今年三十五歲。一九五二年，二十歲入伍，在孟定團當兵，那時趙忠舉是團參謀長。一九五七年中學生吳衛軍由城市到邊疆服兵役，在老班長王成手下當列兵。一九五八年王成退伍返回鎮康。他不願留在鄉里當幹部，便到忙丙寨老家種田，當農業合作社社長，後任生產隊隊長，一待就是十年。進入中國受訓，老首長找他談心，要他放下包袱，在國際支左中再立新功。趙忠舉對王成說：「你留在果敢當兵的事我調查過，那不是你的錯。吳參謀年輕氣盛，不尊重你這個老班長，我已批評過他。韓曉人對文化大革命不理解，出去果敢也沒幹壞事，錯誤能改正就好。毛主席他老人家不是說過要允許人犯錯誤嗎？誰能一輩子正確，除了死人，死人是不會犯錯誤的。我們要求的是不再犯相同的錯誤；並從錯誤中吸取教訓，更好地為人民服務。我看你應該這樣來看待你的問題，你是老同志了，參加新的長征，希望你在其中起模範帶頭作用。」

「謝謝首長的關心及鼓勵。我參加革命十多年，沒有作出應有的貢獻，辜負了黨和人民的培養教育。我定當在今後的新形勢下努力工作，勇敢戰鬥，以期將功折罪。」

「這就對啦。以前種種當作昨日死，而今種種當作今日生，今後你要再為人民立新功。彭部成員複雜，大多數成員是農民，思想容易改造；但有少數社會渣滓不容易改造。目前我們要團結教育大多數，堅決抵制打擊極個別頑固份子。在訴苦大會上，你要結合本身經驗，憶苦思甜。當然啦！憶的是舊社會國民黨的罪惡，思的是新社會中國共產黨帶給廣大人民的幸福，具體內容你去考慮考慮。你記住現在的身分是果敢革命軍的一員，一切行為均與中國無關。不然你就無法適應新環境，捆住了手腳施展不開。」趙忠舉面授機宜。他知道王成頭腦簡單，很多事不提醒是不行的。韓曉人則不同，文化水準高，自尊心強。響鼓不用重錘，只消解除他的自卑及內疚，在今後是會有好表現的。還有一種隱秘他埋在心裡，沒有在韓曉人面前提起。趙忠舉在等待適當的時機再說出。

「哦，原來如此，我還為王班長的悲慘遭遇流淚呢。他父母被趙文煥逼死不算，怕他日後報仇，派人來斬草除根。若不是解放軍救了王班長，他屍骨無存。」趙子光提起王成在訴苦大會上的情景，心中好生不快。

「這麼說來，王班長因父母被害，悲傷過度氣瘋了，在醫院裡療養；後來政府送他到昆明大醫院才醫好他的病，不要他出一分錢的事也是虛構的啦！真難為，編故事編得如此逼真。我都被感動得熱淚滿眶，誰知竟是一齣戲。王班長看似木訥老實，但演技不錯呀，蠻高明哪！」趙紹雄得知受了矇騙，有一種啼笑皆非的感覺。

「你倆何必動氣呢！訴苦運動作為一種教育方式，受害人現身說法，很具說服力。通過訴苦，明確了革命對象的可惡可鄙，極大地提高了幹戰的階級覺悟及戰鬥力。軍隊打仗總得有個目的——就是必須讓指戰員明白為誰扛槍。無產階級軍隊是為主義而戰，近期目標為推翻本國的封建資本主義制度，建立人民民主專政的社會主義國家，最終目的是在全世界實現共產主義，徹底消滅人剝削人的社會制度。資產階級軍隊也有一套政治思想的教育方法，他們標榜自由民主、公理正義，他們認定人權與私有制的神聖不可侵犯。在他們心目中，共產主義制度純粹是烏托邦，開空頭支票，根本無法兌現。所謂的無產階級專政是希特勒、墨索里尼的法西斯獨裁專制，它壓制人性，是為一小撮特權階層服務的鎮壓機器。在這種制度下，人民群眾只是奴隸，會說話的牲畜。」

「韓副排長，你的觀點呢？你認為誰說的對？」趙紹雄被韓曉人的議論吸引住插嘴提問。

「所謂的無產階級，只適用於貧困落後，工農業均不發達的國家及地區來稱呼。這一階層的群眾缺少文化，思想貧乏，他們對自身所承受的苦難有一種自發的不滿，也可稱之為階級仇恨吧！所以容易接受馬列主義的理論。他們對『兩憶三查』之類的口號以及訴苦的教育方式易於接受。西方發達國家，人民對衣食住行這一人類的基本生存方式，根本不成問題，溫飽不再受威脅，他們追求的是更高的物質享受及更為豐富多彩的精神生活。為這兩種不同社會服務的國家機器所依據的理論，理所當然不相同。到底資本主義與共產主義哪一種制度優越，目前還未定案。當今兩大陣營水火不相容，公說公有理，婆說婆有理，媳婦出來大道理。我的觀點很矛盾，從理智上說，我相信共產主義；但從感情上講我推崇自由民主，平等和平。東西方對峙，可說是勢均力敵，各有春秋。勝負在相當一段歷史時期是不易分出來的。千秋功罪，留待歷史來評說吧！」韓曉人也不知自己所說的是否正確，忙聲明道：「我個人的意見作不得準，其中有進步的地方，也有反動的成分。教員知道了，還會怪罪我是在為資本主義辯護呢！」

「韓副排長放心。不過是隨便談談嘛，誰會把它捅到教員那裡去了？我常犯疑，在果敢見到聽聞的是一種，教員教給的又是另一種，其中根本湊合不到一塊。人真是一種奇怪的動物，吃同穿同，思想差異太大，難怪不能和平相處，而要大動干戈。」趙子光似懂非懂的表態。

「子光，你對教員講的道理犯疑，不理解，證明你覺悟低，政治水準沒提高。教員幫助我們改造頭腦，信仰毛澤東思想，信仰與盲從是一回事，分別在於信仰所認為是正確的，盲從則不管是非。信仰一套理論，就是按這套理論去不斷修正自己的觀點，也就是改造世界觀。說穿了，把一切奉獻給一種信仰，本身也失去獨立的見解，達到極限便成了迷信。迷信、迷信，信仰到著迷。真理沒有絕對，不同的歷史時期有不同的真理。封建制度相對奴隸制度來說是新生事物、是進步的，今天來看封建制度，卻變成極端落後反動的。真理在這個問題上，不是有雙重標準？不也是矛盾嗎？」韓曉人在為趙子光解疑。

「你說來說去，連我也說糊塗了。迷信等於信仰？信仰馬列主義我們認為是進步的思想，信神信鬼信佛信上帝，我們稱它是迷信。這兩者怎麼會相同呢？」趙紹雄也被弄糊塗了。「教員講過：共產黨是無神論者，信仰共產主義與信仰上帝僅是信仰不同嗎？」

「大雄，你問得好。中國歷史上講忠君就是今天的愛國，對封建社會沒有共和國的提法，也沒有民選總統這時髦的玩意兒。那時愛國的具體內容就是忠於一家一姓的皇帝，現在看起來是盲目愚蠢的，甚至是反動的。但我們仍把岳飛、文天祥、史可法視為愛國的民族英雄、視為忠臣。他們忠的是宋王朝趙姓皇帝，忠的是明朝的朱姓皇帝，與教員提倡我們忠於共產黨、忠於毛主席有何區別呢？華盛頓是美國開國元勳，羅斯福是二次世界大戰的功臣，可美國並沒有提倡人民忠於華盛頓、羅斯福這兩位偉人，也不提忠於共和黨或是忠於民主黨。西方國家提倡建立共和國而推翻君主制，推崇國家至上，人權第一。第一次世界大戰，列寧號召德國共產黨員及無產者反對本國統治者，他們的愛國主義是讓德國在戰爭中戰敗。你看，愛國主義在封建社會是忠君，在資本主義社會是愛自己的國家，共產黨的愛國是一切服從無產階級利益。我父親是國民黨軍官，抗擊日本八年，當時被公認為愛國行為。解放後被判勞改二十五年，罪名就是不愛國，反對新中國。我並沒替父親喊冤的意思，我只是為了說明時代不同，標準不同。以前的真理今天會被推翻；今天正確進步的，明天會成為錯誤反動。所以說迷信與信仰，其實是同義詞，都已失去個人的獨立思考，變成隨時代而盲從罷了！試問，沒有釋迦牟尼、穆罕默德、耶穌，哪來佛教、回教、基督教的信仰呢？」

「韓副排長，你的長篇大論歸結到一點，是說信仰並非一成不變，是隨時代而賦予不同的內容，真理同樣有時代烙印。那麼共產黨認為是正確的，並非真理，共產黨所反對的，也不定完全是謬論，對嗎？那麼我們不進中國前，反對政府軍是為果敢人民而戰，現在反對政府軍是為無產階級而戰。我家是地主，我幹革命就是為了打倒我的家庭。我作兒子的要打倒父親才算進步，這筆帳你叫我怎麼去算呢？」趙紹雄的疑問，確實教人難解答。

「人在江湖，身不由己。就個人而言，骨肉相殘是人間悲劇，但就所隸屬的整個階級集團來說，那叫大義滅親，這就看你站在何種角度去理解了。你現在是革命戰士，要以革命利益為重。自己的性命尚且不顧，還論親朋？我在中國是國家幹部，理論上我已背叛了自己所屬的階級；但在感情上，我與你一樣，等於自掘墳墓，埋葬家庭。儘管你不願意不甘心，可身不由己。時代變革，潮流所致，順之者昌逆之者亡嘛！人是矛盾的動物，這句話你現在領會到了吧？」韓曉人說的是真話。

「難道說沒有兩全其美的辦法嗎？」趙紹雄希冀地問。

「這個問題分兩方面來分析。消極地說，徹底割斷與家庭的聯繫，你走你的陽關道，我過我的獨木橋，互不問訊，各行其事，這種做法頗像佛教中看破紅塵，遁入空門的意味。然而人終歸不是神仙，人是感情動物，那種大義滅親、鐵石心腸的大英雄、大聖賢終究是極少數。大多數革命成員都與家庭、朋友存在著千絲萬縷的關係，剪不斷理還亂呀！哪能達到一刀兩斷、萬事大吉的境界。」

「這方法不叫消極，是殘酷地逃避現實責任，那積極的方式呢？」趙子光對父子反目的問題來了興致。

「積極的辦法是確定立場，不心持兩端抱僥倖心理。能說服家庭背叛原來剝削階級立場，擁護革命，重新做人，做陝北李鼎銘式的開明紳士。不然乾脆脫離革命一走了之，東方不亮西方亮，此處不留人，自有留人處。大陸易手，大批不對新政權抱期望的反共人士及富有份子，有跑香港的，有渡海到臺灣的，更有遠渡重洋，飛越海外的。這些反共鬥士及嚮往自由的仁人，共產黨對他們恨得牙癢癢的，卻無奈他何！」韓曉人不明說，暗中點醒趙紹雄要以快刀斬亂麻的手段，處理他家的去留。

「唉！故土難遷呀。我到臘戌讀書時，就勸我父親把家遷到臘戌。俗話說得好：『亂邦不入，危地不住。』可老頭子罵我是跟著洋鬼子唱戲，危言聳聽。他說幾代人都生於果敢，死於斯地，如無大變故，百姓住百方，哪能丟下祖墳離開故居。不然就不會弄得如此下場。」

「大雄，你不必灰心喪氣，車到山前自有路。何況你已是革命軍人，軍人眷屬應受優待，你放心吧！」趙子光總認為事情不會如想像中的糟糕，所以勸慰趙紹雄。

「人嘛，都存有僥倖心理，希望出現奇跡。等事到臨頭，才懊悔無及，可惜已於事無補。這就是人類的劣根性呀！」韓曉人經歷這類事件已很多了，所以十分感慨。

趙紹雄點點頭，自言自語道：「當斷不斷，反受其亂。老頭子是不見棺材不掉淚，你得替他操心。」

「好了，不提這類煩人的話題了。」趙子光發覺氣氛越來越沉悶。他不願兩個好朋友為往事傷感，便截斷話題，對韓曉人要求道：「韓副排長，這地方你是主人，有沒值得一看的地方，領我們去走走吧！」

韓曉人為難了，他長歎一聲說：「按理我應帶你們各處溜達溜達，到我曾講過的那道河灣去看看。我在那地方用漁網網住一條大魚，有我那麼長。但目前我身分特殊，你倆知道的，教員警告過我不得亂說亂動，說影響不良，所以不能外出，等有機會再去吧。」

「教員管得也太寬了，管吃管住，還要管人撒尿拉屎嗎？」趙子光憤憤不平，為韓曉人叫屈。

「子光，你小聲說話怕別人聽不見嗎？」趙紹雄高大健壯，說起話來卻細聲慢語，並能控制住感情，喜怒不形於色。他提醒趙子光別感情用事後，又轉向韓曉人說道：「韓副排長，不出去也罷，這地方我住半天就膩了，虧你一住就是三年。將來打到臘戍，我陪你美美地遊玩幾天。那可是緬北重鎮，比鳳尾壩這個窮山溝繁華多啦！」

「小鬼頭心挺細的，倒安慰起我來了。其實照中國現在的動亂局勢，怪不得教員要謹慎行事。」韓曉人面對朋友的真誠關心，大為感動。在家靠父母，出外靠朋友，朋友的友情，在人的一生中特別珍貴。一句安慰，一個小小的暗示，都能激起感激的浪花。朋友的安慰往往出於至誠，能撫平你心中的委屈及沮喪，啟迪人們對前方未來的信心。患難見真情，真情來自友誼。

「說真格的，中國什麼都好，就這不講情面，把人與人之間的關係搞得相當緊張冷漠。見了面沒半點親熱表示，倒像仇人似地板著臉孔。這麼一來恐怕男女之情，戀愛也沒自由選擇的餘地，要有組織批准才行呢！我們在麻栗壩，晚上自由地幽會，誰來干涉你？男女中意，約好日子偷跑，多爽呀！」趙子光見風使舵，扯到戀愛話題上去了。年輕人就這特性，傷感一陣子便忘了，又快快活活的。不然，生活便無多少樂趣可言了。

「那你為何不去多偷幾個姑娘，十七、八歲的大小夥子仍是光棍一條，虧你還有臉誇口！」韓曉人笑著揶揄趙子光。「你把中國看得太過分了，難道除了政治，中國便沒樂趣嗎？中國也講自由戀愛，男女之間合得來，不必徵求父母同意，雙方去政府機關登記，領取結婚證書，可不行偷跑！」

「這麼說來，大陸已擺脫了父母之命，媒妁之言那一套婚姻束縛，只要雙方有感情就可結秦晉之好，沒其他限制囉？」趙紹雄覺得難以置信，中國自文化大革命以來，全國基本上已是軍管，整個大陸就如一個巨大無比的軍營。何以對婚姻大開綠燈，不知其中有何奧妙？

「你叫我怎麼說好呢！我們都是王老五，對婚姻沒經驗，只能人云亦云，你們也就姑妄聽之吧。我讀書時，正值新中國成立，按毛主席槍桿子裡面出政權的理論，軍人在政治上最吃香，所以社會上流傳的婚姻觀是這樣的：『一軍（官）、二幹（部）、三工（人）、四農（夫）。』這就是擇夫的標準。」

「聽著挺新鮮的，只是意思不大懂。」趙紹雄微笑不語，咀嚼其中含義。趙子光卻興致勃勃地追根究底。

「這首民謠的意思是說，軍官政治地位高，工資比地方幹部高幾倍，故生活條件優越，服三、五年兵役，一日提升為軍官，一名少尉的工資就是六十多元人民幣，相當於地方一個縣科局長的工資水準。一般幹部要升到科局長，真是談何容易，最少得有十多年的資歷才成。國家幹部雖比不上軍人吃香，但享有公費醫療，退休保障等鐵飯碗，平時當官做老爺，只要不犯大的路線錯誤，可說是躺在保險箱裡過活，嫁做官太太，一生享福不盡。工人有固定工資及吃商品糧，不用擔心餓肚子，嫁了工人階級便找到一張長期飯票。農夫雖是國家主人，既無固定工資收入，亦無正當的糧食供應，整天與土地打交道，面向黃土背朝天，遇到風調雨順，尚可溫飽度日，若遇水旱天災，打下的糧食交公糧尚嫌不夠，農民只有靠吃草根樹皮救命。嫁農民苦死一輩子翻不了身。」

「軍官數量終屬有限，大多數幹了幾十年革命，姑娘也愛這些老頭子嗎？」趙子光不解地問。

「講享受的姑娘，她們擇夫的條件更有趣。她們的說法是：『一顆星嫌少，三顆星難找，四顆星太老；管他老不老，只要洋房、包車和手錶。』」韓曉人繼續解釋。

「韓副排長，這首歌謠你再解釋解釋。」趙紹雄要求道。

「這首歌謠的意思指軍銜而言，一顆星是少尉排長，地位不高，經濟條件不充裕。三顆星是上尉，年紀不太大，政治經濟條件都已不錯，是年輕姑娘爭奪的最佳物件。大尉以上軍官，年紀已大。老夫少妻，白髮紅顏終非佳偶；但嫁給這種人，馬上身價百倍，樓上、樓下、電燈、電話；司機、保鏢、醫生、秘書、服侍的人員少說有一個班。對愛慕虛榮的姑娘，金錢的價值比愛情高。」

「在愛情、婚姻、家庭等方面，社會主義中國也有這樣嚇人的陰暗面，真不可思議！」趙子光感歎不已。

「這沒啥奇怪的。社會風氣的形成，自有其根源。革命勝利了，黨和國家對有功之臣，除精神上給予極大的榮譽外，物質生活方面也給予極為豐厚的報酬。即如封建王朝的開國元勳封贈以高官厚爵那樣，隨著社會生活的不斷提高，和平建設取得越來越大的成就。俗話說：『由儉入奢易，由奢返儉難。』革命功臣成了新政權的新貴，享受越豪華，暮氣越深沉。他們把黨和國家給予的榮譽說成是按功受獎，把革命初期的崇高理想置若腦後。國家主席與掏糞工人之間的懸殊差別被美化成分工的不同；高級幹部與普通幹部的待遇有天壤之別，同樣被傳為職務不同，為人民服務的目的一致。這些人口上喊為人民服務，實質上是人民為他們服務。在這樣情形下，別說姑娘爭著嫁特權階層，廣大民眾心理上莫不存在著入黨做官論、讀書做官論、積極份子做官論、階級成分做官論、參軍做官論等非無產階級觀念。這種種消極因素不破除，老一輩真正的無產階級革命家，所開創的共產主義事業就會失敗。黨的決策者已覺察到這種危險，可惜反腐抗墮的運動僅限於基層，特權階層的利益絲毫不受觸動。長此以往，便形成了前面所說的不正之風了。」

「韓副排長，你當了幾年國家幹部，整個幹部隊伍的情形又是如何呢？」趙紹雄聞所未聞，這與臘戍學校老師所介紹的中國，是那麼不同。在他心目中，新中國如初升的太陽，是十全十美的光明象徵。太陽有黑子活動，社會主義國家照樣存在危害群眾的蛀蟲呀！

「大雄，我說這些存在於中國的陰暗面，心中也十分痛苦。中國的事掌握在這些人手中，前途不可樂觀。我想偉大領袖發動的這場，史無前例的無產階級文化大革命正是為此目的吧！剛才所說的消極因素，同樣表現在整個幹部隊伍中，國家幹部分幾個層次，金字塔頂端坐著的是黨務幹部，他們是中央及省市地縣的黨委書記、黨政軍第一把手。這些人絕大多是老革命，文化程度不高，但可擺老資格，吃老本。他們動輒以個人身分代替黨組織發言，居常養尊處優，成天坐在主席臺上發號施令。金字塔中部蹲著的是行政官員，他們手中有部分權利，可以拿著雞毛當令箭，在本單位、本部門、本地區，他們是一人之下，萬人之上，把第一把手的指示具體化，作為任務下達給部屬去執行。他們在權力結構中可分一杯羹，金字塔底層站著的是普通幹部，這些人有點像西方國家的公務員，各機關單位的日常事務全靠他們去執行。下工廠到農村，經常以一副救世主的面目指手畫腳，所以工人農民對他們是敬而遠之。他們中有的人欺下捧上，最是小頭銳面，到處鑽營利祿。至於像我這樣的事務人員，多為知識份子，有各種專業知識，是所謂的臭老九。工作要做，政治待遇不高，每次運動一來，他們便首當其衝。思想改造啦、自我批評檢查啦、查出身考驗立場啦、個人檔案上優點不多卻缺點不少。他們在政治上不受重視，業務工作上離不開他們。他們小心翼翼地侍候雇主，看雇主臉色行事，生怕丟了飯碗，把他們下放到工廠農村，腦力勞動者變成體力勞動者。但他們心目中知識份子高人一等的觀念根深蒂固，既需靠人施捨度日，又要維持那可憐的面子。從封建社會的士，到資本主義時代的公務員，以及社會主義制度下的知識份子，莫不依賴當時的統治集團生存，並為其服務。毛主席不是說過知識份子的動搖性、軟弱性，使他們不能成為一個獨立的階層嗎？他們可為資產階級服務，也可為無產階級服務，這可謂真知灼見啊！」韓曉人結合當幹部的實際經驗，總結了其中的甘苦，侃侃而談。

趙子光關注的焦點與趙紹雄不同，他感興趣的是男女間的戀愛問題。對韓曉人講什麼幹部的面面觀早已不耐煩，忙扭轉話題說道：「我們不是幹部，用不著知道內幕。以你本身為例，講講幹部的戀愛故事，用來消磨時間吧！你沒結婚，身為二十多歲的王老五，戀愛總經歷過吧！」

「你這麼注意愛情問題幹嗎？」趙紹雄不滿意他打斷話題。

「中國男女幹部吃住、學習、工作，幾乎粘到一塊，不知如何處理相互間的關係？」趙子光問。

「這倒是真的，幹部中夫妻大多不在一個地區工作，有的相距很遠，他們如何維持夫妻關係呢？」趙紹雄也不理解。他聽說蔣教員的愛人在四川工作，兩人已經兩年未見面了，只靠書信聯繫，大為驚奇。

「分居兩地的，理論上每年有一次探親假，在家團聚十二天，旅途中的住宿、車船費實報實銷。當然並非每年都有探親假，兩年回家一次的，可在家二十四天。然而也有例外，如父母病重，也可請探親假。我參加工作四年，一次也沒批探親假。」韓曉人認真解釋道。

「為何不把分居兩地的夫妻調到一塊工作呢？國家每年可節省一大筆差旅費，夫妻也可過正常性生活。」趙紹雄提出自己的見解，他覺得這麼淺顯的道理不難理解。

「中國講的是階級友愛。革命同志親如兄弟姐妹，機關單位猶如大家庭，領導就是家長，大到政治思想，小到油鹽柴米等生活瑣事，全部包攬。夫妻也是革命同志，不需特殊照顧。」韓曉人竭力找理由來說明。

「這麼解釋純粹是強詞奪理，難怪外國傳說共產黨是共產共妻的妖魔。夫妻的責任難道僅僅是為了傳宗接代，不要家庭樂趣啦？夫妻住在一起，對子女教育、照顧父母，及在學習工作中互相幫助不是更好嗎？」趙子光又想起侯加昌講大陸共產共妻的事，便拿來當武器，「硬把夫妻拆散分居兩地，太不盡人情了。」

「夫妻住在一起，常為雞毛蒜皮的小事爭吵，既影響工作，也破壞了夫妻感情，倒不如分居兩地來得乾脆。小別勝新婚嘛！」韓曉人今天成了箭靶子，已是理窮詞盡，不得不耍起賴皮來。

「一年或兩三年見一次面，叫小別嗎？人生幾何，幾次小別，男女雙方已是雞皮鶴髮。共產黨反對宗教，勒令和尚、尼姑還俗；另一方面卻人為製造和尚、尼姑，豈不可笑？」趙子光一步不讓，仍在窮追不捨。

「是呀！人是感情動物，柏拉圖式的精神戀愛絕不能代替正常的夫妻生活。這種不近情理的強制做法，一定會造成社會上男女之間的混亂關係，私下偷雞摸狗。反不如合理引導，順其自然，於家庭、社會都有好處呀。」趙紹雄居然振振有詞地提出解決之道。

「你倆的話也不無道理。」韓曉人放棄正面辨方的立場，附合對方的觀點道：「文化大革命中暴露出來大量敗壞道德倫理，亂搞男女關係的事例，確實說明社會主義制度在婚姻、家庭上的作法的失策。特別是高級幹部的作為更令人氣憤，他們利用手中職權，過著荒淫無恥的腐化生活，養黑市夫人、用女秘書、女護士、女保姆等名義摧殘婦女，完全失去了革命者應有的道德品質，但最終他們逃不了國法黨紀的制裁。」

「你說的這些我們在紅衛兵戰報上都看過了，我們不想再聽你的飾詞。我想知道夫妻性生活被壓抑，對男女間正當的生理要求提倡清教徒式的自我抑制，以及由此造成的性混亂，與資本主義的性開放有何區別呢？」趙子光不滿意韓曉人避重就輕的說法，提出抗議。

「問題沒那麼嚴重吧！不就是社會主義的陰暗面嗎？別的不敢說，但從我的例子來看，上中學時，主流思想是學好本領，長大參加祖國建設，為人民服務。男女問題的事，沒有多重視，同學之間親如兄弟姐妹。社會風氣健康良好，男女之間的愛情很純真。當然少男少女情竇初開，感覺微妙，模模糊糊的。我有個同班的女同學，她名叫蔣映智，我對她有一種特殊的感情。不見時心中空虛，想念得慌；見了面又覺淡淡的，沒啥好講，只要坐到一塊上學便十分滿足。有時兩人的眼光一接觸心中猶如通了電，渾身一顫，趕緊避開對方眼神，臉面羞得通紅，兩耳發燒。這時心上像在擂鼓，撲通、撲通跳個不停。晚上在教室裡上自習，她的模樣從玻璃窗裡清晰地顯映出來，便不用擔心被她發現，可以大飽眼福了。有一回蔣映智生病不來上課，我像丟了魂魄，整整一個星期茶飯無味，無精打采，整天心慌心跳，變得喜怒無常。我弟弟與我妹妹只好小心翼翼的，生怕惹惱了我。現在回想起來，那光景還歷歷在目。可惜時過境遷，人面桃花，空留惆悵罷了。」

「後來呢？後來發展如何？」趙子光雙目放光，興奮得坐立不安。他把椅子移到韓曉人床邊，伸長脖子發問。

「到下週一，蔣映智來上課了，我與她一見面，眼光便凝滯了，久久不避開。什麼羞怯、自矜、全拋到了九霄雲外。『好了嗎？妳病後清瘦多了。』我小聲地問她。她輕聲回答說：『病好了，是重感冒。你也瘦了，是不是也病了？』我真想對她說，是想她而消瘦的。但說出來的卻是，『我沒啥。本來打算去妳家看望妳的，但妳的住址我不知道，又不好問別人。』這時上課了，老師走進教室來，我們忙停住話頭，矜持起來。」

「這就是初戀，多麼純真的初戀呀！」趙紹雄兩眼濕潤，感動得語音也變得輕柔了。他問：「韓副排長，你的蔣映智現在哪裡？你們還有聯繫嗎？多好的姑娘呀！」

「她後來轉校上普通高中，我仍上廠辦班，像太空中的兩顆星星在碰撞後閃了閃光，又隱在黑暗裡，我們以後再沒見過。只是聽說她到外省上大學去了。」

三個人都沉默了。趙子光忍不住提議說：「韓副排長你太膽小。為何不寫信去問個水落石出，省得兩地相思而徒增痛苦呢？」

「子光，你腦子太簡單了，你就知道玩姑娘摸奶。讀書談戀愛，怎能那樣粗線條？一個微笑的暗示、一句含蓄的話語、一個會心的微笑，就把愛意表露無餘。我最反對麻栗壩粗野的作風，一點不文明。」趙紹雄自詡為知識份子，到臘戍讀書幾年回到果敢，看不慣男女到野外約會，談情說愛的風俗，認為有傷風化。

趙子光不理會趙紹雄的冷嘲熱諷，他忽然想起什麼似的開口問：「韓副排長，聽說你的愛人在鎮康。她也是你的同學嗎？看來你也是個風流種子，見一個愛一個。」

「傻瓜，剛才講的是初戀，一段不成形的愛情，你懂嗎？什麼叫見一個愛一個？忙丙的陳蘭芬是帶著任務來抓韓副排長的，哪能算數？」趙紹雄不耐煩地反駁趙子光。

「大雄說得對，我的初戀夭折了，但已深深地藏到我的心底。」韓曉人故作瀟灑地兩手一攤，接著說：「當了國家幹部，經濟上有了成家的基礎，開始考慮個人問題，但文件上規定幹部結婚的年齡，男滿二十八歲，女的二十五歲，並且參加工作須三年以上時間。我今年才二十三歲，離結婚年齡還差五年，即使有了對象也不能結婚。在鎮康，愛人說不上，就算有個女朋友吧！如今已是鏡花水月，可望而不可及。」

「你現在參加果敢革命，身分不同往昔，以後把你的女朋友接到緬甸成婚不就行啦。」趙子光總把事情往好處考慮，而且認為很簡單，很容易解決。

「這倒是個辦法，值得一試。」趙紹雄同意這種想法。他說道：「你寫封信給她，請她等著你。我們出到果敢站住腳，我同你一起來接她。中國不會限制她吧？」

「你倆好意我心領了。你們的辦法根本行不通，試想如今與她分屬兩個世界，如何能再結合。而且回到果敢，並非衣錦榮歸，殘酷的戰爭就已開始。生死繫於一線，個人問題考慮也是枉然。你們說是不是呢？」

「這倒是個實際問題。一場戰鬥下來，要倒下許多戰友。哎！生逢亂世，人命輕賤得很，愛情、家庭、事業都會在一聲槍響中劃上句號。要穿越死亡，只有祈求上蒼保佑。韓副排長說得對，先保住老命要緊，別的暫時丟開，不然背著包袱打仗，做不成英雄先變成狗熊了。」趙紹雄多愁善感的脆弱感情馬上流露出來。

「這有何難解決的？活著幹，死了算！不死總得過日子。趁活著的時刻，趕快去戀愛、去瘋狂、去享受青春。照大雄的觀點，軍人只有等死一條路。戰爭中就沒有愛，沒有希望？槍炮聲中就不聞歡聲笑語？」趙子光想得開朗，確實道出了生命的精髓。面對死亡，士兵更嚮往和平，更珍惜人生；他們並不因此消沉，更要放聲歌唱。當然並不是說士兵不怕死，對戰爭不恐懼。命運註定你是名忠勇的戰士，既然抗拒不了上蒼的安排，何不活得瀟灑快活些！據說越勇敢不怕死的人越有活命的希望，只有戰勝畏懼之心，才能穿越死亡。

「子光說得豪壯！我對此深有感觸，人在逆境中若無奮鬥精神，沒有自我節制調劑，便會沉淪。戰爭中是這樣，和平環境中也是這樣。」韓曉人很欣賞趙子光的灑脫，他繼續發揮道：「我參加工作三年多，未能回昆明探望老母及弟、妹，但機會總是存在的。文件中規定，未結婚時有探望父母親的探親假，結婚後的探親假只限於夫妻之間。若我在鎮康找到愛人，回昆明的希望便成了泡影。所以從城市到邊疆工作的青年男女，都希望找個在城市工作的對象，不願一輩子待在邊疆，待在農村，我當然不能免俗。工作期間有個農村少女對我有好感，不管她是真情或是假意，我沒接受她的情意。老遠地從城市來到邊疆，再陷到農村不能自拔，那可划不來！」

「你把愛情庸俗化了，你怎會這樣呢？」趙紹雄奇怪了。

「我是凡人，愛情無論怎樣神聖，不能代表整個人生。一旦從戀愛走向家庭，開門七件事，柴、米、油、鹽、醬、醋、茶，很現實的事，不考慮行嗎？我有個同事，愛人在農村，他每月的工資都耗費在買生產隊的基本口糧，付子女的醫藥費及日常生活費方面去了。家裡每次來信，總是訴說父母生病、子女營養不良，一句話就是要他寄錢回家，搞得他焦頭爛額，煙酒茶一概免了。他像落入了無底洞，偶爾回家，小兒女們見家中來了個陌生人，躲得遠遠的，令他啼笑皆非，又傷感無奈。而且在邊疆結婚，回城市的探親假便取消，你永遠回不了城市。我們從外地來的幹部，大都不肯為婚姻而失去重返城市的希望。」

「娶媳婦的標準，城市與農村確實不同。我們果敢人選對象，模樣要注重，但只要腳不跛眼不瞎就夠條件了；重要的是挑個身強體健，做事勤快孝順的，娶回家來當勞動力用。不像城市有錢人，娶個嬌滴滴的大美人，供在花瓶裡裝點門面讓人欣賞。」趙子光理解擇婦的甘苦。

「除了城鄉差別外，門第也成為婚姻的重要因素。通過婚姻來改變社會地位，在幹部中是很普通的現象。有權有勢的幹部子女，他的地位優越，往往成為搶手貨，是社會圈的寵兒。不但青年男女爭相奉承，連做父母的也在為子女的親事出謀劃策。只要雀屏中選，便是攀上龍門。提幹升級、調換工作單位、工作地區……，總之，藉著裙帶關係，改變本身的處境，誰不想名利雙收呢？」

「太醜惡了！韓副排長，你參加過這種競爭嗎？」趙紹雄生怕崇拜的偶像幻滅，擔心地問道。

「我本人不至於如此庸俗。但卻不是我自命清高，不願同流合污，而是我的家庭出身使我失去了競爭的條件。人貴有自知之明，我能擠入國家幹部這個特權階層，不知付出多少艱辛，主要還是靠著幸運，遇到了富有同情心的好人提攜，我的好運也只能到此地步。向上爬的念頭不是沒有，但黨團的大門對我緊閉著，能保住既得的地位，對我來說已很滿足，我不會愚蠢到去做與自己身分不符的傻事。」韓曉人說得很有自尊的意味，但明眼人都聽出他語音中含著無限的蒼涼與無助。

「韓副排長，你不必自卑。那些公子哥以及千金小姐憑仗爹媽的權勢來炫耀，但父母能保障兒女一輩子平安順利嗎？一旦老人兩腳一伸躺進棺材，溫室的花朵就會凋零枯萎，最終被扔到垃圾桶裡去了。打鐵全靠本身硬，你比我們多經風雨，多見過世面，怎可妄自菲薄，自滅威風。」趙子光是情場強者，像他姐姐一樣漂亮俊俏，不知傾倒多少多情少女，其中不乏達官顯貴的愛女，根本不屑靠裙帶關係提高自己的身分地位。

「我並不自卑，也不羨慕幸運者的成功，只是照實說明我所處的環境而已。我也有自己的信念，我有過一個戀人，是在工作中相識相愛的，也許是不同的氣質在相互作用吧！我的自卑和自傲揉合成內向的性格，與她開朗大方、潑辣爽快的外向型性情相映成趣。我們彼此感到對方是另一個圈子的怪物，既新奇又特異，便想擠進對方城堡去觀覽一番。結果一如老套，該發生的都發生了，兩人卿卿我我，沉醉在愛情的甜蜜裡。」

「按你剛才的自我定位，你的女朋友在社會地位上與你是同屬一個層次囉！」趙紹雄自作聰明地猜測道。

「你猜錯了。她是專縣的高中生，知識水準比我差一大截。農村姑娘嘛，當然生得健康，蘋果般的圓臉，兩隻大眼配上一口白牙，說不上漂亮，倒頗為吸引異性。我工作之餘除看書消遣外，唯一的愛好是下班後去球場玩籃球。我從不到其他單位去玩，朋友也不多，而她一有空，總想往外跑。守營業室的差事由我包下了，下午吃過晚飯，我去打籃球，她才勉為其難坐守空城。」韓曉人沉浸在往事的回憶中，他仿佛看到江紅英怒目瞪視，恨他是個無情浪子，在愛情戰場上當了逃兵。

「堂堂的銀行營業所，只有你倆卿卿我我，其他的同事呢？他們都上哪兒去了？」趙子光粗中有細，提出疑問。韓曉人忍不住笑了。「看不出你倒是挺細心吻，與你的粗線條作風格格不入呀？你發現破綻啦！其實每個營業所都有八、九人，但除會計、出納守在營業所值班外，其餘工作人員跑外勤，每月只回到所裡住幾天，所以偌大的一個營業所經常只在家兩個人。」

「我們打探你戀人的名字你不肯說，我現在知道了你的女朋友就是營業所的出納。只消稍一打聽，準保知道她的名字。」誇他聰明細心，趙子光果然了得，他竟從韓曉人的話中察覺出來平時問不出的神秘。

「我並非隱瞞，我不願因我的出走而使她蒙受冤枉。子光你用不著去探問了，她叫江紅英，參加工作前已是共青團幹部，政治地位比我高。她挑上我這個落後份子，需要很大的勇氣呢！她可說是倒了楣、操透心。」

「聽名字就知是激進人物，恐怕還是紅衛兵頭目吧？不然從農村提拔為國家幹部，談何容易。」趙紹雄不甘落後，開動腦筋來引申分析。他奇怪韓曉人理論脫離實際，說與做的不同，故懷疑地問道：「你們在社會背景、生活經歷及政治思想上都有相當距離，怎麼會對上象的？你找個農村姑娘，不打算返回昆明啦？」

「事情是這樣的。一開始她做我的思想工作，動員我參加組織，寫入團申請書。她勸我放下家庭成分的思想包袱，爭取進步。我微笑不語，對她的好意不置可否。她一生氣，下班就藉故離開營業室，讓我守在單位，不好去玩球。我是個球迷，球場哨聲一響，腳就發癢。每當球賽接近尾聲，她才姍姍返回單位，若無其事的樣子，反而假意催我去玩球，並且找出這樣那樣的充足理由來證明她非出去不可，真使你哭笑不得。」想到江紅英的天真爛漫，頑皮無賴，事事以我為主的率直脾氣，韓曉人不知是喜是恨，但心中感覺甜甜的。

「你何不氣她一氣？」趙子光出謀劃策。「這種姑娘最受不得冷遇。你佯裝不理她，包管把她氣得暴跳如雷。我見多啦。她同你說話，不管感不感興趣，都須裝出熱情的神態，恭聆她高談闊論。看你心不在焉的敷衍她，她準生氣，想方設法來修理你，罵你是冷血動物，不關心她，並威脅同你分手絕交，各自東西。」

「趙子光，趙子光，真不愧是情場老手。經你品評形容，江紅英活靈活現地站在我們面前，原形畢露無從遁影了。」趙紹雄忍不住調侃趙子光對女人知之甚深。

「子光想像的不錯，江紅英正是這種類型。我見她得意洋洋地回來說風涼話，裝作不在意的樣子，拿起報紙翻閱。她說什麼都只是哼哼哈哈地胡亂應付，對她愛理不睬的。她沉不住氣了，飛跑過來把報紙搶到手裡，瞪大雙眼，一副興師問罪的派頭。我還是無所謂的不吭聲，打開桌子抽屜，隨便拿出一本書來翻看。我看她還耍什麼花樣！誰知她伏在辦公桌上抽抽泣泣地痛哭起來，倒弄得我手足無措。偷看院中無人，我走過去抬起她的頭，好言安慰。我與她雖天天對面辦公，從未這麼挨近過。我看她臉帶梨花，一雙大眼飽含幽怨，小嘴噘得老高，那表情既可憐又充滿誘惑。在昏暗中，我情不自禁摟住她，對著她的紅唇吻去。她此時溫順得像只小羊，平日的潑辣勁全消失了，代之而來的是嫻靜端莊。打那以後，她再不提入團之類的進步言詞，我想是愛情戰勝政治吧！」

「韓副排長，你們躲在睡處吹牛，讓我到處找。申連長叫我通知你，集合隊伍帶去飯店吃晚飯。」羅從軍推開門，氣喘吁吁地報告。羅從軍就是羅老旺，他跟侯加昌一起進中國學習，為表進步，他把名字改了。

「啊，時間過得好快，不知不覺地天已晚了，我們快去集合吧！」韓曉人邊說邊站起身，三人跟著走出院落。吃過晚飯，申興漢把韓曉人找去住處對他說：「教員要我們寫封感謝信。你過去是幹部，知道如何下筆，彭營長叫我找你共同完成這項政治任務。你執筆先打好草稿，我們再一同琢磨修改。」

「好吧，寫得不好的地方，請蔣連長、申連長指教。」韓曉人答應道。不多時，韓曉人便把感謝信寫好：

《最高指示》

抓革命，促生產。軍民團結如一人，試看天下誰能敵。

感謝信

敬愛的鎮康縣革命委員會全體領導和同志們：您們好！您們辛苦了！

首先讓我們共同敬祝偉大的導師、偉大的領袖、偉大的統帥、偉大的舵手，我們最最敬愛的紅太陽毛主席萬壽無疆！祝願林副主席身體健康，永遠健康！

我們這次因公路過貴地，受到各級領導和同志們的熱情接待，使我們覺得賓至如歸，感到回到自己家一樣，萬分親切。為此我們特向您們表示由衷的感謝，並致以崇高的革命敬禮！你們的革命情誼，細緻的工作作風及高度的責任感，激勵著我們在不同的崗位上為我們共同的偉大事業而努力奮鬥。你們為我們樹立了學習的好榜樣。

各位領導及同志們、戰友們，史無前例的無產階級文化大革命已經取得決定性的偉大勝利。我們要緊跟黨中央、毛主席的戰略部署，抓革命、促生產、促工作、促戰備。實現革命大聯合，為徹底粉碎劉鄧的反革命修正主義路線而奮勇向前。誓死捍衛無產階級司令部！

鎮康縣地處邊防前哨，是反帝反修的第一線。我們要牢記毛主席的偉大教導，千萬不要忘記階級鬥爭。密切關注國內外階級敵人的新動向，狠批帝修反，深挖封資私。要立足中國放眼世界，為全面埋葬資本主義制度，實現全球的共產主義宏偉目標而更加緊密地團結起來，共同奮鬥！不達目的誓不甘休！

短暫的相處，您們高昂的革命鬥志，滿腔的政治熱情及雷厲風行的工作作風，給我們留下了極為深刻的印象。我們要向您們學習，學習您們全心全意為人民服務的崇高精神，立足本職工作，甘當革命的螺絲釘；學習您們愚公移山的革命幹勁，戰天鬥地，力爭革命生產雙豐收；學習您們鬥私批修、勇於改造世界觀的無畏勇氣，破四舊立新風，樹立我為人人，人人為社會主義的新風尚，使鎮康成為西南邊疆的堅強國防堡壘。

同志們！雄關漫道真如鐵，而今邁步從頭越。我們偉大的祖國雖然取得了巨大的成就，但對於實現共產主義的宏偉大業來說，僅是萬里長征的第一步。我們必須保持謙虛謹慎的態度，戒驕戒躁，為爭取無產階級文化大革命的最後勝利而努力。我們要在不同的戰線上互相勉勵，互相學習，共同進步！

最後，讓我們高呼：

戰無不勝的馬克思主義、列寧主義、毛澤東思想萬歲！偉大的無產階級文化大革命勝利萬歲！

一四五部隊赴內地參觀團全體幹戰

一九六七年十二月五日

中興漢、蔣忠衛看了，連聲誇好。蔣忠衛高興地說：「申連長，一連有趙中強，二連有蔣再映，三連有你這個秀才連長，我們四連出了個韓副排長，可以為我這老粗連長爭光不少。」

「韓副排長水準比我高多啦！他是我們這支部隊裡文化水準最高的人，彭副旅長都另眼相看呢！」申興漢目睹韓曉人文不加點，一揮而就，不禁由衷地佩服道：「教員讓我寫，我思索半天仍無從下筆。這種帶政治性的文章，弄不好要犯錯誤的。」

「多謝兩位領導誇獎。我在國內這類文章見多了，所以不覺得難寫。其實我的水準很低，寫不出真正有份量的文章。」韓曉人心中對這種空喊口號，堆砌革命詞藻，內容貧乏的八股文很看不起。千篇一律的抄襲報刊詞句，沒有自己的真實情感，寫來寫去就那幾句，所以對兩位連長的謬讚，只有慚愧之意，絲毫無高興之情。中興漢興沖沖的把稿子拿去給教員審查。教員也檢不出什麼政治問題，便通過了。中興漢在桌上鋪一張大紅紙，用毛筆謄寫。那一手流利的顏體行書，寫得骨肉肥厚，贏得圍觀的書法愛好者的一致讚賞！

一路上，每到一地，都要寫感謝信，教員提議把政治氣氛搞得濃濃的。中興漢煩不勝煩，一手漂亮的書法字體，由行書變成狂草。有人居然考證是師法毛澤東的墨寶，十分神似，更有人預言會寫這手字的人必將飛黃騰達，前途不可限量，這真令中興漢啼笑皆非。部隊到臨滄後住在軍分區招待所，吃中灶伙食，四菜一湯。白天是一連串的參觀活動，走遍了臨滄的工廠、醫院、公社。聽工人師傅介紹小而全的輕工體系；聽老農憶苦思甜；最重要的活動是觀看解放軍六〇部隊：一個正規國防師的步炮實彈射擊；晚上觀賞影劇。排程緊湊而有秩序，讓彭部官兵不但在理論上，也親眼看到了中國的進步與強大，從而更堅定了廣大幹戰的必勝信念，士氣更加高漲，達到了預期的目的。與剛進中國受訓時相比，僅半年時間，彭部官兵在政治修養、軍事素質、組織紀律及身體狀況方面，都有天壤之別。彭嘉福不得不承認中共這套政治軍事訓練方法的巨大威力。

一九六七年十二月十二日，臨滄軍分區司令員宣讀了中華人民共和國援助緬甸撣邦革命軍第五旅彭嘉升部武器裝備的種類及數量。接著，彭嘉升部到臨滄的一百六十二名官兵由徒手變成了一支裝備精良、訓練有素的精兵。機炮連有兩挺連用重機槍，兩具四〇火箭筒，其餘連隊小組長以上發給衝鋒槍，戰士發半自動步槍，每排一挺班用機槍，每連一門六〇迫擊炮，全營有一門五七舉射炮。連以上幹部還配備自動手槍。返回鐵石坡，馬上開始實彈射擊，投彈、爆破、班排進攻演習、構築工事掩體，一直持續到年底。時間過得真快，彭嘉升一行進入中國，轉眼已近半年。這中間發生了巨變，凡參與軍訓的幹部戰士，都告別了以往的一切，重新以另一種心態來看待今後的事物。基本來說，中共培訓彭嘉升所部，達到了預期的目的，彭部官兵已是一支嶄新的人民軍隊，徹底告別了土匪式的裝備，很像一支中國人民解放軍的海外別動隊。

註解

①乾兒：義子。
②莠民：壞人。
③二流子：遊手好閒、不務正業的人。
④糟粕：比喻粗劣無用的東西。
⑤清茗：清茶。

第六章

雛鳥離巢

拂曉，紅岩街子的茅屋頂上堆積著厚厚的白霜，四野白茫茫一片。寒冷的冬夜，家家緊閉門窗，蜷縮在床上不敢動彈；直到雄雞三唱，曙色從東方亮起，逐漸把夜幕撕開，勤勞的街民們才從熱烘烘的被褥裡鑽出來。一打開大門，整條街房的屋簷下排放著整齊的背包，一夜之間，街道上住滿了身著黃綠色軍裝，頭戴紅五星的軍人。幹部戰士個個凍得臉色發青但沒驚動老鄉，就在屋簷下冷了一夜。

「彭大隊長回來了！」喜訊傳遍了山村小寨，整個街子為之轟動。當主人盛情地迎接久別重逢的親人入屋後，主婦們為之驚訝不已。彭部戰士爭著為老鄉挑水掃地、劈柴拉磨，個個嘴上：「大娘大伯，大哥大嫂。」叫個不停。那一股親熱勁兒，連當親生子女也比不上。老鄉們感動得熱淚盈眶，難道這就是半年前那支破衣爛裳，面黃肌瘦的殘兵敗將嗎？俗話說：「士別三日，刮目相看。」若用到彭部官兵身上，那是最貼切不過的！

迎著朝陽，彭部吃過早飯開拔①上路了。各連隊群眾工作組，留在後面檢查善後。他們到部隊生火做飯的群眾家挨戶查看，院場打掃得乾不乾淨？老鄉家的水缸水挑滿沒有？借用的物件送還沒有？損壞的東西賠償了嗎？直到一切弄妥，方才向老鄉告別追趕大隊。看著遠去的隊伍，紅岩街的男女老少站在街頭不動，人們腦中都畫了個大大的問號。直到望不見離去的大隊，才開始清醒過來，相互議論開了。「這到底是支什麼樣的軍隊呢？」從武器看，清一色嶄新的解放軍裝備，軍帽上的紅五星是用紅燈芯絨縫上去的，讓你以為是解放軍過界，但軍服又不像。土黃色軍上衣只有兩個衣袋，腰以下掖在軍褲裡，繫一條塑膠腰帶，褲角用鈕扣扣得緊緊的，顯得乾淨俐落，要多威風就有多威風。與解放軍相比，唯一不同的是衣領上少了兩面小紅旗。有人說：「我問過住在我們家燒飯的戰士，他們現在的番號是緬甸人民解放軍第一支隊。」

「什麼？解放軍！彭家兵變成解放軍啦？」有人聽不真。

「不是中國人民解放軍。是果敢人民的子弟兵。」

「哦，原來子弟兵就是這樣子。不派糧，不派款，替老百姓掃地挑水，舂碓拉磨；管老的叫大娘大伯，少的稱大哥大嫂。這種子弟兵我還是第一次見到呢！」

這是一九六八年元月一日，彭嘉升又回到果敢。從臨滄領槍回到鐵石坡，彭部官兵重新編組，原十七營、十八營的部分官兵編為一連，蔣文堂任連長，馬永春任連指導員，郭老安任副連長；侯加昌、周志民分任兩個排排長。蔣再映任二連連長，周昆喜任連指導員，余忠任副連長；蔣穆良、羅光明分任排長。中興漢任三連連長，郭志民任連指導員，馬國良任副連長；王成、趙德開任兩個排的排長。蔣忠衛任四連（機炮連）連長，趙生任連指導員，黃成榮任副連長；穆成定、薑正良分任排長。四個連每連兩個排，每個排兩個班，共組建成一個營，彭嘉福任營長，蔣正祥任營教導員。整個彭部易名為緬甸人民解放軍第一支隊，彭嘉升任支隊長、蔣光任政委。中國派出的顧問團稱訪問組，趙君任大組長，趙忠舉任副組長；梅樹成、吳衛軍、郭志新為隨軍參謀；另有幾名警衛人員。蔣光帶來一支二十多人的支隊警衛連，全是諾相老兵。從幹部任命分析，幾乎全是十六營的班底。通過受訓，教員認為表現好的，向彭嘉升推薦提幹，彭嘉升什麼都聽趙忠舉的，唯獨在提幹問題上，堅持只用十六營的舊人。他深知派系的利弊，兵權絕不能交到旁系手上，他只信任自己的心腹。彭嘉福卻力持異議，提出用人唯才不用人唯親的原則。十七營的郭老安原來就是連長，侯加昌相當於副連級，怎可降職任用？特別是侯加昌，文化高，帶兵有方，是很有培養前途的新人，最低限度應原職任用。

「你太善忘，段子良的例子你是知道的。郭老安是蔣振動的核心幹部，蔣振宇投到羅欣漢帳下，曾派王家福來活動他倆。這件事兩人一直未透露，是蔣文堂老輩子進來彙報工作時告訴我的，我把蔣文堂留下，就是為了暫時抵蔣森林的位置。除郭老安與侯加昌外，慢慢地把原十七、十八營的幹戰分散到各連。你也要多注意這些人，不能再讓他們把部隊拉走投敵。」

「蔣森林被驅逐出境，蔣再映越級提升，下面反應很大。他不是十六營的，你怎麼提他？」彭嘉福問。

「蔣再映是趙參謀長堅持要提的。蔣再映思想很進步，我們也需要他這樣的人才。而且他思想再左，總不會忘恩負義，出賣團體。趙參謀長提出讓趙中強任一連連長，認為蔣文堂年老，水準低。我說趙中強從未當過兵，應先讓他鍛煉鍛煉再提不遲，趙參謀長提出讓他在支隊部任幹事，我同意了，讓他跟蔣政委那夥黑皮子混在一起算啦，等有機會再說。我打算提韓曉人任四連副連長，教員堅決反對，說他政治有問題，不可靠。這也以後再考慮吧！」彭嘉升不滿意彭嘉福批評他用人唯親，便舉出例子來說明自己也在破格用人。

「還有就是余忠與馬國良，他倆雖是我與蔣森林的得力助手，在剪除蔣振宗時立下戰功，並且與蔣忠衛在外面堅持活動，最後才進中國學習，對我們很忠心。只怕提得太快，郭老安與侯加昌他們不服，影響團結。」彭嘉福擔心自己一手提拔起來的年輕幹將資歷太淺。

「他倆是西山人，作戰勇敢。蔣再映與申興漢是兩個書生，打起仗來沒把握。一出果敢就要打龍塘緬軍據點，沒有幾個幹將是不行的，這一點趙參謀長也沒話可說。我最擔心的是一連，教員堅持把郭老安放在一連協助蔣文堂，恐怕蔣文堂掌握不住郭老安這個兵油子②。最好的連隊是四連，教員雖對韓曉人有偏見，也不得不稱讚四連是標兵連。」彭嘉升解釋人事安排的原由。

「看來就這樣安排吧！是英雄是狗熊，到戰鬥中接受考驗才分得清楚。只看學習表現是紙上談兵，不稱職的到時再調整好了。」彭嘉福決心到戰鬥中去發現人才。不僅彭嘉福都對幹部安排有意見，郭老安、侯加昌等人更是牢騷滿腹，他們私下批評支隊長宗派思想嚴重。

「韓副排長，你對這次幹部任命有何看法？」趙子光又出難題。他擔任火力排的重機槍手，趙紹雄的五七炮暫時無法使用，便跟趙子光當副射手，背彈藥箱。「大雄原是十八營的文書，至少也是排級幹部，現在一整編，連降兩級成了普通一兵。我們跟著你，倒也值得。郭老安降一級，可把他氣壞啦，他這個人反心大，趙正武死後，他以為可升任副大隊長，這下倒降一級任用，回果敢後一定要出問題。侯加昌志大才疏，他的手下升任二、三連的副連長，爬到他頭上，幸好不是一個連，不然他可難堪了。我跟過他，他在棉花林就想置你於死地，大夥頭蔣永茂說你是彭營長特意要保護的人，才讓我與羅從軍假裝拖你出去槍斃，嚇壞了吧？」

「過去的事提它幹嗎？謝謝你與羅從軍手下留情，打人傷皮不傷骨，不然我已殘廢，哪能再聚會一堂。不過提幹是上級的事，我們還是不提它為妙。」韓曉人跟兩人情同手足，怕兩人沉不住氣惹出麻煩，便阻止趙子光再說下去。他擔任副排長，已十分感謝彭嘉升對他的重任。

「馬上就回果敢了，你何必談虎色變，見到教員畢恭畢敬，一幅奴才相。看你在教員面前提心吊膽的樣子，就像老鼠見了貓，我與大雄都替你難受。我才不怕教員為難的，我偏要說下去。馬國良、余忠跟我同時期當兵，打蔣振宗立功升為正副班長。我們先進中國，你們留在果敢。那時他倆是正副排長，你是文書。現在他倆都提為副連長了，大家議論他倆是乘直升飛機上去的，為你抱不平。要說才能，他們比你差多了，這真讓人摸不著頭腦，不知提幹的標準是什麼？」趙子光有話留不住，不讓他吐出來，他吃飯睡覺都不香甜。

「韓副排長身分不同，我看支隊長是器重他的。現在不是爭官當的時候，是鐵是鋼出去戰場上比比看吧！」趙紹雄先在十七營，怕趙應發暗算，又到蔣振宇的十八營。他在十七、十八營是為了避難，到十六營後才算放下心來。「子光在棉花林救了韓副排長一次，我在慕太也救了他一次，但說到底是彭營長救了韓副排長三次，最後一次在杏塘區岔路寨地界路。韓副排長是員福將，當然要遇到各種磨難，我們跟著他幹，遲早要出人頭地的，你何必著急？以後少說話多做事，提防病由口入、禍從口出。」

「趙生指導員長得像個黑瘦猴子，一上任就擺出老革命的派頭，開口閉口自誇見過毛主席。那天聚餐喝得爛醉如泥，吐得滿床酒飯，蔣連長只好搬到其它房去睡。這種人來當指導員？呸！給我提鞋都不配。」趙子光的議論得不到呼應，話頭一轉，又指責剛調來的指導員短處，說他是個誇大吹牛的酒鬼，不配當黨代表。

「子光，你今天吃錯藥啦，盡說昏話。趙生指導員調來不滿三天，你的意見已有一籮筐，當心入不了黨。」趙生到機炮連來，第一次談話自稱是黨的種子，撒在四連，要讓四連變成黨員連，全部加入緬甸共產黨，所以趙紹雄調侃趙子光。說完假意四周看看，生怕有人偷聽。

「入黨？我們來中國受訓，出去打的是大黑老緬。老子看得上什麼屁黨！不看在中國援助的份上，出了國境就把這夥黑皮子丟了。」趙子光忘乎所以，說話越來越放肆，他見趙紹雄東張西望，更上了火。

「子光，你太過分了，再不聽勸阻，我便去彙報給蔣連長，關你禁閉。」韓曉人生氣了，威嚴地發威道。

「好，不說拉倒！說來說去倒像我在替自己爭官當？你們不在乎，我這個局外人瞎操什麼閒心。」趙子光愣住了，他從未見韓曉人像這樣疾言厲色過。

「子光，韓副排長是為你好。明天就要出中國回果敢了，一百步走了九十九步，在這節骨眼上你要是出了岔子，我們都要吃不了兜著走。你何必不再忍一忍呢？」趙紹雄從中調解，批評趙子光不識時務。說完又長長歎一口氣，轉了一個話題道：「離別筵席吃過，歡送會開過，部隊整編完成，現在是萬事俱備，只欠東風。明天晚上十二點新年鐘聲一響，我們將迎來戰鬥的第一天。不知我家老幼是否平安？不孝兒離開父母兩年了，但願上天保佑我父痊癒。趙應發這條瘋狗，但願他不再咬人。」

「大雄，你放心好了，等到我們去崇崗，我一定替你請假，讓你回家看看。」趙子光發作得快，氣也消得快。他轉過來安慰趙紹雄，早忘了剛才的胡言亂語。

趙紹雄家住在崇崗北面的一個山凹，村名叫忙慕龍塘。單聽這地名，已可想像是個好地方。事實上，確實如此。有的地名名不副實，如斑永龍塘並沒有水，大水塘也僅是街道上有一眼石砌的水井而已。忙慕龍塘位於兩道山梁之間的一個小平臺上，三面茂林環繞，前面是數百畝稻田，再向前便是道斜坡，直達薩爾溫江。平臺上，從山腹裡冒出塘清泉，不論春夏秋冬，泉水清澈不斷，游魚如織。靠著這股清泉，數百畝良田旱澇保收。三十餘戶人家，大多姓趙，趙紹雄的父親排行第四，是民安戶的千總，鄉民尊之為四千總。趙紹雄是大兒子，上有一個姐姐，下有兩個兄弟，一個妹子。四千總是偏僻山鄉的悶頭財主，名下有數十畝好田，一群騾馬牛羊，煙山上有十多畝鴉片煙地，可收十多砣擔上等鴉片。按漢族的慣例，發財後先置田蓋屋，接下去是興辦私塾，送子入學讀書，以便考取功名，光宗耀祖。趙紹雄在崇崗上完小學，土司已經交權，四千總急流勇退，把千總之權讓與兄弟老五去承襲，自己退歸林泉，做個富家翁。誰知老五不稱職，蔣二小姐以一百砣煙的價格，把千總之位賣與北面山梁的蠻慕寨小頭人王海棠接任。至此，四千總已是無權無勢，失去了昔日的威勢，變成普通農家。為重振祖業，四千總於一九六二年把剛滿十三歲的長子趙紹雄送到臘戍讀中學。趙紹雄到了臘戍聽蕭楚智講中山學校是平民學校，校規嚴格；中華學校是貴族學校，收費昂貴，校風浪漫。趙紹雄就這樣進了中山學校，接受左派教育。

一九六五年臘月，趙紹雄從臘戍返回果敢過春節。臘月二十四過小年，一早起來，趙紹雄的母親便督催僕婦殺雞宰豬，備辦過節。忽然衝進來十多個兵，身著美式軍裝，長髮披肩，個個兇神惡煞般用槍把趙紹雄全家趕到客廳跪著等候發落。趙紹雄的小弟弟年僅五歲，嚇得大哭；趙紹雄的母親怕土匪生氣大開殺戒，急得用手捂住他的小嘴，不讓他哭出聲來。

「四叔四嬸，想不到吧？我這不長進的侄子沒被你們害死，又活著回來了。」熟悉的聲音在客廳響起，全家人抬起頭來，發現是十年前被趕出族中的侄兒趙應發，今天他身披美國大衣，腰插手槍，殺氣騰騰。

趙應發父母早逝，四千總看在同族份上收留他住在家裡。小時供他在族中私塾讀書，趙應發性格卑劣頑皮，領著一群頑童動手打老師，氣得老師辭館不教，捲起鋪蓋走了。趙應發被四千總痛打一頓，讓他去放牛。誰知趙應發頑性不改，牛放出村去不是吃了村民的稻穀，就是踩壞了地裡麥苗。四千總不得已，只好要他與長工一塊去田地勞作，趙應發到了田邊地角，便去躺倒大睡不肯下田耕作。長工知他是千總家侄子，不敢多說，反正少一個人，大家多忙活些罷了。放工回家，趙應發便去崇崗街賭錢閒逛，幾次被債主登門索要賭帳，氣得四千總把他趕出家門。趙紹雄的母親心地善良，總是著人把趙應發叫回來，苦口婆心地勸他向上，不要自甘墮落。趙應發被四嬸一番好言相勸，安定幾日，之後又舊性復發，仍到崇崗、幕大等幾條街子去鬼混，吃喝嫖賭無所不為，十足成了個無賴地痞，作惡鄉鄰。

有一次，趙應發去強姦一個小寡婦，被崇崗街的老幼捉住，扭送到四千總家。四千總又羞又氣，當著來人把趙應發吊在柴房，打得渾身是傷，並為他向人賠禮道歉，拿出錢為那小寡婦掛紅遮羞。趙紹雄的母親等丈夫氣平後，悄悄叫人把趙應發放下來，做了可口的飯菜給餓了一天的趙應發充饑。趙應發躺在床上養傷，在一個夜深人靜的晚上，悄悄離開忙慕龍塘，騎著一匹馬走了，從此音訊全無。四千總事後也叫人四處詢問，但都沒有消息。四千總懊悔自已過於孟浪[3]，但時間一久，知道趙應發已走遠，倒期盼他從此做個好人。

四千總看到是趙應發，往事湧上心頭，便知今日之事大事不妙。不等他開口說話，趙應發嘿嘿冷笑兩聲說：「今日之事，非是小侄狠心不顧親情，實是四叔當年心狠手辣，要置小侄於死地。」說著用眼色示意，幾個如狼似虎的兵士，上前扭住四千總雙手，捆綁起來。趙紹雄跪著磕頭說：「應發哥，是我父親對不起你。你念他年老體弱，請你寬心饒了他吧！」

趙紹雄的母親也跪著說道：「應發，你四叔當年教訓你，是為你好，希望你走上正路做個好人，你不應恩將仇報。你離家後，你四叔到處派人找你，你知道嗎？」

趙紹雄的弟妹都哭起來。客廳變成了官衙，趙應發翹起二郎腿，坐在正中的太師椅上。他不耐煩地拔出手槍，啪啪啪朝上連打三槍，兇神惡煞般大吼道：「再哭叫我就崩了你們。」趙紹雄全家被嚇得不敢再出聲。

「趙應發，我欠你的，由我來承擔，要砍要殺隨你喜歡，但望你不要對你四嬸她們下毒手。你要什麼，只要家中所有，你儘管拿去好啦！」四千總怕趙應發獸性大發危及家人，豁出老命不要，對他央告道。

「說得有理，一報還一報。來人哪！把這老狗吊起來。」趙應發不再理睬趙紹雄一家人的苦苦哀求，指使手下把四千總吊在樑柱上。

「應發，不看僧面看佛面，四嬸自小把你當親兒子看待，你就看在我份上放了你四叔吧！他打你罵你，我替他求情，給你磕頭道歉，總行了吧？」趙紹雄的母親看到丈夫被吊得鼻涕口水長淌，急得痛哭起來。

「四嬸，不要著急，我是有恩報恩，有仇報仇，你平日對我的好處我是不會忘記的。不看四嬸的面子，今天我就饒不了他。」趙應發見威嚇取得效果，便放鬆口氣說道：「只是兄弟們遠道而來，可不能讓他們空手而回。請四嬸大發善心，打發兩百砣大煙犒勞犒勞兄弟們，另外馬圈裡的騾馬也要牽走。如果四嬸同意，小侄今天拍拍手走路，過去的恩怨兩清，不然我不好向兄弟們交待呀！」

「騾馬你趕走好啦。只是家中哪來那麼多大煙，充其量可湊得七、八十砣，你也帶去吧。只求你快把你四叔放下來，他身體受不住。」

「四嬸的家底，我多少知道點底細，大煙不夠可以跟崇崗馮把總家借出來。小侄軍務在身，不便多留。」趙應發是有為而來，豈肯輕易鬆口。

「我答應你，賣田賣地也要湊夠兩百砣大煙給你。求你快把你四叔放下來，他口吐白沫，已昏過去了。」趙紹雄的母親為救丈夫只得忍痛答允趙應發的無理要求。

呼嘯而來，滿載而去。臨行，趙應發把十六歲未成年的趙紹雄也帶走，說等湊齊贖金再放回家。四千總放到地上，已是尿屎濕了褲襠。經這一嚇一折磨，趙紹雄全家籠罩在一片陰雲之中。老人神經失常，夜晚不眠，像個夜遊神般東遊西逛，白天躲在屋中不敢見外人。小的被挾持作人質，生死未卜。趙紹雄的母親四處張羅，典田賣地，把兩百砣煙找牲口馱到慕太趙文華家。趙應發收下大煙，傳回話來：趙紹雄留在連部當文書了。

趙紹雄明知趙應發是怕自己長大了找他報仇，在找機會暗害自己，但無法可想，只得忍氣吞聲，曲意奉承。趙文華也怕趙應發藉機陷害，便說營部缺個文書，把趙紹雄調離趙應發。蔣振宇帶著十八營回到果敢，看見趙紹雄長得高大英俊，中緬文都可讀寫，便向趙文華商量，調趙紹雄去做貼身警衛。趙文華欣然同意，他擔心趙應發賊心不死，總有一天會找機會對付趙紹雄，讓趙紹雄離開十七營，趙應發下手的機會便減少了。

「大雄，我聽說趙應發已不在崇崗。他隨趙文華從泰國上來，一直當中隊長，心中不滿趙文華，崇崗一仗，趙文華的部隊被打散，郭老安帶著一個連剩下的人跟支隊長進了中國。趙文華只剩下大隊部及趙應發的一個中隊，趙應發滿心以為可以升任副大隊長，但趙文華藉口等支隊長從中國回果敢後再說。趙應發一生氣，把一連人拉走投蔣振宇，蔣振宇口頭提升他為副大隊長，十月份跟蔣振宇去新街投羅欣漢去了。他臨行還想在崇崗大撈一把，蔣振宇不答應，他只得空手走了。」趙子光說。

「子光，這是真的嗎？你聽誰說的？」韓曉人奇怪平日混沌過日子的趙子光，居然也有小道消息來源。

「哼，你們自以為是正人君子，不屑去結交三教九流人物，其實江湖上的小混混道行深厚著呢！我剛才說的情形絕對正確。趙文華的十七營如今只有一個空殼，他領著十多人住在棉花林，打算明年煙會天搜刮一批煙下泰國，找蔣振聲以圖東山再起。」

「子光，我知你消息最靈通。你是南郭人，西山熟人多，你聽羅老旺說的吧？」趙紹雄給他一頂高帽。

「老旺知道個屁，他又不在支隊部，我聽蔣大文告訴我的。蔣大文的父親是南郭夥頭，不久前被蔣振業叫段子良派人去殺掉，罪名是私通蔣文堂。蔣大文跟蔣文堂來找支隊長替他父親報仇，支隊長看大文靈便，便叫他在支隊部當警衛員。蔣文堂彙報果敢情形時，蔣大文都在場，他聽得清清楚楚。我不騙你們吧？」

「謝天謝地，這消息太好了，大雄你這下可以放心啦，不必隨時提心吊膽了！蔣振宇與趙文華思想雖然反共，但心地不壞，不然大雄早完蛋了。」韓曉人也很欣慰。

一九六七年十二月三十一日，彭部官兵離開鐵石坡，到猛捧吃晚飯。子夜十二點正，彭嘉升站在國境上跟送行的教員一一握手告別，踏上緬甸國土。後半夜到達紅岩，人不知鬼不覺地在街棚裡露宿，上演了紅岩街那動人的一幕！

蔣穆良帶著一排人離開大隊單獨行動，他們沒在紅岩宿營，連夜出發趕往慕太。根據趙培良供給的情報，趙文華確如蔣文堂瞭解的那樣，帶著十多人住在棉花林。蔣振宇投降羅欣漢後，趙文華提心吊膽，生怕蔣振業派人來繳械，他把跑剩下的人員另組一個連，共三十多人派駐崇崗，防備蔣振業，沒想到危險來自他絕沒有注意到的方向。天亮不久，趙文華還在酣睡中，昨夜在蔣永茂家打了半夜麻將，回家後又吸鴉片，所以黎明前才入睡，其他士兵趁主官不在，到趙四海家聚賭。劉國欣坐莊推二十一，莊家手氣奇佳，贏了不少錢，他慷慨地叫人買來酒肉，殺雞款待賭友，老兵哥個個喝得醉醺醺的，天亮了，仍在蒙頭大睡。

按著趙培良的指點，蔣穆良先去找到劉國欣，在劉國欣帶領下，包圍了趙文華家。就這樣不費一槍一彈，解決了趙文華的殘部。趙文華按蔣再映的指示，派人把駐在崇崗的一連人召回慕太，彭部一下子增加五十多新血。趙培良被彭嘉升任命為紅岩區長，轄紅岩、慕太兩戶。

當天下午，大部隊行軍到慕太，支隊部住在大夥頭家，機炮連駐在棉花林。劉國欣換上軍裝，腰間別上從趙文華那裡繳來的手槍，他高興地邀約韓曉人到他家做客話舊，另外請了趙四海與趙叔平作陪。中國人愛說一笑泯恩仇這句話，用在韓曉人身上是再恰當不過啦！趙培良、吳參謀、王成、侯加昌以及劉國欣都與韓曉人是死敵，但當時都是受命行事，談不上個人恩怨。如今已從仇敵變為朋友，談起往事便一笑置之，所以相聚甚歡。趙叔平問起蔣振海，韓曉人告訴他蔣振海跟彭嘉桂在一起，後來投敵叛變，下落不明。

「韓副排長，聽說蘇健被蔣森林打死，那可是天大的誤會呀！」劉國欣感慨地說道：「我與蕭楚智、蘇健是同班同學，趙中強高我們兩級，是我們的學長。蘇展老師交我們的任務不同：我與蕭楚智是鋤奸組，負責暗殺、爆破行動；趙中強與蘇健是聯絡組，負責發展地下成員及傳送情報。結果我們兩組都失敗了，我六六年下半年暴露身分，只好回果敢搞地下工作，如今熬到頭啦，可以轟轟烈烈作一番事業，可惜不知蕭楚智的消息。」

「我當時就感到劉同志不是個普通人，原來是仰光南洋中學的高材生，真是有眼不識泰山。若不是劉同志大力促成，我如今豈能成為革命隊伍中的一員？說起來不但要感謝趙培良大哥，也要感謝劉同志的成全之恩呢！」韓曉人心中反感，話語中充滿譏諷之意。

「哪裡哪裡，韓副排長是貴人多磨。如今困龍入海，正是大展雄圖的最好時機。以前多有得罪之處，望韓副排長海涵。」劉國欣不以為唐突，含笑賠不是。

「韓兄，我打算跟你去當兵，你看可行？」趙叔平見相隔僅半年，韓曉人已是排級幹部。自己高中畢業，當了兵不難飛黃騰達，所以動了參軍的念頭。

「叔平，打天下重要，坐天下同樣重要。果敢解放已是指日可待，那時組織群眾，建立政權，有你忙的。你文化高，地方工作更需要你。蔣政委跟我談過了，余健副政委正在越南參觀，近期就要回來，果敢建政的工作迫在眉睫，我已推薦你同我一塊去崇崗工作，你還怕沒事嗎？夠你忙的。」劉國欣已有任務在身，他要讓趙叔平當他的助手。他知道趙叔平頭腦簡單，容易控制。

「好呀！文武之道，一張一弛。我們在前面打，你們在後面跟。祝我們最後在仰光歡慶勝利吧！」韓曉人又上了一課，原來中共的棋盤早已擺好，自己不過是棋盤上的一顆無名小卒，終將在對弈中被犧牲，其實不僅是個人，整支部隊同樣只是一粒棋子，讓棋手隨意移動而已。

「革命一來，大家都有事做。可惜我父母去世的早，我要支撐家庭，不然我也跟你們幹革命去。你們上前方，我們老百姓跟著去支前，送糧抬擔架，也是為革命呀！」趙四海來湊熱鬧，跟著起哄。

「四海說的是實話，打下果敢並不代表萬事大吉，階級敵人是不會甘心失敗的，像趙文華這種土司的走狗，繳械了也不可掉以輕心，要對他們實行專政。趙區長要組織民兵，四海當個民兵隊長倒是挺合適的。」劉國欣大包大攬，一幅大權在握的樣子。看來他邀約韓曉人來，目的是在示威，暗示他的來頭大，你韓曉人是孫猴子翻不出如來佛的手心，最好別得意過早。

在慕太街上，一連在晚點名，嘹亮的歌聲把群眾吸引到場地來。值星排長侯加昌集合連隊後，請蔣文堂連長訓話，蔣文堂挺胸站到隊伍前面，開始訓話：「同志們，請大家拿出毛主席語錄，翻到七十八頁，讓我們共同誦讀關於人民軍隊的一段語錄。」連隊混亂了一下，人人都從軍裝上衣袋裡掏出革命紅寶書來，但他們不明白連長的意思，黑夜裡沒有光亮，如何看得見語錄上的小號字體呢？好在都是背熟了的段落，看不見也一樣。戰士們抱著這種心理，所以沒有人提出疑問，隨便打開語錄本，也不管翻到那一頁。

「偉大領袖毛主席教導我們說……」蔣文堂起個頭，大家便齊聲背誦起來。「沒有一支人民的軍隊，便沒有人民的一切。」馬永春感到奇怪極了，他不明白戰士們何以能夜間視物，難道果敢人都有一雙夜視眼？這可是奇聞呀！

「下面再翻到群眾工作那一段。」蔣文堂不識字，他拿出語錄本僅是做個樣子。政治工作那一段落在哪一頁，他忘記了；群眾工作的語錄也不知在哪一頁，只好含糊其辭，反正戰士們比他清楚。「偉大統帥毛主席教導我們說……」蔣文堂稍微等了一下，看大家又翻好書，便再起頭。

「我們都是來自五湖四海，為了一個共同的革命目標走到一起來了。我們的幹部要關心每一個戰士。一切革命隊伍的人，都要互相關心、互相愛護、互相幫助。」這段毛主席語錄被音樂家譜上曲成了語錄歌，戰士心中滾瓜爛熟，背誦起來顯得流利而嘹亮。

蔣文堂從五湖四海幾個字聯想教員講的四個偉大，他靈感來了。「現在再翻到第一頁黨的領導那一段。」他聲音高了八度，「偉大導師毛主席教導我們說：『領導我們事業的核心力量是中國共產黨，指導我們思想的理論基礎是馬克思列寧主義。』」還剩下一個偉大，蔣文堂犯難了，他的全部聰明才智已發揮出來，接下去要講那一段呢？他此時定下心來，乾脆拋開那些煩人的數目字，不管是哪一頁了。

「最後讓我們背誦下定決心那一段吧。」蔣文堂解決了難題，心情更愉快了。他精神抖擻地高聲喊叫道：「偉大舵手毛主席教導我們說：『下定決心，不怕犧牲，排除萬難去爭取勝利。』」蔣文堂終於為四個偉大湊了四段語錄。

「我就講這些，下面請指導員給大家作指示，請大家歡迎。」說著，他便帶頭鼓起掌來。戰士們來不及收起毛主席語錄，只得拿著書跟著鼓掌。值星排長請連長訓話，蔣文堂沒講什麼話，只叫讀了四段語錄，結尾卻說我就講這些，戰士們也弄不清是怎麼一回事！

馬永春不含糊，一口北京官話挺流利，字正腔圓，不帶半分緬音，看來他在中國已學習了十多年光陰。

「同志們，剛才蔣連長已帶領大家讀了四段語錄。很好！蔣連長講話的主要意思是說人民軍隊要與群眾打成一片，要遵守三大紀律，八項注意。我要補充一點，我們是來拯救果敢勞苦大眾的，我們是人民的勤務員，不是當官做老爺。特別是班排幹部，要以身作則，不要破壞人民軍隊鐵的紀律。我的話完了，解散！」

「簡直是亂彈琴！」值星排長侯加昌氣壞了：「蔣連長與馬指導員好像在演雙簧，蔣連長根本未講過什麼話，黑夜讓人翻開書讀語錄，已是荒誕不經；指導員卻稱主要意思是三大紀律，八項注意，真是一對活寶。」

按受訓時規定，值星排長集合好部隊，去請示連長有無指示。若有話要講，親去指示；若沒有話可說，便由值星排長講評連隊當天工作，總結表揚好人好事，批評缺點不足。誰知蔣文堂表演黑夜讀語錄，馬永春不著邊際地胡吹一通並自行解散連隊，害侯加昌只得分別到各班去傳達當晚口令，布置哨位，真令他哭笑不得。

侯加昌來到周志民那個排，戰士們圍在火塘邊上烤火，同時與幾個大姑娘說說笑笑。周志民把一個小凳子遞給侯加昌，讓他坐在姑娘們中間。侯加昌家在棉花林，同這幾個姑娘是熟人，平時打鬧慣了，此刻久別重逢，更形親熱；你摸我一把，我打你一掌。歡聲笑語響徹寒冷的冬夜，驚動了不遠處連部的馬永春，他氣沖沖闖進屋去，一眼發現夾在婦女中間的侯加昌，他不問情由，劈頭一頓臭罵：「你們是人民軍隊還是土匪？竟然當眾調戲婦女！你們真是混蛋透頂！」

「指導員，誰調戲婦女了？我與她們都是從小相識的朋友，今天聚在一起歡樂歡樂，犯了哪條紀律啦？」侯加昌正為剛才一場烏龍鬧劇不滿，又當著家鄉親人在場，面子上更放不下來，便頂撞起來。

「晚點名時，我要你們遵守三大紀律、八項注意，你們難道是聾子不成，還是沒長耳朵？」馬永春沉下臉，感到黨代表的威信受到挑戰，一時氣往上湧，彎腰下去扭住侯加昌的耳朵，大聲說道：「虧你還是排長，帶頭違反軍紀。你跟回連部去寫檢討，認真檢查錯誤。」

侯加昌把馬永春的手甩開，跳起身來一拳打在馬永春的下巴上，憤怒地嚷道：「你是什麼人，怎可動手動腳！人民軍隊還是軍閥作風，動手打人？」

馬永春被打得身子一個趔趄④，幾乎摔倒。「你……你……」他不防侯加昌敢動手，而且說在理上，不覺洩了氣。同時被打得頭腦清醒過來。「我什麼時候打你啦？我只是問你有沒有聽清我晚點名時講過的紀律。」

「你身為指導員，是政工幹部，一進門來不問青紅皂白就發脾氣，亂戴帽子。你帶頭破壞人民軍隊的紀律，我要去蔣政委那裡去反應你的問題。」侯加昌得理不饒人，借機把幾月來忍在肚中的怨氣發洩出來。

「指導員，完全是誤會，你解散連隊，侯排長只好親到各班傳達今晚的口令，剛到我們排。這幾位女同志找我，想當兵，我正好要去請示你，部隊收不收女兵？你就進來了。」周志民如實反應情況，並且將了馬永春一軍，暗中指責他沒按佇列操典辦事，擅自解散連隊。

「哦，是這樣嗎？那我誤會了。收女兵的事我請示蔣政委再答覆你。總的原則是要收的，等我們的宣傳隊出來再收不遲。目前重要的是打仗，懂嗎？」馬永春頭都大了，看來簍子捅得不小，他趕緊轉舵下帆，但心中冒火。好你個侯加昌，竟敢打老子！咱們騎驢看唱本——走著瞧！我要不報今天所受的氣，誓不為人！

他們這一吵，驚動了群眾，也驚動了上級。蔣政委叫人把馬永春找去瞭解情況，彭嘉福也把侯加昌叫去瞭解情況，蔣文堂卻一無所知，睡得很香甜。在慕太上寨，天剛亮，二連的戰士們起床打好背包，忙著為老鄉做事，稍後全連以排為單位，開始了例行的天天讀活動。蔣再映去一排，周昆喜到二排。

「同志們！我連自離中國，連夜強行軍趕到棉花林，解決了趙文華的殘餘部隊，共繳獲長短槍四十二枝、三○三輕機槍四挺，圓滿地完成了支隊長交給我連的光榮任務。同志們在這次夜間長途奔襲戰鬥中發揚了我軍艱苦奮鬥、團結互助的優良傳統，路上沒有一人掉隊。排班幹部以身作則，在行軍途中幫助小同志扛槍、背背包，這是值得表揚的。」指導員周昆喜在天天讀的一小時學習會上，結合二連的實際情況，表揚了幾名突出的戰士。他繼續提出今天要注意的事項：「今天我連是後衛，走在支隊部的最後。大家要注意搞好收容掉隊人員的工作，不但檢查本連隊的群眾工作，還要到全支隊駐地逐一查看，我們要爭取成為支隊的標兵連。我有幸到二連工作，非常高興，希望大家支援我的工作，有什麼意見和要求直接來找我老周，我決心與二連全體幹戰力爭在今後的戰鬥中立大功。」

「同志們！指導員講的必須切實做到。周昆喜同志參加我排天天讀，對我們這些大老粗是個大的促進。他跟我們同吃同住同行軍，沒有絲毫特殊的地方，他是個好的政工幹部，大家都要尊重他。他年級大了，路上要照顧好他，同時大家要爭氣，不要讓指導員臉上抹黑。」排長蔣穆良叮嚀排裡的戰士道。

一小時的時間，就在這融洽的關係中結束。開飯了，蔣穆良集合全排站好隊，周昆喜拿著飯盒，自覺地站在排尾，在蔣穆良的指揮下，舉行飯前的三忠於儀式。「首先讓我們敬祝偉大的導師、偉大的領袖、偉大的統帥、偉大的舵手、全世界無產階級心中的紅太陽毛主席萬壽無疆！」大家便高聲呼應道：「萬壽無疆！萬壽無疆！」祝願林副主席身體健康！「永遠健康！永遠健康！」

「下面讀語錄，請大家拿出革命紅寶書，翻到二十頁。偉大領袖毛主席教導我們說：「革命不是請客吃飯，不是作文章，不能那樣溫良恭儉讓。革命是暴動，是一個階級推翻另一個階級的暴烈行動。」

「最後大家唱『三大紀律、八項注意』這支革命歌曲。革命軍人個個要牢記……，預備，唱！」

嘹亮的歌聲在晨曦中迴蕩，至此，三忠於才算完成。蔣穆良下達解散的口令，戰士們齊聲高喊「殺！」便解散開飯了。這是一九六六年元月二日早晨，慕太山高寒冷，擺好飯到完成儀式開飯，約須十多分鐘，飯菜早涼了，但戰士們已習以為常，沒有任何怨言。彭嘉升從中國回來的消息，已提前傳到崇崗，馮把總身為主人，殺了一頭大豬、宰幾支羊慰問部隊。訪問組大組長趙君很高興，認為這是軍民魚水關係的象徵；蔣光忘了昨夜的不快，覺得果敢人民是歡迎緬甸共產黨領導的；彭嘉升更是喜出望外，感到面子十足，也算是借花獻佛，意思意思罷了。於是連以上幹部都受到邀請，上馮三家去參加宴會，各排也分給幾砣豬羊肉打牙祭。

趙紹雄一到崇崗，便向蔣忠衛請假回家去看老人，同時逼著韓曉人也跟著去說服老人早做打算。蔣忠衛爽快地批准他倆的申請，囑咐天黑前一定要歸隊。兩人全副武裝，順著山道向右下方走去，午後的陽光仍很明亮，卻已抖不了威風，僅曬得身子暖和而已。薩爾溫江兩岸光禿禿的，旱穀收割後，東一塊西一片的穀地，斜躺在山坡上，與周圍的枯草林一黃一綠形成鮮明的對照。只有疏疏落落的山寨周圍，才看見小面積的樹林，點綴在蒼黃的荒山間，充滿生機。路兩旁，是環山的層層梯田，田裡東一堆西一堆的圍在木柵欄裡，那是未打的稻穀。牛馬散處在野地裡，懶懶地啃著草皮。溪水順著山坳潺潺流淌，溪水邊開著黃色的野花；溪橋下可見小魚在淺水裡游來遊去。夕陽下，一棵老樹上停著幾支暮歸的昏鴉，呱呱叫個不停。轉過一道山梁，眼前陡然出現一道大平臺，靠山長滿了一抱粗的栗樹；樹林掩映中，白牆青瓦的房屋隱約可見。村中傳來牛鳴馬叫狗吠，村子上方飄出嫋嫋炊煙。這一切顯出山村的平和與寧靜，比之江兩邊蒼黃乾枯，寒冷寂寥的冬季景色，無疑像遇到了沙漠中的綠洲。

「真美呀！俗話說人傑地靈，難怪你長得牛高馬大，像個山東大漢，卻透著精靈秀氣。」韓曉人感慨地對趙紹雄抒發心中的興致道：「你看，溪流繞山下，綠蔭村邊合，牛羊滿坡轉，稻田穀中橫。想不到崇山深谷中，竟有如此一塊洞天福地。真可謂天地之大，無奇不有呀！」

「韓副排長，不要取笑，山野偏僻，凡夫庸才。寒家不過靠祖上留下的幾畝薄田瘦地混飯吃而已。」趙紹雄嘴上謙虛，心中可著實得意。「『只不過金窩銀窩，趕不及自家的狗窩。』幾輩子的老家了，好歹有個落腳處不致流離失所。」

聽到狗吠，趙紹昌從院子裡往大門外一看，嚇得他往屋裡邊跑邊嚷：「媽，兵又來了，快躲起來！」

「紹昌，是大哥回來啦！你聽不出大哥的聲音了嗎？」趙紹雄心中隱隱作痛，他知道經過趙應發打劫事件之後，弟妹看到當兵的，猶如見到活閻王，怕得要死。自己長高了，又是全副武裝，難怪要嚇著弟弟，於是他邊跑進大門邊出聲招呼，生怕又驚嚇了全家人。

趙紹昌聽出是大哥的聲音，不再往回跑，他轉過身來打量來人，終於認出眼前又高又壯，荷槍實彈的老兵確是分別兩年的大哥。他又跑向大門，同時大聲告知家人：「是大哥回來了！爸爸、媽媽，是紹雄大哥回來啦！」全家人一下子從不同的屋中湧到院子裡。母親見離家的長子長得比自己高出半個頭，又驚又喜，忙著用圍裙擦不停流出的熱淚。小弟小妹早撲上去拉住大哥的手，想叫又不敢叫，突然冒出個陌生又熟悉的高個子大人，倒讓他倆不敢貿然相認。趙紹雄左手牽著妹妹，右手抱著幼弟，走到母親身邊介紹說：「媽，這位是韓副排長，是我的好朋友，我們一起在中國受訓，我請他來家做客。」

「伯母好！」韓曉人彎腰鞠躬，向趙紹雄的母親問好。

「快進屋去休息。我家紹雄少不更事，要請韓副排長多多指教！」趙紹雄的母親大方地招呼客人進屋。

「伯母，我與大雄情同弟兄，您就叫我的名字好啦！我叫韓曉人，您請放心吧，大雄在部隊很好。上級和同志們都很看重他，他如今是我們火力排的炮兵副班長。」

「謝天謝地，有人說紹雄在刺通坪被打死了。他爸爸聞信之下，病又加重幾分。如今好了，一家子都平平安安的，真是老天保佑好人啊！」

「媽，那次有驚無險。蔣營長派我聯絡彭支隊長，與蔣振業的人不期而遇。幸好我跑得快，不然就沒有今天。我返回找不到蔣振宇，剛巧遇到彭營長，便跟著他了，再沒回十八營。」趙紹雄滿不在乎地解釋。

「好，好，只要平安就好，省得家中掛念。你們什麼時候回來的？部隊沒跟你們來嗎？」

「我們今天中午才到崇崗。我請假半天回來看看家，天黑前便要回崇崗歸隊的。」

「不忙。這裡上崇崗只有半小時路程，吃好飯再慢慢上去。伯母占個大，叫你一聲名字，曉人，你請坐吧。他爸白天不敢出門，躲在屋中。紹昌，你去請你爸出來見見客人吧！」趙紹雄的母親安排得井井有條。

「紹雄回來啦！在那裡？」四千總平時癡癡呆呆，一聽兒子回來，心中便清醒了大半。他跌跌撞撞跑出臥室，撲向兒子，大放悲聲。趙紹雄摟住父親，父子倆哭成一團，韓曉人雙眼濕潤，感動得鼻頭發酸，他心中想到：「親情啊，人間自有親情在，不讓造化空負人。」半響，一家人才安靜下來。趙紹雄重新為父親介紹韓曉人，兩人互相打量，都有一種似曾相識的感覺。

不多時，晚飯已經擺好，家人入座進餐。一張大八仙桌上擺滿了酒菜，有香腸、火腿、排骨、酸肉、有酸木瓜炒雞、涼雞、有牛乾巴、烤鴨；另外還有酸扒菜、扒豬腳、豆腐湯。總之，山村應有的全搬到桌上。趙紹雄的母親高興到巴不得兒子把所有的菜肴全吃下肚去，她不停地替兒子及韓曉人挾菜，自己卻很少下箸。

「聽紹雄說，韓副排長是從中國逃出來的。不知此次到果敢有何打算？」三杯下肚，四千總打開話題。

「趙大伯，您別客氣，叫我曉人吧！」韓曉人目睹四千總病情好轉，神志清醒，大為高興。「這個問題，大雄與小侄曾多次探討過。我認為彭支隊長真能切實掌握大局，果敢現狀不會有多大改觀。如果學中共一套做法，大伯家恐遭清算，屆時還是遷地為良。」

「曉人，伯母雖初次見你，但憑你與紹雄的交情，伯母已把你當自家子侄看待。不瞞你說，你大伯家現在已是外強中乾，只剩下空架子了。除了十多畝田產房屋，值錢的已不剩多少。如能保住田產，吃碗平安飯不成問題，談到搬家卻不太容易呢！你大伯一見紹雄平安歸來，心病頓時好了大半，只盼全家平安清潔，無災無病，生活上清貧倒不放在心上。」

「伯母說的極是，局勢不明朗，一動不如一靜，還是等著看好。我與大雄在部隊，消息總會比較靈通，我們會隨時留意的。再說，大雄是現役軍人，將來建立地方政權，對軍屬總應該放寬政策，不致做得太絕。不然對部隊的鞏固不利。」韓曉人知道一時不能說服四千總，與其操之過急，使四千總病情加重，不如先穩住人心，再作後圖，所以他轉了口風，不再多勸。

「韓副排長，怎麼你也勸我父母等等再說。遇到危險再躲，來得及嘛？」趙紹雄費盡口舌動員父母搬家，以免自己心懸兩地，有事不能當機立斷。他母親答應他，一旦局勢有變就搬。此時韓曉人不僅不幫著相勸，反而唱起反調，他如何不著急呢？心中埋怨韓曉人不已。

「大雄，你急有何用？目前首要之事是養好伯父的身體。中國革命二十多年才成功，緬甸不知要多少年？作為一個政權，它能長期存在，一定有其原因。奈溫靠軍隊上臺執政，力量不可忽視，基礎也相當穩固。緬甸有一支素質很高的公務員隊伍，有一套完善的離、退休制度。政府工作人員有英美西方國家不過問政治的傳統，所以要發動他們反對奈溫是相當困難的事。緬甸是一個崇信佛教的國家，人民不喜歡暴力，他們有和平容讓寬厚仁愛的美德，要在這樣的國度宣傳革命，組織民眾，比中國不知要難上多少倍。中國若不大力支持緬共，緬共恐怕早已失敗。緬甸是個多民族國家，緬共搞統戰不見會有效。國際方面，西方民主力量不會坐視中共吞併緬甸，或是扶持傀儡政權成為中共的衛星國，到時必有一番惡戰。綜合以上因素，緬共奪取國家政權難如登天，既使局勢演變到目前越南老撾的模式，城市也不如農村安全，大地方不如小山凹平靜。因此我反對你的毛躁作法，必須從長計議，否則徒亂人意，使伯父伯母擔憂。」

「曉人分析得有理，我不信共產黨是三頭六臂、青面獠牙的怪魔，總得有些人性吧。作為一個團體，彭支隊長考慮問題不會偏激。到時惡夢成真非走不可，我決不連累你們。」四千總根本想像不到人世間會有什麼階級鬥爭那種事，所以他對即將來臨的狂暴風浪仍抱一絲懷疑。

「老伯說的也是。到非走不可時，我與大雄會通知的，另外我們抬著槍，說不定混到緬甸解放，好歹也掙到方面大員，不管是軍屬或作為黨外人士，掛個統戰牌子就過關啦。」韓曉人惟恐趙紹雄說話刺激老人，拼命從中插話，僅往好處設想，以寬四千總之心。四千總性情孤僻，平日難得有人陪著說話。今天陡然遇到知己，談興更濃，不斷與韓曉人議論時局，這哪像久病體衰的老人？可見「人逢喜事精神爽，悶上心來瞌睡多。」這句話確實有一定的道理。

趙紹雄的母親出身南郭范家。范家是書香門第。范大小姐知書達理、美貌賢淑。嫁到四千總家後相夫教子，恪盡婦道。她對待下人寬厚，是趙家的賢內助。她以敏銳的洞察力，領會到韓曉人的苦心，十分感激。她心中暗歎道：「唉！紹雄平時聰明伶俐，今天倒好像一段木頭。」她忙著夾菜給兒子，希望他多吃菜少說話。果然，趙紹雄忙於應付滿碗堆尖的菜肴，顧不上說話了。

一頓飯直吃到太陽西沉，染得滿天彩霞。反倒是大地一下子變暗，似乎冬天的夜晚來得快，太陽一落下山，夜色便籠罩住整個世界，一切陷入混沌之中。在返回崇崗的山路上，趙紹雄不解地詢問韓曉人：「如今形勢已過於明朗，支隊長領我們走的是中國的老路。你不幫我說服我父母，趁早離開果敢，反要他們安心住下去，是何道理？難道你要我眼睜睜看著父母遭鬥挨批，弄得傾家蕩產不成！」

「大雄，你平安歸來，你父親便神智清明，但病未痊癒，不能再刺激他，過段時日再提搬家的事不遲。你母親看事分明，你我意思她一點就透，她阻止你多嘴，完全是為病人著想，你今天太笨，反而責怪她。」

「原來如此。」趙紹雄恍然大悟，不停地用拳頭敲頭，埋怨自己糊塗。「我真是個大笨蛋，可你是旁觀者清，我是當事者濁啊！回想起來，你說的有道理，緬甸革命不是輕易的事，太著急害處很大。我家已僅有空架子，房產田地搬不走，變賣又招人猜疑，是應通盤考慮才行。」

「大雄，命運是微妙而不可捉摸的，在改朝換代的巨變潮流中，個人根本不能把握自己的命運。我們因緣時會，被迫走上當兵這條絕路。好鐵不打釘，好男不當兵，但形勢逼到頭上，沒其他選擇。你被趙應發強拉入緣林道，我被吳參謀、侯加昌、劉國欣逼上梁山。我逃離大陸，到頭來又鑽進共產黨的圈子裡為其賣命。你是地主少爺，現在拿起鋤頭挖自家的祖墳。然而頗具諷刺意義的是，越不願做的事，反而越須積極去完成。如果我不隨支隊長進中國受訓，怕屍骨早寒；你不當兵，趙應發早對你下毒手。你看，這不是命運捉弄人嗎？」韓曉人結合兩人的親身遭遇，抒發胸中的感觸。

「我深有同感。上蒼太不公平，你我造過什麼孽，為何這樣懲罰我們？」趙紹雄被勾起傷心處，話音顫抖。

「你我隨潮流而行，除非在戰場上被打死，否則還有盼頭，將來可搏個封妻蔭子。至於你家庭以後處境如何，你我都無法預知。一走了之不是最好的辦法，走是要有條件的。出走之後如何適應新的環境，須慎重考慮，生活並不僅是吃飽肚皮的問題，精神上的反差，離別故土的依戀悲傷、陌生的地域風土人情，都不易解決。有的人寧死也不願離開老家，因為他習慣了，對他來說，改變反而是一種痛苦。你去臘戍沒什麼不適，老人們下去就難說了，因循守舊固然遭人詬垢，冒險躁進也不值得效法呀！」韓曉人繼續開導趙紹雄。

「那應如何應變才好呢？」趙紹雄憂心重重地問道。

「所謂應變，只能在小範圍內做些預防準備而已。古話說：『皮之不存，毛將焉附？』我們賴以應變的客觀基礎不存在，主觀設想再好亦枉然。當然，對個別特殊情形，可能有例外發生，從整體上來看便不存在僥倖，舉例說吧，你一家可以搬走，大多數果敢民眾，生於斯、長於斯、老於斯，無法離開果敢。」

「我無法考慮大局，我是指我的家庭如何面對現實？」

「你個人一家的事簡單易辦。房產地業，支隊長比你多，他不用擔心，因為他掌握實權。政權說到底，只是握在強人手裡，大獨裁者握大權，地區單位的強人握小權。政策靠人來執行，執行者的主觀意志才是起決定作用的因素。你如能掙到權利，你也一樣可以權謀私。社會本身就是這麼一回事，冠冕堂皇的說教後面隱藏著醜惡的本性。共產黨不論職位高低，都是人們的勤務員，這句話夠崇高了吧，但開車與坐車的，相去就懸殊了！西方國家稱群眾為公民，而總統是公民的公僕，僕的解釋是服侍人的意思。但這種公僕整個國家只限一人，不是想做就能做的，有朝一日，趙紹雄成了趙縣長、趙師長、你放個屁都是香的，誰敢說臭？你的家庭是地主是貧民，誰還來管？誰敢來問？」韓曉人頗有誤導的嫌疑。

「你的意思是讓我力爭上游，爬上高位，便可大權在手，把令來行囉？」趙紹雄半信半疑，心中感到有點不對勁，想反駁又找不到理由，相信嗎？事情沒那麼簡單。

「這又回到命運兩個字面去了。你想爬上高枝，別人不想爬？中國七億人口只出了個紅太陽毛澤東，這就是命運。大雄，謀事在人，成事在天，不要多傷腦筋啦。一切看命運安排吧！」韓曉人結束了路上的交談。

趙紹雄與韓曉人上到崇崗，馮把總家的盛宴已經結束。指導員趙生酒足飯飽，破例參加四連的晚點名。排長穆成定喝多了酒，蔣忠衛命韓曉人集合連隊。照例引來了許多圍觀的群眾，觀看這幕新鮮別致、刺激有趣的表演項目。蔣忠衛退在幕後，讓趙生酒精燃燒的頭腦在夜晚的寒風中清醒清醒，不然晚上別想睡得著。

趙生滿身酒氣衝人，搖搖晃晃走到連隊前面。

「立正，向右看齊，向前看，稍息，報數。」他一連串喊完列隊口令，似乎忘記了值星排長已喊過一遍。

「一二三四……」連隊按口令報完數。趙生突然想起一個問題，「韓副排長，連隊不是有四十四人嗎？為何只報到四十一？還有三人上哪去了？真是亂彈琴，天黑了還不歸隊，沒有一點紀律觀念，查出來一定要嚴肅處理。平時多流汗，戰時少流血嘛！不遵守紀律怎能打好仗？」趙生不問青紅皂白，開口就剎不住話頭。

「報告指導員，全連到齊，沒有缺席的。」韓曉人回答。

「什麼？全連到齊，難道是我聽錯了？報數。」

等報完第二遍數，趙生高興地兩眼放光，身子搖晃得更厲害。「你聽清楚沒有？全連還差三人呢！」

「報告指導員，我值星，另外指導員與蔣連長未參加報數，所以報數只報到四十一。」韓曉人耐心解釋。

「韓副排長，你是軍人，要注意保守軍事秘密。部隊人員數量、武器裝備、口令等全都屬軍事秘密。今晚圍觀群眾很多，其中可能有階級敵人派來的特務。你作為值星排長，卻把我們連的人員數量洩露，這是非常嚴重的失職行為，你明白嗎？回到排裡給我寫份自我檢查交上來。」趙生酒氣噴人，神志有點不清。

「是！」韓曉人趕快回答，希望指導員滿意而停止訓話。

「明白就好，有了缺點錯誤及時改正，這是我這個政工幹部的責任，改正錯誤才是好同志。」趙生並沒有停下的意思，他繼續講他的醉話。「同志們！剛才講到保密工作，大家都必須嚴守軍事機密，譬如說口令。今晚上的口令是什麼來著？大家怎不回答？韓副排長。」

「到！」韓曉人不知趙生葫蘆裡賣的啥藥，趕緊回答。

「你傳過今晚的口令沒有？」

「剛才已傳達給戰士們了。」

「那同志們都不回答？你再說一遍，今晚的口令是什麼？」

「報告指導員，今晚的口令是長城。」韓曉人無奈地走近趙生身邊，小聲告訴他今晚整個支隊的口令。

「什麼？長城。」趙生大聲吼叫起來，「長城是中國的，怎麼可以用來當口令？真是亂彈琴。」

「指導員，天氣冷，戰士們站久了，是不是解散隊伍，我給你寫檢討去？」韓曉人頭都大了，忙提醒道。

「革命軍人嘛，心紅志堅，死都不怕，怕什麼冷？我看果敢的天氣一點不冷。冬天啦，我覺得全身發熱，哪裡像冷天？」趙生完全醉了，胡言亂語起來，他走到趙子光身前，拿過火箭筒說：「這叫什麼武器？這是中國援助我們的四〇火箭筒，是新式武器，我們不能輕易當外人面暴露，要保守秘密。誰洩露出來，要送上軍事法庭受審的，輕則送去勞改，重則槍斃。」

蔣忠衛在連部聽得火冒三丈，急步走到趙生前說：「指導員快去休息吧，你今晚喝多了，當心著涼。」

「老蔣，你別管我，你是軍事幹部，負責打仗，打起仗來由你領著戰士們在前面衝鋒，我在後面收容傷病員，我是緬甸共產黨派駐四連的黨代表，重大政治問題由我最後決定。我現在正同大家上保密課，這個問題是很重要的。從剛才情形看，戰士們的保密觀念不夠，很容易犯紀律。」趙生不顧蔣忠衛的勸阻，仍在發表他的長篇大論。「同志們！我們部隊還有一個天大的秘密，大家知道了，絕不能外傳。兄弟的中國人民，不但援助我們最先進的軍事裝備，全世界革命人民的偉大領袖毛主席，還給我們派來了顧問團，指揮我們打仗，我們稱他們為訪問組。不管是蔣政委還是支隊長，都要聽訪問組指揮……」

「韓副排長，你扶指導員去休息，今晚就講到這裡，解散。」蔣忠衛真急了，只得採用快刀斬亂麻的方法結束這場鬧劇。他心中叫苦：「憑這種材料來領導革命，那不是天大的笑話嗎？緬共看來成不了大事。」

「殺！」戰士們冷了半夜，感到啼笑皆非，默默走回住宿的老鄉家。圍觀的人捨不得走，不要錢的西洋劇看著真過癮，平常想看都看不到。

「我的話還未講完，你怎麼就把部隊解散了？我是黨代表，到底是黨指揮槍還是槍指揮黨？唉！這是原則問題，絕不能通融。真是亂彈琴！」趙生經冷風一吹，酒菜湧上喉嚨，噴得韓曉人滿身酸臭。

元月三日，支隊到刺通坪街早早就安排休息宿營。從鐵石坡一路行來，每天只走四十多華里，部隊既不太疲勞，又達到宣傳群眾、組織群眾的目的。除個別病號掉隊外，收容隊根本無事可做。當天晚上，趙紹雄與趙子光在哨位上截住一個臘戌人，他從新街上來，聲明有事要去棉花林。趙紹雄一看是五年多未見面的熟人蕭楚智，便把他領到連部，蔣忠衛安排韓曉人親自把蕭楚智送到岔路寨營部。蕭楚智、劉國欣、趙中強等在仰光南洋中學讀書的果敢青年，都加入蘇展老師領導的地下組織——向東兵團，主要負責在佤城至臘戌一線開展宣傳毛澤東思想的工作。蘇展自稱是中共中央派到緬甸的地下人員，在緬甸華僑社團中進行國際共產運動。在他的大力鼓動下，劉國欣自告奮勇，去做羅欣漢的工作，因為他與羅欣漢的長子是緬文學校的同學。

他的一番過激言論，不但未收到任何效果，幾乎惹下殺身之禍。在中國南傘偵察站派駐臘戌的情報員趙必成的通風報信後，劉國欣逃離臘戌，直接找到趙培良，真正成了中國的情報人員。

趙中強與蘇健在仰光暴露身分，也回到果敢。結果蘇健遭橫死，趙中強時來運轉，成了蔣光政委眼中的奇才，躥紅了，平空跳升三級，擔任支隊部政治幹事。蕭楚智年紀較輕，不引人注意，在仰光繼續跟著蘇展做事。他目睹同伴都奉派出去擔當大樑，自己還是個無名小卒，默默無聞，便要求去幹件驚天動地的壯舉。蘇展正被緬政府通緝，東躲西藏，一時憤起，同意蕭楚智去炸毀佤城至臘戌鐵路線上的重要橋樑——天生橋。蘇展開個證明，指示蕭楚智到中國領取高效爆破炸藥。蕭楚智興沖沖的到了南傘，找邊防站交了蘇展的介紹信，偵察站吳參謀不敢怠慢，招待蕭楚智吃住，同時向上級反應此事。臨滄軍分區不知蘇展是何方神聖，馬上請示到昆明軍區，昆明軍區回電稱：查無此事此人。

吳參謀受到上級批評，心中十分生氣，仔細詢問蕭楚智詳情。蕭楚智把蘇展灌輸給他們的一套奇談怪論，滔滔不絕地敘述出來道：「我們向東兵團的主要任務是顛覆當今政府，由華人掌權。奪權成功後把緬甸劃歸變成中國的一個民族自治區，像新疆、廣西的模式。兵團蘇司令批准我的計畫：炸毀天生橋，截斷上緬甸的鐵路運輸動脈，作為對緬政府反華排華的報復。我持蘇司令的密函前來聯繫，除了高破炸藥外，還需要一批手槍，我們打算向大生意老闆籌集一筆經費，作為組織軍團之用。」

「你們兵團有多少人？蘇展是個怎樣的人？」

「我們兵團有多少人，蘇司令說是軍事秘密，不能告訴外人。具體數字我也不清楚，總之很多就是了，全是漢人。蘇司令是中共中央情報部特派員，他告訴我，找軍事部門一打聽就知道他的大名。你們這裡是小單位，大概還未接到中央通知，你們一請示上級就知道他的真實身分。他到底屬哪一級特派員，我們都不敢問，這是紀律。」

吳參謀對蕭楚智的愚昧無知，又好氣又好笑。但對他們大力宣傳毛澤東思想，自封左派，在緬甸搞紅衛乒乓團的事，心中也很感動。這樣的行為雖屬左傾幼稚行動，卻反應出毛澤東思想的強大威力，在世界各國革命人民中成為指引方向的理論武器。他不願挫傷蕭楚智的革命積極性，便開導蕭楚智：「你們在緬甸讀毛主席語錄，自發組織起來反對奈溫反動軍人政府，是一種革命的行為，但中國並沒有派蘇展這類冒牌貨去緬甸搞反政府活動。你們搞革命先要找一條正確的道路，而不是靠劫富濟貧，搞謀殺、爆破鐵路，更不能提什麼華人掌權。你還年輕，不要再跟著蘇展胡鬧，你嚮往革命，要找緬甸共產黨的領導，懂嗎？」

「緬甸共產黨到哪裡去找呢？」蕭楚智提問道。

吳參謀當然不能明說，他知道彭嘉升將離開中國，便指引蕭楚智一條明路：「緬甸共產黨不難找，你先回果敢，不久便有消息的。你同學不是住在上六戶嗎？他今年初便回棉花林去了，你去問問他好了。」

「你是指劉國欣嗎？對呀！我去找他。已經一年多未見面了，蘇司令說他是逃兵，原來回家了。」

蕭楚智對吳參謀的話又驚又怒。他心中想：這傢伙一定是劉鄧路線的代言人！對新生事物不僅不支持，反而橫加指責。他與緬甸反動派口吻一致，等回去見了蘇司令，到中共中央去反應他的問題。

蕭楚智沒有領到手槍炸藥，反受到一頓搶白[5]，他極度失望又十分憤怒，只得怏怏返回新街。完不成任務，他無臉去見蘇司令，正當他走投無路之際，又聽到一個壞消息：他父親從黨陽派人去仰光找他，要他回果敢，結果探知他已回到新街，找他的人又趕到新街找到他，告訴他說：「蘇展已被政府抓住，供出他發展的組織成員，你的名字已上了政府的通緝名單。羅欣漢要抓你，你趕快離開新街，到黨陽去見你父親，你父親送你去泰國暫避風頭。這是羅欣漢的人說話不小心，被蔣振業的人聽到這個消息，蔣振業通知你父親，你父親讓我來接你。」

蕭楚智滿腦子進步思想，對父親與蔣振業認賊作父，投靠緬軍的事十分反感，他哪會去找父親蔭庇。他藉口要回大水塘見母親一面，支走來人。他想起吳參謀告訴劉國欣在棉花林的事，怕劉國欣不知蘇司令已出事，自投羅網，便抄小路去棉花林，警告劉國欣小心應付。誰知在刺通坪遇到趙紹雄，知道彭部已回到果敢。

蕭楚智說完，彭嘉福等人都笑了起來。

「你的情形，支隊長已經知道了，吳參謀已跟我們出來果敢，負責聯絡工作。你們鬧得太荒唐，吳參謀不看你是無知上當，早把你扣押起來送進牢房了。」彭嘉福想到蕭楚智一夥的奇談怪論，還忍不住地好笑。「又是炸鐵路橋，又是劫富，那不成了土匪啦？」

「三老表。」蕭楚智已從母親口中知道蕭彩菊嫁給彭嘉桂的事，便稱彭嘉福三老表。「我們是幹革命，吳參謀不僅不支持，反而把我趕出南傘。他說蘇展不是中共派出國的，指使我去找緬甸共產黨。我們是中國人，讓老緬來管著，那還要革什麼命？我真不明白，吳參謀這樣的黑幫份子，中國的紅衛兵不抓起批判，你們還要他！」

「老蕭，你跟我是一套菜，心直口快，以後不可在外人面前隨便亂講。訪問組的人知道了，你要倒楣的。」蔣森林自離開中國，東躲西藏，吃了不少苦。段子良幾次帶信給他，要他去投蔣振業，留給他副大隊長的職位，蔣森林都斷然拒絕。他從彭嘉桂那裡知道彭嘉福回果敢，立刻找來了。他看蕭楚智言語無忌，趕快提醒他。

「蔣連長說得對，在這裡不可亂發議論，以免惹禍。你先在營部住下，工作以後再說。」彭嘉福囑咐。

「我那裡說錯啦？」蕭楚智用手撓撓後腦勺，不解地這個看看，那個瞧瞧。他懷疑自己害了神經病，怎麼所有的人都表情怪怪的，說話吞吞吐吐，變得不可捉摸。

馬國良與余忠聽到蔣森林來的消息，立刻請假上營部會見自己的老上級。

「蔣連長，你的腳走路不礙事吧？」馬國良關心地問道。「小定壩那一仗，若不是蔣連長掩護，我們都撤不下陣地。」

「是呀！我和馬副連長被緬軍火力封鎖住，蔣連長又帶著幾名戰士回陣地找我倆，結果大腿負傷。不是他，我們完啦！」余忠感歎往事，對蔣森林十分敬服。

「走路已不礙事，在猛堆醫院動手術，大彈片已取出，小彈片留著無礙。」蔣森林衣著破爛，頭髮又長又亂，背著一支小卡柄槍，活脫脫是個野人。「你倆好好幹，不要掃彭營長和我的面子。我聽彭營長講部隊調整後的情形，擔心一連軍心不穩。郭老安資格比我老，原就是十七營的老牌連長，侯加昌被段子良帶到蔣振業那邊，自己跑回歸隊，是老十六營的人了。這樣安排，他們是不會滿意的，我擔心他會上郭老安的當。

「蔣森林呀！蔣森林，自己被逐出部隊，歷盡千辛萬苦，所受的委屈全不當一回事，一來便關心起部隊的前途，這樣的好幹部卻得不到信任重用！」彭嘉福心中歎息，他決定讓蔣森林在戰鬥中表現給訪問組看，使他們轉變對蔣森林的看法。他對馬國良說：「今晚上讓蔣連長去你們連住一夜，營部經常有群眾來拜訪，怕暴露消息。明天一早，叫蔣連長與蕭楚智去龍塘瞭解緬軍情況，同時把夥頭秘密領到班貴墳村來見我。」

「蔣連長、蕭大哥，你們跟我走吧。中連長也想見蔣連長，他怕訪問組見疑，不好來找他。我才不管這些禁忌呢！又不是敵人，自己人有啥好提防的？」馬國良也是直性子，有什麼就說什麼。

這一切被下到營部協助蔣正祥教導員搞政治工作的趙中強全看在眼裡，如果蔣森林歸隊，他當連長的障礙又多了一層。蹲在機關是抓不到實權的，教員支持他，蔣光政委看重他，支隊長一關也容易過，最難過是彭嘉福這一關。但趙中強對前途充滿信心，他和蔣再映已是緬共預備黨員，但因番號未改變，他倆都未暴露身分。趙中強被蔣森林帶人抓過，同伴蘇健冤死在侯加昌的手上，他心中充滿仇恨，決心報這奇恥大辱，所以連長的位置，趙中強誓在必爭。他不願單憑他人提拔，他要用自己的工作才能來轉變彭嘉福對他的觀感，憑他的能力來爭連長的位置，他相信自己一定能達到第一步的願望。

野心家是貶義詞，然而稱得上野心家的人，談何容易！賊公計狀元才，一名頂尖的盜賊與才能出類拔萃的狀元相提並論，可見他們的聰明才智超乎常人許多。同樣的，野心家不但工於心計，喜怒不形於色，更重要的是善於掩飾自己的真面目，上受到信賴，下有人崇敬支持，除非羽毛已豐，否則絕不暴露他的企圖。

一九六八年元月五日拂曉，龍塘戰鬥打響了，緬軍在新街以上原有五個據點，崇崗駐有一個排，自彭嘉升以上六戶為基地與政府對抗後，因交通不便，運輸困難，便撤到江西捧線街，以後再沒返回。邦永龍塘村與硔掌街兩個據點，共駐兵一個連，控制西帕河兩岸，拱衛大水塘街，另外還在新街與滾弄駐有重兵。

龍塘據點位於寨子西端的一個山頭上，東西長約一百多米，南北寬三十多公尺，靠村的一端是平緩的斜坡，西北面是陡坡，南面隔一個水塘與另一個稍低的山頭相對。據點週邊著竹籬笆，上面掛滿空罐頭、空心竹筒等音響物，一碰便發聲。交通壕與籬笆之間約二十米的空地上插滿小竹籤。交通壕拐角築有堡壘，步兵掩體成交叉火力配置。山頂上有幾間茅草房。吳參謀提供的情報說，據點駐紮緬軍三十九營的一個加強排，一共五十餘人，由一名副連長指揮。武器裝備有西德式重機槍一挺，三〇三輕機槍三挺，擲彈筒三具，其餘多為英國大十子槍。按作戰方案，梅樹成參謀（訪問組除組長、副組長外，均稱參謀）代表大組長發布作戰命令：二連由東端大門實施佯攻；南面小山頭是指揮部及火力點，兩挺連用機槍部署在這裡；西面是陡峭山壁沒有通路，只用火力封鎖；主攻選在北坡，由三連主攻；配屬機炮連的兩具四〇火箭筒及四挺班用機槍作為火力組。一連作為預備隊跟在三連後面。戰術採用偷襲不成改強攻，梅參謀曾親隨連排長趕在部隊前面去察看地形，選擇突破口。元月四日午夜十二時，部隊開始從距邦永龍塘二小時路程的班貴墳村出發，到達指定位置便緊張地構築工事，檢查攻擊路線，十分忙碌。月亮一落到山下，大地便是一片黑暗，伸手不見五指。主攻的第一梯隊在副連長馬國良的帶領下，一直摸到籬笆前停下，輕輕撕開幾道缺口，摸索著拔去竹籤，緬軍哨兵聽見響聲，高聲喝問。佯攻的二連由副連長余忠帶一個排為前鋒，早一聲不響地摸到大門附近。一聽緬軍發問，知道偷襲方向被發現，馬上下令開槍，架在小丘上的班用機槍吼叫起來，串串火舌直飛敵堡。戰士們衝到籬笆前，用手扳倒竹笆，一起臥倒射擊。緬軍從夢中驚醒，紛紛跳進工事。緬軍副連長發現南面的火力很猛，便調兩挺機槍去封鎖水塘通路，而把主力調到大門方向，準備阻擊敵人的衝擊。一霎那間，陣地上空交織著火網，打得緬軍躲在工事裡抬不起頭來。佯攻打響，蔣森林首先從撕開的缺口爬進開闊地，一面爬一面拔竹籤。一個戰士不小心跌進土坑，被竹籤戳傷，大聲叫喚起來。

「阿羅馬達⑥！」隨著緬軍的咒罵聲，叭叭叭叭，引來一排子彈。

「機槍掩護！」蔣森林一聲令下，四挺班用機槍把緬軍封在工事裡抬不起頭來。

「大雄，先打敵人的堡壘。」韓曉人帶著兩具火箭筒，隨第一梯隊爬進籬笆內。他看偷襲失敗便下了開火的命令。「子光，你打營房，先把敵人的彈藥倉庫解決！」

「轟！」一聲震耳欲聾的巨響，一道刺眼的閃光照亮了敵陣。接著緬軍的一座營房升起大火，整個陣地顯現出來。「大雄，你怎麼啦？快發射火箭呀！」韓曉人催促道。

「不知怎麼搞得？打不響。」趙紹雄急得渾身冒汗。

韓曉人爬到趙紹雄身邊，接過火箭筒，瞄準地堡扣扳機。「咦，真打不響。」韓曉人定下心一檢查，原來保險沒打開，他打開保險，再一次瞄準地堡。一聲巨響，堡壘被打得飛上半空。兩聲驚天動地的巨爆，敵我雙方都愣住了。一時間，槍聲沉寂下來，四〇火箭筒的威力太嚇人了。緬軍從未見過這麼厲害的新式武器，指揮失靈，陷入一片混亂，營房裡的人向著火力稀少的西端竄去。

「上啊！」蔣森林端起衝鋒槍邊衝邊掃射。馬國良向交通壕丟去一顆手榴彈，煙霧中搶先跳入戰壕，但東西兩端的火力點封鎖了後續部隊，蔣森林、馬國良等跳進工事的幾名戰士封在原地動彈不得。韓曉人冒著彈雨爬向東端的緬軍火力點，接近到五十米左右，一彈摧毀了敵人的重機槍掩體。佯攻部隊趁敵火力點被打啞的時機，一鼓作氣跳進敵交通壕，余忠指揮戰士們順著戰壕向兩邊擴大戰果。此時，趙子光已把西端的機槍工事打掉，主攻梯隊占領了北邊一段陣地。中興漢見敵陣已被突破，忙打了一發綠色信號彈。彭嘉福命令停止射擊，鬆了一口氣。天亮了，陣地上留下五具敵屍，及三名重傷患；其餘緬軍經水塘東端溜下了密林。蔣光帶來的警衛連，正在從倉庫中搬運大批的罐頭、蝦醬、大米等軍用品。

「蔣連長，你快帶四連追擊逃敵，他們一定朝硔掌方向去了。」彭嘉福命令蔣忠衛道。

「穆排長，你帶一排開前鋒，順肖塘河方向追下去。」蔣忠衛派一排在前，他帶二排尾追其後。

韓曉人帶一個班沿著緬軍陣地西端追擊，走了一個多小時，發現路邊倒著一具緬軍屍體。

「快追，敵人就在前面。」本來十分疲勞的隊伍，興奮起來，一鼓作氣下到肖塘河邊，過河就是去硔掌的大路。坐在河邊柳樹下，全班人再沒力氣了，趙子光從掛包中拿出兩筒在敵陣上撿到的牛奶罐頭，用刺刀戳開口子，遞一筒給韓曉人。韓曉人餓極啦，不客氣地接過來，仰著脖子一陣猛吸。

「噠噠噠……」一陣衝鋒槍響。趙紹雄在高地上高呼：「韓副排長，河對面草坡中有兩個老緬兵。」

韓曉人扔掉牛奶罐頭，抓起衝鋒槍就跳下河去，趙子光拿起戳牛奶罐頭的半自動步槍，把火箭筒遞給彈藥手羅從軍，也跟著跳進河裡。

「我的槍……」羅從軍接過火箭筒，忙著把韓曉人丟下的罐頭撿起來，猛吸一氣。

趟過肖塘河，兩人分路向上搜索。趙子光先發現兩名緬軍伏在草叢中，便用半自動步槍打完一匣子彈。韓曉人從旁邊衝上去，用衝鋒槍指著緬兵道：「舉起手來！」

這時趙紹雄也趕到，用緬語喊道：「繳槍不殺！」兩名緬軍聽到緬語，高舉雙手站了起來，其中一人的手臂不住流著鮮血。他倆顫抖著用緬語說：「我投降，我投降。」原來趙子光打了十槍，僅碰破敵軍的一點皮肉。趙紹雄一面講我軍寬待俘虜的政策，一面撕開三角巾急救包，替負傷的緬軍裹傷。韓曉人面對兩挺張著大口的三〇三機槍，驚出一身冷汗。他慶幸從鬼門關撿回一條命！

經過審問，得知緬軍主力並未撤回硔掌方向，他們只跑來三個人，一個負傷倒斃在半途。他倆因地形不熟，在河邊轉來轉去，所以被追上。歸途中，戰士們有說有笑，忘了饑餓與疲勞。中午回到龍塘，群眾已準備好飯菜，大家才感到饑腸轆轆。聽完彙報，彭嘉福頗為意外地說：「好狡猾的敵人，竟敢捨近求遠。可惜他們逃跑的時間太久，追不上了。」他安排夥頭派幾個百姓去查看，敵人會不會丟棄物品。下午，派去的老鄉又撿回四支大十子槍，幾個背包，他們還發現兩具老緬屍體，便不敢再走，急忙返回來。

首戰告捷，部隊便在斑永龍塘住下來，一住就是五天，戰士們不免奇怪起來。紛紛議論開了：「韓副排長，為什麼不乘勝去打硔掌？教員不是教過我們，發揚連續作戰的精神嗎？如果當天下午就去圍攻硔掌，緬軍便來不及增調援軍。住在龍塘有什麼作用呢？」

「老旺，你真笨。」不等韓曉人吭聲，趙子光便搶著發表意見。「我們是守株待兔，敵人不甘心失敗，會調兵來反撲，收復失地的。我們在這裡休整，以逸待勞，懂嗎？」

「要守為何不去修整工事？住在群眾家裡，打起來群眾會受損失的。我們住在這裡不動，一定有其他意圖。」趙紹雄不滿意趙子光的解釋，提出不同看法。

「大雄說得對，我們兵力少，不宜與敵人硬拼。龍塘是攻堅戰，但突然性很大，敵人不明真相。然而龍塘這一仗，我們犧牲了五名戰士，負傷六人。可緬軍只陣亡八人，抓了五個俘虜，其中有四個傷兵。雙方傷亡差不多持平，當然逃跑的敵人肯定有不少傷兵。再拼下去我們把老本拼光了，敵人更高興。以逸待勞的說法也不對，我們死守在龍塘，敵人會調集重兵來尋我主力決戰，把我們重新逼進中國，所以我們不能因小勝而驕傲。」韓曉人也猜不透訪問組大組長的作戰意圖，只能泛泛而論。

「是呀！雖說打仗要死人，但不能硬拼。三連的小兆死時才十四歲。三連的吳全壽班長，我們在鐵石坡一起練習舞蹈，回到緬甸，還未給群眾表演過一場，我真替他可惜。我們四連沒有傷亡，還抓了兩個俘虜，繳獲兩挺機槍，這下韓副排長可露臉了，免得再受氣。」趙子光傷感中又帶著自傲。

「四〇火箭筒真管用，不論多堅固的工事，一枚火箭彈就讓它上天。若不是我們把敵人的火力點摧毀，部隊傷亡更大。說不定是無功而返呢！」趙紹雄深有感觸地說。

「四〇火箭筒的威力是大，但它是近戰武器，非要接近敵陣五十公尺以內效果才好。在敵人火力下接敵，危險很大，當時不覺得，事後想想還有後怕。」韓曉人說老實話。他從實戰中體會到：打仗不是件容易的事。「電影小說中，正面人物好像是神仙，刀槍不入；而敵人全是草包，永遠打不贏。現實中可不是那回事，這一路打下去，不要說解放全緬甸，光打下全果敢，也不知有多少幹戰要倒下去！這次受訓的一百多人，能有幾人活著呢！」

「蔣森林連長確實是員猛將，第一個跳進工事，我跟在他後面遞給他手榴彈，他投一彈進一段，幾乎圍著老緬戰壕轉了大半個圈。」羅從軍滿懷敬佩地說道。

第六天晚上八點，部隊忽然奉命出發，大隊人馬向硔掌方向走去。走了一個多小時，突然轉向，繞過邦永寨向西南方向走去。深夜十二時，部隊來到國界邊的牛場村，在村外的一塊打穀場集中，聽候命令。

「同志們！」幾天來一直未露面的趙大組長站到隊伍前面，一口山東腔十分宏亮：「我們接到吳衛軍同志剛送來的情報，三十九營一個連，配屬蔣振業的一個大隊，昨天離開大水塘，估計今夜便到達龍塘；另一個連今天由硔掌出發，形成鉗形攻勢，分進合擊，想在龍塘與我們決戰。我們正要把敵人引出來，所以在龍塘休息了整整六天。現在我們轉移到了敵人的側翼，連夜通過中國這條直路，力爭在明晚到達大水塘。乘敵人傾巢而出，遠離駐地，突然去抄敵人的老窩，解決敵人留下的守備部隊。解決敵人後，再以逸待勞，在風吹山砲樓埡口一帶伏擊緬軍，吃掉一路援軍。這樣，果敢局勢就會改觀，把緬軍逼回新街壩，我們便可爭取時機，分散發動群眾，組織基層革命政權，同時動員廣大青壯年入伍，最終解放全果敢。所以，我們要發揚不怕疲勞、不怕犧牲、連續作戰的硬骨頭精神，大踏步前進，抓住已創造出的戰機，狠狠給敵人一擊。」

韓曉人幾天來一直解不開的疙瘩豁然而通。他對趙大組長的運籌帷幄，神機妙算佩服得五體投地。他心中自說：「一切都在他的計算之中，趙大組長不愧為越南前線凱旋而歸的百勝將軍。難怪兵書上講：『兵貴精而不在多，將在謀而不在勇。』我們僅一百多人，把幾倍於我們的緬軍弄得團團轉，長途奔襲大水塘，敵人做夢也防不到呀！」

經過一夜一日的急行軍，傍晚時分，部隊到達小笨塘時，戰士們累得抱著槍就睡著了。深夜二時，各連隊已吃好飯，正在做戰前準備，等連幹領受任務回來便出發。

正在這時，村外響起激烈的槍聲，整個寨子亂成一團。韓曉人建議把連隊拉到住地後面的高地應變，在駐地只留下兩個哨兵聯絡去開會的連首長。過不多久，整個支隊部都轉移到四連占領的村後高地。又過了一個多小時，彭嘉福帶著蔣森林、趙中強找到支隊部報告說：「郭老安、侯加昌帶著一連叛變。二連一排蔣穆良帶兵去追，雙方在壩尾村外交火。三連繞道去堵擊，也遭到敵人伏擊，丟了幾條槍。看樣子郭老安已與蔣振業接上頭。」

「嘉福，馬上收回所有部隊，向紅石頭河方向轉移。」趙大組長當機立斷，下令迅速離開小笨塘。

韓曉人帶一個尖兵班，在前開路，支隊部跟在一排後面，二排在後掩護，不等其他連隊收回便先走了。彭嘉福帶著一連剩下的十多人，以及二連、三連從另一條路轉到決壩、苗子墳二寨。

這次長途奔襲功敗垂成，嘩變了半個多連，上級指示要找出原因。趙大組長、蔣光、彭嘉升三巨頭圍坐在彭積廣家的客廳裡，總結此次事變的教訓。會議一開就是半天，客廳中煙霧彌漫，三個人仍一支接一支猛抽香煙。彭嘉升不願使趙忠舉難堪，對他建議郭老安任一連副連長之事支字未提，僅提出馬永春對侯加昌進行人身侮辱，才造成今日的局面。蔣光顧左右而言他，暗示蔣森林重返部隊後，從中挑撥原十六營與十七營、十八營參加受訓人員之間的關係，大搞宗派，因而激反了郭老安與侯加昌。趙君出國指揮，得不償失，心中十分懊惱。蔣光來頭大得罪不得，把責任推給馬永春，也不好向上級交待。他只好採取下著，先找個替罪羊再說。因為國內的政治氣候關係，他只能從蔣森林身上找突破口。當然對他這樣身經百戰的老將，他不願無中生有就定罪於人，他有他的理由，只是證據不足罷了。

「老彭，你說的理由不太充分，馬永春的用意還是好的，可惜做法不太對頭，這是工作方法的問題。侯加昌應正確對待，不抱抵觸情緒。革命同志嘛！互相間有了意見，可採用批評與自我批評的方法來解決，但蔣森林的問題就嚴重的多。他離開中國幾個月，能夠平安無事，大有可疑。據蘇文相反應，蔣振業曾多次支使段子良派人與蔣森林接觸，保證不追究槍殺蔣振宗之事，並且封官許願，誘他加入蔣振業的部隊。蔣森林仇恨中國，對被驅逐出境心懷不滿，怎會返回來呢？此次激反郭老安等，說不定三人之間早有預謀。他仗著嘉福信任他，根本不會懷疑他有通敵之嫌，故敢繼續留下來。我看他下兩個目標是余忠與馬國良，他們往來密切，再讓蔣森林策動兩人嘩變，整個支隊就完啦！」

「蔣森林是十六營的老幹部，不至於如此糊塗，與人勾結吧？」彭嘉升不願相信，又不得不信。段子良曾是自己的心腹，他不也拖過部隊嗎？所以彭嘉升信心動搖了。

「老彭呀！蔣森林是你的老部下，有才能，打戰勇敢，資格他最老。正因為如此，他失去連長的職位，能沒有怨言嗎？可是誰都沒聽過他抱怨你，這種反常的行為難道不值得懷疑？此次嘩變，嘉福親去掌握二、三、四連，聽見槍響，馬上控制高點，穩住了軍心，不然就危險了。你是知道的，若不是四連保護，整個支隊部被拋在一邊，你這個支隊長幾乎成了光杆司令，這種事絕不能再重演，當斷不斷反受其亂嘛！」趙大組長的分析合情合理，不由彭嘉升不動心。蔣光的話他可以不聽，政委只是為這次事件推卸責任，大組長是為整個部隊著想呀！

「那讓蔣森林離開部隊，回家當老百姓算了。」彭嘉升以有前例可循，便忍痛割愛，決心不再收留。

「我看不能這麼辦，蔣森林的情況需要證實，應先拘留審查，如果他是無辜的，還讓他回連隊。他畢竟是老幹部，即使他確實犯了錯，也應給他一個悔改自新的機會呀！」蔣光急於找替罪羊，慫恿扣押蔣森林。

「老彭，蔣政委的辦法很好，先把他叫來好好學習，對他的思想改造很有好處。我看他在龍塘戰鬥中表現得很好，有勇有謀，思想轉變過來，一定能為支隊作貢獻。」趙君當然明白蔣光的用意，若用抓出暗藏奸細的理由，好歹可向上級作個交待。收留奸細的責任，由彭嘉福來負，上級也不好深究。那事件的結局可以皆大歡喜了。

「讓他靜下來學習，倒不失一個好辦法。四連學習得好，把他拘禁在四連吧。」彭嘉升提出處置方案。

「四連是戰鬥部隊，隨時要出發執行任務。我們正要跟你商量深入壩子，開展宣傳活動的事呢！」教導員與蔣忠衛帶一個排下去，擴大我們的影響，同時牽制敵人，使他們處處設防，到處挨打。我的意見是把看管蔣森林的任務交給支隊警衛連去執行，使他無法通過舊有的人事關係傳遞消息，同時對他的思想改造也有利。」蔣光說。

「蔣政委的安排不錯，東山區地大人多，要儘快開闢。我聽吳參謀反應，老彭安排羅大才在當地堅持工作，成績很不錯，他目前已帶著二十多人在公路沿線活動，老彭你要考慮派人去增強他們的力量。」趙君不愧是共產黨的老幹部，說話有分寸，講究方法。果然，彭嘉升被吹捧得飄飄然起來，心下對趙君很有好感。

蔣光與趙君一唱一和，蔣森林的命運就這樣決定了。

「報告支隊長，芭蕉箐唐廷華的父親請求來見您。」警衛員蔣大文進屋報告。

「快請他老者進來！」彭嘉升對來訪的群眾一律親切接待。他在民眾之前從不擺架子，談起話來像拉家常。不論是關乎果敢政治民生的大事，還是油鹽柴米的生活瑣事，他都是來者不拒，談得頭頭是道，所以彭嘉升在果敢的威信，不說後人，是前人無所能及的。

「支隊長，我家冤枉呀！」老人一進客廳，便跪倒在彭嘉升面前，掩面而泣。

「快起來，有事慢慢商量。大文，你還呆著幹嗎？快扶老人坐呀！」彭嘉升一見老人的仗陣，眼皮一陣猛跳，他心中歎息說：「四弟，你捅的亂子叫我咋辦哪？」

「老人家，不必傷心，不論有天大的事，有支隊長為你頂著，你放心吧！」趙大組長忙安慰老人道。

「是呀，我們是人民的軍隊，是為民眾服務的。你有冤伸冤，有苦訴苦，支隊長是會為你做主的。」蔣政委也明確表態，他是知情人，心中暗讚趙中強辦事了得。

「哦，兩位就是蔣政委、趙大組長嗎?幸會、幸會。」他能認得出蔣趙二人，可見是有備而來，不簡單。

「唐老人，你有話請說，今天有政委、大組長在場，我彭嘉升決不會讓你失望的。」彭嘉升被逼得明確表示態度，決心大義滅親，給受害的群眾一個交待。

「我兒子、兒媳死去我不可惜，我想不通的是，死後還要背個通敵的罪名。我們老百姓心中有本帳，誰是真心為百姓出力，誰是掛羊頭賣狗肉，口上喊為家鄉父老，其實是為虎作倀，欺壓百姓的。彭支隊長真心實意為果敢人民爭自治，我姓唐的一千個贊成，一萬個擁護，豈會昧著良心去投靠蔣振業這個眾人兒子。可是蔣文堂老輩子告訴彭嘉桂，說我兒子為蔣振業作諜報。老天在上，這可是極大的冤枉呀！求支隊長為我兒子洗清冤屈，還他一個清白。」老人不直接告發彭嘉桂是為蔣瑞芝另嫁而殺死兩人，給彭嘉升留了面子，可是冤殺的罪名，卻使彭嘉桂無法自處。

「老人家，彭嘉桂是支隊長的親兄弟，他不會隨便殺人的。你可要說話當心，不要影響了支隊長的聲譽。敗壞支隊長的聲譽，也就是敗壞了人民軍隊的聲譽。」蔣光一環緊扣一環，他要看看彭嘉升如何下臺。

「老人家，這可能是場誤會，嘉桂在果敢堅持鬥爭，對各種情報都不得不認真考慮。因為抬槍的敵人好對付，不抬槍的壞人難防呀！」趙君有心化解，為彭嘉桂說好話。他不知蔣光聽過彭嘉桂的反動言論，生怕影響彭嘉升的進步，故借蔣正祥指使趙中強動員唐廷華的父親來告狀。老人經一番調教，果然說話既有分寸，又切中要害，使彭嘉升左右為難。再經蔣光在旁煽風點火，逼他不得不採取斷然手段，置彭嘉桂於死地。

「大文，你去叫韓副排長，他來了沒有？」彭嘉升決定拘押蔣森林，命令蔣大文去叫韓曉人帶一個班人去苗子墳彭嘉福的營部把蔣森林抓來支隊部。現在他要先去對付彭嘉桂，所以問道。他看見韓曉人來到，便命令道：「韓副排長，你帶一班人，去把彭嘉桂抓來；他不服從就斃了他，提頭來見。」

「這……，支隊長，我……」韓曉人結結巴巴的模樣，使蔣光頓起疑心。他對韓曉人很欣賞，但中方的材料對韓曉人很不利，他不得不自己去考查。從出國後，韓曉人的表現一直很好，是四連的骨幹。蔣光擔心韓曉人為彭嘉升所用，一直不放心。今天彭嘉升別人不派，專派韓曉人去執行拘捕彭嘉桂，他更加猜疑，他想了個法子說：「韓曉人同志，支隊長在氣頭上。你好好地請嘉桂來，與老鄉對證對證消除誤會。好了，我讓趙中強同志與你一塊去，趙中強與彭嘉桂是熟人，好講話。」

「是，我去通知趙幹事與我一起去。」韓曉人回答。

「就你們倆人去通知嘉桂來支隊部一趟吧，其他人不要帶去了，不然容易引起誤會。注意，是去請。」

趙君怕弄得下不了臺，從中調解道。他注意的是大局，對蔣光的推波助瀾看不下去，八字還沒有一撇呢，就爭權奪利，到底是落後民族，心胸狹窄不能容物。今後倒要多提防，搞不好團結，怎能帶領千軍萬馬去戰勝敵人，完成支左任務呢？趙君心中暗作決定。

從小笨塘撤到紅石頭河，支隊部住在紅石頭河寨子，剩下的一連殘部與四連也住在寨子拱衛指揮機關。二連住在泱壩，三連與營部住在苗子墳。蔣大文到寨子背後的高地去叫韓曉人，正好碰上唐廷華的父親通過四連的哨位。韓曉人得知老人要找支隊長告狀，心中大是不安，他讓趙紹雄等一班人先隨蔣大文在前，自己藉口去報告連長一聲，便到了一連駐地。蔣忠衛正在一連安慰蔣文堂，不必為嘩變之事太自責。韓曉人告訴蔣忠衛，支隊長派他帶一個班去拘捕蔣森林。蔣忠衛吃了一驚，急著要去見彭嘉福，商量補救之策；後又聽見告狀之事，蔣文堂也著急了，他要去面見支隊長，把責任攬在自己身上，以免支隊長為難。韓曉人目睹兩人的義舉，大為感動。誰說人間無真情？眼前便是最好的例子。他捫心自問：自己的命是彭嘉福三番五次救下來的，不如趕快去通知彭嘉桂去避一避，哪怕為此被槍斃也值得。

「韓副排長，我知道彭營長救過你三次命，你知不知道彭營長為我父親與弟弟報仇除恨的事？」韓曉人勸兩位連長不要著急，先派人探聽清楚再說，不然反而壞了支隊長的意圖。他告別兩人跨出院子，迎面遇上一連副排長施文所，突如其來的問了上述兩句話。「施副排長，我倆處境相同，都受過彭營長的大恩，我有任務在身，不去執行支隊長的命令是不行的。你沒事，快去通知彭嘉桂避開一下吧！」韓曉人彷彿遇到救星，十分高興，便建議施文所代自己去辦這件棘手的事。

「我看透了，支隊長已被套上枷鎖，事事被人管，自己做不了主。彭嘉桂無故殺死兩人，給支隊長帶來麻煩，我看乾脆採取釜底抽薪的辦法，我保護彭嘉桂一走了之。缺了主犯，支隊長便不難度這難關了。」

「難為你如此仗義，我愧不及你的大恩大勇。」

「我都想過了，你辦這件事與我辦這件事無甚區別，但你比我有才能，支隊長他們有你在身邊，比我有用。請你代我為彭營長多盡力，使他們有個得力的幫手。」

「我一定不辜負你的期望，盡力而為。你打算帶彭嘉桂去哪條路？」韓曉人當心畫蛇不成反類犬，事情弄不好平添加支隊長的麻煩。

「我帶兩個人去，我們走苗子墳去小笨塘，繞硔掌去江西，這條路雖遠，但可避開老緬與蔣振業。」

「不行，蔣政委肯定防到你們要走這條路。我建議你們順國界下壩子，幾個小時便到昔峨。羅欣漢與支隊長是親家，找他幫忙更好。」韓曉人想得更安全妥當。

「好，就這麼辦，再見！你放心，今天的話我絕不讓第二個人知道，包括彭嘉桂在內，我也不洩漏。」

「謝謝你！你快帶兩個弟兄走吧。祝你們一路平安！」

兩人分手後，韓曉人便趕去支隊部，等在院子裡，直到支隊長喚他，方才去見他。

話說趙中強與韓曉人離開支隊部，向寨子對面一座小山走去。這座小山像一把刀，兩邊是峭壁，只有前後兩條小路可通，彭嘉桂與愛人蕭彩菊就隱居在此。不要說外人，寨中的人，不是有關係的也不知道。

彭嘉桂自蔣文堂進中國後，仍在西山一帶堅持地下工作。支隊部住在紅石頭河，他也不搬回寨子住，只把跟隨他的人交給彭嘉升，宣稱自己從此便脫離軍隊，做一個普通老百姓。他發現一切均如預料的那樣，他大哥已完全成了中國的看門狗，十分痛心。特別是他與蔣光話不投機便萌發了隱世的動機，但他因血濃於水，不忍心丟下家人獨自出走。他正在矛盾之中，聽施文所來告變，氣得他七竅生煙，大罵他大哥不顧手足之情，自己好心不得好報。他因而下定決心，草草收拾便與施文所等下壩子去了。他打算先到臘戍蕭彩菊大哥家暫留，然後找個隱居之地終老一生。蕭彩菊能與心上人廝守在一起，離開這血腥的殺戮之地，更是欣喜若狂。

施文所打消領人來的原意，支身來見彭嘉桂。他領著彭嘉桂繞過哨卡，彭嘉桂已來到安全之處，便對施文所說道：「你送我到這裡就行了。我看你還是回去歸隊吧！蔣文堂老輩子已成孤家寡人，你再一走，他更沒了幫手，你們在部隊，緩急之時可幫支隊長的忙。我看蔣森林是完了，一切只有拜託你們年輕一輩了。我會按你的建議有事去找羅欣漢大哥幫忙的，你不用掛心。」

「好吧！我聽你的，我們也有志同道合的朋友，堅決擁護支隊長到底，你放心去吧！路上要多加小心。」三人殷殷話別，各自分手。彭嘉桂從此隱姓埋名，不與家中通音信。直到局勢大變才回果敢，這是後話。

唐老人見趙中強回來報告彭嘉桂出走的消息，料不會有假，只得不了了之，彭嘉升雖命人去追，當然是南轅北轍，沒有下落。這件事不但蔣光納悶不解，彭嘉升也是莫名其妙，但僥倖解了圍，保全了手足之情。彭嘉升命令韓曉人把蔣森林叫到紅石頭河，臭罵一頓，交給蔣光帶來的警衛連看管。蔣森林驚駭莫名，不知又是得罪了那尊神靈，他只好老老實實地認真學習背誦毛主席語錄，深刻反省自己的反動世界觀。

蔣再映不在意地跟余忠談起蔣森林策動郭、侯嘩變因而被扣的消息，裝出好意說：「蔣森林策反投敵的罪名是很嚴重的，恐怕有生命危險呢！」

「蔣連長不是朝三暮四的小人，他對團體有功，還多次負傷，怎會背叛團體呢？我看肯定是別有用心的人陷害他。」余忠憤憤不平的抗議說：「支隊長瞭解他，彭營長更清楚。敵人不來打我們，內部倒先清洗起自己人來拉！」

「我也同情他呀！但下級服從上級，我們無法救他呀。」蔣再映順著余忠的口氣，申明對蔣森林被扣之事愛莫能助。我是聽說彭營長被支隊長找去批評，責備他收留敵人派來的奸細，使部隊陷入被動，造成軍心浮動的局面。你同蔣森林的關係密切，感情深厚，他又是你的老上級，最好今後多加小心。我怕他狗急跳牆，咬你一口，那就難辦了。支隊長管軍事，防特鋤奸是政治部的事，到時支隊長也不好開口呀。再說講到與支隊長的關係，你我不如蔣森林親密。你看見啦。現在說抓便抓起來，不講半分情面呦！」

被蔣森林咬一口的事，余忠根本不相信會發生，但被人誣陷，難保不會被抓、被殺。彭營長保不住蔣森林，當然也保不了我余忠。余忠心中悲憤不已，暗中對本身的安危擔心。蔣森林忠心耿耿為團體出生入死，到頭來落得如此下場，怎不令人寒心？余忠不覺生出物傷其類而同病相憐的感傷。

指導員周昆喜，所持的又是另一種態度。他是克倫族，出生在克倫邦的首府毛淡棉，在仰光上大學時加入緬甸共產黨，隨同德欽巴登頂到中國，一住便是十五年，十多年的留居中國，他的思想轉變很大。他堅信馬列主義毛澤東思想，是一個忠誠的共產主義戰士，但他有獨立的思考能力，不盲從，堅持正確的原則，不肯人云亦云，做別人的應聲蟲。在中國無產階級文化大革命中，他找德欽巴登頂談了自己的觀點，因而差點被打成黑幫，到果敢來，對他是一種挑戰，也是一種解脫，他要在實際鬥爭中檢驗自己的觀點是否正確，他把全身心投入到緬甸的解放事業。近一個月的相處，他發現果敢人民是純樸誠實、吃苦耐勞、自尊心特別強的一個民族。部隊幹戰文化水準低，但紀律性很嚴，組織觀念極強，而且作戰勇敢，性格直爽。他們的弱處是夜郎自大，排外性強，吃虧錢財無所謂，精神上受氣則不甘心，非要與你掙個你死我活。他目睹蔣森林在龍塘戰鬥中身先士卒，衝鋒在前，可惜吃虧在那不信邪的骨鯁脾氣。自己新來乍到，人微言輕，而且不在其位不謀其政，所以對扣押蔣森林一事雖有異議，然而心有餘力不足，只好聽之任之，但余忠卻不同了，身為連隊指導員，他有責任做好連隊幹戰的思想工作。他看到余忠因蔣森林事件鬱鬱不樂，士氣低沉，便約余忠單獨談話，希望打消橫在余忠面前的陰影，不要背思想包袱，輕裝上陣。

「余副連長，我明白蔣森林是你的老上級。他犯錯誤，你心中不痛快，有抵觸，這是正常現象。人心同然，都是肉長的，誰能避免感情的糾纏。但我們要相信上級，相信支隊長。蔣森林的事總有水落石出的一天，如他確有策反嘩變的行為，郭老安與侯加昌遲早會派人來聯絡的，那時定他的罪，使他心服口服；不然是會還他一個公道，恢復他的名譽的。你不應消沉，應更加勤奮工作，協助蔣連長抓好部隊管理。毛主席不是說過：『政策制定好以後，關鍵在於幹部嗎？』戰士們在看著我們呢！」

「指導員，蔣連長已同我交過心，蔣森林是我的上級，那是過去的事。如今他是自作自受，與我沒有絲毫關係。指導員放心吧，我會與他劃清界線，決不會因他而影響到我的上進心的。」周昆喜一番善心，余忠卻理解反了，他認為蔣光與周昆喜是一丘之貉，是黃鼠狼給雞拜年沒安好心，他心中暗想：「說不定是來探我的口風，找藉口把與蔣森林有關的人一網打盡呢！」

至於趙中強跟馬國良有沒有交談，筆者不好置評。反正蔣再映輕描淡寫幾句話，及周昆喜的弄巧成拙，便把馬國良與余忠兩個沒有頭腦的愚夫嚇走了！

正當彭嘉福與彭嘉升吵得不可開交，聲言用生命擔保蔣森林不是叛徒時，蔣再映與趙中強幾乎是同時來報告：「馬國良與余忠各自領著自己的警衛員投敵去了。為避免更多人嘩變，二連與三連是否收縮回來？」

彭嘉福呆住了，半天作聲不得。趙君也吃了一驚。他心中懷疑道：「莫非蔣森林真如蔣光所說，有通敵行為，再這樣下去，人豈非要跑光？」

彭嘉升被幾天來的事情攪得頭昏腦脹，他不知所措地說道：「這到底是怎麼啦？以前憑幾條破槍打游擊，被老緬追得東逃西躲，沒有一個人逃跑叛變。現在有槍有炮，兵精糧足，不被敵人打敗，反而自己跑跨。真是莫名其妙，大組長，你看如何辦好？」

「老彭，我看軍心渙散，部隊動搖，先把整個支隊拉進國內。在中國，部隊好管理，緬軍也不敢來偷襲。蔣政委，你的意見如何？」趙君客氣地詢問蔣光道。

「好，把部隊拉進中國再說。請大組長派吳參謀去請示，住在哪裡好？」蔣光被嚇壞了，他想像中，所有的人都有叛逃的嫌疑，他怕老命不保，趕快表態支援進中國。

彭嘉升的緬甸人民解放軍第一支隊離開中國，龍塘一仗打得緬軍亡魂喪膽。果敢民眾翹首以待，希望看到彭嘉升再創佳績，為果敢人民爭光，如今不足一月，卻逼得再進中國。說來可笑，這次不同去年，是被蔣振業逼進去的。緬軍收縮重兵，固守硔掌、大水塘不敢輕出，等待上峰指示。彭嘉升卻因內部問題自行進入中國，看來階級鬥爭這一套理論，既可對敵而言，同樣也能毀掉組織內部，搞得人人自危，互不信任。彭嘉福不明內情，當然弄不通為何自己的親信幹將會背叛，反倒是自己看不順眼的小爬蟲、變色龍處處表現出色。除了蔣忠衛、中興漢其他幹部幾乎眾口一詞，咬定是蔣森林唆使馬國良、余忠出走。

「看來我是走了眼，錯把好人當壞人。蔣再映、趙中強表現很出色，帶兩個連不成問題。」彭嘉福落入別人算中而不自知。沒他出面，蔣森林死定了。

上面同意支隊進駐核桃林對面的老夯岩，聽候指示。按三巨頭原則通過的方案，教導員帶隊，蔣忠衛親領一個排下去壩區，開展政治攻勢，宣傳民眾。同時聯絡羅大才，深入到公路沿線擾襲敵交通線，留下的部隊又投入緊張的政治學習。此次學習的方式全變了，以團結為主，不再把內部自我批評放在首位，以免再一次激化矛盾，造成新的嘩變。

蔣光通過這幾次事變，感觸很深，他逐漸明白照搬中國的一套行不通，思想改造不是一朝一夕的易事。戰爭期間首要的目標是打仗；而打仗，內部不團結，相互勾心鬥角，如何能戰勝敵人呢？周昆喜、郭志民兩人，能深入到班排，與幹部戰士合得來，言論不過激，深得幹戰擁戴，趙生、馬永春完全是中國文化大革命那一套左派作法，拉幫結私，靠小報告來監視大多數，若不是蔣忠衛從中調和，只怕又是一連的翻版，走得差不多。韓曉人、王成完全不是想像中的投機份子，龍塘一仗，兩人表現得很突出，接連出事，他倆不受影響，各帶一個排，都是該連的標兵，軍事上過硬，政治上可靠。趙中強、蔣再映思想進步，善於領會領導意圖，但積極得過火了點，同時不能團結大多數幹戰，以後得提醒他倆不要再抓人辮子。戰爭時期嘛，用人唯才，只要不投敵叛變，思想落後點不要緊，光嘴上進步，打仗是怕死鬼也是枉然。蔣光不愧是緬共有近三十年黨齡的高級幹部，審時度勢，自我調整轉變觀念的作法很迅速。這為整個支隊今後的復興與發展，起到很大作用，因而也培養造就了一大批智勇雙全、勇敢善戰的軍隊幹部。

趙君腹有良謀，調來指揮百多人的小部隊，可說是大材小用。可是他也犯了錯誤，一支初初改頭換貌的綠林好漢湊合起來的部隊，比起中國人民解放軍的連隊，不亞於天上地下。所以儘管他策劃精密，視敵如掌中玩物，奈何部隊素質太差，內部派系紛紜，以致功敗垂成，到頭來還需再退回中國。他認為彭蔣兩人初次共事，互抱成見貌合神離，以致工作中互相掣肘，要靠自己從中調和。連排幹部更是互不服氣，進步與落後矛盾尖銳，問題出在連隊，根子卻在彭嘉升弟兄身上。今後要搞好部隊建設，重點要放在上層組織上，安排好部隊，三巨頭先到鐵石坡去看望第二期受訓學員，這批學員人數與第一批差不多，除蘇文相帶來的七十多人外，零星進來的也有三十多人。他們先在猛堆解放軍連隊營房受訓，第一期受訓完畢出國，他們便轉到鐵石坡。這批學員比較精幹，他們是自覺進中國的，所以較易接受新思想新觀念，受訓效果反比第一期更好。

彭嘉升等三人看望蘇文相他們以後，便到昆明去了。他們要去向昆明軍區首長彙報工作，領取指示。緬軍三十九營副營長榮升營長，他探知彭嘉升再次退入中國，十分高興。為了顯示威風，巴退親帶一連緬軍從大水塘出發，沿著南天門山梁經過火燒寨、芭蕉箐、熊吊岩、石鍋林、核桃林、再轉到紅石頭河、小爐場。打算從苗子墳、決壩、壩尾、南郭轉回大水塘，來一次武裝遊行。彭部官兵住在老夯岩，每天除學習外，紀律比較寬鬆，幹部戰士紛紛請假到處閒逛，只有四連管理嚴格，政治學習後，再學文化，韓曉人、趙紹雄、趙子光成了臨時老師。教導員蔣正祥隨同蔣光政委到鐵石坡返回老夯岩，決定第二天傍晚下壩子。午飯後，韓曉人等人正在準備下壩子的工作，趙中強從營部跑來通知：「群眾來報，緬軍已轉到小爐場，正在寨中做飯，彭營長命令各連趕去阻擊敵人，彭營長已帶警衛排出境了！」蔣忠衛立即集合好隊伍，跑步出發。他怕彭嘉福人少勢弱，急得跑在最前，剛跑到國界，遠處已是槍聲大作。蔣忠衛指揮一個排朝石鍋林急趕，去增援彭嘉福。副連長帶一個排，攀下山岩去截斷緬軍，形成夾擊，動搖緬軍，以減輕彭嘉福方面的壓力。韓曉人帶一挺連用機槍，一具火箭筒，攀下石岩，居高臨下，用火箭筒朝緬軍密集處開火。一聲巨響，把緬軍嚇得伏地不敢動彈。趙紹雄架好連用機槍，朝正在與彭嘉福相持的緬軍迎頭射去。巴退被打懵了，以為中國軍隊越界作戰，不敢戀戰，丟下死傷的緬軍先溜走了。可惜已是下午，部隊又到不齊，彭嘉福命人通知各連返回中國。這一仗，緬軍遇到意外打擊，傷亡慘重，縮回大水塘不再敢出來。

中方得知緬軍活動到邊界，便命令整個支隊轉移到彭木山解放軍的營部。蔣森林雙手反綁在背後，與警衛連走在支隊最後。離開寨子不遠，押送他的兩名諾相老兵便押著他離開大路，向一處偏僻凹地走去。此時春節剛過不久，正是春寒料峭，嚴冬摧殘後的山區，枯草萎縮，樹幹光禿禿的，在蒼白的月色下孤獨地散處在凹地四周，遠處傳來貓頭鷹恐怖淒厲的叫聲，令人毛骨悚然。冬季已過去，春的腳步剛要踏出來。只要再熬過幾天，嫩芽便會鑽出地面，沐浴在春光的溫馨中，可是目前，它必須經受這黎明前的黑暗，在枯萎死去的同類庇蔭下默默地等待……

蔣森林瞧著方向不對，心中一沉，他明白最後的時刻來臨，他感到憤慨冤屈，所有的罪名都歸在他一身。他是無辜的替罪羊，愚忠的悲慘下場，這一刻他想到年邁的老母和早已謝世的父親，他想到年輕的妻子和嗷嗷待哺的幼兒。他的心隱隱作痛，他丟下這一切為了什麼？男子漢大丈夫以身許國，不容有家室之念，但自己不死在敵人的槍彈之下，卻要死在自己人之手，而且是背著叛逆的罪名而死。死後自己的家屬還要蒙受惡名，在人前抬不起頭，人生之慘莫過於此了！

然而，既然命中註定要被釘在莫須有的恥辱柱上，悲歎又有何用？他平靜下來，對押解他的同志溫言說道：「老羅、老劉，拜託你倆一件事，我們相處一個多月，總算有相識之緣。我死不要緊，請你倆保密，不要告訴我的家人。特別是我母親，免得她老人家傷心。」

「蔣連長，你誤會了，我們避開大路，以免被人看見你被押著，影響不好。穿過這塊凹地，便遠離村寨，你放心走吧！」羅林安慰蔣森林，乾脆放開牽著的繩索，讓蔣森林自行走在前面，到了一個石洞前，蔣森林聽到後面拉槍栓的響聲，他按習慣反應，回頭一望，赫然看見陰森的槍口，正對著他。他剛要開口，眼前眩目的亮光一閃，接著便是胸口一陣劇痛，他像喝醉了酒，搖晃一下便摔倒在地，身子抽搐幾下便不動了。羅林用腳踢在蔣森林的屍體上，發覺蔣森林還扭動了一下身子，便對準他的前胸連開幾槍。他伸出手去把蔣森林脖子上染滿鮮血的金項鍊及手腕上的羅馬錶褪下來，在蔣森林的衣服上揩乾淨血漬。慘澹的月光下，羅林見到蔣森林雙目圓睜，不覺歉然歎息道：「蔣連長，對不起，我們是執行上級命令。你有什麼話，到閻王爺那裡申訴吧！」他叫劉小光幫忙，把蔣森林的屍體拖到石洞邊，推落洞底。之後，兩人坐在石洞邊抽起煙來。

「老劉，這條金項鍊給你老婆戴，我沒成家，要這塊手錶好了。媽的，住在貴州那窮山區，連錶都戴不起。」兩人抽完煙，順著白天查看好的小路，追隊伍去了。只留下一灘濺在草皮上的鮮血，逐漸凝固成暗紅色！

蔣正海離開彭嘉桂與蔣文堂，回到棉花林去找趙叔平。來到崇崗被趙應發的部下盤查，事情弄不清楚，帶到趙應發面前。當得知蔣開智是蔣正海的大爹時，趙應發慷慨地拍胸擔保，負責帶蔣正海去泰國找他大爹。原來趙應發跟黃大龍的兒子黃興和下泰國，便分配在蔣開智的團部當傳令兵。趙應發跟蔣振宇十八營到新街投靠羅欣漢，仍擔任中隊長。蔣振宇下泰國，趙應發升任警衛大隊副大隊長兼中隊長，大隊長由蔣振宇改換成投靠羅欣漢的蔣部字光華。蔣正海任大隊文書，他高中文化程度至此總算有了用武之地。

羅欣漢剛把內部整肅完畢，便傳來彭嘉升一舉攻占邦永龍塘，打死打傷緬軍二十多人的驚人消息。羅欣漢心中憂喜參半，喜的是果敢動亂，自己正好乘機混水摸魚，大展宏圖，特別是鴉片煙土生意越做越紅火，全緬各重要城市都有了聯絡站，形成了走私網路；憂的是彭嘉升有中國支援，很快便會把勢力伸到壩子，難免兵戎相見，果敢人自相殘殺。他趁蔣振業被吸在西山，正面與彭嘉升衝突之際，趕緊到東山各村寨組織聯防。他深知村寨夥頭的苦衷，各黨各派勢力均得小心應付，不可能忠於一種勢力，便在各村寨安排可靠村民，酬以重金，打探消息。春節過後，羅欣漢在東山區的情報網已基本形成。這天下午，他得報核桃林一帶聽到激烈的槍炮聲，便帶著趙應發中隊來到昔峨，等候確切消息。

昔峨位於南天門山南麓，村子靠山腳處有出水的龍洞，加上東面由黑河龍洞流來的泉水，整個昔峨壩是一片旱澇保收的肥沃良田。果敢的傣族，大多集中在這條小河沿線。傣族的大頭人昔峨老鐵，是壩區首富，聲稱他的鈔票，可由昔峨鋪到南傘。大陸解放初期，不知被哪一股游擊隊把昔峨老鐵家搶掠一空，所以寨中傣族，一聽共產二字便又怕又恨。羅欣漢為了等候消息，決定在昔峨過夜，就宿在昔峨老鐵家。

天剛黑定，在昔峨與黑河之間發生了激烈的槍戰。羅欣漢大吃一驚，判斷寨中出了奸細，引來彭嘉升的大隊人馬。他怕被俘，帶著身邊的幾個警衛跳出傣家竹樓，不走大路，順著田壩跑去。出了昔峨，去新街的路有兩條：一條通過山腳的硔撒寨，途經酒房、田壩寨；一條走忙卡，經老街。羅欣漢跑到岔路，身邊只剩蔣正海一人跟著他，蔣正海在前帶路，準備走硔撒這條直路。

「蔣文書，不要走硔撒那條路。過忙卡好了。」羅欣漢吩咐道，同時自己超前帶路。

「指揮官，過忙卡太繞路，還是過硔撒路近。」蔣正海不明所以提醒道。話雖如此，他又趕在前面去。

「彭嘉升不會只派小部隊深入壩區，一定是有人洩露了我們的行蹤。他不但來包圍寨子，還會在路上打埋伏。我們過硔撒，正好自投羅網，送上門去。」

「指揮官高見。彭部肯定估不到我們會捨近走遠路。」蔣正海對羅欣漢的處事決斷、考慮周全深感佩服。

午夜時分，羅欣漢滿身泥水回到新街，他立即命令字光華帶隊去接應趙應發，並查清情況。天亮了，趙應發才回來述職，擔架上還抬著三個傷患，事後黑河的諜報來告訴羅欣漢，那晚上來的是蔣忠衛，還有一個老緬，一個講昆明口音的中國人，其餘十多人都是果敢人。他們在黑河寨子張貼標語，找頭人談話。打了不久，那個老緬便叫撤退，向光保寨方向走了。

「老緬？」羅欣漢吃了驚，「莫非蔣光親自下壩子來？不可能！身材黑胖，四十多歲，講話帶鼻音，那是他們的教導員蔣正祥呀。」羅欣漢從郭老安、侯加昌的描述中，斷定來的人是蔣正祥。

「帶昆明口音的人，是不是身材瘦高，小臉小眼，面白文靜，年紀二十多歲的年輕人？」蔣正海插言問道。

「是，就是這麼一個人。」黑河頭人一口擺夷[7]腔，漢話雖流利，讓人一聽就知是個旱擺夷[8]。

「他叫韓曉人，跟我們一起到果敢的。」蔣正海肯定道。

「怎麼趙紹雄這小子也跟著來啦？」趙應發聽到來人中包括趙紹雄吃了一驚，他後悔沒能斬草除根。

接著報來的消息，蔣忠衛一行人的行蹤都讓羅欣漢知道得清清楚楚。可喜的是，羅欣漢動用一個大隊的兵力，圍追堵截，均未奏效；蔣忠衛來去漂浮，始終未能相遇。光保寨、大新寨、印信、扣塘、公路東面的村寨都有蔣忠衛的蹤跡。最嚴重的一次，滾弄上新街的公路上，一輛軍車在石洞水埡口被炸，之後蔣忠衛與羅大才突然失去蹤影，唯一的解釋是奉詔進了中國。

趙應發執行公務返回家中，疲乏地躺在沙發上養神。趙映花輕腳輕手地端上一杯清茶，溫柔地輕喚道：「應發，洗臉水打好了，先洗個臉吧！洗完臉再吃晚飯，這幾天可把你累壞了！每次都撲空。老共訓練出來的人個個都是飛毛腿，追都追不上，我看他們是夥膽小鬼……」

「妳一個婦人，知道啥？別瞎說。」趙應發不耐煩地反駁道：「我看形勢不妙，不如我先把妳送到臘戌，省得我心掛兩頭。當兵的說走就走，情況危急時顧不上妳，再說老共活動到公路線，上下都有危險。」

「我不去。嫁雞隨雞，嫁狗隨狗，我不放心你留下。死活我跟定你了，你別想甩開我圖自己風流。」趙映花撒嬌，把趙應發哄得心花怒放，一把拉過嬌娘摟在懷裡。

「快別這樣，當心勤務兵看見難為情。」趙映花推開他，笑著跑到院中，等趙應發出去洗臉。

「這個騷蹄子，把人逗得動了情，她又溜了。」趙應發站起身走出客廳。三十多近四十的老光棍突然娶了個風騷媚人的美嬌娘，趙應發心滿意足，沉醉在溫柔鄉裡。雖說趙映花跟蔣振宗姘過一些日子，不再是黃花處女，但風騷入骨，比起那些不解風情的雛兒，更合趙應發的胃口。何況自己已不是年輕英俊的公子哥兒，年紀不饒人，頭上開始出現白髮，眼角上已拉細柴深一條淺一條，能找到趙映花這個可人兒，也不枉一生了。

且說趙映花，目睹姊妹蔣瑞芝夫妻雙雙伏屍野外，又怕又恨。她怕彭嘉桂歸咎於自己，匆匆離開核桃林，住到新街姨媽家。當她看見參與槍殺蔣瑞芝的兇手蔣正海跟隨趙應發來到新街，燃起了一股報復的火焰。仇令智昏，蔣瑞芝的慘死使趙映花剛生出的一芽良知又夭折了，她不再相信惡有惡報、善有善報的因果之說，她要憑自身的能力去開展報復行動。一個弱女子，報仇之事談何容易！她狠下心，要用女人的原始本錢去達到報復的目的，她收拾打扮、濃妝豔抹，稍施解數便把趙應發勾引得神魂顛倒。俗語說：男想女隔重山，女想男隔層紙，兩人閃電般地結婚了。洞房之夜，趙映花哭著不肯俯就，逼趙應發答應為她姐妹蔣瑞芝報仇。趙應發作難了，彭嘉桂之仇豈是容易報的？趙映花說出蔣正海也是兇手之事，趙應發答應慢慢設法。就這樣，趙映花嫁給趙應發，達到了初步目的。在愛妻的催促下，趙應發詢問蔣正海參與槍殺蔣瑞芝的經過，誰料戲中有戲，連蔣正海也險遇橫禍。今天趙應發約蔣正海來家共進晚餐，讓趙映花親耳聽清原委，消除疑問，免得因此事影響夫妻感情。

「蔣文書，山鄉僻壤，沒什麼好菜招待貴客，請隨便用一頓家常便飯吧！」趙映花村姑打扮，在燭光下更顯得清麗絕人。他羨慕趙應發這個粗人竟娶了個絕色美女。

「趙大嫂烹調手藝高明，日常小菜做出絕好口味，真看不出妳不但人好看，還有一雙巧手。今日讓小弟我大開眼界，大飽口福了。」蔣正海適時誇讚。

「蔣文書是知識份子，見過大世面，倒讓你見笑了。」

「不，我說的是實話。在西山早就耳聞大嫂美如天人，可惜無緣一面，今日一見，更勝傳聞多多。大嫂的姐妹蔣瑞芝也是一位美女，可憐紅顏薄命，不得善終。」蔣正海與趙應發早有默契，巧妙地把話轉到正題。

「大嫂聽說你當時也在場，不知能把真情告知否？」果然，趙映花一聽此話，打蛇隨棍上，馬上逼問。

「此事說來話長。不知情的把帳掛到我頭上，指我是殺人兇手，其實我為此事幾乎冤死。」蔣正海感歎道。

「真的嗎？那你倒說說看，其中有何奧妙！」趙映花露出不信的神情，以為蔣正海是在洗脫罪責。

「我從中國跑出來，無法立足，只好跟彭嘉升當兵，準備跟騾馬大隊送鴉片下泰國去找我大爹，謀個正當職業糊口。誰知彭嘉升命我進中國受訓，我不願去，他叫蔣文堂老叔除掉我，我老叔認識我大爹，暗中保下我。彭嘉桂要把蔣瑞芝嫁給彭嘉福做媳婦，威脅其他人不得娶她，誰知蔣瑞芝恨彭嘉桂變心，賭氣嫁給唐廷華。彭嘉桂一氣之下，覺得對不起他三哥，命令我們去殺唐廷華。蔣文堂誤會唐家投靠蔣振業，決定把唐廷華夫婦一起殺掉，我曾勸告他，不可誤殺，但彭嘉桂與蔣文堂各執一詞，不肯通融。那天我雖跟去，卻未打一槍。不料中國借機歸罪於我，用彭嘉升的名義命令蔣文堂槍斃我，彭嘉桂不肯殺我，放我一條生路。我才逃出生天，找到趙大隊長，不然早已冤死在老共之手。」蔣正海從容道來，說到傷心處，淚花滾滾而出，幾乎泣不成聲。

「蔣文書，大嫂錯怪你了。我以為你也是冷血動物，殺人不眨眼的惡魔呢！」趙映花相信了，她為自己疑錯人而慚愧，忙著道歉。自己一番心血白費，她對此感到悵然，她只有認命，將錯就錯跟趙應發過日子。

「怪來怪去，彭嘉升才是罪魁禍首。他投靠老共，出賣果敢人民，到頭來連自己的兄弟也不放過，逼走了彭嘉桂，至今下落不明。」趙應發大功告成，心情輕鬆多了。

「彭嘉桂自作自受，活該！等以後我遇見他，倒要問他個所以然，折辱他一臺。」趙映花恨恨不已。

丟開蔣正海這段公案，回頭來看彭部官兵，到彭木山找到什麼靈丹妙藥沒有。蔣忠衛在銀匠田接到參謀吳衛軍的通知，便約上羅大才一塊趕去彭木山見彭嘉升。韓曉人來到彭木山，無意中碰到趙國祥到解放軍營部來比賽籃球，從他那裡得知江紅英調到彭木山辦事處當會計，王惠琴調到忙丙營業所，仍作出納。趙國祥告訴他：「蔣朝臣去鬥爭縣委書記劉正，宣稱他早就看出你要叛國。那次我倆沒跑，因為沒有拿到錢。以此來證明他是真正的左派，但上面通知，你以前的事一律不要再提！使他灰頭灰臉，吭不得氣！江紅英如今正跟解放軍的一個連長談戀愛，聽說江紅英不同意，但組織上壓著她表態，使她進退兩難。我看她終日心神不定問她，她也不肯說。」

「國祥，我落到今天這樣，心中也不好受。不論我以前跟你們有何恩怨，希望能一筆勾銷。我們已緣盡了，今後再無相見之日。我在異國只要不死，將永遠為你們祝福！祝你與小王早日同攜連理；祝小江找到稱心如意的愛人，我就放心了。」韓曉人表明態度，不再讓他承擔自己的感情債。一切過去的不堪回首！

「我明白你的意思。我也祝福你平安如意！」趙國祥怕有人監視沒有多留，回辦事處去了。

彭木山地勢險要，解放初期是一個團部所在地，後來團部搬到孟定，這裡只剩下一個營部及一個連隊，另外兩個連分住在猛堆與猛捧。南傘連隊屬尖山那個營，部隊駐在解放軍連隊的營房，開始投入緊張的總結學習。傍晚自由活動，打籃球、打乒乓球、下棋，比在鐵石坡輕鬆多了。伙食開得很好，戰士們吃得飽，睡得香，玩得快活，身心兩方面都調節到最好的狀態。每隔一星期，各連輪流到營地後面的山林去挑柴，與其說是勞動，不如說是讓大家到野外去散散心。

「大雄，我以前也來這裡挑過柴，彭木山辦事處的會計生小孩，我來抵她的位置，在這裡住過三個月。」韓曉人舊地重遊，平添無限感慨。戀人近在咫尺但卻隔著道無法逾越的鴻溝。他不願攪亂她沉寂下去的感情，寧肯獨自喝下這杯愛情的苦酒。

「韓副排長，彭木山的氣候比鳳尾壩涼快多啦。你在這高山上悟道三個月，可有進益？」趙紹雄耐不住寂寞，開玩笑道：「我看彭木山真是個修心養性的好道場。」

「你別看這個小地方，可出過一樁大事呢！」

「哼！是老虎咬人啦？這肯定是野獸出沒之地。難怪解放軍在這裡紮營打虎，保護人畜安全呢！」

「好個大雄，你不信嗎？確實出了一件事挺有趣的。」

「有趣沒趣你說來我自會評論，哪有自己說了算的。」

「我們住處上面街上，有個集體辦的縫衣店，店中有個谷金玉，新婚晚上丈夫便被砍得身首異處，殺人犯也是個幹部，他殺人後還放火來燒了商店。事件發生後，解放軍封鎖了南傘所有的邊界，動員民兵群眾搜山，一連三天沒有結果，這個殺人犯無影無蹤，竟突然消失了，你們說怪不怪？」韓曉人講起這件真事。

「難道他會變化？還是有隱身法術，使人看不見他。」韓曉人的故事把趙子光吸引過來，插口推測。

「對，這人會隱身，他在小田壩商店殺人放火後不往南傘逃，反而跑到我們住的營房旁那幾戶老百姓家裝作生病，住了半個月，等事情冷下來才從容逃到果敢。這人的隱身法是不是很高明？」韓曉人反問道。

「小隱隱於山，大隱隱於朝。這人隱在別人眼皮下，佩服佩服。韓副排長，谷金玉後來怎麼樣了？」趙紹雄引起了興趣，他認真問道。

「谷金玉痛失新婚丈夫，她的女伴埋怨她不安心農村生活，想找個幹部，結果蛋打雞飛一場空。你們猜那女伴是怎樣埋怨她的？我聽說後把腸子幾乎都笑斷了。」韓曉人賣關子，說到此處便止住話題道：「好啦，時間不早啦，我們趕快把柴捆好挑回營房。今天傍晚好好打一場球。」

「韓副排長，我替你捆柴，你再接著講吧。那女的怎說？」羅從軍聽得入迷，自告奮勇去幫忙捆柴。

「好吧，我繼續講。她說：『嫁當兵守活寡，嫁幹部零敲碎打，只有嫁農夫穩拿。』你們說好笑不？」

「這是什麼話呀？我聽不懂。」趙子光也犯疑了。

「這幾句話是說，農村姑娘找愛人，找個當兵的幾年不見一面，這不是守活寡嗎？」韓曉人解釋。

「嫁軍人不是有特殊享受嗎？」趙紹雄想起鳳尾壩時的那次談話，不覺奇怪起來，城市姑娘與農村姑娘不一樣，按說農村比城市苦，為何不嚮往高處？

「大雄，軍隊當官的有多少可嫁的，正連級以上才可領隨軍家屬，普通班排長哪有這種特殊待遇！還是長期分居，像牛郎織女隔著天河相望。」

「幹部零敲碎打也有典故嗎？」趙子光問。

「農村姑娘嫁幹部，也僅一年相處幾天，像蜻蜓點水。小孩一年一個，幾年下來，再能幹的女人也抵不住，叫苦連天，生養病痛，裡裡外外一雙手，那日子好過嗎？」

「有道理。最後一句話的意思我明白了。嫁在農村，日出而作，日落而歸。你擔水我澆園，我耕田你織布；夫妻好比鴛鴦鳥，比翼雙飛在人間，多麼詩情畫意浪漫情景呦！只怕陶淵明的桃花源也還未找得到呢！」趙紹雄譏諷地補充說。

「大雄你太偏激啦！農村生活是艱苦，但夫妻子女團聚一堂，疼來病來，總有個貼心人在身旁照顧，粗茶淡飯吃起來也蠻甜呀！」趙子光想到家破人亡的慘景，不覺對家庭的溫馨、親人的團聚充滿憧憬。

「是呀！社會、生活、幸福、苦難，人人有本難算的帳，家家有部難念的經。總之一句話：天下事之不如己意者，常十之八九啊！谷金玉遭此人間慘劇，同情的固然有，大多數村夫愚婦卻歸咎於她的命相不好。」

「什麼？韓副排長，這與命相有何關係？」趙紹雄莫名其妙，「那些人怎麼編排不是的？」

「他們說屬羊兒子鬧嚷嚷，屬羊姑娘守空房，谷金玉是一九四三年出生，按農曆年算是羊年，屬羊姑娘剋夫。可惜中國現在沒尼姑廟，不然這些人會建議她去吃齋做尼姑，青燈禮佛，在木魚聲中消磨歲月的。」

「豈有此理！這些傢伙的同情心叫狗吃啦？這個姑娘好可憐，韓副排長，你去跟她說，到果敢去。沒有住處先去跟我母親住著，我有個妹子可以同她做伴。」趙子光又在發揮他豐富的想像力，又想當慈善家了。

「我看你是想討回去做老婆吧！」趙紹雄打趣他。

「去你的吧！你這是狗咬呂洞賓不識好人心。」趙子光發急了，「你也跟著迷信嗎？好呀！你把她送去臘戍觀音寺，她要感謝你一輩子的。」

「別開玩笑啦，我有個兩全其美的辦法。」羅從軍也來發表高論，可見大夥兒全擔心谷金玉今後的命運。「韓副排長，指導員不是說過收女兵嗎，你叫谷金玉去找支隊長，參加我們部隊。女人可做宣傳工作呀！」

「妙，老旺的高招真絕，我舉雙手贊成！」趙子光高興了，好像這麼一說，谷金玉的事便圓滿得到解決。

「你們的好意，我代谷金玉心領了，可惜這只是一廂情願的事。首先，谷金玉想不想出國；其次她能否出得去；第三，她出去是否想當兵。我們不是她肚子裡的蛔蟲，知道她的心事？」韓曉人一提醒大家，沒人再吭聲了。是呀！唱戲的不急，看戲的在旁乾操心，真太可笑！

韓曉人集合全排，挑起柴返回營房。一路上，趙子光悶悶不樂，低著頭走在最前面，通過營房前那幾間草屋，他突然停下來，讓其他人走到前面。他等韓曉人走過身邊，悄悄問道：「殺人犯叫什麼名字？不知還在不在果敢？我出去一定要打聽明白，絕不能讓他逍遙法外。」

「殺人犯叫莫大貴。說不定已被中國派出去的特工人員暗殺了，說不定隱姓埋名躲在哪裡！他不是很會隱形嗎？好啦，別再胡思亂想，天底下不平的事多著呢！誰也管不了那麼多。肚子鬧革命啦，快回去吃飯吧！」

註解

①開拔：離開、走開。
②兵油子：在舊軍隊中長期當兵並沾染了惡習的士兵。
③孟浪：言語輕率不當。
④趔趄：身體搖晃，站立不穩的樣子。
⑤搶白：當面責備或諷刺。
⑥阿羅馬達：緬甸用語，罵人的髒話（他媽的）。
⑦擺夷：傣族的舊名。
⑧旱擺夷：漢化較深的傣族。

第七章 東山血光

大水塘緬軍營房布置得煥然一新，寬大的作戰室正面牆壁上，原先掛作戰地圖的地方，正中掛緬甸國旗，兩邊是昂山將軍與奈溫將軍的戎裝半身像。席開三桌，成品字形，緬菜西吃，有咖喱雞、炸椒蝦、印度黃豆湯、生菜、回鍋肉。三十九營新任營長巴退少校身為主人，正殷勤勸飲，跟他首席同桌的有羅欣漢、蔣振業、郭老安、侯加昌、馬國良、余忠以及身兼聯絡與翻譯的王尚雄，一共八人。席間有軍樂隊助興，氣氛熱烈隆重，一則是歡迎郭、侯、馬、余率二十多名弟兄起義投順政府軍，二則是慶賀巴退榮升新職。班永戶龍塘一仗，緬軍損失駐軍近一半，剩餘部分僥倖安全撤回大水塘。巴退急調援軍一個連助守硔掌，準備抵禦彭部進攻。誰知三天已過，彭部主力一直留駐龍塘，派小分隊分散到周圍村寨宣傳共產政策，成立農民協會，組建民兵，上六戶更創立了鄉村基層政權，看來是意圖以武力為後盾，赤化民眾，建立根據地。巴退決心趁彭部立腳未穩，集中兵力展開鉗形攻勢，在龍塘一舉殲滅敵人主力。誰知正中趙君的調虎離山之計，彭部長途奔襲大水塘。幸虧郭、侯二人陣前反戈，趙君的奸謀才未能得逞，但巴退已驚慌得渾身直冒冷汗，暗自慶幸老巢得以保全。馬、余毅然來歸，迫使彭嘉升再度退入中國，核桃林一仗，部隊損失雖大，但錯有錯著，可申報戰功，已把彭部由邊界逼入中國。上級評估戰局，江西諾相占領捧線，逼近猛古，政府守軍屢戰屢敗；江東不僅堵住彭部南下之勢，而且再次逼退敵人，策反歸順近三十名官兵，論功行賞，巴退得以榮升營長。巴退欣喜之餘，設宴款待來歸諸人，同時詳細瞭解彭部現狀，以思對策。酒足飯飽，斟上清茶，抽起香煙，王尚雄居中翻譯，賓主開始深入探討彭部進入中國受訓的軍政措舉。

「彭嘉升在中國主要進行那方面的訓練？」巴退先提問。上級催問詳情，他要立這功，所以親自出面。

「我們學的內容有兩個：一是政治、二是軍事。」侯加昌文化高，能夠系統地講述所學的內容。他和趙中強是學得最好的兩個標兵，所以多半由他回答。「政治方面以毛主席語錄及軍隊建設為主。我們進去受訓的一般沒有文化知識，毛主席語錄短小平易，既是政治學習的材料，也是文化學習的教本。每天學一段，要求讀寫背默。短短半年時間，大多數學員已達到初小水準，聰明好學的已有高小語文程度，邊學邊對照檢查提高思想認識。」

「這是中共培訓幹部的主要手段，以改造思想為主。」陶大剛對中共的一套政治工作方式深有感觸。他上過軍校，科班出身，懂軍事理論，也有實戰經驗。國軍裝備的是美國提供的先進戰艦飛機、坦克大炮。短短三年，幾百萬現代化的精銳之師，卻輸在小米加步槍的共軍之手。陶大剛先是迷惑不解，事後才發覺，決定戰爭勝負的因素是人而不是武器，抗日戰爭勝利，國府在全國民眾中的威信達到了頂點。日軍占領區的廣大民眾，經過八年的苦候，再次見到青天白日滿地紅的國旗在淪陷國土上高高飄揚時，無不興奮得熱淚盈眶。曾幾何時，接收大員忙著五子登科，派系傾軋，占地為王，致使黨國失去民心。反觀中共上下一心，植根於民眾的土壤裡，越剿越多，越打越強，他對中共的政治工作極為佩服。

「我們在鐵石坡學的全是解放軍的政治建軍方法。歸結起來有六個三大：三大制度、三大作風、三大任務、三大民主、三大原則、三大傳統。」侯加昌總結出這六條。

「請你詳細介紹出來吧，這對我們研究對策很有幫助。」巴退少校打開筆記本，準備記下重要的地方。

「所謂三大制度，是指在軍隊中實行黨委領導制度、政治委員制度、政治工作制度。把黨支部建在連隊，班排有黨員，一句話是黨指揮槍的制度。」

「彭嘉升接受中國共產黨的領導嗎？」羅欣漢插話問道。

「不是中共，是緬共。緬共派蔣光作彭嘉升的支隊政委，蔣正祥是營教導員，馬永春、周昆喜、郭志民、趙生為四個連的指導員。」侯加昌有問必答。

「你說的這幾個人是不是諾相的老兵？」巴退邊記邊問。

「不是山頭族，全是緬族。聽說是緬共白旗派，德欽丹東主席從下緬甸派進中國留學的，說一口北京話。」

「彭嘉升是黨員嗎？」蔣振業知彭嘉升最恨緬人，奇怪他何以接受緬共的領導，當老緬的走狗。

「緬共組織還未公開，但每個連隊都有地下黨員存在。可憐彭嘉升蒙在鼓裡一點未覺察，我是一連培養的對象，二連是蔣再映，三連是趙中強，四連姜正良。」

「老共是無孔不入，在軍隊中培植奸細。可笑我親家不但為他人做嫁衣裳，還斷送了果敢的無數精英。」羅欣漢暗中替彭嘉升擔憂，惋惜他因一己之私引狼入室。

「其次是三大作風。」侯加昌讓大家弄明白第一個問題繼續說下去。「在工作中發揚理論聯繫實際的作風，密切聯繫群眾的作風，開展批評與自我批評的作風。」

「這幾條不是共產黨的專利，民主國家的軍隊早就這麼做了。」陶大剛自己已在工作中提倡這些做法。

「三大任務是戰鬥隊、工作隊、生產隊，強調軍隊不僅要執行戰鬥，還要宣傳、發動、組織群眾和參加生產勞動，減輕人民負擔。教員用南泥灣作例，說明中共在日軍和國軍的封鎖中自立更生解決生活問題。」

「軍隊的任務是保家衛國，其他工作有專門機構負責，哪能混為一談！」巴退少校不以為然。他是職業軍人，軍隊的天職是打仗，對國家負責。至於政治啦，黨派啦，不應軍人介入的。內心中，他對奈溫政變上臺，把軍隊當作政爭的作法不滿，認為混淆了軍隊與政治的關係。但他是一名軍人，軍人的天職是服從命令，所以他從不過問上峰的作為，只知奉命行事。

「共產黨是造反起家的流寇，長期在農村搞暴動，經費沒來源，除靠搶大戶、打富紳搜刮外，只好自己種田耕地來解決部隊供給，故美其名為三隊任務。」郭老安補充說明教員解釋的理由，但用詞的口氣不一樣。

「再說三大民主吧，就是政治民主、軍事民主、經濟民主。具體內容為官兵在政治上一律平等，士兵可以批評幹部，幹部不得打擊報復；打仗時召開戰場諸葛亮會商討如何攻防，為幹部當參謀；經濟公開，士兵委員會參與全連的伙食管理，幹部不許苛扣士兵的薪餉。」侯加昌像教員講課，邊講邊解釋。

「簡直是胡說八道，官兵不分，戰場上各行其事，還能打仗嗎？」緬軍中上下有別，尊卑分明，等級制度森嚴，頗有官大一級壓死人的意味。但緬軍同英美同為志願兵制度，一人當兵妻女均有軍隊供給衣食住，故軍心穩定，甚少叛逃現象。陣亡將士的直系妻女由國家按月發給撫恤金，子女由國家負責到十八歲能自立為止，所以巴退少校對共軍的這一套做法不以為然。

「共軍講的好聽，做法又是一套，軍官有職無權，一切是黨支部決定。軍事幹部是聾子的耳朵——作樣子。班排有黨員監視，連隊是指導員當家。士兵提連長的意見，其實是剝奪領導權，與黨代表相呼應。要知道國共戰爭時，軍官多為國軍被俘人員，懂軍事，會打仗。中共讓他們任軍事指揮，既可利用他們的技能，又不會喪失領導權。共黨控制軍隊的這一套嚴密的政治組織，毒辣得很，不可小看它。」陶大剛談虎色變，往事雖已久遠，但共產黨的殘酷鋤奸手法，深深地印在他腦際，永遠難忘懷。

「教員講的三大原則是官兵一致的原則，軍民一致的原則，以及瓦解敵軍的原則。戰爭期間官兵供給平等，我認為這是欺騙性質的空話，如果士兵提出官兵待遇不同，便是犯了絕對平均主義的錯誤。上級會解釋為革命需要啦，貢獻不同啦，總之是只許州官放火，不許百姓點燈。」侯加昌提出自己的見解。

「吃蜜又戴花，我最恨這副虛偽的面孔，瓦解敵人靠軍心不穩才辦到。共黨殘暴不仁，能穩住軍心，集團行動互相監視才勉強維繫。在韓國戰場上，中共能瓦解聯合國軍嗎？」蔣忠誠最恨共黨，找例子來反駁。

「最後是英勇頑強，艱苦樸素的優良傳統：幹部帶頭，以身作則的治軍傳統；顧全大局，犧牲小我的無私傳統。」侯加昌完全運用自己的理解能力，把半年來的心得整理成幾條綱要，其中有對有錯，有得有失，作為一個具有初中文化水準的年輕人已經不容易了。研究中共軍史的專家不應對他太苛刻吧！馬永春的無心之過，把侯加昌送到敵對陣營，還是他！讓蘇文相飲恨身亡，這是後話。

「我再補充一點。」郭老安接過話題發言道：「我們在受訓中最重要一環是開訴苦大會及三查三整。三查是查階級、查工作、查鬥志；三整是整頓組織、整頓思想、整頓作風。這些做法說穿了是自己罵自己，查你的祖宗三代。弄得人人自危，不敢相信朋友，互相監視。久而久之，人與人之間變得冷漠無情，成了告密求得自身安全的無恥小人。共黨便可控制軍心，為所欲為。」

「提起訴苦，笑話百出。」余忠是個大老粗，理論上講不出個所以然，只記住兩個事例。「趙老莊訴苦說他父親騎著馬從大水塘去趕新街，路上碰上蔣二小姐。蔣二小姐怪他父親見她不下馬，便把他父親捆在大樹上拷打，打得渾身傷痕不算，放下來還要跪地求饒，認下罰款才放行。教員問他父親殘廢了沒有，趙老莊背後埋怨教員咒他父親殘廢不吉利。知情的人透漏說：『趙老莊是偽裝積極，編排出來的假事。』有人問趙老莊為何編排侮辱自己父親的謊言，他說教員叫訴苦，沒苦訴便是落後份子。」

大夥聽了不覺大笑起來。馬國良提醒在座的，要重視訴苦的作用。他說：「三查三整是最厲害的一招。教員說是觸及靈魂，改造思想提高階級覺悟的最好方式。蔣森林、羅大才過不了這一關，被逐出中國，我們也為這一條才棄暗投明的，只要戴上落後份子的帽子，一輩子便完了。」

「所謂三查三整，主要還是人為地搞階級鬥爭。老毛聲稱黨外有黨，黨內有派，共產黨就是靠鬥出來的。緬共照搬到果敢來，不知要使多少人頭落地，多少家庭骨肉相殘啊！」陶大剛一語道破天機，連巴退這樣的老軍人，也覺不寒而慄。慶幸緬共未能取得緬甸政權，不然緬甸人民也被圍進鐵幕，受盡欺凌。

「難怪大陸變色，一直鬥到今天，使大陸變成了人間地獄。共產不滅，世界永無寧日。在座諸公，我們要在緬政府領導下，跟共黨拼個你死我活。不然對不起果敢民眾，也對不起列祖列宗。」羅欣漢適時提出警告，鼓勵抗共的士氣。

「羅先生說的對極啦！只要大家團結一心，我相信緬共不難對付。緬甸是崇信佛教的國家，人民熱愛和平，以愛心對人，決不會信仰共產理論。緬共是共產國際的走狗，人民決不允許共產勢力在緬甸蔓延的。」巴退少校表明政府剿共到底的立場，給羅蔣之流打了一劑定心針。

「根據緬共在彭部官兵中推行的一套政治手段來分析，我們應制定針鋒相對的措施。請營長請示上峰，讓我們在臘戌辦一所反共軍事學校，集訓自衛隊官兵，以其人之道還治其人之身，任務是協助政府對付緬共軍隊。」羅欣漢趁熱打鐵提出建議。

「這個想法不錯，我即刻請示上級主官。讓我們攜起手來對付叛黨，維護邊疆的和平與安寧。」巴退知道單靠政府軍圍剿邊區少數民族叛亂，不能從根本上解決問題。有些時候槍桿子派不上用場，必須當地民眾參與其間，才是制勝之道，他對羅欣漢的提議很感興趣。

巴退明瞭彭嘉升已不再是普通的少數民族叛匪，而是受緬共指揮的國家心腹大敵。他們與薩爾溫江西岸的諾相叛軍互相呼應，緬東北的動亂局勢極端複雜嚴峻。鑒於彭部主力移至紅石頭河一線，巴退決定在芭蕉箐後山增設一個前哨陣地，拱衛大水塘。另外他得知彭部小分隊開始在壩區活動，緬軍只能確保公路沿線的安全，老街也應設立遊動哨卡，提早發覺敵人對新街的突襲，為此，他單獨留下羅欣漢、蔣振業兩人商討此事。羅欣漢許諾派一個中隊駐在老街，進行遊動，堵防交通要道。蔣振業答應派一個大隊，配屬緬軍一個加強排，在石鍋林、決壩、芭蕉箐三角地帶構築主陣地；主陣地選在俯瞰紅石頭河的制高點，當地人稱諸葛營包包的山包上，前面有兩個小高地為前哨，略呈後三角形。緬軍在飛機場包包及另一個小高地駐一個加強排，扼控芭蕉箐、火燒寨上下壩子的通道，以此來阻止彭部對大水塘地區的活動，把緬共堵塞在邊界一帶。巴退少校把羅欣漢的設想向上反應，立即得到批准。鑒於諾相部已攻占捧線、猛古、黑猛龍沿國界的政府軍據點，迅速向縱深滲透，聲勢浩大，政府決策首腦決定成立野戰師來對付叛軍。同時由軍事情報局出面收編原土司山官的舊部，成立自衛隊，維持地方治安，並配合政府軍的作戰行動。羅欣漢的提議與情報局的決策不謀而合，批文很快下達到新街自衛隊總部。羅、蔣召集高層幹部開會，研究如何籌組軍校。

「各位同僚！兄弟我先向諸位宣布一件喜訊，政府已批准果敢自衛隊在臘戌成立兩所反共學校。」自衛隊指揮官羅欣漢主持會議。他顯得極為興奮，躊躇滿志。「這一來，不論是團體前途還是個人事業，都將展現良好的開端，我認為需馬上著手籌建。今天召集各位來共商大計，各獻良謀，務求計畫的盡善盡美。」

「建立軍校的目的，在於培植軍隊幹部，提高軍隊的軍政素質，其重要性自不待多言。校長一職責任重大，我提議由正副指揮官兼任正副校長。」陶大剛搶先發言。「昔日民國初創，國父孫中山在廣州籌建黃埔軍校，為掃除軍閥勢力進行北伐培養軍隊幹部。國父把校長重任畀予蔣委員長，委員長依靠黃埔生作骨幹，成立一支富有革命理想的新型軍隊。他終於繼承了國父遺志，二次革命成功，所以籌建軍校之事刻不容緩。除正副校長外，教職人員同樣應遴選才學之士聘任，方能收到預期效果。」

「鄙人完全同意陶教官的高見，平亂需人才，治國用賢德。方今亂象已萌，極需破格用人，但亦須嚴防別有用心之徒竊據要害部位。正如陶教官所言，中山先生苦心孤詣創建黃埔軍校，惜百密一疏，讓共黨份子周恩來等置身其間，在學生中宣傳共產主義，暗中發展地下黨員。像中共高級將領陳賡之流，都是黃埔學生。結果養虎為患，這個深刻的歷史教訓，是不可或忘的。」蔣國智老謀深算，知道軍校實權握在教育長手上，此職為各派所必掙，特意提出暗示教育長應由果敢人充任，不容外人染指。他屬意蔣振新出任教育長，以免團體四分五裂。

蔣國智默查果敢自衛隊內部，共分為三派：一是羅欣漢舊部、二是蔣振業的骨幹、三是蔣振宇的官派。羅欣漢一派以蘇文龍、魯宗聖為核心，但兩人在羅欣漢心目中身分不同；蘇文龍尊而不親，魯宗聖親而不尊，魯宗聖更受器重。蔣振業的心腹是段子良、蔣振新，但蔣振新因蔣振宗之死，蔣振業歸咎其兄不能防患於未然，兩兄弟日漸疏遠，陶大剛、蔣忠誠是游擊隊舊人，反共心切，蔣振業不再倚重，他幻想能搭上中共這條線。蔣振宇才疏智淺，對部下動輒打罵，完全是官家派頭，已失軍心，如今已是有職無權，尸位素餐而已。三派之中，羅欣漢服膺政府、蔣振業左右搖擺、蔣振宇反對政府。蔣振新與蔣振業為人不同，他一切均以大局為重，忠於團體，特別對蔣振業暗中勾結中共，縱容蘇文相，以致反出團體、投靠彭嘉升更是不滿。他出身反共游擊隊，但不盲從，仍以果敢人自居，把果敢團體視為效力服務的唯一地方，在思想上與羅欣漢一致。陶大剛任教育長一職，本最適合，無奈他一心反共，已與羅欣漢服務政府為果敢人爭地位的宗旨相左，兩人的蜜月期已過，變成同床異夢。他與蔣振業更是水火不相容，僅是貌合神離，勉強應酬而已。若讓陶大剛抓住實權，果敢團體會變成反共游擊組織，中共固然耿耿於懷，虎視眈眈，必欲去之而後快；緬政府事關主權，也決不允許在國內出現獨樹一幟的反共武裝存在。

羅欣漢心領神會，等眾人都各抒己見之後，提出蔣振新任教育長的動議，遂使陶大剛、蘇文龍、蔣振宇三強角逐其位的幻想化為泡影。但因新人選立場超然，與競爭各方均無太大的利害衝突，這個棘手的問題得以圓滿解決。蔣國智、陶大剛為軍校顧問，各方勢力權力均分，果敢團體出現了團結一致的新氣象。

一九六八年三月，正式選定老臘戌東郊一片曠野之地，調集民工用竹子葦草修蓋校舍，歷時兩個月。五月開學，從果敢徵調一千多青少年入學受訓。軍校大門成「廾」型，用中緬英三種文字鑄刻橫匾：果敢反共軍事學校。兩邊有對聯一副；偉抱初攄，看炎黃子孫眾志成城滅共黨；雄才卓著，願漢族後胄同心協力掃赤魔。營房分布東西兩側，共十間，每間可住一百五十人。操場對面為大禮堂，坐南面北，禮堂左右為教職員辦公處所。軍舍雖係竹木搭蓋，但雄偉壯觀。教員除政府派員擔任政治教員外，軍事課由陶大剛主講。與此同時，在軍校不遠處，羅欣漢創辦漢族語文學校，羅欣漢親任董事長。果文、果武交相輝映，一時間羅欣漢聲名大噪，成了臘戌華人社會的頭面人物，穩執各社團牛耳。在政府官員心目中，羅欣漢是果敢人的領袖人物，不論大小事務都來徵求他的意見。

羅欣漢的父親羅朝興，排行第四，世居東山區大竹箐村。羅朝興十八歲娶大水塘街段氏女為室，共育四子一女，長欣漢、次欣堂、季欣明、幼欣傑，女欣蕊。抗日戰爭未起時，羅朝興自感已身即已成家，應謀自立，不必再依賴父兄，便自辟商路，投身生意場，幾年工夫，已擁有資本數萬，人稱四老闆。二次世界大戰結束後，羅朝興為求更大發展，首先倡議出國經營。他邀約生意夥伴，集資成立騾馬大隊，購買槍支自衛，運貨前往泰國出售。那時交通不便，沿途均有劫匪攔路收買路錢。由果敢出發，全是崎嶇山路，到達泰國，最快也需兩個多月時間，加上銷購貨物，往返約需時半年，雨季往來更耗費時日。羅朝興與友人沿途披荊斬棘，累與天災人禍相抗，經多次往返，終於為果敢人民開闢了一條向外發展的商業大道。大陸解放，禁種鴉片，販運鴉片下泰國，市利數倍。大批華人上下泰國經商謀職，走私毒品，以致偏僻山區充斥泰國洋貨。內地城鎮反而須由黨陽等地返銷黑市物品。中國解放後，大竹箐因地處邊界，匪患叢生。羅朝興舉家遷居乾猛，後又搬至東枝定居。

羅欣漢生於一九三五年，十五歲即任土司自衛隊分隊長。十五歲任分隊長，說來難以讓人置信。原來抗日戰爭未發生以前，果敢行政組織嚴密、地方安靜，除土司衙門設有紅包頭幾十人外，別無武裝。一九四九年初，中國的共革盟起義，滇西秩序混亂。果敢毗鄰鎮康的邊區累受侵擾，人亡物損。土司公署迅速成立聯防隊以保護人民安全，因缺乏下級幹部，有兵無官，情況緊迫，印襲官蔣振材及其弟蔣振聲決定成立一所軍事幹部培訓班，召集優秀青年受訓半年，畢業後均以少尉軍銜分發自衛總隊及各區聯防隊任分隊長職務，故羅欣漢成為果敢歷史上最年輕的一位分隊長，其餘如蘇文龍、魯宗聖、彭嘉升等均為弱冠之年，精力充沛，分發後不負眾望，深受上司信任，輿論好評。羅欣漢在政壇少年得志，以後青雲直上，繼任東山區聯防隊長，防剿由中國流出的土匪強盜。與黃大龍分庭抗禮，各霸一方；正邪均有靠山，誰也奈何不了誰。羅欣漢事父母極為孝順。年輕時與鄰村陳氏女極為親密，卻因母親英年早逝，目睹父親三十多歲便痛失愛妻，終日鬱鬱不樂，及見父親與陳氏女相談甚歡，便自作主張，替父親續娶陳氏女為繼室，一時傳為佳話。由於父親的人緣，加上本身的才幹，一九五九年，土司交權後，羅欣漢子承父業，接受了猛東鴉片煙公司。它與蔣文燦所創的利昌公司，成為緬東北與緬東，兩家果敢人所辦的最大私人公司。後因果敢之事被政府拘押，家產蕩然無存。但時來運轉，羅欣漢又複出政壇，比以前更有聲勢。經過失敗與挫折的磨煉與教訓，羅欣漢更加成熟。不論在政治上、經濟上、軍事上羅欣漢都已擁有相當的勢力。再加上他思想進步，容易適應環境，對政府政策竭誠擁護，在政府高層官員中印象極佳，公認是果敢的後起之秀，因而賦予重任。

羅欣漢生成方面大耳，中等身材，膚色白晰，一副富家翁的樣子。他與彭嘉升相比，少了一份秀氣，而多了些陽剛威煞。在果敢年輕一輩中，可稱一時瑜亮。如今各擁重兵，為主義而以死相拼，一方要推翻現政權，實行共產統治；另一方則追隨政府，堅決反共。由於形勢使然，兩親家同被推上歷史舞臺兵戎相見，演出了一齣悲喜劇。特別是彭嘉升，改寫了果敢的歷史。

正當羅欣漢忙於籌辦文武兩校之際，傳來老街大廟被彭嘉升部夜襲，自衛隊一個中隊被殲的消息。羅欣漢忙離開臘戌，乘汽車趕回果敢應變。蘇文相率領七十多官兵，經半年受訓，轉往彭木山與彭嘉升會合，總數約三百人。重新編隊後，精幹的組建為一個營，其餘成立七個區聯隊。編組後，彭嘉福任營長，蘇文相任副營長，下轄一、四、七，三個連，每連三個排、每排三個班。一連連長蔣忠衛，副連長黃成榮，指導員馬永春；四連連長蔣再映，副連長蔣穆良，指導員周昆喜；七連連長趙中強，副連長羅光明，指導員郭志民。營部炮排排長趙子光，副排長肖楚智；五七炮、八二炮都已運到南傘。

果敢縣長由彭嘉升兼任，副縣長蔣忠錫。下分七個區，紅岩區區長趙培良、崇崗區區長劉國欣、杏塘區長施文所、班永區長趙二、興旺區長申興漢、西山區長蔣文堂、東山區長羅大才。其中東山、西山、興旺三區，每區有一連正規部隊，其餘區聯隊只有十多二十人。經過組織整頓，正規部隊的成分有了明顯改變，不論是政治覺悟、軍事素養、思想意識都比以往不同。鑒於緬共政工人員水準低下，中共訪問組相應改為兩部分，在趙君名下分設兩個副組長。政工副組長趙忠舉，南下進入雲南，曾在祿勸縣組建縣政權，有建政經驗。他帶領政工幹事協助縣委書記余健負責組建果敢政權。新來的軍事副組長趙忠，是現任耿馬團團長，三十多歲，屬解放戰爭時期入伍的新秀。除梅樹成外，新調來兩個營級參謀，深入到彭部的三個主力連，各負責一個連。緬共除原先隨蔣光來的警衛連外，此次余副政委帶來由緬共家屬及諸相老兵家屬組成的醫療隊、宣傳隊、無線電臺、商業貿易組、可謂陣容強大。顯而易見，此次中共下了決心，要一舉進占果敢全境。例行的歡送聚餐會完了，各區聯隊分別出發。彭嘉福單獨把申興漢、羅大才找去談話，做兩人的思想工作，因為申興漢得知要他到地方，鬧著不幹了。

羅大才自與蔣森林一起被驅逐出中國後，回到東山又發展得五十多人，仍打彭嘉升的旗號，四處活動。羅欣漢幾次派老百姓送信給他，許以高官厚祿，企圖招安他。他都婉言謝絕。他認定彭嘉升是真心為果敢謀幸福的，他說他從抗日時期就跟著土司官家，一直跟到土司垮臺；如今跟定彭嘉升，一定能勝利。對自己的不幸際遇，羅大才毫不在意，他說自己想說的話，做自己想做的事，別人怎樣看他，他都不放在心上。正當人們認為羅大才會與黃大龍一樣在東山稱王稱霸時，彭嘉升一紙飛召，羅大才便帶著全隊再度到了鐵石坡。他仍直言無忌，信口胡言。此次教員已有準備，讓他同蘇文相一樣住在單人宿舍，每日裡香煙美酒，精食佳餚，他由自己帶來的警衛員服侍他的生活。這樣一來，羅大才再無暇高談闊論，就此相安無事。羅大才過了半個月飯來張口衣來伸手的神仙日子，便膩了，吵著要出去。趙大組長不讓他下部隊，仍讓他回壩子。好小子，不多時，又讓他拉起二、三十人，配合蔣忠衛在壩區活動並第三次跟隨蔣忠衛來到彭木山。

訪問組趙大組長籍助他在東山的權威，建議彭嘉升仍讓羅大才到東山搞群眾工作，同時指示他把活動範圍延伸到戶板小江（南定河），派人到卡佤山聯絡當地有名望的人物，特別是魯興國，開展反緬的組織宣傳活動。羅大才從中興漢口中得知趙大組長諸葛亮式的神機妙算，用兵神鬼莫測，也佩服得五體投地，願為大組長所用。趙大組長深悔誤信蔣光政委的讒言，失去了蔣森林這員悍將。對於蔣森林的死，蔣光解釋是他企圖半途逃跑，被羅林、劉小光開槍擊斃。這件事，除了三巨頭，連彭嘉福都被蒙在鼓裡，不然一暴露，對幹戰將有嚴重影響。彭嘉福領著兩人走到操場邊的一片大樹林中，時間已是初夏，天氣開始悶熱，太陽從樹梢灑下的餘熱，仍讓人透不過氣來。後山的蟬鳴單調而沉悶，預示著有一場暴雨即將來臨。久旱盼甘霖，樹葉無精打采地垂著頭，小草也萎縮著，痛苦地承受著烈日的炙曬。可惜一陣風把濃雲吹散，晴空中驕陽似火，風止住，蟬也不鳴了，四周一切都沉靜下來。

彭嘉福坐在一棵大樹下的草坪上，他解開鈕扣，一支接一支地抽著煙。羅大才滿臉黑油，仍像往常那樣板著面孔，衣著整齊，全副武裝站著像座鐵塔，炎熱對他已不起作用。東山壩區的氣候熱得夠嗆，他從小習慣了。中興漢則不然，他靠在樹幹上，用軍帽當扇子，不停地搧著。胖人怕熱，瘦子怕冷，中興漢熱得汗水濕了大半身軍服，沉著臉，滿臉的委屈與失望。眼看新的戰鬥就將打響，他對趙大組長高超的指揮藝術十分嚮往，多希望能在趙大組長的指導下，提高自己的指揮技能，將來成為一員有名望的儒將。如今這願望破滅了，分別在即，老上級與老同事泥塑木雕般不吭氣，他忍不住了：「彭營長，不是我不服從組織安排，我曾向支隊長提出，讓趙中強當連長，我願做他的副手，自從跟支隊長上山，已三年啦！我沒離開過部隊。我不知道自己犯了哪款軍法，步上蔣森林的後塵，被趕出主力連隊，貶到地方去搞群眾工作。我真想不通其中道理呀！」

「支隊長整天跟蔣政委泡在一起，有許多話不便直接給你談。本來我堅持不讓你倆回地方的，後來一想又同意了支隊長的安排。部隊當前的形勢你們清楚，果敢這彈丸之地，不出一年便會全境解放，主力部隊那時定要調走。正面是乾猛，窮山惡水，沒有發展前途；左邊是卡佤山，比果敢還要荒涼落後；右邊地區富饒，人口眾多，左出便截斷了臘戍與滾弄的交通，右上可以占領中緬公路，震動很大。所以一旦解放果敢，江東、江西兩支部隊便要合併。那時，支隊長與我都要離開果敢，其他事都可以通融，唯獨果敢的權利不能放掉，主力一走，保衛家鄉的責任便落到你們肩上。支隊長留下你們做骨幹，用意很深遠，你們不要誤解才好。」

「我以為蔣光怕我妨礙郭指導員發展黨員的工作才把我調開，想不到支隊長將計就計，讓趙中強上前線死拚好了。」中興漢一點就醒，但他擔心主力部隊被抓去，提醒彭嘉福說：「請營長多深入抓住班排骨幹，不然成了光杆司令，只能指揮身邊的警衛人員。老幹部只剩蔣忠衛一人，恐怕他獨木不成林，難撐大局！」

「一連是基本隊伍，除二排長姜正良思想左傾外，其他幹部沒問題。韓曉人通過鍛煉，趙大組長、蔣政委對他看法已有轉變，不會太刁難，再考驗一段時間就可掌握一個連。四連有蔣穆良在，他這人貌似粗魯，但頗有心計，善於多方應付，總不至於被擠出局。七連除羅光明外，趙德開左得離譜，反而抓不住軍心。說句不好聽的話，『人教人教不乖，天教人才教得乖。』讓那些積極份子自己去碰壁吧。」彭嘉福平日大咧咧，對什麼都毫不在乎的模樣，誰知浪漫的軀殼裡隱藏著一顆洞察一切的慧心，真是人不可貌相，海水不可斗量！

「我明白了。地方工作請營長再給指示。」中興漢消除了顧慮，再向彭嘉福請示機宜。

「地方工作的重點按大組長指示的去做，重點是建政與擴軍。村村要有民兵、鄉鄉組建武裝工作隊。區連隊要拖住硔掌緬軍，開展游擊戰，使守軍不敢派小分隊出外活動。你要掌握好連隊，記住教員教的十六字訣：『敵進我退，敵駐我擾，敵疲我打，敵退我追。』把緬軍困在營房內不敢動彈。」彭嘉福提醒申興漢不要與敵人硬拼。

「我的任務方面，營長有什麼吩咐？」羅大才學著申興漢，請示說：「東山各村寨頭人，都是兩面派，抓不完殺不得，羅欣漢的人來過走了才來報，真不好對付呀！」

「西山區與東山區比興旺區複雜，建政只能建成地下組織。當夥頭的，只要他們人在曹營心在漢就不錯了。蔣振業、羅欣漢用金錢收買村寨中的地痞流氓做眼線，我們也要建立情報網，不然被敵人甕中捉鱉，可不是好玩的。我們這次出去，先打羅欣漢的自衛隊，使緬軍失去眼睛和耳朵，變成瞎子與聾子，不然我們一行動緬軍就知道。還有，東山區是交通幹線所在地，配給你張德文、查文漢兩個副連長，就是讓你能經常分散在幾處同時活動，使敵人防不勝防。老緬採取固定防守與遊動出擊的戰術，在蒙化箐、老街設了兩個點。你的任務是儘快查清敵情，另外羅欣漢召派新兵到臘戍集訓，你們要盡力阻止，最好趕在前面把新兵送進鐵石坡。」彭嘉福越想越感到工作千頭萬緒，擔心兩個老部下能否勝任。

「請營長放心吧！既然交下任務，死也要完成。」羅大才不會說話，只有死拚一途。

「死了還能完成什麼任務？真是糊塗。我不是要你們去死，我是要你們好好活著。這就要動腦子囉！張德文是蘇文相的智囊，現在給了你，有事多同他商量，他出點子你下命令，懂嗎？」彭嘉福不滿羅大才的回答，再次提醒他要多用腦子，不要蠻幹。

「好，我一到東山，先把符合當兵條件的全部叫走，免得羅欣漢搶了先，完不成大組長的擴軍計畫。」

「趙大組長是真心對果敢人民好，我以前誤會他是蔣光的應聲蟲。說穿了，我們不是為緬共打天下，我們是為中國人出這口惡氣，站在民族立場上反對奈溫的反華排華政策，必須製造壓力，讓他明白敵視中國人民絕沒有好下場！奈溫一天不低頭，我們就一直打下去，直到他醒悟過來，主動向中國人民示好為止。我們必須要抬著緬共這塊金字招牌，在國際上有個站腳處。打倒奈溫反動軍人政府，建立緬共政權，就憑蔣光這樣的料子，做他們的春秋大夢去吧！」彭嘉福天天跟趙君在一起，漸漸對這個三野出身的山東大漢那直爽的性格，以及豐富的作戰經驗、高深的軍事理論，打心底敬佩。他打算再過一段時間請趙大組長說通蔣光，把蔣森林放回部隊，可憐彭嘉福以為蔣森林仍被拘押。

「我同意營長的觀點，緬共派來的代表，只有周昆喜還有人樣說人話，其他的就會拿大帽子罩人。難怪緬甸革命二十年，不但沒發展，反而趨向失敗。若不是中國，早完事大吉。」申興漢提起緬共，氣又上衝。

「東山的打手，西山的講口，真不愧是部隊的秀才呢。」彭嘉福做通部下的思想工作，心情輕鬆，說起俏皮話來。「開起口來滿有道理，有比喻有誇張，蔣政委聽見肯定要氣得吐血，你可得送他去醫院搶救呢！」

「營長別損我啦！我保證以後不再發牢騷，像羅區長看齊：『閒談莫論國事，相逢只說風月。』」申興漢把矛頭轉向羅大才，來掩飾自己的窘態。

「是呀！老街有個小寡婦，幾個月沒空找她溫存，一定變成隻母老虎去了。下次遇著她，準被她連皮帶骨吞下肚去。」羅大才咂咂嘴，一副餓死鬼托生的饞樣子，好像已把風流小寡婦剝光衣服，按在床上了。這引得申興漢與彭嘉福大笑不止，食色性也，孔老夫子真說對了！心中的疙瘩解開，上下級之間已形成默契，申興漢與羅大才高高興興地在彭木山分手，帶隊趕回各自地區。

經過短期休整，彭嘉升帶隊離開中國再回果敢。當然啦，部隊回果敢是去打仗的，由什麼地方出去，打敵人的那一個據點？怎樣打？參加營以上高級幹部會議的三方面首腦人物意見各不相同，爭論得很激烈。

「我認為該去打硔掌，像打龍塘一樣，一步步逼近緬軍。打開硔掌就與江西友鄰部隊聯合一起。」彭嘉升提議。

「老彭的想法是先打分散或孤立之敵，符合毛主席的軍事思想。但硔掌駐有一個加強連的緬軍，我們的兵力只有守軍兩倍。目前重武器運不去硔掌，敵人依據工事，死守陣地，我們還不具備攻堅的條件，即使強攻雙方傷亡必慘重，緬軍人多不在乎，我們可輸不起。」趙忠是少壯派，一到來便想表現自己的才能。

「我建議中間開花——打大水塘。」蘇文相知道大水塘的地形虛實，認為大水塘好打。「只要占領大水塘，硔掌及諸葛營包包的敵軍便無法立足。」

趙大組長笑著稱讚道：「有見地。敵人估計我們不打硔掌，便會去打紅石頭後山的一字長蛇陣，這兩地的工事修得十分牢固。他們知道我們的四〇火箭筒是近戰火器，所以陣地四周開闊地很寬，不容易接近。我們去打大水塘，必定出乎敵人的意料。可是奇襲不成功，不能速戰速決，主力便會陷在敵人包圍圈裡，很難撤出來。」蔣光微笑著問彭嘉福：「嘉福同志的意見怎樣呢？」

彭嘉福緊皺眉頭，兩條濃黑的眉尖擠攏，英俊的臉龐上，嘴角不停地抽搐。他深深吸一大口紅山茶牌香煙後，用左手食中二指夾住煙，大拇指按在煙頭上。他從座椅上直起腰杆，緩緩噴出吸入口的煙霧，慢條斯理地說道：「自從邦永龍塘一仗，敵軍各據點都改修了工事，在沒有強大火力支援的情況下，攻堅很難奏效。我同意趙大組長的想法，此次仍只能以奇襲為主。」

「彭營長仍要打大水塘嗎？」蔣正祥不禮貌地插言問道。

彭嘉福抽一口煙，不理會教導員的提問，按著思路說下去。「我們現在的主要任務是開展宣傳攻勢，擴大影響，牽制敵人有生力量，掩護完成建政與擴軍的任務。為達到上述兩個目的，我認為應在滾弄與新街公路線上加強活動，襲擾敵人的運輸線，這就是說我們的主力不是上山而是要下壩。我已安排羅大才去偵察羅欣漢自衛隊的兩個據點：一個是蒙化菁公路邊的孤立點，一個是老街大廟。蒙化箐易守難攻，適合圍困，但滾弄敵人增援順公路只需一個小時，新街增援也是一個小時。憑目前實力既攻不克也困不住。老街因接近新街敵人大本營，敵人沒修工事，守在大廟，我看可以圍點打援，用小分隊圍住大廟，把主力放在老街與新街之間的開闊地上，誘使敵人離開據點，在運動中殲敵一部，這一來揚長避短，發揮我們近戰威力，敵人的重武器又使用不上。」

「好，我完全贊同嘉福同志的分析。」趙君的胖臉上，小眼睛高興得眯縫起來。「我們在公路線上活動，埋設地雷，伏擊小股緬軍，造成敵人心理上的緊張恐慌。巴退一定要確保公路暢通，等他抽調山區兵力加強公路護衛力量，我們馬上回頭去圍困硔掌，吃掉援兵。因為不用幾個月，各區聯隊的力量增強，民兵也可配合作戰。主力部隊、地方部隊、民兵三結合，敵人便無所作為，必將淹沒在人民戰爭的汪洋大海中。」好比下棋，彭嘉福是棋壇高手，可以看出第二步、第三步；趙君是棋王，洞悉一切棋局的奧妙，他不但考慮到幾步棋的走法，還設計了整盤棋局。最後的結果他都想到了，僅僅沒有宣布出勝負而已。

「我也同意彭嘉福同志的計畫，軍事上的問題考慮得差不多了，我要強調做好戰場上的政治思想工作，要教育全體幹戰認真執行三大紀律、八項注意，使廣大革命群眾從我們的實際行動中明白誰是真正的人民軍隊。只有群眾把我們當成了子弟兵，我們的軍隊才能戰無不勝，攻無不克。宣傳隊每到一地，都要教唱革命歌曲，演出革命舞劇。槍桿子與筆桿子配合，雙管齊下，效果更好。」蔣光不忘務虛，不論在什麼場合，大帽子非罩不可。

老街位於南天門山南麓壩子中部，往東走約十公里可到中緬國界，進去約三公里便是南傘；往西走五公里到新街，再走五公里便是土司衙門榨地林，壩子邊緣到此，榨地林寨後便是高山；往北三公里便開始上坡，爬過山口是石房，石房後面又是陡坡，陡坡上端是冷水箐，冷水箐寨子後面的坡再爬完就到大水塘了；往南約五公里是石洞水埡口，分別由印信、南找發延伸下來兩道山梁，中間只有這道缺口可通，新街至滾弄的公路就由此通過。

老街街子呈Y字形，位於一個土梁之上，北面圍著一條由西向東的小河，小河在老街東面不遠的土梁盡頭，來個九十度的急轉彎，向南流不遠便落入地底成為暗河，暗河出口已是距戶板小江不遠的山腳。老街南面是一個凹槽，凹槽狹窄地方砌了一道石壩，寬能通過汽車。石壩西端形成一個水塘，通稱荷花塘，老街的飲水就靠此塘水，凹槽南面是一大片茂林，中間有通路，是去新街的官道。老街北面的小河有一座石橋，東面坡腳也有一石橋，西面隨土梁可通南烈、大出水。老街與外界的通道，就靠這兩橋一梁一石壩。

老街大廟坐落在老街街後，坐北向南，占地頗廣，此廟建於清朝中後期鴉片戰爭前後。十九世紀後半期，由於果敢出產優質鴉片，大批四川、雲南、湖南商人湧入果敢經商。這些商人中大多是洪幫弟兄，所到之處組織堂口，發揚洪幫精神。先有大水塘街蔣家土司家族中的屬官老爺參加了（華英公），在兄弟、夥計的慫恿和捐助下，於老街後面空地上修起了關帝廟。洪門弟兄每年在關帝廟做會，團聚日期是五月十三日（稱單刀會），和九月十三日。

觀音廟的修建要晚得多。土司蔣國華中年無子，特從大理觀音堂背來觀音佛像一尊，早晚膜拜禱告，次年即生下一男孩。為了還願報答神恩，乃於關帝廟後面空地上大興土木，並從中國請來各類高手匠人，全部照中國廟宇式樣修建觀音廟。入廟即見一堵高二丈厚三尺的土基白粉照壁，左右兩側各有一排平房，圍成一個天井，再進去是棟二樓的建築，正中懸一橫匾，上寫：「保國佑民」。後面是大清宣統三年辛亥欽賜金牌記錄大功果敢縣蔣國正敬譔。兩邊對聯是：「關山主權悠久，廟祀俎豆千秋。」

山門內左右塑紅、白色馬各一匹，圍以柵欄，馬前左方各塑馬夫。據說馬夫是後來才加塑的，因二馬夜出偷吃田間穀子，被農民追至廟中，見馬口尚有穀粒，乃塑馬倌看管，此馬才得平靜，無法擅自外出。山門樓上供著魁星，相傳也是維護文運的。在中國魁星只在文昌宮樓上，果敢竟供到關帝廟來。原來這座大廟是綜合性的神聖供奉處，文昌、財神也居於此，既然文昌在此，魁星當然隨之而來保護文運啦！山門內是一個約長十八公尺的正方形石板天井，中間一個石制大型香爐，供燒化錢紙用。天井對面是關聖殿，共有三隔。正中供關聖神像：身披綠袍，丹鳳眼，臥蠶眉，臉色紅潤，左手持春秋，右手攬長髯作看書狀。兩側稍前，左為關平捧荊州牧大印、右為周倉捧青龍偃月刀站立座前。塑像比真人略高，每尊像栩栩如生。右隔供財神，趙公明持鋼鞭、踏黑虎，專管人間衣祿財運，難怪求財者紛紛往祭，一年四季香火不斷，是位熱門菩薩。左隔供文昌帝君，他是被讀書人抬高到稱帝的菩薩，屬於士人膜拜的尊神，每年二月初三是他的會期。財神會期是三月十五日。天井左右各有廂房一排，東廂房分三間，分別供地藏王菩薩、地母、土地；西廂房是給做會時所有法師先生及襄幫人的宿舍。

關聖殿正門對聯：「伐魏抗吳，皇皇忠義參天地；興蜀立漢，耿耿赤膽貫河山。」右門聯：「天地合其德，日月合其行，四時合其序；富貴不能淫，威武不能屈，貧賤不能移。」（財神供處）左門聯：「見一十七世宰官身，繼帝王而宣化；為千萬億年斯文王，參天地以同流。」（文昌供處）

關聖像前木刻黑底金字聯：「立志破曹瞞，萬古英名垂竹帛；忠心扶漢室，一身勳業貫千秋。」

由關聖殿左右兩側入內，通過側門，即入觀音殿範圍，兩殿建築規格和天井大體基本一致。兩邊廂房，東廂房供高級女賓住宿，西廂房是專為做會的官家或其代表男賓們下榻之所。天井中也有一個石香爐，四周栽有花木，環境較前殿清幽。在關聖殿後壁下供有韋馱，面對觀音殿，虎視眈眈，十足的護法模樣。像前有一聯：「伏魔神通大；降妖德澤長。」

觀音殿莊嚴肅穆，正中供奉端坐蓮臺的觀世音大士，遮以沙幛。進香人只能依稀看見菩薩慈顏，不能盡窺全貌，更增神秘尊貴之感。左右兩尊乃文殊、普賢，不知是觀音菩薩三姐妹，還是慈航、文殊、普賢三大士，但均係女身。左隔間是南斗星君，穿紅；右隔間是北斗星君，穿白。南斗注死，北斗注生；人們向祂們膜拜，是為了想長壽避死。東西兩面壁前各塑六尊像，統稱十二元覺。

觀音殿正門聯：「清淨瓶插綠楊柳，點點滴風調雨順；普陀岩宿白鸚鵡，聲聲叫國泰民安。」

右門北斗星官聯：「萬派盡朝宗，法著南天開帝座；五雲扶聖教，氣騰北極普神庥。」

左門南斗星官聯：「位尊離方聖，本佑民而錫爵，權欽南極帝，唯其德以屈尊。」

殿外正中門橫匾懸：「慈光普照。」四字。小字：清宣統三年春日，蔣國正統南春達、春泰、春浩、春沛、春錦敬立。殿外走廊兩端，各置鐘鼓，經常有住持二人以上，早晚打鐘擊鼓。老街大廟四周用土基圍牆，上覆磚瓦。廟宇四角飛簷走壁，雕樑畫棟。建築之雄偉，規模之巨大，在方圓數百里首屈一指。每到會期，除果敢本地人外，遠至鎮康、耿馬以及江外各地、卡佤山、還有佤城、臘戍的漢族不辭艱辛，長途跋涉趕來上香上表。每年二月十九觀音會，正值鴉片煙會，老街大廟內香煙繚繞，善男信女雲集，熱鬧非凡。老街子的十字街道上人潮洶湧，摩肩接踵，嗡嗡之聲傳到數里之外。家中有病許願的，病好來還願的；小媳婦大姑娘一年積攢下來的私房錢，趁觀音會期間來買脂粉、針線、布衣、首飾的；成年家主及小夥子們趕著馱子來賣大煙，買米鹽日用品的，使老街成為集宗教、商貿、娛樂為一體的彙集場合。

老街有三十多戶人家，除管大廟的蔣姓小屬官及四、五戶殷實之家蓋土瓦房外，其餘均為草屋，除極少數地主擁有小河邊及荷花塘凹地的稻田外，大多數農戶種植旱地，農閒季節到大水塘、新街及中國南傘街做點肩挑手提的小買賣幫補家用。

字光華大隊的一個中隊由余忠帶領，住在老街。這天晚上，老街有一位老人去世，在大廟請道士設壇超度。天亮前不久，上弦月剛落入大地，老街街子便淹沒在漆黑的夜暗中。只有大廟裡還燈火輝煌，賭錢的攤子有好幾處，有推牌九的、有拉大公雞寶的，一切都顯得平靜如常。余忠住在蘇民才家，除蔣正海帶一個排住在大廟外，其餘兩個排都分散住在街子的老百姓家。趙中強帶領七連，悄悄地從東西銀匠橋摸進老街，剛接近街子，竹林下傳出一聲大喊：「什麼人？」排長趙德開一聲不響，朝竹林掃出一梭子。接著，從荷花塘方向，街子北面石橋方向都傳來槍聲，七連分北、東、南三個方向同時攻向老街。王成帶一個排從廟後包抄截住廟內敵人的退路，沒有直攻大廟。趙德開帶一個排、許正武帶一個排突進老街，跟住在老百姓家的敵人展開巷戰。敵暗我明，趙德開被打得趴在地上寸步難行，趙中強火冒三丈，指揮火箭手對著一座土瓦房就是一彈發射出去，敵方的機槍啞了，房子被炸塌，燃起了熊熊大火。火星飛炸向周圍的草房，一間接著一間，整個老街成了一片火海，火光中民兵不分，紛紛逃出屋外。趙德開、許正武哪管你哭叫聲連天，向逃跑的敵人猛掃，十字街上躺下好幾具屍體，居民們大門出不去，只好搗開後牆爬到土坡上躲蔽。肅清了街上的殘敵，三個排包圍了大廟。趙中強沒有硬攻，雙方只是展開了槍戰。

時間到了上午十點，蘇文相從打援的前方回到老街。「趙連長，我看敵人的援兵不會出來了，你們準備好了沒有？先攻下大廟再說。」

「蘇副營長，大廟四周都是土牆，不用炮火打破缺口攻不進去。」趙中強請示說：「大門雖開著，敵人隱藏在大殿裡，恐衝不進去。」

「彭營長指示要保護大廟這座名勝古跡，用炮火恐打壞神像，在果敢父老面前不好交待。」蘇文相說。

「羅欣漢先派人占領大廟，錯不在我們身上，打援既然不成功，不攻大廟，如何向蔣政委交差。我看先把圍牆打塌才好進攻，蘇副營長，你下決心吧！」趙中強搧風點火。

「我們是人民的軍隊，要解放果敢，不打爛罈罈罐罐，新社會就建不起來，我看打吧！」蘇文相下決心了。

「無產階級是無神論者，偉大的社會主義中國現正在除四舊立四新，比大廟有名的多地寺院廟宇都被拆毀，我們還有什麼猶豫的？大廟是迷信的產物，為土司官家傳名，要破除迷信，就該拆毀大廟，何況是為了消滅敵人。正確的命令堅決要執行，錯誤的指示可以不執行嘛！」趙中強講得理直氣壯。

「對，只要我們說明道理，彭營長也不好責備。」蘇文相不知趙中強把他往火坑裡推，斷然下令攻擊。

正面有照壁擋住，火箭手從左面發射火箭彈，打中了地藏菩薩所在的廂房，把住持及一個跟他學中文的十三歲少年炸成一堆爛肉。六〇炮手沒把距離測準，炮彈落到辦喪事的人群中，當場倒下一大片。

「別打呀，我們是老百姓。」隨著慘叫聲，從側門奔跑出一夥群眾，有傷了手腳的、有頭破血流的，一窩蜂散了開去。王成不忍向人群射擊，任由出來的人離開現場。

趙德開躲在照壁後，高聲喊道：「趙班長，上。」

班長趙老椿帶頭，率領一班人衝向山門，他跑得快等敵人機槍掃來時，他已臥倒在牽泥馬的馬夫後面，跟去的戰士都倒在照壁前面的天井中。接連發射了幾發火箭彈，六〇炮彈也落到山門樓頂，把魁星炸得四分五裂。「我是蘇文相，你們繳槍吧！我保障你們的安全。」強攻受挫，便展開政治攻勢，蘇文相帶頭喊起話來。

「別打了，我們繳槍。」班長趙小老是趙老樁的兄弟，原來是蘇文相大隊的人。蘇文相走時，他正生病沒能跟去。蔣振業懷疑趙小老是蘇文相留下的諜報，開除了他。他去找羅欣漢，羅欣漢讓他在警衛大隊當了班長，他聽到蘇文相的聲音，便讓他的部下停止了抵抗。

趁天不亮，余忠帶著勤務兵隨土粱逃跑了。他躲過蔣忠衛的伏擊線，跑回新街，總隊長蔣忠誠集合好隊伍，準備增援老街。當他聽了余忠的報告，暗暗擦了一把汗，慶幸沒上共軍的大當。他僅派出小分隊，在離新街不遠的地方接應零星逃回的散兵。正午，從石洞水埡口傳來了汽車響聲，石房方向也傳來槍聲，看來緬軍從大水塘、諸葛營包包、滾弄等處都調來了援兵。大組長下令撤退。羅欣漢自衛隊的一個連五十多人，陣亡十一人，負傷二十五人，被俘七人；老街群眾死了九人，傷三十多人，房子毀去十之七、八。這個爛攤子還是落到羅欣漢來收拾。新街醫院中躺滿了受傷的軍民，羅欣漢心中的震動太大了，他簡直不敢想像他親家會變成一個殺人魔王。老百姓有何罪過，殺人放火，血洗村寨，比土匪強盜還要兇殘萬倍。他懊悔駐兵大廟，讓共軍用炮火摧毀了這座果敢人民心目中的神聖廟宇。蔣穆良帶著一個排，在南列村外捉到了三個叛徒，他們是侯加昌帶去投敵那一排的戰士。從大水塘請假回家，其中一人是衛生員，剛偷媳婦，要領回家拜堂成親。

蔣再映當面責罵三人是叛徒，衛生員辯解說：「我們是士兵，只好服從命令，並不是我們想跑。」

「呸，教員白白為你們上政治課，你們白吃中國的白米飯啦！」蔣再映不聽蔣穆良帶回交給上級處理的建議，命令就地槍斃，三個大頭兵，就這樣白送了一條命。

南郭姑娘撲在衛生員的屍體上一邊哭泣一邊訴苦道：「我昨天是個姑娘，昨晚做了媳婦，今早便成了寡婦。我的命好苦呀！老天，為何這般對待一個弱女子啊！」

只有一連，沒有任何戰果。他們默默地通過老街往回走，街兩邊是一片廢墟，柱木還在冒著煙。死去的親人身邊，圍滿了一家老幼，大人小孩瞪著無神的淚眼，漠然地看著後撤的人民子弟兵。韓曉人含著淚低下頭不忍多看這幅人間慘象，他聽到全排最小的戰士傅小國低聲抽泣的哭音。

「他爹呀！你不能死呀！你死了，我娘兒五個靠誰餵養？房子燒光，吃的穿的用的一樣不剩，你叫我如何是好！嗚！嗚嗚嗚！」那淒厲的哭叫聲像針一樣刺在人們的心上。全連人加快腳步，趕緊離開這片人間地獄，部隊轉移到印信、芭蕉水，幾天後的晚上對老街戰鬥進行總結，他們圍在排長韓曉人的身旁開會，檢討那天作戰的經驗教訓。在老鄉家的院場裡，微風吹來，白天的酷暑已經消失，上弦月已上得好高，周圍景色朦朧，顯得那麼沉靜。後面的高山隱隱約約，犬牙交錯；前面的壩子望去像一幅畫，樹林、村落、點點火光中傳來犬吠聲。老街方向已是朦朧一片，分不出什麼了。初夏的寧靜溫馨，抹不去戰士心情的沉痛與忿悶。

「同志們，剛才排以上幹部到營部開會，宣布了支隊長給七連的嘉獎令：全連記一次一等功；趙德開排長、趙中強連長各記一次特等功；趙老檣班長記一等功。蔣光政委號召全支隊向七連學習，另外表揚了四連長蔣再映，蔣正祥教導員稱讚蘇副營長指揮得當，全殲敵人一個連，繳獲大小槍支十三支。」韓曉人轉述了會議內容。

「排長，記功不記功沒關係，這種功勞我們不立也罷。蔣政委號召我們學習七連，學習些什麼呢？」副班長尹開壽提問道：「學習他們火燒老百姓的房子嗎？學習他們打死打傷老街群眾幾十人嗎？」

「趙班長，這你就不懂了，讓我替韓排長解釋給你聽。」羅從軍說道：「燒房子嘛，不燒敵人不出屋，房子一燒，敵人在明處，我們在暗處，向打靶子一樣，槍一響就倒人。注意哦！倒人可不分你是兵還是民。至於誤傷老鄉嘛，也有理由，革命群眾怎可收留敵人在屋中，那不是敵我不分，階級立場站不穩嗎？死了活該。」

「老旺，別瞎說。有你這樣總結的嗎？」韓曉人板著臉，沉聲說道：「你只圖說著痛快，考慮後果沒有？」羅老旺雖自改名叫羅從軍，但大夥仍稱他的原名老旺。

「排長，你別怪老旺。誰沒有父母兄弟姐妹？看到一片火燒壩，到處是死去的老鄉，誰的心情好得起來？」羅老修是追隨蘇文相進去受訓的老兵，他語調很沉重。「蘇副營長一直是我敬佩的好長官，他把我領上正路，如今成了一名人民軍隊的戰士，他的恩德我不會忘記。可這次為了立功，對著大廟開炮，把開弔的死者親屬炸死許多。泥人木雕礙他什麼啦？偏要指稱為四舊！我認為信神信鬼是迷信，共產黨是無神論，但不能強迫群眾不信呀！我們果敢百多年來就這麼一座大廟，日本人來不動它，英國人、老緬也不損害它；倒讓我們果敢人自己來毀壞它，這說得過去嗎？我替我的老上級惋惜，他變了，變得不再是以前那個富有正義感，以果敢人民利益為重的熱血青年了。是的，羅欣漢的人住在大廟，他們不對，我們也跟著他錯嗎？那我們與羅欣漢又有什麼分別呢？」

「羅老修，你我都是果敢子弟。果敢人不信邪，為爭一口氣死也不怕，這是我們的優點，可也是我們的弱點。你是第二期受訓的人，我們第一期為此付出了極大的代價，蔣森林連長至今下落不明，郭老安、侯加昌、馬國良以及二十多弟兄投了敵。思想轉變不容易呀！小不忍則亂大謀，憑血氣之勇是要吃虧的。在我們排，除了韓排長，就數我與你的文化水準高，我們在弟兄心目中是有影響力的，可不能給排長添麻煩。你說的我不表態，你是知道的，龍塘戰鬥的功臣可記過什麼功？第一次抓俘虜繳槍的，就在你身旁，是你現在的戰友。我們沒發過半句怨言，為什麼呢？革命這座大熔爐，是鐵是鋼非要煉到出爐才知道。志士仁人，得志兼善天下，不得志獨善其身。你我眼下人微言輕，說話不起作用，還是保留有用之身，今後為果敢人民多作貢獻，這總比馬上被淘汰出局強吧！」趙紹雄班長語重心長，說得全排戰士心平氣和，情緒好轉了。

「羅老修，歡迎你來我們排，讓你這樣有水準的人當戰士，實在委屈你了，你不知道，你到我們排是要任班長的。因趙班長不願去營部炮排當排長，硬要留在我們排，別說當班長，當戰士他都願意，因為我們有個好排長。現在我們排沒有一個文盲，各方面都有很大進步，全排團結一致，比親兄弟還親。你剛來，慢慢就明白了，希望你把你的知識教給大夥。不瞞你說，我們早憋足了勁，要真正做出一番事業，希望寄託在現在座的諸位千里馬身上呢！」九班長余張才自負地誇下海口。

「余班長，你謙虛些好不好？哪有你王婆賣瓜自賣自誇。」韓曉人很欣慰，自己的苦心沒有白費，全排不僅文化水準提高很快，理論水準也不錯。帶著這一班人馬，說話有人聽，做事有人跟。隨著革命形勢的飛速發展，需要一大批德才兼備的幹部，自己能在力所能及的範圍內替支隊長盡點力，一來報答祖國人民給與自己將功折罪的機會，二來也報答彭營長的三次救命之恩。

「不過，我同意羅老修的觀點。一個民族有自己的特殊文化，保有自己民族的傳統。中華民族幾千年來遭遇到無數的挫折磨難，始終屹立在世界的東方，從未亡過國，除了孔夫子的儒教在精神上維繫著民族道統之外，我們有共同的語言文字也是一個重要因素。古代四大文明古國：埃及、巴比倫、印度與中國，只有中國未亡過國。除了別的因素外，共同的語言文字功不可沒。作為一種宗教，除了可以寄託心靈的安寧外，對國家民族也有一種凝聚力。老街大廟在內行宗教家眼中有點不倫不類，其實它融匯了果敢民族的多種心理，把關聖勇武忠義，大慈大悲救苦救難的觀世音菩薩那種志在救眾生於苦海，不分對象一視同仁並具有無上妙法仁愛精神糅合在一起。把文昌、財神、北斗、南斗、甚至地藏土地后土等神仙佛聖供奉在一起，象徵著果敢人民，勤勞樸素、忠厚仁義、和平向上的共同心理。以及祈求幸福富裕、繁榮昌盛的良好願望。這些，已不是迷信兩個字所能摒棄得了的。摧毀大廟，其實是在摧殘果敢的人民。」趙紹雄口似懸河，滔滔不絕的抒發出自己的感觸。

戰士們把目光集中到韓曉人身上，每次這樣的議論，其實是在上一堂知識理論課，各人都可從中悟出不少道理。這些談論，不管是進步的言詞與落後的話語，正確的理論及錯誤的認識，都讓你自行去分辨、理解、篩選、領悟。「人們在塑造神佛，其實在塑造自身。關聖的忠義勇武，不就是人們忠於國家、謀求信奉義氣的人際關係這種良好的願望嗎？不是期盼能抵禦外辱、保護民族家園的愛國情操嗎？觀音的大慈大悲無上妙法，也表現出人們抵抗自然災害及征服自身渺小微弱，嚮往主宰自己命運的崇高理想嗎？人生活在世上，誰不想過上幸福生活，想發財想出人頭地，這有何不妥呢？馬列主義好，但它出現在世界不足一百年，難道以前的志士仁人所追求的，都沒有積極的因素在內嗎？宋朝范仲淹，以天下為己任，『先天下之憂而憂，後天下之樂而樂』的崇高襟懷，跟為人民服務的宗旨不是不謀而合嗎？共產黨為解放人民，犧牲了無數優秀的黨員，國民黨為抗日死了許多國軍將士，兩者有何不同呢？我們看問題，要根據時間、地點、環境、條件等因素來區別對待。世界上佛教、基督教、回教，教義不同。佛教的基本教義為四諦：苦、策、滅、道，認為人生在世，苦海無邊，推其原因是由於人有身、口、鼻、眼、意等方面的欲望，若摒棄這些欲望，讓其修行心志，時時行善不做惡，就能超脫塵世達到無思無欲的心理平衡狀態。基督教的教義認為宇宙萬物都是上帝創造的，上帝是真善美的最高體現者，要人民無條件地敬畏和順從上帝，否則便要受到懲罰。伊斯蘭教（回教）是一神論宗教，以真主的古蘭經為精神和思想源泉。教義號召放棄對偶像的崇拜，信仰獨一無二、至高無上的安拉，提出限制高利貸、買賣公平、善待孤兒、奴隸贖身、實現和平安寧，並指出人的最終歸宿取決於在世間的行為，行善者進入永恆的天國，行惡者進入永恆的地獄。但這三大宗教都有一個共同的特點，那就是勸人為善。不要說當時，即便是現在，勸人向善的提法也不錯呀！所以說炮擊大廟儘管是為了消滅敵人，但總難免貽人詬詞。」韓曉人說道。

按照彭嘉福提出的作戰計畫，是圍點打援，結果援沒打成，打下了老街大廟，全殲守敵。主力部隊沿邊界展開宣傳、組織、武裝群眾的工作，活動在楊龍寨、大新寨、銀匠田、印信、扣塘等村寨；小分隊則分散到公路沿線打埋伏、埋地雷，使緬軍疲於奔命。特別是四連副連長蔣穆良在蒙化箐埡口打毀緬軍一輛軍車，繳獲了幾輛商人的運輸汽車，迫使巴退增派大隊來保護交通線的暢通。這一切，均按趙大組長的計畫在進行。

一九六八年七月二十六日，巴退帶緬軍一個連，配屬羅欣漢一個大隊，拂曉時包圍了大新寨、銀匠田。他得到情報，緬共主力分散在公路邊，銀匠田只住支隊部及警衛連。他連夜從新街出發，計畫打蛇先打頭，一舉圍殲緬共的指揮機構。結果遲了一步，彭嘉升已先走一步去了印信。巴退撲了一空，眉頭一皺又想了一個毒辣的點子：他決定強迫兩寨民眾搬遷，以免靠近中國邊界的村寨成為緬共的庇護所。他要使邊界成為無人區，緬共便無法在當地立足。另有一個因素是：緬共依靠邊界，不便清剿。他能打便打，打不贏退進中方一側，政府軍只能望界興歎，不敢深入中方一步。

字光華帶領三個中隊，負責搬遷村民。緬軍一個連占領大新寨靠邊界的三座小土山，掩護村民轉移。一時間，村民們從夢中醒來，被槍桿子逼著離開自己的家園。有牲口的人家還能多馱走一些物品；貧窮人家只好肩挑背揹，拖兒帶女離開寨子。一路上哭哭啼啼，呼兒喊娘的，情形萬分淒慘。此時，太陽剛剛冒出山來，平日，寨中已是嫋嫋炊煙，主婦們忙著做飯；男人則收拾農具，餵牛放馬等著吃早飯。小孩子大的揹小的，在村中空場上玩耍；老頭子口中含著旱煙袋，迎著紅日閒談。如今飛來橫禍，被迫丟棄一切，赤手空拳到哪兒去重建家園呢？

大新寨有六十多戶村民，銀匠田有三十多家，一百多戶農家老幼，形成了一里多長的人流，緩慢地在壩子中蠕動。過木瓜寨，人流便分散開來，有投靠親戚去的、有到田伙房暫住的，有些吃了上頓沒下頓的赤貧之家，只有硬著頭皮跟到新街，聽候發落。巴退只規定了一條：任何人不得再返回原村，否則殺無赦。趙應發與緬軍留在村中，群眾離家後，便帶著士兵挨家挨戶翻箱倒櫃，搜檢衣物用具。士兵們如狼似虎，把罈罈罐罐打破，醃菜豆腐撒滿一地。雞籠裡捉走老母雞後只剩小雞嘰嘰叫個不停；豬圈裡的豬餓得滿圈奔走。巴退在村中大酒大肉猛吃一餐，到酒足飯飽，太陽已經升得很高。他不敢再耽擱，下令撤退。進村時的一支精兵到離村時槍尖挑著包袱、手裡捉著雞、牽著豬羊，腰纏細軟，從花花綠綠的女人衣服到大紅大紫的被面墊單，從熱水瓶到洋桶，無所不有。這哪像一支軍隊？這一陣折騰，走不了啦，到處響起了爆竹般的槍聲。緬軍只好重返陣地，趕挖工事，準備抵抗。

彭嘉升在印信接到大新寨民兵來報，緬軍配合字光華大隊共三百多人，正在強迫大新寨、銀匠田的群眾搬家。他下令三個主力連隊沿國境線火速趕赴大新寨，阻止敵人的暴行。彭嘉福觀察到控制大新寨的三個高點，只有少數警戒緬軍，大多數緬軍在村中吃飯未出村。他下令一連攻中路，四連攻右翼，七連攻左翼，戰士們同時衝出國界，撲向三個高點，只要占領三個制高點，緬軍便守不住寨子。韓曉人帶領一連三排，一衝出國界便成前三角隊形向中間的高地攻擊，只有在緬軍主力沒有趕回陣地前占領陣地，才能有效地打退敵人的反撲，不然強攻兵力雄厚的緬軍陣地，將造成重大傷亡。接敵途中，陣亡兩名戰士，緬軍的八一迫擊炮彈，不斷地落在衝鋒的隊形中，指導員馬永春也被炮彈炸傷。韓曉人命趙紹雄帶一個班從正面佯攻，他帶領另外兩個班，冒著遭受左翼山頭側射火力夾擊的危險，趁守軍被正面佯攻吸引，無暇他顧的有利時機，一鼓作氣從側面攻上陣地。緬軍只有一個班留在陣地上，看到突然從中國冒出許多部隊，以為是解放軍出國作戰，稍作抵抗便丟下陣地逃跑。韓曉人正要組織追擊，右面緬軍陣地上用機槍封鎖住追擊路線。他發現七連進攻受挫，被敵人阻住。

「趙班長，你帶一個班守住陣地，嚴防敵軍反撲，另外用機槍掩護。我帶兩個班從側後進攻左翼敵陣。」

「韓排長，那是七連的攻擊目標，你去包抄，要提防誤會。」趙紹雄提醒沒有命令不要擅離陣地。

「無法預先報告請示了。七連正面攻擊受阻，被封鎖在開闊地，時間拖得越久，傷亡越大。我們正好趁敵人不注意後方，從後面突上去。你趕快組織火力掩護。」

韓曉人帶領八、九兩個班，掩蔽地順小樹林溜下陣地，在草葉中爬行，到了敵軍左翼陣地的後面。八班長尹開壽帶領全班開始向山頂摸去，韓曉人親自掌握一挺班用機槍，把敵軍火力壓制住，掩護第一梯隊進攻。

「報告，尹班長陣亡。」八班的一名戰士連滾帶爬，來到韓曉人面前。韓曉人吃了一驚。前後不過十分鐘，連續陣亡了正副班長，他真有些難以置信。

「羅老修，你代理八班班長，守住進攻陣地。我馬上帶九班來增援你們。一定要儘快占領敵陣，不然延誤戰機，救不回群眾。」韓曉人握著羅老修的手，鄭重囑咐。

「保證完成任務。謝謝排長對我的信任。」羅老修把機槍交給副射手掌握，馬上跟前來報告的戰士走了。

「九班長，帶領全班跟我來。」韓曉人找到掩蔽在一條土坎後面待命的余張才下令道。

到了半坡，韓曉人發現八班被敵火力壓在一片草地上動彈不得。這時山頭上冒起陣陣火光，彭嘉福親率營部直屬火力排趕到，八二炮、五七炮把敵陣炸成一片火海。陣地上的緬軍沒有修好工事，開始動搖混亂。羅老修趁敵人火力減弱，一聲高呼：「同志們！衝啊！」便端起機槍，一邊射擊一邊衝上山頂。剛接近山頭，一顆流彈飛來，他一頭栽倒在敵陣前。

韓曉人指揮兩個班衝上敵陣，打出一發綠色信號彈。他見敵人已退到山腳，在壩子裡逃竄，不待敵人有喘息之機，帶著兩個班追下去。到了山下，只見遠處塵土飛揚，看不清人影。韓曉人帶隊一陣猛跑，到了近處才發覺是一群放散的黃牛，敵人早被甩到後面去了。韓曉人不熟地形，不管三七二十一，跟著平壩緊走。半小時後，右前出現起伏的小山丘，他便帶著半個多排約二十人爬上最高的山丘。到了丘頂，右下是一條大路，由樹林伸出，路上三三兩兩的緬軍正從樹林中走出來，韓曉人急忙臥倒，只有九班副班長趙老兆抬著班用機槍跟到，其餘戰士還未爬到山頭，兩人後退已來不及，只好就地向敵人射擊。

韓曉人瞄準剛鑽出樹林的緬軍，幾個點射，打得緬軍四散臥倒。敵人估不到緬共軍會來得這麼快，插到了緬軍的後面，截斷了他們的退路。他們以為是字光華的掩護部隊，便揮舞著白毛巾，用緬語大聲聯絡。

韓曉人不知敵人鬼叫什麼，命令趙老兆用機槍對著站著揮舞白毛巾的緬軍官射擊，趙老兆一個點射，敵軍官應聲而倒，其餘緬軍急忙退入林中去了。巴退發現共軍人數不多，且阻住退路便組織一個排緬軍，在兩挺西德式重機槍、一門八一炮的火力掩護下，向共軍陣地進攻。重機槍把山頂上的小橄欖樹打得枝斷葉飛，進攻的緬軍已接近半坡。

韓曉人從腰間掏出四枚圓形手榴彈，對趙老兆說：「準備手榴彈。」緬軍打來的炮彈在四周爆炸，重機槍封鎖的兩人抬不起頭來。韓曉人的心像擂鼓般咚咚直跳，他深悔衝得太猛，到了敵人的腹心。面對兩百多緬軍，自己僅二十人，兵力太單薄，弄不好會全軍覆沒。

忽然他聽到噗嗤一聲響，扭過頭去一看，趙老兆眉心中彈，嘴中正大口向外吐血。一顆手榴彈捏在手裡還未扔出，只要趙老兆手一鬆，手榴彈便會炸響，兩人全都屍骨無存。韓曉人急忙滾到趙老兆身旁，接過手榴彈向山下用力摔去。接著他把已放在地上的四枚手榴彈全扔到緬軍衝鋒隊形中，把衝鋒槍揹到背後，抓過趙老兆的班用機槍，一口氣把一個彈盒打完。趁緬軍沉寂的當兒，幾個後滾翻，翻到山脊後面。傅小國發現韓曉人軍帽、軍服被打穿好幾個孔，急忙拿出急救包，要為韓曉人包紮傷口，找了半天也找不到負傷的地方。他連聲直呼：「好險呀！軍服都被打成蜂窩洞了，還傷不到皮肉。」

韓曉人顧不上喘息，馬上派半個班讓余張才帶去搶占制高點左後的一個小丘，互為犄角，防止緬軍從後面迂回包圍。剩下的一個班，分散開來依託高低不平的地形抗擊緬軍的第二輪衝擊。緬軍衝到山前，均被手榴彈炸退。巴退發現緬共主力已追上來，不再戀戰，順山凹繞過木瓜寨，退向老街。原來緬軍失去兩個陣地，巴退知大勢已去，只得撤退。一連剛出國界，一排便在緬軍炮火下傷亡慘重，二排作為二梯隊，不費吹灰之力便占領中間陣地，被留在陣地上警戒支隊部。四、七連齊頭並進，向失去屏障的緬軍發起攻擊。俗話說：「兵敗如山倒」，一個精銳的緬軍正規連，還配備重炮與重機槍，仍被緬共像追兔子那樣，滿壩子亂跑。重要原因，緬軍均以為中共入侵而不敢頑抗。

蘇文相領著警衛員王朝平，追到戴家寨的溝凹，十多名緬軍正迷失方向，在溝凹裡找路。他用緬語大喊：「繳槍不殺。」同時飛快地衝下溝去。緬軍突遇兇神惡煞似的共軍撲來，乖乖放下武器，把手抱著後腦。蘇文相與通訊員押著俘虜爬回路上，正碰上彭嘉福率領火力排朝前趕路。兩人會合後，蘇文相連呼：「好險，唱了齣空城計。」原來他的全自動小卡柄槍，已不剩子彈，是用空槍指著敵人，使他們舉手投降的。兩人把俘虜派人押回大新寨，繼續帶領趙子光、蕭楚智等人沿大路向前追敵。剛出樹林，便遇上五具緬軍屍體，還有一條條的血漬伸到路右邊的凹地。左前無名高地上，韓曉人帶著人抬著四副用半自動槍套上軍服做成的擔架，慢慢走下山來，整個山坡上都是彈坑，一片橄欖樹光禿禿的。蔣穆良帶著通訊員從木瓜寨返回，報告所有緬軍都已上到老街子那道梁子，新增援的緬軍正在小河對岸挖單兵掩體，布成散兵線。蔣再映派他來請示是否繼續進攻，以及如何進攻？

「你不必再親自回去連隊，派通訊員去通知蔣連長，把部隊撤回大新寨待命。」彭嘉福對蔣穆良說道。

這一仗，緬軍偷雞不成蝕把米，死傷近五十人，被緬共俘虜了二十多人。字光華隨搬家群眾走得快，只有趙應發帶的一個中隊被俘七人，其中包括趙應發在內。營部住在大新寨，三個連分駐村子東、南、西三面的三個山頭，拱衛寨子；支隊部駐銀匠田，俘虜交七連一個排負責看守。部隊去到已無人住的群眾家，天天殺豬宰雞，醃菜、豆豉、柴火都應有盡有。蔣穆良派他的通訊員帶幾名戰士，分頭到群眾家，把老母雞帶小雞用籠子端走，把老母豬及小豬用繩子牽走，把散在田地裡的牛馬找攏，統統交給楊龍寨、黑河的村民代養，講好以後一邊分一半。彭嘉升知道後，誇獎蔣穆良想得遠，有生意頭腦會當家。其他連隊沒一人想到這些，吃完了雞宰豬，宰完豬去山坡上打散牛，用不了多久，銀匠田與大新寨只剩房子，其他一無所有。有的村民偷偷回到寨子，目睹此情此景，抹著眼淚又溜出村去。

趙中強天天給俘虜上政治課，宣傳緬共的俘虜政策。負傷的給予醫治，每五天殺一頭豬，每十天宰一頭黃牛，過了一個月派人把俘虜送到老街，放他們回去。趙應發等七個漢族，準備編入七連。一天趙應發等七個俘虜去池塘洗澡，有人發現趙應發手臂上用墨汁戳著：『反共抗俄』四個黑字。趙中強到營部彙報此事，蘇文相突然想起三、五軍反共游擊隊的新兵，都要在左臂上用針刺上此四字，以示反共抗俄的決心。

趙應發從趙紹雄家逃走，先到東山去找黃大龍，密報四千總家有二十多匹好騾子，願帶路去搶。黃大龍收留了趙應發，但看在土司臉面上，不去動四千總家。後來黃興和接到馬俊國的電報，邀黃大龍下泰國，並派蔣一波上校來接。黃大龍撥出一批年輕人交給二兒子黃興和，隨蔣一波下泰國。他見趙應發機靈，便讓趙應發跟著黃興和下了泰國。蔣振業招兵上果敢，趙應發應徵入伍，馬上提拔為分隊長，趙文華得知後，許諾給他中隊長的職位，並以家鄉人的關係與趙應發聊了天，兩人兄弟相稱。趙應發又跳槽，成了趙文華七營的中隊長。趙應發回到果敢，第一件事便是洗劫他四叔家，並把趙紹雄扣為人質，要借機害死趙紹雄，以免趙紹雄長大後報仇。趙紹雄小心翼翼地服侍趙應發，言語謹慎，行動熱誠，使趙應發找不到藉口。後來趙紹雄通過同學趙紹凱的關係，轉十八營當文書，成天跟著蔣振宇，寸步不離，才算脫離虎口倖免於難。趙應發朝三暮四轉呀轉的，最後當了羅欣漢警衛大隊的副大隊長，娶了個稱心如意的女人。正當他心滿意足不可一世的時候，從座上客變成了階下囚，這是他做夢也料不到的下場。

趙應發隨緬軍夜襲大新寨，字光華吩咐他及早離開，不可跟巴退一路，可惜趙應發賊性不改，夥同緬軍在寨子中搶掠財物，耽誤了時間，結果在路上被從右面迂迴的四連堵住當了俘虜，按照俘虜政策，只要放下武器，一律不打不殺；經教育後，願留隊的留下當兵，不願留隊的發給路費放回家去。但趙應發手臂刺有反動字樣，性質就有了變化，暫時不放他回新街。他還蒙在鼓裡呢！

蘇文相要趙中強在七個俘虜中進行檢查，刺有反動標誌的有幾人。他對趙中強說：「根據三大紀律，八項注意的有關條文，我們尊重放下武器投降之人的人格，不搜腰包，不打不罵，但趙應發是蔣殘匪中的頑固派，我們應把他交給中國去處置。」

「我看不必交給中國。」趙中強動了殺心，「我提議秘密處理掉算啦。趙應發以前的事我們可以不追究，但他這次帶著緬軍偷襲大新寨、銀匠田，把老百姓全部強迫搬遷，以後這些人身無寸瓦，田地耕牛全部喪失，必將流離失所，淪為乞丐。趙應發是這次事件的罪魁禍首，豈能輕饒？」

「趙連長說的有道理。」教導員蔣正祥表態支持。他故作幽默地說道：「這些拒絕改造的死硬反動派，就讓他們帶著花崗岩頭腦去見上帝好啦！留著白吃人民的大米飯。」

蘇文相不願這樣做，他認為作偽的手法太拙劣，明眼人一看就識破是假的。他要在這件事情上立一功，作為他成為緬共產黨員後向組織上獻的一份厚禮。他在送趙中強回連隊的途中，兩人密謀協商後才分手。大新寨一仗，一連犧牲了七人，俘虜一個未抓到。四連抓到七個自衛隊員、十名緬軍。七連抓到十二人，其中有一個緬軍副連長。蘇文相獨自俘虜了十七名緬軍，繳獲槍支十七件。支隊召開慶功祝捷大會，蘇文相榮立特等功，還被授予「孤膽英雄」的稱號。趙中強榮立一等功，蔣再映榮立二等功。一連三排長不服從命令，單獨行動，將功補過。在其他連隊慶功賀喜的歡樂氣氛中，一連在陣地上召開追悼會，陣地下面的一片小樹林中，安埋著七名為緬甸解放事業英勇獻身的革命烈士。小樹林前草坪上，全連官兵肅立在花圈前，脫帽默哀。蔣忠衛連長致悼詞，他聲淚俱下，沉痛感人。「偉大領袖毛主席教導我們說：『成千上萬的烈士，為了人民的利益，在我們前頭英勇犧牲了。我們要踏著他們的血跡，繼承他們的遺志，完成未竟的事業！』」

「同志們！大新寨戰鬥中，我們失去了七位階級弟兄，他們的簡歷如下：尹開壽，十九歲南郭人，任一連三排八班副班長。趙子輝，十九歲南郭人，任一連三排八班副班長。羅老修，二十三歲扣塘人，任八班代理班長。趙老兆，二十五歲決壩人，任三排九班副班長。陳小六，十五歲印信人，任一連三排七班戰士。仇世民，十八歲印信人，一連三排七班戰士。趙光宗，二十八歲崇崗人，一連一排一班戰士。陳小六、仇世民、趙光宗三名戰士在進攻中間敵陣時犧牲。尹開壽、趙子輝、羅老修三名正副班長在協助兄弟連爭奪左側敵陣時犧牲。趙老兆在阻擊敵人時犧牲。我們對七位戰友的不幸陣亡感到無比的痛心，同時也為七名烈士的英勇精神感到十分驕傲。他們是一連的英雄，他們為人民利益而死，重於泰山。我們要學習烈士們忠於緬甸共產黨、忠於緬甸解放事業的無產階級立場；學習戰友們英勇作戰不怕犧牲的英雄主義，學習他們團結友愛，顧全大局，嚴守紀律，熱愛群眾的優良品質。化悲痛為力量，在今後的戰鬥中英勇殺敵，為烈士們報仇！」

開完追悼會回到陣地，戰士們都沉默難言。既為失去了朝夕相處的戰友而傷心，也為未能立功授獎而遺憾，更為上級的偏心而不平。三排二十多人只剩下一半，除了陣亡六人外，受傷的送去猛堆住院去了。他們不守陣地，另外住到寨子裡，等待補充新戰士。

「我們三排攻下兩個緬軍陣地，又阻住逃敵，才使他們像追鴨子那樣抓到許多俘虜。我連傷亡了十多人，給七連撿便宜。結果功是別人立，過由我們背，花是他人戴、蜜也是他人吃；我們是竹籃打水一場空。太不公平！」傅小國一直跟在韓曉人身後，目睹排長在槍林彈雨中的九死一生。僅由於主動協助兄弟連進攻，追錯方向而深入敵後，以致陷入重圍。這種大智大勇的行為，反而落到遭人忌恨的下場，不覺憤憤不平。傅小國今年十三歲，已有兩年軍齡，自父親傅炳忠被打死後，母親因無法養活他兄妹三人，只得改嫁。傅小國受不了繼父虐待，便逃離家庭四處流浪，十一歲那年到趙文華大隊去替趙應發牽一條狼犬，服侍那條畜牲的吃住拉屎撒尿，後來在小定壩丟失了狼犬，只好逃跑。隨後跟趙紹雄進中國受訓，與彭嘉升的大兒子彭德仁成為兩個年紀最小的戰士。他父親打著彭嘉升的旗號，同羅三狼狽為奸，在東山區強攤硬派，死後他母親告訴他，父親是被官家所害死的；傅小國信以為真，才鬧出鐵石坡訴苦大會上的笑話。因為傅小國年紀輕力氣小，行軍打仗均需別人照顧，惹人厭煩，像皮球被人踢來踢去，最後趙紹雄收留了他，讓他跟在韓曉人身邊。

「小國，你別犯自由主義亂放炮，炮口對向自己人也不管。」韓曉人明白評功授獎的政治性很強，樹立的戰鬥英雄要有典型意義。自己是叛國外逃者，評為功臣，豈非滑稽得很？龍塘戰鬥首次抓到兩個緬軍，繳獲兩挺機槍，功勞讓給趙子光。彭木山整編部隊，趙子光被破格提升為火力排長，趙子光曾提出功勞不應歸他個人所有。領導反誇他懂得謙虛，不居功自傲，號召全營向趙子光學習，讓他哭笑不得，心下羞愧難當！

「小國說的是實話嘛！」趙紹雄忍不住為傅小國辯護。若不是我排從背後迂迴，犧牲了羅老修等三人，七連攻的陣地能否打得下還是個未知數呢！再就是你繞到敵後去兩面夾攻，才使緬軍亂了陣腳。不然敵人會從容退走，讓蘇副營長抓個屁的俘虜！不知上級戴的是何種有色眼鏡？」

「大雄，你是班長，說話要有分寸。評功是各連評各連的，怎可歸咎到其他兄弟連隊？果敢人不是常說：『金花銀花大家誇，狗屎蘿蔔自己吹嗎？』哪有自己誇功的。」韓曉人不願戰士們為評功之事影響到與其他連隊的團結，阻止大夥不再多提那些不愉快的往事。

正說著話，蔣忠衛派通訊員通知韓曉人到營部開會。韓曉人背上衝鋒槍，繫好上彈帶，隨來人去營部。營部住在大新寨唯一的磚木結構的四合院，這所宅院是蔣忠衛老叔的住所，他老叔被土匪槍殺在家中，全家人只剩一個男孩，這個男孩當時正在臘戍外婆家，得以保全性命。從此，房子被視為凶宅，散置了十多年，無人敢住在裡面，只有原來的老僕，逢年過節進去清掃上香。平日村民有事經過屋前，均低頭急步而走，怕冤魂禍害。門前站雙崗，營部所有幹戰均全副武裝，見了去開會的人也板著個黑臉，神情間緊張而神秘。韓曉人感到氣氛異於平常，心中想：發生什麼特別事件啦？

二排長姜正良用手肘拐拐韓曉人，小聲問道：「奇怪，這麼多幹部來開會，連一聲咳嗽都聽不到響，莫非又有人嘩變，拖走隊伍投敵去了麼？」

「我正犯疑呢！營部的人個個拉長老臉，好像別人欠了錢不還他們似的。一定有情況！」

「管他娘的，我們快進會議室吧。」姜正良緊走幾步，跨上去正廳的石階，朝前走進了客廳。

會議室裡連排以上的幹部來了不少，惟獨不見蘇文相、趙中強、趙德開三人。開會的人圍著臨時拼湊起來的長條桌坐著，一聲不響地抽煙。屋內煙霧彌漫，韓曉人不會抽煙，走進大廳便被嗆得連連咳嗽。

「一連的人都來齊了嗎？」教導員蔣正祥問道。

「報告教導員，指導員及一排長負傷後送到猛堆醫院還未歸隊。」蔣忠衛站起身來回答。

「坐下吧，會議馬上就將開始。」蔣正祥說完派他的警衛員打開窗戶。窗戶一打開，煙霧迅速飄出屋外，屋內空氣頓時清新了許多。韓曉人如釋重負，深深吸口氣。

「啪啪啪……」寨子下面的溝凹裡，連續傳來陣陣槍聲。開會幹部不由自主，紛紛起身，湧到窗前去看發生了什麼事！蔣正祥穩當坐著不動，要大家回到原位，「你們不必緊張，七連正在處決嘩變的俘虜。」

教導員的話給參加會議的幹部心中留下許多疑問，屋子裡再也平靜不下來，連排幹部交頭接耳，互相詢問是怎麼一回事，剛補充進連隊就嘩變，實在令人費解。就在人們胡猜亂想的時候，蘇文相、趙中強、趙德開進來了，三人臉上的表情既興奮又殘酷。

「彭營長今天身體不舒服，不來主持會議了。」蔣正祥的黑胖臉上滿是油光，宣布會議開始：「同志們！今天臨時找大家來，是向大家通報一件破獲重大暴動案的消息，犯罪團夥已被處決。這個政治事件說明，階級敵人不僅從外部來策動嘩變，同時還混入革命隊伍的內部來搞暴動嘩變。我們的有些同志和平麻痺思想十分濃重，不注意部隊的防奸防諜工作。這些同志只看到抬槍的敵人，不抬槍的內奸看不到，自己人頭落地了也不知道原因。這次嘩變陰謀，比第一期出國時郭老安之流的嘩變，性質更為嚴重，他們要動手殺人了。通過這次活生生的事例，應在幹戰頭腦中敲敲警鐘，告訴我們的同志：埋頭睡大覺要掉腦袋的。現在由蘇副營長介紹這次事件的真相。」

「同志們！事情是這樣的：大新寨一仗，除緬軍俘虜外，還俘虜了字光華大隊的副大隊長趙應發等七個自衛隊官兵。緬軍經過教育，已全部放回新街，敵人散布人民軍隊槍殺俘虜的謠言不攻自破。」蘇文相站在會議桌前，慢聲細語，態度沉靜溫和，與戰場上的橫眉怒目，殺氣騰騰判若兩人。「七個被俘的自衛隊員都是果敢人，經過教育，一致要求加入我們隊伍，將功折罪。趙連長把他們的請求反應到支隊部，蔣政委同意接受他們的革命要求，補充到七連。誰知這股反動團夥在七連開展反革命串聯活動，他們通過老街被俘人員趙小老的關係，拉攏班長趙老椿。趙班長假意與他們來往，以便瞭解他們的陰謀。趙應發得知趙班長被策動成功，十分高興，動員趙班長把他的一班戰士拉到新街，他擔保破格提拔趙班長為自衛隊副連長。趙應發計畫於昨夜打死趙中強連長、趙德開排長，奪走四〇火箭筒、六〇炮，脅迫七連守陣地的一個排投敵。當然，他們的一切陰謀詭計破產了。」

蘇文相說到這裡，由趙中強接著講述破獲反革命暴動案的詳細經過。趙中強是這次破案的主角，得意地站起身來，講起話如行雲流水，滔滔不絕：「同志們！偉大領袖毛主席早就告誡我們，千萬不要忘記階級鬥爭。敵人的暴動陰謀一開始就被蘇副營長覺察到了，他指示我們放長線釣大魚，布置一個圈套讓他們自己來鑽。可惜羅欣漢沒有被鉤住，他沒派兵來接應。七個人中，除王國正、趙三兩人年紀小不懂事，家又住在果敢外，其餘五人都是蔣殘匪派來的特務。這五名特務人員的左臂刺有『反共抗俄』四個血字，胸部刺有國民黨的十二角星，罪證確鑿，剛才已報請蔣光政委批准，就地槍決。」

「剛才大家聽到的就是槍斃五人的槍聲。為避免誤會，各連回駐地向戰士們講明情況，並組織戰士們進行討論，特別要強調反間防特的紀律，提高保密觀念，嚴防內外敵人的破壞活動。」指導員布置任務後，又強調指出：「此次破獲反革命暴動案，蘇副營長、趙連長、趙德開同志、趙老椿同志，以高度的革命警惕性和機智勇敢的鬥爭手段，為部隊除了大害，為我們做出了很好的榜樣。我代表營黨委，要向支隊黨委正式為四位除奸英雄請功！」

散會後，蔣忠衛召集班以上幹部到連部傳達教導員的指示，並親自布置各班進行學習討論。蔣忠衛剛傳達完畢，正副班長便七嘴八舌地談論開來。

「反革命暴動案？這麼嚴重！以後抓到俘虜一個不要留。」「這夥人真大膽，剛補進連隊就搞策反，不是自我暴露了嗎？原來不是打仗時跑不掉，而是有意被俘的。」「蔣殘匪的特務太狗屎啦！既然意圖混入革命隊伍，裝成老百姓不就行啦！何必要在戰場上偽裝投降？」「這夥特務腦筋有問題，不但在手臂上刺反動口號，還要在胸前刺上反動徽章，生怕別人不知他們是來搞間諜工作似的，簡直是自找死路！」

「趙班長，恭喜你大仇得報！趙應發不發瘋，妄圖搞暴動，便是革命同志了。那時你要報仇，上級也不會同意。現在好啦！他自己找死，用不著你親自動手。」

「羅班長，你說錯了。」趙紹雄不願讓別人把他看成是公報私仇的小人，所以反駁剛提升為班長的羅從軍道：「趙應發同我是族兄弟，寧可他不仁，不可我不義。他的為人我清楚，聰明精靈得很。當了俘虜不幾天就搞策反，跟他平日的為人之道不相符。我看是刺在身上的那幾個字要了他的命！他剛娶了個小寡婦，他捨得來冒險嗎？」

韓曉人怕趙紹雄說出更難聽的話，與蘇文相唱反調，忙用手肘暗中碰他一下，制止他再說下去。開完會，趙紹雄單獨與韓曉人一路，他不解地問：「難道我說的不對嗎？我並非單指趙應發一人而言。毛主席語錄裡不是寫得清清楚楚，為何應用時就走樣了？俘虜政策不應當因人而異呀！跟共產黨鬥了幾十年的國民黨戰犯，不但一個不殺，現在大多已釋放出獄，要回臺灣的也允許他們回去。趙應發等五人，就因參加反共游擊隊而槍斃，不是太過分了嗎？」

「大雄，不但你不理解，我也有疑問呀！我生在舊社會，長在新中國。從小受黨的教育培養，我打心眼裡擁護共產黨的領導。中國共產黨領導全國人民，把中國從半封建、半殖民地的社會地位中拯救了出來，中國人民從此站立起來，揚眉吐氣，我也深感自豪！可是一到個人問題，情形便完全變了；別的人總是把我當成外星人，不容於地球。黨的政策一到具體執行的人手中，便被歪曲。有的領導為一己私心，上瞞下欺，以致黨的光輝被蒙上一層陰影。趙應發的事，彭營長不明確表態，我認為他一定不贊成那幾位積極份子用別人鮮血來染紅頂戴的卑鄙做法。教導員是緬族，巴不得果敢人鬥自己人。」

「那你為何要阻止我揭穿他們的真面目呢？」

「很多的事你知道就悶在心裡算啦！人的知識素養不同，有的可講真話，大家爭論個正確的結論，有的人只能說謊，否則準給你捅出婁子來。你以為趙大組長、蔣政委他們不明白這是蘇副營長、趙連長他們邀功的動機嗎？套一句政治名詞；這是革命的積極性，不能潑冷水。不論他們的做法如何卑劣，動機總是好的，討好中國，給部隊改編為緬甸人民軍獻上一份厚禮嘛！」

「難道為求功名富貴，就不須講道義，就不擇手段嗎？」

「你不要空自激憤了。你我處境相同，改造的力度比工農份子大而艱巨，還是少犯自由主義，當心被小爬蟲抓著辮子，拿去祭旗！」韓曉人再次提醒趙紹雄少發牢騷。

「祭什麼旗？」趙紹雄懵住了，驚奇地問道。

「天機不可洩漏，且聽下回分解吧！」韓曉人賣了個關子，還是趕緊回你班去傳達會議精神，領著全班討論吧！記住在戰士們面前說話要有分寸，不得再亂放炮，按上級意圖組織討論，以反特除奸為主。

「當然囉，見人說人話，見鬼學鬼叫，在社會上混來混去，別的學不到，世故倒蠻精的。」

「你別狗咬呂洞賓，不識好人心。誰又教你裝虛偽啦？」韓曉人被將了一軍，哭笑不得。是呀！違心的話是難出口。

「算小弟說錯，仁兄請原諒吧！」趙紹雄雙拳一抱，對著韓曉人拱了兩拱，裝個鬼臉，轉身返回班上。

羅欣漢趕回新街，詳細瞭解老街大廟一仗的來龍去脈，余忠丟下中隊逃走，被撤銷中隊長的職務，調到臘戌軍校受訓。蔣正海躲在大廟群眾寄放的棺材裡裝死人，僥倖逃了一命，被提升為連級參謀。羅欣漢親去老街安置群眾，發放救濟。之後匆匆趕去臘戌主持軍校開學典禮，忙了一個多月，方才有了頭緒，誰知大新寨戰鬥的消息又傳到。不到兩個月，他的自衛隊損失了兩個中隊。羅欣漢只得放下軍校的事，再次趕回新街。

「巴退少校，受驚了！緬共的氣焰越來越囂張，是得認真對付！不知營長對今後戰局有何打算？」羅欣漢憋著一肚子火氣，前去探望大敗而歸的緬軍三十九營營長。

「羅欣漢先生，大新寨之戰，緬共已裝備了重炮，中國大軍也出國作戰，所以我們無法打勝。這些問題，我已向上級報告；上級指示我們遠離邊界，確保交通線，先守住硔掌、大水塘、新街三個據點，其餘問題等候上峰統籌安排。現在請你回來，主要問題是解決移民來到新街的群眾安置事項。」巴退開門見山道出主題。

「請問營長，是誰替您出的主意，搬遷兩寨民眾？」

「上次在大水塘開會後，蔣振業先生、陶教官找我閒談。陶教官講到日本對付八路軍的方法，就是採用隔離方法，把老百姓搬遷到治安村。這樣八路軍如魚離水，便生存不下去了。他建議我把核桃林、紅石頭河、小爐場幾個邊界村寨的群眾搬走。我沒採納他的建議，因緬共已不在西山區，此次我採納陶教官的提議，準備搬遷壩區邊界一線的村民。誰知困難重重，現在住在新街民眾家的大新寨、銀匠田村民，天天來要吃要穿，弄得我毫無辦法，只好借重你的大才了。」

「營長，日本侵華軍隊的三光政策，雖然殘酷，其實只起到為淵驅魚，為叢驅雀的作用，把民眾推到八路軍一邊。果敢是緬甸的國土，果敢人民是政府的子民。政府軍守土有責，決不能放棄一寸國土給緬共叛黨。緬共住到民眾家裡，剛開始時，民眾可能被共黨的花言巧語所迷惑，但時間一久，緬共的猙獰面目一定會暴露出來，到那時民眾就會群起而攻之，成為政府軍的支持者。如今一搬遷，村民們離開田土住屋，失去一切財產，叫他們如何生活呢？俗話說：『故土難遷』，難在土地房屋搬不走。有錢人丟了田土房屋可以再置買，窮人家一日三餐不繼，哪有能力重建家園啊！」羅欣漢為流離失所的民眾申訴，語言沉痛，說得巴退聳然心動，暗悔自己行事孟浪。

「謝謝你提醒我，不致再誤信人言。但如今事已至此，懊悔無益，還是想法解決眼下的燃眉之急吧！」

「營長是否讓兩寨民眾返回大新寨、銀匠田？省得久住新街，增加政府負擔！」羅欣漢提出建議。

「不行啦！大新寨、銀匠田已被緬共洗劫一空，什麼都不剩下了。放他們回去，他們也不願回去。」

「有這種事？緬共不是標榜不拿群眾一針一線嗎？」

「那是宣傳，豈能當真。搬到新街的民眾中，有人偷偷回去過，結果失望地又回來了。他們回到家中，雞豬沒有了、牛馬也被牽走、連柴火都被住在村寨中的共軍燒完了，桌凳門窗也當柴燒，只剩一堆房架子。」巴退解釋道。

「天意呀！這是果敢人民的浩劫。彭嘉升勾引緬共，給果敢人民造成多大的災難！」羅欣漢感歎道。

「好啦！羅先生，安置難民的問題，你有何高見？」

「巴退少校，目前正是青黃不接的季節，糧食問題請政府發給半年之數，以後的安置交給我辦好了，決不會再找政府麻煩。」羅欣漢拍胸保證，這倒使巴退鬆了一口氣。

羅欣漢敢於承諾安置難民的重任，因他已思得一策，他打算讓這些無家可歸的民眾，到公路以西的鴉片煙山去種植鴉片，一切吃用、工具種子，全由他投資，種出鴉片來與煙民平分。這樣一來，難民解決了生活困難，他又可以廉價收購鴉片，一舉兩得。羅欣漢一時心血來潮想出這應急的方法，竟醞釀了另一次果敢人民的大搬遷，使果敢人民分散到了緬甸各地。歷史上戰爭往往造成民族的大遷移，從當時來說，往往使無數民眾家破人亡，流離失所。但從後來的民族融和、文化傳播來衡量，每一次搬遷融和，都起到了文明進步的作用，這對國家的強盛，功勞巨大。所以，秦始皇的修馳道，隋煬帝的開運河，動用的民力財力，是當時的經濟能力所不能承受的。結果秦朝只活了十五歲，隋朝存在三十七年；秦始皇、隋煬帝也成了歷史上的暴君，為後人所詬。可是秦始皇的修馳道，定疆域，奠定了中華的國土；隋煬帝的運河把把南北的文化經濟像紐帶一樣連接起來。正所謂千秋功罪，且留給後世評說！以大視小，果敢這彈丸之地，也逃不出這歷史的規律。這一搬家，果敢人不再夜郎自大，眼界大開。滾弄至新街的公路把東山區一分為二。新街出來，公路通過石洞水埡口，經大石缸壩、長街壩、爬坡到麻栗樹埡口，然後在懸崖峭壁間盤旋而下，到牛坪子壩為第一級。牛坪子壩再繞山崖降至平箐壩為第二級。此後山坡較緩，到南島河算第三級。之後便順戶板小江向西，一邊是河，另一邊是山腳，通過南湖街便到滾弄。滾弄街位於怒江東岸緊鄰江邊的狹長丘陵地帶，自來就是果敢對外的重鎮。渡江向西去木邦、臘戌和江外各地。渡過南定河去戶邦、卡佤山等少數民族區域。因氣候炎熱，瘴癘太大，除土著夷人外，漢人只在旱季才敢由山頭天氣涼爽處下去滾弄經商暫住。一入雨季便得趕快離開，否則不死也得病脫一層皮。

一九四一年中國趕修滇緬鐵路，不到一年，工人病死數百人，使滾弄二字聽而生畏。日軍進駐滾弄，全街毀於戰火，殘破不堪。戰後土司官家重劃地基給人民各自修建店鋪，短短幾年便超過以前的繁華。由於公路早已修通，加上醫療衛生各方面的改進，漢人已可長期在滾弄居住，其他少數民族反而被擠出滾弄，搬到山邊水尾去了。凡由臘戌運貨上果敢及進卡佤山，滾弄是必經之地，因而店鋪林立，商業繁榮，每天騾馬進出滾弄川流不息。怒江兩岸背貨的苦力，就有上百人。他們收入可觀，但卻過著吹賭嫖娼的浪人生活，每天辛辛苦苦勞累一日，第二天醒來又身無分文。這種種原因，從一九四五年到一九六五年二十年中，造成了滾弄的畸形繁榮。中國援建的大橋通車後，苦力被淘汰，車輛直接往來，滾弄才冷清下來。反是南湖比較熱鬧，來往卡佤山的商旅都要在此過渡。從六十年代政府收果敢土司權力後，在滾弄怒江西岸江槽建立永久性軍營，順江的山頭上構築炮兵陣地。接著又在東岸修建政府機關、醫院、學校、使滾弄成為控制果敢及卡佤山的重要據點。滾弄背靠高聳的大山，由西向東，分別是忙卡後山藤篾棚後山，大明山、白泥塘山、小地林山、龍塘後山。各山的南北兩側均為峭壁，只有少數埡口可供人上下。北面有兩條山菁，從忙卡壩順沿到牛坪子壩，低一級是平箐壩。南面是南定河河槽，時寬時窄，一直到南島河。

在忙卡壩以北，也有一條東西向的山峰，高高低低，一直伸到公路線的石洞水埡口。山峰中段有一個寨子叫大旺地，住有蘇姓十餘家，皆為一個高祖所傳下來的分支。蘇文相的父親蘇聯榮，幼入中國昌寧縣，後在果敢開辦道士開弔的處所習藝，一度以此為業，為喪家開弔念經，超度亡魂。一九四二年日軍入緬，進犯果敢，土司公署組織自衛隊抗戰，蘇聯榮立即改業投戎。土司委他為東山區自衛隊長，駐防大旺地附近各山頭，先後與日軍接火數次，盡到了保境安民之責。日本投降後，果敢自衛隊復員，蘇聯榮因功被委為東山龍塘戶千總，以示酬賞。龍塘戶轄兩山一菁，本是土匪出沒之地，治安紊亂之區。蘇聯榮接位後，剿撫兼施，終使盜匪斂跡，上下滾弄的商旅得以安全通行。

蘇聯榮生三子：長子蘇文龍，次子蘇文虎，畢業於仰光大學地質系，幼子蘇文相，小學畢業即隨長兄當兵。蘇文相長相異於常人，鼻子由額頭平平直下，兩眼之間稍細而不凹陷，鼻尖內勾，既是大象鼻，又是鷹勾鼻。方臉直口，好似一口棺材，有人戲稱謂其父正替人開弔時得此子。蘇文相幼有勇力，極富膽略。當兵後被蔣振聲看中，送入一九六四年正月在硔掌開辦的幹教隊受訓，半年後畢業便破格提拔為分隊長。六月蔣振聲為充實武裝力量，亟需補充彈械，特派六弟蔣振動以副總指揮名義率兵二百餘名，配屬蔣文楚大隊護送一批果敢煙土南下。一九六五年二月，蔣文楚大隊長率隊安全返回果敢，蘇文相與蔣振動留泰未返。後蔣振業出資招兵北上果敢，蘇文相以副中隊身分隨同返回果敢。

蘇文相對陶大剛極為崇拜，以弟子之禮師事之。他在興旺區的戰鬥中表現出色，除學得許多軍事知識外，也得到實戰經驗，加上本身悍勇善戰，成了年輕一輩的佼佼者。但他不安於現狀，熱心功名，又易受新思想的吸引。最初服膺三民主義，反對封建土司制度；後又信仰共產主義，成為緬共的一員悍將。

蘇文相的家人為他聘印信一名叫仇大珍的年輕女子為妻，等他由泰國回來成親。仇大珍長得一副好模樣，鵝蛋粉臉，一雙水汪汪的長眼，配上櫻桃小嘴；高挑身材，酥胸高聳，嫵媚中不失英豪之氣。不論容貌、德行、才識，在東山均為百中挑一。她與蘇文相匹配，正如小說裡所稱道的：才子佳人，英雄配美女。蘇文相回到果敢後，拒絕馬上成婚，頗有匈奴未滅，何以成家的大丈夫氣概。兩人雖有往來，卻是嫁娶無期。仇大珍非常讚賞未婚夫婿的雄心壯志，深幸所託得人，在家安心地等待蘇文相功成名就，花轎來迎。她深居簡出，終日忙於操持家務，服侍老人照顧幼小，謝絕青年男子的來訪。蘇文相私心竊喜，認為是難得的賢內助。一九六八年蘇文相的老父病故，當時蘇文相正在中國受訓，聞凶訊只仰天大哭三聲，即節哀向學，勤讀毛選，受到教員讚許。蘇文相對友人稱：此身既已許國，忠孝不能兩全，只有移孝盡忠，不容再以家庭父母妻女為念。倒是仇大珍不避嫌疑，以子婦之禮極盡哀悼之意。

俗話說得好：「物以類聚，人以群分。」仇大珍與紅石頭河的蔣瑞芝在新街相遇，兩人一見如故，便結為姐妹。蔣瑞芝同趙映花作姊妹，連環相結，仇大珍也稱趙映花為姊妹。但仇大珍不滿趙映花的為人，很少往來，蔣瑞芝一死，仇大珍更不理睬趙映花了。大新寨一仗，趙應發被俘，趙映花厚著臉皮去印信哀求仇大珍，請她找蘇文相求情，放回趙應發。仇大珍由於同情心驅使，大著膽子到大新寨找到蘇文相。蘇文相滿口應承，說明人民軍隊的俘虜政策。趙映花至此方吃了一粒定心丸，不再擔心。誰知蘇文相變卦，以暴動罪槍斃了趙應發。趙映花聞訊，趕到大新寨為趙應發收屍厚葬。這一來，仇大珍反而不好意思起來，自認有負所託，經常去新街安慰趙映花。趙映花看破世情，心情大變，她變賣趙應發的家產，搬到臘戍，吃起長齋。

大新寨一仗，蘇文相威名遠播，支隊宣傳隊專門派人採訪英雄，編成快板在節目中表演。打快板的宣傳隊隊員名字叫蘇毓紅，是支隊部警衛連連長蘇定的大女兒。蘇毓紅與許多像她一樣年紀的少男少女，追隨父母在中國受軍訓後回到緬甸，有的在醫療隊，有的在宣傳隊，有的在報務組掌握無線電臺。男孩子大一點的參加作戰部隊，為解放緬甸而戰。到果敢的宣傳隊指導員是四川人，名叫黃文蘭。黃文蘭與許多嫁給緬共派到中國學習的黨員那樣，一直不知道丈夫是緬甸人。黃文蘭婚後，丈夫回緬甸，到中央根據地勃固山區工作。年輕的她一直獨守空閨，每月都接到丈夫從保密軍工廠寄來的生活費。直到一九六七年下半年，她突然接到通知，從工作單位調到成都某軍事單位受軍訓，結業後便分到果敢，負責宣傳隊的政治思想工作。直到這時，她方知道丈夫是緬甸共產黨的黨員，已在勃固山中央根據地的一次反掃蕩戰鬥中光榮犧牲。黃文蘭十幾年獨守空閨，到頭來等了一場空。她有一個十二歲的小女兒，留在四川。她獨自離開老家，來到一個陌生的異國山區，僅僅是為了一場錯誤的婚姻。她並不愛丈夫，那是組織上動員她嫁給一個比她大十多歲的少數民族領導幹部。理由很簡單，那個領導幹部看上了她的青春美貌。結婚僅半年，小女兒還未出世，丈夫便被調走，如今她已年過三十。黃文蘭的個人遭遇雖然不幸，但作為一名黨員，她必須服從黨的安排。她出國了，由中共黨員變成緬共黨員，從中國人變成了緬甸人。

宣傳隊樂隊陣容很整齊，每名樂師都有很高的音樂造詣，他們都是諾相的老兵。只有五名演員是姑娘，模樣倒也長得不錯，很有吸引男性的魅力，最小的辛梅英只有十三歲，天真活潑，一切都感覺得天真好玩。革命對她來說，還是不易弄明白的字眼。其餘四名少女，都是十七、八歲，正是鮮花盛開的季節。慶功大會上，宣傳隊五個姑娘唱歌跳舞，讓老兵哥看得眼都直了。蘇毓紅出場了，她左右手各握竹板，一上來便劈裡啪啦敲打得悅耳動聽，博得陣陣掌聲。蘇毓紅長得矮矮胖胖，蘋果般紅通通的俏臉上，大眼睛看得人低下頭來才甘休。美中不足是嘴巴大了點，下巴微微上翹，給人的印象是剛烈了些。不等掌聲停息，她明快剛勁的口腔裡吐出讚揚英雄的快板來：

「說英雄，道英雄，人民軍隊出英雄。孤膽營長蘇文相，戰場殺敵威名揚。六月十五月兒高，村民們勞累一天入夢鄉。敵人偷襲出營盤，二百多緬軍躡手躡腳往前趕。趁著拂曉摸進莊，逼著村民拋家鄉。男挑女扛，鋪蓋盤纏，拖兒帶女向外方。老鄉滿腹淚辛酸，槍刺逼著怒不敢。村民前腳離開家門檻，獸兵進家倒櫃又翻箱。衣物打包扛在肩，女人紗籠也往頭上遮太陽。牛馬豬羊成群趕，追得貓上屋頂狗跳牆。我軍得知消息已天亮，跑步趕到把敵殲。一鼓作氣攻下三據點，打得敵人哭爹又喊娘。蘇副營長衝在前，槍林彈雨只等閒。胸前寶書紅光閃，腦中主席教導永不忘。滿懷階級恨，誓把頑敵殲；子彈已打完，指敵是空槍。大義凜然敵前站，猶如天神下塵凡。敵人舉手喊投降，俘虜緬軍一大串。單槍匹馬俘強敵，英雄美名天下傳。」

快板書一說完，戰士們齊聲誇好。蘇文相心中得意極了，口中卻連稱過獎。他興奮地抬頭望去，蘇毓紅那雙好看的大眼睛正脈脈含情地盯著他，臉上似笑非笑，宜喜宜嗔。蘇文相心中如電流通過，渾身發顫，一種從未經歷過的旖旎之念，驀然升起，他情不自禁地多看了她幾眼，方才低下頭去。看來愛神之箭已射中兩人的心，一見鍾情的感覺，大約就指這種愛情的類型吧！回到銀匠田支隊部，蘇毓紅心中若有所失。別人說些什麼話她都聽不見；手托下巴，呆呆的望著窗外的藍天。她人像漂浮的白雲，在晴空中漂移，沒個定處。

「殷姐，你快看蘇姐，像個小老太婆，不聲不響地坐著不動。」辛梅英拉著殷昆生，躡手躡腳繞到蘇毓紅背後一聲高喊：「呔！」嚇得蘇毓紅幾乎從凳子上摔倒地上。殷昆生趕忙扶住蘇毓紅，不讓她倒地；辛梅英則樂得拍手大笑，開心極了！殷坤生也止不住地想笑。

「你們倆個騷蹄子，想死嗎？」蘇毓紅從遐想中清醒過來，一面用手拍著胸口，一面開口罵起人來。

「殷姐，蘇姐在想戰鬥英雄呢！」辛梅英年紀小，不懂事，有什麼就說出來。她把白天蘇毓紅與蘇文相眉目傳情的情景，似模似樣地模仿出來；羞得蘇毓紅滿臉通紅，追著辛梅英，威脅她再說，要撕破她的嘴。辛梅英圍著殷昆生打轉，連聲討饒。蘇毓紅追得氣喘心跳，辛梅英則像小鳥般輕快地跳來跳去，像玩捉迷藏遊戲，快樂得很。

「小不點，快不要亂說了，出去玩吧！」殷昆生怕蘇毓紅惱羞成怒，忙喝止辛梅英，不讓她再多說。

「好，我不揭你們的老底了，但你們要給我吃糖果，否則我不依。」辛梅英這個小鬼靈精，乘機要脅道。

「什麼？我為何要給你糖？早上你到我掛包裡翻糖吃，還沒找你算帳呢！你又發啥瘋？」殷昆生問道。

「哼！當我是木頭，不知你們的鬼八卦？」辛梅英一邊退向門口，找好逃跑的退路，一面說道：「殷姐的愛人是一連的，我今天見到了。好英俊呦，又高又大像個門神。」

「小不點，忘了剛才是誰護你的。殷姐若不幫你，早讓蘇姐把你撕成八大塊。你又在亂嚼舌頭啦！」

「誰叫你們一個也不給我糖果吃，我找趙班長告狀去！」

「小死鬼！你胡說八道些什麼？你給我站住。」殷昆生一跺腳，嚇得辛梅英一溜煙奔出門外，邊跑邊嘻嘻笑個不停。她只顧低頭跑，一頭撞進一個大人的懷裡。

「小辛，你跑去哪裡？誰惹你啦？」那人愛憐地摸著辛梅英的頭，低下身子問她。辛梅英是個孤兒，父親在中央根據地戰死，母親傷心過度也病故了。她小小年紀，便吵著為父親報仇，為母親雪恨，出國來了。

「馬叔叔，馬叔叔回來啦！」辛梅英認出是馬永春，高興得大叫大嚷。殷昆生與蘇毓紅以為又是辛梅英惡作劇，想騙她倆出去，便不加理睬。直到馬永春走近門口，問她倆說：「怎麼啦？見了馬叔叔也不打招呼？」她倆才又驚又喜地迎上前去，一人抱住馬永春一隻手臂，親熱地說道：「馬叔好！馬叔的傷好了沒有？想死我們啦！」

馬敏、金群英、黃文蘭、殷明、陳大邦等宣傳隊的人全跑出茅屋來，圍著馬永春問長問短，極其親熱。銀匠田的群眾被迫遷到新街，整個寨子都空了下來。支隊部、訪問組、警衛連、分散住在全村的空屋中。晚上辛梅英活動了一整天，早已累得倒頭大睡，夢中還在喃喃自語，動手踢腳。殷昆生替她蓋好毛毯，笑著對蘇毓紅說道：「還是小不點好，成天嘻嘻哈哈，無憂無慮，哪像我們成天政治、政治，都快成機器人了。」

「殷姐。」五人中殷昆生年紀最大，長蘇毓紅一歲，過年後便滿十八歲了。「馬叔說的並不全是政治。趙紹雄雖然與你挺相配，才貌雙全，在連隊很進步，但他家是果敢有數的大地主。他出身不好，對你的前途恐有妨礙，馬叔是為你好，你不要誤會他。你是團支部書記，人人都以你為學習的榜樣，你與出身不好的人戀愛，政治上恐通不過。蔣政委首先就要反對。」蘇毓紅與殷昆生情同姐妹，兩人之間無話不談。殷昆生看中趙紹雄，還是蘇毓紅從中打氣，替兩人傳信。其實兩人信中都是互相鼓勵的政治術語，並未涉及情愛，但在一個少女的感情上，普通男朋友是不願與之通信的。

「毓紅，你還小，不懂愛情的滋味。」殷昆生像個老大姐，向小妹妹傳授戀愛經。「我看大雄不僅人長得帥，思想挺進步呢！不然以一個富家子弟，怎會加入到人民軍隊中。另外他文化程度高，中緬文都懂，在果敢這些野人中，他可是鶴立雞群卓然不同。偏生家裡是土司的千總，唉！真叫我左右為難呀！」

「殷姐，趙紹雄確實不錯。你可以多幫助他，要求進步；只要能爭取入黨，以後提幹，馬叔叔就不會反對你們來往了。」蘇毓紅不忍看殷昆生苦惱，便幫她出謀劃策。

「馬叔的意思是讓我同蔣再映多接近。也真是的，人又不是工具，拿感情作政治交易，好噁心喔！」

「殷姐，你可不能再在別人面前說這種話，當心挨批評。」蘇毓紅說著打開窗戶，向外仔細察看，當心有人偷聽。

「你別大驚小怪。這不是貴州，街坊鄰居你防我我疑你的。我倒喜歡果敢人直爽，有話直說，不搞陰謀詭計。」殷昆生很欣賞蘇毓紅的精明。也難怪，無產階級文化大革命一來，人人都成了驚弓之鳥。在中共的政治環境中生活過來的人，思想都夠左的。說假話成風，要找能說真心話的朋友，難上加難。如今來到緬甸，這邊是初期革命，過來的人都鬆了一口氣，不必再提心吊膽，不是得了神經衰弱，就是嚇成了心臟病。殷昆生看到蘇毓紅謹慎小心的行動，不以為然，覺得她還未調整好心理平衡，仍是那樣大驚小怪，謹小慎微。

「不搞陰謀詭計？那是你少見多怪！」蘇毓紅神秘兮兮地靠近殷昆生，小聲說道：「二排長姜正良來反應韓曉人與趙紹雄，指稱趙紹雄認為槍斃趙應發等人是趙中強想立功，謊報暴動之事。韓曉人聽了也不向上級報告，有意包庇趙紹雄，兩人狼狽為奸，肯定有陰謀。」

「啊！大雄也真是的，這種話能亂講嗎？」殷昆生擔心個郎安危，急忙打聽道：「後來怎樣了？」

「蔣政委也不多批評，只叫馬叔多做他倆的思想工作，幫助他們進步。說民主革命時期，要求不必太高。」

「真的嗎？蔣政委對大雄挺關心的。」殷昆生打消愁意，十分驚喜。「政委又是怎樣說韓曉人呢？要批評了吧！」

「蔣政委說韓曉人雖然從中國叛逃出來，但在中國未犯大的錯誤。到果敢後沒有染上其他政治色彩，在連隊表現良好，很受戰士們擁戴。他在打邦永龍塘、大新寨戰鬥中十分勇敢，但因身分特殊，趙大組長指示不要過分表揚，以免影響不好。」蘇毓紅把無意中聽到的祕密和盤托出。她想不到緬甸情況也不簡單，跟中國一樣。

「好！真謝謝你的好消息啦！大雄對韓曉人言聽計從，我說話中對韓曉人稍有不敬，大雄便板起臉跟我爭得面紅耳赤，我是第一次見他發那麼大的火，氣得我真想與他絕交算啦。」提起趙紹雄，殷昆生又愛又恨。「哼，誰稀罕啦？下次大雄再對我發脾氣，我真不睬他了！」

「他敢對殷姐發火？真反了天了！明天我幫你找他興師問罪，一定要他向殷姐賠禮道歉。」蘇毓紅裝得一本正經，大有興師問罪之態。心中卻在暗笑殷昆生嘴上說得強硬，到見了面，說話慢聲細語，一副討好的模樣。也難怪殷昆生癡情，不要說在緬甸，就算在中國，趙紹雄也可稱得上是美男子。果不其然，殷昆生一聽蘇毓紅要替自己出氣，找趙紹雄評理，急了。

「不忙，先不必忙著責怪他。大雄也並未生多大的氣，他只不滿我對韓曉人有成見。我認為韓曉人為人也不壞，不是嗎？蔣政委都這麼說了，誰還敢說不是？」

「我說嘛！趙紹雄吃了熊心豹子膽！他對殷姐巴結都來不及，敢發火？」蘇毓紅貌似忠厚，心裡卻小氣！她自己也有本難念的經，要向殷昆生請教求援，所以立即送上頂高帽，讓殷昆生舒服，好為自己當軍師。

「小鬼頭，學會奉承人啦！說正經的，小不點說你與蘇副營長眉來眼去，快從實招來，到底有無此事？」殷昆生果然聽得順耳，笑著把矛頭轉向蘇毓紅身上。

「不來啦！殷姐也信辛梅英的話，夥著來取笑我。」蘇毓紅不好意思起來，紅著臉低下頭，身子晃來搖去，一副嬌羞的模樣。可她心裡甜絲絲的，巴不得向全世界公開她的初戀，讓所有的人分享她的喜悅與幸福。

殷昆生目睹蘇毓紅的神態，心中吃驚，「這小鬼頭步上自己的後塵，戀愛上了。」她裝作不再理睬的樣子，兩臂向後一挺，打個哈欠，帶著倦容說道：「不說就不說，夜已深了，還是快睡覺吧！明天還要下連隊呢。」

「嗯，殷姐自己的事情滿意了，就忘記我這個大媒人啦。我不依！」蘇毓紅慌張起來，自己的心事要不吐出來，今晚就別想睡安穩覺，肯定會睜著雙眼到天亮。所以便撒起賴，纏著殷昆生，不讓她上床。

「誰說不理你啦？是你不願說嘛。我不是你肚子裡的蛔蟲，怎知你的心事，你這不是惡人先告狀嗎？」

「算我說錯，好不好？殷姐你一直關心著我們四人，小妹我記在心上，以後有機會定當報答。我沒有親姐姐，你就是我的親姐姐。我有什麼問題，只有找你幫助解決。」蘇毓紅忙著奉承殷昆生，逗她高興了，才轉入正題：「殷姐，你覺得蘇副營長這個人還不錯吧！」

「蘇副營長是戰鬥英雄，緬共預備黨員，思想進步快，政治覺悟高。將來必定前程遠大，成為八面威風的將軍。你已用快板歌頌過他，這還用得著再問殷姐嗎？」

「不是這些，我是問……是問……」蘇毓紅不知如何啟口，平時口齒伶俐的她，不覺在說話時打了咯噔①。

「哦，我明白啦！蘇小姐是問他帥不帥，是嗎？蘇副營長年輕英俊，長得瀟灑風流，讓我的小妹妹動心了，所以坐也坐不住，睡也睡不著，日夜思念夢中的情人。」

「呦，你找死喔！」蘇毓紅正聽得入耳，心中美滋滋的。忽然聽到殷昆生揭穿了自己的心事，羞得無地自容，便用手不停的敲打殷昆生的前胸，一副小女兒的嬌憨狀。

「蘇副營長救命！蘇太太要謀財害命了！」殷昆生躲開蘇毓紅粉拳，裝瘋作傻，半真半假地開起玩笑。

「救誰的命？誰要謀財害命啦？」辛梅英被吵醒，一頭爬起來坐著，睡眼模糊地發問道。

「沒你的事。你在做噩夢吧？誰又說什麼來著啦？」殷昆生忙服侍辛梅英重新躺下，口中不停地安慰著，抽空扭頭向蘇毓紅伸了伸舌頭，扮了個鬼臉。「什麼也別再說了，時間真的不早，睡吧，明天又見面了，何必空想。」

蘇毓紅讓殷昆生知道了自己的心事，目的已達，至於下步如何進行，盡可慢慢再設法，所以便吹熄煤油燈，準備入睡。但她躺在床上翻來覆去睡不著，眼前全是蘇文相的身影在晃來晃去，像走馬燈似的。她賭氣輕手輕腳爬下床，摸黑走到窗前，推開窗戶，只見滿天星斗，明明暗暗，大大小小，在夜空中閃閃爍爍。秋夜星空涼似水，蘇毓紅的頭腦經夜風一吹，格外清醒。北斗七星像一把湯匙，排在頭頂，遙指北極星。她面對橫空出世的銀河系，按照學校地理老師指給看的位置，找到了牽牛、織女兩顆星星，「我是織女，蘇副營長就是牽牛郎！」蘇毓紅沉浸在遐想世界中，不覺輕輕哼了起來：「你耕田來我織布，我挑水來你澆園。你我好比鴛鴦鳥……」

「毓紅，你怎還不睡？都半夜了，明天還要陪馬叔到營部採訪，親見你的戰鬥英雄。快別胡思亂想啦。你放心，我倆是死黨，殷姐定助你達到目的，讓英雄投向美女懷抱，總行了吧？」殷昆生哈欠連天，勸慰道。

蘇毓紅長歎一聲，無可奈何地關上窗戶，滿懷對未來幸福的憧憬，走回床位。躺在床上，她又在想像次日與蘇文相見面時的情景。蘇毓紅就這樣東想西想，一夜未睡好，直到東方發白，方才酣然入夢。早飯後，馬永春帶著殷昆生、蘇毓紅、辛梅英從支隊部到營部，馬永春是歸隊，殷昆生三人是深入部隊搞採訪。馬敏、金群英沒有跟去，她倆與黃文蘭另有任務，今天去慰問傷患。銀匠田與大新寨之間隔著一個畚箕似的凹地，三面高，一個缺口處有一條小河。小河平時沒水，只有雨季才有水從南傘方向流出來。凹地被開墾成梯田，行人來往只需十分鐘。馬永春一行到營部，蔣正祥緊握馬永春的雙手，熱情地詢問他傷口痊癒狀況，兩人一起商討了馬永春今後的工作問題。殷昆生她們則直接去了蘇文相的住處。

「歡迎宣傳隊的同志深入基層。可惜環境艱苦，沒有好東西招待客人。」蘇文相見到三人很高興，吩咐警衛員王朝平泡上一杯清茶，把仇大珍帶來的糖果、瓜子硬往三人衣袋裡塞。辛梅英高興極了，嘴裡手裡袋裡都塞滿了。

「蘇副營長太客氣了！我們幾個新兵是來向部隊學習的，請首長多批評指教。」殷昆生大方得體地應付著，適時地把話題引向慶功會的演出上，「小蘇的快板詞編得如何，有沒有說漏的地方？如有問題，請首長指出，我們回去再進行加工修改，為練快板，小蘇下了大功夫呦！」

「說得很好，只是我感到很慚愧，為革命作了小小的貢獻，黨和人民就給了我那麼大的榮譽。」蘇文相謙虛地應酬道：「蘇毓紅同志的表演令人大開眼界。雙手同時打兩個快板已不容易，何況還要配合動作、說話，真絕！」

「請首長叫我毓紅好了。謝謝首長誇獎。」蘇毓紅聽蘇文相一聲同志，把雙方的關係扯遠便忙著聲明。

「好，我馬上改正，就稱你毓紅。但你們首長長首長短的，不也顯得生分嗎？」蘇文相精明得很，立即改口，把同蘇毓紅之間的距離，因稱呼的改變而一下子拉近。

「毓紅稱呼首長的名字沒啥關係，我可不行。馬叔會批評我不尊重首長，對首長沒禮貌。」殷昆生打蛇隨棍上，極力撮合兩蘇。「毓紅對您十分崇拜，巴不得整天跟在您身邊工作。她對我說：『可惜我是個女人，不然跟在文相身邊當個貼身警衛員，一起上戰場殺敵立功。』」

「殷姐。」蘇毓紅大吃一驚，殷昆生胡說八道，亂編排一通，她不禁又羞又急，忙出聲制止道：「看你胡扯些什麼？也不怕文相笑話我，認為我是個賤女人呢！」

「我哪裡會笑話你！」蘇文相聽到殷昆生替蘇毓紅表白了心事，心中甜甜地受用無窮。「革命隊伍中的男女同志都是兄弟姐妹嘛！地位平等，僅僅分工不同而已，戰勝敵人，只靠槍桿子是不行的，筆桿子同樣重要。打仗的兵到處都有，而要筆桿子的秀才就不容易物色。若叫我提筆做文章，那可是要我的老命，我雖念過幾本書，比起你們中學畢業出來，談文學不啻是班門弄斧，貽笑大方。」

「蘇副營長別謙虛了，誰不知道您文武雙全，是員風流儒將。毓紅自視甚高，可也被您的風度吸引住，成天魂不守舍，夢中還在喊著文相二字，她不愧是您的紅粉知己。今天我把我這個最親的妹子交給您指教指教。」「小殷，你跟不跟馬叔去一連走走？」正談得入港，馬永春來催殷昆生到連隊去，說好蘇毓紅與蘇文相單獨相處，聯絡雙方感情。能籠絡住蘇文相，可是釣了條大魚，對緬共控制果敢這支武裝大有好處。

「蘇副營長，我同辛梅英送馬叔回一連，你與毓紅多談談，我們回銀匠田時再來叫人一起走。」

「殷姐，我們一塊去吧！」蘇毓紅一聽要她單獨留下，心裡蹦蹦直跳，急得申明要同走，不敢獨對情人。

「蘇副營長又不是老虎，會把你吃掉？」殷昆生調侃道。說話時用眼色暗示蘇毓紅要善於利用機會行事。「你應多向蘇副營長瞭解連隊的好人好事，這對你這個女作家的創作有利無弊。肚子吃不飽，提起筆來搜腸刮肚，咬著筆桿數椽子的滋味還受不夠嗎？」

「哦！毓紅正在搞創作？好呀！有啥想問的儘管問，只要我知道的，定坦誠相告。」蘇文相誠心挽留。

「那我就留在營部等你們回來再叫我好了。」蘇毓紅見個郎給她下臺階，便順水推舟，答應留下。

「請蘇副營長費心照看我們宣傳隊的才女，多向她提供創作的素材，多寫出幾個反應部隊生活的好節目。」殷昆生當著馬永春的面，官腔十足，一副公事公辦的樣子。

「毓紅，屋子裡悶熱，是不是到屋外走走？」蘇文相等殷昆生等人走遠，嫌營部人多嘴雜，談話不方便，提議到外面去單獨交談，好一訴衷腸。

「客隨主便。我既然到了你這裡，一切聽你安排。」蘇毓紅低著頭，輕聲回答，她與殷昆生是兩種類型的少女。殷昆生潑辣尖刻，自視甚高，一般人不在眼下。蘇毓紅文靜內向，性情隨和，只要有殷昆生在場，她樂得縮在後面，一切由殷昆生做主，其實蘇毓紅是很有主見的。

兩人順寨中小路往高處信步而行。寨右有個小平臺，環境幽靜、綠樹成蔭，中間蓋有幾間洋瓦房，這裡原是大新寨的漢文小學。學校對面的尖包上有個廟房，供著山神及土地的靈牌。每逢大年小節，全村人均在此集中敬神供廟。如今人去屋空，更顯得寂靜，地上滿是落葉，微風吹來，樹枝颯颯作響。教室內桌椅原封未動，黑板上寫著的粉筆字清晰入目，但滿目淒涼，塵埃在桌椅上積得厚厚一層。警衛員為兩人抹去塵土，便識趣地走到山神廟所在林中，讓蘇文相與蘇毓紅留在教室裡交談。

「毓紅，你是在中國出生的吧？一口國語講得很好，發音也很純正。」蘇文相首先打破沉默，開始摸底。

「我在貴陽出生，我父親是同諾相一起進中國的。我母親原在南坎醫院當護士長，諾相進中國時，把南坎的政府公務員全部帶走，一開始住保山，後來不斷有人離開部隊逃回緬甸，我們便轉到昆明，最後定居貴州。那人生地不熟，語言也不通，想回國也無路可走，我父母均是下緬甸克倫族人，被派在南坎工作。我有個哥哥蘇包包，在江西部隊做報務員，還有個妹妹蘇彩華在軍校受訓，我母親在醫療隊，父親在警衛連。」

「全家都是革命軍人，可說是革命家庭了。你們是何時入伍受訓的？」蘇文相好奇的詢問。

「跟諾相進中國的人，大多與中國姑娘結婚，對外保密，不說是緬甸人。去年七月份，所有的諾相老兵都被通知到貴陽集中，他們的家屬也都由山區農村轉到部隊，大人受軍訓，小孩由公家送入學校。這些婦女此時才明白丈夫是緬甸人。我父母都是知識份子，沒有下放農村，就在貴陽工作。我去年上高中一年級，被迫停學，到部隊文工團學文藝表演，今年五月便分配到果敢宣傳隊。」

「你很幸福，從小便在中國接受毛澤東思想的教育。我們在緬甸，像無頭的蒼蠅，東碰西撞，黑燈瞎火地摸索革命道路，尋找真理。走了不少彎路，遭遇各種挫折，終於找到了緬共領導，才算走上了正路。」蘇文相感慨萬千，談了自己二十五年來的艱苦歷程。「我家住大旺地，大哥在羅欣漢那裡任參謀長，站在反動立場與人民為敵。二哥在仰光上大學。弟兄三人，有幹革命的，有作反動派的，有中間派的，比起你的革命家庭差遠了。幸好父親今年初去世，母親被大哥接到臘戌養老，使我無牽無掛，一心幹革命。果敢人不但有兄弟反目各為其主的，甚至有父子成仇，在戰場上拼個你死我活的。你說可笑不？」

「革命與反革命的界限，並不能以親屬關係來劃線。龍生九子各不相同，你大可不必為此傷感。聽說你去過泰國，那可是個花花世界。你在那裡可有……可有什麼親戚朋友？」蘇毓紅吞吞吐吐不好啟口。她巴不得蘇文相只認識自己一個人，沒有別的女朋友。

「泰國是個金錢世界，富人的天堂，窮人的地獄。完全是資本主義那一套腐朽墮落的剝削制度。我在泰國邊界地區受軍訓，只到清邁去玩過一次。根本沒有親人住在泰國，也沒有合得來的朋友。有幾個狗肉朋友，全變成了爛人，壞到流油，我早跟他們割席斷交，沒來往啦！」

「聽說你家裡早替你訂了親，那姑娘不錯吧？」女人十個有九個善妒，提到此事，心裡便酸溜溜的。

「那是我下泰國後，老人們按封建習俗幹的好事。」蘇文相想到仇大珍，心下也感歉然。他硬著頭皮說道：「我現在已是革命隊伍的一名幹部，當然不會再受封建婚姻的束縛，我打算寫信給女方解除婚約。戰爭時代，那容多考慮個人問題，如今革命八字還沒有寫好一撇呢！」

蘇毓紅一聽蘇文相要寫信退婚，心中大喜，但又聽他說暫時不考慮個人問題，又是一驚。自己的一番心意，這一來豈非要付之東流。她忙解釋道：「戰爭時期，固然不能像和平環境那樣安定，但經過戰火考驗的友情更難能可貴。戰爭中開出的愛情之花更紅更堅實，永不凋謝。」

「是呀！我第一次看見宣傳隊女兵，才發現人與人之間的差距太大。你們小小年紀已在為解放全人類的革命事業而奮鬥，有的人則只懂得吃喝玩樂，醉生夢死，真比豬狗不如呀！」蘇文相一旦接受共產主義，思想便十分偏激，一切事物都變了樣，所以他才會愛上蘇毓紅。與其說他是愛上蘇毓紅這個人，倒不如說他是愛上了一種新觀念。不然的話，仇大珍不論在人品做作，為人處事，都比蘇毓紅強，一般來說，他只會選擇仇大珍而不會愛上蘇毓紅。愛情這兩個字，在不同的人中有不同的觀念。蘇文相已經走火入魔，把政治生命看得高於一切，才會導致用共產主義的價值觀來品評世界，把蘇毓紅看得比仇大珍好上十倍。情人眼裡出西施，恐怕也基於此吧！

「我也有同感。在學校裡空談理想，那種不可一世的狂妄看法，比起你們在戰火中出生入死地拼殺，顯得幼稚而無聊。我自從投身實際鬥爭，跟你們相處三個多月，感覺跨越了幾個世紀，把過去的一切統統拋棄，進入了一種全新的世界，變成了一個扎扎實實活著的人。過去對革命、對戰爭的觀念，只從文學作品，從電影戲劇中得來。對英雄的崇拜，對敵人的鄙視，成了必然的想法。實際生活並非如此，一個活生生的人突然中止了性命，不論是好人壞人，都有愛著他的親戚朋友。趙應發罪有應得，他媳婦抱著他的屍體哭得死去活來，革命戰友倒在戰場上，他的敵人卻毫無哀憐之心。這與文藝作品中的情節是多麼的不符。」蘇毓紅與其說是在跟蘇文相談情說愛，不如說是在共同探討人生的價值。蘇毓紅愛上蘇文相這種類型的人，同樣讓人難以置信。社會主義中國的少女，對英雄的崇拜已根深蒂固，英雄已被渲染得成了神。他沒有七情六欲，永遠正氣凜然，他不顧父母兄妹，沒有個人愛好，有的只是滿腔熱血，隨時聽從黨的召喚。他們視死如歸，捨身炸碉堡，飛身堵槍眼。他們只想著去死，好像活著對他們是一種奢侈的享受。現實中難道真是如此嗎？電影中，兩軍相遇，所謂好人一方戰勝了，全場觀眾歡聲雷動，所謂壞人一方占了便宜，人們便為好人一方惋惜、傷感，甚至流下了感動的熱淚。現實生活中又如何呢？果敢民眾心目中，死的都是自己人，所以蘇文相雖是英雄，他與蘇毓紅以往想像中的英雄差了十萬八千里，她才發覺英雄也是凡人，世界上的神只是人類編造來欺哄自己的。有了英雄，犯了錯誤的人，受了挫折的人，嘗到失敗的人，便沒有寬恕自己的理由。沒有英雄，便失去了模仿的偶像，也失去了嚮往的目標。蘇毓紅能愛上蘇文相，使少女的虛榮心得到了滿足。他們兩人與其說是心靈的交融，倒不如說是理想的彙聚。

政治信仰與宗教信仰不同：政治信仰有階級性，宗教信仰是普遍的。政治信仰不排斥人的七情六欲，不論你的信仰如何，總有一套使你信服的理論；資本主義強調私有制的神聖，鼓吹人權的平等，人性的自由，你能說他不對嗎？共產主義宣導公有制，放棄個人服從整體，進而把私有制視為萬惡的根源，提出必須使用暴力來推翻私有制，實現世界大同，人們不分國家、民族、種族、膚色，共同生活在快樂的伊甸園。這兩種截然不同的想法，同時激勵著無數優秀青年為不同的理想拋頭顱、灑熱血。誰錯誰對全視你的角度來衡量了。一種主義並非從天上掉下來的，而是有其根源的。戰爭中投降這種方式，是結束戰爭的一種手段，東西方對這種行為有著明顯的不同觀念：西方人在戰爭中盡到責任，繼續抵抗只是徒勞的浪費生命，有所謂光榮的投降，第二次世界大戰英雄將領被日軍俘虜，戰後從集中營釋放後還是被授予獎章，理由是指揮官為保全部下的生命，避免了無謂的死亡，國家感謝你，人民理解你，戰爭一結束，你可以體面地返國並受到凱旋式的歡迎。東方國家則不同，孔孟之道統治了中國幾千年，忠君愛國，夷漢之辨早已深入社會各個階層，早已根植於人民的頭腦中。殺身成仁、捨身取義成了做人的標準，並以此來評判歷史人物的忠奸。投降被視為恥辱的事，為社會所不容。共產黨更把這一信條發揮到了登峰造極的地步，共產黨的信條是馬列主義，他的原始理論是馬克思主義，到了列寧又加上階級專政，變成了鬥爭哲學。這一來反把馬克思主義的一些合理內核拋棄了，使人談虎色變，視共產主義為洪水猛獸。而對那些宣傳並發揚馬克思主義中具有溫和內容的人，自稱左派的共產黨員指摘是修正主義，採取殘酷打擊，無情鬥爭的方法，既清算思想，亦消滅肉體。手段之毒辣，規模之廣泛，無不令西方世界驚駭莫名。他們實在無能力去想像這種黨內鬥爭的真實意圖，只好歸之於宮廷政變，爭權奪利，獨裁專制，暴力行為等名目。其實這好比一棵大樹，按不同的要求被砍去多餘的枝幹一樣，不管這枝幹是大是小，一根枝幹被砍，原來枝幹上的一切均失去依附，哪能生存，只好同時消亡。

這些大題目，對參加革命越久，入黨年限越長的人更為明顯地要遭遇到，而對蘇文相、蘇毓紅等初入門的受業弟子，那是遠遠的將來才能碰到的題目。目前他們正飽含滿腔的激情，把愛情同革命有機地集合在一塊，既可得到愛情的滋潤，使青春煥發出光彩，也可投身於革命浪潮中接受戰火的洗禮，經風雨見世面。比起溫室裡鮮花，他倆是伴隨著狂風暴雨一起成長的，可能夭折，也可能茁壯。無論如何，總比庸俗過一生的糊塗蟲，他們的生命有意義多了，不是嗎？蘇文相與蘇毓紅的戀愛方式，比花前月下賈寶玉、林黛玉哥哥妹妹的肉麻、無病呻吟強多了。你看他們談得多和諧，既使就在這大自然的懷抱中溫存，效仿亞當夏娃的偷嘗禁果，也沒啥了不得的，這才是享受生活、享受愛情的。明天，那是個未知數，說不定一顆無情的子彈結束一個年輕的生命，但這並不妨礙青年男女把握現實、編織美夢的正當享樂呀！難怪中國的讀書人有「朝聞道，夕死可矣！」的格言。愛情同樣如此，既有朝夕相處、夫唱婦隨的平民式婚姻；也有兩心相印，又何必朝朝暮暮，柏拉圖式的精神戀愛。時間在歡快的交談中飛速流逝，太陽西偏，村中各班排都在燒菜做飯，炊煙四起，但已不復牛馬回村、雞鳴狗吠，大人吆喝、小孩嬉鬧的山村景象，營部來人請蘇文相等人回去吃晚飯，兩人相視一笑，走出教室回村。

在營部，殷昆生早已等得不耐煩，她與趙紹雄見面而不能暢談。兩人之間似乎隔著一條鴻溝，怎麼談也談不攏。這也難怪，他們倆來自不同的世界，殷昆生得潑辣性格，男子氣概，在在都使趙紹雄畏縮不前，真使殷昆生恨得牙咬咬，卻又無可奈何。更重要的不同在於，趙紹雄與蘇文相家庭環境相似，兩人的遭遇卻不同。蘇文相自小一帆風順，父兄為他安排好一切，他接觸了資本主義社會的陰暗面，耳聞目睹到人世間的不平等。特別是反政府叛軍中的勾心鬥角、爾虞我詐、爭權奪利、草菅人命，他年輕的心靈中受著極大的震動，一旦接觸到共產主義的一套宣傳，以人民利益為重，為無產階級打天下，消滅一切人剝削人的社會制度等等，無一不引起他的共鳴，所以蘇文相的偏激便不足為奇。趙紹雄則不同，他在臘戌中山中學讀書，老師都是大陸派來的左派人士，灌輸的是：「沒有共產黨就沒有新中國，共產黨一心為窮人，共產黨領導人民推翻三座大山：帝國主義、封建主義、官僚資本主義。解放軍是人民的軍隊，靠小米加步槍打敗了武裝到牙齒的國民黨八百萬正規軍，抗美援朝保家衛國，打敗了頭號帝國主義美國。」特別是教員講戰鬥英雄董存瑞、國際主義戰士黃繼光的悲壯事蹟，聽得趙紹雄熱血沸騰。趙紹雄心目中，偉大的社會主義祖國，一切都完美無缺，是人們理想中的人間天堂。這些光明的印象，深深刻在了莘莘學子的腦海中，吸引著海外青年回國報效，參加建設幸福大廈的美好心願。可是一踏進國門，一切都與想像中的完全不同：貧窮落後的邊疆生活，人際關係的冷漠猜忌，自大狹隘、無知狂妄的言談。政治巨人經濟矮子的國情，這一切無不使趙紹雄心中的觀感來了個一百八十度的大轉變，明朗的晴空罩上了烏雲，美好的形象被現實所粉碎，不要說比西方先進國家，比起泰緬這些東南亞小國，也有不如的地方，他當然失望極了。海外的左派中文教育，其成功之處在於此，其失敗之處也在於此。若置身海外，鏡中看畫，風光無限好；但若返回大陸，投身現實生活，才發覺大陸仍是一窮二白的封閉社會。人民心目中自以為過的是幸福生活，而西方國家的勞動人民處身於水深火熱的悲慘境地，在饑寒交迫中受盡剝削壓迫；他們望眼欲穿的等待社會主義陣營中的階級兄弟來拯救他們脫離苦海。殊不知本身的處境才是真正的可憐。

趙紹雄參加革命，進入中國受訓，以為找到了真理，開始為正義而戰。光明的前景已為他展現出來，他可以大幹一番，實現自己報效祖國的夙願。但階級鬥爭、兩憶三查、言論沒有自由、動輒得罪權貴。蔣森林的被逐、被殺，消息已由羅林醉後失言暴露，不是死於敵人之手而是亡於戰友槍下。韓曉人被迫逃離國境，結果仍然落入如來佛的手掌，終身背著叛國的罪名不能自拔。彭氏兄弟形同木偶，一切自有他人牽線，他能無動於衷嗎？

蘇文相用資本主義社會的陰暗面去對照社會主義社會的光明之處；趙紹雄用社會主義社會存在的陰暗面去對照他理想中的完美世界，所以兩人的觀感正好相反，其實兩人都失之偏激，看不到全面的中國。趙紹雄的幻想破滅，在失望與惶惑中，韓曉人讓他擺正自己的位置，理智地面對現實；殷昆生給他帶來了溫情，心中的憤世嫉俗有所緩和。說實話吧，殷昆生人生得蠻好的，高挑的個子，苗條的身材，高鼻、小嘴、尖下巴，那雙柳眉細眼令人不敢正視，整個給人的感覺是高傲尊貴，但對趙紹雄而言，冰雪已消融，面前的她顯得像隻溫順的小羊，寧靜地依偎在你身旁，令你情不自禁願去親近撫摸，去保護，去溫暖它。

趙紹雄與殷昆生的相識相戀，時間短暫而偶然，合了一句俗語：「不是寃家不聚頭。」宣傳隊到連隊演出，殷昆生得一副金嗓子，風靡了全體幹戰，大夥兒十分欣羨，都想與她親近，但殷昆生貌美如花，對人卻冷若冰霜，一副凜然不容侵犯的模樣。這好比一盆冷水迎頭澆下，大家對她的熱情被潑熄，不免冷言冷語刺她兩句。每當殷昆生出場演唱，不再有熱烈的掌聲，代之而來的是喝倒彩，氣得她真想大哭一場。無意之中，她發現只有兩人對她的態度不變，即不冷也不熱。一個是牛高馬大的趙紹雄，既有一副電影明星的英俊面孔，又有運動健將的強健體魄，另一個是清秀文雅的韓曉人，瘦削的面龐上配著小眼小鼻小嘴，唯一例外的是一頭濃髮烏黑油亮，白晳的臉上偏長著圓圓的絡腮鬍子，像極了西方的流浪漢，他倆對殷昆生不驚不羨，聽她唱歌時心不在焉，只在她唱完謝幕時隨大眾禮貌性地拍幾下巴掌，顯得很有教養，又滿不在乎的樣子。

「怪呦，是兩段木頭！」殷昆生對兩人的第一印象是兩人的不近人情，但當戰士起哄喝倒彩時，趙紹雄卻第一個站起身來制止；演出結束告別，又連聲為戰士的無理取鬧道歉。殷昆生心中十分感謝，當一雙大手握住她的柔嫩的手時，一股溫暖的熱力透過手心傳來，殷昆生不自覺地用力應合，這倒使趙紹雄吃了一驚，忙笑著鬆手說：「看妳弱不禁風的樣子，手勁倒挺大的，真是人不可貌相。」

「我不用力反抗，我的手便要被你那雙鐵鉗捏碎囉。」殷昆生勇敢地抬起頭，正視對方大眼，既是挑戰也有和解之意。「老兵哥並非均是粗魯漢子呀！」她心中說道。

「哦，握慣了鋼槍的手，勁是大了點。對不起，握痛了沒有？要不要替妳搓揉一下？」趙紹雄面對那雙鳳眼一點不畏縮。兩人較上了勁，直視對方，猜讀對方的心思。

「謝謝！盛情心領，只是以後別再把我當作一支槍。我是人，經不起大力士的考驗。」殷昆生語氣不輕，可臉上帶著笑意，使你無法得知她是嗔是歡，是喜是怒。

「照啊！女人的表情應是溫柔可親，但妳在臺上的神態可不敢恭維，像女強人，又像……又像女暴君。」趙紹雄這個浪子玩世不恭，竟在相識不久便大開玩笑，調侃起殷昆生來。言下含有批評勸告之意，使妳自悟。

「哦，我還自認為自己挺溫柔的，誰知在別人眼中，我變成了蠻不講理的女妖精！那你怕不怕？當心我吃了你！」

「哈哈！」趙紹雄開心地大笑起來，「我是專捉妖精的齊天大聖，降妖擒魔的本領大著呢！來妖通名，本大聖不捉無名之妖。黃毛小妖快快躲開，逃命去吧！」

「齊天大聖？怎麼？你是說你是……你是一隻大猴子囉！」

「是該自己打嘴巴，讓妳抓到痛處。其實嘛……」趙紹雄故意停頓了一下，「猴子是很瘦的，只高不胖。我充其量只能裝扮，如來佛殿前的四大天王。孫悟空恐怕只能請妳充任了，既然有男大聖，也應有女大聖的。」

「哈哈哈哈，殷姐，妳平常只會欺負我們姐妹，今天可是棋逢對手，沒轍了吧？」蘇毓紅笑得前俯後仰，乘機將軍。「我看趙班長當豬八戒吧，讓殷姐管著你才行。」

「該死，你把我比作猴子，我不依！」殷昆生又羞又喜，雙手不停地捶著趙紹雄堅實的胸膛，耍起賴來。

「妳這不是冤枉好人嗎？讓大家評評理，是我先提起猴子兩個字，還是妳自己承認的，還好意思怪別人。」趙紹雄得理不饒人，但他怕開玩笑過火對方下不了臺，趕快轉變口氣：「好了，算我老豬說錯。女菩薩，豬八戒這廂有禮了！」說時單手立在胸前，打了個問訊的手式。

趙紹雄滑稽表情與誇張的動作，又把大夥逗笑了。殷昆生羞不可抑，用手掩著嘴，也只好跟著笑了。

「貧嘴！把戲臺上的臺詞也搬來用上了。我看你不如來我們宣傳隊來當導演，可以儘量發揮你出洋相的專長呢！」殷昆生反唇相譏，但氣勢上顯得辭不從心了。

「豬八戒到了女兒國，那可大大不妙！你們餵得起嗎？劉姥姥進大觀園，她曾說：老劉、老劉，食量大如牛。我老趙、老趙，頓頓要吃大米，雜糧我是不要的。」趙紹雄開自己的玩笑，逗得辛梅英用雙手捧腹，直喊心口痛。

聰明人開自己的玩笑，逗別人歡樂，蠢人以別人的缺陷作笑料，惹人怨恨。趙紹雄一番插科打諢，把剛才演出時的不愉快打消了。宣傳隊高高興興地返回支隊部，一路上還大吃殷昆生的豆腐，非要把她和趙紹雄拉扯在一起不可。

「趙紹雄真有趣！個子高高的，同殷姐倒也挺相配的。」辛梅英童言無忌，說出了姐妹們共同的觀感。

「小不點，想死呀！亂嚼舌頭小心殷姐不疼妳啦！」殷昆生被說中心事，少女羞澀心逼使她誇口起來。

「我沒說錯啥呀！你們倆都比別人高，難道不是嗎？」辛梅英奇怪殷姐何以會誇口起來。

「小不點，殷姐吃了火藥，氣大著呢！妳別招惹她。」蘇毓紅看到殷昆生與趙紹雄的親熱勁，心上酸酸的，也不好受，話中帶刺道：「殷姐今天太高興了，我擔心她晚上睡不著覺。我看先去找我母親要兩片安眠藥。」

「妳們這算什麼話？」殷昆生上了火了，「我錯妳們什麼啦，說話都要刺著我。我又沒病，幹嗎要吃藥？」

「趙紹雄油嘴滑舌的，殷姐犯不著為他生氣！」一直沉默寡言的馬敏出來打圓場。在她看來，果敢人都是無知無識的一夥野人，言語粗鄙下流，男女之間打情罵俏，全無羞恥之心，沒有一點文明意味。所以她不僅對果敢青年男子看不順眼，更對果敢姑娘的風流輕佻大為反感。

「趙紹雄關我什麼事，妳們老批評他幹嘛？」殷昆生真的生氣了。女人的心情就像七八月的天氣——說變就變，她恨馬敏貶低意中人，心中大不是味兒，衝著馬敏又發一頓脾氣；馬敏可是幫了倒忙，她怎知其中奧妙。

「我是說殷姐犯不著為趙紹雄的話計較，當他胡說便罷。」馬敏急著像辛梅英那樣為自己辯護。

「好囉，姐妹幾個別把玩笑當了真囉。影響了工作，影響了團結才划不來呦。」指導員黃文蘭操著一口四川腔，制止大家的爭吵。「小殷，妳是全隊的團支部書記，又是她們的大姐，為啥子沉不住氣嘛！」

「是，黃姨。我真是氣昏頭，忘了自己是個大的，衝馬敏發脾氣，錯怪她一番好意，我向她道歉。」

「還有我呢！」辛梅英聽殷昆生只提馬敏不提自己，不滿意了。「我也沒錯呀！殷姐為何怪我，罵我亂嚼舌頭。」

「小不點，殷姐住處還剩幾顆糖果，妳想不想要？」

「要，我全要。」一聽有糖，道歉也免了，引得大夥又笑起來，笑得辛梅英丈二金剛摸不著頭腦。

送走宣傳隊，韓曉人告誡排裡的戰士，要尊重女同志，尊重別人的表演，不應瞎起哄。

「別的看去倒還入眼，殷昆生走起路來搖頭擺尾，皮帶把腰勒細得像只蜜蜂，兩頭粗中間細。我真怕她把腰扭斷，人瘦得像根竹竿，偏要裝成像個美女，真噁心！」

「看她跳新疆舞，身子不動頭不動，只有脖子扭，加上她的兩個小羊尾巴辮子，活像一隻大角麂子。」

「趙班長說她像只猴子，回想起來，嘴尖脖子長，確像一隻長手長腳的大母猴，沒一刻安靜的時候。」

戰士們不賣韓曉人的帳，照舊你一言我一語，把殷昆生貶得一文不值，可見殷昆生已犯了眾怒。

「別再添油加醋瞎批評人，當心指導員回來聽見給你們吃排骨。你們在這裡亂指謫殷昆生，上級還以為韓排長指使你們搗蛋，出事了誰來承頭？」趙紹雄也被戰士們的形容忍俊不禁，但他可不敢跟著瞎起哄。果然，提到怕排長受屈，戰士們都靜了下來，沒人再吭聲。

「謝謝大家這樣抬舉我。殷昆生的一舉一動，確像鬼驚鬼詫的大角麂，張頭豎耳得令人好笑，但人不可貌相，殷昆生的嗓子比起張小英的金嗓也不遑多讓。她人也長得俊，只不過瘦了點，高了點，但不管她乖醜俊俏，革命同志嘛，可不能只看她的短處，以後別再提不就結了。」

趙紹雄與殷昆生以後又有幾次接觸，兩人仍是唇槍舌劍、互逞心機、爭強鬥勝，韓曉人看在眼裡，慫恿趙紹雄去追殷昆生，不要壓抑自己的感情。

「笑話！」趙紹雄聽韓曉人提起此事，不覺嗤之以鼻，「我與她是兩個世界的人，絕對沒有共同的支點。」

「大雄，你錯了。」韓曉人開導他，「不要背包袱，其實經趙應發一折騰，對你說不準是件好事呢！」

「好事？」趙紹雄弄糊塗了。他不解地望著韓曉人。

「你知道八旗子弟的說法嗎？人們把靠父兄餘蔭養尊處優，好逸惡勞揮霍盡家財，最終窮愁潦倒的富家子弟戲稱為八旗子弟，這個稱謂太貼切了。」

「八旗不是滿清進關前軍隊編制嗎？與我有何關係？」

「大有關係。你家與土司官家是屬同一階層的人物，官家失勢前，你就因家庭變故被迫放棄了公子哥兒的優裕生活環境，踏入社會，不然恐怕你至今仍在家中度你的逍遙歲月，怎知世道的艱辛險惡。大六官蔣振勳仗父兄權勢財富，狐假虎威不可一世的樣子，到他獨當一面時，不是連老本都斷送得乾乾淨淨，落得孤家寡人一個。他本人不懂謀生方法，也無一技之長，後果可想而知。你能及早擺脫這種悲慘命運，不致流落街頭，靠乞討為生算你運氣。」韓曉人舉官家少爺為例來啟發他。

「照你的意思，我是個幸運兒嘍？九死一生談何幸福？」

「當然是呀！你不但不因家道衰落而成為土司制度的殉葬品，反而具備挽救家庭免遭厄運的能力。」

「是嗎？我是泥菩薩過江自身難保呀，如今還能顧及家庭嗎？」趙紹雄越聽越奇，不知韓曉人葫蘆裡賣的什麼藥，急忙追問下去，他不明白自己難道還有回天之力？

「上次不是談到一個人要在另一陣營有權有勢，起碼能保全自己的家庭，不致遭滅頂之災的話題嗎？」

「是講過，可我有何憑籍？普通的大頭兵罷了。」

「戲法人人會變，各有巧妙不同，你現在就面臨著一個絕好的機遇，就看你能不能善加利用呢！」

「你繞了一個大圈，目的是要我追上殷昆生，利用裙帶關係當保護傘，保護我那處於敵對階級的家庭。」趙紹雄恍然大悟，「那不是太卑鄙了嗎？況且殷昆生的父親不是緬共的首腦人物，如何做得了主？」

「如果你靠個人，那這個人不能永遠得勢，一旦出了問題，你也跟著完蛋。殷昆生的父母是諾相的老兵，你靠的是一股勢力，一個派系，這總比靠一個人來得穩當。以後的變遷，雖不能完全預測，但大體不外乎三足鼎立的局面。緬共人數最少，實權最大；諾相的老兵是江西主力，這股勢力不會消失；果敢是江東主力，說什麼也會有人脫穎而出。我倆客觀上已是地方派，若你能搭上貴州派的關係，已是雙保險。至於卑鄙，那可是因人而異。你與殷昆生若能真心相愛，你的急難也是她的急難，夫妻之間還分彼此嗎？如你僅存利用她的心理，過河丟拐杖，那是存心不良，當然有卑鄙之嫌。」

「我們之間的關係，八字還沒一撇呢，誰知以後如何了結，你就想得十全十美了，不怕失算嗎？」

「那就先戀愛吧！以後的事成了固然好，不成只要不是你的錯，你問心無愧，有何對不起她的感情。」

「好！說句進步的話，我這是靠近組織要求進步的。」

「是啊！接近殷昆生，從革命的角度講，那也是你踏上成功的臺階，先撈點政治油水，總有好處。你不見趙中強，不也在不擇手段地往上爬嘛，你有何慚愧的？」

「我怕以後談不攏，想甩又甩不掉，那可麻煩了！」

「甩不掉打個收條接下來不就解決問題了！看你急的，生怕人家嫁不出去，要你摟底似的！」

「只是。我總感到不踏實，把愛情當作政治交易，不太……」趙紹雄在找恰當的詞語來表達自己的意念。

「不是太卑鄙了，是嗎？」韓曉人拿趙紹雄一開頭的話來回敬他，把趙紹雄逗笑了。中國對封建時代的婚嫁講究門當戶對，一切由父母做主。到了資本主義社會，雖然標榜自由戀愛，但是金錢婚姻的成分比較重。社會主義社會，政治交易可說是婚姻的一大特色，出身不好的人很難娶到出身好的姑娘，轉了一個大圈，又回到門當戶對的老路。這對歷史的進程，無疑是個極大的諷刺。

趙紹雄抱著姑且試試的態度，與殷昆生保持著若即若離的關係，兩人還通了幾次信。殷昆生可不同了，她懷著少女對美好未來的孰著追求，居然關心起趙紹雄的進步來，她在信中提出要趙紹雄背叛剝削家庭，劃清階級界限，爭取入黨。還主動要與趙紹雄結成一幫一，一對紅，共同爭取進步，這一切使趙紹雄接應不暇，搞得昏頭暈腦，連連責怪韓曉人害苦了他。這一天，殷昆生借送馬永春回一連的機會，把趙紹雄約到連部，倆人單獨相處，殷昆生像老師上課那樣對趙紹雄大侃緬共的光榮歷史，鼓勵他爭取入黨，而當趙紹雄想用愛去征服她時，殷昆生卻如遭蛇蠍之襲，警告趙紹雄，以後不得再搞擁抱、接吻這一套資產階級的下流動作，令趙紹雄哭笑不得。對殷昆生而言，她自己的終身大事根本做不得主，她必須把私人交往也向組織彙報，由組織審批，若組織上要她放棄趙紹雄，她也只有服從，而去愛組織上同意的另一個對象，她明白只有趙紹雄政治合格，他倆才有結合的可能。殷昆生與辛梅英從一連回到營部，又等了很長時間，才等到蘇文相與蘇毓紅滿面春風地回來，他們在營部吃過飯，馬永春又送他們返回銀匠田支隊部。

一九六八年八月十五日，緬甸人民解放軍第一支隊正式改編為緬甸人民軍四〇四部隊，由緬共直接領導。原彭嘉升所部官兵在銀匠田集會慶祝，會上蔣光政委講話，著重講了當前形勢及今後任務兩大問題：「自一九六八年元月一日起，緬甸東北地區開始建立起我黨的革命根據地，怒江西岸是諾相同志的三〇三部隊，半年多來，他們攻占並開闢了捧線、猛牙、猛洪、猛吉、黑猛龍等地區。主力部隊已發展到三〇三一（特務營）、三〇三三（一營）、三〇三五（二營）、三〇三七（三營）四個營。江西部隊從一開始就確立了緬甸共產黨的核心領導，現正同兄弟的四〇四部隊並肩作戰，擴大解放區，準備於今年底成立統一的東北軍區。」

「奈溫反動軍人政府對兩支紅色的人民武裝十分懼怕驚恐，特別組建了番號為七十七師的野戰軍，下轄十個營，總兵力約為一萬人。七十七師一組建就調到東北地區來，妄圖把東西兩岸的紅色軍隊扼殺在搖籃裡。但事與願違，弄線戰鬥中，敵七十七師的快七營遭我三〇三主力伏擊，死傷被俘三百多人，其餘丟盔棄甲，倉皇潛逃。我四〇四部隊也在大新寨一役中殲敵一百多人，東西輝映，狠狠打擊了敵人的瘋狂氣焰，大漲了革命人民的志氣，大滅了敵人的威風，這就是目前的基本情況。」

「下步工作，我們面臨在軍隊建黨在地方建政的兩項工作，我們要成立由主力部隊、地區連隊、民兵三結合的新型人民軍隊。必要時主力部隊將跳出根據地，實施外線作戰。地方部隊及民兵就要負起保衛根據地的重任，地方上要組織農會調整土地實行減租減息，發展生產，改善農村生活，支援緬甸的解放軍事業。由於果敢是緬甸的少數民族邊區，我黨在果敢不搞打土豪分田地的群眾運動，而是採用說服教育的方法，號召地主退出多餘的土地，優先分配給革命軍人家屬耕種，以調動現役軍人的革命積極性。」

「同志們，今後我軍就是一支光榮的無產階級隊伍，將置於我黨的絕對指揮下。緬甸共產黨是馬列主義、毛澤東思想武裝起來的無產階級政黨，我黨有著長期武裝鬥爭的革命經驗，有一批久經考驗的無產階級革命家，全黨全軍要團結在以德欽丹東主席為首的黨中央，為推翻奈溫反動軍人政府，解放全緬甸而奮勇戰鬥。」

「偉大的中國共產黨是我黨的親密弟兄與戰友。中國共產黨已取代蘇聯共產黨，成為國際共產主義運動的堅強柱石。中共本著無產階級國際主義精神，對我黨給予無私的援助和支持，毛澤東思想是當代活著的馬列主義，毛澤東同志是全世界革命人民的偉大導師，他創造性地發展了馬列主義，把馬克思主義提高到了頂峰，成為帝國主義走向滅亡、社會主義在全球取得最後勝利的理論經典。我黨我軍的廣大黨員、全體幹戰都要認真學好毛主席著作，用毛澤東思想武裝自己的頭腦，鬥私批修，為緬甸和世界受壓迫的人民徹底解放而奮鬥終生。」蔣光政委講話後，彭嘉升及各營連代表分別上前表決心，祝賀部隊改制，會議在震天的口號聲中結束。

接下來，部隊組織學習同時進行軍訓。各連隊派出小分隊到公路線活動，深入村寨搞宣傳。一連經常與宣傳隊一起行動，掩護宣傳隊到附近村寨進行文藝表演，軍隊不作戰便成為工作隊。因為一切供給全由中國負責，所以部隊既不向群眾徵派糧款，也不搞生產，很受群眾歡迎，他們說：「迎共產，共產來了不納糧！」

這期間，蘇文相與蘇毓紅已打得火熱，常出雙入對，在蘇毓紅堅持之下，蘇文相寫了封絕交信給仇大珍，類似休書，把仇大珍氣得大病一場。蘇文相母親對兒子的行為非常惱怒，她把仇大珍接到臘戌，對外公開為兒媳，並對仇大珍說：「妳只管安心住著，看文相能把妳怎樣，等形勢平穩下來我叫文相親向妳賠禮。」

仇大珍也表示：「今生今世絕不再嫁他人，身為蘇家的人，死是蘇家的鬼，蘇文相一輩子不回家，我就守一輩子的寡。」

蘇文相接到老母的一封來信，指責他的不孝，囑他回心轉意，做人不能忘恩負義，並威脅說，如蘇文相不娶仇大珍，便要死給這不孝的兒子看。蘇文相沒轍了，他怕老母尋短見，急忙背著蘇毓紅回了一封家信，說他身在軍旅，未能在家盡孝，以前種種均是糊塗所致，請仇大珍代她在家孝養母親，以圖後會。老母接到兒子回信得意洋洋地在親朋面前說：「我家文相最聽我的話，我不信他吃了幾口共產飯，便把父母二十多年的養育之恩忘了！」

九月中旬，趙君與蔣光奉召到昆明述職，順道參加北京國慶觀禮。趙君走後副組長趙忠聽了羅大才彙報蒙化箐埡口與牛坪子壩之間公路邊蔣文統中隊的駐防情況時，突發奇想。他不等趙君回來，便擅自決定進攻該據點，以提高自身威望，並為回國後升官晉級創造條件。

在戰前幹部動員會上，趙忠慷慨激昂地說道：「同志們，再過半個月，就是我們偉大祖國建國十九周年的國慶日，我們要打好改編後的第一仗，向國慶獻禮。」

彭嘉福認為牛坪子壩自衛隊陣地工事堅固，易守難攻，我軍還不具備攻堅條件。該據點與四面高山距離較遠，火力支援困難；同時，敵據點呈圓形無死角，難以接近，接著解釋道：「據羅區長調查，該據點駐有自衛隊一個中隊七十多人，其中侯加昌及他帶去的一排人都在其中，他們怕被俘後遭到報復定會頑抗。」

「嘉福，你高估自衛隊的戰鬥力了。蘇文相同志不是說過，蔣文統是學生出身，沒有打過仗，槍一響便害怕。我們首先在戰略上要藐視敵人，樹立必勝信念，才能定下決心。當然我們在戰術上要重視敵人，做好充分準備，一定要打好這一仗，給毛主席他老人家獻上一份厚禮。同時也是用實際行動支援江西兄弟部隊，他們受的壓力很重。」趙忠把話說得如此嚴重，彭嘉福沒話可說了。

「趙副組長以及彭營長的話都有道理，我建議採取圍點打援的方式，先採用偷襲，偷襲不成功，集中力量打援，吃掉援兵，回過頭來，再強攻據點。」蘇文相紙上談兵。

「蘇文相同志的計畫很好！就這樣打！」趙忠一錘定音。

具體作戰方案趙忠是這樣安排的：一連主攻，四、七連分別埋伏在據點兩側，打滾弄與新街兩地來的援兵，東山區聯隊分成兩部分，一部在石洞水埡口，一部在南島河一帶打游擊。偷襲梯隊由一連三排擔任，二排是二梯隊，一排作為預備隊，由營部掌握。

當時彭部一個排僅二十餘人，韓曉人所在三排，大新寨一仗傷亡過半，傷患痊癒歸隊後，人數也僅有十七人。要用這十多人去偷襲七十多人的設防陣地，趙忠真是異想天開。打龍塘時趙大組長投入全部兵力，現在打蒙化箐，我軍人數比敵人多幾倍，但一分兵，便成了以少打多。可見集中兵力不是一句虛話，要敢於置次要方向之敵於不顧，兵力要轉移使用，而不是逐次使用。果然，火力掩護只能在高山，白浪費彈藥，據事後統計，用了二萬多發三用子彈，效果為零，韓曉人一個排在敵碉堡前倒了一大半，消息傳到指揮所，趙忠大吃一驚，想到會受處分，便哭喪著對蘇文相道：「傷亡太大，回國只有向毛主席他老人家請罪了。」

「彭營長，事情已逼到頭上，你在這裡指揮，我下去組織強攻，一定要爭這口氣。」蘇文相受不了刺激，賭氣走下山去，他腦裡根本忘了打援之事，只想攻下敵陣。

「你下去看情況處理，不要急躁。」彭嘉福勸他冷靜。

蘇文相帶著預備隊一排到了敵人據點，不問青紅皂白，領著通訊員衝在最前面。戰士們被敵軍火力壓制，根本不能接近敵陣，只有姜正良等四、五人跟他衝到離敵陣三十米的一棵大樹下。蘇文相高喊道：「我是蘇文相，蔣文統！你們已被包圍，快投降吧！我保障放下武器的人一個不殺，弟兄們不要再為老緬賣命了。」

蔣文統十分驚慌，忙對副中隊長侯加昌詢問：「怎麼辦？共軍火力太重，打還是不打？」

「蔣連長，我們守在地堡裡怕什麼？趙應發投降後被殺的事你忘了嗎？你在安全地方待著，不要怕。今天投降是死，倒是拼下去還有活命的希望，再堅持幾個小時，援兵就會來到，不是魚死，就是網破，拼了吧！」

侯加昌悄悄地把自己原來的一排人集中到蘇文相所在的方向，對他們說：「我們為反抗共黨暴政而投奔自由，今天是死是活就在此一擊，大家不要亂開槍，等我的命令，集中火力射擊那棵大樹方向。」

侯加昌跟蔣文統商議，引誘蘇文相出頭，先把蘇文相擊斃，他說：「射人先射馬，擒賊先擒王。大象一死，緬共的攻擊就垮了，目前他們士氣低落，不足為患。」

「蘇大隊長，我們交槍，你真能保障我們不被處死嗎？」

「蔣中隊長，你放心，一切有我蘇文相擔保。我們是人民軍隊，俘虜政策規定繳槍不殺。我平時待你們不錯吧，你叫部下放下武器，不要再做無謂的抵抗了。我們在公路上早已布下重兵，準備打援兵，你過來職務不變，共同為果敢人民服務。」蘇文相苦口婆心想再一次施展，打老街大廟時的政治攻勢瓦解敵人。

侯加昌讓丟出工事外十多支槍，叫人說：「蘇大隊長，我們交槍，你若真心保證不殺俘虜，站出來讓我們看看。」

蘇文相見地堡裡不斷丟出槍支，高興地提著小卡槍從大樹後現身出來，「你們怕別人用我的名義騙你們嗎？都走出來吧，我保證沒有人會動你們一根毫毛。」

隨著一聲喊打，子彈飛蝗般地射向蘇文相，通訊員王朝平挺身去拉蘇文相，也倒在了大樹旁。蔣忠衛追隨一排到來，剛想出聲阻止蘇文相離開掩蔽的大樹，已來不及。他帶著一排又進行第三次強攻，自己也倒在半途。副連長黃成榮冒著彈雨，硬把蔣忠衛拖到樹林中。一連衝了三次，每次一個排，到頭來傷亡慘重，陣亡十四人，負傷二十多，一個英雄連隊就在錯誤的指揮下瓦解了。黃成榮指揮戰士們把負傷的人，全部搶救下火線，死者處在敵人射界內，已無法拉下來。這時，公路對面已傳來槍聲，敵人援兵已到，我打援的主力反倒處於敵人火力攻擊之下。彭嘉福親自下去調集四連，準備強攻敵據點，他認為敵援兵在對面山上，不敢下到公路，對組織攻擊影響不大，但趙忠已沉不住氣，斷然下令後撤。

韓曉人左臂纏著綳帶，跟在擔架隊的行列中艱難地爬那陡峭的山坡，下去時只消十分鐘的時間，上坡用了一個多小時，累得兩腿發軟，七付重傷患的擔架，十多個能在別人攙扶下勉強行走的輕傷患，緩慢地在山坡上蠕動。秋老虎大發雌威，天氣又悶又熱，沒有一絲風，戰士們口乾舌燥，喉嚨像要噴出火。從昨天下午吃過一餐晚飯以來，已是下午三點鐘，大夥未吃過一粒飯，饑餓是小事，口渴更讓人難以忍受。重傷患不能喝生水，只好用漱口缸解小便給他們解渴。其他戰士在路上牛踏成的小窪坑裡，喝那雨水混合著牛尿的混濁液體，那一股酸臭的牛尿味兒，使人真想嘔吐。

「這一仗輸得真冤枉，一連人報銷了一半，昨天下午在山頭寨大軍營盤比賽籃球，我就預感到要出事。」羅從軍身上背著七支槍，躺在路邊直喘氣，他對坐在旁邊的趙紹雄講道，「韓排長丟球，把場邊桌子上放著的熱水壺打翻，一壺水全潑在蘇副營長身上，你說怪不怪？」

「迷信頭腦，這與今天的失利有何關係，亂彈琴。」

「趙班長，不是迷信，蘇副營長打老街大廟，菩薩怪罪他，他這是遭了報應，連累了我們連死了那麼多人，還連屍體也拿不下來。」羅從軍滿腹牢騷。

「蘇副營長死在大意兩字上，老街他一出聲就捉了一個班的俘虜，今天他老調重彈，結果賠了一條命。」趙紹雄不信鬼神，客觀地分析蘇文相犧牲的原因。

「我們連六個幹部，除了黃副連長，不死即傷，大新寨馬指導員胸部負傷，穆排長瞎了一隻眼，這次二排長陣亡，蔣連長負重傷，韓排長負輕傷，其他連隊全都好好的，幹部誰也沒掉根毫毛，可立功受獎沒有咱的份！」羅從軍發埋怨到其他連隊，恨一連運氣太壞了。

註解

①咯噔：象聲詞。形容物體撞擊或腳踏地等的聲音。

第八章 痛苦催生

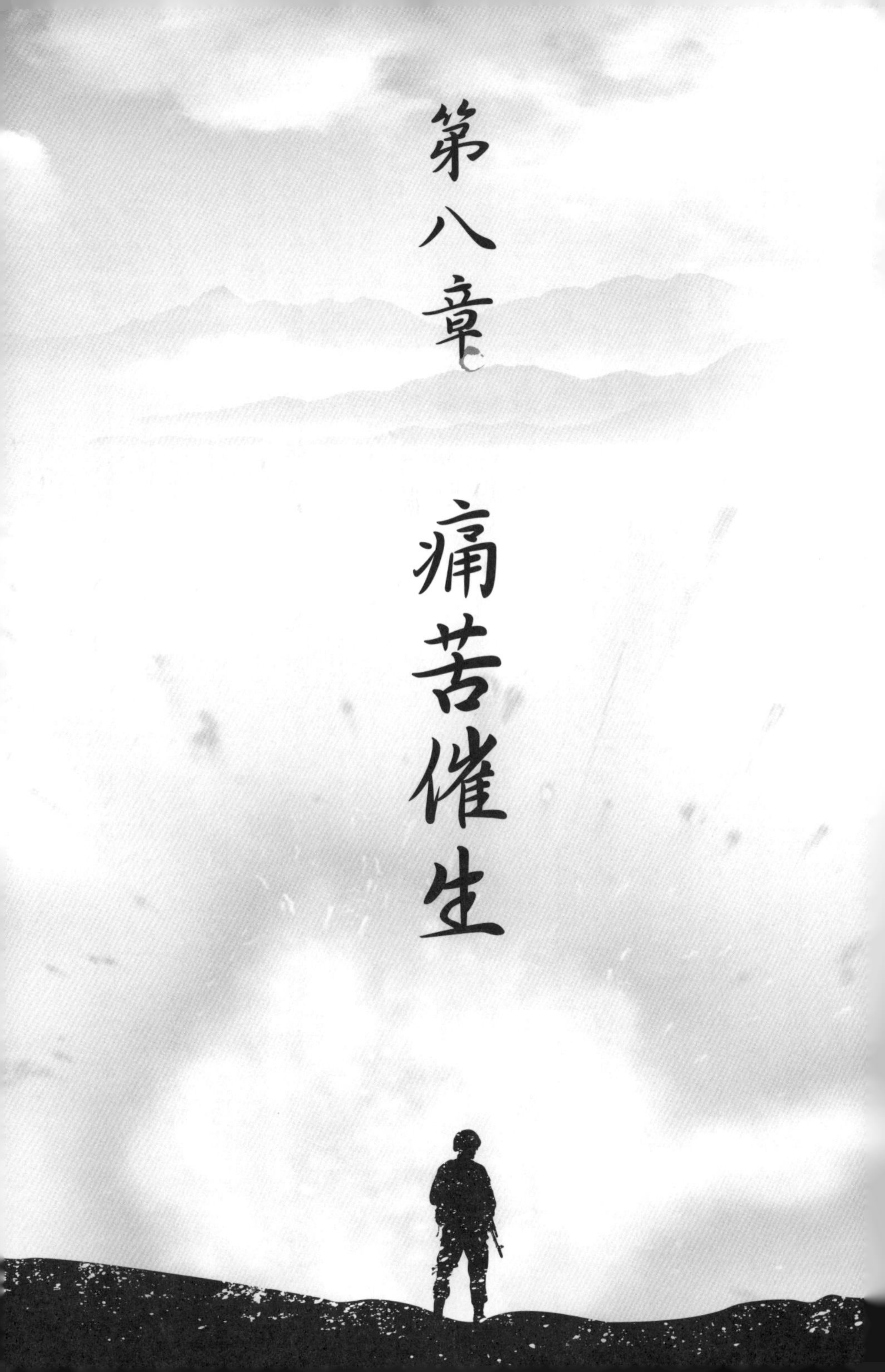

「蘇文相同志是緬共預備黨員，是我軍的優秀指揮員、特等功臣、一級戰鬥英雄。他的不幸犧牲是緬共及人民軍隊的重大損失，他的死重於泰山，永遠銘記在革命人民的心中……」訪問組大組長趙君，在追悼蒙化箐戰鬥中英勇獻身的烈士追悼會上，親致悼詞。他語言沉痛，熱淚滾滾，蘇文相的死對他刺激很大，彭嘉福與蘇文相是他手下的兩員勇將，如今死在庸夫之手，趙君大為惋惜。他與蔣光前腳走，後面就出事，急得匆匆趕回料理後事。蘇文相死在趙忠的錯誤指揮下，已是不爭的事實，他身為訪問組第一把手，難辭其咎。在中國當前政治環境中只能報喜不能報憂，趙君只好強壓心中的不滿，在戰情通報上簽上自己的名字，戰報上失利的責任全推到死者的身上。什麼「沒有按作戰計畫切實地實施圍點打援啦！」、「擅自下令強攻以致造成重大傷亡啦！」、「麻痺大意，輕信敵人假投降啦！」總之蘇文相之死是咎由自取！

但是外觀上，追悼會是要按慣例召開的，我軍雖有傷亡，敵人的損失更慘重；一連發揚不怕犧牲，頑強戰鬥的硬骨頭精神是要繼續發揚的；蘇文相戰鬥英雄的形象不能受到任何損害；人民軍隊戰無不勝，攻無不克的神話是不容置疑的。關於蒙化箐的微小挫折，是低估了叛徒的頑固不化，以及敵人援兵兵力太多。故而我軍主動轉移，不與敵人硬拼，保存有生力量，再尋找戰機。為了不影響部隊士氣，鐵石坡正在受訓的第三期學員提早結業補入部隊，一連補進的最多，全連滿員已達百人，黃成榮代理連長，韓曉人代理副連長。一排長趙紹雄，二排長魯國成，三排長趙德文。支隊部成立炮連，連長趙子光，副連長蕭楚智，炮連裝備了兩門「八二」炮、兩門「五七」無座力平射炮、一門「七五」平射重炮。這是總結了蒙化箐攻堅戰失利的教訓後，重新增強了強大的炮兵力量，以利今後的攻堅戰鬥。這些教訓是用鮮血換來的，代價十分巨大。休整僅十天，主力部隊突然甩開重兵雲集的東山壩區，矛頭直指硔掌。這一次行動，完全按趙大組長預先估計的那樣，地方部隊已經發展壯大。紅岩、崇崗、邦永、杏塘、興旺、西山等六支區聯隊，總兵力達到四百多人，民兵沒有動用，留在各區維持治安。這些兵力全歸彭嘉升指揮，把硔掌圍得水泄不通，炮連沒有動用，展開緊張的炮手訓練工作，三個主力連，集中在硔掌以南的三棵椿養精蓄銳，擺好圍點打援的架勢。

八月十五日部隊改編後，周昆喜、郭志民便調離連隊去了佤邦地區。四、七兩連的指導員，由蔣再映、趙中強代理。許多幹戰此時方知蔣、趙二人早已加入了緬甸共產黨，不禁愕然。「難怪一步登天，躍上連長寶座，原來其中大有文章。」、「政治掛帥，入黨就能做官。」、「軍外有軍，軍中有派。抱誰的大腿好，值得推敲啊！」隨之而來的是議論紛紛。連彭嘉升也大吃一驚，開始轉變思想，注意培養自己的心腹。這次兩兄弟私下分工，彭嘉福抓主力部隊，彭嘉升抓地方武裝。

周昆喜與郭志民何以調去佤邦，其中有個緣故。戶板小江以南，薩爾溫江以東的廣大山區，稱卡佤山，是個多民族聚集的窮困地區，其中以佤族為主。一九六〇年十月一日，中華人民共和國同緬甸聯邦在北京簽訂了中緬邊界條約，一九六一年一月四日生效。主要內容：雙方同意從緬北尖高山到中緬邊界西端終點一段未定界，除片馬、古浪和崗房地區外，按照傳統習慣線定界，並且確定從尖高山到中緬邊界東南端點的劃界原則。緬甸同意把一九〇五年到一九一一年期間，為英國軍隊逐步侵占的，屬於中國的片馬、古浪、崗房地區歸還中國。雙方同意廢除緬甸對屬於中國的猛卯三角地（新地方），所保持的永租關係（原為一八九七年，中英劃界條約所規定），中國決定把這一地區移交給緬甸，緬甸把按照一九四一年中英兩國換文規定屬於緬甸的班洪、班老部落在一九四一年線以西的轄區劃歸中國。

這一來，原在中國管轄的下的邵帕、岩城等地的行政權名義上移交緬甸政府，但緬政府根本無力控制這些荒涼貧瘠的邊疆山區。一九六七年中緬關係惡化，佤邦便成了緬共兵力來源的主要地區，佤族長期處於原始落後的部落形式，生產工具簡陋，生產力低下，耕作方式是刀耕火種。昔日茂密的原始森林已基本砍伐殆盡，整個地區看去都為光山荒壩。人民生活極端貧苦，一年的收穫僅夠一季吃用，其餘時間經常處於半饑餓狀態。加上醫療衛生條件差，當地人民的平均壽命還不足三十。老弱幼小首當其衝，每年都大批死於饑餓與疾病。能熬下來的均為身強體壯的青壯年，所以民風野蠻兇悍。接近壩區富庶開化地方的佤族，還懂得一些文明禮貌，性情比較純和。邊遠偏僻的高山谷底之間居住的佤族，還保留著不穿衣服，殺人頭祭穀子的野蠻習俗。每人一把刀帶在身邊，不要說其他民族，甚至部落之間也經常械鬥。每個部落均住在大山頂上，四周挖有深溝，僅有順山梁的左右兩條路與外界相通。部落外的路邊，樹幹鑿出洞穴大小，可放一個人頭，一連串地順道路延伸，令陌生人、行路人，毛骨悚然，不寒而慄。

邵帕、岩城等地均已開化，幾乎所有的青壯年都能說漢語。部落頭人作為上層少數民族代表，作為統戰對象，受到中國政府的優待。不少有才能的青少年，被保送到北京中央民族學院、昆明雲南民族學院進修，故能說一口流利的北京話。所以就在諾相、彭嘉升與緬軍在薩爾溫江東西兩岸浴血奮戰之際，以當地青年為戰士，中國高等學府培養出來的佤族幹部為軍官的佤族反政府武裝組建成立。第一期三百多人，正在滄源佤族自治縣某地進行封閉式軍訓，為名正言順，需要諾相、彭嘉升式的有名人物出來領導，這個人物是誰呢？

他就是在卡佤山頗有名望的魯興國。魯興國世居戶算，父親經常到新地方經商，與沿途佤族部落的頭人幾經接觸，互有交情。時間長了，學得一口流利的佤族話，並且與多個部落的頭人結拜為兄弟。故而在北佤地區魯富貴的名字就是一張響噹噹的通行證。由於魯富貴的特殊身分，緬政府駐戶板的軍政官員，均借重他的威望，事無鉅細，凡與佤族有關的，無不找他出頭。地方父老，有糾紛也到戶算求他裁決，這一來魯富貴在戶板至邦弄一代成了著名人物。

魯興國有這樣優越的環境，年輕時遊手好閒，吃喝嫖賭無所不會，爛名遠播。地痞流氓，亡命之徒，不論漢佤傣苗，傈僳景頗，都投到他名下。二十多歲時，聲望便大有蓋過他父親之勢。魯興國不同其他紈綺子弟，只知走馬章臺，到處尋花問柳，依仗父兄勢力橫行鄉里，欺壓良善。他仁俠仗義，樂善好施，拿著家裡的錢財結交朋友，一擲千金而毫不吝惜。他父親多次訓誡均不見效，氣得把他趕出家門，不再理睬；心想他身無餘資，必在外面碰壁，那時方可回心轉意，重新做個好人。誰知魯興國，領著幾個心腹打手一路闖進佤邦腹地，照樣吃喝吹賭，有一次他從金場去永羅找避難，在那裡稱王稱霸的黃大龍打秋風①。路上遇見幾個野卡佤②喝醉了酒躺在路上，全身不穿衣服，只在下部羞處繫一條褲帶，嘴唇塗滿牛血，那是他們用糯米飯團蘸生牛血吃時留下的。每人手握長刀，瞪著一雙醉眼看著他，魯興國大步上前從野卡佤頭上跨過去，視若無人。他的隨從大吃一驚，生怕那幾個野卡佤取了他的人頭。誰知躺著的佤族大漢翻身爬起，一排跪在魯興國面前，叩頭膜拜把魯興國視為神人。原來佤族對待陌生人有個規矩，他們裸體躺在大路上，所來人繞道而行，就認為是怕死的膽小鬼，揮刀便殺了，割下人頭去祭穀子③。如果你敢從他身上跨過去，便覺得你是英雄好漢，不敢再打歪主意。魯興國竟然敢從他們頭上跨過去，怎不令他們翹起大拇指稱讚呢！一傳十，十傳百，卡佤山老兆的名聲十分響亮，他與邦弄佤族王爺結為兄弟。佤族見了他，都尊稱他為老兆王爺，老兆是魯興國的小名，久而久之他的官名魯興國知道的人已不多，卡佤山老兆提起來則無人不知，無人不曉。這樣一位名人自然就成了中國物色的對象，也是該魯興國發跡。

一九六八年春節，他去戶板賭博，被員警捉去監獄關了一夜。第二天才被頭面人物④發覺，忙把他放出來，並為他置酒道歉，魯興國吃了這次啞巴虧，有氣無處出，糾集起十多個親朋故舊，在邊界拉起一支武裝，幹起打家劫舍的勾當。中國得了這個機會，派吳參謀去到金場，一拍即合，把魯興國接到滄源，先把他送到醫院斷鴉片煙，斷煙後便成了受訓人員的頭目。周昆喜、郭志民到滄源後，正式成立了一個營，番號為四〇四八。營長是陳有明，佤族名字叫岩山砧，周昆喜任教導員。魯興國成了北佤縣縣長，郭志民則是縣委書記，開始了佤邦的反緬鬥爭。

由戶板沿戶板小江而上，中緬分界處有兩個寨子，中方一寨叫忙卡，緬方一寨是南蹬。由南蹬向南順山丘而行，約十五公里便是雲縣。繼續向南便是陡峭的大山，山頂靠邊界一寨叫南大。與南大東西並排相距不到十公里的一寨，就是魯興國的老家戶算。戶算大山下便是戶板平壩，公路沿半山伸向邦弄，再到新地方。由南大經過一道山口，便到金場。金場向南半山有一寨叫永羅，與永羅東西平行的高山大寨便是邦弄。永羅一直下坡，便到了塔田河，河那邊就是一個佤族部落，叫塔田部落。這個部落所轄地區是一大片丘陵地帶，氣候較熱，順河有幾寨傣族寨。這地區民風純和，不僅傣家村寨有佛寺，連佤族寨也建有佛寺。據傳，金場是清朝乾隆中葉，有個叫吳尚賢的中國人開礦之地，吳尚賢在此開銀礦得心應手，大有作為。滿清皇帝詔令入京，吳尚賢為表內附的決心，運去銀兩多達二百七十餘馱，專程進京入貢。行至昆明，被雲南總督借反叛罪處死，礦區工人及其眷屬因恐遭牽連而四處流散。由金場去永羅的路邊，有兩座由礦渣堆成的山包，方圓數百丈，高約四、五十丈，可以想見當時開採的規模之大，如今只空留遺址，供後人憑弔而已。

邦弄多回族，其中也有個緣故。滿清朝雲南回民起義，在首領杜文秀敗死後，滇西各地回民遭清軍迫害，不得再信回教，強迫食用豬肉，許多回民不堪忍受，便聚眾殺官，邊抵抗邊向邊境轉移，途中除與官軍作戰外，還受到漢族上層人士的歧視，引致民族仇殺。起義回民敗退之際，軍紀蕩然無存，每到一地，燒殺搶掠無所不為。有一股數百人的回軍，由鎮康進入果敢，攻土司衙門不下，便拔隊轉向佤邦，在邦弄紮營。最初，約集大家「搬攏」同住，後以諧音定為「邦弄」。由塔田再向南，聳起一座大山，就是新地方的公明大山。新地方位於峰頂之下的一塊大平臺上，是政府軍控制佤邦的最大據點，從戶板修到佤邦的公路，新地方是終點，再往南便只能步行，盡是崎嶇山路了。

周昆喜負責軍事，除在新地方周圍打游擊外，繼續向南佤發展，隊伍迅速擴大，終於開闢了南北佤兩塊根據地。北佤的兩個營（四〇四八、四〇四九），隸屬於果敢的四〇四支隊，其餘三個營（五〇一、五〇二、五〇三）則另起爐灶，另外成立一個支隊。周昆喜也順理成章地當了新支隊的政委，與蔣光分庭抗禮，獨當一面了。話說羅欣漢在新街安置老街、大新寨兩次戰鬥中無家可歸、流離失所的難民，發給糧款，讓他們舉家前往煙山去種鴉片。他得知緬共偷襲蒙化箐與牛坪子壩之間的自衛隊陣地時，大吃一驚，他急忙找巴退營長商議援救之法。鑒於該地接近滾弄，巴退火速發報給滾弄，調遣一連緬軍，配合小地林的張老路大隊前往解圍。張老路與緬軍連長商議以小部隊從高山掩護，主力沿公路推進，這個方案遭到郭老安的反對。

「大隊長，緬共慣於搞圍點打援那一套戰術，蒙化箐蔣文統中隊的陣地工事強固，易守難攻，估計緬共一時不會得手。侯副中隊長深知緬共那一套戰術，一定會死守待援，反倒是我們要小心，以防中伏。」

張老路把郭老安的話翻譯給緬軍連長聽，緬軍連長不斷點頭，誇郭老安的分析有理，所以增援大隊只是順著山梁搜索前進，並不到公路上去，故而緬共打援的企圖化為了泡影。下午五時，增援部隊前鋒與守軍取得聯絡，得知緬共已撤回中國。

自衛隊駐滾弄指揮部聯絡辦事處主任王尚雄，槍響後即派便衣化裝成老百姓去瞭解情況。彙報說：「陣地上聽不到槍聲，只有陣地下面的公路上有很多共軍。路邊的小食鋪全坐滿軍人，在那裡喝酒吃東西。」

王尚雄以為陣地已失守，不然共軍怎敢在大路上來往。下午五點多鐘，駐滾弄三十九營副營長頂拉少校，派人把王尚雄叫到營部告訴他說：「十九英里地段的戰事已結束，我軍取得了勝利，共方蘇文相陣亡。你派五輛吉普車去接傷患，並把蘇文相的屍體拉到滾弄示眾。」

「是，我馬上派車去執行任務。」王尚雄口中應承，心下卻犯了愁：「不知緬方情報是否正確？不然人員及車輛中了緬共伏擊，死的全是老百姓呀！」

王尚雄軍令難違，只好按緬軍的意思派了五輛民間吉普車，由醫官蔣公道，翻譯王世偉，分隊長趙照文帶十多名戰士前往十九英里守軍處接負傷人員回滾弄。車隊連夜出發後，緬軍再派一個連到小黑河寨子前面的公路兩邊埋伏，因緬軍得到情報，當地發現共軍零星人員。王尚雄隨同緬軍連長一同乘車到南島河邊的小黑河村，坐待車隊返回，直到第二天上午，才見派去的車隊亮著燈，一輛接一輛駛下山來。蘇文相的屍體拉到滾弄，民眾爭相來看，只見他身著深綠色軍裝，衣服上濺滿泥漿血跡，安靜地躺在車上，似乎熟睡過去一樣。當天下午，蘇文相的母親從臘戌包了一輛吉普車趕到滾弄，來見兒子一面，仇大珍與婆婆一道撲在蘇文相屍體上，哀哀痛哭。羅欣漢與蘇文龍默默無言，望著這個因一念之差而抱恨黃泉的果敢優秀青年，就這樣為緬共毫無代價地斷送了寶貴的生命。

仇大珍與婆婆把蘇文相火化後，骨灰就地掩埋，紅極一時，威名遠播的青年英雄，就這樣黃土一抔，長眠在滾弄江畔，與青山綠水為伴。蔣文統中隊長一戰成了英雄，緬政府獎給他獎金二萬元緬幣，頒發一枚英雄獎章，以獎勵他在抗共作戰中，首次大捷，改變了逢仗必輸一面倒的狀況。蔣公道把傷兵送到滾弄政府醫院後，便返回聯絡辦事處交差。他是緬共七連的衛生員，老街戰鬥後獨自一人投奔了蔣振業。陶大剛親自找他去談話，瞭解彭嘉升所部的情形。一問之下發覺蔣公道是蔣公厚的親兄弟，蔣公厚於三年前以共諜罪被臺灣大陸工作處槍斃，拋屍賴莫山。蔣公道出來緬甸，原來是來打探他大哥的消息的，因找不到線索，在大水塘趕街子得知彭嘉福招兵，便入伍當了醫生，為蔣森林治療戰傷。

蔣公道是保山人，他父親祖籍湖南，抗日戰爭時入緬，撤退回國，又在怒江東岸隔江與日軍對峙。反攻龍陵縣松山時負傷致殘，便流落在保山娶妻生子，再沒回過湖南。解放後，這位原抗日英雄一直作為專政對象，文化大革命被紅衛兵小將批鬥而死。蔣公厚時年十九，領著弟弟到鎮康南傘參加修百貨公司的工程隊。蔣公厚囑弟弟留下，他去緬甸，找到安身之處再接弟弟。蔣公厚隨煙邦下泰國，到黨陽後參加了臺灣大陸工作處。蔣公厚目睹父親被迫害至死，對共黨十分仇恨。誰知飛來橫禍，他突然接到一封信，指示他把大陸工作處的情報，迅速按聯絡方法送回中國。蔣公厚莫名其妙，便問送信人這是何人寄來的，送信人回答是一位大陸來的客人給了他一百緬幣讓他送來的。

這事很快傳到陶大剛耳裡，陶大剛要蔣公厚供出同謀及聯絡方法，蔣公厚就這樣在寧錯殺一百不放過一人的原則下冤枉地死去了，陶大剛事後方知是中了共黨特工人員的反間計，錯殺好人。陶大剛知大陸工作處潛伏著共黨間諜，凡是真心反共的義士，反被誣陷。看來共黨份子不但打入臺灣海外情報組織，而且身居高位，掌生殺大權。陶大剛灰心失意，找藉口離開大陸工作處，在黨陽當了蔣振業的顧問教官。如今是無巧不成書，又遇到了蔣公厚的親弟弟蔣公道，蔣公道講到他唾棄共黨，投奔自衛隊的經過。

「彭嘉升、彭嘉福兩兄弟都是好人，從大陸逃跑出來的人均受到重用。王成、韓曉人提升為排長，我是七連的醫生，但實權握在訪問組及政委、教導員、指導員的手裡。他們在連隊挑選思想左傾的連排長做骨幹，架空支隊長及彭營長。七連排長趙德開，思想更左得厲害，背地裡指我們從中國出來參軍的為叛徒。」

「趙德開原來是蔣副指揮官的部下，跑去投彭嘉升，照他說法，他也是叛徒呀！」陶大剛插口說道。

「我聽到趙德開當著我的面，詆毀韓曉人是假裝進步，不滿支隊長重用中國出來的叛徒。我這個人性情耿直，便反問他：『你從蔣振業那邊跑來投緬共，算不算叛徒？』他毫無愧色，說那是棄暗投明。」

「跑到共黨方面的叫棄暗投明，投奔自由世界的統稱為叛徒，老共倒很會發明用詞。」陶大剛是司空見慣了的，並不感到共產黨這一套有何奇特之處。

「我這句話可闖了大禍，趙德開彙報給趙中強，趙中強把我叫去，批評我思想反動，要認真改造，如下次再犯，定不輕饒。我一想自己是出來找大哥的，不想又上了賊船，看來彭嘉升也不能保障我的生命安全，便開小差來投奔自由。」蔣公道講出心裡的苦衷及出逃的原因。

「你的選擇很正確。但你們從中國出來的人有好有壞，很難分辨是真心還是假意。我相信你說的是真話，因為你的身世我已從另一個人口中聽到過。但共黨太狡猾，他們派來的人，大多是出身不好的，有的還是三、五軍的師長、團長的兄弟子侄。憑著這些保護傘，他們的身分更難分辨，給海外的反共抗戰工作帶來很大的困擾。可惜不少真正的反共鬥士歷盡艱難逃出鐵幕，參加了反共事業，結果死在自己人之手，言之令人扼腕。」

「陶教官，你從什麼人口裡得知我的身世？」

「不瞞你說，我是從你哥口裡知道的。」陶大剛很傷感，回顧往事，使他頗有報國無門的悵惘。

「陶教官，你見過我哥了，他現在可好？」

「他死了，死在共產黨的奸計之下。可惜我們的海外大員自以為精明，除奸有功，殊不知身旁埋著定時炸彈。共黨的特工人員之所以不要大員的命，是要利用這些主官來剷除逃離大陸的忠貞之士。當然，總有一天，他們的陰謀會暴露出來受到懲罰的。」陶大剛屢遭磨難，一種反共的信仰，卻永不改變。他深信黎明前的黑暗，終將被旭日所衝破，反共抗俄大業必定成功。

「我大哥離開南傘時，曾充滿希望地對我說：『只要到了自由世界，國恨家仇必定有報仇雪恨的一天，』

誰知他的願望不僅不能實現反而慘遭殺害。看來我們這群時代的棄兒，共黨認為我們是反動餘孽，自由世界視我們是共黨奸細，公理正義要到何處去尋呢？」

「公道老弟，你豈可因一人一事而喪失信心，你父親為你取名公道頗具深意。『公道自在人心，真理永不消失。』以你我二人來說，雖年紀懸殊大，但目的相同，可見反共大業需要幾代人前赴後繼才能完成，絕非朝夕可就。亡羊補牢，痛定思痛，萬萬不可自墮志氣，對前途失望。」陶大剛好不容易才碰到一個志同道合的後起之秀，當然要鼓勵蔣公道的鬥志，勸告他節哀順變。

「陶教官，我們生長在大陸，對臺灣的情形十分隔漠，僅從報紙廣播中得知，臺灣經濟崩潰，靠美援度日，民生凋零，民間已是民窮財盡，望陶教官有以教我。」

「問得好，所以說兵不厭詐，國共相爭，雙方在宣傳上，莫不互相指責攻擊，爭取輿論支持。今天你我開誠布公，說的是實話實情，絕不有半句虛言。」

「晚輩信得過，請教官把撤臺後當局的措舉簡略相告，晚輩當洗耳聆聽。」蔣公道要想知道，他哥的死是否值得？

「大陸變色，總統蔣公帶領二百多萬忠貞將士及眷屬退寶島，臺灣這只巨人鞋變成了反攻抗俄的復興基地。初到臺灣民心浮動，經濟異常困難；人口猛增，引起通貨膨脹；政府雖動用國庫外匯調劑，但坐吃山空，畢竟不是久遠之策。當此國難深重，經濟蕭條之際，總統蔣公先著手解決民以食為天的民生大計，突出農村經濟的振興。第一步從一九四九年起到一九五三年完成，以土地改革為中心，著重實施了三七五減租，並逐步從島內一十四萬二千一百七十五戶地主手裡收購土地，加上日治時代十七萬六千公頃耕地及所有公地，湊攏後把土地所有權一起賣給農民，實現了耕者有其田的目標。這對穩定臺灣局勢，發展臺灣經濟具有深刻地影響。從此，臺灣農業以每年遞增百分之五的速度上升，不但緩解了人口驟增面臨的糧食危機和副食緊缺，還提供大量農產品出口創匯，這基本解決了農村的土地問題。」

「同樣是土地改革，臺灣未死一人，大陸殺了幾十萬冤魂，無數富有家庭傾刻間變得赤貧如洗。我們在大陸根本被蒙在鼓裡，一無所知。」蔣公道點頭歎息。

「以後十年間，總統蔣公制定了穩定中求發展，採取進口替代的戰略措施。所謂進口替代，就是將原來依靠進口的產品加以本土化，一切從本地市場的需要來組織生產。這個方法解決了當時的五大經濟難題：工商業恢復慢、人口增長快、財政赤字大、通貨膨脹及外匯枯竭。在發展農業生產的基礎上實施的進口替代戰略，充分利用島上的廉價勞動力及自然資源，優先發展固定設備投資少、收效快、技術要求不高的勞動密集型工業，生產當地市場需求的產品，解決吃、穿、住、用等民生問題。這類中小企業大都由私人創辦，一直受到政府的鼓勵，使臺灣經濟從根本上解決了人民的溫飽問題。」

「這十年，大陸正搞人民公社，大躍進，農村把土地又無償收歸國有，挫傷了農民的生產積極性。城市大辦工廠，一切國有化。工人、農民都成了真正的無產階級，直折騰得天怒人怨，餓死了數百萬民眾。」蔣公道採用對比的方法，來比較大陸與臺灣的經濟得失。

「一九六四年以後，總統蔣公針對當時經濟的實際情況，採取了出口擴張的第三步——發展經濟的戰略方針，利用臺灣大量勞動力和海運便利的優勢，盡可能多引進外國資金、設備、技術和原材料，在臺灣發展勞動密集型的加工裝配工業，向國外市場銷售產品，以此帶動整個經濟的騰飛。政府不斷放寬限制，創造更好的投資環境，為外資和先進技術設備的流入大開方便之門，所以復興基地經濟發展的速度讓世人矚目。」陶大剛雖置身海外，對臺灣一切都密切注視，所以講起來頭頭是道，絲毫不帶宣傳味道，令蔣公道耳目一新。

「經濟是政治的後盾，反過來政治的清明才能促使經濟的繁榮。為了使臺灣成為自由中國堅強的復興基地，一九五〇年國民黨進行了大規模的改造，先從組織入手，把九種人員剔除國民黨。這九種人是：叛國通敵之人、革命意志衰退之人、對領袖不滿之人、損紀反黨之人、貪污之人、生活腐化之人、放棄職守貽誤革命之人、對三民主義和國家信仰動搖之人、不正當營業之人。在組織整頓的同時，伴之以思想教育，以肅清悲觀失望、叛逆心理，樹立一個主義（三民主義）、一個政黨（國民黨）、一個領袖（蔣總統）的思想觀念，達到黨化思想，統一意志，統一步調，完成光復反攻的歷史使命。這樣一來，達到了政治清明、組織純淨、社會安定、和衷共濟的目的，奠定了反攻復國的堅實基礎。我們置身海外，要按照蔣公的囑託，莊敬自強、處變不驚。讓我們以此自勵吧！」陶大剛口雖這麼說，思想上仍十分矛盾，大陸正搞文化大革命運動，不但百姓遭殃，共黨內部正窩裡反，這是反攻復國的良機，可自己人微言輕，空有報國之心而已！

「陶教官，承教了，看來國家復興有望，但道路漫長。晚輩願跟隨先生，為反共大業盡一份綿薄之力。」

在陶大剛鼎力推薦之下，蔣公道得到了蔣振業的信任及重用，上下滾弄臘戌，出入蔣振業家中。這次在滾弄聯絡辦事處醫官任上，恰巧趕上蒙化箐戰鬥，目睹蘇文相被打死的慘狀，興起了兔死狐悲的傷感：「自己若不及早投奔自由，不也是這樣的下場嗎？」鑒於戰爭規模的日益擴大，特別是諾相在中國境內公然豎起招兵大旗，大批上山下鄉，接受貧下中農再教育的紅衛兵小將，已失去了往昔的光芒。他們捲起行裝，響應毛主席的號召，離開城市奔赴農村，在廣大的課堂裡繼續把無產階級文化大革命進行到底。然而，他們發號施令，以紅司令革命小將自居的威風已一去不復返了，成天與泥土打交道，吃的是蔬菜粗糧，對這些城市生活慣了，每頓雞鴨魚肉的公子哥及千金小姐來說，這份沉重的打擊，心裡的沮喪比身體的折磨更不堪負荷。串聯途中，作為憶苦飯，吃上這麼一兩餐，粗茶淡飯別有一番滋味兒。而今新社會的廣大農村，吃的仍是揭露舊社會貧苦人民受罪的所謂憶苦飯，這就使我們國家的少主人大惑不解了。所以德宏州沿邊各縣的大批知青，不分男女紛紛湧向緬共的招兵站，參加緬甸人民軍。對他們來說，這既是擺脫繁重體力勞動，離開農村的大好時機，也是支援世界革命，把戰場轉移到國外真槍實彈經受戰火洗禮的最佳方式，故三〇三部隊迅速發展到上千人。

緬甸當局為應急，把新組建的七十七師火速調到江西，幾次較量，雙方均傷亡慘重。當局又另行組建八十八師、九十九師，用八十八師接替疲憊的七十七師回後方休整。戰略上也停止主動進攻，力圖把緬共追回中國的作法，轉而以固守戰略要點，以點成線堵截緬共向內地滲透的方針，穩住戰線，以圖再舉。九十九師原為對付果敢佤邦，因兩地戰事不大，故留在臘戍應變。

羅欣漢在臘戍軍校的第一期學員半年受訓期滿，分發到兩個總隊。自衛隊裝備由泰國購回新式武器，清一色的大、小卡柄槍，還有一批美國現役步兵在越南戰場上正在使用的M十六自動步槍，單從裝備上看，自衛隊的輕武器一點不比彭嘉升所部官兵的裝備差。

成立軍事學校，陶大剛所謀教育長一職失敗後，悒悒不樂。他認為失去了一個掌握實權，培訓反共人才的大好機會，他對羅欣漢出爾反爾的行徑大為不滿，發覺羅欣漢的思想是只知有緬政府，不理睬反共與否，故不能引為同志，一同進行反共復國的大業。而於蔣振業，陶大剛知道他因一時糊塗，想依附中共，吃了閉門羹後，思想清醒過來，對中共已不抱任何幻想。政府方面，蔣振業與羅欣漢涇渭分明，一為死心塌地的擁戴政府，一為對緬人深惡痛絕，決不稍假辭色。但為形勢所迫，羽毛未豐之時，蔣振業只好勉強歸附政府，在反共的大題目上做文章矇騙當局。這一來，下泰國販毒走私的路線暢通，沿途政府軍睜一隻眼，閉一隻眼大開綠燈。蔣振業在經濟上已無任何困難，隨時可以把隊伍拉上山去，脫離政府的羈絆，只是目前正好做生意，不想拖走而已。

蔣振業的心思正與陶大剛的念頭相符，陶大剛念念不忘的目標，是掌握一支反共的武裝，他要用這支武裝去擾亂大陸邊區，以喚醒世人的反共意識，所以陶大剛對果敢的內爭不感興趣，不欲在緬甸內戰中損耗實力。陶大剛又與羅欣漢疏遠，去親近蔣振業，力勸蔣振業同羅欣漢分道揚鑣，把隊伍拉出果敢。

這期間，正是世界各國大力禁毒之時。羅欣漢大張旗鼓販運毒品，當然遭到世界輿論的強力抨擊，報章、電臺均稱羅欣漢為鴉片大王，其實羅欣漢是為盛名所累，正如人們俗話所說：「人怕出名豬怕壯。」豬養胖了必被宰殺上市；人出名了，毀譽自然跟著而來。羅欣漢的自衛隊，只是緬東北各地三十多個地方自衛隊中的一支而已，所有自衛隊，當局並未發給分文經費，全靠走私毒品籌餉。由於羅欣漢兵力雄厚，聲勢浩大，隱然成為所有自衛隊的代表人物，各地自衛隊也唯羅欣漢馬首是瞻，以致在西方輿論界，羅欣漢成了眾矢之的。當然羅欣漢也難辭其咎，果敢自衛隊，原有一、二兩個總隊，後來擴編為三個總隊，由魯宗聖、蔣忠誠、黃興和分任總隊長。每個總隊長下轄三個大隊，每個總隊約六百多人，整個自衛隊兵力約二千多人。這樣龐大的組織，每月經費最少要緬幣六、七十萬元。籌措這筆開銷已是不易，購買槍械彈藥及軍服裝備更是難上加難，只有行之商道，將鴉片交由武裝護送去大其力銷售，再從泰國發貨過來，運回緬北出售。這一來一往，費時三個月，幾十輛卡車，上千匹騾馬，加上全部武裝，浩浩蕩蕩在公路和山間穿梭上下，通行無阻。聯合國禁毒委員會公布的金三角地區每年走私七百噸鴉片的數字中，羅欣漢運出的不超過一百噸，但在所有販毒集團中，仍排在第一，無怪乎後來羅欣漢被泰國誘捕，引渡回緬甸，受了七年牢獄之災！罪名就是走私毒品，反對禁毒，這是後話。

再說陶大剛力謀拉走蔣振業所部上山一事，功敗垂成，並引來殺身之禍。原因在於蔣振業與羅欣漢的關係今非昔比，兩人都為果敢部隊的發展壯大、欣欣向榮而沾沾自喜，他倆希望在政府卵翼下加快部隊的擴展步伐，最終戰勝彭嘉升。羅欣漢爭的是在政府方面立功，蔣振業仍是老脾氣，只爭一口氣。另一方面，上述走私鴉片不擔風險，利潤豐厚公私兩利，這種實惠可不是空談主義所能抵消得了的。客觀上講，緬北各地都已先後成立了地方自衛隊，若公然打出反緬旗號，政府必定全力進剿，日子就不好過了。由於以上的種種原因，蔣振業當然不為陶大剛說詞所動，反而日漸疏遠他。

陶大剛事與願違，吃力不討好，深感處境危險，出走既不甘心，留下又遭嫉忌，只得以退為進，少到軍校，平日深居簡出，韜光養晦，待機再起。在他本意，他已不再干預軍事，可減少羅、蔣的猜忌。誰知適得其反，被人在團體主管面前告狀，說他心懷不滿，主官借此為理由，為防後患，動了除去陶大剛的殺心。一天下午，蔣振新約陶大剛到新臘戌一家飯館進餐，席間勸陶大剛審時度勢，既不可鋒芒太盛，亦不應頹廢自輕。陶大剛借酒消愁，滿腹牢騷，山東人的耿介性格使他不願媚俗，席間闖進一蒙面大漢，向陶大剛連開數槍，然後從容逃去。蔣振新不遑追緝兇手，忙招集人手把陶大剛送進醫院，並親派衛兵守護，以防兇手再次行刺，幸虧陶大剛命大，子彈未中要害。蔣振新心知肚明，知兇手大有來歷，看在師生一場的份上，暗中通知賴莫部隊參謀長張書權。張書權秘密派人從醫院把陶大剛接到黨陽養傷，以免再遭毒手。陶大剛在大猛隆任教官時，蔣振新也是學員，所以在危急關頭救了恩師一命。

蔣公道在滾弄，得知陶大剛被刺的消息，一時氣憤，發了湖南人的驢子脾氣，竟然公開寫了一封信給蔣振業。信中說他在緬共時即聽蔣振業如何仁義厚道，對部下如何關懷提攜，到了滾弄方知蔣振業徒有虛名，對陶教官下此毒手，令人齒冷。要求兩位指揮官緝拿兇手，槍斃示眾，以儆效尤，蔣公道這種寧死勿折的性情，當然招來殺身之禍。蔣振業接到信後，非常憤怒，一言不發即派警衛分隊長帶士兵六人來滾弄，此時蔣公道正與王尚雄一塊吃晚飯。王尚雄撕開蔣振業的來信，上面寫著：「尚雄弟，蔣公道是陶大剛的心腹，留在滾弄恐對團體不利，著交分隊長王文忠是荷⑤，兄振業，六八年十月十日。」

王尚雄不動聲色，讓蔣公道吃飽飯才對他說：「蔣醫官，蔣副指揮官來信，有事讓你回臘戍，你就同王分隊長他一起去吧！」

王文忠叫人把蔣公道捆綁起來，拉上吉普車，蔣公道方知是寫信惹禍，後悔無及，央求王尚雄救他一命。因王尚雄與蔣振業是連襟，兩人媳婦是親姐妹，所以蔣公道知道王尚雄只要肯開口，便可救他。

「蔣醫官，事到臨頭我也救不了你了！你反正過來，副指揮官對你恩寵有加，讓你穿房入戶，視若家人。你平常很聰明，誰知聰明反被聰明誤，竟敢寫信指責長官不是，這哪是做下屬所應為之事。若你事先讓我知道你寫的內容，我一定會阻擋你做這種糊塗事。我問你，你卻騙我是寫給朋友的信，如今不但你有罪，連我也脫不了干係，落了個馭下不嚴的不是，你叫我如何幫你呢？」

「王主任，我知自己犯了大錯，但罪不至死！我知主任口硬心慈，求你看在幾個月相處的情分上，替我說句好話。我死不足惜，但在保山尚有一個老母無人侍奉，我大哥已死在大陸工作處的手下，只剩我一人，不死在老共之手，難道要死在果敢人手裡，讓老母一個人孤苦伶仃活在世上受苦嗎？」蔣公道說到悽楚處，不覺流下淚來。

「軍令如山，我也無可奈何。既然你把話說到盡處，我敬你是條忠孝雙全的好漢，犯顏為你說幾句好話，你把我的信面交副指揮官，赦不赦你我就不敢保證了。」

「謝謝主任的大恩大德，我蔣公道若留得殘軀，定當報答主任的救命大恩。」蔣公道心中升起一線活命的希望。

王文忠把蔣公道拉到江邊，用麻袋套在蔣公道身上綁上一塊大石，丟到江裡去了。臨丟江前，王文忠對蔣公道抱歉地說道：「蔣醫官，我是上命難違，你不要怨我，你我雖是弟兄，我不敢把你拉到臘戌去。王主任的信我保證替你轉到蔣副指揮官手裡，你放心吧！」

「我死都死了，送信去有何用處，不必了。我不怪你，我只怪我瞎了眼，分不清好人壞人。在緬共時韓曉人曾對我說過：『逃離中國並不代表到了天堂，追尋自由的道路上，到處是荊棘，充滿陷阱，一不小心死了還要挨罵名。』我今天才知道這幾句話的分量，可惜代價太大了。」蔣公道臨死前，已了無懼意，他為剛才為活命低聲下氣求人而羞愧。「父親取名給自己叫公道，意思是向上蒼祈求公道，但世間何曾有半分公道？父親啊！你慘死在共黨之手，大哥冤死在共黨間諜之手，我今天也要死在蔣振業之手。你與大哥是為正義公理而獻身，重如泰山；你兒子卻因言語不慎而送命，比鴻毛還輕，太不值得！」

「韓曉人呀韓曉人，我悔不聽你忠言，先自我保護好安身立命之地，哪怕是忍辱偷生，活著才有迎接光明的希望！死比活著容易，輕易尋死是懦夫的行為！我走的正是你說的那條自尋死路的懦夫之路，解脫自己。我把衝破黑暗，飛向光明的重任託付在你身上了！」王文忠把蔣公道丟入薩爾溫江，乘車返回臘戌覆命。

第一期受訓新兵回到滾弄，正值緬共調集所有地方武裝，配合主力圍困硔掌。七、八百緬共將硔掌及周圍地區圍得水泄不通。硔掌一失，東西兩岸的共軍將連成一片，對政府軍據守果敢將十分不利。遠在臘戌的九十九師派出一個營的兵力趕往增援；羅欣漢就地抽出段子良、字光華兩個大隊配合行動，雙方在硔掌展開了一場惡戰。面對緬軍的優勢兵力，緬共不願硬拼，一個回馬槍，連夜撤走，主力殺回大水塘。區聯隊圍攻紅石頭河後山，把戰火燒向西山區。羅欣漢只好親到大水塘坐鎮，這時戰事的規模已升級，雙方均動用到重型武器。

「韓排長，你負傷啦？怎麼不到猛堆一四五醫院去醫治？」谷金玉意外地在醫療隊邂逅來換藥的韓曉人，驚喜交集。「你們連住在哪裡？想不到能在國外見面。」

「谷金玉，妳什麼時候來當兵的，分在哪個單位？」韓曉人也覺得意外，兩人都不理會對方的問話，結果都笑了起來，還是陪韓曉人來換藥的趙紹雄代為問答道。

「韓排長已是我們的副連長了，他手臂被子彈打傷，幸好未傷到骨頭。我們住在楊龍寨對面的山腳下，那裡也叫楊龍寨，有十多戶人家，妳們支隊部住在大寨，我們住的是下寨。你叫谷金玉，南傘人，對不對？」

「他是一排長趙紹雄。彭木山受訓時講到妳的事，很同情妳的遭遇。現在支隊部炮連的連長趙子光，還打算接妳去南郭跟他母親同住呢！想不到妳真來參軍了。」韓曉人見谷金玉被趙紹雄弄糊塗了，急忙解釋。

「趙排長，謝謝你們的關心。」谷金玉大方地同趙紹雄握手問好，然後又回答韓曉人的問話：「我是在你們大新寨打仗後不久才來當兵的，支隊長分配我們來醫療隊幫忙，晚上又回支隊部。過幾天我們就要去鐵石坡受訓了。」

「你們一共有多少女兵？都是從中國出來的嗎？」

「我們有十九人，從中國出來的只有五人。哦，韓副連長，另外從猛捧出來的三人你都見過，她們是張小梅、王小玉與陳蘭芬。他們說認識你一年多了，是嗎？」

「咦！是她們。張小梅是我的救命恩人，沒有她，我早被中國抓回去了。陳蘭芬說是我的未婚妻，跑到慕太來找我呢！」韓曉人回顧往事，酸甜苦辣一齊湧上心頭。

「她們都跟我講過了，陳蘭芬為你的事，深感對不住你。家裡來人叫她回中國，她抵死不回，一直住在張小梅家。前不久她們找到支隊長，參加了緬甸人民軍。」

「你回支隊部告訴她們，明後天我找支隊長下棋，定去看她們。你告訴陳蘭芬，過去的事不用在意。」

「韓副連長，陳蘭芬跟我是好朋友，我們之間無話不談，人家心中對你可有意呢！為了彌補她的過失，她發誓永不回家，在果敢一輩子。一年多來，不知多少小夥子去向她求婚，她都回絕了，她說她已有未婚夫。趙區長要她嫁給崇崗區劉區長，她回答已答應你了。」

「劉區長，你是說劉國欣嗎？嫁給他不錯呀！她當時說要嫁我，完全是演戲，何必放在心上呢！」韓曉人很吃驚，他想不到陳蘭芬竟是這樣一個剛烈女性，要用許身以報的方式來贖並非是她所自願犯的過失。

「那是你們之間的帳，等見了面再去算吧，跟我這個局外人有何關係呢？你知道嗎？江紅英得知你在彭木山受訓，幾次想去找你，又怕對你有影響不敢去。你好狠心，不但不寫封信去安慰她，反而讓趙國祥帶回口信給她，叫她不要再以你為念，把她氣病了一場。」

「谷金玉，妳想想看，她是國家幹部，我是個遭人指著脊樑骨咒罵的叛國賊，還能有什麼結果？與其讓大家都不得安生，不如各自分手，以減輕負擔。」

「韓副連長，谷金玉都能出來，江紅英為何不能出來？不如你叫熟人帶封信給她，約她出來當兵，這也是幹革命呀！國內國外不都是一樣嗎？屆時你們就是一對革命伴侶了那多好！」趙紹雄很熱心地建議。

「大雄，你都當排長的人了，還那樣幼稚。谷金玉的處境與江紅英不同，江紅英是國家幹部，團支部書記，她能出國嗎？我的事已鬧得鎮康風風雨雨，至今餘波未平，豈可允許第二次叛國事件出現，這將置國家顏面於何地？我是迷途知返，國家才寬恕我。不然你我還能在此高談闊論，暢敘邂逅之樂嗎？」韓曉人用大道理阻止趙紹雄，不讓他多說。同樣韓曉人也關照谷金玉道：「江紅英的事，就我們三人知道，不要再多說，以免影響她的前途。」

「我知道了，我也像你一樣，把過去一筆勾銷，不再去理會。」谷金玉至此才明白韓曉人的苦心。

「趙排長，我們都聽說你與殷昆生相愛的事。不見你之前，我還懷疑殷昆生那高貴的公主，怎會看上麻栗壩人。今天認識你才發覺殷昆生很有眼光，你們倆人確是男才女貌，扁擔挑水兩頭平呀！」谷金玉怕再談下去引起韓曉人更加傷感，話鋒一轉便扯上了趙紹雄。她並非輕薄之人，但她深知韓曉人的為人。一九六五年，韓曉人到彭木山銀行辦事處頂替會計位置，她就在辦事處對面縫紉社縫衣服。那時她剛失去愛人，悲痛欲絕，了無生意。韓曉人安慰她、鼓勵她，給她講自己如何戰勝種種命運的不幸，給她講如何面對未來。三個月的相處，谷金玉方知人間還有真情。分手那天韓曉人深情地對她說：「谷金玉，我永遠是妳的好朋友，你要挺住，千萬不要倒下去，你受了那麼多苦楚，上天有眼，不會辜負你的。你一定會再找到幸福的。有什麼困難可寫信到鳳尾壩給我。」她面對那張並不漂亮的平凡的面容，止不住流淚了！打那以後，她僅斷斷續續地聽到韓曉人下了農村。突然她看到彭木山的連隊連夜出發，過了一個星期才返回營盤。她從江紅英口中得知韓曉人叛逃出國，解放軍去地界路等了三天，沒有抓住韓曉人。之後，有人在鳳尾壩看見韓曉人，他已當了彭嘉升的兵。再後來，她又聽江紅英說韓曉人來到彭木山，她心中升起一股熱浪，多麼期盼能見他一面，可惜根本進不了營房。她為了見他一面，毅然約了自小相好的陳蘭芬，離開南傘當了人民軍。蒙化箐一仗，她聽說韓曉人所在的一連傷亡過半，她的心懸在了半空，她不敢打聽，生怕聽到韓曉人的兇信。她暗暗乞求上蒼保佑韓曉人，不然她活下去的支柱便立不住了。今天邂逅她放下了一顆牽腸掛肚的心，比起兩年多以前，韓曉人顯得更加成熟，性情更為沉靜，容顏也更加蒼涼，說明他心裡裝著太多負荷。她愛屋及烏，對趙紹雄一點沒有陌生感，她心中想：「跟韓曉人一路的人，一定是好人，也是能人，什麼都可以說。」

「谷大姐你別取笑小弟。你與我們是一路人，殷昆生走的方向跟我們不同，我與她只是革命同志而已，你千萬別誤會。」趙紹雄連忙表白，不願有人把他與殷昆生相提並論。他與殷昆生越相熟，越覺得生分。進步！不是用嘴說了算數的。進步！是要在實際中表現出來給人看的。有人說韓曉人與他是坐直升機升上來的，他們不願承認，他這個排長是用老命換來的。離開中國不滿一年，他們連隊傷亡過半，這血染的風采，是任何誣衊、猜忌、詆毀所掩蓋不了的。對一連，三巨頭談起來，無不點頭稱許，說一聲：「行！」蒙化箐一仗，一連失利了，但無人敢指責一連沒有打好。韓曉人及趙紹雄都評了一等功。這功一立，心理負擔更重了，下次有任務，只好拼老命！活著幹，死了算，除此還有什麼好說的呢！

「那我就不再提你與殷昆生的事了。」谷金玉聽趙紹雄也把她看成自己人，心情很舒暢。她覺得跑這一趟外國總算有了價值，見到了夢縈魂牽的好朋友。只能是好朋友，自己是個未亡人，還有資格苛求什麼呢？儘管她在心底呼喚著韓曉人三個字，她卻不敢把這份心思公布出來，強忍錐心的刺痛，她只能默默地為韓曉人祝福。祝福韓曉人平安如意，找到一個稱心如意的伴侶。陳蘭芬不管是負疚而以身相酬，還是情有獨鍾，她都有資格宣示出來。谷金玉羨慕陳蘭芬的大膽直爽，敢恨敢愛，從不掩飾自己的感情。谷金玉恨自己膽怯，表面上大方開朗，可骨子裡自卑自憐，笑臉後面包含了無限淒涼。攬鏡自照，南傘街子的兩朵金花，陳蘭芬美得讓人受不了，大眼高鼻銀盆臉，潑辣得像一朵帶刺的紅玫瑰；谷金玉婷婷玉立，瓜子臉鳳眼瓊鼻櫻桃小嘴，清麗一如出水芙蓉。兩朵姐妹花不知風靡了多少青年男子。陳蘭芬是雲英待嫁，谷金玉卻已是殘花敗柳。谷金玉自怨自艾，一會兒皺眉，一會兒發嗔，待心情平靜下來，她自言自語道：「我只是來還債的，他在我最沮喪、最落寞時喚起了我的重生，我感謝他。我就是為了見他一面而已，今天見到了，他一切都好，我也該放心了，以後……以後最好還是少見為妙。趁現在陷得不深，趕快拔腳還來得及，不然便會有滅頂之災了。」分別後，谷金玉暗自下了決心，要成全韓曉人與陳蘭芬的姻緣，以報答他的知遇之恩。

陳蘭芬自從慕太返回南榨表姐張小梅家，一住經年。尤其是得知韓曉人後來兩次遇險，心中更是負疚，遂不再返國。張小梅的丈夫周五十，是個善良的山民，膽小怕事，一片樹葉掉下來也怕砸破頭，他成天只知到山裡種鴉片煙，家中大小事物一律由妻子出面掌管。夫妻倆相親相愛，有一對可愛的小兒女，男孩五歲，女孩三歲。王小玉留在紅岩，滿心希望趙叔平來找她，她從親戚口中瞭解到張慈君傷好後，已留下後遺症，變得癡癡呆呆，心中更是歉然，同病相憐便找到南榨與陳蘭芬作伴！

劉國欣當了崇崗區長，工作十分積極，組織農會，成立民兵，聲言要搞土地改革，打土豪分浮財。馮把總見勢不妙，丟下牛馬火塘，收拾細軟連夜逃走了。趙紹雄的父親四千總，依恃兒子是人民軍，還安心地等候消息。劉國欣不敢公開沒收四千總家的田產，便親自動員四千總獻出多餘的田地，做一位開明紳士。

「四千總，趙紹雄是一名光榮的人民子弟兵，你作為軍屬，要起模範帶頭作用。我們是人民政權，你在蔣家土司時代剝削壓迫勞動人民，看在趙紹雄的面子上，不鬥爭你，也不沒收你家產。但你應該自動捐出田產，分給沒有田地的貧苦鄉親，不然到了正式土改，我也幫不了你的忙。你不要以為趙紹雄當了兵，便可蒙混過關，黨的政策是一致的，絕不因人而異，要自己革自己的命，不能由別人包辦。馮三自絕於人民，已逃出解放區，但不管跑到哪裡，總有被人民抓回公審的一天。」

四千總被嚇唬一番，正自心神不定，不知如何是好，忽又聽得傳揚趙紹雄在大新寨戰鬥中與韓曉人一同被打死了。四千總心上一急，老毛病又犯了，整日瘋瘋癲癲的，還是千總太太有決斷，找三匹牲口給四千總及小女兒佳革、小兒子佳達騎，自己帶著大女兒及兒子徒步，搬遷到大水塘。到大水塘方才得了實信，趙紹雄與韓曉人都活得好好的，方知中了劉國欣的圈套，而讓劉國欣以逃亡戶的藉口，輕易沒收了所有的家業。

劉國欣假公濟私，把逃亡戶的產業侵吞，只把不動產交公，頓時成了有錢人。他這一切做得十分隱蔽，既得到佘健的歡心，作為模範區長受到表揚，又得到了經濟實惠。他自己不出面，讓他兄弟大做生意，壟斷了崇崗街的鴉片煙市場。劉國欣大權在握，升斗小民只有逆來順受，誰敢道個不字，真可說是一手遮天，要風得風喚雨來雨，表面上他裝得公正廉明，深得上司寵信。

俗話說：「飽暖思淫心。」劉國欣躊躇滿志，興起家室之想。他認為周圍盡是庸脂俗粉，配不上做區長太太。唯一的兩個人選，是陳蘭芬與王小玉。自從棉花林相遇，劉國欣驚為天人，心中便留下深刻的印象。那時他還是個見不得人的小角色，前途要緊，所以事過境遷，沒多想兩個佳人，而今時來運轉，他得意地專門騎著高頭大馬，手下人荷槍實彈，以趕紅岩街為名，到周五十家向兩個佳人炫耀身分，誰知陳蘭芬與王小玉表面上客氣，卻不買他的帳，弄得他灰頭土臉，又羞又怒。回到慕太，劉國欣去找趙培良，請趙培良從中作伐，為他成全好事。趙培良滿口應承，問劉國欣中意誰。劉國欣是魚與熊掌，難以決斷，私心裡，巴不得一雙佳人在抱，享齊人之福；但形式上不允許，他只得挑選最好的上品。他認為陳蘭芬才貌雙全，成婚後必定是個賢內助；王小玉貌美如花，才情方面則欠了一籌。趙培良派人把陳蘭芬叫到慕太，張小梅怕趙培良又生歹心，便陪陳蘭芬同去。趙培良滿心以為事情一說便成，一腳躍上高枝，誰還會推辭。遭到陳蘭芬一口回拒，弄得他堂堂一區之長下不了臺。趙培良惱羞成怒，威脅要把陳蘭芬抓起來，張小梅站出來打抱不平，質問道：「趙區長，陳蘭芬是我表妹，住在我家，她犯了果敢的什麼法律，要抓她？婚姻是雙方自願的事，哪能強迫？牛不吃水怎能強按角，你要抓，抓我好了，大不了送我回中國，我兄弟已被你迫害過一次，再對付我這做姐姐的，你照樣不會臉紅的。你不要以為天是王大，你就是王二，只要你無理扣押我表妹，我就敢告到支隊長面前。」

「張小梅，上次抓妳弟弟的事，妳就誣陷過我，韓曉人住在我家，妳把他們嚇走，我還未找妳算帳，妳倒豬八戒進稀屎洞——倒打一耙，別說告到支隊長那裡，告到蔣政委那裡我也不怕。」

「趙區長，不關我表姐的事，你要抓就抓我好了，我不是不答應劉區長的求婚，而是我已有了愛人了。」陳蘭芬不欲把事情弄僵，硬來要吃眼前虧，從中申明道。

「妳說的可是真事？我聽說多少小夥子向妳求婚，妳都嚴詞拒絕，怎又有愛人了？」趙培良不信地問。

「我到果敢來，是來找韓曉人的。你忘了嗎？我不回中國，留在果敢，就是要等韓曉人的。」

「妳……那次的事是……」趙培良怔住了，他不欲把事情鬧大，便順水推舟道，「既然妳與韓排長有約，那就另當別論，我這是受人之託，成與不成，關我屁事。」

趙培良到崇崗向劉國欣講了事情經過，劉國欣明知陳蘭芬是托詞，但事情是自己做下的，大多數山民也都知道陳蘭芬是來找韓曉人的，陳蘭芬來這一招，真使劉國欣啞巴吃黃連——有苦說不出呢！

「這小妮子，不知她安啥心腸？待在南榨一年多，中國方面多次叫她，連吳參謀都親自來過，她抵死不回去。難道真被那叛徒迷住了？也罷，韓曉人現在紅得發紫，犯不著為一個女子得罪他。」趙培良也是狐疑不定。「劉區長，陳蘭芬既然不識抬舉，就別再提她了，王小玉模樣也是百裡挑一，我再為你想法如何？」

「謝謝趙區長的好意，王小玉的事讓我自己來辦，倒是張小梅太囂張了，你得想法治她一治。」

「我是看在陳蘭芬面子上，當面不願鬧翻，她再狠也逃不出我的手掌心，周五十是個渾人，嚇他一嚇，定會把張小梅休掉。」趙培良胸有成竹，早想好毒招。

事情過去沒幾天，王小玉突然接到趙叔平的口信，就有要事相商，叫她到棉花林趙四海家找他。王小玉又高興又著急，趙叔平終於回心轉意，派人來接她了，她擔心趙叔平是不是生了重病，要她馬上趕去。陳蘭芬也覺得對不起張慈君，害得她留下終生殘疾，便陪王小玉連夜趕到棉花林，王小玉見趙叔平紅光滿面，毫無病容才放下心來。兩個人單獨相處，不是談情說愛，而是商量避難之法，原來這就是劉國欣的妙法。

「小玉，不是我對妳狠心，實在是妳做得太絕，非要置我於死地。」趙叔平兜頭來了個晴天霹靂，把王小玉驚呆了，她這才知道趙叔平一直對她耿耿於懷。

「叔平，我對不起你，我上了郭書記的當，害得你與蔣正海連夜逃出中國。」王小玉聲淚俱下自責道。

「這只是樁小事，妳之後又夥同陳蘭芬，追到慕太，不但害我們被勒了一繩子，還把張慈君害成了白癡，妳良心被狗吃了嗎？我真想不到妳的心比毒蛇還毒，口頭上說愛我，實際上每做一件事都是在害人。」

「我錯了，我誤信吳參謀的保證，是我害了你。」

「害我是小事。韓曉人如今已當了排長，馬上便要升連長，你們害得他幾次三番險些死去，他饒得了妳嗎？蔣正海如今是羅欣漢的參謀，他恨妳害了張慈君，揚言要找妳報仇，我今天找妳來，就是告訴妳快設法避禍，不然事到臨頭，妳死無葬身之地不算，我也逃不了干係。」

「啊？冤枉呀！陳蘭芬是主角，趙培良是主角，為何不找他倆，要來找我承擔罪名？」王小玉貌美如花，心智實在不敢恭維，真是繡花枕頭一包草。冤有頭、債有主，她本人就是受害者，怎會是主謀？

「趙培良正因此事立功當了區長，陳蘭芬名正言順是中國派出來執行任務的，何況她們的王隊長現在也是人民軍的排長，訪問組趙忠舉副組長是他的老上級，吳衛軍吳參謀是王成當班長時的新兵，官官相護，能不保陳蘭芬而讓妳去做替罪羊嗎？」趙叔平複述劉國欣的話。

「叔平，那我現在要怎麼辦？你快替我出個主意呀！」

「小玉，不是我不幫妳，我雖然在區上做文書，根本沒有實權，為妳的事，我求過劉區長，他想了半天才勉為其難為妳想了一法，就看妳的想法如何了！」

「劉區長替我想法？他與我無親無故，為何要幫我？」

「劉區長一方面是可憐妳，另一方面也是看在我的份上，我不忍看妳冤枉，被人害死，求他多次他才點頭答應為妳消災免禍。」趙叔平一直吞吞吐吐，不好明言。

「劉區長怎麼設法，他要我如何做？」

「這個方法是我為妳想的，他不同意，是我求他這麼做的，如果妳不同意，我也沒法可想了。」

「你說呀！說了半天，你仍沒說出是什麼好辦法。」

「我想……，我看劉區長是個好人，年紀輕輕的就當了區長，以後說不定會當縣長。緬甸一解放，他是老革命，又有才學，最少也要當上省長。我想過了，只有他能救妳。趙中強是連長，蕭楚智是副連長，這倆人是他在仰光南洋中學的老同學。他本身很有來頭，不然怎會一步登天升到區長的位置，有他出面，妳就安全了。」

「叔平，你今天怎麼啦？東扯葫蘆西扯瓢，我是問你出了什麼好主意來救我。」王小玉真急了。

「小玉，我倆根本合不來，不瞞妳說我若娶了妳，既對不住蔣正海，更對不住張慈君。我現在是寄人籬下，為了生活，我已決定去上郭小果的門。她年紀雖說大了點，但有產業，上門後吃穿不愁，我出來一年多了，仍混不出個名堂，被中國人笑話我，我再也受不了這種氣，我要成為有錢人，以免被人瞧不起。韓曉人、蔣正海混出了名聲，我沒有名，但可求利，我想妳會諒解我的。」

「你……，我等了你一年，想不到等得這個下場？」王小玉哭了，這個打擊實在太大了，脆弱的她，簡直承受不了。「好吧！是我的命苦。但你何必為了占一份田產，就消沉下去。你也可以去當兵呀！你有文化，不愁沒出頭之日。不然你下新街去找蔣正海，你總會有事情做的。」

「小玉，妳別高估我，當兵是去送死，子彈沒長眼睛。妳沒聽說嗎？韓曉人所在的那個連，半年多時間已死了一半人。幹活我累不得，蹲了十二年的高板凳，難道妳還想要我放下筆桿抬鋤把嗎？郭小果沒有多餘的人，我一進門就是主人，不用瞧任何人的臉色，想如何辦都行，這是機會難得喲！原來是韓曉人的機會，可惜他沒福氣享受，我撿了個便宜，還有啥不滿意呢？」

「恭喜你，恭喜你成了大財主。」王小玉感到一股冰冷的寒氣直透心底，傷感之中又有一種解脫的快意。自己一年多的守候終於有了結果，這結果是那樣地出人意料，自己心目中的戀人竟是這麼個混帳傢伙，她不知是悲哀還是高興。認識瞭解一個人是多麼不容易的事，當你自以為讀通了這個人時，才發現你根本面對的是一本空白的無字天書，你熟悉的人已遠離你而去，只剩下一具陌生的軀殼，王小玉頓覺輕鬆了。感情的負荷一旦卸了下來，你又變回了原來的你，你真正的自由了。

有的人好善樂施，在受益的人心目中，這個人既是萬家生佛，也是一位債主，他用一根根無形的繩索，把受他恩惠的眾生牢牢捆在良心的十字架上，讓他們心境不得片刻的安寧。有的時時思念著回報，有的因無法回報而忌妒上天的不公，為何厚彼薄此。而當負債人還清了所欠的債，不論是物質上的還是精神的，他也就成了自由的人，債主再也不能隨心所欲的去驅使他了。世人對這個淺顯的哲理似乎領會不深，總認為自己有一種天生賦有的，支配人的權利，而別人應對他畢恭畢敬，爭相為他效勞。孰不知是你對人有恩罷了。一旦你不再對他人施恩，或別人已報答你的恩惠，你的這種權利便自動消失，便沒有人再聽你的了。

「小玉，別取笑我。現在是你有麻煩，我來幫助解決。」趙叔平仍以為王小玉還像以往那樣對他百依百順，語氣照樣不變。「劉區長很喜歡妳。妳若同意嫁給他，妳便可以高枕無憂，誰也無奈妳何。」

「謝謝你這尊悲天憫人的大菩薩，我不用你把我當禮物去討好別人。我自作孽，讓上天懲罰我這不祥的罪人吧！」王小玉怒極笑道：「我是蒲柳之姿，怎配做區長夫人，請你轉告劉國欣，不用為我的事操心。」

劉國欣十分不解，自己生得一表人才，在仰光讀書不知風靡了多少癡情少女，如今是陰溝裡翻船，連吃兩次閉門羹。一種自尊心被損害的憤怒，使他喪失了理智，他派人把周五十栓到棉花林，指責他招領兩個放蕩女人在家，招蜂引蝶，敗壞了地方風俗，限他回去後馬上把她們逐出家庭不得收留，否則以傷風敗俗罪論處。周五十回到南榨，逼著張小梅叫陳蘭芬與王小玉馬上離開，張小梅與周五十大吵大鬧，堅不允許兩人離家。平時周五十對張小梅言聽計從，這時怕家庭遭殃，只得硬著頭皮不依，並以離婚來逼張小梅就範，張小梅一時氣憤，約上陳蘭芬與王曉玉一同離開南榨。

「表姐，你不必管我們，鬧到你們夫妻反目，我們心中十分不安。」陳蘭芬勸張小梅以家庭為重。

「你表姐夫是大膿包，被劉國欣一嚇就縮頭，劉國欣是敲牛角震牛頭，目標衝我來。只要逼你倆走投無路，便不得不就範。我們要想個好辦法，不但使劉國欣的陰謀不得逞，也讓你表姐夫嘗嘗耳朵軟的滋味。」

「表姐，我倒有個主意，就怕你離不開一雙兒女。」

「放心吧！我公婆最疼兩個孫，蘭芬你的意思是：我們找支隊長當女兵，是嗎？」張小梅也有此打算。

「支隊長他剛出中國，慕太我姐妹就問過侯加昌招不招收女兵。前兩天有個傷兵回家休養，講人民軍也有女兵，我怕韓曉人不饒我，當不成兵反而送了命。」王小玉有顧慮。

「小玉，我跟你講過多少次了，你難道還信劉國欣的鬼話，韓曉人在鎮康是國家幹部，豈是個是非不明的糊塗人？我害得他幾乎送命，我都不怕，你怕什麼？」陳蘭芬道，三人商量妥當，順地界路找到了彭嘉升。

而這頭戰事正緊湊上演著，「趙大隊長，共軍火力太猛，我們的工事大都被摧毀，不撤是不行了。我帶一個中隊掩護，你快帶其他中隊撤吧！若政府軍放棄了他們固守的飛機場包包，我們的後路便被截斷，想撤就晚了！」中隊長馬國良向趙開甲建議。

「好吧！你帶人先堅持一下，等天黑順著火燒寨山凹撤下壩子。」趙開甲從未碰到過這樣猛烈的炮火，無論多厚的地堡，都經受不住七五平射炮的炮擊，一炮便把地堡打塌。反斜面雖不在平射炮的威脅下，八二炮照樣可以打到，更為可怕的是高射機槍，讓你光挨打，你想對付它，射程達不到。戰局形成了一面倒，新成立的炮連成了共軍的殺手鐧，趙子光指揮七十五毫米口徑的無座力平射火炮，蕭楚智掌握八十二毫米口徑的迫擊炮，用火力代替步兵的突擊，挽救了多少寶貴的生命啊！

趙開甲趁陣地上煙霧彌漫、塵土飛揚的時機，帶領主力撤下陣地，奪路後撤，但走不多遠便遇上共軍的伏兵。趙開甲借密林掩護下，不下壩子逃回大水塘，他這一下歪打正著，躲開了共軍主力，安全到達大水塘。四顧身後，一個大隊脫險的僅有不足五十人。

馬國良掩護大隊撤退後，共軍已發起衝擊，第一梯隊被打退後，趙中強命令王成帶第二梯隊再次衝鋒。主陣地的工事早被打成了一片廢墟，根本沒有可依託的防線。王成帶著兩個排，紛紛跳進戰壕，敵我雙方處於混戰狀態，陣地上盡是殘缺不全的屍體及斷槍破木。

馬國良親自掌握一挺輕機槍，守在一個殘存的地堡中。不防緬共已繞到側後，一顆手榴彈扔進地堡，馬國良負了重傷。他不願重蹈蔣森林、趙應發的後轍，掏出手槍自殺了，馬國良一死，倖存者紛紛舉手投降。蔣振業經營了半年多的諸葛營包包，被他視為固若金湯的長城——就這樣輕易地丟失了！緬共還了一箭之仇，報復了蒙化箐蘇文相陣亡的恥辱。

紅石頭河後山這一仗，正是趙大組長的精心傑作，自打硔掌被緬軍援軍解圍後，趙大組長當機立斷，把兵力拉到大水塘周圍，雙方在大水塘僵持了幾天，突然回兵把諸葛營一線緬軍及自衛隊的幾個陣地圍了個嚴嚴實實。巴退少校以及羅欣漢、蔣振業都以為緬共會老調重彈，採用圍點打援戰術，所以穩穩當當地守在大水塘，等緬共疲乏之後再出擊。誰知彭嘉升這一次來真的，從早晨打到下午，便全殲政府軍一個加強排，一個炮班及趙開甲大隊的大部，大水塘便直接暴露在彭嘉升的面前。

政府軍九十九師師長坐鎮臘戌，接到敗報，也感束手無策。緬共彭嘉升部已今非昔比，他們擁有高射機槍、八二炮、七五炮、五七炮，加上近戰武器六〇迫擊炮及四〇火箭筒，政府軍只有挨打的份兒了。他一面向上級請示調撥重武器來固守滾弄，一面把增援硔掌的一個營調回大水塘，準備與緬共主力決戰。誰知趙大組長又把主力部隊兩個營一下子拉到花石板一線，地方區聯隊拉到風吹山一帶，把大水塘與硔掌之間的聯繫徹底截斷，要在野外與緬軍周旋。巴退在大水塘的堅固陣地毫無作用，白費了力氣。幾百政府軍擠在大水塘給群眾帶來不便。

緬共打下諸葛營一線，進行了大的改變。一百名正規解放軍的邊防部隊出國，全是孟定團各營抽調出來的精銳班排骨幹，清一色中共黨員和共青團員。另從區聯隊挑選了二百多名年輕力壯的青年補進主力，空缺則由各鄉村民兵中選拔，主力擴編為一、三兩個營，番號為四〇四五、四〇四七。彭嘉福晉升為副支隊長，蔣正祥升為支隊政治部主任，蔣再映提升為四〇四五的營長，教導員由國際支左的指導員彭國臣擔任，下轄一、二、三，共三個連。一連長是支左的排長馬光德，指導員是支左的排長沈德光，韓曉人由代理變為實任副連長；二連長蔣穆良，三連長趙德開。趙中強提升任四〇四七的營長，教導員有支左的連長蔣富康擔任，下轄七、八、九，三個連。七連長羅光明，八連長王成，九連長黃成榮，每個連改轄兩個排，原一連三排、二排建制不變，一排與支左的一個排改編為九連，歸三營。原二連三個排加上支左的一個排改為二、三兩個連。原三連加上支左一個排，改編為七、八兩個連。這就是說，原一連被分轄到一、三兩營去了。趙紹雄提升為九連副連長，他不願去九連，結果仍任一連一排排長，二排排長是魯國成。

「指導員，你跟韓副連長都是昆明人，一定能跟我們處得莫逆。原來的指導員馬永春是個大黑老緬，打硔掌時瞎指揮，馬永春被蔣光政委調到江西去了。」班長羅從軍討好地對沈得光說：「貶低馬永春的品格，批評他不夠格做政治工作，並且擅作主張，打亂了趙君的布署。」

「羅班長，馬指導員打硔掌時出了什麼岔子嗎？」沈得光初來乍到，趁機瞭解連隊的情況。

「打硔掌時，馬指導員帶一排去接替區聯隊占領政府軍陣地對面的一個制高點，因為政府軍派來一個營增援硔掌，羅欣漢也派段子良、字光華兩個大隊隨行招呼民夫及馱運彈藥糧食的騾馬。增援硔掌有兩條路，一條是過花石板，順忙羅、季山那道山坡下到西帕河，再爬上荷花塘、三棵樁，沿山梁到硔掌。這條路很直，一個夜行軍就可到三棵樁，我們的主力便守在這條路，另一條路沿風吹山過炮樓埡口，沿公路通過大青村下到小街，再由西帕河直上硔掌。大組長怕老緬過炮樓埡口，便把圍困硔掌的區聯隊全部撤去蘇家寨，準備打援。我們去接替區聯隊後，馬永春一看只有一排人面對一個加強連的緬軍，急得下令撤下制高點。趙大組長十分生氣，連忙派韓副連長帶三排去接替一排，臨走時告訴韓副連長要構築兩面防禦工事。」羅從軍身臨其境，講得頭頭是道。

「為什麼要構築兩面防禦陣地呢？」沈得光問。

「這次緬軍援兵人多勢眾，趙大組長不敢分散兵力，主力部隊始終形成一個拳頭，準備打援。硔掌守軍只留小分隊監視，不讓他們走出營盤。」趙紹雄知羅從軍已答不出這道難題，代他答道：「趙大組長剛接到偵察站吳參謀送來的情報，得知緬軍已離開大水塘一天一夜，但派出幾支小分隊都未打探到緬軍行蹤，所以要防援兵繞過我們的阻擊線，那樣一來韓副連長所在的制高點，便會兩面受敵，弄不好落得全軍覆沒。」

「是呀！這可是置之死地而後生，抵得住，便可使主力殲滅援軍，抵不住便完了。」沈得光也覺形勢嚴峻。

「指導員說的跟趙大組長完全一樣。」羅從軍忽然想起趙大組長當著戰士交代韓曉人任務所說的話。「趙大組長也說我們三排三十多人是一把刀子，插在增援部隊與守軍的中間，就看刀子尖不尖，硬不硬。那時韓副連長的傷還未痊癒，本來可派黃成榮連長帶二排去接一排的人守陣地，蔣政委非要派我們三排去。」

「你說這麼多，跟馬指導員牽連不上呀！」沈得光不明馬永春到底造成了什麼後果，令趙君大發雷霆。

「馬永春擅自把一排撤下陣地，硔掌守軍馬上派一個排緬軍占領我們放棄的陣地。他們肯定知道援軍當天夜裡要來到，所以敢派一個排出來占住高點，與硔掌營盤成犄角之勢。韓副連長帶三排爬到半坡，就被緬軍的火力釘在那上下兩難，虧余張才班長用機槍掩護才撤回公路，余班長郤光榮犧牲了。韓副連長組織了幾次突擊，均不奏效。趙大組長不得已，只好放棄圍困硔掌的分隊，把兵力收縮到三棵椿，命令韓副連長占領路旁的一個小山梁，監視道路。」羅從軍講到他參加過的行動，口齒又流利起來。「結果我們守到半夜過後，果然截住了援兵，可惜我們人太少，反被緬軍圍住。敵人一面圍攻我們，民夫騾馬便通過大路，與出來接應的守軍會合，啃不動了。幸好趙大組長把守在要道的四、七連一起調來支援我們，我們才未被敵人吃掉。」

「據你所說，馬指導員是救了你們，你還怪他。」沈得光瞭解原委後，也為韓曉人揑了一把汗，面對十倍以上的優勢敵軍，後果是不堪設想的。

「指導員，如果馬永春不撤下高地，援兵與守軍便匯合不起來，離開工事打野戰，我們的火力比緬軍強多了。」羅從軍還未意識到守高點與守在主力身邊的不同。

「指導員看得很透徹，從大局來看，馬永春是壞了大事，但從局部來看，確實是救了韓副連長一命。」趙紹雄比羅從軍精明多了，沈得光看到的他當然也看得出來。

「趙排長，一連是英雄連隊，所以上級只派我和馬連長兩個人來，我希望來了以後，能夠繼續保持這個光榮稱號。馬連長是佤族，性情耿直，大家要擔待他些。」沈得光不滿意馬光德一到一連，就想大權獨攬，處處排斥韓曉人的行為。兩人爭論過幾次，馬光德反說沈得光包庇叛徒，立場站不穩。沈得光看在馬光德是民族幹部的份上，不多計較，而且兩人以往的恩恩怨怨，沈得光覺得有負馬光德良多，今天的身分地位，是多拜馬光德所賜呢！

沈得光與韓曉人在昆明那次參軍事件中的結果截然不同，韓曉人丟了公職，被變相開除，沈得光入了伍分到鎮康。一九六五年服役期滿前，沈得光參加了在地界路伏擊蔣軍游擊隊的戰鬥，在幾十里長的國界線上，被馬光德這個班伏擊到竄入境內的一股游擊隊，當場打死五人，活捉了七人。解放軍方面犧牲了偵察站的趙參謀及兩名戰士，事後層層上報，馬光德成了戰鬥英雄。原來要派馬光德出席當年的十一國慶觀禮，作為邊防部隊的代表，誰知馬光德立功後眼睛長到了頭頂上，目空一切，不但連長、營長看不上眼，甚至團首長，臨滄軍分區司令接見他，他只用吹鼻子「哼」的一聲來招呼。分區首長認為去了北京，必定要大出洋相，讓中央首長怪罪下來，可不是好受的。幸好沈得光在這次伏擊戰中表現突出，於是臨時改了上級的名單。沈得光以班長身分光榮地上了北京。在報告會上，沈得光分寸掌握得恰到好處，把功勞歸於黨歸於領導，從而得到了中央首長的好感，入黨提幹，與馬光德同時當了排長。

此次從全團抽調國際支左人員，馬光德與沈得光同時被選，而且分到一個連當政治軍事主管。馬光德在支隊政治部主任蔣正祥介紹所去連隊的幹部簡歷時，只記住叛徒兩個字，其餘的一個字也未聽進耳內，他根本不相信韓曉人可以和他這個戰鬥英雄相提並論。同時對緬軍的戰鬥力，他認為比蔣軍游擊隊差遠了，只要猛打猛衝猛追刺刀見紅，那有不能戰勝的道理。沈得光則不同，他從擊敗蔣軍殘部入侵邊界那次伏擊戰中總結出，敵人並不如想像中的那樣不堪一擊，所以他顯得很謙遜，對有豐富實戰經驗的幹部戰士很尊重，不像馬光德那樣誇誇其談，故很快便贏得幹戰的好感。韓曉人意外地在果敢見到老同學，心情十分激動，兩人徹夜不眠，共同回顧在工校、在工廠的種種情景。

「得光，最近你回過昆明嗎？立武他們現狀如何？」韓曉人講了自己坎坷遭遇後，問起了其他老同學。

「蔣立武在你走後考取了汽車技校，黃惠仁、石德忠也先後考取高中，只有張鈺林仍在油墨廠。我今年回去過昆明一轉，得知蔣立武、黃惠仁、石德忠都作為知青下到德宏州邊一線縣去農村插隊落戶，說不定也出江西岸參加了三〇三部隊呢！」沈得光深有感觸地說道。

「你遇到我弟弟嗎？去年我收到他的一封信，得知我母親被送到農村去？你祖父在文化大革命中有沒有受到衝擊？」韓曉人很想知道家中的情形如何了。

「我特意去了你家一轉。你弟弟現在正走紅，他是八二三炮團頭頭黃兆琪的秘書，沒人敢去動他。他問起你的消息，我告訴他你在果敢，詳細情形我也不清楚。他告訴我，你母親下到老家，沒人認識她，不願收留她，她只好回昆明，戶口已報到派出所，木器廠的工作還未恢復。她在家砍削木板拖鞋，你妹妹空餘時間拿去大學區出售。至於你弟弟韓曉民，八二三的工人替他去馬街電線廠為他找了個工作，有固定工資可拿。你不用為他操心，我看八二三毛澤東思想炮兵團這派紅衛兵組織，由江青坐後臺，成員以昆明工學院師生員工為主，很有勢力，韓曉民的處境你也不必為他擔心。」

「我母親很小就離開祿勸，在昆明上女師，老家的人大多記不得我外祖父家還有這麼一個人了。可憐她年輕輕地便守活寡，把我們三兄妹拉扯成人，到頭來仍無好日子過，我這做兒子的很慚愧呀！」

「曉人，文化大革命中比你家遭遇悲慘的不知還有多少！比起來，你我都算是比較幸運的了，據韓曉民告訴我，雲南省財經學校的陳偉仁老師，因力保你當上國家幹部，被打成裡通外國的現行反革命份子，在監牢裡上吊自殺了。省人事局的那個領導，也為這件事受牽連，進了牛欄，你弟弟對此力不從心，只好節省點工資，送給陳師母，表表心意罷了。至於我祖父，一來是他年老體弱，二來是我在昆明小有名氣，中央都認可我有功於國家，不看僧面看佛面，留了他一條老命。」

「恭喜你祖父無恙。你這回出國支左，好像又鍍了一層金，雙保險將來麻煩不會太大，你我的交情就到此為止，不要因我而拖累你，以免你祖父倚門懸望。你父母雙亡於抗日的戰火中，祖孫相依為命，你不為自己著想也應為你祖父打算，他只有你一個親人。」韓曉人知道自己是在跳火坑玩火，不知啥時候會燒得肉滅骨變灰，擔心好友被拖累，預先提出警告。

「曉人，你的情形我詳細瞭解過。大組長、蔣政委都對你無惡意，你不必太自卑，怕的是有的人思想太左傾，會給你穿夾腳鞋，你要多注意，不宜鋒芒太露，引起有些人的嫉妒。你我處境大同小異，各人好自為之吧！」沈得光不願說馬光德對韓曉人有反感，他想在今後的工作中協調兩人的關係。誰知一念之差，終於引發了矛盾。

緬共與政府軍在花石板、風吹山兩個方向你來我往拉鋸了一個多月，緬軍幾次想打通與硔掌的聯繫，都失敗了。一九六九年元旦來臨，雙方在花石板大打了一仗，政府軍終於抵不住緬共的猛烈炮火，縮回了大水塘，這一天，韓曉人帶著一連三排開前衛，馬光德帶一排在中間，沈得光帶二排任後衛，按趙大組長擴大防禦面，及早發覺政府軍動向的戰術要求，沿花石板搜索前進，逼近了南郭。韓曉人帶著三排在前面等了一上午，仍不見後續部隊跟進，他派戰士順路回去找，也是蹤影全無。韓曉人只好打消繼續前進的計畫，帶隊返回駐地，歷史是多麼的相似啊！幾年前在鳳尾壩被猜疑的現象又重新出現，令韓曉人心酸落淚，喪失了理智。馬光德看見韓曉人自充尖兵，握著一支上了刺刀的半自動步槍走在最前面，走了不久，他再也追不上韓曉人，不覺疑心頓起。想到趙紹雄放棄副連長的位置不要，心甘情願留在一連；再聯想到全連視自己為傀儡，心目中的連長是韓曉人；加上元旦後補充進來的第五期受訓新兵，每個連重新編成了三個排，竟無人看重他這個連長的威信，有事不來找連長，偏要去找韓曉人。如果韓曉人要投敵，有誰來阻擋呢？趙紹雄催馬光德快走，有情況好互相支援，這更引起了馬光德的疑心。他命令部隊停下，派了個戰士在前面聯絡，派去的戰士也是杳如黃鶴，一去不復返，他一緊張，連忙下令返回，戰士們莫名其妙，只得隨馬光德向後轉。沈得光私下詢問馬光德，馬光德只稱有情況，要趕回支隊部彙報，到了忙羅寨子，馬光德解散連隊，一個人急匆匆地去找蔣正祥，報告韓曉人帶著一排人投敵去了，蔣正祥大吃一驚，急忙派人去季山報告給蔣政委。

趙君、蔣光、彭嘉升長在開會，聽到韓曉人投敵的消息十分震驚，連忙上忙羅寨。到了支隊政治部發現蔣正祥已派人把韓曉人捆綁起來，指稱韓曉人已投敵，返回拉一連出去。趙紹雄、羅從軍、魯國成等班排長拉起槍栓，趕來要蔣正祥放人，並要求嚴厲懲辦馬光德誣陷之罪。三巨頭問明情由，十分尷尬，趙君當場把馬光德扣押去訪問組；蔣光要蔣正祥把經過詳細寫成報告，聽候處理；彭嘉升當場提升韓曉人為作戰參謀，帶回支隊部，接著提升魯國成為連長，趙紹雄為副連長。後來趙君向彭嘉升解釋馬光德得了腦性惡疾，神經不正常，已送回國內療養，一場風波便消失於無形之中。

韓曉人住在支隊部，精神十分萎靡，身體也很衰弱，晚上盜汗把衣褲都出濕。蘇毓紅的母親潘醫生，建議讓韓曉人到猛堆醫院檢查治療。蒙化箐戰鬥負傷，所有的傷患都被送進中國住院治療，韓曉人不放心連隊，硬是頂著不去住院。如今離開連隊而由魯國成任連長，趙紹雄任副連長，羅從軍、趙啟雲、穆根和分別擔任三個排長，這幾人都是韓曉人的老部下，把連隊交給他們手上，韓曉人很放心。沈得光、魯國成、趙紹雄這套馬車，有文有武，配合很適當。韓曉人如釋重負，一下子放鬆，身心反而垮了。

是啊！自從無產階級文化大革命興起，韓曉人的神經便一直處於極度的緊張之中，接著而來的是逃亡，九死一生。參加彭嘉升部隊，行軍作戰，身體累垮了，全憑一口爭強好勝之氣，以及將功折罪的心理，才勉強堅持下來，誰知所做的一切，絲毫不能改變以往的情勢。韓曉人對自己的未來，徹底絕望了，他屬於多愁善感，性情易於激動的內向型人物，自尊與自卑混合於一爐。太多的不幸，無數的磨難，使他的神經麻痺，對得失榮辱已司空見慣，唯一不變的是一顆中國心，一顆為國爭光的民族心！命運之神把他帶到海外，可他不忘故國，以贖罪的心情，在槍林彈雨中出生入死，拼搏了整整一年，他以自己的行動，表明失足後還能站起來，可悲的是，政治體制不改變，一切的掙扎努力均屬多餘，毫無成效。

彭嘉升接受潘醫生的建議，強逼著韓曉人住進了猛堆一四五醫院。醫生稍作檢查確診為肺結核，這是種營養不良加過度勞累而引起的疾病。醫生告訴韓曉人，必須住院半年至一年，才能完全痊癒，韓曉人抱著既來之則安之的心理，安心待在醫院，一個月後便滿面紅光，整個人變得生龍活虎，哪像患重病的樣子。第一批傷患送到醫院來，第二次硔掌戰鬥開始了，這一次，趙大組長絕不含糊，集中兩個營主力，直接圍攻硔掌。在解決週邊支撐點，圍住硔掌主陣地後，不分白天黑夜，用強大的火力把一個加強連的緬軍緊緊地壓縮在深深的坑道內，度日如年。趙君不願犧牲無辜士兵的寶貴生命，用人力去拼，即使以一當十，仍達不到消耗敵人兵力的目的，敵人方面占有數量上的絕對優勢，政治上的影響比軍事上的勝利更重要。

緬軍連長明頂上尉苦守陣地，等待援兵。但今非昔比，九十九師師長幾次派隊企圖解圍，都被實力增強的各區聯隊阻住，寸步難行。九十九師師長上報仰光，國防部高參一致判斷彭部意在吸引援軍，在野外決戰。不然彭嘉升以上千兵力，完全不必耗費時間，即可拿下硔掌，就算增援成功，硔掌孤立難守，徒守無益。九十九師師長電示明頂上尉撤向江邊，退過薩爾溫江西岸，向長箐山方向轉移。明頂上尉按師長指示，看準緬共實力較弱的一個空隙，乘夜暗摸出陣地，哪知正中趙大組長的圈套，鑽進了緬共的口袋陣。九連指導員親自指揮支左的一個排，像尖刀一樣插入敵陣，打算刺刀見紅。可惜時代不同，自動火器為主的現代戰爭，拼刺刀的可行性已減少，一個排近三十人有三分之二躺在衝鋒途中。王成的八連守在伏擊陣地，先用火力癱瘓了逃敵的抵抗，才發起衝鋒，抓了三十多個俘虜。山道上隨處躺滿屍體，僥倖從九連缺口逃出的緬軍，不是被活捉就是死於江中，在滾弄江橋下打撈到二十多具淹死的屍體。一個近二百人的加強連，活著回到滾弄的不足二十人，為此九十九師師長被撤職，理由是指揮有誤。

韓曉人像候鳥，在兩次戰鬥空隙中反復迴旋，硔掌戰一打響，他便住不穩，幾次申請出院均遭拒絕。他腦海中浮現出全連最好的一位班長，余張才為掩護困於敵人陣前的韓曉人及他率領的三排，獻出了寶貴的年輕生命。韓曉人心中升起一股復仇的怒火，再也忍不住，大早便偷偷溜出醫院，趕到硔掌時，戰鬥已經結束。三巨頭把韓曉人找去，交給他一個新任務。

「韓參謀，部隊很需要像你這樣有勇有謀的戰將，但打江山困難，坐江山更不容易。果敢的革命形勢已發展到接近勝利的階段，可建政工作剛起步，跟不上形勢的需要。當前各區鄉普遍存在打土豪、分田地的極左傾向，根據地人心浮動，這與區鄉幹部的政策水準及執行方法的低下偏差有關，蔣政委、支隊長決定從部隊抽調一批有文化、懂政策的軍隊幹部充實地方。第一批十人，由你帶隊去崇崗報到，余健副政委及趙中舉副組長有將無兵，你們的任務是搭好果敢縣政府的架子，起草縣政府的公告及成立縣政府的布告，制定一系列政治、經濟、治安方面的基本政策綱領。你在國內是地方幹部，有地方工作的經驗，所以咬牙把你從司令部抽出，完成這個緊急任務，你的職務是果敢縣府辦公室主任兼余副政委的私人秘書。希望你放下包袱，相信緬甸共產黨，相信上級，在新的工作崗位上，一如既往把工作做好。」趙君詳細交代韓曉人新的工作任務，避免韓曉人產生抵觸情緒。

這次抽調韓曉人及支左的十人小組去地方工作，三巨頭均表同意，三人的想法卻根本不同，各有各的意圖。趙君知道他的責任是解放果敢，解放軍高級幹部出國，比如朝鮮、越南、都採用輪換制度，讓盡可能多的幹戰到實戰中接受鍛煉，趙君希望在他離開果敢時，能畫上一個圓滿的句號，占領果敢後，留下的紅色政權，必須是一個像樣的地方機構，但不應照搬中國的模式，要有緬甸自己的特色。一年的考驗，趙君更欣賞韓曉人的工作能力及組織特長，他相信韓曉人在建政中能做出更大的成績，協助趙忠舉共同畫出圓滿的句號。蔣光急著要做的是在地方建黨，佤邦的黨員是現成的，轉轉組織關係，由中共黨員轉為緬共黨員就行了，佤族幹部大都是民族學院的黨團員，果敢的情形則完全不同，反共思想占了上風，區鄉村三級幹部基本是原土司的舊人，必須儘快著手整頓，抽出一批支左解放軍，地方幹部的成分很快就能轉變，這樣一來，不但主力部隊已基本掌握在緬共手中，地方政權也才能掌握住，不讓彭氏兄弟說了算數，韓曉人一去，彭嘉升失去了一個骨幹，身邊沒有替他出謀劃策的智囊，何樂而不為？

彭嘉升在趙君建議抽調軍隊幹部充實地方時，方知蔣光打算插手果敢地方事務。趙培良、劉國欣在上六戶鬧得太不像話，如果民眾都搬走，打下果敢有何價值？中興漢在主力離開果敢時，成立四〇四六，已內定擔任營長，區聯隊升級，當然要從地方幹部中挑選連排長。自己放下去的人沒有剩下多少留在區鄉，應著手培養挑選新人。韓曉人到果敢縣工作，憑他的才幹，一兩年中可造就一批接班人，正如他在一連一樣，馬光德想抓權的企圖落了空。韓曉人的背景，註定要受緬共的歧視排擠，他唯一可投靠的是果敢這個團體，彭嘉升從施文所口中得知，韓曉人在彭嘉桂事件中所扮演的角色後，私下裡已把韓曉人當做心腹看待，韓曉人離開支隊部前，彭嘉福把他找去談話。此時已屆春節，硔掌周圍的鴉片煙山，呈現出一派生機，罌粟花紫白相間，四瓣花片托起，蓮蓬般的圓球點綴在林間空地上十分悅目，看來今年又是一個好收成。果敢人民真是雙喜臨門，政治經濟來了個雙豐收，開門紅，對果敢來說意義不同於中國。政治上的紅是用鮮血染成的，經濟上的紅卻靠毒品的豐收來實現，太可怕也太可悲了。

韓曉人揹著背包，孤獨地離開大部隊，一路向北。路上遇到返回家鄉的民夫，興高采烈地趕著回家，去侍候鴉片煙地——那可是全家一年的指望，若打硔掌的戰鬥再拖延一兩個月，那煙包便乾了，所以煙民們慶幸有個好年成。韓曉人被這喜慶的情景感染了情緒，心情變得開朗起來。他想通一個道理，老百姓對戰爭的勝負，根本不像軍人那樣關注，他們關注的是戰爭儘快結束，使他們有一個和平安寧的生活環境。至於勝負，不管是誰上臺，老百姓納糧上稅，自古以來，便被認為是天經地義的事，哪朝哪代有過例外呢？現在果敢即將成立縣政府，這農業稅鴉片稅的訂定，可得慎重其事呀！主力部隊過江，在下的留守部隊及縣區鄉三級幹部也不是個小數目，到底要用個什麼法子來解決經費問題呢？羅欣漢、蔣振業走私毒品，以商養兵，可以不傷民，但作為緬甸共產黨領導的人民政權，豈可效法？

韓曉人心情再也開朗不起來，自己人微言輕，能為多災多難的果敢人做些什麼？而且在客觀上，自己又捲入爭權奪利的夾縫中，有得受的。韓曉人不自覺的回想起與副支隊長彭嘉福的一席話，彭嘉福推心置腹，跟韓曉人探討了種種關於果敢部隊的前途問題。

當時兩人順著山路邊走邊談，那份十里相送的殷殷之情，已令韓曉人感動得熱淚盈眶。人為知己者死！身為讀書郎，韓曉人早已許下以身相報的誓言。

「韓參謀，形勢如此，不是你我個人的力量所能逆轉得了的。支隊長一招走錯，滿盤棋局已輸。現在是亡羊補牢，略盡人事而已！中國如今是林彪當紅，趙大組長他們已奉上諭：『支左的任務是五年拿下緬甸，八年東南亞一片紅。』果敢僅是這盤大棋局的一個小角落罷了，我們所能做的，僅僅是保存果敢人民的一點元氣，不然所有的人才完全消耗在戰爭中，我原打算把你留在主力部隊，你最低限度可為支隊長掌握一個營的力量，一來是緬共不願讓你出頭，既使阻止不了你升上去，也會選一個冠冕堂皇的理由把你送上死路。你們一連的遭遇，想你已有所覺，倒不如你轉到地方，運用你的聰明才智，還可抵制劉國欣等投機份子的倒行逆施行徑，減輕人民的痛苦。」彭嘉福說出了心裡話，讓韓曉人明白當前形勢。

「副支隊長，我理解你意思，對我個人的得失安危，屬下早已置之度外。正如你所說，這是當今世界的兩大潮流在交鋒，處身在漩渦之中，只能隨波逐流，但潮起潮落，豈會一起不落？盼支隊長能靜心待時，果敢的殘局還待他來收拾。只韓曉人一息尚存，定當效犬馬之勞，這點不勞支隊長、副支隊長操心，我會善為自處的。」韓曉人也看不出今後局勢變化，但過往的贖罪心情而引致的匹夫之勇，到現在已消失殆盡，代之而起的是保全自身，留待後用。所以所受的種種屈辱，已不再讓他耿耿於懷，韓曉人深得前賢陳宏謀所推崇的境界之三味，這就是：「得失安之於數，毀譽聽之於人，是非審之於己。」這就像佛家所說的頓悟吧！

「韓參謀，支隊長對你抱著很大的期望。支隊部已決定成立二營，中興漢及一批幹部調走後，地方幹部已成青黃不接。羅大才、蔣文堂均老邁，劉國欣、趙培良是馬屁客；唯一有希望的只剩施文所、周志民、趙志超等寥寥幾人，形勢相當嚴峻呢！你可得多費點心思，隨你而調去的支左幹部，我估計他們對果敢的事物不太熱心。他們鍍好金回中國，最低限度可不用再回到農村受累，大可不必糾纏在派系鬥爭之中，你的主要精力，應放在制定合乎果敢現狀的規章制度方面，一切以安定地方，穩住民心、不擾民、不害民為原則，我相信你能做到這一點。至於與趙副組長、余副政委相處之道，我更不用替你擔心，別的以後見面再談，祝你一切順利。」彭嘉福要去追趕下壩子的大隊，兩人依依道別。韓曉人收回思緒，趕向崇崗報到去了。

果敢縣籌備委員會設在崇崗街小學校，余健及趙忠舉帶著宣傳隊，住在馮把總家。其餘幾家搬走的有錢人家，住著醫療所，警衛連、貿易隊等一大攤人馬。硔掌戰鬥中俘虜的緬軍，關押在龍塘趙紹雄家的三合院，有崇崗區聯隊負責看守。韓曉人報到後，余副政委安排他住在廂房的樓上，同室還住有兩個支左解放軍，一個叫字老三，另一個叫王老應。他倆原分配到三營九連，碶掌戰鬥中，追敵途中負輕傷，便調到縣委工作，其餘七人，都安排到七個區聯隊任指導員。由於趕路辛苦，韓曉人天剛黑便睡了，半夜他被談話聲驚醒，發覺字老三與王老應正躺在床上交談。

「王老應，你的腿傷怎樣了？看你走路一瘸一拐，莫非傷了筋骨？」字老三關心地問道。

「我的傷不礙事，只被炸破了一點皮，若不是我假裝一瘸一拐的，如何會調到後方，仍在前方為緬共賣命呢！」王老應也不隱瞞，照實說他作偽的目的。

「好，我跟你一樣，腰杆子不知被什麼硬物砸了一下，我躺著不動彈，讓民兵用擔架抬下火線。潘醫生詢問我，我告訴他傷著神經，腰直不起來，他要我轉院去猛堆，我堅持要留下休養。余副政委還誇我受傷不住院，有硬骨頭精神，其實我何嘗不想回國住院，我怕到了猛堆檢查不出有傷，有得受的。」字老三投桃報趙說了實話。

韓曉人大大地受了震動，九連支左的一個排，在指導員黃春和的帶領下奮勇殺敵，大多數以身殉職。想不到出了兩個敗類，貪生怕死不算還欺瞞上級，撈取政治油水，真是丟盡了解放軍的臉。

「黃指導員他媽的瞎積極，不但賠了老命，還帶害死了十多人，他為了爭功拼掉性命，真為他不值。字老三，你我命大，今後再也用不著上前線送死，在緬甸混上幾年，回國後至少可到公社當武裝部長，吃皇糧拿工資，省得退伍後再回農村握鋤把！」王老應頗為沾沾自喜。

「在中國死了還有名義，我們這是秘密出國，死後成為無名英雄，家裡連塊烈士家屬的牌子也撈不上掛，這是何苦來著。王老應，這夥女兵最漂亮的是陳蘭芬與王小玉，等以後請黃文蘭指導員幫忙，娶來做媳婦，回國後也好在人前露臉。」字老三想得更深遠。

「老字，好主意，你看中哪一個？挑剩下的歸我好啦！」

「我看王小玉多懦弱些，好上鉤。陳蘭芬像朵帶刺的玫瑰，老王讓你去摘吧！」字老三人又瘦又矮，活像水滸中的矮腳虎王英，但心機深沉。王老應雖然長得高大，心計上比起字老三，差了一大截。難怪有人說，四肢發達的人頭腦簡單，小頭銳面的師爺身材單瘦，卻有一肚子壞水，為人相當陰毒。字老三同王老應正好合了這句俗語，前方在流血犧牲，他倆倒興起家室之念。

「好啦，不要再說了。我們倒了八輩子的楣，跟韓曉人這個叛徒分在一起，以後說話行事小心些，免得受到牽連，那太不合算了。」字老三叮囑王老應道。

「我聽說他從醫院偷跑出來，真不明白他為何要到前線送死？我覺得他跟黃春和是一個模子倒出來的，不怕死。」

「老王，你怎可把叛徒與國際支左的你我，相提並論，我們是奉林副主席之命出國鬧革命的，多麼神聖的使命。韓曉人算哪根蔥？敢與你我相比，你真是糊塗。」字老三滿腦子壞水，可正統的招牌，他是不願輕易放棄的。

「當然，當然，我們是堂堂正正的支左部隊，韓曉人是賣國賊，不抓他回國坐牢，也是便宜他。明天就讓他搬走，別把晦氣傳染給我們。」王老應趕緊回應。

「老王，別冒失！韓曉人很懂得偽裝，他在訪問組趙大組長、蔣政委、彭嘉升心目中紅得很。他這一來，倒給我倆送來一個難得的機會，你明天換藥時跟潘醫生提一下，我倆去後院跟宣傳隊住在一起，保護她們下鄉宣傳，好多與王小玉、陳蘭芬接近，不怕她倆不上手。」

字老三、王老應懷著興奮的心情入睡了。輪到韓曉人睡不著，世上竟有如此卑劣的小人，韓曉人感到人性的可悲可怕，自己早已背上叛徒的名聲，倒也無所謂。他憤激的是那骯髒的魔手伸向了純真的少女，自己愛莫能助，只好望而興歎。韓曉人直到天亮前方才入眠，剛睡熟不久，便被一陣少女的吵叫聲驚醒，他一骨碌爬起身，拎起手槍便下了廂房樓梯，只見殷昆生、蘇毓紅領著宣傳隊的一班少女，正往院子裡搬東西，院子裡堆滿了鍋碗瓢盆，桌椅桶筐，以及大包小包的衣物被蓋。

「韓參謀，啥時候來的？天大亮了還在睡懶覺，你以為來到後方，便高枕無憂了嗎？告訴你，階級鬥爭太複雜了，昨晚上整個崇崗街都被階級敵人策動搬了家，快跟我們去搬東西，不然被其他單位搬完掉，我們便無物品可用了。」殷昆生見到韓曉人，來不及多問，忙拉他去搬東西。

「我們來幫妳們搬重物品！」王老應走路不再一瘸一拐，忙著去接陳蘭芬手裡的東西，字老三的腰也挺直，直奔王小玉，極熱情地接過她手中的一個大包袱。

「字排長，不要拿，包袱裡邊是女人的衣被。」王小玉，不好意思地阻止道。

「男女平等嘛，那有啥關係？虧妳還是中國人，怎還滿腦子封建迷信思想？」字老三大咧咧地調侃道。

韓曉人腦子裡敲起了警鐘，這樣哄搶搬人家的東西；安定地方、穩住人心、不驚擾民眾的原則從何保證呢！

「殷昆生，妳是宣傳隊的副隊長，政策觀念到哪裡去了？這不是強搶群眾的東西，破壞黨的威信嗎？」

「韓參謀？你別亂扣帽子，這些都是逃亡人家丟下的無主之物，我們不拿也會被留下的老百姓拿走的。」

「殷昆生，大新寨的教訓妳忘了嗎？老百姓想回來家中空空如也，他們今後如何過活？」

「韓參謀，你不要在這裡惑亂人心，你不願去就算了，別囉囉嗦嗦拉人士氣。小不點兒，快招呼未起床的人，去接收戰利品。」殷昆生不再理睬韓曉人，翻身要追走遠的人群，字老三、王老應吃力地抬回一張檀木大床，後面跟著一群女人，嘻嘻哈哈地進了大門。

「殷昆生別胡鬧，誰讓妳們去搬群眾的物品的？」正房臺階上，站著一高一矮，一壯一瘦兩個人，余副政委威嚴的吼聲傳到了大街上。大街上熙熙攘攘的人聲忽然靜止下來。「都給我搬回去，誰家丟了一針一線，我找妳們算帳，簡直是亂彈琴，妳們是土匪還是強盜？」

「小殷，快把劉區長找來，派民兵守住逃亡戶的住屋，妳們協助登記逃亡戶的東西，聽候處理。韓參謀說得對，群眾受了敵人的欺騙，對緬共的政策不理解。我們除了耐心教育，認真說服外，重要的是用實際行動來證明，人民軍是果敢群眾的救命恩人。一旦逃亡群眾識破敵人的陰謀伎倆，回返家園時，看到家中被洗劫一空，他們心中會怎麼想？」趙副組長嗓音低沉，但具有說服力。沒有搬走的群眾，聽了余副政委與趙副組長這一番情真意切的表白，感動得熱淚盈眶，安心下來，不再想著搬家了。

中午剛過，離家出走的逃亡群眾被杏塘區施文所區長領著區聯隊堵回了崇崗，當他們各自回到家，發現房門虛掩，走時留下的物品完好無缺，也深深覺得上了壞人的當。余副政委與趙副組長被群眾比為活菩薩，在果敢人民享有崇高的威信，這是後話。大搬家的風潮終於平息下來，各項建政工作進行得十分順利，韓曉人成了幕後英雄，他提醒了余副政委，把他推上了人民好公僕的寶座。這一下余副政委真服了韓曉人，認為韓曉人能拋去個人得失恩怨，比起支左人員毫不遜色。余副政委把一切日常事務全交給韓曉人處理，無形中韓曉人成了余副政委的得力助手。蔣政委聞訊，親筆給韓曉人寫了一封信，鼓勵他好好工作，爭取進步，不要有思想包袱，正確對待上級，正確對待自己，在緬甸的革命事業中作出更大的貢獻。

「陳蘭芬，妳是團員，應聽從組織勸告，先不要考慮個人問題，做好工作。妳找對象，組織上並不反對，但應優先注意政治條件，韓曉人是什麼身分，他配得上妳嗎？」殷昆生在團員生活會上，批評陳蘭芬。

「小陳，妳的組織關係已轉到這裡，妳是執行追捕逃犯而出國的，組織上承認妳為正式國際支左的身分，余副政委批准妳擔任團支部副書記。今後妳與小殷要配合做好工作，特別是做好新入伍女同志的思想工作。妳們是果敢第一批婦女幹部，責任很大，毛主席說婦女能頂半邊天，男同志能做的工作，我們也能幹。剛才小殷講得比較激烈，態度不夠溫和，但她的用意是善良的，她怕妳喪失了階級立場，才反對妳與韓參謀談戀愛。我對他並沒有意見，韓曉人是個好同志，但他還不是組織成員，妳若真心對他好，有責任幫助他進步。等他成了組織成員，再申請結成革命伴侶，豈不是兩全其美。」薑還是老的辣，黃文蘭的話，比起殷昆生命令式的批評，厲害得多。

「我感謝組織上對我的關懷與幫助，我不會因愛情影響工作的，韓參謀因為我的關係，受了許多危險，吃了無數的苦，我欠了他的感情債，不還我心中難受。我不求別的，只盼能在緬甸的革命事業中攜手共進，我不認為政治要與愛情掛鉤，在中國並沒有明文規定黨員娶黨員，團員嫁團員。但我尊重組織給我的任務，一定盡全力說服韓曉人靠攏組織。」陳蘭芬曾身為柳水鄉團的幹部，也不是省油的燈，回答的話軟中帶硬，很有挑戰性。

「蘭芬姐，妳把愛情與內疚混為一談了。愛情如妳所說，沒有先決條件，豈能把同情看為愛情？如為報恩、憐憫、抵債等而委身，同樣與金錢婚姻是一個性質，玷污了愛情的神聖。」蘇毓紅自蘇文相死後也成熟了不少，她不同意殷昆生的政治論，但也反對陳蘭芬委身回報的做法，她認為陳蘭芬把愛情與同情混淆了。

「蘇毓紅同志誤會了我的感情，一開始我確有內疚的意思，但一年來，我的感情發生了質的變化，我日思夜想腦海裡只有韓曉人的影子。谷金玉告訴我，韓曉人心中根本沒有怨恨我的想法，他不需要我委身報恩，這說明我倆的感情已擺脫了世俗恩怨，昇華為精神上的默契，心心相印，我們從未有過單獨相處的機會，可只要互相看一眼，便明白了對方心意，解讀通相互的思想。」

會場上沉默下來，陳蘭芬的一片癡誠，深深感動了眾人的心。他們不明白韓曉人貌不驚人，相不出眾，何以會贏得美如天仙般少女的芳心，看來愛情兩個字確實不可思議啊，情之所鍾，容貌已是次要的因素。

「小陳，妳可知道韓參謀的一切，他告訴妳他的身世及當了幹部後的經歷了嗎？」黃文蘭說服不生效，拿出殺手鐧，來逼陳蘭芬就範。

「我說過，愛是不講條件的，不管他過去有什麼是非恩怨，我只看重現在的他。」陳蘭芬不等黃文蘭說完，馬上表態，不計較韓曉人以往的一切。

「谷金玉告訴我，韓曉人在鎮康工作時已有愛人，妳難道仍要橫刀奪愛嗎？」黃文蘭使出了最後一招。

「指導員你說的可是真的？」陳蘭芬大吃一驚。

「這還有假嗎？這事是私人秘密，不是可以到處亂說的，再說男女戀愛的事，不是組織會上的議題，我們是不願過多干涉的。妳與韓參謀的事，關係到妳的前途，所以才提出討論，不然我們可沒興趣討論戀愛經。」

「指導員放心，私人的感情糾紛，我會善加處理的。」

「韓曉人這個壞蛋，已有愛人在國內，還來欺騙蘭芬姐的感情，吃著碗裡的，望著鍋中的，男人都不是好東西。」蘇毓紅聯想到蘇文相與自己談戀愛，還跟仇大珍仍是藕斷絲連，不覺有感而發，指責起所有的男人。

黃文蘭動用組織手段，來拆散陳蘭芬與韓曉人的戀情，不是有小題大作之嫌嗎？黨團組織不是管家婆，管人吃喝，管人拉屎撒尿，這其中有個原因：支左出國的一百名解放軍幹戰，不像訪問組是輪流出國來經受實戰鍛煉的，他們已成批交給緬共，中國不再承認他們的身分國籍，為了籠絡住這批幹部，緬共力爭為他們解決各方面的困難，出來的支左人員，都是二十多歲的成年人，已到了結婚的年齡。這些人出國後，政治待遇是有了，幾乎所有的人都越級任用，最不濟也是當上了排長。像字老三、王老應，在中國是普通一兵，出來不幾個月，已是清一色的排長階級。蔣光決定先從女兵中，撮合幾人嫁於支左人員為妻，以後逐步解決全體的個人問題。黃文蘭知道字老三、王老應的要求，極力扮演媒婆的角色，誰知碰到一個棘手的難題，才不得不在團組織會上，向陳蘭芬施壓，希望她移情別戀。陳蘭芬最後表示，她同意組織所說，暫時停止與韓曉人的感情交往，但她絕不再接受他人的求愛，一心放在工作上，她這一表態，黃文蘭牽線的企圖完全落空。字老三有先見之明，繞過了一道暗礁，但仍然遇到競爭對手。劉國欣向王小玉求婚的事眾人皆知，黃文蘭束手無策了，劉國欣是本地貨，價值更看好，字老三是舶來品，來頭也不可小視，黃文蘭決定不插手，讓他們公平競爭。王小玉失意之後，心中正極度空虛，字老三近水樓臺先得月，日夕伴在佳人前大獻殷勤。可惜，出身農村的老夯兵，檔次太低、語言粗俗、舉動野蠻，比起劉國欣的風流倜儻，真是天壤之別。王小玉的心動了，趙叔平無情，良人已不可恃，王小玉不得不重新考慮被她堅拒過的男子是否值得託付終身。她不像陳蘭芬有主見，感情如一，她性格不定，易受環境擺布，因恨生愛反而對劉國欣更為親熱。一波未平一波又起，字老三在愛情長跑中處於劣勢；王老應更是水中撈月一場空，相反諾相老兵拔得頭籌，成就了緬共的第一樁親事。張小梅人入伍當了兵，心卻留在家中，一時賭氣離家，一雙小兒女卻時時來入夢。入伍當兵，正如人們所說，是一字入公門，九牛拉不出。張小梅正在苦悶之時，突然響起一聲晴天霹靂，周五十親到區政府來離婚，張小梅來到區政府，正堂上並排坐著兩位區長，一張離婚證放在桌上，單等張小梅簽字蓋手印了。

「趙區長、劉區長，我不願離婚，周五十他不缺男不缺女沒有道理休了我。」張小梅不敢再嘴硬，低聲下氣的申訴理由，她估不到老實巴交的丈夫怎會提出離婚。

「張小梅，妳丈夫怪妳不守婦道，擅自丟下丈夫子女出走。他還告妳不孝敬老人，拋下公婆在家受苦，一人離開家園快活。如今是新社會，講究自由離婚，妳是果敢縣政府成立後的第一例離婚案，我及劉區長絕不偏袒任何一方，妳是人民軍的一員，應遵守妳丈夫的意見簽字。」

「周五十，你申請離婚可有人強迫你。」劉國欣問道。

「報告區長，我是自願離婚的。張小梅當了兵，不能上侍公婆，下育子女。我只有一雙手，顧得了老的顧不了小的，裡裡外外靠我一人，我就算有天大的本事，單巴掌拍不響，我已問好寨中的一個寡婦，離了婚就去娶她來照顧家庭，我才能出外找吃的。」周五十說得合情合理，張小梅也覺得無言以對。她悔恨交加，無奈之下，在離婚證書上按上了手印，便哭著離開了區政府。

晚上余副政委正主持召開黨委擴大會議，討論張小梅的入黨申請。初春天氣，崇崗地處高寒地帶，氣溫很低，馮把總家寬敞的大客廳裡燃著木炭火盆，暖烘烘的。作為張小梅的入黨介紹人之一的黃文蘭正在發言。

「同志們，張小梅同志入伍後，工作上勤勤懇懇，思想上勇於鬥私批修。特別值得一提的，她第一個勇敢地站出來，掙脫封建包辦婚姻的枷鎖，同拋著大男子主義，欺壓婦女的丈夫離了婚，這是一個劃時代的創舉，表明果敢廣大生活在神權、君權、族權、夫權重壓下的婦女覺醒了。張小梅同志帶了一個好頭，另外她生活作風正派，勇於向一切不良傾向，作面對面的鬥爭。我相信張小梅同志入黨的動機是純潔的，為了革命，她放棄了小家庭的溫馨享受，毅然加入了革命大家庭，為緬甸人民的解放事業而奮鬥，所以我同意做她的入黨介紹人。」

「張小梅同志出身貧下中農，對黨有著樸素的階級感情，我經常同醫療隊一同下鄉上山，張小梅同志每到一處，便同群眾打成一片，既醫身也醫心，她把黨的政策落到實處，老鄉親切地稱她為麻栗壩大夫。我們黨正需要這樣的黨員：能密切聯繫群眾、組織群眾、說明群眾、全心全意為人民服務。」介紹人之二的諾相老兵羅林，也盛讚張小梅符合一個緬共黨員的條件。經過例行的審批及宣誓手續，張小梅創造了參軍女兵入黨的第一人，成了緬甸共產黨的預備黨員。政治上的進步，彌補不了心理上強制離婚造成的遺憾，張小梅事後瞭解到，周五十所說的小寡婦，根本看不上他。一雙小兒女失去母愛，生活在貧病交加的環境中，已失去了往日的可愛。周五十被逼著與張小梅離婚後，以酒消愁，終日在外鬼混，公婆雖年邁體衰，也逼得親自下地勞動，經常老淚縱橫，埋怨老天不張眼，一個和睦幸福的家庭就這樣拆散。張小梅欲哭無淚，心中恨不得把趙培良與劉國欣一口口咬吃掉。

羅林常找張小梅談話，關心她的成長，張小梅也把比她年長十多歲的羅林當做叔輩看待，把心中的苦楚一五一十道了出來。這一來，正中羅林下懷，四十多歲的老光棍，早對張小梅有意思，苦於沒有機會表白。他馬上找黃文蘭求援，答應結婚後，領養張小梅的兩個子女，黃文蘭還答應讓周五十娶上那個小寡婦，使張小梅的公婆晚年有靠。張小梅為了子女、丈夫、公婆，決心犧牲自身幸福毅然答應嫁給羅林，真是皆大歡喜的結局。張小梅連創了三個第一，入黨、離婚、結婚全是女兵的第一人，一時在當地幹部中傳為佳話。

王小玉十分羨慕張小梅的好運，羅林將出任崇崗區長，張小梅是理所當然的區婦聯主任。劉國欣在崇崗區名聲太臭，民憤極大，余健已決定把他調到縣委工作。王小玉也想一步登天，過過縣幹部夫人的癮，便答應嫁給劉國欣，同時也讓趙叔平看看，她王小玉嫁的郎君比他如何？劉國欣戰勝字老三，自然興高采烈，但從此種下了禍根，兩人視若仇敵開始明爭暗鬥。

唯一懂得張小梅心中苦楚的，只有韓曉人及陳蘭芬，共同的見解，更增進了雙方的溝通。韓曉人欽佩陳蘭芬的執著堅貞，不為威脅利誘而所屈服，所以漸生愛意。陳蘭芬則為韓曉人的莊重自強、處變不驚、堅強奮鬥所感動，她為韓曉人一直遭到歧視誤解，無端指責而不平。字老三、王老應自以為是正統左派；劉國欣、趙培良自誇是勞苦功高的地下工作英雄；羅林、劉曉光是響噹噹的老革命，都有驕傲的本錢。這三種人，互爭高下勾心鬥角，爭權奪利，但在對待韓曉人的態度方面，卻是一致的，認為他是叛徒，是混進革命隊伍中的階級異類份子，終將會被清洗出去。王老應在陳蘭芬面前不知說了多少次，什麼肺結核患者？誰挨近便會傳染；什麼中國的叛徒？絕不會有好下場，這一切都讓陳蘭芬不服氣。

如果韓曉人各方面都與上述三種人在同一檔次，他們的優越感便會得到滿足。韓曉人也許可以以一個弱者的身分得到同情，便不會有如此多的忌妒之人。但韓曉人太突出了，真有鶴立雞群的表像，難怪惹人眼紅遭人忌妒，這又應了一句俗話：「一個人的才幹並不因他人的貶損而降低，也不因他人的推崇而增加。」

所以張小梅誠懇地告訴陳蘭芬說：「表妹，韓曉人為人很好，妳千萬別輕信人言，誤了自己的終身。我這輩子是完了，說句別人聽不得的話，羅林是個無用的男人，但他對緬中、緬紅很心疼，我也安心了。」

「表姐夫他既不能人道，何以要娶妳，太沒道德了！」

「表妹不要激動，羅林在別人面前一副雄赳赳氣昂昂的丈夫氣概，私下裡很自卑很可憐。我的命該如此，怨不得別人，能把一雙兒女撫養成人，我就算對得起周五十了。聽說韓曉人把他的那塊手錶賣了，錢交給周五十，教育他學好，我知道他是為了報答我救他脫險的恩情。他這個人不記仇怨，妳來算計他，他不恨妳，處處為妳開脫，別人對他有點滴之恩，他便以湧泉相報。表妹妳真好福氣，妳為他受了一年的苦也值得了。」

「表姐，韓曉人對我有誤解，他對谷金玉說：『陳蘭芬是組織成員，我不想拖累她，你轉告她，勿以私情影響了前途。』我讓谷金玉告訴他，我這輩子跟定了他，他坐牢我願陪他坐牢，他戰死了，我馬上剪掉三千煩惱絲，青燈禮佛，為他超度一輩子！」陳蘭芬知道在她與韓曉人面前橫著一條鴻溝，但她不氣餒，她相信精誠所至，頑石為開。

「是啊，羅林在我面前說韓曉人有肺結核，又是私逃出國的人，要我勸妳別死心眼，我叫他別多管閒事。」

「表姐，都知道韓曉人受屈，又有誰知道我的心酸。我剛到妳家不久，吳參謀偷偷來找我，他說我不願回國沒關係，既然果敢人都知道我是追漢子出國的，乾脆與劉國欣裝成夫妻，到臘戍去找一個叫趙必成的地下工作人員，設法打進大陸工作處，繼續為中國搜集情報，我拒絕了吳參謀。哼！我豈可一錯再錯，要殺我，我也不怕，我再也不會上當，讓人牽著鼻子去幹傷天害理的卑鄙勾當。」

「人心太險惡，我現在才明白，逼我離婚、動員我入黨，最終目的是要我嫁給羅林。趙培良是條瘋狗，見骨頭就咬人，劉國欣也是個壞痞子，王小玉瞎了眼，以後有她受的！」張小梅百感交集，不但為自身哀傷，也為王小玉的遭遇叫屈，正因為如此，她更佩服陳蘭芬的堅強。

「表姐，我知道妳性格剛強，寧折不彎。妳之所以委曲求全，完全是為了公婆、丈夫、孩子。若不因為我與小玉的事，妳也不會落到如今的地步，我覺得很對不住妳，是我們拖累了妳。」陳蘭芬自責道。「張慈君成了廢人，王小玉又上當，所託非人，剩下我一人，一定要為姐妹們爭口氣，牢牢握住自己的命運。我認為人生就是大海裡的一條船，意志是舵，能否成功地駛向彼岸，關鍵就在你把好舵。不管風吹浪打，不管途中暗礁多少，認定方向，戰勝風浪，繞過暗礁，勝利屬於堅強的人。」

「表姐最欣賞的就是妳的勇氣，遇事有主見，百折不撓。小玉很懦弱，以後妳要多照顧她，既然有緣相遇，丟下她不理睬也不好。趙叔平這個孱頭，睜著眼睛鑽刺叢，根本不是人，到頭來也不會有好下場。」

喜慶剛過，突然傳來劉小光被殺的噩耗。劉小光是杏塘區的區委書記，處置蔣森林乾淨俐落，因功受賞，與羅林一起榮任區委書記。劉小光處處以功臣自居，遇事獨斷專行，根本不把施文所放在眼中。劉小光槍殺蔣森林的風聲，是他酒後誇功時洩露出來的，他怕別人不相信，還脫下無名指上戴著的金戒指給人看。區聯隊排長毛成才，是蔣森林的表弟，表兄含冤而死，他萬分悲痛，不想上蒼有眼，把兇手送到了面前。毛成才來到施文所面前，跪下哭訴，請區長為他主持公道。施文所如何敢做主，婉言勸告毛成才不得公報私仇，毛成才報仇心切，聯絡杏塘的老頭人馬千總，一同舉事。馬千總正把劉小光恨入骨髓，兩人志同道合，一拍即成，商議好暴動的計畫，也是劉小光合當有此一劫，自作孽不可活。

杏塘區是傈僳族聚居之地，信奉基督教。蔣家土司時代，一直採用懷柔政策，不但委傈僳族馬姓大族為千總，對宗教信仰從不干涉，所以傈僳族與當地漢族歷來相處和睦，沒有發生過民族糾紛，亦沒有因宗教信仰而造成隔閡，緬共打老街大廟，已引起馬千總的疑慮，幸虧施文所善為解說，馬千總方才打消恐懼之心。

劉小光新官上任三把火，召集馬千總及族中父老，勒令停止信教，限期拆毀教堂。他認為基督教是西方帝國主義麻醉民眾的毒品，對革命有害無益。第二把火是叫傈僳族不得私藏武器，一律上繳區政府，傈僳族是耕獵民族，一張弓弩一杆火藥槍，隨身攜帶寸步不離，劉小光怕傈僳族不守村規，私自械鬥，妨礙治安。第三把火是加徵鴉片煙稅，想趁機大撈一把，以飽私囊。三把火一燒，整個傈僳族村寨動盪不寧，人心惶惶。這一天，劉小光騎著高頭大馬，領著三個山頭老兵，耀武揚威地離刺通坪去杏塘大寨檢查工作。剛到半路，便身首分家，四道冤魂飄向閻王殿報到去了，天晚了還不見劉小光返回區政府。施文所派兵去接，派去的人回來報告：一碗水那個小埡口有四具屍體，一群野狗正大快朵頤，杏塘大寨所有傈僳族全部搬走了。

施文所大吃一驚，一面善後，一面飛報到崇崗。余健與趙中舉聞訊連夜趕到刺通坪處理這次重大暴動案。施文所知情不報，放任毛成才帶隊嘩變，余副政委下令把他扣押起來，逼問劉小光收的八十砣鴉片下落，施文所當然拿不出來，稍經審訊，便以通敵罪及貪污罪槍斃了。施文所的死，主要原因還是私放彭嘉桂的原因，趙中強事後調查彭嘉桂聞風而遁的原因，得知施文所嫌疑最大。但自身有鬼，一扯開來，陷害彭嘉桂的陰謀，也會真相大白，蔣光只好隱忍不發，如今正好找到藉口，施文所當然必死無疑。施文所飛來橫禍，深悔不聽毛成才的忠言相勸。劉小光咎由自取，卻拿施文所來開刀，韓曉人被深深地震撼了，看來隨園雖好，不是久戀之地，只要抓住你的小辮，哪怕你功勞再大，也逃不脫殺身之禍。放走彭嘉桂，韓曉人是主謀，如今從犯替罪，韓曉人日夕不安，他不在乎自身的安危，而是為施文所之死負疚。

「杏塘事件證明我們的區鄉幹部水準太差，但我們也有責任，軍政分家已有十個月，縣委還未制定出一套合乎現實果敢民情的有關法令，我建議韓參謀放開日常事務與梅科長一起，專心起草有關法令。以免再發生因工作偏差出現的重大政治事件。」趙忠舉對余健提出意見。

「很好，諾相的老兵不值得重用。支左部隊中的骨幹，必須先滿足前方主力部隊的需要，剩下的水準也有限了，培養新幹部的重點，看來必須放在果敢本地人身上。」余健衡量情勢，思想有了明顯轉變，把注意力轉到果敢幹部身上，也確實培養造就了一大批高級幹部，而且還拯救了幾個犯錯誤的果敢人——不致被處死，這是後話。

決策後，梅樹成與韓曉人日以繼夜的工作，趕著起草果敢縣的一系列政策法規，到此時韓曉人方知梅樹成是老舅媽的侄兒，僅存的親人了。一對難兄難弟，相逢在外國，真是悲喜交集。兩人身分不同，遭遇各異，但都肩負重光家族的重任，在險惡的環境中，苦苦掙扎。

「表弟，你的坎坷經歷的確令人心酸，但身逢亂世，不求聞達於權貴，能苟全性命已屬難能可貴。我知你一直在忍辱負重，在重要關頭作出的決策都沒錯，至於別人怎麼看，那是他們的事。一般來說，掌握實權的人都是比較有主見，能客觀地全面地權衡得失利害；那些成天哇啦哇啦叫喚的傢伙，說穿了是不值一文。只要上面看中你，你可千萬別被小爬蟲亂了陣腳。」

「謝謝你！表哥。我這人就有這麼點好處，在其位謀其政，總算能夠盡職。只要不問心有愧，是非成敗我是不計較的。正因我得失心不重，與人並無太大的利害衝突，我不奢望當一把手，在能人下面當助手打雜，混口飯吃總還可以。」韓曉人道出他處事的方法。

「各為其主，道理上不錯，太盡忠於一人，你所效力主人的政敵對你就不容易諒解了。你往往被夾在中間，雙方都拿你出氣，不得不注意這方面的問題，否則出力不討好，你現在的處境已有這種端倪。支隊長器重你，這是無可置疑的；蔣政委、余副政委要借重你才華，這也是有目共睹。你的前景不妙啊！訪問組遲早回國，以後你沒了緩衝機制，必須面對矛盾衝突，不知你可有應對之策？」梅樹成直接了當提出焦點所在。

「騎牆不是長久之計，弄不好就被打下去了。支隊長是弱者，我跟著他有安全感。他一旦被投閒置散，如今趨奉如潮的人流便會另找新貴，留在他身邊的人不會剩多少。投桃報李，他對我定會另眼相看，全力維護。蔣政委他們掌著尚方寶劍，內部權力之爭已不可免，誰勝誰負，上上下下，讓人無從捉摸。相對來說，只能敬而遠之，下的賭注不能太大，退一步說，彭氏兄弟即使退出政治漩渦，他們超然的身分也像一把安全的保護傘，俗話說：大樹蔭下好乘涼，對我來說也是個韜光養晦的好去處。怕只怕事不由人算，彭嘉升最終也保不了我，如果那樣的話，只有遠走高飛隱姓埋名過一生。你放心我絕不會輕舉妄動，自取滅亡的。」

「你有這種打算，我就放心了。我義父一退到臺後，我也會見好就收。家仇、父恨我這輩子是報不了的，我所能做的只是不讓梅家斷後，以後局勢的演變，讓子孫輩設法應對罷了！文武之道，一張一弛，政治風暴也有平息之時。彭嘉升弟兄就是被當一枚閒置的棋子，仍然占有棋盤的一席之位。說不定棋手想到妙著，一枚不起眼的棋子，也會擔當大任，那時又有你發揮聰明才智的用武之地了。我擔心的是你能否挺得住，又或許那時你的雄心壯志已被消磨貽盡了，江郎才盡，拿不出濟世之才。」

「就憑你這一番苦心提醒，我當永遠銘記：不論處境如何，這學問之事絕不敢忘。」一番推心置腹的談話，韓曉人已定下了一生的道路。至於是否走得通？那是謀事在人，成事在天，歸於命運了。

形勢的發展，一如趙大組長所料，一九六九年四月，緬政府已正式決定放棄果敢，撤守花竹丫巴，大明山、白泥塘山、小地林等地，確保滾弄，從此政府與緬共以牛坪子壩為界，對峙達二十年之久。原來硔掌失手，趙君把主力拉下壩子，居中截斷滾弄與新街的交通，一個營在公路之東，一個營在公路之西。下新寨一戰，全殲字光華大隊的一個中隊，蒙化箐據點也不敢再守，整條交通動脈呈癱瘓狀態，緬軍幾次增援換防均損失慘重。由於緬共勢力已蔓延到整個果敢地區，政府放棄果敢，通知人民限期搬家，隨政府軍一起撤退，這造成了果敢歷史上的第一次大遷徙，此次搬家規模之大，境況之慘，令人觸目驚心。

羅欣漢、蔣振業根本沒料到政府軍會決策棄守果敢，頓時弄得手忙腳亂。自衛隊是果敢子弟兵，父母親屬均住在果敢，為使軍心穩定，家屬必得隨軍南下，另行開闢根據地。羅欣漢、蔣振業忙召集部屬，緊急商討對策。「果敢人戀家，不習慣遠離家園，所以蔣振聲退下泰國，部隊拖不走，大多數官兵留下來投了政府。今日的形勢也是如此，只把隊伍拉走，就算目前不出問題，以後亦將大批逃亡。」蔣國智直此關鍵時刻，又發揮他智多星的作用了，「我提議把部隊家屬設法遷走，才能使我部官兵無後顧之憂。但眷屬遷住何處……這可是個棘手問題。」

「部隊以後發展需要兵源，只把部隊家屬搬遷，日後兵無來源，就不好辦了？」蔣振業受蔣國智啟發，把蔣國智的意見加以發揮，「果敢人口集中在東西兩山，我認為要把東西兩區民眾全部搬遷到滾弄以下地區，不讓彭嘉升有兵源，限制他的發展，我們今後發展就不愁了。」

「搬遷居民是個大問題，果敢人民以農為生，田地房屋搬不動，還是小事，搬去以後的衣食住耕才是大事。」羅欣漢有過老街、大新寨居民無家可歸，流離失所的經驗教訓，看問題比較全面。他不敢想像大規模搬遷將給無辜民眾造成的極大困難，他顧慮若無政府協助，數萬民眾搬遷後將陷於絕境，靠自衛隊的微薄力量是無濟於事的，他考慮再三下不了決心。

「指揮官顧慮極是。根據指揮官處理老街、大新寨被緬共占去家園的做法，我們要為民眾找一個安身立命之地。這個問題我考慮過了，最適合的地方是萊島山，這裡地廣人稀，適合種植鴉片，只要解決搬遷民眾半年的口糧，屆時再由團體發給種鴉片的費用，民眾即可安心種植鴉片，重新安家落業，所以問題的焦點是如何快速進駐萊島山。」蔣國智替羅欣漢解決了一個難題，卻提出了另一個難題，那就是如何鵲巢鳩占？

「萊島山是山頭區，歷來歸山頭族管轄。早塞列部下木土諾駐防萊島山，我們進駐萊島山，勢必與其發生衝突，這對以後我們下泰國十分不利。」蔣忠誠提出疑議。

「蔣總隊長太過擔心了。早塞列是山頭叛軍，我們進駐萊島山，政府必定大喜過望，全力支持我們。若不走這步險棋，整個團體將面臨滅頂之災。古人說：『皮之不存，毛將附焉！』果敢失去已成為定局，沒有人民，我們怎能夠繼續生存？」第一總隊總隊長魯宗聖反駁道。

「我看搬遷之事暫不宣布，以防民眾躲入山谷田野，拖延時日。當務之急是把軍屬集中，隨大隊安全轉移。會後我馬上找巴退營長商議搬遷民眾後的生活問題後再做定奪。」羅欣漢說完後宣布散會。

趁指揮部招待與會人員進餐之機，羅欣漢、蔣振業帶著王尚雄去找三十九營營長巴退中校，剛升軍銜的巴退不敢做主，急忙向臘戌上報。九十九師師長一聽覺得大搬遷是對付緬共控制人口，擴充兵源的上策，便答應由政府負責搬遷民眾短時期的糧食供應，並提供車輛運送民眾下臘戌，把移民安置在公路沿線，事情拍板了，一聲令下，東西兩山人民，限三天內全部搬家，否則以投敵罪處置。時為農曆三月，正值鴉片收穫旺季。命令一下，手無寸鐵的老百姓誰敢違抗，只好忍痛拋棄家園，扶老攜幼，徒步向滾弄前進。自大水塘街起，到西山區各寨，新街、下壩等地，都在強迫遷移之列。

這年三月下旬，正逢新街集市，因局勢緊張，外地商人不敢逗留，提早離開集市。下午二時，突然開來大批自衛隊，每間鋪子外站著幾名士兵，手持洋油桶，命令各家立刻離開，緊跟著潑油縱火，霎時間火光、黑煙衝天而起，全街成了一片火海。街民既不能去救火，也不敢去救火，眼見自己的財物化為烏有，只得呼天喊地，痛哭流涕地隨自衛軍向南而去。有個騰衝商人竺文釧在新街開設一間雜貨店，火起後，他死也不肯離開鋪子。段子良大隊長派自衛隊拉他出來，他又奔回去撲在貨架上，一連拉了他兩次，終於他與貨物同歸於盡，燒得屍骨無存。有個裁縫張師，妻子早死，留下一雙子女，他節衣縮食，含辛茹苦把子女拉扯大。年前舉債購下趙應發遺孀趙映花的屋子，還娶了個孤苦無依，在街子替人擔水洗衣的寡婦，正慶幸晚年有個安居之所，不愁衣食，突遭此劫難，真是有苦說不出。他無可奈何之下，想到日後賴以為生的縫紉機不能丟下，便什麼也不拿，把縫紉機拆卸開來，一家四口背著縫紉機徒步走到滾弄。有個老中醫臥病在床，他妻子無法可想，只好忍痛把唯一的孫子換了一匹牲口，馱著老伴隨自衛隊出走，而聽剛滿五歲的孫兒撕心裂肺的哭喊，老倆口禁不住老淚縱橫，可又無法逃避這殘酷的生離死別！

無獨有偶，竺文釧的同鄉蔣培全，死也不願離開新街，不論怎樣毒打，他也不走，他兒子老伴怎樣勸也不濟事，段子良一生氣，派傳令兵就地槍決，遂了蔣培全陪老友竺文釧同死的心願，世上也有要財不要命的守財奴，結果財守不住，還賠了老命。全街房屋燒到紛紛倒塌後，放火的自衛隊押著一百多戶街民向小水井寨子方向撤走。每到一寨，照燒不誤，在蔣振業本意，要讓搬遷的民眾無返回執念，但他殘暴的做法，不僅使無數民眾遭殃，對他恨之入骨，亦使他的部下對他心生反感，整個嫡系官兵，都已離心離德，不願再為蔣振業賣命，可見公道自在人心，不是強權所能左右的，「玩火者終自焚。」這句話是不會錯的。蔣振業率部撤出新街廢墟僅一個多小時，蔣穆良已率一營二連迅速趕到，但新街已成灰燼，只剩斷垣殘壁，似乎向來人展示這場人為的暴行，是多麼的殘酷無情。

果敢全境共有大小街子十二條：東山區有滾弄、南湖、石園子、老街（新街）四條；西山區有大水塘、南裡小街兩條；上六戶有刺通坪、崇崗、慕太，紅岩四條；君弄（興旺）區有硔掌、南空河兩條。老街（新街）是一條位置適中，歷史悠久的街子，是蔣家土司家的官街，他代表麻栗壩三個字，以前到果敢的人，若說到麻栗壩做生意，就是以到達老街為目的地，這條街設立至今，已有近百年的歷史。它位於老街壩中心點，街子對面土丘，是英國統治緬甸時，每年旱季英軍戍邊的軍營。老街氣候跟滾弄一樣，是高瘟區。西北角的荷花塘，每到夏秋，據說會升起一股五彩氣柱，人一吸入，立即病倒。當地人稱熱病或悶擺，患者很難治好。雨季，由山頭下壩子趕街的人，一定要當天離開老街，只要住一夜就會病倒，甚至送命，真是談虎色變，可是這條街確實有很多年的繁榮景象，每逢節期人民摩肩接踵，擁擠不堪，百年來，全果敢出產的鴉片交易，絕大多數以老街為集散地，由緬甸經滾弄輸向中國的貨物，也是以老街為轉運點。中日戰爭初期，整條街商號林立，當時雲南最大的永昌祥、復協和、茂恒等大公司都在老街設有分號，每天進出的騾馬數以千計，街天更是百物俱陳，萬頭攢動，成為僅次於滇緬公路的第二條運輸線路轉運站，對抗戰時物資轉運有很大用處。

不幸在一九四二年四月，老街被日軍燒毀，整齊的街鋪變為一片瓦礫場。戰後，土司蔣文炳鑒於老街地形狹窄，氣候不良，便選定老街正西約三公里處的一片大平地，委派專人主持開工修建街屋。初期可暫蓋草片平房，但業主應在三到五年內，按照規格改為土木磚瓦結構，否則轉讓他人。經過一年修建，一九四六年臘月初二日正式開街，人民習稱新老街，以後正式定名為新街。開街那天，土司全家都親臨參加，主持盛典，客商們送禮祝賀，趕街人群從四面湧來，萬人空巷熱鬧非凡。開街後不久，東西長約百丈，寬六丈的正街已有人滿之患，又在東西兩頭各畫兩條橫街，古老傳說：一條街子是否興旺繁榮，看街子天在距離街子半華里附近，是否可以隱約聽到街子傳來轟轟之聲，新街就是這樣，很遠便能聽到街子傳來的喧嚷聲。別看一條小街，每一個街期進出的生意成交額十分巨大，難怪家家生意興隆，財源滾滾而進，外地生意人一到新街便有樂不思蜀之意！

不幸的是，老街毀於日軍的戰火中，新街這條方興未艾的集市，又徹底毀在果敢人內爭的火焰中。緬政府軍及羅欣漢的自衛隊在緬共壓力下退守滾弄，不留兵員及財產給緬共，也學日軍的三光政策下令火燒新街，真是人間一大慘事。新街已毀，彭嘉升下令把街子仍遷回老街，新街任其荒蕪，除少數種田耕地的農民外，新街已成了歷史名詞，不再有人過問了！

按高層會議分工，東山下壩區由第二總隊負責搬遷民眾，西山區歸第一總隊負責搬遷民眾。魯宗聖不忍讓大水塘街付之一炬，只督率軍民跟部隊一起南下，民眾把騾馬馱牛馱上細軟家財秩序井然，揮淚告別故土，逶迤於途，情景依然淒慘，催人淚下。

四千總家逃離家園到了大水塘，得知趙紹雄依然健在的消息後，便借住在親戚家。果敢大搬家，四千總一家在劫難逃，仍按第一次逃難的方法加入了搬遷的行列。四千總感慨萬千，想不到百年來的樂土竟變成了人間地獄，戰爭究竟於民眾何干？卻被迫拋棄故土，搬遷到那不知好壞的陌生地，既然口口聲聲為了家鄉父老，為何不但保護不了鄉親，反而逼著上萬民眾，顛沛流離背井離鄉，說穿了這僅為了少數人的利益罷了！

侯加昌在蒙化箐一仗表現突出，升任字光華大隊中隊長，他對緬共恨之入骨，連帶遷怒於彭部官兵眷屬。

他命令西山緬共官兵家屬一律自備行裝，牲口沒收，替自衛隊家屬馱運物品。這命令一下，四千總一家可慘了，平時走遠路都艱難的四千總，也被逼迫象徵性地背負一個毯子，在二兒子趙紹昌攙扶下，像趕牛馬一樣被人趕著走。腳打泡了，鴉片煙癮又發，眼淚鼻涕一起流，他這才體會到做人的真諦，以往的高高在上，一呼百應，他自認為是天經地義的，就算遭到趙應發的報復後，他仍可過那種茶來伸手飯來張口的寄生生活。可如今世事變遷，一下子由座上客變為階下囚，他的心情可想而知，但家人料不到的是，四千總並沒有神經錯亂，反而神智變得十分清醒，安慰家人節哀應變，這頗有點像佛家所說的頓悟吧！他這頓悟不是看破紅塵，而是看透世情，融入到真實的生活中，享受到生命的真實。蔣正海作為中隊長，所作所為與侯加昌截然相反。周志民由父母做主娶了核桃林趙老祥的三姑娘趙映菊，蔣正海對周志民的父母優禮以待，視同自衛隊家屬，一路上噓寒問暖，毫無留難之處。周志民的父母感恩不盡，暗中打定主意：一旦安頓下來，立即著人把兒子叫離緬共，以報蔣正海維護之恩。

羅欣漢嫡系大將魯宗聖一念之仁，沒縱火焚燒街子及附近村寨，保住了有百年歷史的大水塘街及無數村寨免遭回祿之災，他這一來節省了不少寶貴時間也挽救了部隊。因緬共三營奉趙大組長之命，已趕到佤窯一線伏擊，等緬共迂迴部隊趕到佤窯時，魯宗聖已帶隊向楊德山去了。時間上就差了那一小點兒，真是湊巧！

果敢居民被迫搬遷到滾弄的，約三千餘戶，曝曬於江邊達一月之久，其中大部被運到臘戌，小部分流落在南梨拉，更有些無力謀生的則遷徙不定成了流民。四千總一家到了滾弄，在江邊拉上塑膠布當房屋，幸好已是春末夏初，天氣溫暖，但每天早晨，大霧茫茫，把衣被都弄濕了，直到早飯後太陽才穿破重霧。一時間沙灘上曬滿了濕透的衣被，看去一片灰黑，間有點點鮮豔的色彩，那是少女的衣物。也難怪呀，有錢人早投親或包車下了臘戌，留在江邊的當然只剩平民，無親無戚又無去處，只好等待政府車子來接運了。晚上江邊又是另一番景象，點點火光在夜色中閃來閃去，大人的吆喝聲、病人的咳嗽聲、小孩的哭叫聲、一直延續到深夜，有人病死了，多為小孩與老人，屍體便投入江中。巴退與羅欣漢沒咒念了，到處張羅募捐衣物財產。

滾弄居民目睹這幕人間慘景，無不慷慨解囊，可惜僧多粥少，無濟於事，事情鬧大，九十九師師長親臨視察這些忠貞的國家子民，以前衝口而說的諾言無法兌現，他所能做的只是軍車運送補給到滾弄返回臘戌時儘量像販運豬羊那樣，每輛車子擠上幾十人，上萬難民湧入臘戌，迅速融入社會中，政府在曠地上劃給地基位置，難民們用木柱草片蓋起簡陋的茅屋。少男少女到有錢人家當保姆做傭工；成人男的拉柴殺豬，女的賣水果、菜蔬，就這樣湊合著活下來。這真應了一句俗話：老天餓不死瞎眼雀，窮苦人家深知，靠天靠地靠人不及靠自己。據統計，果敢這一次大搬家，十人中死了一人，就是說有一千多人死於非命！這筆債應由誰來付呢？聽說政府後來發給救濟金，這又落在誰的手中呢？

周志民的父母到了臘戌，趙映花把妹子的夫家接到自己住處，蔣正海常來看望他們，談到趙紹雄一家流落街頭的事，趙映花又騰出一間廂房，把四千總一家六口接來同住。蔣正海跟周志民、趙紹雄以前是戰友，現在各為其主，他在力所能及的範圍內盡一份人事，趙映花則是愛屋及烏，蔣正海的事就是她的事。趙映花獨自負責負擔起十多人的生活費用，夠她受的。但她一聲不吭，把趙應發留下的積蓄花光，又賣掉首飾，直到蔣振業得知她的處境，看在死去的堂弟份上，給了她一筆錢，才使她喘過氣來。按趙映花的性格，她窮死也不會再接受蔣振業的接濟，但十多張嘴等米下鍋，她再也倔強不起來。蔣正海上萊島山前，抽空來看望趙映花，他看到趙映花為了他，毫無怨言地承擔起兩個家庭的生活重任，感動得熱淚盈眶。人間自有真情在，蔣正海回憶起半年來生死與共的摯友韓曉人，不知他現在可好？他心中默默祝禱：「周志民、趙紹雄你倆放心吧！你們的親人過得很好，不必遠念。」而這一切靠的是趙映花，她的善良同情心，簡直同以前那放浪、兇狠、潑辣沾不上邊，他心中的張慈君淡了下去，代之而起的是趙映花的倩影。

「映花，我不知怎樣感激妳，妳幫了我一個大忙。」蔣正海改變了稱呼，對趙映花直呼其名，不再稱大嫂。趙映花呆了半刻，一股暖流湧上全身，她禁不住流下幸福的熱淚，她感謝上蒼，讓她重新獲得了愛情。她不好意思地擦掉滾滾而下的熱淚，結結巴巴地聲明：「不用謝，你的事就是我的事，對你一路上照顧我妹子一家，我還未謝你呢！特別你幫忙朋友的熱誠，比我強多了。」

「映花，互相間用不著客氣。我直到今天，才算真正看清了妳，妳是一個好姑娘，我會記住妳的。」蔣正海真情流露。他多想把她攬入懷中，用真情去溫暖趙映花那顆破碎的心靈啊！他決心用愛情去撫平不幸留在她身心上的創傷！世俗的眼光中，趙映花是殘花敗柳，但在蔣正海眼中，趙映花是個聖女，難得的伴侶。

「蔣連長，你前程遠大，我配不上你，只要你常來看我，把我當朋友，我就心滿意足，別的我不敢奢求。」趙映花激動過後平靜下來了。她深知世俗之見的可怕，不忍拖累心上人，在人前抬不起頭來，只好退而求其次，犧牲自己的幸福，使心上人娶一個稱心如意的如花美眷。趙映花腦海中出現了仇大珍的倩影，她打算撮合仇大珍與蔣正海。她認為倆人很匹配，正所謂是男才女貌。

「映花妹，妳不要妄自菲薄。我蔣正海是堂堂正正的男子漢，敢作敢為。只要妳我真心相愛，別人的閒言閒語根本不要理睬，我只要妳親口告訴我，愛不愛我就行了，其他的事我會處理的。」蔣正海為打消趙映花的自卑，勇敢地表白了自己的心事。

「我自從第一眼看見你，就恨不起來。即使你真的殺了蔣瑞芝，也不是你的錯。我只恨我自己以往的任性妄為，不但害了我親姐姐、害了蔣瑞芝、也害了我自己。只要你不嫌棄我，我今後一定好好服侍你。」事關自身的幸福，趙映花顧不得羞怯，也表明了態度。愛情兩個字真奇妙，也讓人不可琢磨，趙映花一心向善，最後贏得了幸福，比起她原來青燈禮佛，削髮為尼的初願，這結局太美滿了！

「映花妹，我們已決定進軍萊島山，為搬遷的果敢民眾找一處定居點。妳要照顧好周志民及趙紹雄兩位好友的父母。山不轉水轉，以後若有機會見面，不要讓朋友指著鼻子罵我不夠義氣。」蔣正海叮嚀趙映花。

「放心吧，即使不見面，我也要多積德，祈求菩薩保佑你在前線平安無事。」趙映花更關心愛人安全。

果敢撤守後，自衛隊已無固定防區，為設基地，自衛隊只有向萊島山進軍一途。萊島山位於南棨拉以東，北接剛猛，南靠猛躍，南北長約百里，東西寬為五十里，其地區背靠薩爾溫江，面向滾弄至臘戌的公路，向南可下黨陽壩，越過黨陽壩，北為賴英山，南是來吉山。萊島山是一條南北向的斷層山地，西坡有一個狹長的壩子，由南紮拉有一條簡易公路通到萊島山腹地麻林街，再順山向南到回硐，該地出產鴉片，居民稀少是山頭區域。在滾弄，羅欣漢、蔣振業第二次召開大隊長以上的高層會議，審議進軍萊島山的作戰方針及自衛隊今後的去向動止大計，會上有兩種意見，蔣忠誠、蔣振新建議及早抽身，南下黨陽壩，再向佤邦轉進，與三、五軍攜手合作，另辟天地。蔣忠誠發言說：「政府根本無視自衛隊的存在，不顧果敢人民的死活，輕易放掉果敢。這樣的政府不講信義，不應再對它抱有任何幻想。進軍萊島山，民族問題不易解決，恐在那裡站不住腳，白白消耗力量，得不償失，而且一旦與山頭友軍反目，後患無窮，到時只有僅靠政府，任人宰割一途。」

「蔣老弟只看到消極因素，太悲觀了。」蔣國智仍抱進駐萊島山的想法，「我的看法是武力進占萊島山，儘快站穩腳跟，把由果敢搬遷到臘戌的民眾遷往萊島山種鴉片。這樣做既可解決難民的安置問題，又擴大了防區，讓果敢以後逃難下來的民眾有個可去的地方，不再流離失所。進軍萊島山的有利條件很多，一則我們挾政府軍之威，勢如破竹，木土諾的兵力分散，對我們形不成威脅，要消滅木土諾可說不費吹灰之力，一旦成功，即可鵲巢鳩占，又可邀功政府，一舉兩得何樂而不為？」

蔣國智鼓如簧之舌，說得人心激奮，「進軍萊島山，開闢新果敢」已是勢在必行了。會上當場決定，由蔣振業以副指揮名義親率第一總隊約四百名官兵，從南紮拉出發，挺進萊島山。蔣振業何以會同意親自帶隊進駐萊島山呢？原來早塞列的山頭總部一直只承認蔣振聲是果敢正統領袖，不買蔣振業的帳，他早恨得牙癢癢，以往有陶大剛居中調停，蔣振業不為己甚。現在身邊沒有智囊，蔣振業行事僅憑個人好惡，自己的嫡系丟在一邊，反倒帶著羅欣漢的基本隊伍去打仗，你想，誰會認真聽他的？這種傻事，註定了蔣振業的下場！

「大隊長，看來山頭部隊在萊島山的兵力不多，沿途都沒有正規山頭兵的抵抗。我認為用不了多久，就可以占領萊島山全境。」蔣正海傍著字光華邊走邊談。

「你不可太樂觀，八字還沒一撇呢！萊島山是山頭部隊第四旅轄區，全部兵力集中起來有一千多。當然他們不會同我們硬拼，只會以班排為單位活動。人少目標不顯眼，加上他們地形熟，人事關係好，這決定了他們目前採用的游擊戰術——在半途或宿營後偷襲我們。」字光華對手下的三個中隊長，最看重蔣正海與侯加昌，至於蔣文統，那是個富家子弟，只會擺架子，事急了用不上。今天行軍，侯加昌中隊開前鋒，他跟著蔣正海走在中間，蔣文統中隊殿後。他接著話題發揮道：「木土諾這樣做，擺明瞭不敢與我們硬拼。若不能抓住木土諾的主力決戰，我們在萊島山便不得安生，要站住腳也是妄想。」

「土木諾不會傻到集中兵力孤注一擲。他集中兵力，不正中政府軍下懷，不用我們費力，政府軍也不會袖手。這麼一來，我們一個總隊只能勉強控制點線，大多數地區仍將是克欽獨立軍的勢力範圍。移民種鴉片的計畫不是落空了嗎？」蔣正海道出心中的憂慮，隱隱不安。

「蔣國智這次神機妙算是失策了。羅指揮官因誤信他的計畫，搬遷民眾弄得騎虎難下。不試試開闢新果敢，不好向民眾交待，蔣總隊長兩次反對進軍萊島山，實在是有先見之明。不過話又說回來，自衛隊已無路可去，完全擠在滾弄一線替政府軍當炮灰，實在不合算。第一步只好讓部隊在萊島山喘息一下，再作打算。」

砰的一聲脆響，打斷了兩人的談話，不久即由尖兵方向傳來消息：陣亡一位弟兄，先頭連侯加昌連長正派兵向槍響方向跟蹤搜索，要後續部隊暫停前進，字光華與蔣正海走到山路邊一棵樹蔭下乘涼，此時正是夏初，滿山濃綠，百花齊放，望去萬紫千紅，千峰競秀。山坡上，塊塊鴉片煙地已收割乾淨，只見黑黝黝的沃土，在驕陽下懶散地斜躺著。近村寨的玉米地，綠油油的玉米苗在微風中輕輕搖擺，好一片寧靜的世外桃源呀！可惜剛才一聲槍響，已要了一條人命，傳令兵把字光華的騎騾牽到青坪上放牧，等待上路的命令。

「大隊長，我們的目標是回硐。一路上走走停停，山頭兵的人影都未見到一個，就已傷亡了好幾名弟兄，我看前景可慮。」蔣正海走得氣喘吁吁，全身汗濕。他摘下軍帽，用手擰成一團，擦乾臉上的汗水，又把軍帽扯開，當扇子扇涼，字光華仰躺在樹蔭下，身體成一個大字。

「我不早給你說過了嗎？山頭兵不會跟我們硬來，占領萊島山不成問題。可你得小心，無事不要隨便跑出營盤。山頭姑娘很熱情，但冒著冷槍射中的危險，我想你的興致不會很高。」字光華的幽默，揿不掉壓在心上的大石，這是一場怎樣的戰鬥？幾百人在山裡轉來轉去，盡撲空，而被冷槍把神經弄緊張。大有風聲鶴唳、草木皆兵之感，字光華無可奈何，只好硬著頭皮支撐。

自衛隊以優勢兵力占據了麻林街和回硐，控制住所有軍事要點，木土諾的第四旅採取另一方法，首先控制當地山頭族及其他住民，不准同自衛隊接觸來往，違者殺無赦，然後分散游擊，憑地形的熟悉，人民的掩護，處處設伏狙擊，時時偷襲，神出鬼沒，槍聲響處，必有人倒，自衛隊陷入四面楚歌，防不勝防。隨自衛隊去種鴉片的老百姓，也隨時遭綁架殺害，弄得人人自危、惶惶不可終日。蔣振業惱羞成怒，下令以血還血、以牙還牙，雙方展開了殺人立威的殘暴行徑，可憐遭殃的仍是無辜的各族群眾，果敢人先遭搬遷之苦，現又遭屠殺，喊天天不應，叫地地不響，所遇磨難，以此為最！

羅欣漢、蔣振業被迫離開果敢，拼命去爭萊島山，以求有個落腳處；彭嘉升以勝利者的姿態完全掌握了果敢大政。按說已是心滿意足，可以安下心來，好好建設家園，造福人民了，但事與願違，外敵已除，內患頻生，幾乎搞得兵戎相見，真令局外人莫測高深，看來果敢山窮水惡，盡出凶人。這種內爭，恰如曹子建的一首古體詩道：「煮豆持作羹，漉豉以為汁。萁在釜下燃，豆在釜中泣。本是同根生，相煎何太急。」所以彭嘉升贏得了果敢不是喜事，反成了悲劇的開始。

註解

①打秋風：假借各種名義向人索取財物。
②野卡佤：佤族被稱為卡佤，分為熟佤和野卡佤。熟佤受到當時府縣管轄，而野卡佤還是處於部落狀態。
③穀子：即粟子；糧食作物的一種，子實去殼稱小米。

④頭面人物：指在社會上有較大名聲或勢力的人（多含貶義）。

⑤是荷：對你的幫助或恩惠表示感謝，多用於書信結尾。

第九章

逐鹿緬東北

果敢的街子與動亂十分有緣，五天一次趕集的街子是戰爭與和平的晴雨錶。第二次世界大戰日本侵果敢，首先遭殃的便是老街，被燒成一片焦土，戰後，代表和平的象徵，是新街的設置。蔣振業敗離果敢，一把火把新街焚毀，現在彭嘉升凱旋的方式也是親臨老街舊址，興致勃勃地重新規劃老街。儘管，已是夏季，天氣炎熱，彭嘉升嶄新的軍服外面，仍然披上一件美國軍大衣，頗有年份的這件陳舊綠夾克，曾伴著他走過了五年漫長的戰爭歲月。在那個大雨如注，漆黑寒冷的夏季深夜，彭嘉升就是穿著這件寶貴的紀念品，打響了反對緬政府的第一槍，之後的幾年失敗與挫折接踵而來，血火交熾，內憂外患，使壯年的他眼角已是皺紋滿滿，兩鬢有了白絲。今天他精神煥發，硬把趙君大組長，蔣光政委請去共同規劃老街的建設格局。

趙大組長嘴裡哼啊哈地應酬著彭嘉升的指畫：何處是牲口交易市場，何處設立稅務所；十字街的東南西北，百貨、飲食、蔬菜、土雜，安排鋪位，但他心中所想的，卻是如何儘快把主力西渡怒江，與諾相的三〇三部隊匯合，組建緬共的東北軍區。蔣光則心神不定地跟著彭嘉升走來走去，不斷點頭，表示贊同彭嘉升的安排。他心中所擔心的與趙君不同，四〇四部隊過不過江，怎樣過江，這些問題自有上級部門與中國訪問組為他操心，他只需到時在作戰命令上附簽自己的名字便行了。他擔心的是在果敢為南面王，黨政軍一把抓，要多愜意就有多愜意，到了江西岸，他這第一把手的位置便坐不成了，比他有資歷的老幹部多的是，比他有才幹的中青年幹部也不少，他只能擠身於副政委之職，而副政委一職至少有三個人擔任。自己手下的周昆喜，到佤邦半年多便發展了六個營的兵力，論功行賞，已破格晉升東北軍區參謀長，有職有權，比起蔣光，這朵過時的黃花，正開得璀璨耀眼，幾乎有蓋過之勢。私心裡，蔣光巴不得彭嘉升能說服趙君，再向南發展，最好能攻占滾弄，好不必過江西，仍當自己的南面王，但蔣光明白這只是不切實際的幻想，兩支兄弟部隊合併是上級早就鐵定了的決策。部隊走後果敢的職權，便將移交副政委余健，讓這個反正投誠的，政府軍官坐享其成，想到此蔣光心中酸酸的，大有狐狸吃不到葡萄，罵烏鴉饞嘴吃酸葡萄的心情。

果敢人是戀故土的，包括彭嘉升這樣的有識之士也不能免俗，彭嘉升正如蔣光所說奢盼的，也想攻占果敢全境，當然能直攻到臘戍更妙，但他清醒地意識到，靠幾千果敢子弟去硬碰，那是雞蛋碰石頭。江西諾相擴展迅速，短短一年多時間便有上萬人馬，可成分幾乎全為下鄉上山接受貧下中農再教育而又吃不了苦的紅衛兵小將。這些革命小將完成了摧毀中國黨政軍各級政府，完成了他們破壞舊秩序的歷史使命，回應偉大領袖毛主席到農村廣闊天地鬧革命的號召，一批接一批湧到邊疆貧窮地區來了。一到目的地，紅衛兵小將才如夢初醒，他們是來跟土地打交道的。艱苦的生活條件，繁重的體力勞動使他們的理想幻滅了，他們感到受了欺騙上了當，自己也變成了專政的對象，面對公社、大隊、生產隊各級閻王，命運掌握在這些人手裡，要你坐著你就不得站起來。反抗嘛，已沒有後臺，得到的只是更大的屈辱與更悲慘的境遇，所以諾相的招兵大旗一豎，紅衛兵小將們便蜂擁而至，到國外幹革命總比待在農村翻土塊強。然而，真刀真槍幹革命那可是玩命的事，幾場拼搏下來死了的是白死，活著的方知又走錯了路。他們反省文化大革命運動中揪鬥老幹部、老將軍，真是鬼迷心竅。這些老革命百戰餘生，十不存一，經受那麼殘酷的戰火考驗，實在是難能可貴的功臣。他們用血肉打下了江山，哪怕是多享用一點有什麼值得大驚小怪的，偏偏拉扯上什麼封資修，真不知老革命打下江山反江山，是何道理？恐怕就是共產黨的鬥爭哲學作祟吧！

大批退伍逃返中國，正如大批湧出國境加入緬共那樣，去得迅猛。諾相的三〇三部隊已大量減員。當然，能夠留在部隊裡的，大多是血火中磨練出來的精英，量少而質高。說來奇怪，這些精英居然不是紅衛兵中的優秀骨幹，反而是些出身不好，在紅衛兵組織中也處於下層的普通成員，看來以政治劃線定優劣的做法，不適用於戰爭時期。看一個人的好壞，平時是很難甄別正確的，只有在生死關頭才能識別人才。如果按共產黨的理論，這種不正常的現象也容易說明；留下來的幹戰中，多是那些即使返回中國也無前途可言的黑五類子女。這些人已到了山窮水盡的地步，留下來反而有發達的希望，不是魚死就是網破，好歹也要拼搏一下試試運氣呀！除了知青，東南亞各國排華而歸國的華僑學生，特別是緬甸歸國的華僑學生，更是借機返回緬甸，希望有幸與留在緬甸的父母親屬團聚。這小部分人因精通兩種語言，晉升的途徑與機率，比普通知青要高很多。正是這種情形，三〇三部隊四個營，已無力再向緬甸內地深入，與緬政府軍成了僵持的態勢，雙方都穩住了戰線，借機喘息。

有的讀者會問：「緬甸這樣一個主權國家，難道無力對付緬共這點微薄的力量嗎？」這其中有個緣故。自一九六七年因中國無產階級文化大革命浪潮波及到緬甸，引發了中緬關係的惡化，自古小國無外交，緬甸政府最高當局事後頗為後悔，不該得罪中國這個龐然大物，經雙方努力，中緬關係已有好轉。緬共是兩國關係的敏感問題，在這個問題上雙方都有難言之隱，中國方面站在無產階級政黨的立場，有支持兄弟黨爭取本國革命的義務，而且公開支持緬共武裝奪權的聲明，已全球皆知，當然不能虎頭蛇尾，有損大國的聲譽，但緬甸當局既然誠心修好，也不能置之不理，正是騎虎難下呀，緬政府當局當然明白中共的難處，便網開一面讓諾相及彭嘉升有個落腳之地，以免給中國難堪，下不了臺。

對於彭嘉升來說，追走蔣振業、羅欣漢，緬軍撤到滾弄他已心滿意足，為緬共打天下那是彭嘉升絕不願為的事，若不是中共牽線，彭嘉升是不會買緬共的面子的。猛乃壩一仗，彭嘉升損失慘重，團體及他個人的錢財全丟在鴉片煙的賭注上。他以重開老街做建立果敢縣的慶祝方式，在老街頻頻亮相，示威的成分小，向生意人打招呼的用意大。彭嘉升與蔣振業一樣，生意頭腦十分精明，目下正是鴉片的交易旺季，彭嘉升之所以忙於開街，其用心是十分明顯的，這方面趙大組長及蔣光政委可就未料得到了。

三巨頭在老街轉悠半天，共同返回昔峨傣族寨，繼續研究四〇四部隊過江西的事，在這個問題上趙君成了少數派，彭嘉升找了好多理由來搪塞：「果敢剛收復需要一段時間來安撫民眾，不然民眾因不瞭解緬共的政策人心浮動不利於建政，羅欣漢、蔣振業強迫東、西兩山的民眾搬遷，上萬果敢人曝曬於滾弄江邊，要設法接應這些難民重返家園，縣區組織要籌建完善，立即開始運作。」但主要的一點，彭嘉升未說破，那就是至少要等煙會過完，他才打算到江西就任東北軍區副司令的新職，他認為果敢縣長是見得到、摸得著的實缺，軍區副司令是個虛銜，沒價值。

「老彭，果敢解放，這麼多軍隊留在江東有害無利，保護果敢的安全，由區聯隊升級組建為二營及縣大隊已足夠了。主力過江與江西岸的友軍會合才能形成拳頭。江西岸地區廣大，大部隊利於迴旋，只有在運動中大量殲滅敵人的有生力量，根據地才能迅速擴大。」趙大組長從高處著眼，逼著彭嘉升表態。「至於安撫民眾、接應難民、組建政權，這三件當務之急，不難解決。韓曉人已草擬好縣委組織的形式，只要安排各部門人選即可。其他兩件事，由余建同志配合副縣長蔣忠錫即能勝任。」趙大組長說著話把縣區組建任命名單遞給彭嘉升過目。

彭嘉升接過來一看，見果敢縣的行政組織為三部一室，政治部主任是黃文蘭，下設宣傳、組織、文教三個小組，政法部主任是劉國欣，副主任兼縣大隊大隊長是蘇定，下設公安、武裝、司法三個小組；財經部主任是蘇志民，副主任是彭嘉榮（彭嘉升的五弟），下設稅務貿易、生產三個小組。另外縣府的辦公機構，縣府辦公室主任是韓曉人，各組長的具體人員還未配齊，留待彭嘉升內定。彭嘉升看後沒什麼意見，他認為區幹部比縣幹部重要，他要直接抓到區鄉，縣級這一攤子他可以不管，而且正副縣職是他與蔣忠錫，他更安心了。接下來三巨頭決定以東山、西山、興旺三個區聯隊，升格為四〇四六（二營）的三個連，營長由申興漢擔任，沈得光任教導員，張德文、茶文漢、周志民分任三個連的連長，其餘紅岩、崇崗、杏塘、邦永四區聯隊升格為果敢縣大隊，政委由縣委書記余健兼任。這樣一安排，彭嘉升沒話可說了，他同意由彭嘉福帶隊先過江，他安排好私事到江西報到任職，意見統一後就等待余健從崇崗下來接手，同時等待佤邦四〇四八營到果敢集中一同過江。彭嘉福帶著警衛排住在老街，四〇四五營在大旺地一線與緬政府軍隔忙卡壩相互對峙，四〇四七營住在扣塘、石園子一帶壩區休整，四〇四六營住在空無一人的大水塘街進行軍訓，縣大隊則集中在楊龍寨，多是年輕的小兵，以學文化為主。

陳秀月的生母蔣映璺由臘戌來到老街，找到彭嘉福，請她安排在南傘見女兒一面。以彭嘉福現在的身分，通過郭志新安排，陳秀月帶著小張澄，在老同學張碧蓮陪伴下到了南傘。母女分開十八年，相見之時抱頭痛哭，小張澄已十二歲，面對從未見過的外婆，俗話說：人親骨頭香，她也跟著哭了起來。在客廳，偵察站正職站長郭志新與副站長吳衛軍，殷勤地陪著彭嘉福，三人談笑風生。果敢解放，論功行賞，郭志新晉升正營級站長，吳衛軍晉升為副營長級副站長。對於郭志新來說，已是事業的高峰，若再一次轉業，按對口分配的原則，最高也可成為縣長或縣委書記，至於吳衛軍因年輕有才，前途不可限量。所以這一年多的國際支左，給兩人創造了一個難得的機遇，無怪乎他倆對果敢政權的第二把手，破例款待了。坐在寬敞明亮的南傘邊防偵察站會客室，喝著清茶，三人回顧一年多的戰鬥友情，越嘮越熱乎。

「彭副支隊長，第二次圍攻硔掌好懸呀，我接到昆明軍區情報主管電報，連夜趕到硔掌，趙大組長已下撤退的命令，幸虧你堅持大部隊夜間行動不便，要等天亮後再說，才沒有撤圍，不然果敢的解放軍事業又不知要拖長多久。」吳副站長說的這段往事，正是趙大組長為他請功的原因，他當然要提出來炫耀一番。

原來第二次圍攻硔掌，趙大組長仍以圍點打援為主。當他得知緬軍集中大水塘兵力，試圖傾巢而出援助硔掌守軍，為他們解圍時，力主撤圍去忙羅、季山一線，在運動中殲滅增援的緬軍。彭嘉福十分懶惰，不願摸黑走路，趙君只得壓住性子，先指派蔣再映帶一營，連夜趕到季山待命，隨後吳衛軍親自送來緬軍指使硔掌守軍突圍的情報。趙大組長暗呼僥倖，彭嘉福這一延遲才免於讓硔掌緬軍脫困而出，這真是錯有錯招。這一仗緬軍一個加強連全軍覆沒，趙君得到昆明軍區的傳令嘉獎。趙君不忘吳衛軍夜送情報的苦勞，為其請功，第一批訪問組成員回國，吳衛軍便榮任南傘偵察站副站長。郭志新年過半百由地方轉到軍隊是個例外，就像大學畢業後，再到外國留學鍍金，歸國後好以博士身分當大學教授那樣，郭志新也到果敢來鍍金，他一轉業，像吳衛軍一樣穩穩當當地坐上站長寶座。

「那晚趙大組長叫支隊部連夜轉移，我正發燒全身乏力，並非我有先見之明留下不走，所以功勞算不到我頭上，可說是天意吧！早不病遲不病，偏偏在節骨眼上病了。」彭嘉福不願掠功歸己，講出實情。

「哈哈，副支隊長真是快人快語，打仗這事情是瞬間萬變，勝敗就在這時間的拿控上。吳副站長若不連夜趕路，按理也無不可。他責任心強，拿到電文馬上出發，為殲滅砛掌守軍立了大功，可見真是天意，各種因素都湊巧了。」郭志新出來打圓場，說得皆大歡喜。

「郭站長、吳副站長，我有個小小的請求，陳秀月母女已十多年未謀面，我想讓她們到老街住上幾天，跟她母親歡聚；同時也要張碧蓮出去參觀麻栗壩的風土人情，不知二位肯高抬貴手放行？」

「副支隊長言重了，果敢已是解放區，沒什麼妨礙，儘管去多住一久。永德縣糧食局我會跟他們領導打招呼的。」郭志新滿口應承。這條長線斷不得，還要留著釣大魚呢！以果敢為基地，上下臘戍方便多了，以陳秀月的家庭背景，若能說服她去臘戌，對情報工作更有利。

「統一中國的大業如今已有現實的客觀可能，海外僑胞歡迎隨時返回祖國，看看祖國解放後的巨大變化，陳秀月的母親出國多年，葉落歸根，一旦條件成熟，歡迎她回國定居。」吳衛軍語出驚人，國內政治環境毫無變化，他卻以另一種姿態大搞統戰工作，其膽識與超前意識確實令人佩服，難怪他能榮任情報部門的主腦，並不完全靠那次送電文的功勞。

事情說定後，陳秀月一行陪同她母親蔣映璺到了老街，在老街繁華地段蓋了一間草片房，祖孫三人住在一起，其樂融融。蔣映璺、張碧蓮領著小張澄去老街大廟燒香拜佛，祈求平安。屋中只剩下彭嘉福與陳秀月，彭嘉福的警衛員為兩人送上清茶擺上水果糖食，便知趣地為兩人拉上門退到院子裡乘涼去了。

「嘉福我對不住你，今生緣分已絕，只好來世變牛變馬，再來報答你的一片癡情。」陳秀月是有夫之婦她能說什麼呢？她見彭嘉福年過三十，仍無成家之念，不覺心如刀割、愧疚無比。只得含淚相勸道：「你不要太委屈了自己，我這次出國與母親相聚固然是原因之一，但主要就是為了勸你，你若不儘快找個伴侶，我的心會一輩子不安的。我有家有室有兒有女，你還要我怎麼辦呢？你若不諒解我，我便馬上死給你看。」

「秀月妳千萬別自尋短見，我至今未娶不是妳的錯，我知道是時代變革中常有的現象，但我尋覓了十多年一直未遇上一個可以替代妳的人，妳叫我如何是好呢？總不能隨便找個不合心的女人來湊合吧，妳有個好家庭不要為我多操心，我的事我自己會處理。」彭嘉福言不由衷，心裡矛盾極了。

自從一年多前在德黨，從張碧蓮口中得知陳秀月的悲慘遭遇後，彭嘉福已從理智上接受了這殘酷的現實。誰知在南傘一見面感情上的渴念戰勝了理智，不要說陳秀月僅徐娘半老，就是她已是鶴髮鷄顏，彭嘉福也會毫不猶豫的娶她為妻的。可眼前橫著一道不可逾越的鴻溝，彭嘉福只能望而止步無法可想，他總不能提出陳秀月與張英洲離婚而嫁他吧！彭嘉福越是這樣說，陳秀月心裡越是不安，她心中的堤壩潰決了，感情的波浪淹沒了理智，十多年刻骨銘心的思念，一旦找到宣洩處，那是任何力量也阻止不住的。彭嘉福與陳秀月兩個相愛相思的情人，眼下正處於這種危險的境況下，十多年無窮盡的相思情終於得償，誰能責怪他們的逾理呢？兩人不知何時已緊緊地相擁在一起，陳秀月雖早已為人妻子，張澄也十二歲。按說情感上、生理上不應再有那麼強烈的需求，可她如初戀的少女，雙頰火熱全身發顫，緊擁著愛人，任憑彭嘉福，替她寬衣解帶，兩人混忘了處身何地了。

「媽媽我們回來了。」小張澄的喊聲，把陳秀月從混亂中喚醒過來，她暗呼一聲，幸好未鑄成大錯，她推開緊抱住自己的彭嘉福，慌亂地扣上衣扣整理揉亂的頭髮，可惜臉頰上的紅潮未退，兩隻大眼仍是水漉漉的，神情是那樣的嬌羞。她趕到門前推開木門迎出院子來，留下彭嘉福在屋內，木然地坐著。他似乎還未回過神來，也不明白到底發生了什麼事，剛才的一幕猶如在夢中，院子裡傳來小張澄的說話聲，嘰嘰喳喳地訴說大廟的塑像如何如何，他才清醒過來，他甩甩頭想要甩去那不應有的欲念。他明白陳秀月心中深埋著他的一切，剛才才會那樣失態。他必須拋棄舊夢，把陳秀月從感恩的誤區中喚醒過來，要知道感恩而委身以報不能代替愛情，再這樣下去那是害了三個人，張英洲生活在沒有愛情的虛偽感情中也是不公平的，可憐可悲的。彭嘉福與陳秀月卻生活在感情的煎熬中，強裝笑臉來應付世俗偏見太不值得了。

晚上，蔣映璺與陳秀月母女在燭光下擁被而談，張碧蓮與小張澄遊逛了一整天早已熟睡過去，放炮也吵不醒。十多年的分離，母女倆在觀念上存在著巨大的差異，蔣映璺講述了臘戍的生活，語調平靜，絲毫未因逃亡而怨恨中國，他講到緬甸首都仰光，封建時代的皇都佤城，撣邦第一大城市東枝。陳秀月驚奇地發現她母親在緬甸十多年，似乎沒受多大的苦難，似乎是個旅行家到處觀光旅遊，似乎她已忘懷了留在中國的子女。

「秀月，媽媽扔下你們兄妹逃到緬甸，十夕年未聞音訊，媽對不住你們。」蔣映璺講了許夕異國風情，見引不起女兒的興趣，便轉移話題，談到了親情。果然，陳秀月趕緊安慰母親，替母親開脫逃離德黨的自責！

「媽！您千萬不要這樣想，中國剛解放，您不走一定會像爸爸那樣被抓去坐牢的，我們兄妹絲毫不怪您。媽，您在國外受苦了。孤苦伶仃的一個弱女子，在緬甸這樣一個資本主義的國家中，可想而知生活是如何困難呀！」

「媽媽在緬甸，生活清苦倒無所謂，就是一個人太孤獨，多次想回國，條件又不許可。現在中國正在進行無產階級文化大革命，回國的希望更渺茫。看來我一個孤老太婆這一生只有把老骨頭拋在國外，歸不了祖墳了。」

「媽！您別傷心，我會想法到緬甸來跟您團聚的。您說以什麼身分出來最好？」陳秀月已下了決心，把蹉跎了十多年歲月的感情找回來，她打算回德黨後與張英洲攤牌。是呀！沒有愛情的婚姻對雙方都是一個欺騙。陳秀月想通了她在感情上確實欺騙了對方，她不能再錯下去了。以後跟彭嘉福住在一起既可了心中的夙願，也能就近照顧老母。她這心事不好明白提出，她只得以退為進，讓母親替她說出，她肯定母親已看出白天她心態失常的原因，連張碧蓮都用異樣的眼光看得她低下頭不敢正視對方的逼視，母親當然心中有數。

「媽媽等的就是妳這句話，你兄妹三人，媽最疼妳，妳能來臘戍跟媽一塊兒住，媽高興極了。媽多年來已略有積蓄，妳把英洲一塊兒接過來，生活不成問題。」

「什麼！您要讓英州也出國，那怎麼可以呢！」

「怎麼不可以？妳通過彭嘉福的關係，跟郭站長一提不就行啦，妳們這次不是輕易地就出來了嗎？」

「那不同！」陳秀月說不出理由了，當郭志新通知她與張碧蓮帶著小張澄，到老街跟母親團聚幾天時，陳秀月簡直不相信自己的耳朵，現在母親一提起她開始恍然，這其中定有緣故，她對母親身分更不瞭解了，母親似乎知道女兒的一切，女兒對母親卻一無所知。

「秀月！妳們在國內吃了不少苦，可以到緬甸調劑一下生活！妳若不習慣閑著，臘戌有不少中文學校，私下教授中文，妳與英洲也可到學校教書，為海外的僑教出一把力，妳不知道，臘戌缺乏好的中文老師，有些老師教給學生的都是臺灣的反共教材，把大陸說得一無是處，反動透頂。」蔣映曌的口氣，完全不像被逼逃大陸的難民，倒像中共幹部的口氣。

「媽！聽說中國人到緬甸，大多被當成特務，我跟英洲都是國家幹部，到臘戌不危險嗎？」陳秀月，疑心越來越重，便更進一步提出問題，以便確定心中判斷是否屬實。

「身分好辦。媽在臘戌誰不知道是國民黨鎮康縣長的姨太太，臺灣大陸工作處的地下工作者人員，經常來問長問短關心媽的生活。妳是中共眼中反動派的子女，臺灣方面根本不受懷疑，說不定還會讓你們移居臺灣，給予優待呢！」蔣映曌以為女兒被說動，口氣更露骨了。

陳秀月感到極度的悲哀，不但外人，連自己的親生母親都瞞著女兒，在耍政治手腕。老天，這是什麼世道！她悲痛之餘更感到彭嘉福的癡心難得。

「媽，我想離開中國，但不去臘戌我要來果敢。英洲我不要他同來，我要與他離婚，他雖對我有救命之恩，我嫁給他是為了報恩。我們之間沒有愛情，對他是一種侮辱，對我也是一種痛苦，妳是知道的，彭嘉福和我早在中學就相愛至今，我決定離婚後嫁給彭嘉福。」

「這……這……這怎麼可以呀？妳是有兒有女的母親，妳這樣做，怎會對得住子女。」蔣映曌大吃一驚，她萬萬沒想到女兒到老街，目的在彭嘉福身上，自己是弄巧成拙。

「我想離婚後，張澄和她弟弟，我與英洲每方領養一人。憑英洲的出身及才幹，不論在事業上、婚姻上，都會得到美滿的結局，我拖累他十多年，他是該有個出頭的日子了。我到果敢後，把您老人家接到老街，孝養您，免得我們母女再天各一方。嘉福這個人很善良，心胸開朗，他會喜歡您一起住的。」陳秀月儘管對母親疑慮重重，但母女連心，俗話說：「天下無不是父母。」她想用親情去溫暖分離久遠，有難言之隱的老母。

「秀月妳三十多歲，應該是成熟的年齡了，事情並非妳想像的那樣簡單。」蔣映曌被女兒的孝心感動了，十多年來，她一直生活在爾虞我詐的環境中，工作性質使她養成了冷面鐵心的性情，她的感情早已死去了，他活著僅是為理想及抱負，她覺得是該讓女兒明瞭真相得時候了，不然在女兒心目中太窩囊。她已經失去了青春，失去了愛情，她不能再失去女兒。

「媽！我只見到您，就覺得怪怪的，我知道您恨爸爸，爸爸被勞改至今，他在獄中已受夠了苦。你出走後，爸爸先是被拘押在德黨，後來判處無期徒刑，轉到昆明服刑。聽說他在一次施工蓋房時從高處摔下來，摔斷了腿，行動不便，幸好他已會搞設計，在監獄中搞工程設計。一九六二年我上昆明開會，去看望他一次。那年他已年過花甲，滿頭白髮，已將是油乾燈滅的時候了。」

「造孽呀！他是自作自受，罪有應得。」蔣映曌嘴上硬，心中已悲憤莫名，俗話說，一夜夫妻百日恩，儘管她恨他，畢竟十多年夫妻了，一切怨恨已隨歲月的消逝而泯滅，上輩子的恩怨不該延續到後代身上。蔣映曌沉緬在久遠的回憶中，說不出是何滋味！

「媽，您別難受，我不說爸爸的事來煩您了。」陳秀月知道媽媽在家中的地位很低下，從未能跟爸爸一桌吃飯，每天從早忙到晚，像僕人一樣被呼來喚去，如果不是因為女兒他早已離家出走，不在陳家受氣。

「秀月，媽走的時候沒把真相告訴妳，那時妳也像小張澄一般年紀，十三歲。媽不想讓妳小小年紀便受到傷害。今晚媽要把一切告訴妳，我怕妳現在再走媽的老路。」蔣映曌本來打算把一切深埋在心底，但看到女兒也像自己當年一樣走向極端，只好改變初衷，講出一切。

「媽，我知道妳在陳家，爸爸對妳不好。」

「豈止不好，他簡直是豬狗不如的衣冠禽獸。秀月，妳的親生父親早被妳現在的父親害死了。妳不姓陳，妳姓林，妳抗日戰爭爆發那年出生在南京。我跟妳父親隨中國軍隊來到雲南，駐在鎮康，剛到鎮康妳親生父親林洋寬去拜望在大學時的同窗好友陳世賢。陳世賢一見我，驚為天人，陳世賢當時任鎮康縣的民政科長，他父親是當地的望族，不但跟官府有來往，也與境內外的土匪勾結，坐地分贓。林洋寬以為他鄉遇故知，因戰事頻繁，家眷攜帶不便，托陳世賢照顧妻小，誰知陳世賢趁林洋寬因公外出，姦污了我。我本當一死了之，但妳那時三歲，為娘的捨不得丟下妳只好忍辱偷生，等待林洋寬隨軍返回，再跟陳世賢理論算帳。」

「那我生父還在人世嗎？」陳秀月被這突如其來的變故，驚呆了，她想不到母親的遭遇如此淒慘，忙問生父的消息。

「可憐妳生父這一去竟是生離與死別，陳世賢做賊心虛，怕好朋友回來找他麻煩，便唆使土匪把妳生父害死。這還不算，陳世賢的父親到當時住在鎮康的國軍第九師師長張金亭那裡誣陷你生父通敵，我變成了漢奸眷屬，誰還敢收留我母女？」蔣映璺說到傷心處，泣不成聲。

「媽媽！我苦命的媽媽，女兒誤會妳了，是女兒不孝。」陳秀月痛哭失聲抱住母親，飲泣不已。

「打那以後，陳世賢便名正言順地霸占了我，做他的四姨太，你大媽、二媽都有後家做主，只有我無親無故。被陳家老少呼來喚去豬狗不如，我看在妳的份上一直忍辱不言。為使妳幼小的心靈不受損害，一直不敢告訴妳真相，後來生下妳弟弟我更說不清是恨是羞，只好瞞起真相，盡心照看你姐弟了。」

「媽，妳為何剛一解放便離家出走，丟下我姐弟不管呢？為何這十多年來都不給我寫信呢？」陳秀月不解地問。「妳好狠心，竟不顧親生子女的死活，一走了之。」

「問得好，這正是我要告訴妳的主要問題，剛一解放，當時共革盟的一個熟人來找我，說妳生父是中共地下黨員，是抗日英雄，被國民黨反動派暗算，問我要不要替他報仇。我聽後也顧不了妳兄妹了，立誓為洋寬報仇，但我又不能親手殺了陳世賢，我矛盾極了，不知如何是好。來人同我講了一大通革命道理，鼓勵我繼承洋寬的遺志，為革命盡力，並說陳世賢的罪孽，人民政府會替我申雪的。」蔣映璺母女情深，把一切都說了出來。

「哦！原來一解放，鬥爭妳是作樣子給人看的？」

「是的，我被鬥爭了半個月，弄得遠近皆知，後來隨來人出了國，一直在為中共做情報工作，我是鎮康縣長的姨太太又被鬥爭，身分當然不會被注意，可是，我的良心一直在受煎熬。午夜夢醒，我腦中便浮現出你姐弟的音容笑貌，但組織紀律很嚴，不允許有親情存在。這次奉上級指令，要我說服妳同張英洲一起出來加強臘戍的文教工作，沒想到妳對彭嘉福舊情複燃，又要走上拋親離子的老路。秀月，媽已對不住妳姐弟二人，沒盡到做母親的責任，妳再不能走媽的舊路，前娘後母的，給子女的生長帶來不可彌補的心靈創傷啊！」

「那我不會再走您的老路的，我是一個平凡的女子不想做什麼轟轟烈烈的壯舉，所以我絕不同英洲跟到臘戍去過那提心吊膽的生活，我已在政治漩渦裡轉了十多年。現在，是我找個平靜的歸宿的時候了。英洲對我好，但我不能再欺騙他，也不願再拖累他。您有您的路，我不敢說什麼，我有我的路，請您也別干涉，您的曲折遭遇我很同情，等您厭倦了您的生活，希望您回到女兒身邊，我照樣愛您、孝順您，一定竭盡全力讓您有一個安寧的晚年。」陳秀月外柔內剛一旦下了決心便不再反悔，她要爭取自己的幸福不願委委屈屈、窩窩囊囊地過下去了。當然她也要顧著親情，妥善安排。

「秀月，妳三十多歲了，仍是那麼幼稚，個人力量在殘酷的現實面前往往無能為力。我不知道彭家弟兄在中國官方眼裡有多重的斤兩，但這次妳能出國到老街，那是有全方位巧妙的安排。我不阻止妳去爭取幸福我要提醒妳的是：如果不按組織上的安排去執行，妳個人的打算，難以實現。言盡於此，妳好自為之吧！我想郭站長他們稍後會找妳談話，內容就是我告訴妳的這些，我不願為妳做決定，妳仔細考慮吧！」

餘下來的幾天，小張澄跟彭嘉福很投緣，讓彭嘉福替她當馬夫，她騎著馬在老街大轉來轉去，她腰挎手槍，頭戴軍帽扮演大將軍，要多威風就有多威風。別看張澄只有十二歲，她屬於發育過早的少女，很懂事，她隱隱約約聽說過母親是彭叔叔的早年戀人，覺得母親對不起彭叔叔，她總想自己替母親來報答所欠的感情，但她想不出怎樣報答這份感情。陳秀月一旦解開身上扭結了多年的疙瘩，變得開朗多了，公然在大庭廣眾中，與彭嘉福出雙入對，引得路人在背後指指點點、竊竊私語，她也滿不在乎。彭嘉福對這份遲來的幸福又驚又喜，人也變得精神了，可他心中有一份內疚，覺得對不住張英洲，彭嘉升提出由他帶主力過江，彭嘉福乾脆拒絕了，趙大組長找他，彭嘉福以準備成親為藉口婉拒了。

趙大組長很生氣，責怪郭志新弄了個陳秀月來絆住彭嘉福，使渡江計畫拖延。接下來的事情變簡單了，蔣映璺有急事，要返回臘戍，張碧蓮亦嚷著要回永德，小張澄站在張阿姨一邊，要趕著去上學，把落下的功課補上去。彭嘉福與陳秀月被逼分手，兩人又是一番山盟海誓，等待陳秀月辦好離婚手續，彭嘉福親到德黨去接她。事情正如蔣映璺所料，有關方面獲知陳秀月的打算，採取斷然手段，把張英洲上調臨滄中學出任校長之職，並為他分配了一套寬敞的住房，陳秀月直接坐車到了臨滄，調到臨滄中學搞行政工作，職位薪金全都越級提升。陳秀月忙著熟悉業務，張澄及弟弟張昆上了臨滄中學，住進新分配的樓房，高興得了不得，張英洲對陳秀月更溫柔體貼，社會就這樣現實，對於這對新貴，人們對他們熱情中帶著恭敬。陳秀月得到平反，她不再是反動官員的子女，而是地下工作老幹部的革命後代，陳秀月知道，這裡面的奧妙，全是母親十多年忍辱負重的功勞。

現在的情形翻了個身，不再是陳秀月拖累了張英洲，而是張英洲沾了陳秀月的光。陳秀月沒轍了，原來可以以不拖累張英洲為理由提出離婚，現在提出離婚變成了他嫌棄身為小民的丈夫，要另攀高枝了，再看一雙兒女，一副喜氣洋洋的樣子，是那麼滿足現狀，又怎忍心讓子女的心靈再受損害，重蹈自己的覆轍呢！

「唉！母親呀，母親。一切都在您老人家所料之中，做女兒的確實太天真幼稚了。自己本以為精明強幹，比起母親的作為，天壤之別。嘉福啊，彭嘉福，你又以為我負心了，你可知道我現在的處境多複雜，多困難啊！」陳秀月陷入了矛盾之中不能自拔，想來想去，就只怪自己命苦，她恨上天不長眼，看不見世間的不平事。

彭嘉福焦急等待了一個月，接到郭站長愛人張碧蓮轉來的一封信，張碧蓮也調離永德糧食局到南傘，做隨軍家屬。他剛從臨滄回來，親到老街見彭嘉福，她說陳秀月的難處，首次提出讓彭嘉福再等幾年，讓張澄來償還她母親所欠的債，嫁給彭嘉福，這真是匪夷所思的怪想法，彭嘉福只笑了笑，不做任何表示。他熱情而週到地接待張碧蓮，陪著張碧蓮在老街轉了個遍，完了叫警衛員騎馬把張碧蓮送到國界，送了她不少中國短俏商品做禮物。張碧蓮熱誠粗心，她看到彭嘉福淡然面對這意外的第二次打擊，沒有失常表現便放心了，回到南傘，便寫了封長信告慰陳秀月，不用擔心彭嘉福，他一切正常。「好心的開心果」，她哪知道投入深潭的巨石，將永遠沉入水底，不再露出水面，彭嘉福又一次把創痛埋在心底，他將帶隊離開果敢到江西岸去了。韓曉人在崇崗因操勞過度，舊病復發，幸好建縣的文字工作已準備就緒，趙忠舉及余健幾次相勸，韓曉人同意到猛堆醫院住院檢查，離開崇崗前余健叫他把所有有關建縣的資料檔面交蔣光政委，順便也交一封禮貌性地問候信給彭嘉升。韓曉人到了昔峨，把余健托他轉交的信當面交給彭嘉升。彭嘉升正感身旁無人，當場口授一封回信由韓曉人執筆，寫完後彭嘉升親筆簽名，就這樣把韓曉人留在身邊，連醫院也不去住了。

原來三巨頭的關係十分微妙，三個人分住了三處，趙大組長與彭嘉福住在老街，蔣光政委住在楊龍寨，彭嘉升住在昔峨。周圍各有一大批參謀幹事之類，以及從臘戌來購買鴉片煙的生意人，生意人中，赫然有蔣振業前分管經銷的負責人蕭金鑫。撤離果敢，收購鴉片下泰國已不像往年那樣容易，彭嘉升一手壟斷了果敢的鴉片市場，除非他親筆簽名的通行證，羅大才的區兵一律沒收偷運下滾弄的大煙。蕭金鑫是彭嘉升、蔣振業在孟定跟中國做生意時的夥伴，三個人都在那幾年的生意中賺了不少錢，之後彭嘉升、蔣振業都棄商從政，各自打出了天下，只有蕭金鑫仍在生意上馳騁，成了緬東北最富有的富翁之一，當然，在緬甸這樣走私猖獗的落後國家，官商勾結之外，匪商聯手才是最主要的經商方式。

蕭金鑫四十掛零，生得瘦長個子，瘦削的長臉上長滿毛鬍子，鷹勾鼻子眼眶深陷。怎麼看，也不像一個大富翁，倒像綠林大盜的師爺，除滿腹的智計外，還有一股落第秀才的書卷酸味。他之所以親臨果敢，一則他在果敢內爭中從未涉足其中，數年來未履麻栗壩一步，儘管他老婆、女兒都住在大水塘街子。可以說，他在這場內爭中超然局外，未同任何人發生正面衝突，他的活動範圍是，從黨陽起到泰國止。二來他雖只比彭嘉升大幾歲，已成為彭嘉升的長輩。她女兒蕭彩菊于歸彭嘉桂，順理成章當上了彭嘉升的親爹，他可以名正言順地回果敢，來認親訪友。當然，禮貌性的應酬過後，他說服了彭嘉升，今年的果敢新煙以高於彭嘉升收購價的一倍作基準，全部由他接收。貨款可以預付，要金條有金條，要現金有現金，這樣優惠的條件，彭嘉升何樂而不為呢！於是任務分配到區鄉村，基本做到煙農的大煙不出村，村不出鄉，鄉不出區，每個老街天，昔峨擠滿了區鄉村的幹部。他們既是來交售鴉片，從中分一杯羹，也是來請示機宜，如何開展工作的。崇崗縣委書記余健的官衙，已是門可羅雀，徒有虛名了。

蕭楚智作為支隊部的直屬單位——炮連副連長，根本不理睬老父親來昔峨，避不見面，表明同反動的家庭劃清界限。他的進步表現受到蔣光政委的青睞，為他後來提升為軍區炮營營長兼教導員打下了良好基礎，蕭金鑫倒挺想得開，在彭嘉升面前盛讚兒子有革命眼光，私下裡他托彭嘉升為兒子寄存一筆數目不少的錢財，以備兒子不時之需。後來蕭楚智結婚手頭闊綽，不明真相的人，還以為是彭嘉升提攜蕭楚智為他出錢娶親。蕭金鑫大功告成便返回臘戍去了，當年的鴉片煙，就這樣輕易的收攏到蕭金鑫手中，而以彭嘉升為主，幾乎所有的地方幹部都大大地撈了一把，飲水思源，他們對彭嘉升衷心擁戴，緊緊地團結在他的周圍。

正如不關心規劃老街那樣，趙君和蔣光都不關心經濟問題。在他倆心目中部隊及地方幹部從大米、食油、菜金，直到彈械裝備，從軍服到鞋襪，一切均由中國供給，根本不用擔心經濟問題，但果敢的軍人及幹部就不同了，他們上有父母下有妻小或是兄弟姐妹，他們吃飽穿暖，並不表示家屬也同樣能吃飽穿暖。緬共占領果敢，不向民眾繳收任何捐稅，確使民眾喘出一口長氣，至於鴉片煙，按市價出售也省了商人從中盤剝。各級幹部從中壓價，總比商人剝削來得輕，所以老街從一開街，便吸引了果敢境內外的生意人蜂擁而至。彭嘉升只統管鴉片交易，其他方面組織專人負責管理、收稅，別小看牲口、茶葉、屠宰等稅項，收入十分可觀，這些收入都歸縣財經部門掌管。等余健率縣委一攤子下到大水塘，一切均有了頭緒。彭嘉升在渾水中拿了大魚，小魚及蝦子歸公，趙君及蔣光，無不盛讚彭嘉升理財有方呢！對此，彭嘉升相當滿意，打算煙會一結束，就過江西去走馬上任，在江西待到明年煙會再回果敢，繼續買賣鴉片，把上山幾年的損失補回來。

彭嘉升手下有兩名專管經濟的大將，一個是蔣穆安，一個是唐朝文，蔣穆安搞貿易，唐朝文管稅收。唐朝文是芭蕉箐人，與彭嘉升同為果敢行政公署，開辦的進修班學員，彭嘉升上山抗緬，曾約他共創基業，但唐朝文因家庭中上有父母下有妻兒，婉言拒絕，但侄兒唐廷華被冤殺，致使他大哥斷了後。唐朝文對彭嘉桂不滿，蔣振業試圖勸他加入該部任高參，唐朝文沒去。彭嘉升看中他的人格，所以竭力動員他出來主持稅務工作，唐朝文看大局已定，欣然應允，便成了彭嘉榮的得力助手。從彭嘉升的安排來看，確有私心自用之嫌，明眼人一看都知道，唐朝文分配在稅務組，其實是為年方二十出頭的彭嘉榮當顧問罷了。

蔣穆安則不同，他是蔣穆良的親兄，精明強幹，手段高明，處事圓滑，彭嘉升進中國受訓，新街方面的情報工作完全交給蔣穆安負責，後來羅欣漢發覺蘇文相拖隊伍進中國，很大程度上與蔣穆安有關，正要採取行動，拘捕蔣穆安，誰知蔣穆安的妻兄胡家乾為其通風報信，蔣穆安連夜進入南傘，找彭嘉升到鐵石坡受訓，受訓回到果敢，一直在支隊部任參謀。此次建縣，彭嘉升委以生意大權，蔣穆安是精明人，不圖虛名圖實惠，當彭嘉升徵求他的意見，欲讓他出掌政法部時，蔣穆安寧任低一級的貿易組長，而薄政法部主任而不去。蔣穆安這一推讓，反使蔣光政委大為欣賞，認為蔣穆安為革命不爭個人名位，十分難能可貴，所以，後來逐次晉升成為緬共的財經要人，與劉國欣分別占了江西、江東兩岸的財經高位，此是後話，表過不提。

余健所屬的政權班子裡來了一位厲害角色，掌管中方交給的貿易總責，中國發給緬共的貨物，以及以貨易貨，由緬甸引進中國的物品，全交給她負責，這人就是余健的愛人蔣毅。蔣毅是四川人，畢業於四川大學，像許多四川婦女幹部一樣，她在成都某商業部門任職時，被余健相中，此次接對口專業分配工作，負責中緬之間的商業重任。蔣毅既有商業常識又有膽識，她把生意直接與臘戌來的生意人以貨易貨，她調選女兵中有文化，相貌端正，口齒伶俐的人到貿易組搞交易，組織起騾馬隊往返中國馱運貨品。蔣毅抓權但不專權，她深知人才的重要，一方面大力培養年輕的財經人才，另一方面，重用果敢原有的財經人員。唐朝文與蔣穆安兩人中，蔣穀選中了蔣穆安，一切與臘戌生意均由蔣穆安經手。中國的布匹、藥品、日用百貨源源不絕地由南傘出口，緬甸的胡椒、莎仁、茶葉則運進中國。蔣穆安這一進一出自然公私均有利。投桃報李，不用蔣穀暗示，各種實用而稀罕的禮品以各種名目方式呈送到蔣穀手裡，一開始蔣穆安便腳踏兩隻船，兩面討好，兩面都受到重用。

上面一帶頭，做生意的風氣吹到了部隊中，蔣穆良以生病為由請假在家中養病，每到老街，便約著彭嘉榮到街子上收購上市的鴉片，轉手倒賣給那些商人。通行證則不成問題，找韓曉人打個條子，再經彭嘉升大筆一揮就妥，唐朝文的稅務組也公開架秤收煙，按砣數收稅，過江的事，根本無人理會了。趙君坐不住了，眼看軍心散漫，彭嘉升毫無動身之意，他眉頭一皺計上心來。先有三營發難，由趙中強領頭，與趙德開、許正武兩個連長帶著一批積極份子，找到支隊部，要清算請假回家做生意的各級幹部及士兵，彭嘉升惱羞成怒，召集鄉部幹部，聲言要清洗擾亂份子，雙方鬧得劍拔弩張。大有火拼之勢，趙君充耳不聞，躲在老街大廟與彭嘉福下象棋，反倒是彭嘉福沉不住氣，向趙大組長討教解決之道。

「大隊長，支隊長這人太注重經濟，手下沒幾個好東西，我聽說部隊反應很大，我看是不是過江算了，留在果敢，怕要出事，另外部隊閑久了，軍心士氣都會有影響。」

「嘉福，你不能過江，主力一走，要提防緬軍配合羅欣漢反撲，我走了果敢的安全只有交給你，我才放心。你名利心淡薄，有勇有謀深得部下愛戴，這是你的長處；但你對小節太不注重，生活散漫，不能跟部隊同甘共苦，管理不嚴，心地又太寬厚，所以部下紀律太鬆弛，這是你的弱點。以後有急事行動最好帶上韓曉人，我知道支隊長對韓曉人甚為倚重，視為心腹。不然我要把韓曉人調給你，別人調不動韓曉人，你有事叫他，支隊長是會放行的。其實韓曉人在支隊長身邊很合適，他能幫支隊長很大的忙，正如你所說，目前圍在支隊長身邊的多是勢利小人，只可同享福不能共患難。」趙君最器重彭嘉福，故推心置腹，付以重托。

「那過江的事怎麼辦呢！」彭嘉福焦急地詢問。

「我有個想法，把蔣再映提為副支隊長，這人比較穩重，趙中強提升為支隊參謀長，由他倆帶隊先行過江，到了江西有軍區指揮江東、江西各營。支隊長後一步過江，你多催他一點，請他儘快到江西去。」趙君講了計畫。

「好，大組長放心，我會動員支隊長，最遲在煙會結束就過江，恐怕到那時他也坐不住了。」

「嘉福，上面有指示，江東由你、周昆喜、余健、郭志民、魯興國共同組成東北軍區江東指揮部，負責果敢佤邦的防務，特別是佤邦。要盡力擴大根據地，有幾場惡戰要打，部隊方面果敢留下四〇四六營及縣大隊。佤邦四〇四八近日內就要到果敢，與四〇四五、四〇四七兩個營一起過江。那邊還有新組建的兩個營，五〇二及五〇三，加上原有的五〇一，你們有四個營，估計夠用了。」

「蔣再映、趙中強一提升，營長一職提什麼人呢？」

「嘉福，你看呢？本來韓曉人、蔣穆良都是適當人選，韓曉人支隊長不會放他走，我也打算留給你。蔣穆良有病跟著部隊吃不了苦，我看只有調趙德開到一營當營長，羅光明當副營長，三營許正武當營長，王成當副營長。你看如何？」趙君把一切考慮得周周到到。

「我看也只好這樣了，趙中強他們的心念得到滿足，就不會再鬧事，我想由支隊長親自召集蔣再映他們，當面宣讀任命狀，雙方的隔閡就會消除。」

「對，革命內部一切要以大局為重，一點雞毛蒜皮的小事何必掛在心上，而且上下之間有問題爭論以後就無事了，心平氣和嘛！支隊長方面你先去通通氣，他是四〇四部隊的創始人，即使緬甸革命成功，他也有一席，絕不會中途捨棄他的。這一點，你請他放心，緬共同志中對他可能會有誤會，但中央的意見是明確的，諾相與彭嘉升一個也丟不得。」趙君為使彭嘉升安心，道出了實話：「至於經濟上，支隊長幾年來，傾家蕩產為革命已身無餘資，家庭生活若無保障，他人在前方也會掛著家庭，何況部下有困難找到他，他能不管嗎？

這些沒有錢是不行的，下面不理解不能怪他們，從他們的角度看問題當然有局限性，你說對不對呀！」

彭嘉福真服了，他倒覺得大哥沒氣量，但反過來一想，自己的用費不也是向大哥伸手嗎？看來今後也應該有個搞經濟的班子才對，士兵多向自己伸手，找大哥要錢的人反而不多，只靠精神鼓勵沒有物質配合，這兵也不好帶。一場矛盾就這樣輕而易舉地解決了，趙君在這次事件中似有玩弄權術之嫌，但用意是良好的。有些人不用事實去觸動他，光依靠磨嘴皮子是不能生效的。

趙中強當面向彭嘉升承認用兵諫的方式對付老首長，實屬冒昧，請彭嘉升寬恕他，趙中強表示一定平安地把部隊帶過江，同兄弟部隊協同作戰擴大江西根據地。他捫心自問自己，由一個普通平民不到兩年時間，就晉升到支隊參謀長的高位，這其中主要是靠彭嘉升的提攜之力，但自己鋒芒太露，終究是不是好事，反觀蔣再映平實無華，以拙勝巧，比自己能得軍心。自己手下已握有一、三，兩個營的大權，這些人皆是利慾薰心之徒，有奶便是娘，到頭來只是當了個炮灰。韓曉人不是不能打仗，此次沒提升營長，表面上看是幹部政策所致，但彭嘉升、余健爭著羅致麾下，倒免了戰死之虞，現在彭嘉升對自己是尊而不親，但對韓曉人卻是親而不尊，有事情只會找韓曉人商議，絕不會讓我趙中強提建議。想到這裡，趙中強頗有孤獨之感，過江後，自己便將投閑置散，有名無實，倒不如韓曉人受人重用，名至實歸，不擔風險。世上之事，不可全得，自己總算能在人前揚眉吐氣，不枉了自小的抱負。今後應改弦易轍，不要再當出頭椽子，遭人記恨。趙中強不愧才子，頭腦轉得快，後來在複雜的險惡環境中安然無恙，不可說不是這一年所得來的經驗教訓，可見得，人的思想經常在變，人的好壞也僅是一念之差。絕對的完人和絕對的壞人，都只是人類的異端，而大多數的常人既有好的一面，也有壞的一面，把英雄推崇成神，把敵人想像成惡鬼，觀點只會讓世人笑話，達不到懲惡賞善，潛移默化的作用。

蔣再映剛好相反，一開始接觸到革命之時，他為共產黨崇高的理想所感動，因而靠攏組織要求進步，隨後在實踐中發覺組織成員也不過如此，人與人之間反而失去了理解和真誠，在階級鬥爭的目標下，正直的人受到歧視與迫害，鑽營之輩①，則飛黃騰達。蔣森林冤死，馬國良、余忠等叛逃，侯加昌因趙應發的遭殺害，激起了無比的求生之念，以致蘇文相飲恨蒙化箐。支左人員中滿口革命口號，如今留在前線部隊的已只有小半，其餘不是因病返國就是轉業到地方，自己雖因緣時會身居高位，但這是多少烈士用鮮血染紅的頂子，有何功可居呢？唯有在今後的戰鬥中身先士卒，以慰先烈們在天之靈，同時報答上級的知遇之恩。蔣再映的心情十分矛盾，一方面他不屑趙中強之流踩著彭嘉升之肩背往上爬的卑劣行徑，痛恨自己已迷失了一段時期。另一方面感激蔣光政委的提攜之功，不能做忘恩負義的小人，腦子裡走馬燈似的，是趙大組長、蔣光政委及彭支隊長的身影，自己夾在中間，幾乎被壓擠得快要窒息。二十五歲的他，比同時代的青年來說負荷太沉重了，他不能隨便敞懷大笑，不能隨便說話表態，臉上必須戴上面具，對上方永遠要笑臉相迎，對下屬，那威嚴的表情不能收起；對同事，千萬小心應付，得罪不得；對上級不恭敬，上級會認為你恃才傲物、專橫跋扈；對下級嚴格，下面幹戰會誤會你不稱職，同級之間不檢點，說不定何時背後會刺你一刀，難啊！普通人可以過平淡的日子不必擔驚受怕，做工人按時上下班，當農夫日出而作，日暮而歸，高興了痛飲一通不醉不休，失意時，放聲大哭一場出了悶氣，那種自由自在的歲月一去不復返了。如今只有像背負著沉重的龜殼的一隻烏龜，在漫長的道路上慢慢爬。蔣再映不必要地為自己背上沉重的包袱，士為知己者死，他抱著鞠躬盡瘁，死而後已的決心。不幸的是，他真的應了自己的誓言，在南下的行動中，倒在了一個偏僻陌生的小山凹裡，用生命報答了三巨頭的知遇之恩。

蔣穆良因回家輕易地失去了營長的寶座，名位上的失去換來了財富的增多。一個煙會天過去，他已為自己配備了騾子，酒房寨子的家中，大肥豬關滿了一大圈，院牆裡跑滿了雞群，田壩裡黃牛在陽光下奔馳，河道中水牛躺在泥水中打滾。你能說得清楚這種際遇到底是得還是失呢？從外表上看蔣穆良一副粗魯相，成天咧著一張大嘴嘻嘻哈哈，給人的印象純粹是一個武夫，誰知內心會有這麼好的理財手段。對人處事，他自有一套本領。該巴結的他絕不吝嗇，用不著結交的，他正眼也不看一眼。二十年後熟識他的人都大吃一驚，感歎自己看走了眼，他居然成了大器。

蔣穆安初看起來，人情世故、無所不精、鋒芒外露、才華出眾，口才之好令人彷彿遇到一個雄辯的外交天才，也許是太出眾了吧，不管是上級下級和同僚，對他都抱著敬而遠之的態度，致使我們天生的全才鬱鬱不得志了。後來雖一度大放異彩，最終還是屈尊於同胞兄弟之後，只能坐第二把交椅。外人對他不敢輕視，反倒在自家人手裡出不了頭，歷史上這種例子太多了。諸葛亮學究天人，一手三分天下坐上龍椅的卻是劉備。智多星吳用雖是小說家虛構的人物，不也屈居在黑三郎宋江之後，最後還在宋江墓前上吊而死，魂魄還隨宋星主陰間去為他繼續出謀策劃，您說怪不怪？

從兩兄弟的相貌看，老大蔣穆安像母親生得清秀高大，相貌堂堂，老二蔣穆良像父親，威嚴粗暴。麻栗壩相面算命的先生，口上常掛著一句話，生男肖母者多福，養女像父者命好，誰知蔣穆安的命不及蔣穆良的好。除了彭嘉升與彭嘉福，蔣穆安與蔣穆良是果敢今後四分之一世紀的主要人物，故預先為上述人物勾畫一下未來的輪廓，彭氏弟兄與蔣氏弟兄的恩怨，請讀者在本書下部再去領略他們的傳奇經歷。交代完本書幾個主角的大略情形我們再回到當時的情景吧！

彭嘉升認可趙大組長對部隊的人事安排，內心是有過激烈的鬥爭的，他不願拱手讓出軍政大權，又抗拒不了潮流的衝擊。他在這時代的大潮中如何進退自處呢？晚上，無外人在場，彭嘉升與韓曉人坐在昔峨傣家竹樓的火塘邊，一邊聽倫敦英國廣播電臺的新聞聯播，一邊有一句沒一句的在交談。除了蔣大文之外，所有的警衛員都到山崖下的樹林中打野雞、打白鷴去了。每到日落時分，人們到林邊隱蔽下來仔細觀察，野雞、白鷴覓食歸來，便飛到林中棲歇。此時不去驚動他們，等夜深人靜，用電筒照著它，它也不飛，悄悄挨近它們，用小卡柄槍射擊，一槍一隻十分容易，每晚出去，都有收穫。拿回竹樓燙洗去毛後用竹片夾好放在火上慢慢烤，烤熟透後，連骨帶肉細細剁碎，拌上酸粉味道十分可口。出去打著白鷴的人還未回來，蔣大文在與鄰樓的傣族少女打情罵俏。彭嘉升關上了收音機，話頭又回到老問題上。

「不是我不想放你們到部隊去，而是情況不允許，余健一直在打招呼，要你去縣政府辦公室上任，我同意，他也不放你下部隊的，蔣穆良已表示過他要在家養病，他這人很精，不想到江西去賣命。」

「支隊長，目前擺在你面前的，有三條路，也可說有上中下三策，上策是你要求入黨，取得緬共信任，然後帶隊過江，諾相已老邁昏庸，當軍區司令的時間不會太久，一旦他退休或是出了意外，你可順理成章地接任軍區司令一職。因為趙明副司令，比起你來，你有幾大優勢，首先，你比他有才幹，其次，在中國方面你比他有影響，最後你有群眾基礎，除果敢子弟外，三〇三部隊的主力是中國知青②，他們當然樂意在中國人手下當兵，至於華僑及支左成員，他們也會投你一票的。我之所以提醒你把我放到一營，蔣穆良到三營的目的，正是為此。我們在你身邊只是兩個人，力量不大，我們下到部隊，就為你掌握了兩個營。」韓曉人提出自己的看法。

「你們太傻了，中國現在的將軍有幾個是親臨陣仗而倖存的，大多是長征時的伙夫馬倌或是後勤政工人員，打仗猛的死不剩多少了？你們以為到江西是好玩的，何必逞強去賣命。至於入黨我要入就入中國的共產黨，入黑皮子的，簡直玷污了中國人的人格。」彭嘉升否定了韓曉人所謂的上策，完全是民族自尊心在作祟。

「上策既不願意實行，中策是急流勇退，就像彭積廣那樣，卸甲離職到下緬甸大城市去做富家翁，培植兒女成人，在其他領域爭雄。」韓曉人也知此策不如彭嘉升之意。

「廢話！我若忍得下黑皮子的氣何必上山？」果然彭嘉升斷然否定了這條路。

「下策是既不要求進步，也不脫離現職，江西江東兩頭跑，先以果敢為重。辦好本地區的事，軍區的事不去多管，混下去再說。這樣做你的子弟兵漸漸便會疏遠你，由別人取代你的位置，今年不用說了，是你的話算數，明後年各個環節正常運轉，恐怕鴉片煙的買賣也會歸貿易組去控制，你勢必與余副政委他們發生衝突。對於你來說，正如副支隊長，轉告趙大組長的話裡說的一樣，中國援外的結果是貓搬飯真白替狗幫忙。他們必須有自己的代表人物才放心，你是安在緬共內部的一顆釘子，是中國的代表人物，一旦緬共向奈溫政府那樣離經叛道，你的作用就大了。目前你只是象棋盤上的一顆棋子，就是你想加入緬共，中方還怕不會同意呢！你可靠邊稍息，我們跟你的人就是不同了，靠邊立正也怕過不了關。」

「你太多心了，我覺得這條路，不是下策是上策，解放緬甸，憑蔣光、余健之流能行嗎？休想！你們跟著我，我吃乾的決不讓你們喝稀的，大家混著看吧！若緬共真能成事，別人死得，我們有何死不得的。」

「話雖這麼說，但不能消極等待啊！外面已流傳著派別之說，即所謂四川派、貴州派、彭派。」

「哦，外敵環伺，虎視眈眈，內部倒先分起幫派來了，下面是如何傳說的？」彭嘉升好奇地問道。

「支隊長，這有什麼可奇怪的，中國由於君權與宗法制度的長期存在，以人物、地域關係而形成的派系爭鬥早已司空見慣。緬共主要成員全集中在四川，而諸相一系出國前是住在貴州。由於背景不同，原來沒有任何平行關係。緬共人數最少，但有實權，諸相的老兵口上不說心中當然不滿意，要想分一杯羹，所以自發互拉關係，以希形成一股勢力互相援引，而果敢子弟兵的排外性更強，當然自成一系。現在剛開始組合矛盾不深，我相信隨著時間的推移，矛盾會更加突出更加激化，在組織內部的權力分配上勢必有一番，龍爭虎鬥。」

韓曉人超然物外，旁觀者清，分析起來頭頭是道。

「果敢人擰成一股繩，不是更好？既可對外，也可在緩急時有個照應，打虎親兄弟上陣父子兵嘛！」

「事情不會這樣簡單，按地域或人事而形成的派別，沒有可靠的基礎，往往是人亡政息，或是有後人重新組合而名稱不變。共產黨是不容拉幫結派的，所以必盡全力阻止和消除派別之爭。彭派這個名詞或許不會消失，但是否能團結在你的旗幟下一直不變，那就是個未知數了。緬共派到中國學習常駐的，畢竟是少數，一手遮不了天，我想他們要依靠從中國出來的緬甸華僑。中國人適應性強，能在世界各國中成長壯大，融入當地社會這是海外華人的長處，反過來說也是華人的短處。以緬甸為例，不少廣東、福建籍的華人，不但不會說中文，連習俗都緬化了，這些人當然是緬共力爭的物件也是他們依靠的後備力量。佤族的民族性比景頗族更強，聽彭副支隊長講，周昆喜、郭志民已在佤邦發展了四個營，每個營人數不下五百人，這份力量絕不能小視，說不定以後會形成一個新的派系。那時不再是三足鼎立，而是四強紛爭了。關於知青嘛，毛主席早就有過評價，知識份子不能自成一個體系，他們只能依附在各自的階級，所以這些知青可能各為其主，起到輔助作用。」

「佤族太落後，人數雖多，但不會有領袖人物出現，要自成一派談何容易？」彭嘉升對幫派之說已發生極大興趣，不覺提出了自己的觀點看法，與韓曉人辯論起來。

「支隊長剛才不是說緬甸革命的長期性、艱鉅性了嗎？革命是否能最後成功，且不必說他。時間長了，佤族中間的優秀份子終會脫穎而出，成為佤族部隊的領袖人物，反倒是四川貴州兩派，假以時日，因缺乏後繼力量，終將衰亡下去，但這些設想已不知是多少年後的情形了，支隊長還是先籌謀眼下之事為要。」

「你說來說去還是想我採納你所謂的上策，既然大家的命運全握在中國人手裡，還是順其自然算了，我這幾年來操勞過度是該抓住機會休息休息，以退為進吧！」

「支隊長今年年僅三十八歲，正當創業守成的黃金歲月，不應有如此消極的想法，莫不是因趙中強、趙德開這夥激進份子傷了你的心。其實他們也是當了別人的炮彈，不分方向地亂放一通，讓他們去碰碰釘子，最先醒悟轉彎的，大約還是這些人。支隊長根本不必為他們的不敬而難受，反過來更要對他們示意好感，以後這部分力量說不定才是你的主要依靠。因為支隊長已存觀望之意，目前緊跟你的人中，必然會起變化，忠心不二的人中，一定會受到打擊排擠，不倒下去也會投閒置散。經不住考驗的人當然會在威逼利誘下轉投新主，當你想有作為時所能靠的還是趙中強之流，支隊長千萬不要對這些人心存偏見。」難怪韓曉人被彭嘉升視為心腹，上面的一席話，都是設身處地為彭嘉升著想。這當然是讀書人士為知己者用的道理，中國人自古就是如此。

「好啦！不提這些煩人的話題了。彭嘉福把陳秀月接到老街，用情太專，你是否得知兩人進展如何？我做大哥的一直對他的親事操心。問他，他不理不睬的，你與他的關係不錯，你要多勸勸他，陳秀月有家有子女，硬逼鴨子上架，不是個辦法。」彭嘉升轉而說起私事來。

「與彭副支隊長在一起，多半只是下棋，感情方面的事從不談及。我看陳秀月走時心情很好，毫無留戀之態，彭副支隊長自陳秀月走後反而精神愉快，笑口常開。但這次張碧蓮來後，他的態度又回復到老樣子，對什麼都不感興趣，這兩天他下棋的心情也沒有了，經常到老街長家去串門子。那裡是貿易組，新從江西調過幾個女知青，聽說他與左桂蘭比較談得攏，倆人經常談到深夜。說來，真巧，調來貿易組當會計的竟然是我在昆明時的一個女同學，叫蔣映智，她考上雲南大學，課沒好好上，參加紅衛兵，與工學院的『八二三炮兵團』是死敵。江青一聲令下，以雲大為主幹的毛澤東思想炮兵團成了反動組織，他們只好捲起行裝隨上山下鄉的熱潮到德宏州盈江縣插隊落戶。諾相大招兵，她便出國了，她文化程度高，調來當會計是大材小用，但比起在娘子軍連當兵抬簷架強的多了。」韓曉人早聽說過彭嘉福與陳秀月的感情糾葛，陳秀月到老街來，把果敢的絕色美女都比下去了，她雖年過三十，但那種成熟少婦的風韻，使男人怦然心動。蔣映璺年近五十，徐娘已老，但天生麗質，看去與陳秀月像姐妹不像母女。想當年中共派他到緬甸搞地下工作，看上她的容貌，使用美人計的成分占了很大比例。張澄也生成美人胚子，但相比之下其美貌是趕不上他母親與他外婆了，難怪彭嘉福十幾年來情有獨鍾，陳秀月確有讓男人心往神馳，終身難忘的魅力呢！

「這就好，能讓彭嘉福轉換心情就好，就怕跟以往一樣，彭嘉福對左桂蘭始亂終棄壞了人家名譽，另外你舊時同學調來貿易組當會計，這是怎麼回事？我記得蔣毅報來的工作人員名單上會計一直是陳蘭芬，出納為魯應美嘛。哦！大文常跟你開玩笑，你跟陳蘭芬是究竟如何，剛才我們討論過革命成功，我們恐怕這輩子也見不到了，倒是個人問題值得考慮考慮。」

「我跟陳蘭芬恐不易有結果，她是黃文蘭著意培養的尖子，現在又是蔣毅眼中的紅人，他們對陳蘭芬抱著很大希望。若我一直為余副政委效力，或有結合可能，如今我在他們眼中已成彭派，他們恨之入骨，豈會贊成我與陳蘭芬之事。況且，我也不想連累她，影響她的前途，所以在崇崗時，我已同她分手不再有往來。」

「豈有此理，什麼事都要與政治掛鉤，難怪世人視共產黨如毒蛇猛獸，這其中確實有大悖常理的地方。你放心，這事我會為你做主的。」彭嘉升投桃報李對心腹部下有心成全，只等待時機成熟再說。

「謝支隊長關心，而今戰事激烈，還不是考慮私人問題時候，我絕不會以私廢公，誤了支隊長大事。」

此時夜已深，大文端上夜宵，打回來的野味烤得香味兒恰到好處，彭嘉升與韓曉人獨坐一桌；其餘警衛人員，圍坐竹樓的竹笆上，歡歡樂樂地享用山珍，吸煙喝茶，著時亂了一陣子。彭嘉升對待部下，跟他對待群眾一樣是那樣的平易近人，沒有官架子，彭嘉福則相反，見了陌生人不理不睬，行若無事人一般。

說曹操，曹操到，彭嘉福陪著魯興國，連夜從老家來到昔峨。原來周昆喜與魯興國帶領四〇四八營，從南蹬渡過戶板小江到果敢來了，郭志民留在紹帕大塞，沒有隨軍前來。周昆喜由趙大組長招待，魯興國卻急著來見彭嘉升，探聽口風，以便統一步調。他對四〇四八部隊調到江西一事，很是想不通，佤邦部隊中，四〇四八最有作戰力，其他各營人數雖多，但都是以部落為主的烏合之眾，既缺乏幹部也缺乏訓練，部落頭目就是營長，離正規化距離遠著呢！魯興國認為，佤邦比較重要的地方，如新地方，邦弄、戶板等，都沒打下來，調走最強的一個營，以後更難與緬軍正式對抗了，放著自己的地區不去占領卻要到怒江西岸去擴大根據地，怎能說服得了廣大官兵呢？彭嘉升住的小竹樓頓時熱鬧起來，警衛人員全部動員起來，殺雞宰鴨，忙得不亦樂乎，跟魯興國來的都是他的心腹幹部，可以無話不談。彭嘉升不愧領袖人物，隻字不提他與蔣光政見上的不同，本著團結對敵的原則，他只從正面講了過江合併的好處。

「彭副司令，照你所分析的江西、江東、佤邦三大主力會師，目的不在開闢江西根據地，主要是形成一個拳頭，打下臘戍去，從滾弄直插臘戍去，不是更近、更直嗎？」魯興國的妹婿趙廷貴，邊吃飯邊提出疑問。

「是呀，哪怕不想從滾弄方向打到臘戍，從佤邦過江直取黨陽也不錯，何必一定要從貴概方向往下打呢！」四〇四八部隊十連連長王興國，一向以勇敢善戰聞名，是魯興國的哼哈二將，他也提出同樣的問題。

「趙參謀、王連長，滾弄方向地形複雜，行動很不方便，佤邦地大人稀交通狀況更差。羅欣漢已派兵占領了萊島山，安置搬遷的上萬果敢民眾到那安家落戶，大家都是果敢人，不應該在此互相殘殺。佤邦各部落都有自衛組織，民族不同、語言不通，很容易造成民族間的矛盾。同時，臺灣反共游擊隊的勢力在佤邦已紮下根基，對付他們也很費力氣，倒不如從江西直接對付緬軍，在國際上的影響較大！狠狠打擊緬軍，讓緬政府知道得罪中國後果是很嚴重的，這可逼奈溫就範，改善與中國的關係。中國目前的敵人是美帝蘇修，把過多精力費在與周邊鄰國的紛爭上，不但不值得，反而給蘇聯和美國鑽空子，把第三世界的鄰國推向敵人。」

「哦！原來如此，如果是中國訪問組的意思，我們不過也得過，都是漢人嘛！血濃於水，哪有不幫忙的。」魯興國酒足飯飽，舒適地躺在火塘邊，表了態。

「是呀是呀，聽彭副司令一講明，我們的疑慮全消，沒說的，跟著您過江，到江西岸去逛逛。」佤邦已得命令，知彭嘉升已被任命為緬甸人民軍東北軍區副司令，所以趙廷貴一口一個彭副司令，口氣恭敬而親熱。人的感情就這麼奇怪，許多人天天經常見面，卻始終形同陌生人，有的人一見面就成了知己，無話不談。

「彭副司令的話是不錯，但果敢及佤邦是子弟兵的故鄉，若只顧往前，後方有了意外，那就愧對江東父老。魯縣長你把所有幹部都送到前線，誰來輔助你開展地方工作呢？」韓曉人見彭嘉升把話說過頭，已沒回轉的餘地，只好不顧身分低下，為彭嘉升打圓場。

「韓參謀說的有理，凡事都需要考慮周全，沒有局部的勝利全域取勝就是虛話，飯要一口一口吃，敵人要一個班，一個排地消滅，積小勝為大勝，眼高手低是成不了大事的。」魯興國的秘書蔣健，第一個領悟了韓曉人替彭嘉升補上的漏洞，其他人隨即也領會了這層意思。

「成立江東指揮部是需要不少人員，不知彭副參謀長可有機關工作的具體人選？」魯興國打蛇隨棍上，立即繼續問道，他不著痕跡地把燙山芋抛給了彭嘉福。

「具體人選，等與周參謀長商議再決定，我身邊只有蔣穆良能獨當一面，有戰事時，可借韓曉人去幫忙，支左的參謀幹事倒有幾個，但熟悉佤邦情況的幹部很缺，我認為趙廷貴參謀與王興國連長都是江東指揮部的適當人選，可以考慮從四〇四八營調出來。」彭嘉福當然樂意為魯興國解決難題，以免背本位主義的惡名。

世界上許多重大決策，都是私下裡做出來的，正式的會議上只是按法律程式，走走過場，讓大眾傳媒向民眾宣示而已，從未有在大會上正經討論而作出決定的。魯興國手下的三名親信，各有所長，趙廷貴是個矮胖子，長得細皮白肉的，為魯興國掌管經濟，在海外的華僑，對經濟很重視，所託多為親戚。王興國，長得高大強健，是籃球運動員的好材料，可喜的是，王興國不但有高大的身材，也有相適應的智力，可謂文武雙全，替魯興國參贊軍機，並且直接帶隊作戰。蔣參謀是滄源縣的國家幹部，私自出佤邦參軍，是魯興國的筆桿子。當晚一宿未眠，正經事談完，大夥兒山南海北，胡扯一通，接下來的一週先召開營以上幹部會議，接著再召開全支隊動員大會，之後是籃球比賽、排球比賽，看宣傳隊的文藝表演，從支隊部到三個營的廣大幹戰，似乎從未發生過什麼，是那麼團結一致、鬥志高昂。

五月，豔陽似火草木濃郁，四〇四部隊三個營加上炮連、警衛連及機關工作人員，浩浩蕩蕩從忙臘渡口過江，開始了西進的序曲。訪問組全走了，蔣光政委走了。彭嘉升暫時留下，協助縣委書記余建組織和健全地方各地政權，並且迷惑緬軍不敢組織力量大舉反攻果敢四〇四六接防，開始負起保衛果敢的重任。江東指揮部正式成立，周昆喜、彭嘉福、魯興國成了新的三個巨頭，他們這班子比以前的三個巨頭要協和多了，彭嘉福隨和不專權，依然是老樣子，在姑娘堆裡打滾，沒事便與韓曉人下象棋，與魯興國玩牌打百分。魯興國關心的是吃的問題，每隔三、五天便要買一頭豬，燒腸子、燒肝、燒肺、燒皮子、拌生肉、拌生肝，啤酒用牲口一箱一箱馱著喝。果敢鴉片煙價格高，趙廷貴、王興國到佤邦收煙馱過果敢處理，佤邦煙價漲，從果敢收購了運去佤邦。周昆喜無其他嗜好，就喜歡每餐喝一瓶啤酒，他守著電臺倒沒誤事，大事通知彭嘉福、魯興國，小事便自行擬個電報稿交給報務員去發電文。果敢的事，有余健負責，佤邦的事情有郭志民承擔，軍政分開，江水不犯河水。初看起來，大家都是散漫得很，實際上各有專責，免得開會扯皮子的事發生。下面辦事的人有個找頭，不致無所適從，所有的衙門都要跑到，每位菩薩都要拜遍。相對來說，江東的果敢，佤邦兩地在平穩中發展良好，各方面都走上正軌，形成良好的局面。

江西的情形就不同了，緬共東北軍區一共九個營主力，正面抗擊著緬軍八十八師十個正規營及地方守護的三個營，打得難解難分，背後是早塞列第八旅克欽獨立軍的明偷暗襲，弄得軍心惶惶，不敢分散活動。一過江，支隊便撤銷，由軍區直接指揮到各營，趙中強調任作戰處長，蔣再映回到老本行，任通訊處長，蔣忠衛雖住院未歸隊，也發表了軍務處長的任命狀。反倒是四〇四五營的趙德開、羅光明，及魯國成、趙忠仁、蔣光富三個連長；四〇四七的許正武、王成及趙啟雲、趙老椿、趙成武三個連長；四〇四七的陳有明營長，每營由軍區配屬了電臺，可自由行動。四〇四五營的第一仗是進攻猛吉，猛吉在大猛尼東面，周圍是丘陵壩區，民族雜處，低平近水的地方是傣族寨，丘陵高地是景頗族，壩區中心是猛吉街子，緬軍駐有一個連。同時，猛吉壩區也是早塞列克欽獨立軍的主要活動地區，因而三〇三部隊很難在這一地區有所作為。現在，猛吉地區的週邊據點均被諾相蠶食殆盡，只剩猛吉街子的主陣地，被圍困了一個月。

六月，正是雨季，猛吉壩子到處是茂林深草，道路泥濘，村寨周圍及寨內因牛馬出入更是難以通行。傣家人在大路一側用竹子搭起一道小橋，一直延伸到寨子外面，村人出入便沿著竹橋行走，中間留給牛馬牲口通行，這樣的氣候使駐守猛吉的緬軍鬆了一口氣，他們認為緬共會按慣例到山區活動。一個漆黑的夏夜，瓢潑的大雨中，雷鳴電閃，主攻緬軍陣地的四〇四五，在泥濘中艱難地跋涉，全身濕透，在泥水中摔滾跌爬，人人都變成了泥牛。指揮員大聲地喊掉隊的戰士趕緊跟上隊伍，隊伍中則是埋怨聲、咒罵聲繼續不斷。折騰了大半夜，平時一個小時的路程，如今費了三倍的時間。拂曉前，大雨停了，天空中露出了幾顆星星，在水中跌爬時不覺寒冷，到停下來準備進攻時，戰士們冷得渾身發抖，牙齒打顫，說話結結巴巴。

此次攻擊，由軍區炮營擔任火力掩護，五七炮、八二炮及高射機槍，成梯次配置，戰術採取慣常的偷襲方式，偷襲不成，再改強攻。魯國成帶著一連，慢慢在黑地裡摸索前進，弄開竹圍，在空地上拔插在地上的竹籤，佯攻的二連被發現了，營房正面的大路響起來激烈的槍聲。緬軍從睡夢中驚醒，在地堡中向外射擊，一連一排戰士，向緬軍交通壕投手榴彈，隨著爆炸聲一過，跳進了戰壕。可惜後續部隊被火力封鎖住，定在陣地前動不得，已躍入工事的十多人，被分割開，各自為戰，由於寡不敵眾最後壯烈犧牲，戰鬥呈膠著狀態，跟在一連後面的營長趙德開得知一連被困在陣地前，施展不開，同時傷亡慘重時，只好拿出信號槍，打了三發紅色信號彈。此時天已大亮，滿天濃雲密布，雨又淅淅瀝瀝地下了起來，一剎時，炮聲隆隆，緬軍陣地上被炸成了一片廢墟，房子起火了，地堡打塌了，守軍不是被炸死就是被活埋，反倒是爬在單人掩體的緬軍，除非被直接命中，不然都安全無恙，但也被打懵了，爬在泥水中不敢動彈。

趙德開像一個賭徒輸紅了眼，他把後備隊三連拉上來，配合一連的剩餘部分，進入了衝擊陣地。炮聲一停，戰士們又發起來衝擊。緬軍在掩體裡不停地射擊，但僅憑零星的火力已無法阻止緬共的衝擊。攻擊部隊接二連三跳進緬軍戰壕，一部分向兩面擴展，大多數越過戰壕，向上衝擊。緬軍全面潰敗，活著的人跳出來工事，從另一面滾下山坡，逃入泥濘中，艱難地往遠處逃命。陣地雖被占領了，但傷亡太大，戰士們追到山腳，像打鴨子那樣，朝在泥水中緩慢行動的緬軍射擊，除少數幸運者見機得早，乘炮擊時蹚下陣地，提前逃命外，剩下來的緬軍不是死傷便是被俘，四〇四部隊以沉重的傷亡代價，贏得了軍區首長及三〇三兄弟部隊的讚揚。四〇四五因損失太大，趙君決定把直屬支部隊的警衛連解散，全部補充到四〇四五營。轉眼已是八月，金桂飄香，稻田裡沉甸甸的稻穗低著頭，隨著秋風陣陣在壩子裡形成一波又一波的稻浪，四〇四五繼續在猛吉舔傷口。四〇四七及四〇四八已移師北上，直指緬軍守衛的重鎮，要去攻占捧賽。捧賽是中緬公路緬甸一方的邊城，小河對岸便是中國的海關畹町鎮，由於是交通要道，緬軍用了一個營的兵力駐守該地，三〇三部隊幾次去攻，卻功敗垂成，沒有拿下。緬軍陣地設在捧賽背後的高地上，成一字長蛇陣，高高地聳立在國境線上。中緬公路就隨著山形在緬軍陣地中間，彎來彎去，爬上山頭後再直通到一〇五英里處，與去木姐的公路匯合。江東兩個營到捧賽時，江西主力三個營已對捧賽緬軍守軍進行了多時的圍困，截斷了緬軍的增援，打退了增援緬軍的多次解圍行動，為阻止緬軍的增援，在捧賽西北南三個方向，江西的一、二、三，三個營與緬軍對峙了近一個月，都打得很疲乏，一〇七營負責圍困捧賽駐軍，三〇三一是特務營，戰鬥力最強，是總預備隊，一直在養精蓄銳。

江東來的第三營稍事休整，便接替江西一〇七營投入進攻，趙君親臨敵陣前選好突破口，集中所有的重炮，一個陣地一個陣地地硬啃，打援的各營已盡了最大的努力與緬軍一個山頭一個山頭地硬拼，竭力阻擋援軍沿公路方向進攻。緬軍增援部隊已距離捧賽不遠，趙君無奈只好把減員嚴重的一〇七營推上去，協助江西一營，拼死抵擋緬軍援兵，四〇四八依次肅清了週邊陣地，輪到四〇四七主攻，但接連幾次衝鋒都失利了，緬軍居高臨下，儘管工事大多被毀，仍頑強地守住陣地等待援軍。山坡上、山凹中到處躺滿了傷患和屍體，在緬軍射擊中救援傷患根本不可能，攻守仗打了一整天。晚上，四〇四八摸索著把傷患搬到安全處，以免他們的慘況影響到續攻部隊的情緒，等到生力軍江西特務營被調到前沿進攻陣地時，緬軍守衛部隊打得疲累不堪，既缺少彈藥也缺少飲水，肚子餓的還可勉強支持，口渴起來更難受。守軍的戰鬥力已明顯地減弱，可惜四〇四七、四〇四八都已元氣大傷，無力再戰，特務營拂曉前開始接敵，太陽出來時已占領了主陣地，俘虜了緬軍營長以下的大批軍官及士兵，守軍已被消滅，各路緬軍便不再進攻，退了回去。

這一仗許正武被子彈打穿胸部，九連長趙成武胳膊負傷，部隊減員一半，士氣十分低落。不久，隨同彭嘉升過江的四〇四九營，被打亂編制，分別補充到四〇四五、四〇四七、四〇四八三個營，每個營補充了一百多名佤族戰士。江東部隊的成分，到此發生了根本改變，佤族戰士占了一半。佤族戰士勇敢善戰，能吃苦耐勞，服從命令，在果敢幹部的領導下如虎添翼，本來低落下去的士氣又高漲起來恢復了元氣。

分開僅三個月的時間，如同多年不見，彭嘉升到各營看望江東部隊，大家親熱得很。在趙中強、蔣再映的陪同下，彭嘉升到軍區醫院看望負傷的幹戰，重傷患已送進中國，輕傷患見了彭嘉升無不熱淚盈眶、泣不成聲，到此時趙中強方才明白，何以彭嘉升對渡江作戰一直抱消極態度，他帶著果敢子弟兵過江，而不能再領著他們返回故鄉，良心上將如何向江東父老交待呢？世代生活在果敢這塊土地上的父老鄉親他們還不能領悟推翻奈溫反動軍人政府，解放全緬甸，這樣抽象的革命大道理，他們只認定的是彭嘉升帶著他們的子弟、丈夫過江而把他們的子弟、丈夫丟在陌生的遠方屍骨無存，屆時他們嘴裡不敢說，心裡也會恨彭嘉升的。這種情形中國也曾有過，從抗日戰爭直到解放戰爭，四川天府之國的人們很少受到戰爭的摧殘，抗美援朝戰爭爆發毛主席就曾說過，中原各省在爭取中國人民解放的歷史中作出了很大的貢獻，四川人也應在發揚國際主義的任務中作出貢獻。結果，像黃繼光等戰鬥英雄，大多是四川人，四川人在抗美援朝中，確實做出了特殊貢獻，死了不少人。

趙中強深悔自己的孟浪，一將功成萬骨枯，過江四個月四〇四部隊損失近三分之一兵力，這種情形，如果繼續下去，能活著返回果敢的恐怕不會有幾人！這些優秀的果敢子弟拋屍江西陌生之地，他們的魂魄是否能找得到回鄉的路？他們的父老、妻子望眼欲穿結果只能在夢中相見。韓曉人心中感慨萬千地從挎包裡不斷地往外掏錢，按彭嘉升的吩咐，戰士每人二百元緬幣，連、排幹部每人五百元，營以上幹部每人發給一千元，趙中強接過彭嘉升遞給他的兩千元零用錢，心中的感觸真不知是何滋味，只有韓曉人，他倒很覺得輕鬆，省得成天挎著滿滿的錢包，怪沉重的。

在猛吉街子不遠的傣族寨子中，彭嘉升一行十多人，單獨住在一家傣族人家的竹樓上。時間已是深秋，大夥兒圍在火塘周圍烤火取暖，明天就要出發去南壯，那裡有自衛隊趙發明一百多人守著。最近趙發明隨同羅欣漢部隊從泰國返回，買回來一門五七炮，換了清一色的美制大小卡柄槍。趙發明本來與諾相部隊私下達成統戰聯盟，互不侵犯，在緬軍的壓力及羅欣漢的勸說下，他同諾相部隊撕破了臉，成為緬共向西南發展的攔路石。當地盛產鴉片，是漢族聚居的地區，彭嘉升因猛洪、南壯沿江地區原是果敢管轄地區，被蔣家土司給了土邦土司，用以交換滾弄後面的幹猛地，所以自告奮勇帶四〇四五、四〇四七兩個營去收復失地。

「彭副司令，我的想法錯了，戰爭不是一件好事，好強爭勝，最終會戰死疆場，我懷疑這場所謂解放緬甸戰爭的正義性。」韓曉人與彭嘉升談到此次江西之行的觀感時，「抗日戰爭是正義的，因為他是抗擊外國侵略者的入侵，為保衛國家的獨立而戰，國共戰爭是國人自相殘殺，儘管國共雙方以主義之爭，為名，已無正義可言，抗美援朝之戰，更是無道理，中美利用朝鮮作為戰場拼了個兩敗俱傷，得益最大的是蘇聯。緬甸抗日反對英國是為了爭取民族獨立國家解放而戰，也是正義的，緬甸獨立了，成立了聯邦政府，我們現在要推翻緬甸現政府。說穿了，僅是緬甸曾因海外華人的左傾勢力，把中國人的無產階級文化大革命搬到緬甸來，引發了民眾的民族主義情緒，產生了反華排華的行為，始作俑者怪得了緬政府嗎？僅為了大國的面子問題就支使緬共擴大戰爭，弄得無數人生靈塗炭，真的有這個必要嗎？」

「我早說過，解放緬甸，除非中國直接派兵占領，靠緬共這幾塊不成材的料，哼！開玩笑。緬甸是個物產豐富的國家，人們信奉佛教，心地善良，他們對現政府不見得會恨到要推翻它的程度，邊境一線是少數民族地區，再深入內地，我們將寸步難行。人們不會信仰共產主義的，他們只信佛，只承認中央政府。」

「確實如此，在果敢沒有民族問題，一過江便碰上克欽獨立軍的抵抗。他們認為我們占了他們的地方，早塞列連緬政府都不承認，怎會讓緬共占領他們世代生息居住的家鄉。如果不能消除克欽獨立軍敵意，我們在江西就很難站住腳。我不明白彭副司令，你何以要去打南壯？難道是替蔣家土司出氣嗎？」韓曉人轉到了南壯方面。

「我不是為蔣家土司出氣，我是為果敢人民爭氣。猛洪一線被江西部隊占領，不好再要回歸果敢管理，南壯還在趙發明手裡，我們果敢部隊去收復，名正言順。我讓你寫信給余健副政委調劉國欣到南壯當區長，當然是要把南壯歸果敢管理，不歸三〇三的貴概縣。」

「為什麼不調別人，要調劉國欣呢？」韓曉人不解地問。

「劉國欣是余副政委一手提拔起來的紅人，此人留在果敢，只會礙手礙腳，趁余健對他搜刮搬家人財產不滿，調到南壯，一則余健放心；二來讓他到這個肥缺位置，他對我們會心存感激，不再為虎作倀；第三南壯形勢複雜，對他這樣有能力的人是個挑戰，會激起他的雄心，工作才能開展。不然調來個不稱職的人，大部隊一走便開展不了工作，說不定反被緬軍占去，不是白費心血嗎？另外，收復南壯，對果敢人民總算有個交代，也可堵住羅欣漢之流的口。他們到處傳播謠言說我把果敢子弟出賣給緬共，是果敢人民的罪人。」彭嘉升用心良苦，在內困外攻中煞是難辦。

從猛吉出發，通過猛洪、瀘水、小猛潑，到了南壯。四〇四七先占領核桃箐，斬斷趙發明的退路，並準備阻擊長箐山緬軍的增援。四〇四五營三連主攻，蔣光富跟著趙大組長、趙明副司令、彭嘉升等人親去看地形，選擇突破口，晚上，趙發明從彭嘉升他們的來路，溜下小猛潑，轉了個大圈，突圍走了。蔣光富帶領三連在拂曉前去摸陣地，摸了個空，幸喜五七炮趙發明帶不走，被繳獲了，總算沒有一無所獲。

蔣穆良與劉國欣從岩腳渡過江，來到南壯，留下彭嘉升善後，趙君和趙明帶著部隊走了。果然如彭嘉升所料，余健從邦永區抽出一個排二十多人，配備齊全來接收南壯，劉國欣感激彭嘉升的知遇之恩，思想有了轉變，不再單純靠向余健。南壯是漢族聚居的地區，對彭嘉升的到來大表歡迎，本來躲開的村民已陸續返回。彭嘉升首先辦的事，是把因戰事停趕的南壯街、核桃箐街重新開街，同時以劉國欣帶來的一排人為骨幹，擴充為一百多人的區聯隊，讓蔣穆良負責訓練好保衛南壯的安全。在彭嘉升的本意，要讓蔣穆良掌握實權，轉眼又到了煙會，南壯、長箐山出產的鴉片數量不少，決不能再落到不法商人手裡，但劉國欣表現出乎意料，他時刻守在彭嘉升身邊，把趙發明留下的牲口找回來，如數上交給彭嘉升，他與彭嘉升計畫來年收鴉片煙稅及收購鴉片煙的方法。劉國欣提出讓彭嘉榮在鴉片煙會天來負責收購鴉片煙，他只是從旁協助，一番措舉及談話，讓彭嘉升對劉國欣的觀感大變，他安心地交待好工作，追東北軍區總部去了。

緬軍接連丟失了猛吉、捧賽兩個據點，估計緬共軍要向中緬公路沿線向縱深推進，或者走諾相五十年代的老路，侵占木姐、南坎，便調集重兵，從公路沿線及木姐、南坎為防守重點，提防緬共的冬季攻勢。

趙大組長為探緬軍防守的虛實，決定帶一部分兵力深入敵後，仍是原來打南壯的領導班子，趙君、彭嘉升、趙明三套馬車帶領江西三〇三（特務營）、三〇三五（二營）、江東四〇四七（三營）、四〇四八（四營）出發過猛探、油沫、弄外，直插南紮拉與木邦中間的公路線，準備伏擊緬軍到滾弄換防的一個營的車隊。這次行動大出緬軍意外，可惜被村民洩露了伏擊之事，江西二營在公路上，等到早飯時分，還未見車隊來到。相反，從滾弄、臘戍開出的緬軍，已形成兩面夾攻的態勢，人未到炮彈已落到伏擊部隊的頭上。伏擊失敗了，再待下去變成了正規的陣地仗，趙君毅然下令撤退，等緬軍重兵趕到現場，四個營早已爬上山頂走遠了。趙君帶著部隊向北直插貴概與木邦公路中間的石灰窯，再一次準備打由貴概增援南紮拉後返回的緬軍。天亮前趕到石灰窯，發現離公路兩邊幾十公尺內所有草木被砍得光禿禿的，沒有掩蔽的地方。部隊只好繼續北上，插到離貴概不遠的菜園壩，仗沒打上，部隊經受了一次長途奔襲的行軍鍛煉，效果很好！特別是後勤、醫療、通訊等單位，取得了很多經驗教訓。

繞了那麼一大圈趙君從實地考察緬軍作戰轉移的方式基本上依靠公路行動，一個地方發生戰鬥，即使靠得很近的守備部隊也不去救援。救兵要由幾個大的防區抽調，如滾弄、臘戍、貴概等，只要卡住交通線，增援部隊便寸步難行，因為緬軍進入山區作戰預先要調派民夫替他們搬運彈藥給養，費時費力而且不保險，民伕有機會便丟下擔子逃走，不願冒著生命危險去跟著緬軍打仗行動。這些因素使趙君頭腦裡形成了一個作戰計畫，用來打破目前敵我兩軍的相持態勢，打開局面。這個計畫就是此這次出發的路線，深入到木邦，直插臘戍，等緬軍把重兵從木姐、南坎撤回，便乘虛進占貴概，把緬軍堵在貴概以北，為第二步攻占臘戍的戰略目標打下基礎。只要行動迅速，一個星期即可達成攻占臘戍，擴大影響，達到調動敵人的戰略目標。

趙軍這個作戰方案，不是沒有實現的可行性的。經過近兩年的努力，最近緬共已經同克欽獨立軍總部負責人早相達成停戰協議，組成共同打擊緬軍的統一戰線，交換條件是這樣的：緬共東北軍區與克欽獨立軍，哪一方攻占緬軍控制的地區，即屬哪方管轄。目前雙方控制的區域，停戰後不得互相吞併，對方不得在所控區域外收糧派款。對克欽獨立軍來說，更注重的是在所轄區域內行使行政權，與緬政府對抗，他們還沒力量做到。緬共對經濟上的困難從未考慮過，一切有中國支援，不必自籌軍餉，不用在所占區域籌餉，不但如此，連賴莫的張奇夫部隊，也與緬共暗送秋波，預先拉近關係。只是緬共對此尚未表態，也沒正式接觸。

轉眼便是一九七〇年，新年剛過。東北軍區由趙君顧問、彭嘉升、趙明為首組成了南下指揮部，率領江西特務營、二營、炮營，江東一營、三營、四營出發了。而一〇七、江西一營、三營陳兵大猛潑、捧賽一線虎視眈眈，待機突破與之對峙的緬軍防線，插向南坎。趙君這次失算了，緬軍處處示弱，沿中緬邊界一線相繼退讓，並非為畏懼緬共力量，而是不願在邊界與緬共決戰觸怒中共。這回孤軍深入臘戌，緬軍求之不得，當然要在臘戌與緬共決戰，圍而殲之。原來的老營長江西的殷鵬、趙雲、徒海清，江東的蔣再映、趙中強都各自回到原來的營，直接掌握電臺，增加指揮的力量。一開始勢如破竹，一路從石窯為右翼，一路由南槳拉為左翼，很快順公路到木邦壩會師。四〇四八留在木邦壩邊緣控制後路，主力分兵兩路，右路用三〇三五開先鋒，順公路進攻，左路四〇四五在前開路，沿山區並排而進。

過了木邦河，形勢突然大變，八十八師從後阻斷了退路，九十九師在臘戌張網以待，七十七師日夜兼程，由下緬甸用軍運送部隊回臘戌增援。南下緬共的五個營，被團團圍住，雖然三〇三五一度進入臘戌飛機場及火車站，但不久被逼出市區。四〇四五營在蔣再映帶領下，左突右衝，仍未能突出重圍，求援的電報雪片般地飛向軍區總部，政委何高、副政委蔣光、谷凡沒法可想，諾相提議帶在後方的三個營趕去增援，但被否決了。若把所有的老本拿去賭，翻身的機會便沒有了。昆明軍區聞訊，立即採取緊急行動，調駐在雲南十四軍的一個師，開赴邊界待命，其中一個先遣團已換好，緬甸人民軍的軍服，連夜不停奔赴畹町，作為前鋒，趕到緬甸解圍。蕭楚智等一批熟悉臘戌道路的果敢人，被派到畹町當嚮導，領中國大軍出境。

正當這緊急關頭，趙君發來電報聲稱南下部隊已安全突圍，在返回途中。一場虛驚，何高等人才鬆了一口氣，中國方面也停止救援行動，留在邊界等候確切消息。原來趙君發覺情況不妙，採取應急措施，他命令蔣再映拼命向木邦方向突圍，讓緬軍造成主力回師的錯覺，然後以主力向黨陽方向激進。緬軍七十七師不來臘戌，轉下黨陽方向，去形成新的防線等待緬共去自投羅網。趙君帶著主力虛晃一槍，向左後一轉，跳出九十九師包圍圈，突過南棨拉公路，與四〇四八會合上了山，四〇四五完成伴動任務，留下蔣光富三連做後衛，掩護其他兩個連脫離戰線，追大部隊去了。蔣再映到達南棨拉，突過公路時，犧牲在一個小山凹裡。

蔣光富的第三連被打散，他本人負傷，躲在一家景頗族老鄉家，那家人把它交給木土咯諾的一個山頭兵。木土諾已接到通知，要他們幫助失散的緬共士兵歸隊，他便派出小分隊，到各戰場找尋負傷和失散人員。蔣光富一個連安全到達木土諾旅部的，不足三十人，其餘戰士下落不明，蔣光富請木土諾把他們送到南壯，之後藉口傷勢未痊癒回到果敢，再也不歸隊，他很傷心，只要一負傷便被丟下，沒人理睬。趙大組長下了死命令，突圍途中不得帶傷患，因為帶一個傷患，最少四個人喪失戰鬥力。主力回到弄外、油沫一線，緬軍八十八師一個戰線三個營的兵力追蹤而至，雙方在油沫的密林中，像捉迷藏似地打了一仗，結果勢均力敵，同時撤離油沫。到此時，戰線又恢復了原來的樣子，敵我雙方都停止了作戰行動，等待另一次的拼搏。趙君因此南下失敗，被奉調回國述職，結束了他當軍事顧問的任務，功過兩抵。他升任雲南軍區司令的美夢破滅了，只撈了頂雲南軍區副司令的烏紗帽，彭嘉升因煙會天已將到，匆匆趕回果敢。

西山區區長蔣文堂正在操辦婚事，他大兒子蔣振明在核桃林寨子與蔣振宗一同被打死，如今只剩一個小兒子，年紀雖僅十五歲，按照中國人的傳統，不孝有三，無後為大，他要趁退職之前，風風光光地給兒子娶個媳婦，以免再聽老伴嘮叨。大兒子之死老伴怨他是鐵石心腸說：「虎毒不食子，他的心比老虎還毒。」蔣文堂事後捫心自問，他深感對不住死去的大孩子，他時時到兒子墳前呆坐，望著天上的白雲出神。白雲中他仿佛看到兒子時而對他發笑，時而向他大哭。

「振明呀！兒子，老爹也捨不得讓你死去啊，天哪！我當時是鬼迷心竅了，父子殘殺，到底是為了什麼呢？」蔣文堂老淚縱橫伏在兒子墳前痛哭失聲。

一晃幾年墳墓上的草已經長得很茂盛，可壓在蔣文堂心底的巨石一直讓他喘不過氣來，所以彭嘉升一接到蔣文堂特地派人送到江西的請柬，於公於私，他都可以名正言順地過江了，蔣光政委還特地準備了一份賀禮，請彭嘉升代為交給蔣文堂，以示祝賀。彭嘉升回到紅石頭河，以前因上山反抗緬政府，而被拆毀的房屋已重新蓋好。西山區的幹部來找彭嘉升請示工作，並請彭嘉升為蔣區長的兒子結婚做證婚人。彭嘉升突然想起一件事，他讓蔣文堂在大水塘召集縣區鄉三級幹部會議時，替韓曉人也辦理婚事，韓曉人在書房忙著公事，聽彭嘉升叫他出去，便放下手中的信件走到客廳，客廳裡只有彭嘉升獨自坐著。

「曉人，你到南傘去一轉，買辦結婚用的衣物被蓋什麼的。趁縣委開會，把你的婚事辦了，你今年二十六歲也是成家的時候了。」彭嘉升關心地說道。「需要多少錢你去找蔣穆安拿，該買的就買不必為錢的事操心。」

「彭副司令，不行啊，我跟陳蘭芬還未正式談過。」

「沒關係，一切有我替你做主，你放心吧！」

「可是……可是陳蘭芬在蔣毅的貿易隊當會計，不知余副政委會不會批准？」韓曉人被這突然的變故驚住了，思想上根本沒有準備。此次南下九死一生，韓曉人跟在彭嘉升身邊寸步不離，特別在突圍時，部隊被衝得七零八落，韓曉人抓住趙紹雄所帶的一個排，硬是保著彭嘉升到了安全區才讓趙紹雄歸隊。在山凹裡，韓曉人看到蔣再映倒在血泊裡，無人理會，當時情況緊急，連傷患都顧不了，多停一分鐘就多一分傷亡。韓曉人只得眼睜睜看著蔣再映拋屍荒野，心中蕩起了兔死狐悲的感覺。三營八連在趙老椿的帶領下，一看情況緊急，便竄入山區投了蔣振業，這次對趙中強打擊太大，他想不到視為心腹幹將的老部下會貪生怕死，臨陣反戈。彭嘉升跟著趙君經受了這次危難，更堅信了革命勝利是無稽之談。他看到果敢優秀青年血染荒原，心中又悲又痛；所以回到果敢對陣亡幹戰，讓各區鄉分頭深入烈士家，發放撫恤金，免除軍烈屬的田租賦稅，韓曉人提到過他與陳蘭芬的感情糾葛，彭嘉升便毅然決定出面為韓曉人操持婚事，他大包大攬地負起了全責。

「余副政委那裡不用擔心，我已讓蔣忠錫去通知他，準備讓他當證婚人呢！你在果敢沒有親人，我來做主婚人好了，蔣副縣長作介紹人，這樣安排夠面子吧！」

韓曉人能說什麼呢？他一個外逃犯，身背叛國罪名，歷經坎坷，被人歧視，想不到彭嘉升會為他全權包辦，為他張目。韓曉人生怕得不到陳蘭芬的諒解，一旦她拒絕與他結婚，烏龍便攏大了，彭嘉升的一番苦心不是白費了嗎？韓曉人越想越著急，他到了木瓜寨，找到蔣穆安向他求救，如何處理這棘手的事情。

「大哥，彭副司令這樣做是他好心，可苦了我如何向陳蘭芬開口？」韓曉人坐在蔣穆安家，苦著臉說。

「承蒙你把我當成大哥向我討主意，你有你的難處，處在彭副司令與余副政委兩人的夾縫裡。彭副司令從未對別人這樣出頭過，他關心你固然是事實，向余副政委示威也說得過去，果敢現在誰是真正的老大誰說了算數？我看他倆的矛盾已到了攤牌的時候，一年來，果敢的各項工作已逐漸走上正軌，不應再只是某個人說了算數，彭副司令靠的是民心，余副政委靠的是組織。兩人各有所長，各有所短，誰也占不了上風，倒是大哥為你擔心你夾在中間，弄不好兩邊都討不了好。」蔣穆安心中好笑，人情是彭嘉升去做，錢是他蔣穆安來掏，真是豈有此理，但也同情韓曉人的遭遇，當然不能視而不管。

「我正是為此而來，彭副司令為我的事，與余副政委造成不和，我的罪就大了，兩尊菩薩我都得拜到。當然彭副司令及彭副參謀長對我有恩，沒有他們，我韓曉人早已二世為人，不知投胎到什麼地方去了。無論如何我只有站在彭副司令一邊，我請教大哥要如何應付，才不致引起余副政委夫婦的反感。」

「哈哈！說了半天你才講到正題，你是讓我去為你求情，在蔣毅面前說好話呀！是不是這個意思？」

「我知道大哥是余副政委的左右手，他經濟方面的種種措舉，都是您替他策劃的。從鴉片煙代稅，然後交給中國去提煉嗎啡，中國因製藥所需，每年要用外匯去向外國購買嗎啡，從果敢進口，費用就省多了。不過我也替大哥擔心，余副政委手伸得太長，勢必直接與彭副司令的利益有衝突，大哥在中間也難做人呀！」

「大哥在果敢混了這麼多年，為人處事的經驗比你在中國那種環境裡混出來的強多了，你吃虧就在於你的思想已僵化了，什麼讀書人的『士為知己者死』、什麼『感恩圖報』其實在緬甸什麼都以利害為準繩，互相利用而已。彭副司令對你好還是有條件的，你如果對他無用，他為你張羅婚事，做得到嗎？你去年為他苦累了一個煙會天，從收鴉片到賣給蕭金鑫，一切都是你經手。每個街子一轉，為他用大騾子馱錢上紅石頭河，他給了你什麼好處？現在你結婚自己身無分文，還要我替你掏腰包。這點錢，你以為彭副司令會算賠給我嗎？不會的，所以我不像你，我是站在余副政委與彭副司令之間，他們要利用我，我不怕他們，你是夾在中間的，兩面都不是人。」

「所以嘛，我的立場不比你硬，有事只好請大哥幫忙了。陳蘭芬歸我去說通，她的頂頭上司蔣毅，只有請大哥去說情了，我不想為我的事弄得彭副司令與余副司令，劍拔弩張，到頭來難做人的還是我。」

「大哥幫你這一次，但大哥也要提醒你為人不可太死板，腦子要靈活些，像賭錢那樣只押大或者只押小，是不會贏錢的，對別人我不多說，你太固執容易吃虧，所以我提醒你注意，以後有家有室不動腦筋，老婆孩子喝西北風嗎？趙中強他們是圖名，我是為利，你是無名也無利。事情有了緩急，名不足以壓人、利不夠讓人動心，那時才是喊天天不靈，哭地地不應，有你受的。」

「謝謝大哥指教，看情形吧，不想變也會逼得人變的。」

韓曉人在木瓜寨吃了午飯，又趕到大水塘。陳蘭芬與魯應美負責在大水塘街搞內銷，蔣穆安、蔣映智在老街搞外銷。陳蘭芬正窩著一肚子氣，她被蔣毅狠狠地責罵了一通，批評她目無組織，結婚大事也不跟上級打個招呼請示批准。陳蘭芬聲稱不知結婚之事，是外人的傳謠，她根本沒有同意過要與韓曉人結婚，韓曉人也沒有向她提起過結婚的事，自從韓曉人過江以後，兩人再沒有見過面，怎麼會突然傳起要結婚呢？

「妳還不承認？大水塘區政府正在到處借桌椅要為你們辦喜事呢？妳會不知道！」蔣毅十分生氣。

「蔣阿姨，不騙妳，我也不知怎麼回事。妳待我們像侄女，疼我們、愛我們，我怎會不經妳同意，私自決定自己婚姻大事呢？韓曉人在崇崗與我斷絕了關係，他說他愛的是谷金玉，他們在彭木山早就認識了。」

「蔣隊長，陳蘭芬說的是實話，韓曉人說不願拖累陳蘭芬的進步，怕影響她的前途已跟他分手了，為此蘭芬姐哭了好多次呢！」魯應美為好友證明。

「這麼怪？你倆這一說，把我也弄糊塗了，我不反對你們談戀愛結婚，我也不因政治條件對你們苛刻，我的意思是說結婚這麼大的事兒你們不應該瞞著我。」

陳蘭芬如此這般一訴苦，韓曉人只得連聲道歉。

「蘭芬，妳不能只是責怪我，我也有我不得已的苦衷啊！彭副司令忽然決定讓我們結婚連我都大吃一驚，蔣毅隊長那裡妳放心好了，我已請蔣穆安大哥去疏通，看來不成問題。佘副政委方面蔣忠錫副縣長去講，也不會刁難我們的，只是委屈妳，沒有徵得妳的同意，不知妳是否願意嫁給我？」韓曉人提心吊膽地問道。

「也不知你是不是真心，金玉姐你打算如何交代？」

「谷金玉是我的好朋友，我很同情她的不幸遭遇。她為了我毅然到緬甸來當兵，我欠她的情以後我會找機會報答她的。只是照目前情勢來講，妳我都成了政治鬥爭中的籌碼，沒有自主的權利，如果妳不同意嫁給我，也請把這次婚禮應付過去，不然彭副司令那裡我無法交代。但一切都怪我不好，他問我是否有對象？我順口就說出妳的名字，當時是無心之談，想不到彭副司令便記在心上，弄得如今騎虎難下，真對不起妳。」

「我一個女孩子，答應嫁給你後，你讓我如何再反悔呢？難道連彭副司令、佘副政委、蔣副縣長都要欺騙嗎？我不管你政治不政治，如你真心對我好我就嫁給你，不然我不為了做戲給別人看而與你假結婚，你讓我今後如何在做人？」陳蘭芬傷心地哭了。

「別哭，我並沒有說不愛妳呀，我自卑配不上妳。講容貌、講政治條件，我哪一條也比不上妳，我是怕委屈了妳，拖累了妳。支左部隊的黨員幹部很多人追求妳，我哪比得上他們？妳真不討厭我嗎？」

「我盼了近三年就等你一句話。我愛你，你是條真龍也好，你是條蚯蚓也好，有苦兩人吃苦，有福兩人同享，難道我是嫌貧愛富、水性楊花的壞女人嗎？」

韓曉人深情地摟住陳蘭芬，看著愛人滿臉梨花帶笑，幸福地歎了一口氣說道：「我韓曉人想不到會受到妳這位絕色美女的青睞，真是前生修來的福氣呀，蘭芬呀！蘭芬，妳跟著我不知要吃多少苦，受多少氣，真難為妳了。」

「曉人，我等了你三年，你好狠心喲！若不是彭副司令替你做主，你不知還要讓我等到何年何月？」陳蘭芬的一番癡情沒有白費，她滿足地依偎在情人懷裡，像嬰兒似地閉上了雙眼，兩人靜靜地摟抱著，沒有激情，沒有遺憾，心靈空明。猶如在烈日炎熱中，尋覓到的綠洲；猶如在狂風暴雨中，找到了安身的窩；猶如在經過長途跋涉後，最終到達了目的地，他倆只有欣慰，只有寧靜。一切都過去了，今後兩人再也不會分開，將要面對人生的更大挑戰，既然命運把兩人牽在一根繩上，便離不開了。

春天，是喜慶的日子，大地充滿了生機，披上了嫩綠的新裝，余健與蔣毅高興地出席了韓曉人與陳蘭芬的婚禮。沒有禮服，新郎新娘穿著一身嶄新的軍裝；沒有新房，貿易組陳蘭芬的宿舍權當新房。無獨有偶，蔣參謀與魯應美也草草成了婚。魯興國是主婚人、周昆喜是證婚人、彭嘉福是介紹人。蔣毅的貿易隊一下子嫁了兩個人，她說不出是喜還是怒！

彭嘉升、余健、蔣忠錫共同主持召開了三級幹部會議，一次危機過去了。雙方都明白，鬥下去會兩敗俱傷，在果敢這個小天地裡天天都要見面，勢力均分無疑是最好的結果。以韓曉人的結婚為契機，果敢的頭頭又一次團結起來，投入了緊張的戰前準備，新的大戰已在醞釀中。參加過三級幹部會，彭嘉福、周昆喜、魯興國三個人便啟程回佤邦，留下果敢縣大隊，他們把四〇四六（二營）帶過佤邦。韓曉人跟著彭嘉福去執行任務，沒有按一般人的新婚慣例，與新娘一起度蜜月。

在塔田五〇一營營長包有祥，教導員趙尼乃兩人早已住了好幾天，營部住在塔田大寨的佛寺裡，塔田佤族部落頭人被拴在木樁上，按包有祥的意思早把這部落頭人槍斃了，但趙尼乃勸住了包有祥，等周昆喜來到再處理。彭嘉福因事關民族問題在會上一聲不吭，周昆喜頭都大了，碰上這棘手問題，真難倒他了。到底是什麼事，讓江東指揮部的三個頭頭為難呢？原來五〇一的佤族戰士幾乎百分之九十以上均來自岩城，岩城原歸屬中國西盟佤族自治區，六一年劃界時才劃歸緬甸，所以這些年輕人大都會說中國話。他們住在塔田相互間說話，有的是用漢語交談，這引起塔田本地佤族同胞的誤解，以為他們是偽裝的別種民族。以前反共游擊隊通過塔田，因語言不通，在買賣糧食、日常品時常起糾紛，關係一直不好。到後來反共游擊隊小分隊經過塔田部落，人員常無緣無故失蹤，民族隔閡更大。此次五〇一營住在塔田，夜晚失蹤了四人，經仔細尋找，在山谷深處找到屍體，人頭被砍走。包有祥知道後大怒，把部落頭人叫來詢問，經過嚴刑拷問，部落頭人只得招供，承認所殺四人的頭將用來祭穀地之用，但聲稱所殺之人不是佤族，而是漢人。在監視下，頭人從山洞中把被害四人的槍彈等物取出交還包有祥，包有祥部下喧嘩起來，要求懲辦兇手，為死者報仇。包有祥在部下的要求下，決定槍斃塔田部落頭人，趙尼乃不同意，在營黨委會議上同包有祥爭論起來。

「如果不懲辦兇手，部隊情緒不易安撫，另外不以暴制暴，今後各部落仿效殺人，形勢更不利。」包有祥振振有詞地發言道。「出現這次事件，只有以殺止殺，才能鎮住周圍部落不敢再小視我們。」

「包營長，出現這次嚴重的暗殺事件，戰士們有情緒，毫不奇怪，但作為幹部，卻不能感情用事，處理不當對今後的軍民關係十分有害，周參謀長他們就要來到，此事交上級處理好了。」趙尼乃比較慎重，這也說明他比包有祥黨性強。這當然有原因，在中國趙尼乃是區長，上過臨滄地委黨校，包有祥是岩城鄉長的大兒子，年紀不大，今年才二十歲，正在中學讀書，因包有祥的地位超然——是部落頭人的合法繼承人，故從學校回到岩城當了營長，他在各方面理所當然顯得不成熟。

趙尼乃是紹帕人，由紹帕佤族組成的四〇四九營一過江，便撤銷建制，各連分別補充到四〇四五營、四〇四七營、四〇四八營，上文已交代過。趙尼乃則調回佤邦，出任五〇一的教導員，他的主要任務是在部隊中組建黨的組織，所以他的意見更有決定性。

周昆喜是緬人，他必須小心地處理這件案子，才不會引起民族糾紛，在殺、關、放人的問題上，周昆喜實在難下決心，放人嘛！部隊意見大。殺人嘛！當地部隊震動大，造成人心浮動及逆反心理，將給今後的工作帶來不利影響。關人呢，軍民兩方都不滿意，而且起不到懲戒與教育作用。正當他不知如何是好之時，韓曉人替他解了圍，韓曉人是參加制定作戰計畫時遇上這件事的。

「我認為包營長與趙教導員所持的態度均有理由，出了這次意外事件，不追究兇手會挫傷部隊的士氣，追究兇手，這不是普通的殺人案件，它關係到軍民關係、民族問題，我覺得問題的焦點在於軍民之間的關係未改善，佤族長期以來生活在落後封閉的環境裡，排外性很強，需要做長期細緻的教育工作，要他們認同緬甸共產黨領導下的人民軍，是他們的子弟兵，絕不是一朝一夕的事。三國時諸葛亮七擒孟獲，正是基於攻心為上，攻城為下的思想，不然以力壓人，以殺示威的辦法是行不通的，這只會造成居民之間、民族之間離心及隔閡。」

「韓參謀的話有理，群眾還未覺悟他們的所作所為，我們不能只以反動行為來劃線。他們並不是有意識地站在敵對立場上，來反對我們，而是因不瞭解及誤會而做了不利於革命的事，中國紅軍長征經過四川涼山彝族地區時也遇到相同的困難，水源被斷，糧食買不到，人員被誤殺，但紅軍堅持執行正確的民族政策，絕不採取報復手段，後來終於感動了少數民族，使他們認識到漢人中也有好有壞。我們都知道，最後劉伯承元帥與彝族首領結拜為弟兄，飲血為盟，紅軍才能順利通過彝族地區北上抗日。」周光喜一經提醒便心領神會，決定了處理的方法，他說道：「我們要借這件事情，讓佤族同胞看到我們是真正為解放他們而來的工農子弟兵，所以我的意見是，釋放部落頭人，戰士方面幹部要認真解釋，消除誤會。」

塔田部落頭人被帶到指揮部當場釋放了，周昆喜經翻譯，向部落頭人宣傳緬甸共產黨的民族政策，他的本意在消除佤族對人民軍的敵意，並通過這件事向部落群眾證明緬共民族政策的英明正確。可惜用意、做法都很不錯，卻起不到預期的效果，要讓一種主義得到大眾的認可，豈是如此容易的事！

按作戰方案，四〇四六營在左，五〇一營在右，兵分兩路直插公明大山。新地方是緬軍深入佤邦的最後據點，營盤就在街子後面的小山頭上，街子裡有政府的供銷合作社，十多輛日本造「哼努」大卡車停在街上，運軍用物資到新地方，還未返回滾弄，中興漢帶隊一下子就衝進新地方街子，把緬政府的供銷合作社占領，十多輛大貨車也成了戰利品，一個連緬軍及岩小石的佤族自衛隊，被分別包圍得水泄不通。駐守新地方的緬軍是地方部隊，裝備及戰鬥力比野戰師差的太遠，但若強攻，傷亡一定會很大，所以彭嘉福只對營盤圍而不攻，緬軍營房位於山包上，別的還能應付一段時間，食水卻成了大問題，守軍困在營盤中，真是度日如年！解圍的緬軍到了邦弄，便寸步難行，公路被斷，橋樑被炸塌。五〇二營占有高地，一路阻擊遲滯緬軍援兵的行動，很快地援兵便是不動了，面對居高臨下的緬共軍隊，政府軍只能望山興歎！按計劃進攻新地方緬軍，任務交給四〇四六營及五〇一營，但時隔三天，五〇一營仍未到達新地方，到底出了什麼事呢？

原來五〇一營被拉賴部落阻住去路，進退兩難。拉賴位於公明山之南，由於地處高山峻嶺不毛之地，民風比塔田、佤族更野蠻，是所謂的野卡拉，不但取其他民族的人頭祭穀地，連本地區其他部落的人頭也不放過。相傳，諸葛亮征南蠻時，教本地人種山穀。他為了讓南蠻把他視為神人，不敢再起反叛之心，用蒸熟的穀種發給南蠻，結果撒下的穀種當然不發芽。諸葛亮怪南蠻心不誠，要他們用死刑犯的人頭祭祀穀地，再發給的穀子播種，播下去就出芽了。諸葛亮班師後，佤族便年年用人頭祭穀地，但哪來那麼多死刑犯呢？他們便派人去路上去行人的人頭來用，日久成習。佤邦被商旅視為畏途，輕易不敢經過，如若非需經過不可，只好結隊而行，且用武器自衛。野卡拉取人頭，最喜歡找有絡腮鬍子的人，他們認為毛髮越多的人，祭穀地能使穀子長得茂盛。取到人頭的勇士是全部落的英雄，少女們爭相去獻媚，認為能嫁給這樣的大英雄是無上的光榮。部落取來的人頭，先供在寨中，全寨的男女老少圍著人頭打歌跳月，宰牛慶賀。之後在寨子的通路邊，選大樹身挖洞，把人頭供在洞內，天長日久通向部落的路邊樹上，成排的人頭延續到很長的一段距離，路人看去情景詭異而恐怖。

拉賴正是這樣的一個大部落，它位於一個大山梁上，四周是深一丈寬八尺的大壕溝，只有通向寨中的南北方向有兩道木橋，進出時有人看守監視。部落首領，不但有原始的刀、矛，也有現代的槍支武器，這些槍支是過路的商旅及反共游擊隊的買路費或是禮物。整個拉賴大寨約有一千多戶人家，除南北方向沿山地形較平坦外，東西側是陡峭的石岩，洞穴很多，人們躲進洞穴很難找到，他們早從擊鼓及狼煙中得知，有大隊人馬到了塔田，所以全寨緊急動員做好抗敵的準備。當得知塔田部落首領被抓後，更是緊張，也更加敵視這支會說漢話的佤族異類，特別是釋放的塔田部落首領親到拉賴訴冤求援時，更是群情激憤，舌頭「搭嗒」彈得震天價響。周昆喜分工，隨五〇一營行動，他預先派兩個戰士牽一條水牛，去見拉賴部落的首領，按慣例向他們借道去新地方，兩名佤族戰士一進入寨門，便被砍頭示威，留在外面的戰士想去營救戰友，也被一排槍打退回來，其中三人負傷被抬下山來。

周昆喜與趙尼乃幾次派人去談判都碰壁而回，包有祥年輕氣盛，死的又是岩城部落的手下，便下令強攻。一方人多，武器精良，另一方以逸待勞居高臨下，雙方僵持住了。激烈的戰鬥進行到第三天，五〇一營憑著先進的武器及慘重的傷亡，終於攻進了大寨。整個大寨已空無一人，強壯的男子從後路出走，老弱婦幼則躲進了那如蜂巢的山洞中，無論怎樣在洞外動員勸說，都無人出洞；相反，回答的只有零星的槍聲。夜晚，住宿在寨裡，寨子的部隊常被喊叫聲和槍聲驚醒，到天亮，又留下了幾具屍體，那是從石洞中出來偷襲的人打死的戰士。周昆喜也忍不住了，一聲令下，火箭、手榴彈、平射炮彈，把石洞一個一個炸塌，其中夾雜著恐怖絕望的喊聲，垂死之人的呻吟聲，一場大屠殺使上千戶的大村落，只剩下一半人口，這一下村民們才明白頑抗的代價是什麼？再也不敢倔強，溫順得猶如一群小羊。

韓曉人跟隨送糧隊來到拉賴，只見滿目淒涼，低矮簡陋的小茅屋，無規則地散處在高高的大山梁上。活著的人眼中露出恐懼而絕望的神色，當面望你時，滿是乞求討好的樣子，但韓曉人總覺得背後有無數仇恨的眼神射來，十分不舒服。在營部有一個孤兒常來吃飯，看去僅有六七歲的樣子，誰知一問已有十二歲了，他幾年來一直靠寨中供養。部隊開撥，他堅持要跟部隊走，包有祥嫌他太小，叫新指定的頭人來把這個小孩領回去，頭人聽說那孩兒要跟部隊走，他阻止部隊帶走那小孩子。

「你們不能帶他走，寨中養他已有好多年了，準備到祭穀地的時間，取不到外人的人頭，就要取這小孩兒的頭去祭穀地的。」新頭人說明不能帶走這個孤兒。

「你們為什麼要這個孤兒去祭穀地呢！」韓曉人經人把佤話翻譯成漢語後大吃一驚，急忙問道。

「他父母死後是寨子的人把他養活的，養他的目的就是為了沒人頭可用時，用他的頭來代替的。」新頭人理直氣壯地解釋道，在他們看來這孤兒沒人餵養早就餓死了，他能活下來是寨子大眾的恩德，所以用他的人頭祭穀地是天經地義的事，沒啥好奇怪的。

「像這樣的小孩還有沒有？」趙尼乃也覺得匪夷所思，同樣是佤族，從生活習慣，風俗思想到行為做法，竟然存在著如此大的差別，真讓人難以置信。

「沒有了，本來還有幾個在這次大戰中死去了，所以你們不能帶他走，不然我們如何去祭穀地呢！」

「你們是人還是野獸，虎毒不食子，你們連老虎都不如，你再多話我就槍斃了你。」包有祥激動得全身發抖，指著新頭人大發雷霆，同時拔出了手槍。

「這小孩我們帶走了，今後再也不准你們用人頭祭穀地，誰再敢殺人頭，我們也要砍他的頭，聽到沒有？」趙尼乃怕包有祥衝動之下再出人命，忙插嘴道。

新頭人被罵得莫名其妙，睜大雙眼，只會回答：「是！」他心目中，這些抬槍的佤族同類真難以理解，說壞不壞，說好也談不上，是神仙與魔鬼的混合體，是一群怪物。反倒是那孤兒靜靜地站在旁邊聽，雙方爭得面紅耳赤，好像與自己無關，一點兒也不在意，韓曉人看得直搖頭，弄不清這些野卡拉的腦中都裝的是些什麼怪念頭。五〇一營已到新地方，岩小石的自衛隊已從暗夜中攀下陡岩逃走了。江東指揮部把重武器搬到自衛隊所住的制高點，居高臨下，把緬軍陣地打成了一片廢墟。當兩個營分從兩個方向突進緬軍陣地時，殘存的緬兵只有投降一途，很多人是從坍塌的工事中挖出來的。

接下來是發放救濟糧。人民軍的糧油是中國供應的，政府供銷合作社成堆的大米，除留給拉賴、塔田兩個部落一部分外，全散給民眾，連合作社倉庫中的衣物日用品也讓群眾搬移一空，這件善舉，比口頭宣傳強一百倍，人民軍在群眾中的形象得到了好的認可。塔田、拉賴來的部落首領經教育後，再釋放回去，仍讓他們保有原來的頭銜，但一切都必須聽北佤縣委的指令辦事，不得再擅自作威作福。

周昆喜事後感慨地說道：「孔明七擒孟獲，關鍵是個『擒』字，不是『放』字。不用武力去強擒，佤族落後部落不知天外有天，以為他們是天下第一，什麼話也聽不進去。」

「諸葛亮的攻心為上，並非一味強調『文』來，其實只有『武』來之後，『文』才收得到效果。可見要把古今大軍事家的謀略學到手，絕非紙上談兵那樣簡單。一個『擒』、一個『放』，我們付出了幾十個戰士的性命，血的教訓得來不易呀！」趙尼乃也深有感觸。

「我早就說過，沒有槍桿子做後盾，耍嘴皮子是不行的，只會把人頭耍掉在地上。我們衝進拉賴時，不用說男人，連婦女也光著上身舉著梭鏢向你衝來。你不開槍，他就把長矛刺進你的體內，我們有幾名戰士就是這樣負的傷，真看不清這些人連死都不怕。」包有祥舉例子來說明他的觀點。

「以前下泰國的生意人或者反共游擊隊都沒有能攻下像拉賴這樣的大部落，他們只好低聲下氣地送禮送槍，以求安全通過，長此以往養成了部落的傲氣。夜郎自大，以為比他們強的團體不存在，這次打拉賴影響極大啊！其他部落一聽是人民軍只得乖乖地放行，不敢刁難。我這次來新地方，情形就是這樣，再也用不著提心吊膽，擔心頸上人頭不保。」趕來參加開會的郭志民，也頗有感觸地說道，他的話把大夥都逗樂了。

「郭書記，你生得一臉毛鬍子，跟你一路什麼都用不著怕了。」魯興國語出驚人，讓人以為佤族人怕大鬍子呢！

「真的嗎！那你以後跟我一路好了。」郭志民笑著說。

「佤族拿人頭最喜歡有絡腮鬍子的人頭。他們見了我倆只會向你要人頭，我的命不就保住啦！」魯興國的話又引起哄堂大笑，郭志民摸摸自己的滿臉鬍子，同意地點點頭，他裝模作樣地表演，又引發了大笑聲。

仗打好了，整個北佤地區以邦弄為界，全成了人民軍的天下，到此緬東北根據地已連成一片，再向從深發展，便遇到政府軍的頑強抗擊，寸步難行了。打了兩年多的仗，江西、江東、北佤的三支兄弟部隊，全歸屬到統一的緬共東北軍區直接指揮下。組織上的統一，並不等於思想上的一致，新輪換出國的訪問組，清一色是原中國人民解放軍第四野戰軍四十軍的領導幹部，新任組長是田副軍長，副組長是周師長及常參謀長。他們上任開始，便開展大規模的政治思想運動，政治上是林副主席的三八作風，既所謂的堅定正確的政治方向，艱苦樸素的工作作風，靈活機動的戰略戰術及團結緊張，嚴肅活潑；接著是大生產運動，除少數部隊留在前線與政府軍相持外，主力調到猛牙河邊，開荒種地，大搞生產。周昆喜當了一年的軍區參謀長，還未正式到軍區報導，便在運動中以三大罪名撤職了。這三條罪名是：民族政策錯誤，血洗拉賴佤族部落，引起了民族矛盾，使黨的統一戰線政策受到損害，原來已統戰的克欽獨立軍、張奇夫的賴莫自衛隊、以及傣族反緬武裝都重新同人民軍為敵。第二項是作風敗壞，生活腐化，這是指江東指揮部彭嘉福，用牲口馱茶，周昆喜用牲口馱啤酒，魯興國用牲口馱肉，每到一地便大吃大喝，上行下效，佤邦幹部亂用公款，作戰費成了天文數字。第三條罪名是與軍區鬧獨立，江東指揮所屬四個營服管不服調，成了私人軍隊，這一條厲害，誰犯上了都必須下臺。結果四〇四六營調回果敢，撤銷江東指揮部，各營均歸軍區直接指揮。周昆喜奉令即到軍區報到，魯興國去當他的副縣長，彭嘉福、包有祥、趙尼乃均到中國進修。韓曉人調軍區任作戰參謀，回到果敢即被彭嘉升留住。趙廷貴、王興國沒安排工作，各自回到雲縣老家。

一九六九年五月，蔣振業經過一個月的零星戰鬥，以優勢兵力占據了麻林街和回硐，控制住幾個重要的制高點，基本上算在萊島山站住了腳。蔣振業以回硐為他的指揮巢穴，逐步把自己的嫡系部隊調到萊島山集中。段子良大隊一進萊島山，以為回到安全區，誰知在麻林街的車路上，遇到克欽獨立軍早單一個連的伏擊，走在前面的副大隊長林風光一槍斃命，段子良率隊走公路兩側包抄，意圖包圍敵人，但山高林密，光聽槍聲不見人，等費盡九牛二虎之力攻至山頂，只見藍天白雲，林濤陣陣，敵人已杳無蹤影。

「這樣的仗如何能打勝？敵暗我明，有力也使不上！」段子良滿腹牢騷，無奈地歎息道。

他痛定思痛，在麻林街駐守的陣地上，只是草草構築土木工事，而把主要精力放在情報工作上。他在麻林街用重金收買了一批暗探，其中有幾個山頭姑娘，生得秀色可餐。這一下打破了醋罈子，他在政工隊的愛人仇大珍，揚言要跟他絕交，段子良為這事親到回銅政工隊向仇大珍解釋。仇大珍自蘇文相戰死，便萌出出家做尼姑的念頭，因蘇文相的母親不願見仇大珍年紀輕輕便困在蘇家，堅持要認仇大珍為乾女兒，再為他找一個好婆家。偏生仇大珍，心如槁木，認為是天生薄命，不願再談嫁娶，趙映花與她同病相憐，兩人相約到臘戌觀音山，削去三千煩惱絲，青燈禮佛，寺中老尼知兩人是刺激太深而萌生出家之念，不想收留，勸她倆三思而後行，正在爭執中，蘇文龍帶著衛士趕到觀音山，把兩人勸回。

蔣振業進駐萊島山，以劉子蘭為首，組織政工隊，仿效緬共招收女兵，他是個大老粗當然不懂政治，政工隊僅是個幌子，他的本意是為所屬幹部牽線搭橋做個紅娘，他除用銀彈攻勢控制部下外，還想用家室的溫情來穩定軍心。仇大珍是蘇文龍親自保送入隊的，趙映花則因蔣正海長期住在回硐，借加入政工隊之名，好親近蔣正海。她因兩次婚變自卑自輕之感十分強烈，午夜夢迴常坐到天亮，既怕配不上蔣正海，又怕蔣正海另有新歡。她常在矛盾中苦苦掙扎，最後下定決心，把家事交給妹子，告別四千總一家，到了萊島山。蔣正海既感動又好笑，看著穿上軍裝的趙映花，嫵媚之中又透出英武之氣，他仔細端詳欣喜之際，又帶著惶恐之意的愛人，搖搖頭說道：「癡兒、癡兒……我堂堂男子漢，說的話能反悔，妳看妳分別不到一年便憔悴至斯，這是何苦來著？妳這一來，周志民與趙紹雄的雙親靠誰來照顧呢！」

「你放心吧，我把家事全交給我妹子料理，生活不成問題。正海哥！你心中只裝著你的朋友，一見面便責怪我，你也不問問人家一年來，過得怎麼樣。我好怕，我怕我再失去你！林風光陣亡，把我急得吃不好睡不安。你自己反倒無事般，也不捎個平安信給我，我只好自個兒找來看你來了。」趙映花淡淡的話語中，包含的感情是多麼的深厚而又無奈。

「傻子，妳是自己人，我跟妳客氣反倒見外了不是嗎？男人除了愛情外，還有本身的事業及人際間的交往要注意，哪像妳們女人除了愛情什麼也不顧了。」

「我只要有你就滿足了，別的我根本不在乎！」愛情是盲目的，趙映花對這遲來的愛情看得比生命還重要，蔣正海要她死，她也會毫不猶豫地去死的。

「好吧，為了使妳安心，等字大隊長出差回來，我就請假回臘戌與妳成親。只是我當的是窮官，要妳跟著吃苦，我心中過意不去。還好下泰國的蔣處長也即將回來，我託他帶下去的二十多砣鴉片煙，湊活著辦喜事夠了。」

「真的？你不騙我？」趙映花高興得眉開眼笑，她的好夢成真，心中的一塊巨石落地。她激動得淚珠滾滾而下，她哽咽著說：「正海哥！我會好好服侍你的，你漂泊海外好幾年，一個人少親無戚的，夠苦的了。我要用我的愛來溫暖你，讓你生活在幸福中，只是今後我有錯處你儘管罵我打我，可是不要拋棄我。」

「我怎會打妳罵妳，更不用說拋棄妳啦！我親妳愛妳，還來不及呢！我跟妳說過多少次了，妳太自卑自輕了，誰人沒有過去？一個人的過去，並不能說明他的現在，更不能代表他的將來，只要妳找到真心相愛的人就行了，何必管世人的議論呢？倒是有一件事，妳看能否幫得上忙？段大隊長深愛著仇大珍，可仇大珍一直像座冰山，從不對大隊長假以辭色。段大隊長是個好人，要才能有才能，人品是上上之選，他跟仇大珍比起來是半斤八兩，為什麼仇大珍對段大隊長不動情？」蔣正海的老毛病又犯了，剛安撫好趙映花，又操持起朋友的多情來了。

「你呀你！」趙映花用手指點著蔣正海的腦門，又愛又嗔責怪道：「周志民與趙紹雄的事還擔肩上卸不下來，又要攬一擔子挑起來。你不怕壓倒爬不起來嗎？哎！誰讓我碰上你這個傻瓜呢！命中註定我要與你分擔你的一切。好吧！你放心，這事交給我，包你滿意！」蔣正海把趙映花摟進懷中，用熱吻堵住了愛人的口。

仇大珍當尼姑不成，百無聊賴之際，加入政工隊。在她來說，只要有個吃飯處，混日子罷了。誰知政工隊中盡是貌美如花的年輕女子，成天嘻嘻哈哈無憂無慮。住在兵營中見到的都是蔣振業手下的官兵，街子天到回硐街走走，買點花呀粉的，日子倒過得蠻愜意的。愛美是人的天性，成天面對年輕的男人，女人的虛榮心使仇大珍也不能脫俗，跟著女友們收拾打扮。這一來，仇大珍在女友中顯得特別出色，不知顛倒了多少年輕幹戰，仇大珍一來讓時間沖淡了哀傷，二來受到了青春的召喚，她漸漸從頹廢中甦醒，回復了往昔的生機。但一朝被蛇咬，見了繩子也害怕，仇大珍把心扉關得緊緊的，不願再讓異性闖進去，所以她對赫赫有名的大隊長段子良，亦板著臉。其實她對蘇文相，並無太多感情只是擔了名分而已，對蘇文相的移情別戀，也僅有著淡淡的傷感，還不到兩情不渝的地步，而面對段子良的強大攻勢，她僅能在表面上守住陣地，內心裡她早已高喊投降，所以作為知她甚深的趙映花來說，早看在眼裡。趙映花巧妙地把隔離兩人那張薄紙一捅，仇大珍便順水推舟，移船就岸了。青年人的戀情一旦燒起來，十分猛烈，不用多久，段子良與仇大珍已到了談論嫁的程度。所以，仇大珍一聽到段子良身邊常有些不三不四的景頗女子，嫉妒之心油然而生。她暗中垂淚，認為所有的男子都是薄情的負心郎，追你時說得天花亂墜，追上手便不值錢了，段子良使盡渾身解數，答應停止使用山頭姑娘當情報員，方才扭轉佳人芳心，重新和好如初。

凡事有利必有弊，段子良放鬆了情報工作，經常與仇大珍約會，沉醉於溫柔鄉中，忽略了克欽獨力軍已聯合賴莫部隊，計畫一舉端掉蔣振業的老巢。他們趁蔣振業去臘戌為段子良、蔣正海籌畫婚事的時機，集中了約七百人的強大兵力，於一九七〇年四月二日夜，向回硐街子翼側五百公尺處的主陣地進行偷襲。

據守陣地的字光華大隊只有蔣正海的一連人，加上正在受訓的下級班排幹部共二百多人。字光華被山頭部隊的冷槍打怕了，整個陣地四周圍有鐵絲網，主陣地修有牢固的堡壘，糧彈亦十分充足。夜間一點左右，木土諾的一個連，由女政工隊住的方向越過鐵絲網，到哨兵發覺，雙方已距離很近。在夜暗中，甚至敵我都難分了，女政工隊員從夢中驚醒，嚇得花容失色，趕緊撤向主陣地，副中隊長趙德忠，帶著一排人堅守第二道防線，掩護女政工隊員撤退，在優勢敵軍的打擊下，傷亡慘重，除少數人逃得活命外，包括趙德忠在內的二十多人全部陣亡。木土諾的部隊把陣地圍得水泄不通，激烈的戰爭持續到第二天上午七時。蔣正海把守軍收攏，堅守在主陣地上，由於段子良帶著一個大隊連夜趕來增援，先到達回硐，接著字光華帶著在外遊動的另外兩個連趕到增援。當蔣德厚大隊也從幾個制高點趕到時，木土諾只好撤出陣地，向黨陽方向轉移。

段子良心急如焚，讓副大隊長蔣忠廷帶隊去追木土諾部，自己忙爬上主陣地。他見到仇大珍無恙時方才放下心來，兩人相擁而泣，深慶仇大珍死中得活，趙映花則心慌打埸顫坐在蔣正海床上暗暗飲泣。蔣正海為救女政工隊員，帶一個排抵住敵人的追襲，腿部負了重傷，他躺在擔架上等援兵清除道路上的餘敵後，便用汽車送到臘戌住院。經檢查，沒有傷到骨頭，住院半個月，蔣正海便搬到趙映花住處，在蔣振業主持下兩對新人終於如願以償結為夫妻，由主官主婚成了果敢的時尚了，段子良倒有理由，蔣正海卻以為沾了趙映花的光，讓蔣振業大大的破費了一筆。其實，這正是蔣振業的得意之作，他要段子良與蔣正海對他感恩，永遠效忠於他。蔣振業捐資組軍，已歷經四年多，他自認已有一批軍政及財經方面的心腹幹將，完全可以獨立發展，不必再與羅欣漢合夥，他與羅欣漢的分歧思想路線大於組織方面，他對屈居在羅欣漢之下，倒無多大反感，但他不滿羅欣漢對緬政府唯命是從的奴才相。麻栗壩未丟之前，到可以說為果敢父老而戰，退到萊島山以後，還跟在緬政府後面對抗緬共，那是充當炮灰，毫無價值可言了。作為果敢民族何必介入緬族人之間的內爭，到頭來兩面不討好，何苦呢！

進軍萊島山，大小數百仗，幹戰人傷亡上百，軍費開支浩大，把幾年來的積累花了個七七八八。同時民怨沸騰，軍心散漫，軍事、政治均到嚴重挫折，再不改弦更張，果敢自衛隊要到山重水複的絕境了，先前蔣振業還對中國方面抱一絲幻想，但趙忠舉的回信一直沒有下落。蘇文相一走，他失去了同中國聯絡的人員，中國這條路是走不通了。陶大剛遇刺後，蔣振業深悔失去了一條得力臂助，他終於明白羅欣漢的陰謀，想讓他蔣振業成為光杆司令！東方不亮西方亮，三軍在緬泰邊界生存了二十年，訣竅只有兩條，掌握槍桿子及鈔票，便萬事大吉。蔣振業打定主意，便藉口換防，把心腹官兵三百多人全部調到萊島山，他還意圖要把魯宗聖駐在麻林街的第一總隊也拉走，為此他在回硐準備好七百叱鴉片，大量緬幣及大批金條，為南下途中的費用。蔣振業把正度蜜月的段子良、蔣正海，火速找到回硐。在指揮部蔣振莫、字光華、段子良三人聽了蔣振業另起爐灶的打算後大吃一驚，特別是蔣振莫，他私人的鴉片還未收齊，這一走，到手的鴨子不是又飛了嗎？段子良歷經了多次的團體分離，痛感自相殘殺的可悲及分離的不智，但他的愚忠思想阻礙了他提出反對意見，所以對蔣振業的話，只是唯唯諾諾。字光華早已倒向羅欣漢，當然只聽羅的，可憐的蔣振業毫無自知之明！

蔣振莫與字光華一到麻林街，便找魯宗聖告密，和盤托出蔣振業擬再度拉部隊上山的計畫，魯宗聖迅疾飛報羅欣漢，羅欣漢親筆致函蔣振莫，對其以團體為重，大義滅親之舉甚為讚揚，承諾所有蔣振業的私產，全由他自行處理，信中指示把蔣振業拘押到滾弄處理。羅欣漢以退為進的手法，說穿了成為蔣振業的催命符，幾百鴉片、大量鈔票及大批金條可以私吞，誰不動心呢？所以魯宗聖、字光華、蔣振莫三人決定下手。

一九七〇年五月九日上午十時，蔣振業率蔣正海以及衛士一個排，從大陣地下到回硐街區公所，蔣正海在外面布置警衛工作，禁止閒人去打擾蔣振業與蔣振莫及區長郭老安商議軍機大事，忽聞槍聲大作，蔣正海率衛士趕到，無奈只見蔣振業身中十餘彈，歪倒在靠椅上。兇手從窗外開槍後向外潛逃，蔣正海指揮部下追擒到兇手，一看原來是蔣振業的警衛分隊長王文忠，不久前調給蔣振莫，要護送鴉片煙下泰國。

蔣正海把王文忠壓到蔣振莫面前，蔣振莫指著王文忠大罵：「你這爛狗，副指揮官處罰你是為你好，誰知你懷恨在心幹出這犯上的勾當。」不等說完，便拔出手槍把王文忠一槍斃了，蔣正海剛想阻止已來不及。

「蔣處長，還未問他指使人是誰，你把他打死，如何向上級交代呢！」蔣正海心中有數，但為了自保他不敢當場同蔣振莫翻臉，可他心中對羅欣漢的兇狠手段心中不忿，因而也動搖了他對羅欣漢的信念。

稱雄四年的部隊長，副指揮官做夢也料不到竟死於親信之手，終年年僅四十一歲。骨灰運到臘戌下葬時，被團體宣布為反叛首惡，一切喪事費用由他的家屬自行承擔，蔣振業人財兩空，反落下笑柄，為後人所詬！

蔣振莫見蔣正海臉有不滿之色，便以同謀叛變罪把蔣正海拘留，幸好字光華站出來主持公道，才算撿回一命，事後羅欣漢親找蔣正海到滾弄，講了一通蔣振業的反叛罪行，表明採取斷然手段是逼不得已，是為了公事，其中沒有涉及私人恩怨，他最後說道：「對於團體出了這不幸的事件，我深感痛心。緬共日漸做大，我輩理應追隨政府，撲滅赤患，哪料禍起蕭牆，太出意外了。蔣中隊長你不明真相，忠於蔣副指揮官，這是份內的職責，蔣處長拘押你是不對的，團體需要的正是你這種效忠的精神，不然朝三暮四反倒是小人了。」

「指揮官，蔣副指揮官的所作所為，我內心並不同意，大敵當前團體不容再分離，但我認為蔣處長為了錢財而下毒手，指揮官應小心才是。我跟隨蔣副部隊長做了不利團體之事，承蒙指揮官不追究，屬下請指揮官同意我離開團體，做一個普通老百姓。」蔣正海提請解職。

「我剛才不是說了嗎？你沒有錯，通過這次事件證明你是個恩怨分明，有是非之念的好幹部。我們已商量過決定提升你為副大隊長，望你一本初衷，為團體出力，找你來還有一個任務，我想你一定能勝任完成的。」羅欣漢心中也不值蔣振莫為利殺堂兄弟的卑鄙行徑，但借他的手除去強敵，羅欣漢也只有表示支持與獎勵。蔣正海不忘故主那是他忠心的具體表現，當時各為其主不能怪他。張遼罵曹反得活命的三國故事，羅欣漢豈有不知之理，如今蔣振業一死，蔣正海，今後就只有效忠於自己了，故羅欣漢特別叫蔣正海來談話，頗有曹操的梟雄之識見。

「指揮官蔣振業對我有恩，趙映花一直靠他接濟，我想以私人的名義去弔祭，不知指揮官可同意？」

「當然可以，你儘管去好了。我今日的身分不同，不然我也要以朋友的名義去致祭呢！」羅欣漢對蔣正海的這一做法，十分讚賞。人們往往為自身的厲害關係來決定人際間的交往，一般人只有錦上添花、甚少雪中送炭，更不用說冒風險去全交了。小人喻於利君子喻於義，蔣正海的為人實在難得，羅欣漢打心眼裡看重這樣的人。

羅欣漢給蔣正海什麼任務，暫且放下，這只說蔣振新。蔣振新自大理幹訓團畢業回到果敢後，即擔任自衛隊幹部，由分隊長、中隊長、大隊長直升到總部參謀長，一九六八年更以超然地位榮任果敢設在臘戍的反共軍事學校教育長，他辦事認真、嚴於律己，可惜因與蔣振業是親手足，蔣振業死後，他深感自身安危難保，本著亂邦不入、危邦不居的古訓，悄然率部數十人出走，去找老上司陶大剛。對於蔣振新的出走，羅欣漢倒想得挺開的，他託在黨陽的經濟處長蕭金鑫，給了蔣振新一筆款項，並附一封親筆的信函，對蔣振新在團體的貢獻大加讚揚，請蔣振新向陶大剛致意，捐棄前嫌，攜手共抗緬共。他的做法大約又是從關雲長過五關斬六將，曹操反倒送他一件錦袍之事學來的吧！恩威並施，難怪只靠錢籠絡部下的蔣振業，鬥不過羅欣漢了。

老臘戌街子北面有一所洋房，平日裡是高朋滿座，熱鬧非凡，這幾天卻冷冷清清的，路人只見高高立著的一幅白幡，及隱隱約約的低泣聲，蔣正海與趙映花帶著香紙，前來弔祭被暗殺的蔣振業。走進大門，院子裡放滿紙人紙馬，正廳中停放著蔣振業的靈柩，棺材前方一張條桌，放著一個香爐，香爐後供著蔣振業的一張放大了的遺像，兩邊牆上掛著幾副至親所送的祭幛。棺木旁邊有一張草席，跪著蔣振業的四個女兒，他唯一的獨子年僅八歲滿身重孝，當蔣正海前往靈前跪拜上香時，便上前叩叩頭，幾個隱在幕布後的女兒也大放悲聲，蔣振業的遺孀陳小二，面對向來甚少來往走動的蔣正海夫婦，更是泣不成聲。

蔣正海見了這淒清慘淡的場面，無限感慨。他以前從未到蔣振業家，只在蔣振業替他主婚的典禮上，才認識了陳小二。整個團體只有蔣正海一人前來致祭亡靈，其餘部下像幽靈般一下子便從蔣振業家消失了，可見人情的冷暖及人性的險惡，實在太現實、太明顯了。陳小二估不到丈夫死後，敢於來上祭的竟是一個平時名不見經傳的小人物，許多丈夫生前的心腹，生怕傳染上瘟疫似的不敢上門。然而，有許多人為蔣正海捏一把汗，果然蔣正海不久便被羅欣漢逮捕入獄，罪名是有通敵之嫌。趙映花送妹子返回果敢去見周志民，同時帶去他父親的一封親筆信，信的內容不知卻被人告到羅欣漢那裡，指稱是蔣正海通過趙映花去與緬共聯絡，這個罪名加在蔣正海頭上理所當然要軍法從事了。無獨有偶，趙映花在果敢也被緬共抓起來，罪名也是現行反革命，企圖策反人民軍幹部叛變，這到底是怎麼回事呢？原來，在老街與新街的路上發現了臺灣方面的反共傳單，號召人民起來反抗共黨暴政，投向自由。事件發生後，余建把破案的任務交給經常跟臘戌生意人打交道的貿易隊參謀蔣穆安。蔣穆安正配合老街保安組組織調查工作，卻接到中方南傘偵察站吳衛軍的情報，指稱趙映花是特務，佘健馬上派人把趙映花抓起來，暗中移交中國去了。蔣穆安並不相信趙映花是這件散發傳單的主謀，因她是一個毫無頭腦的婦人，他親自到沿途村寨瞭解散發傳單的當天，可有人見到臘戍生意人？終於讓他瞭解到，在有人撿到傳單的當天早上，見到彭嘉升司令部參謀趙春高的二哥趙春生去田壩找馬。

蔣穆安帶人把趙春生請到保安組，同時派人到趙春生的鋪子去檢查，果然發現還有許多未散發的傳單。這件事情真出乎蔣穆安的意外，看來臺灣大陸工作處發展的特工人員，政治成分掩護得很好，找到幹部的親屬。張冠李戴，中方不得已放回趙映花，趙映花就是這樣無辜地被關了幾個月，回到老街軟禁在保安組。周志民親自出面去保趙映花，反被佘健批評他是立場不穩，不應為敵軍眷屬張目。周志民十分生氣，趙映花帶給他的一封信，是他父親給他的，要他棄暗投明，不要再為緬共賣命，周志民接到信後才知雙親受了蔣正海的很大恩情，但他以盡忠不能全孝的理由，不願以私廢公，誰知佘健的無理指責使周志民思想有了轉變，他不顧一切把二營四連拉走大半，在蔣正海的接應下投向了羅欣漢。

至此方才，真相大白，羅欣漢明扣暗放，讓蔣正海去做策反周志民的工作，蔣正海秉承羅欣漢的旨意，叫趙映花帶著他妹子去見周志民，誰知陰差陽錯把趙映花陷在老街，賠了夫人才成功！

註解

①鑽營之輩：設法巴結有權勢者謀求私利的意思。

②知青：知識青年的意思。

第十章 決鬥

四千總一家從臘戌回到老街，就在荷花塘邊的小山包上住了下來，這裡原是荒地。崇崗大搬家，僥倖逃過堵截的人家，又在班永龍塘區被搜劫一空，結果雖逃離虎口，已是身無餘資，便流落到老街，無力再往滾弄方向搬遷。

十多戶人家在荒坡上圍起了園子，成了一個小村寨，四千總家便加入荷花塘寨，成了新住戶，他本來打算暫住幾天等彭嘉升通知後就回崇崗老家。四千總家住趙映花在臘戌的廂房中已經兩年，他抱著葉落歸根的想法，始終不能適應臘戌的生活方式，無聊之際，常一個人在老臘戌街子上圍著車路轉來轉去。一天傍晚，他在路上埋頭走路，腦中思緒萬千。他十分感激蔣正海夫婦對他全家的照顧，但他想隨園雖好，不是久留之地。趙紹雄獨自留在果敢，後來又到了江西一直音信全無，不知是死是活？也許他精神太恍惚了，聽不到路上的喇叭聲，結果被一輛橫衝直撞的計程車撞倒在地，肇事的司機怕吃了官司，四望無人，便加足馬力開車逃走了。四千總躺在路上半天爬不起來，正好來了個漢人，見路上倒著一位老者好心的把他扶起來，並把他送回趙映花家。幸好沒有大的傷害，全家才安下心來，從此四千總與救他的這個趙必成，結為知交，經常在一起談心。這天兩人在一家名叫「杏花居」的小飯店中飲酒談天，四千總多喝了幾杯，透露了趙映花要去老街見他妹夫周志民的事。

「四千總，周志民聽說是緬共人民軍的連長，趙映花是羅欣漢自衛隊的中隊長蔣正海的夫人。兩姨夫各為其主變成死敵，趙映花不怕受嫌疑嗎？」趙必成裝作無心地問道。

「什麼敵人不敵人？趙映花是替他親爹帶信給他兒子的。」四千總把趙必成視為知心朋友，無話不談，他小心地看看四周酒客，見無人注意他們的談話，便從桌面上俯過上身放低聲音道：「周志民的父親感蔣中隊長的情，答應把兒子叫到臘戌來。我也請趙映花去打聽我兒子趙紹雄的消息，如果趙紹雄有了確實的消息，我便回果敢。」

「趙紹雄就是你的少爺嗎？真是大水衝了龍王廟，自家人不認識自家人了。」趙必成裝作才知道四千總就是趙紹雄父親的模樣，顯得更親切了。

「趙老弟，你認識小兒嗎？」四千總好奇地問道。

「認識認識，那年他到臘戌來念中文，蕭楚智領他來我家，他上中山學校還是我介紹他去的。去年人民軍南下打臘戌，曾有人見到趙紹雄跟在彭嘉升身邊呢！」趙必成說得活靈活現，「趙紹雄出息多了，他現在聽說已是彭嘉升部下的一個連長，你老者就等著享清福好了！」

「謝趙老弟的金口，享福之事不用提了，我現在是寄人籬下，只要能見到我大兒子一眼就心滿意足了，但不知如今我父子倆能否再見一面？」四千總傷感地說道：「緬共占了果敢，我們是外逃戶，恐再也回不到果敢嘍。」

「自家人面前不說假話，四千總，外人的話不要隨便相信，現在果敢在彭嘉升管理下，人民生活安定。以前受騙上當搬家下來的人家，只要想回去，沒收的田地一律退還原主。何況你的大公子是人民軍的幹部，你就是光榮的軍屬誰敢看不起你！正如你所說我們麻栗壩的人在臘戌，誰也看不起，千好萬好不如自己的家鄉好啊！」

「趙老弟，我相信你的話，等趙映花從果敢返回，我就全家搬回果敢，不然我這把老骨頭便拋在異鄉，歸不了祖墳了。」四千總打定主意回鄉。

「四千總，你大公子在彭嘉升手下做事，平常人面前不要多提，人多嘴雜以防出事。」趙必成關心地提醒四千總，言外之意是不要把兩人今天的話透露出去。「蔣正海對你及周大爹好，我看沒安好心，不然多少當兵家屬他都不關心，為何只照顧你們兩家呢？你看嘛，他不是利用周大爹的關係去策動周志民下臘戌了嗎？你千萬別信人言，不可叫你大公子下來，這事弄不好要殺頭的。」

「蔣中隊長是小兒以前的同事，我看他倒沒有惡意，周志民也不是蔣中隊長做主，去叫他的，而是周老哥心中感恩，自己提出的要求。」四千總忙為蔣正海辯護，不願意冤枉好人。

「不是最好，我恐怕你受人挑唆，提醒你注意罷了，我是普通老百姓，我們交我們的，蔣中隊長面前不要提起我來，提起當兵的我就頭疼。」趙必成預先為自己留下了一條後路。

「你放心吧！我知道其中的利害關係。」

這次談話後，就發生了趙映花被抓的事，周志民棄共投羅，羅欣漢仍讓他帶一個中隊，就頂蔣正海的位置。當問及趙映花失事的經過時，羅欣漢肯定內部有人洩露了消息，他安排蔣正海細心查訪，蔣正海仔細調查，聞知四千總曾無意中把趙映花上果敢的事透露給趙必成。蔣正海不願公報私仇，也不想介入大陸與臺灣之間的間諜戰。海峽兩邊都是中國人，相互仇視之心不但在大陸與臺灣被廣為宣揚，甚至在海外，左右兩派華人也勢不兩立，這是何苦呢？所以，關於趙必成的事，蔣正海沒有聲張，他知道如果趙必成出事，中國一定會把帳算到趙映花頭上的。四千總看到周志民闔家團聚，思鄉之念更切了，但因趙映花在老街出事，他心中隱隱約約地感到問題是由自己而起的。回顧蔣正海夫婦兩年來的恩德，他的良心受到譴責，他把一切都對蔣正海全盤托出，蔣正海不但不怪他，反而自責沒有考慮讓四千總回果敢去找趙紹雄的事，他包了一輛車親自把四千總一家送到滾弄，又為他找了一張上老街做生意的牛車，送他家回果敢，他臨別前囑託四千總，請四千總去見韓曉人，活動放趙映花的事，四千總為了彌補自己的過失，滿口應承。四千總到老街後，先找到韓曉人，韓曉人懷著內疚的心情，在彭嘉升面前說明四千總一家的困難，彭嘉升也為難了！四千總的田產早分配好，只替趙紹雄名下留上幾畝田，要全部收回已不可能，而且此例一開，逃亡的人回來要收回他們自家的產業如何是好呢？原本縣上開會決定把逃亡戶的田產，優先分配給現役軍人家屬。當然，所有的逃亡戶田產地業，首先被部隊幹部及縣區幹部瓜分掉，根本輪不到普通一兵，所以四千總一家只好留在老街，無法返回故園。收回田產的忙韓曉人幫不上，釋放趙映花的事，他便全力以赴，趙映花經彭嘉升出面後，於一九七一年春節過後便被解除軟禁，放她回臘戌去，只有趙春生在中方授意下，被處決了，趙春高救不了兄長十分悲憤，他歸罪蔣穆安，發誓要為兄長報仇，置蔣穆安於死地。

老街天下午，趙春高悄悄收拾好，由昔峨來到木瓜寨，暗算蔣穆安，他趁夜暗潛入蔣穆安家後院，繞到屋後，從窗外看進客廳，見蔣穆安和韓曉人正談槍斃趙春生的事，他隱在窗後要聽聽蔣穆安在這次事件是扮演的什麼樣的角色？

「曉人，你太天真了，趙春生散發傳單之事我也無法替他掩飾，你以為余副政委心中好過嗎？趙春高是堂堂司令部的參謀，不看僧面看佛面，但彭副司令都表態了，余副政委能反對嗎？」蔣穆安對韓曉人責怪他不能保全趙春生一條命，為自己辯護說：「說到底，趙春生不是反對果敢人，按理他並沒有犯什麼罪，可我們現在端的是中國的飯碗，俗話說得好：『吃人家的剩飯，受人家的發放。』吳副站長口氣很硬，向余副政委大談中緬兩黨如何如何？聽得余副政委都起反感，可憐緬共在果敢指手劃腳，其實跟我們一樣，也是中國對外關係棋盤上的一粒無名小卒，讓人牽著鼻子在弄。」

「趙春生不是臺灣的特務，只是昏了頭，被鈔票引誘，答應為他們帶上傳單來交給郭騰龍，結果郭騰龍見機，散發傳單後便下滾弄去了。偷牛的抓不著，拔樁的頂了杠，這不是不公正嗎？你與余副政委的關係誰不知道？難道你不把真相告訴吳副站長嗎？」

「哼！寧肯錯殺一百，也不錯放一人。你在中國二十多年不是比我清楚嗎？吳衛軍早把功勞，報到上級去了，他會放下屠刀立地成佛嗎？曉人啊！不要說你對中國有怨言，大哥我是啞子吃黃連，有苦說不出。我父親在石洞水當夥頭，被人陷害。中國解放後，解放軍出國來把他抓進中國，一直音信全無，到今年已有二十年了，我的仇找誰去報呢？那麼大一個中國你我幾人鬥得過嗎？」

「對不起，觸痛了大哥的創傷。是小弟錯疑大哥了。我看大哥應小心點，趙春高把他哥的死歸在大哥頭上，聽說他對大哥很不諒解。」韓曉人想不到蔣穆安的父親也是死在中共之手，急忙道歉。

「我知道趙春高心中不好受，他哪知道這件事非但你我無法，連彭副司令、余副政委也做不了主。你回司令部告訴他想開些，他哥碰在風頭上，只好怨自己倒楣。如果趙春高不檢點，蔣森林的事他又不是不知道，弄不好會步他哥的後路，那就太不值得了！今天的形勢是潮流所向，個人的恩怨根本算不了什麼。」蔣穆安有家有室年紀比韓曉人長幾歲，人生經驗、社會閱歷都比較豐富，所以他用自己的親身經歷來開導韓曉人正確對待這件事，不要憑感情用事。

「謝謝大哥的關懷，但為什麼會把趙映花也拉進去呢！」韓曉人希望弄清內幕，便提出來問道。

「趙映花被抓，聽余副政委說是臘戍趙必成傳來的消息。大哥也曾被中國光顧過，他們答應提供我父親被抓後的消息，但當我多次問及我父親的下落時，中方都含糊其辭。我心中想：你們把我父親以莫須有的罪名害死，還想要我替你們做事，真是異想天開。我拒絕為中方做事後，怕他們報復，才搬到木瓜寨的，在這之前，經常與我聯繫的就是趙必成，他被中國派去臘戍已十多年了。」蔣穆安道出了真相。

蔣穆安的話總算使韓曉人明瞭真凶是誰，他盤算託生意人帶信給蔣正海，讓他提防趙必成，隱在窗後的趙春高恨得牙癢癢的，他慶幸自己無意中得聽內幕，否則自己會誤傷好人，他對緬共已無任何留戀，再也無心聽蔣穆安與韓曉人談其他事情，他悄悄地翻過圍籬笆，連夜下滾弄去了。趙春高去找趙必成算帳，可惜為時已晚，羅欣漢已查出，蔣映壂與趙必成是一夥，他對於大陸臺灣的恩怨也不感興趣，他生氣的是：身為果敢人吃裡扒外，公然對果敢人民下手陷害，實在是罪不容赦，他先到政府軍事情報局備案，再下手抓趙必成等人，如果他不動聲色就下手，事情就不至於暴露，一通過政府部門，消息便走漏了。蔣正海奉命帶人去抓趙必成時，已是人去樓空，問鄰居才知道，趙必成全家已於兩天前便退屋搬家了，蔣映壂亦同樣出外後即未返家過。事隔不久，從老街傳來消息，趙春生之所以被抓，是蔣正海送的情報，趙映花被抓進中國是進去接受特務訓練，包括趙必成也是蔣正海通風報信才逃脫的。這一來，不是明擺著說明蔣正海是中共派出的諜報嗎？消息傳到政府情報部門，情報部門通知羅欣漢抓人，羅欣漢置之一笑，他認為緬共這一招太拙劣，陷害的手法破綻百出，只能哄哄小孩子而已。

臺灣大陸工作處駐臘戍的情報人員也從不同的管道獲得蔣正海是共黨諜報的情報，因蔣正海是羅欣漢面前的紅人，堂堂的副大隊長，明著不好對付，他們打算暗殺他。行動計畫送到特派員王憲章手中就被否決了，王憲章想起幾年前誤殺蔣公厚之事，對共黨這套栽贓的手法已司空見慣，再也騙不了他，他與蔣開智是老朋友，所以他把蔣正海請來，用意是提醒蔣正海小心共黨借刀殺人的險惡用意。王憲章把事情經過講完後，蔣正海表示感謝王憲章對自己的信任，他激動地說道：「王叔，其實緬共的技法並不高明，如果我是緬共的地下工作人員，他們只會為我保密，怎會揭穿我的身分。趙必成為共方做事多年，行動謹小慎微，裝扮著一副忠厚善良的好人模樣。平時急公好義，言必稱共匪，給人的印象又純粹像一名反共鬥士。蔣映璺更是交際場上的健者，接近的全是華人社會中的上層人物，相信王叔也同她打過麻將，可她從不談政治，誰又能懷疑，她竟是共方在臘戍的地下組織負責人呢？反觀，臺灣大陸工作處在海外招募的情報人員，還怕別人不知他們的身分似的，住的是高樓洋房，僕婦傭人成群，花錢如流水，卻又無正當職業，那神氣作為，明擺著是搞特務工作的，不信我隨便指出一兩個人，王叔看是不是你們的人？」

「喲！經你這一分析，連王叔也臉上有記號了。」

「像王叔這樣的反共鬥士當然不在其例，我覺得王叔與陶大剛是一副陰陽模，一個在明一個在暗。也幸虧有你們這樣的干臣，海外反共大業才不致於到不可收拾的地步，恕小侄直言，像王世才、丘三、王平之類，王叔還是趁早辭了他們的好，我估計有些人說不定是掛臺灣的招牌，實為共方做事呢！」蔣正海坦誠相告。

「王叔我就知道你不會是老共派來的人，但賢侄也不應太過悲觀，戲法人人會變，各有巧妙不同，正如賢侄所看到的王世才等人浮在面上，就可以起到轉移視線的作用，並且通過他們向共方提供假資訊。王叔我何樂而不為呢！」

「既是王叔心中有數，小侄也放心啦，不然我被人暗害，還不知為了什麼緣故，那太不值得。我能有今天，完全是已故的揚副指揮及羅指揮官所賜。讀書人講的是泉湧以報，小侄今後定當追隨果敢團體，盡一點棉薄之力。」蔣正海不想介入國共的主義之爭，預先砍刺塞路了。

「人各有志，我不會勉強賢侄的，但愚叔要提醒你注意，所謂的果敢自衛隊並非名正言順的合法組織，緬政府用得著的時候，羅欣漢會風光幾年，一旦局勢明朗，緬政府絕不會允許在國家正規軍之外存有任何地方武裝的。另從蔣公道的下場也說明羅蔣之輩，均非愛才有大度的英雄人物。賢侄報恩之心可佩，但也應該未雨綢繆，預做打算，不然事到臨頭，則無所措手足矣！」

「王叔面前不說假話，小侄對羅指揮官以斷然手段致蔣振業於死地的做法，內心也不贊同。若替他設身處地一想，一山不容二虎，一個團體只能有一個頭，不然無法令行禁止，做事制肘。但願團體自今以後能上下一心，精誠團結，不再出現內部殘殺。對於小侄今後自處之道，不勞王叔費心，小侄定會小心應付，結局如何，那是天意，不是小侄能預測的。」蔣正海對個人前途不關注，他想大不了卸甲歸農，自食其力罷了。

「這樣我就放心了，如果今後有何緩急之處，儘管來找愚叔。」王憲章見蔣正海執迷不悟，不再多說。他心想蔣正海正仕途順利未遇到挫折，必須讓他嘗到苦果才會轉變思想，那時跟他談反共大業，方能生效。

一九七一年五月一日，這天是國際勞動節，是一天喜慶的日子，但在緬共東北軍區所在地猛牙，卻大開殺戒，槍斃了三個人。彭嘉升過完春節就接到通知，到軍區總部開會，他帶著警衛排，從忙臘渡過了滾弄江，來到猛牙。猛牙是一條狹長的壩子，猛牙河流經其間，氣候十分炎熱，自去年選為總部駐地後，各營順河兩岸開荒種地大搞生產，不知是缺乏經驗，還是幹戰心中抵觸，自力更生的希望成為泡影，各營士氣煥散，逃兵日增，三〇三一營甚至出現一個排全體投敵的事件，更可怕的是，關著一百多軍人囚犯的監獄發生集體越獄事件。這種種情形的發生，使訪問組田副軍長、周副師長、常參謀長非常震驚，他們認為這是階級鬥爭在人民軍的具體表現，過去一年只抓生產、不抓政治的錯誤必須改變，於是白天勞動、晚上組織政治學習，把部隊搞得既疲勞又緊張，人人像上了彈簧的機器人，不得片刻的安寧，這一來廣大幹戰的情緒更反感了。三〇三部隊大多是知青，中國大陸歷次運動的餘威仍在，還能老老實實地接受改造，四〇四部隊的果敢人，特別是佤族，根本不買訪問組的帳，高壓的結果是爆炸，逃亡日漸嚴重。他們一不投敵叛變，亦不帶走武器裝備，他們是返回江東，到家鄉去歸隊當兵，你能當敵人槍斃嗎？而且抓不勝抓，弄不好激怒軍心，事情更不好收拾。按理，文武之道，一張一弛，發條上緊了會斷，應該鬆鬆彈簧才是，但林副主席的嫡系幹將，跟他們的老首長跟得很緊，階級鬥爭，這根弦千萬鬆不得。通過檢舉揭發，總算從江西特務營、二營、總部機關，揪出來三名隱藏在革命隊伍中階級異己份子，再戴上一頂反革命份子的帽子，正好用來殺雞儆猴，殺一儆百，於是在猛牙河邊的田壩裡召開全軍大會。正在搞大生產運動的六個營全部參加，而在前方執行任務的各營則派代表出席，殺人的事預先並未寫在會議程式上。田副軍長講了到任一年多來的大好形勢：什麼東風壓倒西風啦！敵人一天天爛下去，我們一天天好起來啦！無產階級文化大革命取得決定性勝利啦！最後話鋒一轉，嚴厲地指出部隊目前存在著士氣不振、作風不純、組織不嚴、思想渙散、鬥志鬆懈、警惕性不高等一系列重大問題。特別是內部混進了反革命份子，嚴重腐蝕部隊軍心，必須堅決鎮壓才能打擊反動派的瘋狂氣焰，不然後果不堪設想……。

接著由蔣光政委宣布三名罪犯的罪狀，說軍區臨時軍事法庭決定處以極刑，跟著推出三名犯人當著全軍幹戰的面槍斃了。韓曉人吃驚地聽到犯人中有老同學黃惠仁的名字，他心裡無比的沉痛，他想：「為何一到有什麼大的運動，借頭祭旗的人總是出身不好的遭殃。」槍斃的三人中沒有一個是紅五類子女。在海外，仍是那套極左的路線貫穿在政治工作中，仍是「龍生龍，鳳生鳳，老鼠的兒子會打洞」，以及「老子英雄兒好漢，老子反動兒混蛋。」的口號。難怪人民軍一到，那裡的群眾便搬家出走，難怪根據地自南下以後便無法擴大。難怪統一戰線的政策會遭到失敗，弄得昔日的盟友全變成敵人，現在更發展到向自己人開刀啦！開完會回到住處——猛牙寨子的一間佛寺，韓曉人意外地見到特務營偵察連連長蔣立武在等著他。老同學會面，異常高興，分別近十年，誰知在異域重逢，兩人沿著河邊漫步，共同回顧在油墨廠的酸甜苦辣。寺院前面是一段河道，水勢平緩河面寬淺，大約一百多公尺的河道裡，有著十多條一人長的大魚，兩端並沒有堤壩擋著，只有河中這幾塊大石，但那十多條大魚並不離開，哪怕漲大水，大魚仍留在原地不游走。因這種奇觀，彭嘉升所住的這所寺院遠近聞名，善男信女常來供佛獻花，說穿了，這所百年寺院每天吃剩的飯菜都是倒在河中餵魚，久而久之，大魚便不再離開這裡去江中覓食了，因為猛牙河下不遠便匯入滾弄江，難怪會有一人多長的江魚了，當然本地群眾是不敢捕捉這些神魚的。

「立武，我在果敢遇到沈得光，他現在是江東四〇四六營的教導員。他談起了你與石德忠、黃惠仁都下農村接受貧下中農的再教育，說你們也可能出來緬甸參加人民軍。果然如此，你們都出來了，可惜，今天剛見黃惠仁一面，卻已是生死離別，到底黃惠仁犯了什麼錯誤？把老命也賠了進去。」兩人坐在岸邊的大石上，韓曉人提到了正題。

「哎！一言難盡。」蔣立武凝望著夕陽下滿天絢麗的晚霞，卻毫無留戀之意，河面上清風徐來，夕照下波光閃閃，但在蔣立武看來，卻像淚光。「黃惠仁、石德忠與我離開工廠考上汽車技校，上了兩年學便停課鬧革命；接著糊糊塗塗被送到農村，才知是做了別人奪權的急先鋒。在農村像我這類人，哪會有輕便的活派給你呢！我們三個人一打招呼，便當上了人民軍。幾仗下來死了不少人，活著的總算出頭當了幹部，黃惠仁與石德忠分在二營，石德忠負傷後一直住院治療，尚未歸隊。黃惠仁與他們營長張馬剛關係不好，那僅是因為張馬剛看中我們班的女同學蔣映智，常常去糾纏不休，蔣映智求黃惠仁幫忙，兩人裝成一對情侶。張馬剛妒性大發，誣陷兩人亂搞男女關係，結果蔣映智被調到果敢，黃惠仁記大過，職位也由副連長降為排長。黃惠仁對職位的升降倒沒鬧情緒，反因蔣映智脫出魔掌而高興。張馬剛是支左部隊中的景頗族幹部，心胸狹窄，一直記恨黃惠仁，以為黃惠仁橫刀奪愛，總想找機會報復，黃惠仁也是牛脾氣，當面或背地瞎吹，蔣映智如何如何給他來信，還說要打報告申請與蔣映智結婚，誰知就此種下禍根。」

「民族幹部都是一個樣，缺乏才幹，但眼睛長到了頭頂上，我在果敢也是被支左的佤族幹部，馬光德害得勒了一繩子。」韓曉人苦笑著說。

「這次上級要江西各營都找出一個批判的典型，張馬剛便拿黃惠仁來湊數，但我做夢也沒夢過，會拿這三個人來開刀。」蔣立武語調悲傷，他料想不到訪問組會動殺心，他不禁為自身的安危擔心。

蔣立武能在江西部隊當上偵察連的連長，全憑硬功夫。他負傷三次，最嚴重的一次被彈片把腸子炸爛了三截。當時的特務營營長殷朋對他十分賞識，入黨提幹，在知青中名列前茅，但自去年趙大組長回國，換來田副軍長一夥後，蔣立武便被冷落了，老同學被殺，更使他心情萬分沉重。

「人死不能復生，我們還是節哀順變吧，趙大組長在時，形式發展順利，部隊中也不搞整肅運動，而今人事變更，我們更需小心，路總是要有人去開闢，但願能開出一條光明大道來。」韓曉人安慰蔣立武勸他看遠些，不要被局限住而沉下去。

「黃惠仁之死，我也難辭其咎，我雖不殺伯仁，伯仁卻因我而死。」蔣立武的話令韓曉人大吃一驚。「立武，聽你的話音，黃惠仁之死與你有關，這到底是怎麼一回事呀？」

「我們下鄉落戶分到梁河，蔣映智沒別的朋友，我與黃惠仁變成了理所當然的護花使者，誰若敢稍對她有不良之心，我們便給以飽拳。慢慢地我倆都對蔣映智有了好感，但私下裡我倆定了個君子協定，讓蔣映智自行決定她要挑誰。黃惠仁雖表面剛強，但內心軟弱，我則外面沉靜，內心意志堅定，我倆是各有千秋，就看蔣映智怎麼選擇？蔣映智也是一個外表秀弱，內心堅強的女性，與我的性情相近，所以在形式上我占了上風。黃惠仁雖然內心痛苦，但他很君子地退出了這場角逐。誰知在我與蔣映智之間，橫插著一條不可逾越的鴻溝，你知道嗎？這條鴻溝就是你。」

「啊！請道其詳。」韓曉人隱隱的似悟到了什麼？

「你的為人，既讓人同情，又讓人敬佩，看著你在貧困中苦苦掙扎真叫人同情，但見你在困境中不屈不撓的奮進，又使人感佩。蔣映智也這樣評價你，她的一顆心早已在廠辦中學時，便悄悄地繫在你身上。你我是老朋友，我雖羨慕你，但並不忌妒你。相反，我對蔣映智更敬重了，也為她的癡情而感動，但蔣映智從果敢寄信給我，說你已結婚了，她雖見到你，但你已做了新郎。這真令她肝腸寸斷，痛不欲生，你是知道她的心事的，為何另娶他人呢？我從她口中知道你不是那種花心蘿蔔呀，你為何負她？」蔣立武在興師問罪了。

「立武，天下事之不如己意者，常十之八九，我結婚的經過，真像小說中虛構的傳奇情節。」韓曉人如此這般地一解釋，使蔣立武也好笑起來。

「曉人，說真的，蔣映智知道內幕後是會原諒你的，她用情太深，我擔心她會從此消沉下去。說老實話，我們從沈得光的來信得知你出來緬甸，蔣映智便吵著要到緬甸來找你，說穿了我與黃惠仁是護著她出國的，這倒好，黃惠仁丟了命，你卻另有新歡，這算哪門子的道理呀！」

「料不到事情竟是如此這般，是我害了你們啊！」韓曉人由衷地道歉，但一方是感情債，另一方卻是生命帳，要如何償還呢！

「就是嘛！你只有另娶蔣映智才能稍贖你這造下的罪孽，安慰九泉之下冤死的老友靈魂。」

「你錯了！立武，我知道你在為蔣映智抱不平，但真正能把她從消沉中拯救出來的是你，而不是我。你是當事者濁，我是旁觀者清，蔣映智是喜怒哀樂不向別人訴說，一股腦兒全倒給你，這說明你在她心中的位置，是如何的重要？你與她處於同一塊誤區，現在是你們走出誤區的最佳時機了。退一步說我提出離婚，不要說余副政委、彭副司令、蔣副縣長沒面子，參加果敢三級幹部會的所有縣區鄉幹部，都沒有面子。你讓陳蘭芬如何做人，不是害了她嗎？黃惠仁之死不是你我的錯、不是張馬剛的錯，甚至也不是田副軍長的錯——按理田副軍長與黃惠仁也沒有個人恩怨，這是整個社會制度使然。如果這個制度不改變，同樣的冤殺事件仍層出不窮，絕不會停止，你說是嗎？」

「先回答你的第一個問題，愛情不是男人的全部這我知道，但對一個癡心的少女，愛情家庭，就是她的全部。你要蔣映智跳出誤區，這我幫不上忙，解鈴還需繫鈴人，這事因你而起還是讓你去解決好了，黃惠仁之死太不值得，死有重於泰山，亦有輕於鴻毛。不說重於泰山，就算像鴻毛之輕也死得清清白白，黃惠仁死後還要背著一個反革命的罪名，他家人在國內永遠抬不起頭，太淒慘、太殘忍了，你讓我如何能心安呀！」

「立武，你還記得在昆明市時我們上夜校返回工廠路上的談話嗎？那時的你風華正茂，意氣高昂，一副指點江山激揚文字的無畏氣概。幾年來的磨練，不但刀鋒不快反而更不長進了。蔣映智的感情問題我負責去解決，你就等著好消息吧！這事先擱下不提，我要跟你辯論的問題是關於黃惠仁之死的事情，我認為你在這個問題上又陷入了另一個誤區——立場上有問題，你仍把自己放在共產黨人的位置，一切用馬列主義、毛澤東思想那一套理論來看問題，如你站在自由世界的立場來看問題，黃惠仁是為反抗共產黨暴政而獻身的，是大智大勇的英雄行為，是值得後人追思悼念的革命先驅，即使從消極的觀點來看，黃惠仁之死證明了共黨的殘暴不仁，草菅人命，從而註定了共產制度的不得人心，必徹底垮臺。我們活著的人唯一能告慰英烈的，就是推翻這個制度，你認為這種想法如何？」韓曉人是語不驚人死不休，蔣立武的心靈受到極大的衝擊，他眼前的老同學變得更激進，更不可思議了。

「曉人，想不到你當著緬共的官，思想卻反動透頂，你這話要讓別人聽到，你就慘了。」

「所以嘛，我說你站錯了隊，才會把黃惠仁之死的罪名硬往身上栽。你誤會我的意思了，我並非要站到緬政府的方面來對付緬共。堡壘要從內部攻破，中共政權的持續與否，同樣不是外部力量來決定的，外因只能通過內因來起作用，共黨的垮臺來自它的內部腐敗，一棵大樹從外面砍斷枝條容易，要使它翻倒除非它的根已腐爛乾枯，外力碰它才會倒。我看毛主席已意識到這一點所以他要發動無產階級文化大革命運動，他的本意是要解決修正主義及資本主義復辟的問題，但人民一起來，民主自由之風一吹，他就受不了！馬列主義的核心就是無產階級專政，是階級鬥爭。共產黨就是靠鬥爭求生存的，不鬥爭講和平，就是刨共產制度的根，毛主席能同意嗎？」

「你呀！越講越懸了。好吧！你姑且瞎吹，我這姑妄亂聽吧！」蔣立武聞所未聞，他覺得韓曉人到了海外從局外人的觀點來看，發生在中國的事，卻有獨到的見解，比起自己思想是活躍多了。

「就算瞎吹吧，你且聽下去。馬克思主義作為一種學說，正確與否需要實踐來驗證。蘇聯先開始實驗，到赫魯雪夫上臺，蘇共中央高層中已發覺此路不通了，所以赫魯雪夫一夥人在找出路。中國實行社會主義的時間不長，還看不出前面路已不通，才會出現與蘇共的論戰，等中國也走到路的盡頭，我相信也會效法鐵托，赫魯雪夫找改革的方法，說穿了是實行修正主義，這是鐵定的事實可惜我也不知道要等到何時。但從蘇聯的例子來看，他們從一九一七年走到一九五七年，有四十年歷史；中國借鑒老大哥的經驗教訓，恐怕走到盡頭的時間更短，看來也沒有幾年好走。所以說，這個制度的變革不是靠你我的主觀意識來決定，而是制度本身已進入死胡同，他要繼續存在就必須自我調整，當然，變來變去，最後恐怕有其名無其實，掛著社會主義招牌，實行的是別種制度呢！」韓曉人滔滔不絕把平日所考慮的想法在老朋友面前傾訴出來。

「這樣說來還有道理，我還以為你要從外面向共黨宣戰呢？嚇我一跳。還有什麼異端邪說，姑且再說來聽聽。」蔣立武聽出興趣來催他快講。

「在歷史長河中，志士仁人，聖賢豪傑以及歷代帝王，他們的改朝換代，莫不嚮往著美好的未來。孔老夫子世界大同的理想，一直激勵著人們去追求及實現。他的理想樂園中，耕者有其田，鰥寡孤獨，老人小孩，男女婚姻、社會治安、思想品德都有涉及，直到今天這種烏托邦仍是鏡花水月，可望而不可及，從中國古代開始有志者總以為在把社會推向前進，是沿一條直線而行，其實他們一直在劃圈，在劃大大小小的圓圈。每一個改革開始，人們莫不寄以厚望，到頭來他們發現又回到原地，可悲的是當社會領悟到又回到原來的出發點時，時間、精力、財富、生命都已浪費掉。孫中山先生的三民主義，毛澤東的共產主義，不是幾千年前孔子就提出來的藍圖嗎？並沒有新鮮的東西，蘇聯劃圈快要封口了，中國這個圈已經劃到一半，我們參加緬共劃這個小圈時間不長，但總有劃完的一天，大圈費的時間長，小圈費的時間短，說不定中國的大圈還未劃完，我們的小圈便劃到頭了，到那時你我只要有幸活下來，保管啼笑皆非，哀歎白過了一生。」

「真是奇談怪論，照你所說，整個人類都在原地踏步沒有進化了。」蔣立武不同意韓曉人所說，提出了疑義道：「那麼當今社會也沒有正邪之分，完全是一團混亂啦，人活著還有什麼意義呢！」

「我說的劃圈，並非不可取，圈子劃不好，後人又會改變劃圈的地點位置，大小方向，吸取前人劃不圓的經驗教訓，一旦把圈劃完美時，便達到世界大同了。人活著就是為了幸福！從物質到道德精神缺一不可，俗話說：『前人栽樹後人乘涼』我們的先祖為我們提供了物質文明、精神文明，我們也要為後代盡一分心力，活得才有價值。比如，我們參加劃的這個小圓失敗了，後人就不必再按照這種方式來劃，大約我們的價值僅是這樣了。」

「好了！這些玄機與現實聯繫不大，讓哲學家去傷腦筋吧，時間不早了我也要返回連隊了，蔣映智的事，你打算如何處置？」蔣立武再次問道。

「我覺得你與蔣映智是很好的一對，你不要鑽牛角尖，我跟她的感情是青少年時代不成熟的，同情與友誼並不代表愛情，正如你所說蔣映智對我的感情是同情加感佩，那是她善良的必然表現。回想起來，我確實悲哀，我僅靠別人的憐憫與感佩來贏取女人的芳心，我也把婚姻當做社會道德的有形契約來執行。所以有人曾說過這樣的話，有人婚後過了一輩子還不知愛情是怎麼一回事，但我想夫妻間端來一杯茶，買給一塊衣料恐怕就是妻子對丈夫或是丈夫對妻子一種愛的表白了。我也是一個凡人，我的愛不會高尚到哪裡去，何況四〇四六副營長蔣穆良捎來我愛人的一封信，說我們已有一個愛情結晶了，是個放牛郎，她要我替小孩取一個名字。我想我們這輩子打仗，下輩子再也不要打仗了，就給小孩取名字叫韓和平了。你寫封信，等蔣副營長返回果敢，請他轉交給蔣映智，記住可別再被誤區陷著啦！我期盼著早日喝你們的喜酒呢！」

「那我預先謝你吧，真有那一天保管讓你喝個痛快。」蔣立武被鼓起勁來，心中踏實了。

「傻瓜，我有秘密武器呢，我愛人就與蔣映智工作，吃住在一塊，蔣映智還是韓和平的乾媽，你著什麼急？放一百個寬心等著當新郎官吧！」

「哈哈哈……」蔣立武笑得夠舒暢的。

晚上圍著火塘，山南海北地閒談，這是彭嘉升住處最熱鬧的時光。今天也不例外，果敢未參加軍區開會的申興漢、蔣穆良，還有南壯區劉國欣，團團圍坐在火塘邊，與其說是取暖，不如說是為了驅蚊。時逢夏季整個猛牙壩子像個大蒸籠，白天大人小孩都泡在河水裡，夜晚暑氣消退，蚊子像風暴一樣地圍著人飛來飛去，唯一能對付蚊群侵襲的方法就是燒一堆火。在煙霧火光中，人的面孔忽明忽暗，氣氛很有一點輕鬆浪漫。

「劉區長，你是一年做一次新郎，新娘一個比一個漂亮，真是好福氣呀！」蔣穆良揶揄劉國欣，「你到南壯不足半年，就把南壯的花魁弄上手，不知南壯還有沒有好貨色，替我也物色一個。」

「蔣副營長見笑了，我這是工作需要，不得不用聯姻和親的方式來籠絡人心，你想一個外人要在陌生的環境中立住腳，不動腦筋是不行的。我不但與南壯的望族聯了姻，做了鄧家的女婿，還跟小猛波的山頭族大頭人做了喝血酒的朋友，不然我這百多人的區聯隊早被冷槍報銷完了。」

「劉國欣的辦法很好，入鄉隨俗，我們每到一地就要想法與當地民族打成一片，成為他們心目中的自己人，到了那步田地，做什麼都順暢了。」彭嘉升十分欣賞劉國欣的做法。

劉國欣娶王小玉後才發現兩人之間的差異太大，王小玉除了一張漂亮的面孔外，簡直一無可取，不但不能成為事業上的賢內助，反而惹出許多笑話，讓他內外難做人。他把王小玉送回棉花林去照顧老人，自己在南壯找了個稱心如意的女子，暗中往來。劉國欣故意把與鄧中惠有曖昧關係的事，讓王小玉知道，王小玉別的方面不行，唯醋勁很大，她不知是丈夫的用計，氣憤之餘去找趙叔平訴苦。恰好趙叔平老妻少夫，閨房之內甚不如意，同是傷心失意之人，兩個原來的情侶互相安慰，懊惱當初的輕率孟浪，結果兩人都沒好結果。一來二往，先是郭小果鬧起來，責備趙叔平吃她的、穿她的、用她的，卻忘恩負義，到外面沾花惹草，被狐狸精纏住了。郭小果這一鬧，給劉國欣找到了藉口，指責王小玉不貞，提出離婚，可憐王小玉被遺棄，還背了個爛名，她一氣之下回了中國。趙叔平是個孬種，經郭小果大發雌威後，又老老實實地當他名義上的主人去了！他是依附樹幹的藤子站不直。

劉國欣氣走了王小玉，名正言順地與鄧中惠成了親。鄧中惠煞是厲害，一過門便把劉國欣管得服服貼貼。

錢櫃的鑰匙保管得緊緊的，容進不容出。她硬逼著劉國欣讓她兄弟鄧中平當了區聯隊的副連長，把軍權也攬在手中。鄧中惠不愧是女中豪傑，稱得上巾幗英雄，她對劉國欣是恩威並施，平時對丈夫百依百順，媚態十足，服侍得劉國欣心滿意足，遇到丈夫有難以決斷之事，她從中出謀策劃，無不水到渠成。南壯區的群眾打內心裡欽服鄧中惠，不論大物小事，只要她說一聲馬上辦得妥妥當當，劉國欣本來就是個能幹的漢子，誰知竟被鄧中惠比下去了，他明知自己才幹不如妻子，乾脆拱手稱臣，拜倒石榴裙下，享他的清福，他慶幸有個賢內助，事業順遂，財源廣進。彭嘉升到猛牙好久了，劉國欣一直沒有去拜候老上司，直到鄧中惠提醒他，他才如夢初醒，趕到猛牙來見彭嘉升。果如鄧中惠所料，彭嘉升對劉國欣主動來訪，十分高興，認為自己並沒有看錯人，在江西有了個可靠的心腹。

「副司令，鄧中惠為您親手縫的布鞋是否合腳？她說中國發的膠鞋不吸汗，穿久了傷腳。」劉國欣聽到彭嘉升誇獎他，心中暗暗得意，借機把鄧中惠對彭嘉升的孝敬之心表示出來。

「縫得很好，穿上布鞋很舒適，我的腳汗大，穿膠鞋很難受。」彭嘉升心下對鄧中惠的細膩周到十分欣賞，對劉國欣更放心了。他說彭嘉榮要結婚了，南壯的鴉片煙就全交給劉國欣負責收購，到時結帳便可以了。提起彭嘉榮的婚事，彭嘉升又對眼前的幾個心腹部下發表宏論。

「老五不滿意我替他做主定下的親事。我對他說，『我們現在不是普通人家，結親講究門當戶對，我說的門當戶對指的是人事方面，不是財產。阿水是昔峨傣族頭人的長女，長相漂亮倒在其次，難得的是讀過緬文大學，這種姑娘在果敢找得出第二個嗎？』剛才講到國欣和親之事，老五討個傣家姑娘，整個果敢傣族便無二心，今後到其他傣族地區，辦事就容易多了。」

「副司令想得高妙，可惜我已有老婆，不然在江西找個景頗姑娘就好啦！」申興漢不滿劉國欣吹牛拍馬那一套，故意用話栽塞他。

「申營長聽說討了個小家碧玉，我還未向你道喜呢？我看你帶二營去佤邦，不如找個佤族姑娘，將來你好在佤邦當王爺，蘸牛血吃糯米飯，多寫意！」劉國欣除了討好彭嘉升外，其餘的人他哪會放在眼中，所以馬上反擊，把申興漢氣個半死。

「對呀，唐朝尉遲恭討了一黑一白兩個媳婦。申營長討個漢族，再討個佤族，一白一黑，可以同古人媲美。」蔣穆良見申興漢氣鼓鼓的樣子，便火上加油，再氣他一氣。

「我……我，我們讀書人，不可以討幾個愛人，還是讓給你們地方官去享受吧！」一生氣，申興漢說話又急起來，逗得大夥都開心地笑了。

「副司令，趙紹雄的父母在老家去世，他大姐及妹子也死掉，只剩下兩個兄弟，趙紹雄要請假回果敢替他父母開弔，趙德開這個爛賊不批假，請副司令替趙紹雄向田副軍長說一聲，讓他回果敢一轉。」蔣穆良等大家笑夠了，便提起了正事。

「趙紹雄也怪可憐的，參加革命五年了，結果落得個家破人亡的下場，為這事他親自來找過我，我也跟田大組長打過招呼，明天你們回果敢，叫他同你們一塊回去。你回去告訴你大哥，要他拿給趙紹雄一萬錢做喪事，帳以後我與你大哥再算。」

蔣穆良去年跟劉國欣在南壯，彭嘉升把他調回果敢，安排他到二營當副營長，申興漢是個秀才，筆桿子比槍桿子強。以前二營一直在彭嘉福手下打仗，不用申興漢操心。彭嘉福到昆明進修，二營必須單獨行動，彭嘉升不放心，故把蔣穆良調給申興漢做副手。為此事彭嘉升與余健起了爭執，余健說按規定蔣穆良應歸隊回到一營，如果從前線各營回果敢的人都在後方安排工作，前線部隊便不好管理了。余健的理由很充分，彭嘉升不好反駁，便建議以工作需要為由，把蔣穆良調到二營，余健表示要請示軍區再做決定，又是蔣穆安走蔣毅的後門生效，蔣穆良才順利地當上二營的副營長，為了安服人心，同時提升為副營長的還有張德文與茶文漢，結果皆大歡喜。

趙紹雄請假的事，先是通過趙德開轉到蔣光手上，蔣光因軍心不穩沒有批復，彭嘉升向田大組長提及此事，田大組長滿口應承，准了趙紹雄的假。彭嘉升一到猛牙，蔣光便把韓曉人找去指示他動員彭嘉升寫一份入黨申請書，蔣光的意思很清楚，他把彭拉進緬共，可以聯合起來對付賀高、諾相的三〇三系統，而由他獨掌東北軍區的大權，他意識到賀高、諾相抱著田副軍長的大腿，自己處於孤立無援的地位，前途堪憂，誰知田副軍長一知道蔣光的打算，便找他去狠狠地批評了一頓，使蔣光十分惱火。

「蔣光同志，彭嘉升是什麼人？果敢的新土司吧！他在果敢把持縣政，置縣委不顧；招降納叛，拉幫結派，這樣的腐化份子能吸收到黨內嗎？他目前的作用僅限於搞統戰工作，掛塊牌子而已，四〇四以前的幹部都要認真清洗逐步淘汰，只有這樣四〇四部隊才能真正能置於黨的絕對領導之下，周昆喜的例子不可忘記。野心家隨時會搞陰謀詭計，分裂組織，在他們負責的地區或部門鬧獨立，自立山頭。」

「動員彭嘉升入黨的事，我馬上通知韓曉人停止進行。」蔣光被嚇壞了，生怕犯原則錯誤。

「韓曉人這種叛國份子，竟會受到趙君的賞識，早該處理了，不過這事我會辦理的。你們現在搞革命可以借鑒我國的經驗，彭德懷、鄧小平、陳毅居然想與林副主席平起平坐！解放戰爭的三大戰役，遼瀋戰役和平津戰役，還不是靠四野的力量，其他三支野戰軍是坐享其成而已。這種不正確的報導，現在要糾正平反，要樹立林副主席在軍中的絕對權威。」田副軍長可說是緊跟國內形形勢，言比稱林總，話必讚四野。他對二、三野的趙君、趙忠舉之流嗤之以鼻，根本不放在眼下。作為一個軍隊的高級幹部，向來黨性很強，言行都十分慎重。田副軍長能躋身高職，自然有他的長處，按理不會對不相干的人大放厥詞，但他認為形勢發展已到了最後關頭，再不緊跟，勢必掉隊。一旦林總主政，他的言行定會有緬共同志為他上達天庭，他的胡說白道，深得賀高之流的推崇，但聽在蔣光耳裡，卻滿不是味道。蔣光與趙君相處兩年，他認為趙君黨性強，但有人情味兒，不像田副軍長的咄咄逼人，但他的想法卻不敢在田副軍長這一夥人面前透露半分，他只按規定向德欽巴登頂彙報而已。一波未平一波又起，為趙紹雄請假之事，田副軍長又把蔣光找去，再次批評他不善於領會上級意圖，仍要把像趙紹雄這樣的人留在部隊。

「老彭同我談過趙紹雄請假回家的事，批他的假，是兩全其美的事，一來表示黨對特殊困難的革命同志，是十分關懷照顧的，二來是讓他自願離隊，可避免再出現周志民那樣的叛變事件，一年多來，原四〇四部隊出現不少問題。這說明在幹部政策上，趙君同志犯了原則性的錯誤，流毒很廣。南下回來聽說他建議提升趙紹雄為副營長，思想反動的人，才能越大，對革命的危害也越大，包括像趙中強這樣的小知識份子，投機的成分很大，要用他們，但要嚴厲地督導他們，尤其不可重用。即將成立的五旅，我建議任命蔣忠衛這樣的工農份子當旅長，而不能升趙中強，你們已內定彭嘉福當八旅旅長，我持保留意見，但要用張馬剛這樣黨性強的支左幹部去掌握實權。當然，這些問題留待以後再研究，當務之急是整訓部隊，停止大生產運動，準備打仗，老蔣啊！國內外形勢將有一次大變動，暴風雨來臨前的暫時沉靜，我們可不能鬆懈，要看清風向，做好充分的應變思想準備，不然發生突變，我們就會顯得目瞪口呆，手足無措。」

「大組長，你說的我有很多不明白的地方，作為一個黨員，按黨的政策方針辦事，是不會有什麼目瞪口呆、手足無措的事件出現的。」蔣光越來越不理解田副軍長說話的含義，提出反駁。

「馴服工具論，正是叛徒工賊劉少奇販買的黑貨。一個好的黨員，組織上服從是對的，但思想上更要認真領會黨中央的戰略意圖才，不會迷失方向，才不會犯路線錯誤。好了，這個問題等以後有時間再討論。」田副軍長對蔣光的遲鈍嗤之以鼻，不想再多費口舌跟他解釋，便結束了談話。

蔣光心中也是非常反感，這種態度哪是兄弟黨之間的同志式關係所應抱的態度，簡直就是太上皇對臣下獨斷專行的封建式君臣關係。他痛心地看到目前執行的那一條極左路線，正把兩年多來浴血奮戰得來的勝利果實輕易地斷送了！

趙紹雄回到老街，只見茅屋草舍在炎熱的太陽下顯得無精打采的，荷花塘中蓮花盛開，荷葉像張開的雨傘，拼命抵擋著烈日的暴曬，紹昌與佳達兩兄弟，全身戴孝，一見大哥進門便抱住趙紹雄大聲痛哭，仰望供桌上父母的遺像，趙紹雄悲從中來，止不住的淚水流濕了衣襟。一九六八年一月二日匆匆見過父母一面，整整三年半時間他只能在夢中與父母姐弟相會，直到二老去世，身為長子的他卻不能在二老身邊盡半日孝心。

「蒼天啊！你何其如此殘酷，命運啊！為何這般對我？」趙紹雄的心冰冷，思想麻木，變成一具植物人。過後的幾天，他行屍走肉般地活著，他真不想活下去了，他要跟著雙親去。然而，兩雙未成年的大眼像箭似地直刺入他的心坎，悲傷的時候大哭一場，餓時狼吞虎嚥的吃相，像重錘擊在頭上，使趙紹雄悚然而驚。是啊！雙親背棄，自己肩上的擔子更沉重了，他已成了幼弟心目中唯一擎天的支柱，他不能就此消沉下去，既然命中註定要他負起撫育幼弟，重振家業的重任，他如何可以自暴自棄放棄責任呢？

趙紹雄強忍悲痛問趙紹昌，父母及姐妹是如何相繼死去的。他不信鬼神也不相信命運，他想這其中定有原因，事情終於弄清楚了……

四千總滯留在老街生活無著，心中的苦悶可想而知，他自悔輕信人言又一次使全家陷入絕境。四千總不是那種看得開的人，從富貴之家一下子跌入貧窮的深淵，四千總再次變得精神失常，趙紹雄的母親雖然為生計著急，但她仍堅強地承受住命運的撥弄，裡外張羅。趙紹雄的大姐去跑中國生意，妹子在街子賣點果子、香煙之類雜貨，幫貼家用。從老街到南傘步行要三個小時，回來時身背肩挑往往深夜才回到家，第二天天未明就要摸黑趕去南傘的百貨公司排隊等候。趙紹雄的大姐辛勞了一個多月，已是精疲力盡，身體虛弱。三月份一個酷熱的正午，她挑著一箱火柴，來到木瓜寨外的水塘邊，由於口乾舌燥，她喝了一口生水，不久即覺肚痛如刀絞，同伴為她刮痧，但病情越來越重，同伴扶著她到寨子去找蔣穆安要藥，未走幾步趙紹雄的大姐，便支援不住了咽了氣。消息傳到四千總家，趙紹雄的妹子正發悶穲（惡性瘧疾），燒得人事不知。趙紹雄的母親哭哭啼啼趕到木瓜寨外，只見大女兒安詳地躺在草地上，永睡不醒了，對她來說，似乎是解脫呢！

「四大媽，四大爹叫妳快回去，佳革快不行了！」小女兒的朋友雲欣跑得氣喘吁吁，來叫趙紹雄的母親回去，這真是晴天一聲霹靂，使她惶恐。她只好安排鄰居幫忙處理大女兒的後事又趕回荷花塘家裡，還未進門，便聽到小兒子的痛哭聲，她緊趕幾步，搶進屋內，又見小女兒七孔流血，已是返魂無術，趙紹雄的母親只覺眼前金花亂飛，心中一急便昏倒在地上。

「好，好，好，都死了好！」四千總手舞足蹈，口中念念有詞走出屋去了，鄰居忙著救人，無暇去管四千總，眼睜睜望著他順著荷花塘邊走去。鄰居七手八腳費了好大勁，才把趙紹雄的母親救醒過來。這時才有人想起神志不清的四千總不見了，千總太太趕快讓人去追四千總回來。真是福不雙降，禍不單行，尋找四千總的人發現池塘邊有一隻鞋子，人卻不見了，幾個年輕人忙下到水中，把泡在水底的四千總救上岸來，只見四千總腹脹如鼓早已氣絕多時，這真是人間少見的慘事，趙紹雄家一天之中便死了三個人，這應歸於天災呢？還是人禍？

喪事過去，趙紹雄的母親再也支持不住了，也病倒了。她哀傷過度，一發病便很凶，蔣穆安除全力協助辦理喪事外，叫人把趙紹雄的母親送到楊龍寨縣醫院。蘇毓紅的母親見病情嚴重，建議轉院去中國猛堆一四五醫院，負責開證明的縣委辦公室主任趙輝是個華僑，他認為病人是老百姓，不符合轉院的條件，堅持不開給證明。蔣穆安知道後十分生氣，趕到縣委辦公室大發雷霆，他指著趙輝的鼻子罵道：「你知道病人是誰嗎？她兒子是第一期的老兵，正在前線拼老命，我們在後方的，還不該為他的家人出點力，解決他們的困難嗎？俗話說，救人如救火，這事能拖嗎？制度是死的，人是活的，你這個大主任死搬硬套，官僚透頂。你只管開證明，出問題有我頂著，找不到你頭上。」這事驚動了余健，他親自來到縣委辦公室指示趙輝，立即開證明。等蔣穆安拿著證明去到縣醫院，因時間耽擱太久，又一條人命斷送在麻木不仁的官僚之手，蔣穆安亦只能徒呼奈何！

趙紹雄欲哭無淚，強忍住悲痛問二弟：「紹昌，媽媽臨終前，只有你在她老人家的身邊，她有何遺言？」

「媽媽要我告訴你，她在陰間也會看著你，保佑你重振門庭，如你不能興家，她在九泉之下也不會瞑目的。」趙紹昌回述著母親生前的囑咐，也是滿腹辛酸的淚水，撲簌簌地落到了父母遺像前。

「母親啊！請您老人家放心吧！兒一定要遵從您的遺願，重振祖業。」趙紹雄默默祈禱母親的在天之靈，保佑後人平安如意，光大趙姓家門。

家中出了遽變，趙紹雄正在經歷一次人生的轉折，他開始考慮今後的入世之道。兩個弟弟無人照應，自己是該安個家了，不然誰來維繫這個殘破的家庭呢？與殷昆生近三年的感情糾葛，也應有個結束了。她若是認真的，那就會以家庭為重，效法陳蘭芬的明智之舉，辦理退伍手續，挑起家庭的擔子；她若以事業為重，兩人只好分手，各奔前程，趙紹雄心中泛起的另一個身影，那就是谷金玉。趙紹雄家一出事經常來看望的兩個女人，就是殷昆生與谷金玉，殷昆生每次來總是重複那幾句，同情安慰兼鼓勵的言辭，她陪在趙紹雄身邊，儼然以主婦的身分與前來弔唁的親朋應酬。谷金玉則不言不語，把深沉的同情與安慰表現在行動上，掃地、燒水、做飯、倒茶、端糖果，她被不認識的客人誤為傭人，指使她做這做那的。等一切結束，趙紹雄恢復了往昔的冷淡寧靜。荷花塘邊，月明如畫，秋葉帶來了微微的涼意，殷昆生斜靠在趙紹雄身上，心醉地聞著趙紹雄身上傳來的男性青春氣息，寬厚的胸膛，沉穩的心跳都是懷春少女夢寐以求的歸宿啊！戀愛三年了，如今橫亙在他們之間的鴻溝已不復存在，她不該自私地想到趙紹雄雙親的去世，給他們的愛情帶來了轉機，那是不道德的，但從事實上，趙紹雄確實已不存在家庭包袱這個問題，這對他的進步前途是至關重要的，兩個幼弟，趙紹雄剩下的田產已夠他們吃用。今後兩人既是夫妻又是革命同志，在工作上相互幫助，在生活上互相照顧不就是一對雙宿雙飛的神仙眷屬嗎？但趙紹雄的兩道劍眉，為何一直沒舒展開來呢？那明亮深邃的大眼，為何始終帶著霧一樣的迷濛，讓人琢磨不定呢？這就要靠自己用女性特有的溫情，去融化他的冷漠；用女性專門的柔絮，去綻開緊促的雙眉；用女性慣用的媚絲去擦亮那迷茫的大眼。總之，靠自己去讓失意的雄鷹再展翅高飛，翱翔於萬里晴空之中。

殷昆生在潛意識中，把自己看成了急救萬物的神靈，法力無邊有求必應，她要掌管人間的一切行動。本著這種心態，她認為在今晚的良辰美景中，正是讓趙紹雄開竅的時機，不能再遲疑，也不可再錯失，所以當她聽到趙紹雄主動提出結婚的事情時，她一點也不激動，不羞澀。「這是理所當然的。」她想。只不過她感動欣喜的，是趙紹雄這段大木頭開竅得有點突然，看來他把丟失的親情，轉用愛情來彌補了。殷昆生乍聽之下，還想矜持，讓趙紹雄再開口求一次，以免結婚後被對方捏做話柄，好像女方急著兜售似的。但她一則是真心喜歡對方，二來不想使仍處於傷痛之中的愛人反感，便爽快地答應了趙紹雄的求婚，她巴不得這幸福的時刻，能永久地保持下去，她真想大聲呼喊，讓全世界的人，都來分享她的幸福，分享她的喜悅之情。

「昆生，結婚之後妳就申請退伍，我把紹昌及佳達都交給妳這當大嫂的去照管教育，俗話說長兄如父，長嫂如母。我倆要盡到父母未完成的責任，把這個家操持下來。」趙紹雄見殷昆生答應結婚，很是高興，他便把日來思考成熟的想法說出來。

「什麼？你要我退伍做老百姓，為你照看你的弟弟，不幹革命啦！」殷昆生從美夢中回到現實，她對趙紹雄的消極思想極端反感，認為是對她人格的侮辱，是把她拖到反動的立場去了。

「這有什麼好大驚小怪的，陳蘭芬會領著妳做生意，跑南傘街買中國貨出來老街賣，掏點小生活不成問題。妳在家，我到前線去便可不再掛家，韓曉人就是這麼做的。」趙紹雄以為殷昆生怕維持不了家計，便用陳蘭芬的例子來開導她。

「哈！趙紹雄啊，我現在才算弄明白了你的真實用心，你原來是打算讓我來為你當褓姆，養家糊口。」殷昆生豁地離開了趙紹雄的懷抱，站起身來，「你要找保姆傭人，乾脆向谷金玉求婚好了，她正是你需要的賢妻良母，何必找我呢？」殷昆生氣極而笑，話語也變得尖刻了。她做夢也想不到她與趙紹雄的思想差距竟是如此之大，簡直是南轅北轍，哪有什麼共同的語言？

「不許妳侮辱谷金玉，我一直當她是我的大姐，不存在半點非分之心，妳別以小人之心，度君子之腹。」趙紹雄也火了，跳起身來，兩人像鬥雞似地對峙著，誰也不讓誰，說來真難以令人置信，維繫了三年的感情線，瞬息間便全都寸斷。

「告訴你，我是黨的女兒、共青團的幹部，我絕不會用我的政治生命，去乞求卑劣的愛情，我倆的感情到此中止。今後你走你的陽關道，我過我的獨木橋，咱們倆井水不犯河水，但我要站在革命的立場，奉勸你一句話：可別走錯路，把幾年的功勞毀於一旦！」殷昆生心痛之下又有著一種解脫了的輕鬆感，她與趙紹雄不是一條線上拴著的螞蚱，跑不了你也跳不脫他。他倆只是一條河中的兩隻船，掌舵的不是一個人豈能同時進退？想通了其中的道理，她的氣消了，好心地關懷起趙紹雄的前途，成不了愛人還是同志嘛！何必弄得像冤家對頭，非至對方於死地不可呢？

「好的，套句生意行話『生意不成仁義在』，我們還是朋友。殷昆生，我倆的性格確實合不來，勉強扭在一起將來更是痛苦。剛才我的態度不好，請妳原諒，我已決定近期內返回前線，你們住在老街，以後請多看望我的兩個弟弟。」趙紹雄也有同感，談話的結果與原先期望的完全相反，他既感到意外又覺得在情理之中。殷昆生與陳蘭芬可說是兩種極端的類型，陳蘭芬是愛情戰勝了政治，回歸到平凡，但卻活得很充實。如今丈夫與孩子成了她全部的財富，家庭就是整個天地。她一人既要挑起全家生活的重擔，又要相夫教子；她活得很辛苦，同時也活得很幸福。她把自己融入了社會，像魚入大海，在水中自由自在地漫遊。

反觀殷昆生，信仰壓倒了愛情，她陶醉於名利場中，追逐人生的理想。她像所有獻身於時代的先驅那樣，心中只有一個信仰，那就是革命，至於是否有道理，她是不管的。

「大雄！」殷昆生又恢復了親熱而又透著客氣的稱呼，「說真的，你目前的家庭確實需要一個女主人。剛才是氣話，你不要見怪，我仔細一琢磨，谷金玉同志脾氣溫順，她能勝任持家的重任，而且你們向來處得和睦，先前是我夾在你們中間，現在我退出了，你們可以成為很美滿的一對兒的。」

「妳錯了，我與谷金玉的感情是姐弟加友誼，我們之間雖無話不談，但我們的感情早已昇華到了精神上一致的境地，說我們是戀人也可以，只是我們已脫離肉欲的原始衝動。我敬她、愛她，她也關愛我，但我們不可能結合，那想法是對她的褻瀆，何況她的一顆心早給了韓曉人了。」

「我真想不通，好幾個頂尖的姑娘都鍾情韓參謀，陳蘭芬寧肯退出共青團組織，退出革命隊伍，而去做個普通的主婦，谷金玉更傻，愛著別人的丈夫。講人才，韓參謀生得一點也不漂亮，掃把眉毛三角眼，瘦得像一隻毛猴子！講政治出身，他根本無法出頭，才華倒是不錯，但那抵個屁用！偏生有人把他當金作寶，甘願為他抬轎子。哦！我可不是說你喲！」殷昆生滑稽地對趙紹雄伸伸舌頭。

「認識一個人是不容易的，總有一個過程。有的人外表給你的印象不錯，特別是生得英俊瀟灑，有著原始本錢的男女，更是如此。可外貌美比不上內心美，有的人第一次見面給人的感覺是平凡庸俗，甚至面目可憎，但與你相處久了，他的美德一點點地表現出來了。這時你不再去注意他的外表，他的內在美也征服了你，如你所說的，便偏生有人心甘情願地為他抬轎。」趙紹雄一提起好朋友，內心充滿驕傲。「我今生能為結識了韓曉人而自豪，他是我最崇敬的好兄長！」

殷昆生搖搖頭表示不理解，她還沒有遇到值得以生命相托的知己，難怪她不能領略真心朋友間的相互信任，相互支持及生死與共。殷昆生雖然很灑脫地結束了一場長達三年馬拉松式愛情拉鋸戰，但她午夜夢迴，趙紹雄的音容笑貌，卻深植在她腦中，驅之不掉，揮之不去，她十分苦惱。有人說：人們以錯誤而結合，以瞭解而分手，但分手後呢，更痛苦了。

字老三已從縣委辦公室調去政治部當副主任，王老應則做了政法部副主任。兩人官雖大，但愛情戰場上屢吃敗仗。原因是他倆眼高於頂，普通女子看不上，要挑拔尖的，所以高不成低不就。蹉跎一年多，字老三依然做他的王老五，王老應也是光棍一條。殷昆生與趙紹雄的事一告吹，字老三、王老應都認為機會來了，爭著對殷昆生獻殷勤。殷昆生失意之餘，內心極端空虛，隨時同拜在石榴裙下的哼哈二將在老街招搖過市。蘇毓紅看不過意，勸她道：「殷姐，妳何苦作賤自己，自暴自棄不是好辦法。身後跟著兩條哈巴狗，不僅路人側目，我也看著噁心，妳難道要讓一朵鮮花插到牛屎上嗎？妳別以為這樣做了，能刺激趙紹雄，使他回心轉意，他只會對妳更沒好感。」

「毓紅，妳不要過問殷姐的事，趙紹雄算得了老幾？只怪我過去瞎了眼睛，認錯了人。如今，我出入都有兩個大主任保鏢，多威風。男人都是賤種，上了床還不是一個樣。」殷昆生整個變了，變得又粗俗又下作，說話的口氣，跟一個蕩婦無異，哪像個黃花閨女應有的行為，蘇毓紅能說什麼呢？

谷金玉為此事，責備過趙紹雄說，他挫傷了殷昆生的感情，趙紹雄對此不予置評，一笑而過，弄得谷金玉也不好再說。她是個極富同情心的女性，轉過來又安慰殷昆生道：「殷隊長，趙紹雄脾氣強，妳要順著他一點，他這個人很重感情，妳們好了三年多，妳難道還不瞭解他對妳的一片真情嗎？戀人相互間最敏感，容不得半絲的誤會，若不能互相諒解，感情便會破裂，妳是明白人，比大姐我聰明能幹。妳這樣的人才，打著燈籠也難找，趙紹雄跟妳好上，那是他的好福氣，妳千萬別太逞強，傷了他的心，也苦了妳自己。」

「趙紹雄稱妳為大姐，也只有妳最瞭解他，他心目中的愛人根本不是我，我看他愛的是妳，只有妳才能使他振作。金玉姐我是誠心誠意的希望妳與趙紹雄能一雙兩好。過去我錯了，認為我能影響趙紹雄，做一對革命伴侶。在我心目中，革命事業、個人前途、夫妻家庭是三位一體的，應該不會有衝突。但事實證明，在前途、事業、愛情中間，非逼著你去做出抉擇。從我的家庭，我所處的環境，都不允許我像陳蘭芬那樣選擇愛情，所以我與趙紹雄只有戀愛，不會有結果的。如果我同他結婚，正應了結婚是愛情的墳墓這句話，我便一切都完了。」殷昆生已不再是成天跳跳蹦蹦的宣傳隊隊員，與趙紹雄決裂的那一刻，她便長大了。

「陳蘭芬婚後，並沒有進了愛情的墳墓呀！相反，她出落得更漂亮，人見人誇。問題在妳不肯退一步，妳只要退一步，展現在妳面前的是海闊天高，妳只要忍一時之氣，妳與趙紹雄之間，便風平浪靜了。至於我與趙紹雄之間的感情，再發展也不會變成愛情，因為愛情不是靠施捨的。要說我們真有愛情，也只限於柏拉圖式的精神戀愛，妳不用為此煩惱。」道不同不相為謀，谷金玉與殷昆生總是敲不到一個鼓點上，谷金玉徒呼奈何，只有聽其自然，不再多費口舌了。字、王成不了君子，他們競爭當然便談不上風度，兩人為了爭奪殷昆生，以兵刃相見，恨不得置對方於死地才甘休，這又是一種極端。

一天，去南傘趕街的群眾，在老象塘發現了王老應的屍體，頭上一槍斃命，再接著殷昆生下嫁字老三，不久殷昆生與字老三一同回中國去了，這其中有什麼奧妙？筆者也懶得去揭人隱私，況且與本書以後的情節無關，就讓讀者去想像好了！

趙紹雄歸隊的事受到余健的阻止，因為田副軍長已通報余健，動員趙紹雄退伍。余健是個識大體的人，他在不觸犯上級指示原則的基礎上，委婉地上報軍區，把趙紹雄暫時安排在老街貿易隊幫忙。余健要為緬甸革命保存一份力量，儲存一些人才。肅反擴大化的做法，在果敢沒有出現，所以儘管出現王老應被害的嚴重事件，他僅是淡化處置，不想破壞果敢的安定團結。字老三光榮地送回中國，怎樣善後那是中方的事，與他無關。基於儲才的想法，蔣光富南下返回果敢即未歸隊，余健安排他在老街保安處，負責當地的治安工作。羅光明回果敢娶親，余健不再兼縣大隊政委，把政治工作的重任委任給羅光明去承擔。這一來，趙紹雄成了蔣穆安的得力助手，趙紹雄發現蔣穆安的為人處事，另具一套特別方法，與他崇拜的偶像韓曉人有異曲同工之妙，他更欣賞蔣穆安的處世哲學，覺得更易於為人接受，也易於實行，那是一套入世之學。而韓曉人所追求，並為之身體力行的那一套，處世哲學頗為強人所難，境界太高。普通人對此多抱著敬而遠之的態度，不要說去實踐了，那是一套出世之學，但仔細一琢磨，他發覺蔣穆安所實行的一套，太流於媚俗，不能給人奮發向上的吸引力。蔣穆安結交的人太複雜，巫醫百工，三教九流的人都與之交往，良莠不分，各種類型的人都能從蔣穆安那裡得到所希求的東西，不管是物質上或是精神層面的，每個人都視他為知己，願意聽他的，蔣穆安成了果敢的及時雨宋江。因為彭嘉升的社會地位，高高在上，一般群眾把他看成果敢的精神領袖，除非有重大問題不願輕易去麻煩他，讓他去考慮大事，所以當彭嘉升離開果敢後，木瓜寨的通路上，人群川流不息，蔣穆安家的茅屋雖不顯眼，卻是高朋滿座，席上金樽酒不空。

韓曉人自律甚嚴，擇交頗慎，事實上他沒有多少朋友，可以說是孤獨的。他的教條是得志時兼善天下，不得志的話，便獨善其身，絕不隨波逐流，正因為這樣，在一般人眼中被視為怪人。時間久了大夥兒，是見怪不怪，對他許多不近人情的脾性習以為常，認為那是理所當然的。比如有人抱著「不吸煙不喝酒為人，為人白來世上走」的觀點時，對韓曉人的煙酒不沾，淡淡地提上一句道：「他就是那種人，我們學不來。」幾個朋友閑著無事要搞一場牌局，三差一，即使韓曉人就在旁邊，他們也四處找尋，決不會拉韓曉人來湊數。因為他們並不把它視為牌友，同樣輕描淡寫地拋下一句話：「他就是那種人，不食人間煙火。」

趙紹雄記得韓曉人也發覺他嫉惡如仇，不能寬懷恕人的弱點，他對趙紹雄說過：「大雄，世上卑鄙的小人太多，除不勝除，可憐的窮人太多，救不勝救。我就是見不得人世間的不平事，所以我做不了什麼大事。我不能容人，這註定了我要孤獨一生，但我有你這樣的知心朋友，我很知足了。」

趙紹雄知道境界太高的人，大多是孤獨的。他們不在乎世俗的冷淡，不重視人們的讚頌與貶損，他們只是不斷地追尋著心目中的鵠的。趙紹雄發現自己開始成熟了，因為他已能從周圍的人事中發現問題，找出答案不斷修正自己的處事行為。他決定先向蔣穆安學習，韓曉人那一套不適應世俗需要，空有衝天的志向而與世道無補，要真對果敢人民做好事，只走直線是行不通的，必須迂迴行動才能達到終點。相處的時間長了，趙紹雄發現蔣穆安也有一肚子苦水，只是他的成功掩蓋了他的失意，如今的順遂衝淡了他早年的不幸。蔣穆安的祖籍是南京應天府的人氏，先祖隨明初大將沐英入雲南。沐英遭明太祖妒忌，下屬為避禍，深入南蠻。蔣穆安家這一支便是這樣輾轉流落到果敢來，蔣穆安的三叔蔣振斌是官家的紅包頭，因得罪蔣文炳的夫人蔣老太太，畏罪出逃，到賴莫土司張純武那裡當土司兵以求自保，後來蔣振斌死於張家與波猛爭權的鬥爭中。

蔣穆安的表姨媽嫁給蔣文泰，蔣文泰反官失敗後，全家被殺，蔣穆安家因新仇舊恨被土司官家驅逐出果敢，全族搬至大猛尼居住，後因印襲官蔣振材的太太姓周，與蔣穆安的外祖父家認為家門，蔣振材允許蔣穆安家搬到壩尾居住。蔣穆安的父親蔣鎮廷，不願欠官家的人情，舉家搬到南傘，蓋房豎柱那天，十歲的長子蔣穆安在玩陀螺時打破了頭，蔣鎮廷認為不吉利，用斧頭把柱子砍斷，又領著全家搬回到邊界石洞水寨。蔣振材不計較蔣鎮廷的冒昧，仍委他當了石洞水寨子的夥頭，蔣鎮廷為示自己不與官家是嫡親關係，不但把下一代的字派由「家」字派改為「穆」字派，自己弟兄的「振」字也改為「鎮」，蔣振材聽後大反感，但看在夫人的面子上，他不動聲色，仍然一笑置之。

大陸解放後，石洞水村民趙凱林發現媳婦與幫他家種大煙的長工有染，告到頭人家。蔣鎮廷派人把趙家的長工抓來盤問，在嚴刑拷問下，長工被迫承認姦情，結果他一年的工錢全部罰做趙凱林家的遮羞錢。長工不服，便告到官家，蔣振材借機派人到石洞水重新翻案，判趙凱林誣告之罪，加倍付給長工應得的工錢，蔣鎮廷則因辦事不力撤銷頭人職務。蔣鎮廷無官一身清，擬搬離石洞水，到黑河壩邊的枇杷水，另蓋新家。訴贏的長工是中國鎮康人，不知是懷恨在心，還是為感土司之情，他去報告剛進駐鎮康的解放軍某部四大隊指稱蔣鎮廷、趙凱林勾結黃大龍經常到中國偷牛盜馬，是土匪頭子，結果蔣鎮廷被解放軍從家中抓走，不知下落。後來蔣穆安、蔣穆良兩兄弟繼彭嘉升當同盟軍的司令及撣邦北部第一特區專員，特派專人詢問父親下落，結果得知父親最後在鐵石坡被害，屍首則無從尋回了，只好在木瓜寨為失蹤四十多年的老父開乾弔，重建衣冠塚——這是後話。

父親出事後，母親周氏按丈夫生前所囑，把家遷住琵琶水，負起養育三子一女的重任。蔣穆安年十三歲，二弟蔣穆良僅六歲，幼弟及妹子只有三歲及一歲，生活的困難可想而知，不管世道如何艱難，歲月如流水，蔣穆安轉眼長到成家立業的年齡。十八歲的蔣穆安長得高大英俊身強體健，坎坷的命運及貧苦的生活經歷，使他比同時代的青年更顯得成熟，他心懷大志，決心要做一番事業，不願過早成親，但強不過母親的催逼，開始留心周圍村寨的少女，欲尋找一位稱心如意的伴侶，但有心栽花花不開，無心插柳柳成蔭，他所見的姑娘多是山鄉裡的無知村姑，庸脂俗粉，找不到合意的對象。沒料到一句打賭的氣話，成就了一樁婚姻佳話，事情是這樣的……

彭嘉升與羅欣漢不同，喜怒常形於色，他看不慣土司蔣振材的兩個妹子作惡多端。蔣大小姐看上了土司自衛隊的大隊長張學賢，硬逼著張學賢，把髮妻改嫁他人，子女也隨母改姓，不讓他姓張。二小姐更是荒唐，出嫁到大猛尼土司家後，不安於室，拋下幼子，為丈夫娶個姨太太後，自己返回果敢。從此她做男裝、西裝履、短髮束胸，她為了擺闊，重金娶緬甸走紅的電影明星娃娃溫水為妻，並為她在首都仰光買了一幢樓房。洞房之夜，娃娃溫水才發覺丈夫是女兒身，假鳳虛凰，令娃娃溫水啼笑皆非。雖是一場鬧劇，反正不吃虧，平空落得大筆財富，既然有人當冤大頭，娃娃溫水樂得扮演蔣二小姐的假夫人。

彭嘉升的言辭傳到兩個女魔王耳中，自衛隊的官位丟了，他被迫返家做大頭百姓，這還是看在小孟嘗彭積廣的面子上，沒有對彭嘉升採取進一步的迫害手段，不然彭嘉升便要栽在官家小姐手中了。仕途不利，彭嘉升便改營生意，在商場上一競高低。誰知娶了個老婆，也是一副有錢人家大小姐的作風，上不敬公婆，下不管家事，每天睡到日高三丈，起床後還要傭人把洗臉水端到臥房；稍不如意便砸東丟西，指桑罵槐，祖母年高之人還要受孫媳的氣。

彭嘉升一氣之下便把媳婦休了，送回娘家，他因遇人不淑，決心娶個才貌雙全又孝順長上的姑娘。俗話說得好：五步之內必有芳草。他明察暗訪，終於讓他看上了木瓜寨胡家的姑娘，可惜他此時正是走著楣運的時期，胡煥子的長兄胡家乾，鑒於官家對彭嘉升有疑忌，擔心妹子遭池魚之災，還恐連累整個家族，拒絕了彭嘉升的求婚。彭嘉升氣得非同小可，約集幾個村人，趁胡煥子去新街趕集之機，半路把胡煥子搶走。胡家乾聞訊，帶著胡家族人追到芒卡傣族寨。彭嘉升搶親成功，在前趕回紅石頭準備拜堂之時，剩下幾個村民，看見胡家大隊人馬追來，便作鳥獸散，事後彭嘉升仔細一回想，強扭的瓜不甜。胡家看不起落難時的英雄，說明他們目光短淺，這門親不結也罷，以後見到胡家乾大家仍是好朋友，像沒事似的，這就是果敢人的大度之處，生氣時拼個你死我活，氣平了又在一起吃喝玩樂，毫無芥蒂，他們不會記仇，無論何事都當面清算。

蔣穆安此時正與彭嘉升一起做生意，彭嘉升在石鍋林路邊開個雜貨鋪，交給蔣穆安八匹騾子，二十三條馱牛上下壩子跑運輸，他得知彭嘉升搶親的笑話後心中不服氣，他想：「妳是什麼個胡煥子！我倒要見識見識妳有什麼作怪的本錢。」

蔣穆安借去新街進貨的機會特地繞道木瓜寨，進了胡家。胡家乾見到蔣穆安，十分親熱地接待他，吩咐妹子下廚房，蔣穆安在胡煥子敬茶時，仔細端詳胡煥子，只覺眼前一亮，這個剛從臘戌返家的小妞，只需用「小巧玲瓏」四個字就可形容。粉臉上杏眼瓊鼻，貝齒薄唇，看人眼裡漾著若有所思的恍惚意兒，微上翹的嘴角似笑非笑，頗耐人尋味。第一眼，蔣穆安替胡煥子打了個八十分，胡煥子雖稱不上什麼大家閨秀，但胡家是木瓜寨的名門望族，家道殷實。幾味日常佳餚吃得蔣穆安舔嘴舐舌，讚不絕口，來時興師問罪的念頭早飛到九霄雲外去了，代之而來的是一縷情絲，悄悄地繫在胡煥子身上。回到石鍋林，這不知情為何物的大小夥子，第一次失眠了，蔣穆安在床上輾轉反側，腦海裡盡是胡煥子的倩影，血氣方剛的青年大漢，興起了家室之念。

想想自家的身世，蔣穆安有點自卑，門不當戶不對，就是胡煥子答應下嫁貧家子，自己能讓一朵盛開的鮮花在風雨烈日下凋零嗎？但他又認為，如果胡煥子是嫌貧愛富的庸俗女子，也不配做蔣家的媳婦。娶妻是娶德不取財，將相本無種，我蔣穆安頭上有沒有刻著一輩子的窮字，誰能斷定我不能給胡煥子過上好日子？接下來的一段時日，蔣穆安失魂落魄，茶飯不思，一會兒興奮一會兒喪氣，他陷入單戀了！從他的表現來看，蔣穆安貌似陽剛，實際上女性化很重，如果沒有一位有決斷能力的女子做他的賢內助，他將一事無成。反過來看，一味地替他包攬一切，又會挫傷他那男子漢的自尊，同樣讓他反感，胡煥子正是那種有主見，拿得起放得下的女中丈夫，她擇夫的標準與一般尋一張長期飯票的女子不同，她心目中的男人是那種有事業心，能體諒女性的正派青年，家庭的門戶，個人的窮富，她倒不放在心上。她第一次見到蔣穆安，並不因他的職業低下而看不起他，但蔣穆安作為一個陌生異性，也沒有使她一見傾心，她是信奉循序漸進日久才能生情的戀愛經的女性，她所見到的蔣穆安是既不惹人嫌，也不讓人愛的一般男子。憑她的才情容貌，在臘戌早就風靡了一大批男性，她對各種獻殷勤的異性，已司空見慣，很難有人讓她一見傾心的，對蔣穆安這鄉下佬也一樣。反倒是胡家乾，很看得起貧窮但很有志向的蔣家小子，認為憑蔣穆安的一股衝勁是能出人頭地在社會上闖出一番事業來的，他有意無意間，在妹子面前透露了這一資訊。胡煥子這才開始注意起蔣穆安，因為她知道兄長是不肯輕易讚許人的，她開始瞭解觀察蔣穆安的行徑與言談，接下來又是千篇一律的愛情老套，經過一段艱難的賽跑，蔣穆安終於如願以償，築起愛情的小巢，共同為明天的幸福而攜手奮鬥了。

中國農村有句俗話：女大三抱金磚。婚後一年多，胡煥子即為蔣家添了一個男兒，應了諺語，接下來的日子艱難而又甜蜜，蔣穆安連添五個麟兒，他的壯志豪情，漸漸逐一轉化成了綿長而又細膩的柔情，繞著五個小子像陀螺在轉，為此胡煥子不止一次地責備他，勸他振作，要他出去闖蕩。蔣穆安也一次次地下決心要外出做一番事業，但每次都心疼妻子的辛勞忙累而下不了決心，他望著妻子已不復往昔的容光煥發，變得憔悴蒼老，常心痛地獨自發狂，責備自己無能。面對這種局面，反而輪到胡煥子來安慰丈夫勸蔣穆安不要自卑，安心地待時：只要時機來到，困龍便能上天，遨遊太空了。

難啊！一等就是十多年，彭嘉升進中國，蔣振業一逼迫，蔣穆安終於乘時而起，施展抱負了。趙紹雄瞭解到蔣穆安的家世，愛情及家庭情況後，感慨萬分。一個成功者在贏得鮮花和榮譽之前的一段漫長歲月中，所面對的只是挫折、辛酸、嘲笑與白眼，你若在奮鬥途中躺下，就永不會攀上事業的高峰。他更堅定了在部隊中，出人頭地的信念。他的處境不同，不能走蔣穆安八面玲瓏，靠人際關係成功的道路；他也不走韓曉人置身高層，充當幕僚的捷徑。他口才敏捷、交際手腕不如蔣穆安；思慮精純、專心致志、淡泊名利之心比不上韓曉人，他要綜合兩人的長處，避其不足，走折中路線，他私下琢磨：「為人處事必須圓滑，做一個好好先生，事業上要執著，不達目的決不甘休。」當然並不是說韓曉人不會處世，蔣穆安沒有才華，而是相對來講，他倆在某一方面的表現更特出而已，不然只靠某方面才能，是難有作為的。

九月，是秋風送爽，滿山楓葉勝似二月花的豐收季節。在北方，重陽登高，看遼闊江天萬里鋪霜，然而在南國仍是枝繁葉茂，秋老虎不甘退位，堅持站好最後一班崗，加上風伯、雨婆隨性之所至來湊熱鬧，所以天氣時陰時晴，比起盛夏也不遑多讓，老街墟也是如此。備戰工作熱火朝天，一場大戰在即，彭嘉升先期趕回果敢，配合余健工作，組織民夫，召集民兵，設立後勤供應站，擴寬道路，以便把新地方繳獲的卡車用來輸送糧彈。寧靜和平了兩年的麻栗壩，又充滿了激戰前的緊張忙碌，這一次是在家鄉打仗，群眾的熱情高漲，決心協力子弟兵攻下滾弄，恢復果敢往昔的全貌，以免人為的把麻栗壩一分為二。

十月二十日晚，滾弄戰役終於打響了。三〇三部隊打長箐山，四〇四部隊主攻，目標是拿下滾弄。佤邦三個營在彭嘉福率領下進攻邦弄，戰役一開始，雙方的焦點放在長箐山，江西特務營以慘重的傷亡代價，攻占了長箐山的主峰明子山。這一來，戶裡至滾弄的交通線，便暴露在緬共的炮火射程下，公路被斬斷，滾弄成了孤島。要守住滾弄，必須收復明子山，緬共占領長箐山後，便派出一個營伸到山腳，山腳有一片平地，石龍河在這裡匯入滾弄江，石龍河對面即是戶裡，三〇三營在江口留下一個連策應，其餘兩個度過石龍河，進入幹猛地區，在敵後開展游擊戰。

羅欣漢自衛隊第三總隊的蔣振卿大隊配合緬軍一個連，把緬共的留守連圍在江邊的沙灘上，這裡是一個死角，地形易攻難守，結果緬共軍一個連，拋下十六具屍首，拼死突出包圍縮回長箐山去了，緬軍挾初勝之威，在飛機的掩護下，開始進攻明子山主峰。上午十時，政府軍的轟炸機輪番投彈掃射後，步兵發起了衝擊。這批緊急調上來的敢死隊被緬共打得丟盔棄甲，丟下數十具屍體敗下陣來，緬共報了一箭之仇。緬軍進攻失利後，退守東各林、炳也一線，與長箐山的緬共軍對峙，誰也奈何不了誰。

蔣立武此時已調到軍區司令部任偵察參謀，他帶領江西一營的兩個連一進入幹猛地，便受到政府軍重兵的圍追堵截，羅欣漢派第三總隊黃興和率兩個大隊四百多人配合政府軍一刻不停的追襲共軍。蔣立武地形不熟語言陌生，一直處於被動挨打的不利形勢下，成天在深山老箐中打轉，只憑軍用地圖行動，常常是飯吃不上，覺睡不好，活動範圍越來越小，最後帶著不到三分之一的殘餘，度過滾弄江，進入佤邦才擺脫了政府軍的追襲，等他們回到果敢已費時近月了。

滾弄戰役發起的第三天，由南紮拉到滾弄的公路已處於癱瘓狀態，橋樑被炸二十八座，明子山架設的高射機槍以及五七炮、八二炮把公路封鎖得水泄不通。政府軍除派重兵追圍緬共深入幹猛的小部隊外，緊急動用土兵，開來推土機，力爭短期內開通一條臨時簡易公路，經幹猛地區直通滾弄，以避開共軍的火力干擾，大批援軍從貢達埡口下車，馬上步行進入幹猛，火速增援滾弄。初期還用運輸機採用空投方法，補充前線部隊的糧彈。公路一修通，重炮團便調到滾弄後山，一二〇口徑的加農炮共調集了十多門，一字長蛇陣擺在江岸邊的後山上，一〇五口徑的榴彈炮有五門，則陳列在山的反斜面，這對後期支援海幹壩（亦稱黃草包包）反擊戰起到了至關重要的作用。彭嘉福指揮的佤邦部隊，在緬軍重兵固守的邦弄大山面前，束手無策，也像三〇三部隊在長箐山的處境一樣，進退兩難，而此時政府軍用圍魏救趙的方法，相繼克服了猛吉、大猛波兩處被緬共占據的地盤，使緬共在長箐山採守勢，未能與四〇四攻擊滾弄起到呼應的效果。

次要方向的大致情況交代後，便回到滾弄戰役的主戰場。當時緬政府防守滾弄地區的態勢是這樣的，由東向西，小地林駐有緬軍一個連，自衛隊一個大隊，白泥塘緬軍一個連，自衛隊一個大隊，大綿山緬軍一個連，自衛隊一個大隊。第二線，海幹壩緬軍一〇二營，相距不遠是預備隊一〇五營，滾弄街子是步六營，忙卡至滾弄的要道是一〇七營，江南岸是克三營。緬軍前線總指揮是吞於上校，前期兵力約兩千多人。

緬共四〇四五主攻小地林，四〇四七主攻白泥塘山，四〇四八攻大棉山，三〇三五主攻黃草包包（海幹壩），四〇四六沿戶板小江襲擊敵交通站，由公路逼近滾弄，同時截斷戶板與滾弄的聯繫。

一九七一年十月二十日夜，在三〇三部隊打響的同時，四〇四八營已掃清花竹丫巴、大凹、大黑山等敵軍前沿陣地。八時三十分，總攻開始，最高點是趙開甲大隊固守，只用了半個小時，親臨前線的彭嘉升便見陣地上升起三發綠色信號彈，而進攻緬軍據守的大陣地，仗打得相當艱苦，幾次衝擊均無功而退。彭嘉升調來軍區高射機槍連，人挑肩扛，硬是把高射機槍搬上剛占領的自衛隊陣地，居高臨下逐一把緬軍火力點摧毀，緬軍除死之外，只得舉手繳槍。

到天亮，忙卡後山，三肖後山，均在彭嘉升掌握之下。軍區炮營有了支撐點，趕在中午之前把炮抬上陣地之後，便伐木挖坑，構築工事。三天後，政府飛機光臨，炮陣地已固若金湯，任敵軍飛機狂轟爛炸，已傷不到緬共的一根毫毛。站穩腳跟後，四〇四五營在強大炮火的掩護下，同樣使用分割包圍，各個擊破的戰術，先把較低的自衛隊戰地拿下，從火力突襲開始到攻占陣地，只花了一個小時，結果段子良大隊以四死、二十人被俘而逃歸滾弄。打下自衛隊陣地後，七五炮搬上陣地做抵近射擊，緬軍的地堡被全部打塌，一連緬軍全部報銷，不是戰死便是被俘。四〇四五攻打小地林是在白天，自衛隊依託緬軍掩護，大半逃脫，緬軍則走投無路，所以無一漏網。

四〇四七營一到白泥塘山，便把敵人圍住，並不進攻，主要原因是後方運輸困難及重火器轉用不易。滾弄戰役打響幾天後，政府軍的飛機便把老街至麻栗樹埡口的公路線炸斷，汽車被炸毀，糧彈的前送及傷患的後送全靠人力。到後期，白天也不能活動了只有夜晚才能行動，所以運輸成了制約戰役進程的致命一環。戰鬥只得打打停停，戰爭的主動權，便這樣溜走掉，而註定了這是一場曠日持久的消耗戰。白泥塘山一拿下，緬軍第一線支撐點已全丟，其中忙卡後山對滾弄的威脅最大。緬軍使用一個營的兵力，企圖奪回這個重要據點。

一〇五營營長翁明中校親臨戰陣，從山腳開始，即採取穩紮穩打的戰術，奪下一個山頭就留人守住，直到下午才接近主峰。副營長剛從下緬甸調來，他參加過圍剿緬共中央根據地勃固山區的戰鬥，並在戰鬥中立功升職，他小看果敢地區的共軍，以為跟下緬甸的緬共一樣，加上從早上打到下午，一直未遇共軍的頑強抵抗，輕敵之念一起，他乘營長返回滾弄，直接把七五重炮搬到前沿，孰不知這是緬共的驕兵之計。緬共等緬軍集中起來後，一聲令下，各種武器狂叫起來，秋風掃落葉，緬軍被掃倒一大片，接著出擊的緬共，潮水般地躍出工事撲向敵軍，此時，天色已晚，政府軍的飛機派不上用處，重炮也失去作用，全靠短兵相接。訪問組由田大組長親自過問的這場反擊，從山頂直追到山腳，這是緬軍傷亡最重的一仗，山坡上丟下一百多具屍體，直到戰役結束，才得以把暴屍荒山的緬軍將士掩埋起來。事後一〇五營營長翁明中校被降職，副營長貪功冒進，交軍法審判，撤職了事，可憐一百多生命卻無法生還。滾弄戰鬥呈現膠著狀態，敵我雙方都拖得精疲力竭，欲罷不能。對政府而言，這是一次圍剿緬共的良機，所以國防部長山友准將親臨南紮拉視察，制定計劃，派七十七師從側後包抄，第一步先全殲長箐山及南壯地區集中起的三〇三部隊。八十八師渡過滾弄江，繞到新地方，從後面包圍彭嘉福指揮的佤邦三個營，待兩地作戰目的達成，第二步再調重兵上果敢，全殲四〇四部隊，收復果敢。為此，政府軍在滾弄只守不攻，牽制住彭嘉升主力，暗中調兵遣將，做大範圍的運動。從緬共來講，打滾弄的意圖不算失策，所欠之處在於齊頭並進，成為趕羊戰術，以致貽誤戰機，讓政府軍得以喘息，調來重兵固守滾弄，憑緬共目前實力，是啃不動這根硬骨頭的。

何以田副軍長一夥，四野派系會出此下策呢？這牽扯到中共高層權力角逐的問題。九月十四日那天，報章廣播中，林彪的名字突然消失，十月國慶日，中國也沒有例行的遊行慶典，一直與上面聯繫密切的田副軍長得知四野首長林彪出事的情報，但詳情卻不是他這一級幹部所能掌握到的。他三人不知是出於畏罪心理，亦或為聲援林副統帥，便倉促決定發起滾弄戰役。對於四〇四部隊來說，離開家鄉兩年多，一旦返回家鄉作戰，心情十分愉快，更何況是為父老鄉親而戰，士氣空前高漲。在南傘召開營以上的幹部會議上，蔣穆良就提出用主力跳過石龍河，從後面包抄滾弄的建議，他為彭嘉升開車上下臘戍，對公路沿途的地形情況瞭若指掌，知道一卡住貢達埡口，政府軍再多，在高山老箐中，怎麼也展不開手腳，滾弄打下後戶板、邦弄的緬軍便像關起了門的狗，只有跳江一途了。

訪問組鑒於上次南下的經驗教訓，不敢冒險。他們認為小地林、白泥塘、大明山一失，緬軍留在滾弄只是挨打，用不了多久便會撤出滾弄，結果優勢兵力一分為三，成了頂牛。過江的兵力太少，被迫縮回來，起不到斷敵糧草、阻擋援兵的作用。國內的消息越來越對四野不利，不少上司及同僚紛紛落馬，田、周、常三人心中萬分驚恐，狗急跳牆，他們仍按原計劃行動提前發起了對滾弄的最後一道屏障——海幹壩後山的攻擊。戰鬥發起的當天，他們接到奉命回國的調令及趙君已到南傘的消息時，毅然下達作戰命令，打算臨回國之前拿下滾弄，好撈政治油水，至少在林彪事件中不受太大牽連。

下午五時，冬季白日短暫，已是夕陽下山，暮色蒼茫，三〇三五營從站在路邊送行的軍區首長面前走過，田副軍長一言不發，與全營幹戰一一握手。韓曉人站在彭嘉升身後，心潮起伏。這二百多人今晚一別，不知有多少熱血青年，即將長眠在荒山野嶺，石德忠帶著四連兄弟走在全營的最前面，他對送行的韓曉人點頭，勉強擠出一絲笑容，便消失在茫茫夜色中。

「德忠同學，祝你平安歸來！」韓曉人心中祝福，他又想起滾弄戰役前幾個老友甜蜜而短暫的團聚。

石德忠傷癒歸隊，蔣立武也上調軍區，大夥到韓曉人家做客。韓曉人返回果敢，方知陳蘭芬已申請退伍，蔣穆安把位於老街中段的一間洋鐵皮房給陳蘭芬兩母子暫住，街子天擺些雜貨，買賣很方便，韓曉人總算有了個家，結束了吃在部隊，住在部隊，以部隊為家的流浪生活。石德忠、蔣立武、谷金玉、蔣映智，加上主人夫婦，六個人圍著一張小木桌，喝酒談天，氣氛輕鬆笑語歡聲，顯出賓主之間的親切融洽。

「嫂夫人，老韓真的有福氣，能娶到美麗能幹的愛人，也是我們幾個昆明老鄉的光榮。來，敬妳一杯，祝願妳明年再添一個胖小子。」石德忠心直口快，一開口便語出不凡。

「謝謝石連長，我不會喝酒，你說得眼紅，何不儘早成家呢！」陳蘭芬大方地應酬，針鋒相對反戈一擊，「要不要我介紹你一個如花似玉的美女？」

「我老石是個勞碌命，誰會跟著我吃苦，何況當兵把命繫在褲帶上，也不願害了人家的姑娘。在江西三年多，沒把吃飯的傢伙丟掉算是幸運，現在來到江東，就是把命送掉，也值得。我相信真是那樣，老韓你倆夫妻每逢清明，總不會不到我墳上燒幾張錢紙，讓我在陰間買酒喝吧！」

「石連長你喝醉酒啦？怎可說咒自己死的喪氣話呢，你是個好人，好人有好報，你會長命百歲的。」谷金玉心最軟，忙岔開石德忠的胡說白道。

「谷醫生妳是白衣天使，心腸好，這幾天虧妳為我換藥，讓我的傷口完全長好了。但妳不懂，死神只光臨怕死鬼身邊，我老石有上天照應，死不了的，妳放心好了。」

果敢的女兵大多分配到醫院當護士，谷金玉她們也安排在軍區醫院學醫，石德忠這個人說話誇張，也不管別人受得了受不了，開口就稱谷金玉為谷醫生，果然谷金玉窘住了，開不得口。

「石德忠，你他媽的真混蛋，谷金玉是好意，你倒讓她下不了臺！」蔣立武為谷金玉解圍。

「石連長，金玉姐是好人，就是軟弱些，我不許你欺負她，快向姐姐道歉。」陳蘭芬已知韓曉人有意促成石德忠與谷金玉的親事，趕著來湊趣。

「哈，你們抱哪門子的不平呀，我說了啥錯話啦？不就是稱谷金玉一聲谷醫生嗎？她不是醫生難道我是醫生？」石德忠不買帳，堅持稱谷金玉為醫生，大家都笑了，覺得石德忠直爽得可愛。

「石德忠，十年啦，你還像在廠辦中學那樣，認定了的理死不服輸，不知何時才能找給你個主人，管住你這條牛。」蔣映智感慨地回顧往事。

「蔣映智，妳是泥菩薩過河，自身難保，咱幾個老同學是半斤的八兩，誰也好不到哪裡去？」

「有緣千里一線牽，蔣大姐是我兒子的乾媽，我也要替我兒子物色一個好乾爹，石連長你能幫我這個忙嗎？」陳蘭芬又老調重彈，總想從中牽線，讓蔣立武與蔣映智也配成一對。

「何需幫忙？妳不見有人已成統一戰線，共同對付我了嗎？一個罵我是混蛋，另一個罵我是牛，看他們美的，乾脆配成一對兒鴛鴦好了。嫂夫人，妳不好明說，我替你兒子找的乾爹如何？」石德忠粗中有細，半認真半開玩笑地捅破了雙蔣之間的那張薄紙，為老同學牽線做媒是好事，何樂而不為呢！

「狗嘴裡吐不出象牙來。」蔣映智笑罵道：「叫我看乾脆請金玉來管你好了，不能再讓你做條野牛了。」

「蔣大姐，妳不幫我，反而夥著取笑我，我不依！」谷金玉羞得兩頰發赤，低著頭不敢抬起來。她平時沉靜閒適，今天不知怎的心中像小鹿撞似的，矜持不起來。她想：「人以群分，物以類聚，自己能擠身一群學問好、文化高的好人中間，真是幸運，跟他們在一起是多麼快活而又適意呀！」

「玩笑歸玩笑，蘭芬是真心的。今天一聚又要各自東西，人在江湖，身不由己。雖說處於戰爭年代，應該考慮的也不要抑制自己，還是那句話，革命勝利是必然的，但不知要到何年何月？立武、德忠，趕快向我看齊吧！」韓曉人誠懇地對老同學提議道。

這時，熟睡中的韓和平醒過來大聲哭起來，陳蘭芬忙走進臥室把兒子抱在懷裡餵奶。

「嫂夫人，韓和平長得像母親，將來一定好福氣。」蔣立武抱過小胖子，仔細端詳後發表高見，「中國有句古話，生男像母，必定大福，養女肖父，不愁衣祿，但望下一代人人幸福，不像他的父輩遠走海外，在江湖漂流。」

「我的大參謀，你傷感什麼！韓小子快快長大，跟你石大叔當通信員，接你老爸的班好不好？」

「他老子當兵，兒子不再讓他當兵了，難道當兵也要世襲嗎？」蔣映智不同意石德忠的意見。「韓曉人給兒子取名和平，頗有深意，我們這輩子打仗，給下代人創造一個和平的環境吧！」

「打不打仗可不是你我說了算數。和平，人類嚮往了幾千年，可哪一天有和平呢！」蔣立武感歎道，「人類太奇怪了，有什麼事坐下來商量不就結了，為何要自相殘殺呀！」

「馬上又要流血死人，德忠說得對，無形中有一雙手，指揮著世界，誰也違抗不得。」韓曉人一副悲天憫人的心腸，為即將來臨的戰事悲哀。

「哥們兒姐們兒，今天只說風月，莫談國事。來，我以茶代酒敬你們一杯。」陳蘭芬發現氣氛沉重，趕緊舉杯，把話岔開，「曉人，你怎麼啦？好好的歎什麼氣，你當主人的要讓客人不愉快嗎？」

「老韓呀，我看你也不自由，這不是嫂夫人的鞭子揮起來了，看你怕不？」

「金玉姐，再不管這石連長，保不準他今後會闖出什麼大禍來，妳的鞭子放在哪兒？取出來呀！」陳蘭芬不是省油的燈，石德忠討不了便宜。

「我投降！嫂夫人，嘴下留情，我老石服了妳啦！韓兄，膝頭還痛不痛？要不要請谷大醫生替你按摩按摩——昨夜恐怕被嫂夫人罰跪了一夜嘍。」石德忠一開口讓人把肚子都笑痛了。

「說真格的，韓曉人確是找對了人，他一過江，家裡有什麼？全靠蘭芬做小生意維持生活，別的不提，今天的酒肉，靠韓曉人每月十元緬幣的零用錢，我們只好喝白開水了。」蔣映智很佩服陳蘭芬，脫下軍裝，照樣生活得愜意，讓人羨慕，看來緣分不是強求來的。蔣立武苦戀自己，也難為他了，月下老人的紅線，莫非真繫在他身上。

「誰說不是，蘭芬苦候了三年，有情人終成眷屬，若她三心二意，哪有今天的美滿幸福。」谷金玉想開了，很為陳蘭芬高興，雖說與石德忠相識不久，他的豪爽坦誠，粗中有細，給人的印象不錯。自己若嫁得這樣的漢子，也不枉此生。

「金花銀花大家誇，狗屎蘿蔔自己誇，哪有自己姐妹自誇的。」陳蘭芬反倒不好意思起來，她這人的脾氣是服軟不服硬，幾句好話一說，她身上的肉都捨得割下來給你燒吃。

「看來是五票對一票，我是絕對的少數派，按組織原則，少數服從多數，按醫院規矩，我這病人要聽谷醫生的，我放棄原來的意見，舉手同意大家的裁決：嫂夫人不愧是女中豪傑。」

韓曉人想到往事，不覺眼睛濕潤了：「老石，你一定要活著回來，還是六個人，大家再喝個痛快，何況谷金玉還等著你平安的消息呢！」

海幹壩後山是一個圓形山包，獨立於滾弄街子與三肖後山中間，扼住了緬共接近滾弄的咽喉。政府軍在主陣地上配屬了兩個加強連的兵力，採取縱深梯次配置，設立三道防線。每道防線之間都有鐵絲網圍著，中間是竹籤及隱藏在深草下的陷坑，三條交通壕由地堡、單人掩體形成，多層次的交叉火力封鎖住所有的通道，幾乎沒有任何死角。另外一個連堵住上下滾弄的通道，形成前三角，可防止敵人實施對主陣地的包圍，同時拱衛後方。緬軍自為鐵陣，江岸所有的重炮均測準距離，協同守軍作戰。石德忠帶著第一梯隊進入攻擊陣地，晚上八時整，他打出三發紅色信號彈，軍區重炮營的七五、五七平射炮、八二迫擊炮、高射機槍，剃頭似地，逐一對緬軍的三道防守線實施火力突襲。距離早已精確測量，射擊諸元也已計算完畢，突擊搶運的炮彈，高機彈，堆在炮位邊上。歷時半個小時，整個緬軍陣地被打成一片火海，炮火一延伸，石德忠便帶著連隊撲向緬軍的第一道防線，他用九具四〇火箭筒開道，倖存的敵方火力點都派火箭手在機槍掩護下摸到近距離去打掉。他的第一梯隊攻到山頭已傷亡殆盡，不甘待在司令部的蔣立武，帶著五連上來接替四連。緬軍的最後一道防線守得很頑強，坑道式的地堡群在炮火襲擊下損失不大，全靠步兵逐一啃掉，近戰中四〇火箭筒及手榴彈的威力最大，到了子夜時分，蔣立武打出綠色信號彈，表示所有緬軍陣地均告攻占。張馬剛帶著第六連上來趕緊搶修工事，準備打緬軍的反撲。四、五兩個連，抬著傷患撤下陣地，陣亡太多，只好就地掩埋。

緬軍開始反攻了，前線總指揮吞於上校調來克欽第三營，在炮火反擊時進入出發陣地。炮兵進行飽和射擊，榴彈炮把目標指向緬共的重炮陣地，同時封鎖住緬共步兵增援的通道，不讓緬共援兵通過。

現代戰爭打的是火力，誰的火力強大，能壓倒對方，誰的勝算就大。這次攻防戰，步兵的作用被炮兵代替了，雙方的士兵猶如進入屠宰場的豬牛，在鋼鐵爆炸聲中煙消灰滅。張馬剛帶上陣地的一個連，幾乎全部報銷，準備打援的四〇四七、四〇四八兩個營被炮火阻住了去路，難越雷池半步，親自指揮這場戰鬥的趙中強，用報話機請示總部下步如何辦？

趙君此時已從南仚趕到忙卡，他接到請示報告，當機立斷下令撤出戰鬥。他對彭嘉升解釋說：「老彭，賭本已輸去很多，再賭下去老本便輸光了，以後想繼續賭也不可能啦。哪怕代價是十比一我們也輸不起，再說，目前敵人的重武器比我們強多了，上有飛機，下有重炮，我們不能用人去硬拼，今天晚上我們已拼光了一個營，這是建軍以來的精華，能不心痛嗎？」

「老彭，趙君同志說的很對，南下那一次，歷盡艱辛，充其量死上百人，滾弄打了四十天，傷亡已近千人，損失太大。諾司令因醉酒，他的命令不能執行，還是下決心撤吧！」副組長趙忠舉插話道。田副軍長一走，訪問組的原班人馬又回來了，彭嘉升與老友重逢，哪有不聽他們建議的道理，為了掩護長箐山、佤邦的兄弟部隊順利撤軍，第二天彭嘉升命令所有的重火器，向海幹壩緬軍陣地時實施報復性打擊，緬軍除用重炮還擊外，戰鬥機、轟炸機輪番出動，壓制緬共的炮陣地。位於忙卡周圍山地的高射機槍陣地，自滾弄戰役開始，一直未暴露，海幹壩戰鬥才首次投入火力突襲的戰鬥系列，所以政府軍的戰鬥機群，投入戰鬥一直採取低空掃射，由於輕敵，海幹壩戰鬥後的次日上午，三架戰鬥機仍肆無忌憚地從低空飛抵緬共的重炮陣地上空，九挺高射機槍成三角形排列，每三挺又組成一個小三角，對準敵機同時開火，把一架緬軍戰鬥機擊落。頓時，忙卡四周響起了震天的歡呼聲，雖擊落了一架敵機，高機陣地也暴露無遺，接下來，政府的飛機便緊緊咬住這九挺高射機槍，直至把陣地摧毀才甘休。下午從陣地撤回忙卡的高機連，排列成兩列橫隊，接受彭嘉升的檢閱，一百八十人的加強連，除死傷外，只有六十多人排在草坪上，九挺高機槍，只剩下三挺完好無損。

「同志們，你們打得好，我代表東北軍區司令部，向同志們表示熱烈的祝賀。」彭嘉升站在隊列前，大聲地發表了熱情洋溢的致辭。

「為人民服務！」隊列中爆發出整齊而洪亮的回應，幹戰的士氣也因而高漲起來。

「同志們！我要為你們的英勇作戰，擊落敵機，向軍區黨委請功！現在解散去好好休息，準備迎接更激烈的戰鬥，為緬甸人民的解放事業再立新功。」彭嘉升走向前去與離開的幹戰一一握手，那情景悲壯而熱烈，站在一旁的趙君也雙眼濕潤了，他既為幹戰的英勇頑強而感動，也為重新煥發鬥志的彭嘉升而高興。

在發起滾弄戰役的第四十二天，政府軍與緬共又恢復了大戰前的態勢。三〇三部隊克服丟失的大猛波地區，猛吉地區易手後已無力再收回。東北軍區是一朝天子一朝臣，蔣光擊敗賀高、谷方、林天，坐了軍區黨委的第一把交椅。余健榮任軍區參謀長，實際上掌握了軍隊的大權，趙君採取分散指揮權，發揮下屬積極性的做法，把所屬各營劃分為三個旅，原三〇三部隊的特務營、一營、三營、一〇七營組建成二旅，殷朋任旅長；原四〇四部隊一營、二營、三營、四營組為五旅，蔣忠衛任旅長，趙中強為政委；原三〇三部隊二營，及佤邦五〇一、五〇二、五〇三等四個營組成八旅，彭嘉福為旅長。彭嘉升任軍區前指總負責人，一路進入南佤沿中緬邊界建立起新的根據地。

林彪事件發生後，中緬關係正常化進程加快了，林彪所提出的：五年解放緬甸，八年東南亞一片紅的戰略思想受到重新審查。趙君在局勢未明朗前，不欲多做主張，他把軍區移到新地方，作為回報，緬軍也撤回七十七、八十八兩個野戰師。雙方都在等待林彪事件最終的結果，均不採取過激手段。五旅、八旅相繼集中佤邦，離政府中心區更遠了。趙紹雄被彭嘉福要去八旅司令部任偵查參謀。蔣立武調到五旅二營任營長，與老同學沈得光配合工作，也走了。申興漢則做他的老本行，調軍區司令部任軍務處長，接替蔣忠衛。石德忠在滾弄戰役中再次負傷，住在軍區醫院，谷金玉細心地護理著他。在老街，蔣穆安與韓曉人為緬共今後的前途交換意見，由於蔣穆安的理財手腕高明，余健把他調到軍區貿易處任副處長，讓他在軍區發揮更好的作用，他帶著會計蔣映智，不日即將走馬上任。

「大哥，你認為革命前途是好或是壞。」韓曉人目睹主力相繼離開果敢，那種一往直前尋敵決戰的氣勢已不復存在，代之而來的是緩和的氣氛，因而提出來與蔣穆安討論。

「依我看我們的出路取決於中國的態度，林彪失勢，中國勢必要實行大整頓，我們也相對有段平靜的日子好過，但代表左傾勢力的人士，並沒有完全從政壇消失，文化大革命是要繼續進行下去。新興的政治勢力一旦成長起來，林彪所推行的那一套仍會以新的形式提出來，那時緬甸革命又會掀起另一次高潮。趙大組長到那時是否站得住腳還是個疑問，所以彭副司令的風光也會有個時限，你跟著彭副司令，應見好就收，陷得太深，到時難以拔出腳來。以你的才情來說，比趙中強只有過之而無不及，他現在已貴為五旅政委，你仍在原地踏步，難道你還不醒悟？蔣光政委多次要調你去軍區，這次整編，余參謀長提出調你到軍區作訓處，彭副司令一直不放你，他不放你又不願讓你擔更大的責任，我看透他了，只想用才而不願關心部下的成長，我若不跳槽今天哪能升到副處長的位置。唐朝文忠心耿耿替他辦事，如今仍是稅務組的一般幹部。彭副司令用人猶如放鷹捉魚的漁人，他知道魚鷹不用線勒住脖子，吃飽了，鷹就不願下水了。」蔣穆安跟隨彭嘉升做事已年深月久，他把彭嘉升看透了，彭嘉升是那種只能共患難不能共富貴的人，跟他的人沒有一個發蹟的，所以蔣穆安、蔣穆良一有機會，便另找靠山，自謀發展。

「彭副司令是有一點優柔寡斷，待下寡恩，比起來彭旅長要好得多。彭旅長一上任便把原來跟他的老部下全都提起來，魏超仁當後勤助理員，趙德文任政治幹事，蔣文斌做軍務參謀，字朝華是警衛連長，跟彭副司令的人，清一色都是大頭兵，但我受到的知遇之恩，我再走，他身邊更沒有一個得力幹部了。」韓曉人也覺察到彭嘉升的弱點，肯定自己的下場不妙。但是，士為知己者死，諸葛亮明知阿斗不可以輔佐，但感劉備託孤之恩，仍鞠躬盡瘁死而後已。韓曉人不敢仿效前賢自我標榜，但他不忍讓彭嘉升就此沉淪下去，他要盡一己之力，為彭嘉升分憂解煩，即使跳火坑，他只得陪著彭嘉升跳下去。

「這就是你的悲劇所在，趙紹雄把你看透了，他也不走你的老路。知識份子的忠信仁義，把你的思想弄僵化了，今後有你碰壁的機會。幸好你自律甚嚴，不容易牽涉到大的政治漩渦中，否則你將萬劫不復了。」蔣穆安感慨的歎息道。

「個人的得失榮辱，我不放在心中，大不了一個死字罷了，我擔心革命已走入死胡同，我們這一代人，就這樣稀裡糊塗的過一生啊！」

「俗話說，時勢造英雄，你我生逢亂世正好趁勢而起，在舞臺上表演一番，若生逢清明盛世我們只有認命庸庸碌碌過一生，那與草木有何區別呢？你呀！起步太高，所追求也太遠深。是你自己把自己置於痛苦之中，你醒醒吧！你我都成不了聖人，革命成功與否，那也不是你我能左右的。『人生幾何，對酒當歌』還是先打打個人的小算盤才是真。」蔣穆安對人生果然有一套入世的大道理，難怪他平步青雲，扶搖直上，名利雙收，春風得意呢！

「大哥看錯小弟了，我並沒有太高的追求，只想求一己的平安如意罷了，問題是事事不如意，一直處於旋風的中心，弄得心神俱憊，不得安寧。」

「不錯，由於你的坎坷經歷，一開始你只是想著擺脫困境，當一個普通人。但隨著你自我修正，你不但擺脫了身上的桎梏，拋棄了小我，逐漸把社會的責任往肩上扛。你雖不滿大陸現狀，但僅哀其不幸，怒其不振。不論在國內亦或是在海外，你所受的衝擊全來自左的方面，而你亦未產生報復心理，反找出種種理由，為本身的不幸開脫，希翼那只是局部的個別現象，企盼劊子手總有一天會放下屠刀，立地成佛。你錯了！如今的社會是一個弱肉強食，霸權主義的混沌世界，謙退忍讓，別人視你為弱者；正直公道，人家當你是小丑。孔老夫子的理想境界，夠高了吧！結果處處吃閉門羹，難怪他要灰心地歎說：『吾道不行矣』，這就是你陷入而不自悟的誤區，你看大哥我活得多寫意，我是『個人自掃門前雪，休管他人瓦上霜』就是想管，我們也是心有餘而力不足呀！」

「快哉。今日聞大哥一開導，確實去了我的一塊心病，但願今後能平安如意，不必為塵世操心，就恐『樹欲靜而風不止』奈何？」

「你又來了，我看你已病入膏肓，無藥可救。你的世界觀已形成，哪能輕易改變得了，你還是揹著身上的十字架往前走好了，說不定真讓你走出一條通途來，為世人造福呢！」

「生我者父母，知我者大哥，你說對了，謀事在人，成事在天，以後的事就任其自然發展吧！」兩人誰也說服不了誰。

韓曉人回顧所走過的歷程，頗有：「實迷途其未遠，覺今是而昨非」之感。青少年時代的偏激，當了幹部後的憤世嫉俗，流落海外，尋尋覓覓，說穿了都是不安分的行徑，而今想通了，一切不值得計較。有人辭官歸故里，有人漏夜趕科場，究竟誰是誰非，那就要看你所站的角度來衡量了。陶淵明不為五斗米折腰，後人讚為隱士，周敦頤一篇出淤泥而不染，同樣為世人喻為君子。兩人孰高孰低，同樣見仁見智，所以韓曉人有時為有今天的看得開而沾沾自喜，有時又為早年的愛恨分明，奮進不屈而擊掌稱頌。說來說去也是個角度問題，他想起跟蔣立武講到劃圈，只是如今劃了個半圈，另一半怎樣劃呢？

（上卷完。目前作者正致力於中下卷的編寫，中下卷內容將會帶來更精彩的情節，書寫主角於邊境軍閥部隊的任職生涯中經歷的種種。從地方特殊習俗、軍械走私販賣、神秘的金三角毒品交易……，最後是主角歸降緬甸政府時的種種回憶，及其於寶石聖地的所見所聞，均以故事敘述帶讀者一窺內幕。）

國家圖書館出版品預行編目(CIP)資料

緬邊風雲三十年（上卷）／苟魯著.--
-- 初版. -- 新北市：集夢坊，
采舍國際有限公司發行，2018.09
　面；　公分
ISBN 978-986-94538-7-5（平裝）

857.7　　106018749

集夢坊

緬邊風雲三十年（上卷）

出版者●集夢坊
作者●荀魯
印行者●全球華文聯合出版平台
總顧問●王寶玲
出版總監●歐綾纖
副總編輯●陳雅貞
責任編輯●黃鈺文
美術設計●陳君鳳
內文排版●陳曉觀

台灣出版中心●新北市中和區中山路2段366巷10號10樓
電話●(02)2248-7896　　傳真●(02)2248-7758
ISBN●978-986-94538-7-5
出版日期●2018年9月初版

郵撥帳號●50017206采舍國際有限公司（郵撥購買，請另付一成郵資）
全球華文國際市場總代理●采舍國際 www.silkbook.com
地址●新北市中和區中山路2段366巷10號3樓
電話●(02)8245-8786　　傳真●(02)8245-8718

全系列書系永久陳列展示中心
新絲路書店●新北市中和區中山路2段366巷10號10樓　　電話●(02)8245-9896
新絲路網路書店●www.silkbook.com
華文網網路書店●www.book4u.com.tw

本書係透過全球華文聯合出版平台（www.book4u.com.tw）印行，並委由采舍國際有限公司（www.silkbook.com）總經銷。採減碳印製流程並使用優質中性紙（Acid & Alkali Free）與環保油墨印刷，通過綠色印刷認證。